गोदान

प्रेमचंद

maple press

गोदान *by* Premchand

Published by

maple press

MAPLE PRESS PRIVATE LIMITED
office: A-63, Sector 58, Noida 201301, U.P., India
phone: +91 120 455 3581, 455 3583
email: info@maplepress.co.in
website: www.maplepress.co.in

Printed in 2026
India

ISBN: 978-93-50336-62-5

16 15 14 13 12

1

होरीराम ने दोनों बैलों को सानी-पानी दे कर अपनी स्त्री धनिया से कहा-गोबर को ऊख गोड़ने भेज देना। मैं न जाने कब लौटूँ। ज़रा मेरी लाठी दे दे।

धनिया के दोनों हाथ गोबर से भरे थे। उपले पाथ कर आई थी। बोली-अरे, कुछ रस-पानी तो कर लो। ऐसी जल्दी क्या है?

होरी ने अपने झुर्रियों से भरे हुए माथे को सिकोड़कर कहा-तुझे रस-पानी की पड़ी है, मुझे यह चिंता है कि अबेर हो गई तो मालिक से भेंट न होगी। असनान-पूजा करने लगेंगे, तो घंटों बैठे बीत जाएगा।

"इसीलिए तो कहती हूँ, कुछ जलपान कर लो और आज न जाओगे तो कौन हरज होगा! अभी परसों तो गए थे।"

"तू जो बात नहीं समझती, उसमें टांग क्यों अड़ाती है भाई! मेरी लाठी दे दे और अपना काम देख। यह इसी मिलते-जुलते रहने का परसाद है कि अब तक जान बची हुई है, नहीं कहीं पता न लगता कि किधर गए। गाँव में इतने आदमी तो हैं, किस पर बेदखली नहीं आई, किस पर कुड़की नहीं आई। जब दूसरे के पांवों-तले अपनी गर्दन दबी हुई है, तो उन पांवों को सहलाने में ही कुसल है।"

धनिया इतनी व्यवहार-कुशल न थी। उसका विचार था कि हमने जमींदार के खेत जोते हैं, तो वह अपना लगान ही तो लेगा। उसकी खुशामद क्यों करें, उसके तलवे क्यों सहलाएं। यद्यपि अपने विवाहित जीवन के इन बीस बरसों में उसे अच्छी तरह अनुभव हो गया था कि चाहे कितनी ही कतर-ब्योंत करो, कितना ही पेट-तन काटो, चाहे एक-एक कौड़ी को दाँत से पकड़ो; मगर लगान का बेबाक होना मुश्किल है। फिर भी वह हार न मानती थी, और इस विषय पर स्त्री-पुरुष में आए दिन संग्राम छिड़ा रहता था। उसकी छः संतानों में अब केवल तीन जिंदा हैं, एक लड़का गोबर कोई सोलह साल का, और दो लड़कियाँ सोना और रूपा, बारह और आठ साल की। तीन लड़के बचपन में ही मर गए। उसका मन आज भी कहता था, अगर उनकी दवा-दवाई होती तो वे बच जाते; पर वह एक धेले की दवा भी न मंगवा सकी थी। उसकी ही उम्र अभी क्या थी। छत्तीसवां ही साल तो था; पर सारे बाल पक गए थे, चेहरे पर झुर्रियां पड़ गई थीं। सारी देह ढल गई थी, वह सुंदर गेहुंआं रंग

संवला गया था, और आँखों से भी कम सूझने लगा था। पेट की चिंता ही के कारण तो। कभी तो जीवन का सुख न मिला। इस चिरस्थायी जीर्णावस्था ने उसके आत्मसम्मान को उदासीनता का रूप दे दिया था। जिस गृहस्थी में पेट की रोटियाँ भी न मिलें, उसके लिए इतनी खुशामद क्यों? इस परिस्थिति से उसका मन बराबर विद्रोह किया करता था, और दो-चार घुड़कियां खा लेने पर ही उसे यथार्थ का ज्ञान होता था।

उसने परास्त हो कर होरी की लाठी, मिरजई, जूते, पगड़ी और तमाखू का बटुआ ला कर सामने पटक दिए।

होरी ने उसकी ओर आँखें तरेर कर कहा-क्या ससुराल जाना है, जो पाँचों पोसाक लाई है? ससुराल में भी तो कोई जवान साली-सलहज नहीं बैठी है, जिसे जा कर दिखाऊँ।

होरी के गहरे सांवले, पिचके हुए चेहरे पर मुस्कुराहट की मृदुता झलक पड़ी। धनिया ने लजाते हुए कहा-ऐसे ही बड़े सजीले जवान हो कि साली-सलहजें तुम्हें देख कर रीझ जाएँगी।

होरी ने फटी हुई मिरजई को बड़ी सावधानी से तह करके खाट पर रखते हुए कहा-तो क्या तू समझती है, मैं बूढ़ा हो गया? अभी तो चालीस भी नहीं हुए। मर्द साठे पर पाठे होते हैं।

"जा कर सीसे में मुँह देखो। तुम-जैसे मर्द साठे पर पाठे नहीं होते। दूध-घी अंजन लगाने तक को तो मिलता नहीं, पाठे होंगे! तुम्हारी दसा देख-देख कर तो मैं और भी सूखी जाती हूँ कि भगवान यह बुढ़ापा कैसे कटेगा? किसके द्वार पर भीख मांगेंगे?"

होरी की वह क्षणिक मृदुता यथार्थ की इस आंच में झुलस गई। लकड़ी संभालता हुआ बोला-साठे तक पहुँचने की नौबत न आने पाएगी धनिया, इसके पहले ही चल देंगे।

धनिया ने तिरस्कार किया-अच्छा रहने दो, मत असुभ मुँह से निकालो। तुमसे कोई अच्छी बात भी कहे, तो लगते हो कोसने।

होरी कंधे पर लाठी रख कर घर से निकला, तो धनिया द्वार पर खड़ी उसे देर तक देखती रही। उसके इन निराशा-भरे शब्दों ने धनिया के चोट खाए हुए हृदय में आतंकमय कंपन-सा डाल दिया था। वह जैसे अपने नारीत्व के संपूर्ण तप और व्रत से अपने पति को अभय-दान दे रही थी। उसके अंतःकरण से जैसे आशीर्वादों का व्यूह-सा निकल कर होरी को अपने अंदर छिपाए लेता था। विपन्नता के इस अथाह सागर में सोहाग ही वह तृण था, जिसे पकड़े हुए वह सागर को पार कर रही थी। इन असंगत शब्दों ने यथार्थ के निकट होने पर भी, मानो झटका दे कर उसके हाथ से वह तिनके का सहारा छीन लेना चाहा, बल्कि यथार्थ के निकट होने के कारण ही उनमें इतनी वेदना-शक्ति

आ गई थी। काना कहने से काने को जो दुःख होता है, वह क्या दो आँखों वाले आदमी को हो सकता है?

होरी कदम बढ़ाए चला जाता था। पगडंडी के दोनों ओर ऊख के पौधों की लहराती हुई हरियाली देख कर उसने मन में कहा—भगवान कहीं गौं से बरखा कर दे और डांड़ी भी सुभीते से रहे, तो एक गाय जरूर लेगा। देसी गाय तो न दूध दें, न उनके बछवे ही किसी काम के हों। बहुत हुआ तो तेली के कोल्हू में चले। नहीं, वह पछाईं गाय लेगा। उसकी खूब सेवा करेगा। कुछ नहीं तो चार-पाँच सेर दूध होगा? गोबर दूध के लिए तरस-तरस रह जाता है। इस उमिर में न खाया-पिया, तो फिर कब खाएगा? साल-भर भी दूध पी ले, तो देखने लायक हो जाए। बछवे भी अच्छे बैल निकलेंगे। दो सौ से कम की गोंई न होगी। फिर गऊ से ही तो द्वार की सोभा है। सबेरे-सबेरे गऊ के दर्सन हो जाएँ तो क्या कहना! न जाने कब यह साध पूरी होगी, कब वह सुभ दिन आएगा!

हर एक गृहस्थ की भांति होरी के मन में भी गऊ की लालसा चिरकाल से संचित चली आती थी। यही उसके जीवन का सबसे बड़ा स्वप्न, सबसे बड़ी साध थी। बैंक के सूद से चैन करने या ज़मीन खरीदने या महल बनवाने की विशाल आकांक्षाएं उसके नन्हे-से हृदय में कैसे समातीं!

जेठ का सूर्य आमों के झुरमुट से निकल कर आकाश पर छाई हुई लालिमा को अपने रजत-प्रताप से तेज प्रदान करता हुआ ऊपर चढ़ रहा था और हवा में गरमी आने लगी थी। दोनों ओर खेतों में काम करने वाले किसान उसे देख कर राम-राम करते और सम्मान-भाव से चिलम पीने का निमंत्रण देते थे; पर होरी को इतना अवकाश कहाँ था? उसके अंदर बैठी हुई सम्मान-लालसा ऐसा आदर पा कर उसके सूखे मुख पर गर्व की झलक पैदा कर रही थी। मालिकों से मिलते-जुलते रहने ही का तो यह प्रसाद है कि सब उसका आदर करते हैं, नहीं उसे कौन पूछता? पाँच बीघे के किसान की बिसात ही क्या? यह कम आदर नहीं है कि तीन-तीन, चार-चार हल वाले महतो भी उसके सामने सिर झुकाते हैं।

अब वह खेतों के बीच की पगडंडी छोड़ कर एक खलेटी में आ गया था, जहाँ बरसात में पानी भर जाने के कारण तरी रहती थी और जेठ में कुछ हरियाली नजर आती थी। आस-पास के गाँवों की गउएं यहाँ चरने आया करती थीं। उस उमस में भी यहाँ की हवा में कुछ ताजगी और ठंडक थी। होरी ने दो-तीन सांसें ज़ोर से लीं। उसके जी में आया, कुछ देर यहीं बैठ जाए। दिन-भर तो लू-लपट में मरना है ही। कई किसान इस गड्ढे का पट्टा लिखाने को तैयार थे। अच्छी रकम देते थे; पर ईश्वर भला करे रायसाहब का कि उन्होंने साफ कह दिया, यह ज़मीन जानवरों की चराई के लिए छोड़ दी

गई है और किसी दाम पर भी न उठाई जाएगी। कोई स्वार्थी जमींदार होता, तो कहता गाय जाएँ भाड़ में, हमें रुपए मिलते हैं, क्यों छोड़ें; पर रायसाहब अभी तक पुरानी मर्यादा निभाते आते हैं। जो मालिक प्रजा को न पाले, वह भी कोई आदमी है?

सहसा उसने देखा, भोला अपनी गाय लिए इसी तरफ चला आ रहा है। भोला इसी गाँव से मिले हुए पुरवे का ग्वाला था और दूध-मक्खन का व्यवसाय करता था। अच्छा दाम मिल जाने पर कभी-कभी किसानों के हाथ गाय बेच भी देता था। होरी का मन उन गायों को देख कर ललचा गया। अगर भोला वह आगे वाली गाय उसे दे तो क्या कहना! रुपए आगे-पीछे देता रहेगा। वह जानता था, घर में रुपए नहीं हैं। अभी तक लगान नहीं चुकाया जा सका; बिसेसर साह का देना भी बाकी है, जिस पर आने रुपए का सूद चढ़ रहा है, लेकिन दरिद्रता में जो एक प्रकार की अदूरदर्शिता होती है, वह निर्लज्जता जो तकाजे, गाली और मार से भी भयभीत नहीं होती, उसने उसे प्रोत्साहित किया। बरसों से जो साध मन को आंदोलित कर रही थी, उसने उसे विचलित कर दिया। भोला के समीप जा कर बोला–राम-राम भोला भाई, कहो क्या रंग-ढंग हैं? सुना अबकी मेले से नई गाय लाए हो?

भोला ने रुखाई से जवाब दिया। होरी के मन की बात उसने ताड़ ली थी–हाँ, दो बछिएं और दो गाय लाया। पहलेवाली गाय सब सूख गई थी। बंधी पर दूध न पहुँचे तो गुजर कैसे हो?

होरी ने आगे वाली गाय के पुट्‌टे पर हाथ रख कर कहा–दुधार तो मालूम होती है। कितने में ली?

भोला ने शान जमाई–अबकी बाज़ार तेज रहा महतो, इसके अस्सी रुपए देने पड़े। आँखें निकल गईं। तीस-तीस रुपए तो दोनों कलोरों के दिए। तिस पर गाहक रुपए का आठ सेर दूध मांगता है।

"बड़ा भारी कलेजा है तुम लोगों का भाई, लेकिन फिर लाए भी तो वह माल कि यहाँ दस-पाँच गाँवों में तो किसी के पास निकलेगी नहीं।"

भोला पर नशा चढ़ने लगा। बोला–रायसाहब इसके सौ रुपए देते थे। दोनों कलोरों के पचास-पचास रुपए, लेकिन हमने न दिए। भगवान ने चाहा तो सौ रुपए इसी ब्यान में पीट लूँगा।

"इसमें क्या संदेह है भाई! मालिक क्या खा के लेंगे? नजराने में मिल जाए, तो भले ले लें। यह तुम्हीं लोगों का गुर्दा है कि अंजुली-भर रुपए तकदीर के भरोसे गिन देते हो। यही जी चाहता है कि इसके दरसन करता रहूँ। धन्य है तुम्हारा जीवन कि गऊओं की इतनी सेवा करते हो! हमें तो गाय का गोबर भी मयस्सर नहीं। गिरस्त के घर में एक गाय भी न हो, तो कितनी लज्जा की बात है। साल-के-साल बीत जाते हैं, गोरस के दरसन नहीं होते। घरवाली

बार-बार कहती है, भोला भैया से क्यों नहीं कहते? मैं कह देता हूँ, कभी मिलेंगे तो कहूँगा। तुम्हारे सुभाव से बड़ी परसन रहती है। कहती है, ऐसा मर्द ही नहीं देखा कि जब बातें करेंगे, नीची आँखें करके कभी सिर नहीं उठाते।"

भोला पर जो नशा चढ़ रहा था, उसे इस भरपूर प्याले ने और गहरा कर दिया। बोला–आदमी वही है, जो दूसरों की बहू-बेटी को अपनी बहू-बेटी समझे। जो दुष्ट किसी मेहरिया की ओर ताके, उसे गोली मार देना चाहिए।

"यह तुमने लाख रुपए की बात कह दी भाई! बस सज्जन वही, जो दूसरों की आबरू समझे।"

"जिस तरह मर्द के मर जाने से औरत अनाथ हो जाती है, उसी तरह औरत के मर जाने से मर्द के हाथ-पांव टूट जाते हैं। मेरा तो घर उजड़ गया महतो, कोई एक लोटा पानी देने वाला भी नहीं।"

गत वर्ष भोला की स्त्री लू लग जाने से मर गई थी। यह होरी जानता था, लेकिन पचास बरस का खंखड़ भोला भीतर से इतना स्निग्ध है, वह न जानता था। स्त्री की लालसा उसकी आँखों में सजल हो गई थी। होरी को आसन मिल गया। उसकी व्यावहारिक कृषक-बुद्धि सजग हो गई।

"पुरानी मसल झूठी थोड़े है–बिन घरनी घर भूत का डेरा। कहीं सगाई क्यों नहीं ठीक कर लेते?"

"ताक में हूँ महतो, पर कोई जल्दी फंसता नहीं। सौ-पचास खरच करने को भी तैयार हूँ। जैसी भगवान की इच्छा।"

"अब मैं भी फिराक में रहूँगा। भगवान चाहेंगे, तो जल्दी घर बस जाएगा।"

"बस, यही समझ लो कि उबर जाऊँगा भैया! घर में खाने को भगवान का दिया बहुत है। चार पसेरी रोज दूध हो जाता है, लेकिन किस काम का?"

"मेरे ससुराल में एक मेहरिया है। तीन-चार साल हुए, उसका आदमी उसे छोड़ कर कलकत्ते चला गया। बेचारी पिसाई करके गुजारा कर रही है। बाल-बच्चा भी कोई नहीं। देखने-सुनने में अच्छी है। बस, लच्छमी समझ लो।"

भोला का सिकुड़ा हुआ चेहरा जैसे चिकना गया। आशा में कितनी सुधा है! बोला–अब तो तुम्हारा ही आसरा है महतो! छुट्टी हो, तो चलो एक दिन देख आएँ।

"मैं ठीक-ठाक करके तब तुमसे कहूँगा। बहुत उतावली करने से भी काम बिगड़ जाता है।"

"जब तुम्हारी इच्छा हो तब चलो। उतावली काहे की–इस कबरी पर मन ललचाया हो, तो ले लो।"

"यह गाय मेरे मान की नहीं है दादा। मैं तुम्हें नुकसान नहीं पहुँचाना चाहता। अपना धरम यह नहीं है कि मित्रों का गला दबाएं। जैसे इतने दिन बीते हैं, वैसे और भी बीत जाएँगे।"

"तुम तो ऐसी बातें करते हो होरी, जैसे हम-तुम दो हैं। तुम गाय ले जाओ, दाम जो चाहे देना। जैसे मेरे घर रही, वैसे तुम्हारे घर रही। अस्सी रुपए में ली थी, तुम अस्सी रुपए ही देना। जाओ।"

"लेकिन मेरे पास नगद नहीं है दादा, समझ लो।"

"तो तुमसे नगद मांगता कौन है भाई?"

होरी की छाती गज-भर की हो गई। अस्सी रुपए में गाय महंगी न थी। ऐसा अच्छा डील-डौल, दोनों जून में छः-सात सेर दूध, सीधी ऐसी कि बच्चा भी दुह ले। इसका तो एक-एक बाछा सौ-सौ का होगा। द्वार पर बंधेगी तो द्वार की सोभा बढ़ जाएगी। उसे अभी कोई चार सौ रुपए देने थे; लेकिन उधर को वह एक तरह से मुफ्त समझता था। कहीं भोला की सगाई ठीक हो गई, तो साल-दो साल तो वह बोलेगा भी नहीं। सगाई न भी हुई, तो होरी का क्या बिगड़ता है! यही तो होगा, भोला बार-बार तगादा करने आएगा, बिगड़ेगा, गालियाँ देगा; लेकिन होरी को इसकी ज्यादा शर्म न थी। इस व्यवहार का वह आदी था। कृषक के जीवन का तो यह प्रसाद है। भोला के साथ वह छल कर रहा था और यह व्यापार उसकी मर्यादा के अनुकूल न था। अब भी लेन-देन में उसके लिए लिखा-पढ़ी होने और न होने में कोई अंतर न था। सूखे-बूड़े की विपदाएं उसके मन को भीरु बनाए रहती थीं। ईश्वर का रुद्र रूप सदैव उसके सामने रहता था; पर यह छल उसकी नीति में छल न था। यह केवल स्वार्थ-सिद्धि थी और यह कोई बुरी बात न थी। इस तरह का छल तो वह दिन-रात करता रहता था। घर में दो-चार रुपए पड़े रहने पर भी महाजन के सामने कसमें खा जाता था कि एक पाई भी नहीं है। सन को कुछ गीला कर देना और रूई में कुछ बिनौले भर देना उसकी नीति में जायज था और यहाँ तो केवल स्वार्थ न था, थोड़ा-सा मनोरंजन भी था। बुड्ढों का बुढ़भस हास्यास्पद वस्तु है और ऐसे बुड्ढों से अगर कुछ ऐंठ भी लिया जाए, तो कोई दोष-पाप नहीं।

भोला ने गाय की पगहिया होरी के हाथ में देते हुए कहा—ले जाओ महतो, तुम भी क्या याद करोगे। ब्याते ही छः सेर दूध लेना। चलो, मैं तुम्हारे घर तक पहुँचा दूँ। साइत तुम्हें अनजान समझ कर रास्ते में कुछ दिक करे। अब तुमसे सच कहता हूँ, मालिक नब्बे रुपए देते थे, पर उनके यहाँ गऊओं की क्या कदर। मुझसे ले कर किसी हाकिम-हुक्काम को दे देते। हाकिमों को गऊ की सेवा से मतलब? वह तो खून चूसना-भर जानते हैं। जब तक दूध देती, रखते, फिर किसी के हाथ बेच देते। किसके पल्ले पड़ती, कौन जाने। रुपया ही सब कुछ नहीं है भैया, कुछ अपना धरम भी तो है। तुम्हारे घर आराम से रहेगी तो। यह न होगा कि तुम आप खा कर सो रहो और गऊ भूखी खड़ी रहे। उसकी सेवा करोगे, प्यार करोगे, चुमकारोगे। गऊ हमें

आसिरवाद देगी। तुमसे क्या कहूँ भैया, घर में चंगुल-भर भी भूसा नहीं रहा। रुपए सब बाज़ार में निकल गए। सोचा था, महाजन से कुछ ले कर भूसा ले लेंगे; लेकिन महाजन का पहला ही नहीं चुका। उसने इनकार कर दिया। इतने जानवरों को क्या खिलाएं, यही चिंता मारे डालती है। चुटकी-चुटकी भर खिलाऊँ, तो मन-भर रोज का खरच है। भगवान ही पार लगाएं तो लगे।

होरी ने सहानुभूति के स्वर में कहा–तुमने हमसे पहले क्यों नहीं कहा–हमने एक गाड़ी भूसा बेच दिया।

भोला ने माथा ठोक कर कहा–इसीलिए नहीं कहा भैया कि सबसे अपना दु:ख क्यों रोऊं; बांटता कोई नहीं, हंसते सब हैं। जो गाय सूख गई हैं, उनका गम नहीं, पत्ती-सत्ती खिला कर जिला लूँगा; लेकिन अब यह तो रातिब बिना नहीं रह सकती। हो सके, तो दस-बीस रुपए भूसे के लिए दे दो।

किसान पक्का स्वार्थी होता है, इसमें संदेह नहीं। उसकी गांठ से रिश्वत के पैसे बड़ी मुश्किल से निकलते हैं, भाव-ताव में भी वह चौकस होता है, ब्याज की एक-एक पाई छुड़ाने के लिए वह महाजन की घंटों चिरौरी करता है, जब तक पक्का विश्वास न हो जाए, वह किसी के फुसलाने में नहीं आता, लेकिन उसका संपूर्ण जीवन प्रकृति से स्थायी सहयोग है। वृक्षों में फल लगते हैं, उन्हें जनता खाती है, खेती में अनाज होता है, वह संसार के काम आता है; गाय के थन में दूध होता है, वह खुद पीने नहीं जाती, दूसरे ही पीते हैं, मेघों से वर्षा होती है, उससे पृथ्वी तृप्त होती है। ऐसी संगति में कुत्सित स्वार्थ के लिए कहाँ स्थान? होरी किसान था और किसी के जलते हुए घर में हाथ सेंकना उसने सीखा ही न था।

भोला की संकट-कथा सुनते ही उसकी मनोवृत्ति बदल गई। पगहिया को भोला के हाथ में लौटाता हुआ बोला–रुपए तो दादा मेरे पास नहीं हैं। हाँ, थोड़ा-सा भूसा बचा है, वह तुम्हें दूँगा। चल कर उठवा लो। भूसे के लिए तुम गाय बेचोगे, और मैं लूँगा! मेरे हाथ न कट जाएँगे?

भोला ने आर्द्र कंठ से कहा–तुम्हारे बैल भूखों न मरेंगे। तुम्हारे पास भी ऐसा कौन-सा बहुत-सा भूसा रखा है।

"नहीं दादा, अबकी भूसा अच्छा हो गया था।"

"मैंने तुमसे नाहक भूसे की चर्चा की।"

"तुम न कहते और पीछे से मुझे मालूम होता, तो मुझे बड़ा रंज होता कि तुमने मुझे इतना गैर समझ लिया। अवसर पड़ने पर भाई की मदद भाई न करे, तो काम कैसे चले!"

"मुदा यह गाय तो लेते जाओ।"

"अभी नहीं दादा, फिर ले लूँगा।"

"तो भूसे के दाम दूध में कटवा लेना।"

होरी ने दु:खित स्वर में कहा–दाम-कौड़ी की इसमें कौन बात है दादा, मैं एक-दो जून तुम्हारे घर खा लूँ तो तुम मुझसे दाम मांगोगे?

"लेकिन तुम्हारे बैल भूखों मरेंगे कि नही?"

"भगवान कोई-न-कोई सबील निकालेंगे ही। आसाढ़ सिर पर है। कड़वी बो लूँगा।"

"मगर यह गाय तुम्हारी हो गई। जिस दिन इच्छा हो, आ कर ले जाना।"

"किसी भाई का लिलाम पर चढ़ा हुआ बैल लेने में जो पाप है, वह इस समय तुम्हारी गाय लेने में है।"

होरी में बाल की खाल निकालने की शक्ति होती, तो वह खुशी से गाय ले कर घर की राह लेता। भोला जब नकद रुपए नहीं मांगता, तो स्पष्ट था कि वह भूसे के लिए गाय नहीं बेच रहा है, बल्कि इसका कुछ और आशय है; लेकिन जैसे पत्तों के खड़कने पर घोड़ा अकारण ही ठिठक जाता है और मारने पर भी आगे कदम नहीं उठाता, वही दशा होरी की थी। संकट की चीज़ लेना पाप है, यह बात जन्म-जन्मांतरों से उसकी आत्मा का अंश बन गई थी।

भोला ने गदगद कंठ से कहा–तो किसी को भेज दूँ भूसे के लिए?

होरी ने जवाब दिया–अभी मैं रायसाहब की ड्योढ़ी पर जा रहा हूँ। वहाँ से घड़ी-भर में लौटूँगा, तभी किसी को भेजना।

भोला की आँखों में आँसू भर आए। बोला–तुमने आज मुझे उबार लिया होरी भाई! मुझे अब मालूम हुआ कि मैं संसार में अकेला नहीं हूँ। मेरा भी कोई हितू है। एक क्षण के बाद उसने फिर कहा–उस बात को भूल न जाना।

होरी आगे बढ़ा, तो उसका चित्त प्रसन्न था। मन में एक विचित्र स्फूर्ति हो रही थी। क्या हुआ, दस-पाँच मन भूसा चला जाएगा, बेचारे को संकट में पड़ कर अपनी गाय तो न बेचनी पड़ेगी। जब मेरे पास चारा हो जाएगा तब गाय खोल लाऊँगा। भगवान करें, मुझे कोई मेहरिया मिल जाए। फिर तो कोई बात ही नहीं।

उसने पीछे फिर कर देखा। कबरी गाय पूंछ से मक्खियां उड़ाती, सर हिलाती, मस्तानी, मंद-गति से झूमती चली जाती थी, जैसे बांदियों के बीच में कोई रानी हो। कैसा शुभ होगा वह दिन, जब यह कामधेनु उसके द्वार पर बंधेगी!

2

सेमरी और बेलारी दोनों अवध-प्रांत के गाँव हैं। जिले का नाम बताने की कोई जरूरत नहीं। होरी बेलारी में रहता है, रायसाहब अमरपाल सिंह सेमरी में। दोनों गांवों में केवल पाँच मील का अंतर है। पिछले सत्याग्रह-संग्राम में रायसाहब

ने बड़ा यश कमाया था। कौंसिल की मेंबरी छोड़ कर जेल चले गए थे। तब से उनके इलाके के असामियों को उनसे बड़ी श्रद्धा हो गई थी। यह नहीं कि उनके इलाके में असामियों के साथ कोई खास रियायत की जाती हो, या डांड़ और बेगार की कड़ाई कुछ कम हो, मगर यह सारी बदनामी मुख्तारों के सिर जाती थी। रायसाहब की कीर्ति पर कोई कलंक न लग सकता था। वह बेचारे भी तो उसी व्यवस्था के गुलाम थे। जाब्ते का काम तो जैसे होता चला आया है, वैसा ही होगा। रायसाहब की सज्जनता उस पर कोई असर न डाल सकती थी, इसलिए आमदनी और अधिकार में जौ-भर की भी कमी न होने पर भी उनका यश मानो बढ़ गया था। असामियों से वह हंस कर बोल लेते थे। यही क्या कम है? सिंह का काम तो शिकार करना है; अगर वह गरजने और गुर्राने के बदले मीठी बोली बोल सकता, तो उसे घर बैठे मनमाना शिकार मिल जाता। शिकार की खोज में जंगल में न भटकना पड़ता।

रायसाहब राष्ट्रवादी होने पर भी हुक्काम से मेल-जोल बनाए रखते थे। उनकी नजरें और डालियां और कर्मचारियों की दस्तूरियां जैसी की तैसी चली आती थीं। साहित्य और संगीत के प्रेमी थे, ड्रामा के शौकीन, अच्छे वक्ता थे, अच्छे लेखक, अच्छे निशानेबाज। उनकी पत्नी को मरे आज दस साल हो चुके थे; मगर दूसरी शादी न की थी। हंस बोल कर अपने विधुर जीवन को बहलाते रहते थे।

होरी ड्योढ़ी पर पहुंचा तो देखा, जेठ के दशहरे के अवसर पर होने वाले धनुष-यज्ञ की बड़ी जोरों से तैयारियां हो रही हैं! कहीं रंग-मंच बन रहा था, कहीं मंडप, कहीं मेहमानों का आतिथ्य-गृह, कहीं दुकानदारों के लिए दुकानें। धूप तेज हो गई थी, पर रायसाहब खुद काम में लगे हुए थे। अपने पिता से संपत्ति के साथ-साथ उन्होंने राम की भक्ति भी पाई थी और धनुष-यज्ञ को नाटक का रूप देकर उसे शिष्ट मनोरंजन का साधन बना दिया था। इस अवसर पर उनके यार-दोस्त, हाकिम-हुक्काम सभी निमंत्रित होते थे और दो-तीन दिन इलाके में बड़ी चहल-पहल रहती थी। रायसाहब का परिवार बहुत विशाल था। कोई डेढ़ सौ सरदार एक साथ भोजन करते थे। कई चचा थे। दरजनों चचेरे भाई, कई सगे भाई, बीसियों नाते के भाई। एक चचा साहब राधा के अनन्य उपासक थे और बराबर वृंदावन में रहते थे। भक्ति-रस के कितने ही कवित्त रच डाले थे और समय-समय पर उन्हें छपवा कर दोस्तों की भेंट कर देते थे। एक दूसरे चचा थे, जो राम के परम भक्त थे और फारसी-भाषा में रामायण का अनुवाद कर रहे थे। रियासत से सबक वजीफे बंधे हुए थे। किसी को कोई काम करने की जरूरत न थी।

होरी मंडप में खड़ा सोच रहा था कि अपने आने की सूचना कैसे दे कि सहसा रायसाहब उधर ही आ निकले और उसे देखते ही बोले–अरे! तू आ गया होरी, मैं तो तुझे बुलवाने वाला था। देख, अबकी तुझे राजा जनक का

माली बनना पड़ेगा। समझ गया न, जिस वक्त श्री जानकी जी मंदिर में पूजा करने जाती हैं, उसी वक्त तू एक गुलदस्ता लिए खड़ा रहेगा और जानकी जी को भेंट करेगा, गलती न करना और देख, असामियों से ताकीद करके यह कह देना कि सब-के-सब शगुन करने आएं। मेरे साथ कोठी में आ, तुझसे कुछ बातें करनी हैं।

वह आगे-आगे कोठी की ओर चले, होरी पीछे-पीछे चला। वहीं एक घने वृक्ष की छाया में एक कुर्सी पर बैठ गए और होरी को ज़मीन पर बैठने का इशारा करके बोले–समझ गया, मैंने क्या कहा। कारकुन को तो जो कुछ करना है, वह करेगा ही; लेकिन असामी जितने मन से असामी की बात सुनता है, कारकुन की नहीं सुनता। हमें इन्हीं पाँच-सात दिनों में बीस हज़ार का प्रबंध करना है। कैसे होगा, समझ में नहीं आता। तुम सोचते होगे, मुझ टके के आदमी से मालिक क्यों अपना दुखड़ा ले बैठे। किससे अपने मन की कहूं? न जाने क्यों तुम्हारे ऊपर विश्वास होता है। इतना जानता हूँ कि तुम मन में मुझ पर हंसोगे नहीं। और हंसो भी, तो तुम्हारी हंसी मैं बर्दाशत कर सकता हूँ। नहीं सह सकता उनकी हंसी, जो अपने बराबर के हैं, क्योंकि उनकी हंसी में ईर्ष्या व्यंग और जलन है। और वे क्यों न हंसेंगे? मैं भी तो उनकी दुर्दशा और विपत्ति और पतन पर हंसता हूँ, दिल खोल कर, तालियां बजा कर। संपत्ति और सहृदयता में बैर है। हम भी दान देते हैं, धर्म करते हैं। लेकिन जानते हो, क्यों? केवल अपने बराबर वालों को नीचा दिखाने के लिए। हमारा दान और धर्म कोरा अहंकार है, विशुद्ध अहंकार। हममें से किसी पर डिगरी हो जाए, कुर्की आ जाए, बकाया मालगुजारी की इल्लत में हवालात हो जाए, किसी का जवान बेटा मर जाए, किसी की विधवा बहू निकल जाए, किसी के घर में आग लग जाए, कोई किसी वेश्या के हाथों उल्लू बन जाए, या अपने असामियों के हाथों पिट जाए, तो उसके और सभी भाई उस पर हंसेंगे, बगलें बजाएंगे, मानों सारे संसार की संपदा मिल गई है और मिलेंगे तो इतने प्रेम से, जैसे हमारे पसीने की जगह खून बहाने को तैयार हैं। अरे, और तो और, हमारे चचेरे, फुफुरे, ममेरे, मौसेरे भाई जो इसी रियासत की बदौलत मौज उड़ा रहे हैं, कविता कर रहे हैं, और जुए खेल रहे हैं, शराबें पी रहे हैं और ऐयाशी कर रहे हैं, वह भी मुझसे जलते हैं, आज मर जाऊं तो घी के चिराग जलाएं। मेरे दुःख को दुःख समझने वाला कोई नहीं। उनकी नजरों में मुझे दुःखी होने का कोई अधिकार ही नहीं है। मैं अगर रोता हूँ, तो दुःख की हंसी उड़ाता हूँ। मैं अगर बीमार होता हूँ, तो मुझे सुख होता है। मैं अगर अपना ब्याह करके घर में कलह नहीं बढ़ाता, तो यह मेरी नीच स्वार्थपरता है, अगर ब्याह कर लूं, तो वह विलासांधता होगी। अगर शराब नहीं पीता तो मेरी कंजूसी है। शराब पीने लगूं, तो वह प्रजा का रक्त होगा। अगर ऐयाशी

नहीं करता, तो अरसिक हूँ; ऐयाशी करने लगूं, तो फिर कहना ही क्या! इन लोगों ने मुझे भोग-विलास में फंसाने के लिए कम चालें नहीं चलीं और अब तक चलते जाते हैं। उनकी यही इच्छा है कि मैं अंधा हो जाऊं और ये लोग मुझे लूट लें, और मेरा धर्म यह है कि सब कुछ देख कर भी कुछ न देखूं। सब कुछ जान कर भी गधा बना रहूं।

रायसाहब ने गाड़ी को आगे बढ़ाने के लिए दो बीड़े पान खाए और होरी के मुँह की ओर ताकने लगे, जैसे उसके मनोभावों को पढ़ना चाहते हों।

होरी ने साहस बटोर कहा–हम समझते थे कि ऐसी बातें हमीं लोगों में होती हैं, पर जान पड़ता है, बड़े आदमियों में भी उनकी कमी नहीं है।

रायसाहब ने मुँह पान से भर कर कहा–तुम हमें बड़ा आदमी समझते हो? हमारे नाम बड़े हैं, पर दर्शन थोड़े। गरीबों में अगर ईर्ष्या या बैर है, तो स्वार्थ के लिए या पेट के लिए। ऐसी ईर्ष्या और बैर को मैं क्षम्य समझता हूँ। हमारे मुँह की रोटी कोई छीन ले, तो उसके गले में उंगली डाल कर निकालना हमारा धर्म हो जाता है। अगर हम छोड़ दें, तो देवता हैं। बड़े आदमियों की ईर्ष्या और बैर केवल आनंद के लिए है। हम इतने बड़े आदमी हो गए हैं कि हमें नीचता और कुटिलता में ही निःस्वार्थ और परम आनंद मिलता है। हम देवतापन के उस दर्जे पर पहुंच गए हैं, जब हमें दूसरों के रोने पर हंसी आती है। इसे तुम छोटी साधना मत समझो। जब इतना बड़ा कुटुंब है, तो कोई-न-कोई तो हमेशा बीमार रहेगा ही। और बड़े आदमियों के रोग भी बड़े होते हैं। वह बड़ा आदमी ही क्या, जिसे कोई छोटा रोग हो। मामूली ज्वर भी आ जाए, तो हमें सरसाम की दवा दी जाती है; मामूली फुंसी भी निकल आए, तो वह जहरबाद बन जाती है। अब छोटे सर्जन और मझोले सर्जन और बड़े सर्जन तार से बुलाए जा रहे हैं, मसीहुलमुल्क को लाने के लिए दिल्ली आदमी भेजा जा रहा है, भिषगाचार्य को लाने के लिए कलकत्ता। उधर देवालय में दुर्गापाठ हो रहा है और ज्योतिषाचार्य कुंडली का विचार कर रहे हैं और तंत्र के आचार्य अपने अनुष्ठान में लगे हुए हैं। राजा साहब को यमराज के मुँह से निकालने के लिए दौड़ लगी हुई है। वैद्य और डॉक्टर इस ताक में रहते हैं कि कब इनके सिर में दर्द हो और कब उनके घर में सोने की वर्षा हो। और ये रुपए तुमसे और तुम्हारे भाइयों से वसूल किए जाते हैं, भाले की नोंक पर। मुझे तो यही आश्चर्य होता है कि क्यों तुम्हारी आहों का दावानल हमें भस्म नहीं कर डालता; मगर नहीं आश्चर्य करने की कोई बात नहीं। भस्म होने में तो बहुत देर नहीं लगती, वेदना भी थोड़ी ही देर की होती है। हम जौ-जौ और अंगुल-अंगुल और पोर-पोर भस्म हो रहे हैं। उस हाहाकार से बचने के लिए हम पुलिस की, हुक्काम की, अदालत की, वकीलों की शरण लेते हैं और रूपवती स्त्री की भांति सभी के हाथों का खिलौना बनते

हैं। दुनिया समझती है, हम बड़े सुखी हैं। हमारे पास इलाके, महल, सवारियां, नौकर-चाकर, कर्ज, वेश्याएं, क्या नहीं हैं, लेकिन जिसकी आत्मा में बल नहीं, अभिमान नहीं, वह और चाहे कुछ हो, आदमी नहीं है। जिसे दुश्मन के भय के मारे रात को नींद न आती हो, जिसके दुःख पर सब हंसें और रोने वाला कोई न हो, जिसकी चोटी दूसरों के पैरों की नीचे दबी हो, जो भोग-विलास के नशे में अपने को बिलकुल भूल

गया हो, जो हुक्काम के तलवे चाटता हो और अपने अधीनों का खून चूसता हो, मैं उसे सुखी नहीं कहता। वह तो संसार का सबसे अभागा प्राणी है। साहब शिकार खेलने आएं या दौरे पर, मेरा कर्तव्य है कि उनकी दुम के पीछे लगा रहूं। उनकी भौंहों पर शिकन पड़ी और हमारे प्राण सूखे। उन्हें प्रसन्न करने के लिए हम क्या नहीं करते; मगर वह पचड़ा सुनाने लगूं तो शायद तुम्हें विश्वास न आए। डालियों और रिश्वतों तक तो खैर गनीमत है, हम सिजदे करने को भी तैयार रहते हैं। खोरी ने हमें अपंग बना दिया है, हमें अपने पुरुषार्थ पर लेश मात्र भी विश्वास नहीं, केवल अफसरों के सामने दुम हिला-हिला कर किसी तरह उनके कृपापात्र बने रहना और उनकी सहायता से अपने प्रजा पर आतंक जमाना ही हमारा उद्यम है। पिछलगुओं की खुशामदों ने हमें इतना अभिमानी और तुनकमिजाज बना दिया है कि हममें शील, विनय और सेवा का लोप हो गया है। मैं तो कभी-कभी सोचता हूँ कि अगर सरकार हमारे इलाके छीन कर हमें अपने रोजी के लिए मेहनत करना सिखा दे, तो हमारे साथ महान उपकार करे, और यह तो निश्चय है कि अब सरकार भी हमारी रक्षा न करेगी। हमसे अब उसका कोई स्वार्थ नहीं निकलता। लक्षण कह रहे हैं कि बहुत जल्द हमारे वर्ग की हस्ती मिट जाने वाली है। मैं उस दिन का स्वागत करने को तैयार बैठा हूँ। ईश्वर वह दिन जल्द लाए। वह हमारे उद्धार का दिन होगा। हम परिस्थितियों के शिकार बने हुए हैं। यह परिस्थिति ही हमारा सर्वनाश कर रही है और जब तक संपत्ति की यह बेड़ी हमारे पैरों से न निकलेगी, जब तक यह अभिशाप हमारे सिर पर मंडराता रहेगा, हम मानवता का वह पद न पा सकेंगे, जिस पर पहुंचना ही जीवन का अंतिम लक्ष्य है।

रायसाहब ने फिर गिलौरी-दान निकाला और कई गिलौरियां निकाल कर मुँह में भर लीं। कुछ और कहने वाले थे कि एक चपरासी ने आ कर कहा-सरकार, बेगारों ने काम करने से इनकार कर दिया है। कहते हैं, जब तक हमें खाने को न मिलेगा, हम काम न करेंगे। हमने धमकाया, तो सब काम छोड़ कर अलग हो गए।

रायसाहब के माथे पर बल पड़ गए। आँखें निकाल कर बोले-चलो, मैं इन दुष्टों को ठीक करता हूँ। जब कभी खाने को नहीं दिया, तो आज यह नई बात क्यों? एक आने रोज के हिसाब से मजूरी मिलेगी, जो हमेशा मिलती रही है; और इस मजूरी पर काम करना होगा, सीधे करें या टेढ़े।

फिर होरी की ओर देख कर बोले–तुम अब जाओ होरी, अपने तैयारी करो। जो बात मैंने कही है, उसका ख्याल रखना। तुम्हारे गाँव से मुझे कम-से-कम पाँच सौ की आशा है।

रायसाहब झल्लाते हुए चले गए। होरी ने मन में सोचा, अभी यह कैसी-कैसी नीति और धरम की बातें कर रहे थे और एकाएक इतने गरम हो गए!

सूर्य सिर पर आ गया था। उसके तेज से अभिभूत हो कर वृक्ष ने अपना पसार समेट लिया था। आकाश पर मटियाली गर्द छाई हुई थी और सामने की पृथ्वी कांपती हुई जान पड़ती थी।

होरी ने अपना डंडा उठाया और घर चला। शगुन के रुपए कहाँ से आएंगे, यही चिंता उसके सिर पर सवार थी।

3

होरी अपने गाँव के समीप पहुंचा, तो देखा, अभी तक गोबर खेत में ऊख गोड़ रहा है और दोनों लड़कियां भी उसके साथ काम कर रही हैं। लू चल रहीं थी, बगुले उठ रहे थे, भूतल धधक रहा था। जैसे प्रकृति ने वायु में आग घोल दी हो। यह सब अभी तक खेत में क्यों हैं? क्या काम के पीछे सब जान देने पर तुले हुए हैं? वह खेत की ओर चला और दूर ही से चिल्ला कर बोला–आता क्यों नहीं गोबर, क्या काम ही करता रहेगा? दोपहर ढल गई, कुछ सूझता है कि नहीं?

उसे देखते ही तीनों ने कुदालें उठा लीं और उसके साथ हो लिए। गोबर सांवला, लंबा, इकहरा युवक था, जिसे इस काम में रुचि न मालूम होती थी। प्रसन्नता की जगह मुख पर असंतोष और विद्रोह था। वह इसलिए काम में लगा हुआ था कि वह दिखाना चाहता था, उसे खाने-पीने की कोई फिक्र नहीं है। बड़ी लड़की सोना लज्जाशील कुमारी थी, सांवली, सुडौल, प्रसन्न और चपल। गाढ़े की लाल साड़ी, जिसे वह घुटनों से मोड़ कर कमर में बांधे हुए थी, उसके हलके शरीर पर कुछ लदी हुई-सी थी, और उसे प्रौढ़ता की गरिमा दे रही थी। छोटी रूपा पाँच-छः साल की छोकरी थी, मैली, सिर पर बालों का एक घोंसला-सा बना हुआ, एक लंगोटी कमर में बांधे, बहुत ही ढीठ और रोनी।

रूपा ने होरी की टांगो में लिपट कर कहा–काका! देखो, मैंने एक ढेला भी नहीं छोड़ा। बहन कहती है, जा पेड़ तले बैठ। ढेले न तोड़े जाएंगे काका, तो मिट्टी कैसे बराबर होगी?

होरी ने उसे गोद में उठा प्यार करते हुए कहा–तूने बहुत अच्छा किया बेटी, चल घर चलें। कुछ देर अपने विद्रोह को दबाए रहने के बाद गोबर बोला–यह तुम रोज-रोज मालिकों की खुशामद करने क्यों जाते हो? बाकी न चुके तो प्यादा आ कर गालियां सुनाता है, बेगार देनी ही पड़ती है, नजर-नजराना सब तो हमसे भराया जाता है। फिर किसी की क्यों सलामी करो!

इस समय यही भाव होरी के मन में भी आ रहे थे, लेकिन लड़के के इस विद्रोह-भाव को दबाना जरूरी था। बोला–सलामी करने न जाएं, तो रहें कहाँ? भगवान ने जब गुलाम बना दिया है, तो अपना क्या बस है? यह इसी सलामी की बरकत है, कि द्वार पर मंड़ैया डाल ली और किसी ने कुछ नहीं कहा। घूरे ने द्वार पर खूंटा गाड़ा था, जिस पर कारिंदों ने दो रुपए डांड़ ले लिए थे। तलैया से कितनी मिट्टी हमने खोदी, कारिंदा ने कुछ नहीं कहा। दूसरा खोदे तो नजर देनी पड़े। अपने मतलब के लिए सलामी करने जाता हूँ, पांव में सनीचर नहीं है और न सलामी करने में कोई बड़ा सुख मिलता है। घंटों खड़े रहो, तब जा कर मालिक को खबर होती है। कभी बाहर निकलते हैं, कभी कहला देते हैं कि फुरसत नहीं हैं।

गोबर ने कटाक्ष किया–बड़े आदमियों की हां-में-हां मिलाने में कुछ-न-कुछ आनंद तो मिलता ही है, नहीं लोग मेंबरी के लिए क्यों खड़े हों?

"जब सिर पर पड़ेगी तब मालूम होगा बेटा, अभी जो चाहे कह लो। पहले मैं भी यही सब बातें सोचा करता था; पर अब मालूम हुआ कि हमारी गर्दन दूसरों के पैरों के नीचे दबी हुई है, अकड़ कर निबाह नहीं हो सकता।"

पिता पर अपना क्रोध उतार कर गोबर कुछ शांत हो गया और चुपचाप चलने लगा। सोना ने देखा, रूपा बाप की गोद में चढ़ी बैठी है तो ईर्ष्या हुई। उसे डांट कर बोली–अब गोद से उतर कर पांव-पांव क्यों नहीं चलती, क्या पांव टूट गए हैं?

रूपा ने बाप की गर्दन में हाथ डाल कर ढिठाई से कहा–न उतरेंगे जाओ। काका, बहन हमको रोज चिढ़ाती है कि तू रूपा है, मैं सोना हूँ। मेरा नाम कुछ और रख दो।

होरी ने सोना को बनावटी रोष से देख कर कहा–तू इसे क्यों चिढ़ाती है सोनिया, सोना तो देखने को है। निबाह तो रूपा से होता है। रूपा न हो, तो रुपए कहाँ से बनें, बता?

सोना ने अपने पक्ष का समर्थन किया–सोना न हो तो मोहर कैसे बने, नथुनिया कहाँ से आएं, कंठा कैसे बने?

गोबर भी इस विनोदमय विवाद में शरीक हो गया। रूपा से बोला–तू कह दे कि सोना तो सूखी पत्ती की तरह पीला होता है, रूपा तो उजला होता है, जैसे सूरज।

सोना बोली–शादी-ब्याह में पीली साड़ी पहनी जाती है, उजली साड़ी कोई नहीं पहनता।

रूपा इस दलील से परास्त हो गई। गोबर और होरी की कोई दलील इसके सामने न ठहर सकी। उसने क्षुब्ध आँखों से होरी को देखा।

होरी को एक नई युक्ति सूझ गई। बोला–सोना बड़े आदमियों के लिए है। हम गरीबों के लिए तो रूपा ही है। जैसे जौ को राजा कहते हैं, गेहूं को चमार; इसलिए न कि गेहूं बड़े आदमी खाते हैं, जौ हम लोग खाते हैं।

सोना के पास इस सबल युक्ति का कोई जवाब न था। परास्त हो कर बोली–तुम सब जने एक ओर हो गए, नहीं रुपिया को रुला कर छोड़ती।

रूपा ने उंगली मटका कर कहा–ए राम, सोना चमार-ए राम, सोना चमार।

इस विजय का उसे इतना आनंद हुआ कि बाप की गोद में रह न सकी। ज़मीन पर कूद पड़ी और उछल-उछल कर यही रट लगाने लगी–रूपा राजा, सोना चमार–रूपा राजा, सोना चमार!

ये लोग घर पहुंचे तो धनिया द्वार पर खड़ी इनकी बाट जोह रही थी। रुष्ट हो कर बोली–आज इतनी देर क्यों की गोबर? काम के पीछे कोई परान थोड़े ही दे देता है।

फिर पति से गर्म हो कर कहा–तुम भी वहाँ से कमाई करके लौटे तो खेत में पहुंच गए। खेत कहीं भागा जाता था!

द्वार पर कुआं था। होरी और गोबर ने एक-एक कलसा पानी सिर पर ऊंड़ेला, रूपा को नहलाया और भोजन करने गए। जौ की रोटियां थीं, पर गेहूं-जैसी सफेद और चिकनी। अरहर की दाल थी, जिसमें कच्चे आम पड़े हुए थे। रूपा बाप की थाली में खाने बैठी। सोना ने उसे ईर्ष्या-भरी आँखों से देखा, मानो कह रही थी, वाह रे दुलार!

धनिया ने पूछा–मालिक से क्या बातचीत हुई?

होरी ने लोटा-भर पानी चढ़ाते हुए कहा–यही तहसील-वसूल की बात थी और क्या। हम लोग समझते हैं, बड़े आदमी बहुत सुखी होंगे, लेकिन सच पूछो तो वह हमसे भी ज्यादा दुःखी हैं। हमें पेट ही की चिंता है, उन्हें हजारों चिंताएं घेरे रहती हैं।

रायसाहब ने और क्या-क्या कहा था, वह कुछ होरी को याद न था। उस सारे कथन का खुलासा-मात्र उसके स्मरण में चिपका हुआ रह गया था।

गोबर ने व्यंग्य किया–तो फिर अपना इलाका हमें क्यों नहीं दे देते। हम अपने खेत, बैल, हल, कुदाल सब उन्हें देने को तैयार हैं। करेंगे बदला? यह सब धूर्तता है, निरी मोटमरदी। जिसे दुःख होता है, वह दरजनों मोटरें नहीं रखता, महलों में नहीं रहता, हलवा-पूरी नहीं खाता और न नाच-रंग में लिप्त रहता है। मजे से राज का सुख भोग रहे हैं, उस पर दुःखी हैं!

होरी ने झुंझला कर कहा–अब तुमसे बहस कौन करे भाई! जैजात किसी से छोड़ी जाती है कि वही छोड़ देंगे? हमीं को खेती से क्या मिलता है? एक आने नफरी की मजूरी भी तो नहीं पड़ती। जो दस रुपए महीने का भी नौकर है, वह भी हमसे अच्छा खाता-पहनता है, लेकिन खेतों को छोड़ा तो नहीं जाता। खेती छोड़ दें, तो और करें क्या? नौकरी कहीं मिलती है? फिर मरजाद भी तो पालना ही पड़ता है। खेती में जो मरजाद है, वह नौकरी में तो नहीं है। इसी तरह जमींदारों का हाल भी समझ लो। उनकी जान को भी तो सैकड़ों रोग लगे हुए हैं, हाकिमों को रसद पहुंचाओ, उनकी सलामी करो, अमलों को खुस करो। तारीख पर मालगुजारी न चुका दें, तो हवालात हो जाए, कुड़की आ जाए। हमें तो कोई हवालात नहीं ले जाता। दो-चार गालियां-घुड़कियां ही तो मिल कर रह जाती हैं।

गोबर ने प्रतिवाद किया–यह सब कहने की बातें हैं। हम लोग दाने-दाने को मुहताज हैं, देह पर साबित कपड़े नहीं हैं, चोटी का पसीना एड़ी तक आता है, तब भी गुजर नहीं होता। उन्हें क्या, मजे से गद्दी-मसनद लगाए बैठे हैं, सैकड़ों नौकर-चाकर हैं, हजारों आदमियों पर हुकूमत है। रुपए न जमा होते हों; पर सुख तो सभी तरह का भोगते हैं। धन ले कर आदमी और क्या करता है?

"तुम्हारी समझ में हम और वह बराबर हैं?"

"भगवान ने तो सबको बराबर ही बनाया है।"

"यह बात नहीं है बेटा, छोटे-बड़े भगवान के घर से बन कर आते हैं। संपत्ति बड़ी तपस्या से मिलती है। उन्होंने पूर्वजन्म में जैसे कर्म किए हैं, उनका आनंद भोग रहे हैं। हमने कुछ नहीं संचा, तो भोगें क्या?"

"यह सब मन को समझाने की बातें हैं। भगवान सबको बराबर बनाते हैं। यहाँ जिसके हाथ में लाठी है, वह गरीबों को कुचल कर बड़ा आदमी बन जाता है।"

"यह तुम्हारा भरम है। मालिक आज भी चार घंटे रोज भगवान का भजन करते हैं।"

"किसके बल पर यह भजन-भाव और दान-धरम होता है?"

"अपने बल पर।"

"नहीं, किसानों के बल पर और मजदूरों के बल पर। यह पाप का धन पचे कैसे? इसीलिए दान-धरम करना पड़ता है, भगवान का भजन भी इसीलिए होता है। भूखे-नंगे रह कर भगवान का भजन करें, तो हम भी देखें। हमें कोई दोनों जून खाने को दे, तो हम आठों पहर भगवान का जाप ही करते रहें। एक दिन खेत में ऊख गोड़ना पड़े तो सारी भक्ति भूल जाए।"

होरी ने हार कर कहा–अब तुम्हारे मुँह कौन लगे भाई, तुम तो भगवान की लीला में भी टांग अड़ाते हो।

तीसरे पहर गोबर कुदाल ले कर चला, तो होरी ने कहा–जरा ठहर जाओ बेटा, हम भी चलते हैं। तब तक थोड़ा-सा भूसा निकाल कर रख दो। मैंने भोला को देने को कहा है। बेचारा आजकल बहुत तंग है।

गोबर ने अवज्ञा-भरी आँखों से देख कर कहा–हमारे पास बेचने को भूसा नहीं है।

"बेचता नहीं हूँ भाई, यों ही दे रहा हूँ। वह संकट में है, उसकी मदद तो करनी ही पड़ेगी।"

"हमें तो उन्होंने कभी एक गाय नहीं दे दी।"

"दे तो रहा था, पर हमने ली ही नहीं।"

"धनिया मटक कर बोली–गाय नहीं वह दे रहा था। इन्हें गाय दे देगा! आँख में अंजन लगाने को कभी चिल्लू-भर दूध तो भेजा नहीं, गाय दे देगा!"

होरी ने कसम खाई–नहीं, जवानी कसम, अपने पछाई गाय दे रहे थे। हाथ तंग है, भूसा-चारा नहीं रख सके। अब एक गाय बेच कर भूसा लेना चाहते हैं। मैंने सोचा, संकट में पड़े आदमी की गाय क्या लूं। थोड़ा-सा भूसा दिए देता हूँ, कुछ रुपए हाथ आ जाएंगे तो गाय ले लूंगा। थोड़ा-थोड़ा करके चुका दूंगा। अस्सी रुपए की है, मगर ऐसी कि आदमी देखता रहे।

गोबर ने आड़े हाथों लिया–तुम्हारा यही धरमात्मापन तो तुम्हारी दुरगत कर रहा है। साफ-साफ तो बात है। अस्सी रुपए की गाय है, हमसे बीस रुपए का भूसा ले लें और गाय हमें दे दें। साठ रुपए रह जाएंगे, वह हम धीरे-धीरे दे देंगे।

होरी रहस्यमय ढंग से मुस्कराया–मैंने ऐसी चाल सोची है कि गाय सेंत-मेंत में हाथ आ जाए। कहीं भोला की सगाई ठीक करनी है, बस! दो-चार मन भूसा तो खाली अपना रंग जमाने को देता हूँ।

गोबर ने तिरस्कार किया–तो तुम अब सबकी सगाई ठीक करते फिरोगे?

धनिया ने तीखी आँखों से देखा–अब यही एक उद्यम तो रह गया है। नहीं देना है हमें भूसा किसी को। यहाँ भोला-भोली किसी का करज नहीं खाया है।

होरी ने अपने सफाई दी–अगर मेरे जतन से किसी का घर बस जाए तो इसमें कौन-सी बुराई है?

गोबर ने चिलम उठाई और आग लेने चला गया। उसे यह झमेला बिलकुल नहीं भाता था।

धनिया ने सिर हिला कर कहा–जो उनका घर बसाएगा, वह अस्सी रुपए की गाय लेकर चुप न होगा। एक थैली गिनवाएगा।

होरी ने पुचारा दिया–यह मैं जानता हूँ; लेकिन उनकी भलमनसी को भी तो देखो। मुझसे जब मिलता है, तेरा बखान ही करता है–ऐसी लक्ष्मी है, ऐसी सलीकेदार है।

धनिया के मुख पर स्निग्धता झलक पड़ी। मन भाए मुड़िया हिलाए वाले भाव से बोली—मैं उनके बखान की भूखी नहीं हूँ, अपना बखान धरे रहें।

होरी ने स्नेह-भरी मुस्कान के साथ कहा—मैंने तो कह दिया, भैया, वह नाक पर मक्खी भी नहीं बैठने देती, गालियों से बात करती है, लेकिन वह यही कहे जाए कि वह औरत नहीं, लक्ष्मी है। बात यह है कि उसकी घरवाली जबान की बड़ी तेज थी। बेचारा उसके डर के मारे भागा-भागा फिरता था। कहता था, जिस दिन तुम्हारी घरवाली का मुँह सबेरे देख लेता हूँ, उस दिन कुछ-न-कुछ जरूर हाथ लगता है। मैंने कहा—तुम्हारे हाथ लगता होगा, यहाँ तो रोज देखते हैं, कभी पैसे से भेंट नहीं होती।

"तुम्हारे भाग ही खोटे हैं, तो मैं क्या करूं।"

"लगा अपने घरवाली की बुराई करने—भिखारी को भीख तक नहीं देती थी, झाड़ू ले कर मारने दौड़ती थी, लालचिन ऐसी थी कि नमक तक दूसरों के घर से मांग लाती थी।"

"मरने पर किसी की क्या बुराई करूं। मुझे देख कर जल उठती थी।"

"भोला बड़ा गमखोर था कि उसके साथ निबाह कर दिया। दूसरा होता तो जहर खा मर जाता। मुझसे दस साल बड़े होंगे भोला, पर राम-राम पहले ही करते हैं।"

"तो क्या कहते थे कि जिस दिन तुम्हारी घरवाली का मुँह देख लेता हूँ तो क्या होता है?"

"उस दिन भगवान कहीं-न-कहीं से कुछ भेज देते हैं।"

"बहुएं भी तो वैसी ही चटोरिन आई हैं। अबकी सबों ने दो रुपए के खरबूजे उधार खा डाले। उधार मिल जाए, फिर उन्हें चिंता नहीं होती कि देना पड़ेगा या नहीं।"

"अरे भोला रोते काहे को हैं?"

गोबर आ कर बोला—भोला दादा आ पहुंचे। मन-दो-मन भूसा है, वह उन्हें दे दो, फिर उनकी सगाई ढूंढने निकलो!

धनिया ने समझाया—आदमी द्वार पर बैठा है, उसके लिए खाट-वाट तो डाल नहीं दी, ऊपर से लगे भुनभुनाने। कुछ तो भलमनसी सीखो। कलसा ले जाओ, पानी भर कर रख दो, हाथ-मुंह धोएं, कुछ रस-पानी पिला दो। मुसीबत में ही आदमी दूसरों के सामने हाथ फैलाता है।

होरी बोला—रस-वस का काम नहीं है, कौन कोई पाहुने हैं।

धनिया बिगड़ी—पाहुने और कैसे होते हैं। रोज-रोज तो तुम्हारे द्वार पर नहीं आते हैं? इतनी दूर से धूप-घाम में आए हैं, प्यास लगी ही होगी। रुपिया, देख डब्बे में तमाखू है कि नहीं, गोबर के मारे काहे को बची होगी। दौड़ कर एक पैसे की तमाखू सहुआइन की दुकान से ले ले।

भोला की आज जितनी खातिर हुई, और कभी न हुई होगी। गोबर ने खाट डाल दी, सोना रस घोल लाई, रूपा तमाखू भर लाई। धनिया द्वार पर किवाड़ की आड़ में खड़ी अपने कानों से अपना बखान सुनने के लिए अधीर हो रही थी।

भोला ने चिलम हाथ में ले कर कहा–अच्छी घरनी घर में आ जाए, तो समझ लो लक्ष्मी आ गई। वही जानती है, छोटे-बड़े का आदर-सत्कार कैसे करना चाहिए।

धनिया के हृदय में उल्लास का कंपन हो रहा था। चिंता और निराशा और अभाव से आहत आत्मा इन शब्दों में एक कोमल, शीतल स्पर्श का अनुभव कर रही थी।

होरी जब भोला का खांचा उठा कर भूसा लाने अंदर चला, तो धनिया भी पीछे-पीछे चली। होरी ने कहा–जाने कहाँ से इतना बड़ा खांचा मिल गया। किसी भड़भूंजे से मांग लिया होगा। मन-भर से कम में न भरेगा। दो खांचे भी दिए, तो दो मन निकल जाएंगे।

धनिया फूली हुई थी। मलामत की आँखों से देखती हुई बोली–या तो किसी को नेवता न दो, और दो तो भरपेट खिलाओ। तुम्हारे पास फूल-पत्र लेने थोड़े ही आए हैं कि चंगेरी ले कर चलते। देते ही हो, तो तीन खांचे दे दो। भला आदमी लड़कों को क्यों नहीं लाया? अकेले कहाँ तक ढोएगा? जान निकल जाएगी।

"तीन खांचे तो मेरे दिए न दिए जाएंगे।"

"तब क्या एक खांचा दे कर टालोगे? गोबर से कह दो, अपना खांचा भर कर उनके साथ चला जाए।"

"गोबर ऊख गोड़ने जा रहा है।"

"एक दिन न गोड़ने से ऊख सूख न जाएगी।"

"यह तो उनका काम था कि किसी को अपने साथ ले लेते। भगवान के दिए दो-दो बेटे हैं।"

"न होंगे घर पर। दूध ले कर बाज़ार गए होंगे।"

"यह तो अच्छी दिल्लगी है कि अपना माल भी दो और उसे घर तक पहुंचा भी दो। लाद दे, लदा दे, लादने वाला साथ कर दे।"

"अच्छा भाई, कोई मत जाए। मैं पहुंचा दूंगी। बड़ों की सेवा करने में लाज नहीं है।"

"और तीन खांचे उन्हें दे दूं, तो अपने बैल क्या खाएंगे?"

"यह सब तो नेवता देने के पहले ही सोच लेना था। न हो, तुम और गोबर दोनों जने चले जाओ।"

"मुरौवत मुरौवत की तरह की जाती है, अपना घर उठा कर नहीं दे दिया जाता!"

"अभी जमींदार का प्यादा आ जाए, तो अपने सिर पर भूसा लाद कर पहुंचाओगे तुम, तुम्हारा लड़का, लड़की सब। और वहाँ साइत मन-दो-मन लकड़ी भी गाड़नी पड़े।"

"जमींदार की बात और है।"

"हां, वह डंडे के जोर से काम लेता है न।"

"उसके खेत नहीं जोतते?"

"खेत जोतते हैं, तो लगान नहीं देते?"

"अच्छा भाई, जान न खा, हम दोनों चले जाएंगे। कहाँ-से-कहाँ मैंने इन्हें भूसा देने को कह दिया। या तो चलेगी नहीं, या चलेगी तो दौड़ने लगेगी।"

तीनों खांचे भूसे से भर दिए गए। गोबर कुढ़ रहा था। उसे अपने बाप के व्यवहारों में जरा भी विश्वास न था। वह समझता था, यह जहाँ जाते हैं, वहीं कुछ-न-कुछ घर से खो आते हैं। धनिया प्रसन्न थी। रहा होरी, वह धर्म और स्वार्थ के बीच में डूब-उतरा रहा था।

होरी और गोबर मिल कर एक खांचा बाहर लाए। भोला ने तुरंत अपने-अंगौछे का बींड़ बना कर सिर पर रखते हुए कहा—मैं इसे रख कर अभी भागा आता हूँ। एक खांचा और लूंगा।

होरी बोला—एक नहीं, अभी दो और भरे धरे हैं। और तुम्हें न आना पड़ेगा। मैं और गोबर एक-एक खांचा ले कर तुम्हारे साथ ही चलते हैं।

भोला स्तंभित हो गया। होरी उसे अपना भाई, बल्कि उससे भी निकट जान पड़ा। उसे अपने भीतर एक ऐसी तृप्ति का अनुभव हुआ, जिसने मानो सके संपूर्ण जीवन को हरा कर दिया।

तीनों भूसा ले कर चले, तो राह में बातें होने लगीं।

भोला ने पूछा—दसहरा आ रहा है, मालिकों के द्वार पर तो बड़ी धूमधाम होगी?

"हां, तंबू-सामियाना गड़ गया है। अबकी लीला में मैं भी काम करूंगा रायसाहब ने कहा है, तुम्हें राजा जनक का माली बनना पड़ेगा।"

"मालिक तुमसे बहुत खुश हैं।"

"उनकी दया है।"

एक क्षण के बाद भोला ने फिर पूछा—सगुन करने के लिए रुपए का कुछ जुगाड़ कर लिया है? माली बन जाने से तो गला न छूटेगा।

होरी ने मुँह का पसीना पोंछ कर कहा—उसी की चिंता तो मारे डालती है दादा—अनाज तो सब-का-सब खलिहान में ही तुल गया। जमींदार ने अपना लिया, महाजन ने अपना लिया। मेरे लिए पाँच सेर अनाज बच रहा। यह भूसा तो मैंने रातों-रात ढो कर छिपा दिया था, नहीं तिनका भी न बचता। जमींदार तो एक ही है, मगर महाजन तीन-तीन हैं, सहुआइन अलग और मंगरू अलग

और दातादीन पंडित अलग। किसी का ब्याज भी पूरा न चुका। जमींदार के भी आधे रुपए बाकी पड़ गए। सहुआइन से फिर रुपए उधार लिए तो काम चला। सब तरह किफायत करके देख लिया भैया, कुछ नहीं होता। हमारा जनम इसीलिए हुआ है कि अपना रक्त बहाएं और बड़ों का घर भरें। मूल का दुगुना सूद भर चुका, पर मूल ज्यों-का-त्यों सिर पर सवार है। लोग कहते हैं, सादी-गमी में, तीरथ-बरत में हाथ बांध कर खरच करो। मुदा रास्ता कोई नहीं दिखाता। रायसाहब ने बेटे के ब्याह में बीस हज़ार लुटा दिए। उनसे कोई कुछ नहीं कहता। मंगरू ने अपने बाप के करिया-करम में पाँच हज़ार लगाए। उनसे कोई कुछ नहीं पूछता। वैसे ही मरजाद तो सबकी है।

भोला ने करुण भाव से कहा–बड़े आदमियों की बराबरी तुम कैसे कर सकते हो भाई?

"आदमी तो हम भी हैं।"

"कौन कहता है कि हम-तुम आदमी हैं। हममें आदमियत है कहीं? आदमी वह है, जिनके पास धन है, अख्तियार है, इलम है। हम लोग तो बैल हैं और जुतने के लिए पैदा हुए हैं। उस पर एक दूसरे को देख नहीं सकता। एका का नाम नहीं। एक किसान दूसरे के खेत पर न चढ़े तो कोई जागा कैसे करे, प्रेम तो संसार से उठ गया।"

बूढ़ों के लिए अतीत के सुखों और वर्तमान के दुःखों और भविष्य के सर्वनाश से ज्यादा मनोरंजक और कोई प्रसंग नहीं होता। दोनों मित्र अपने-अपने दुखड़े रोते रहे। भोला ने अपने बेटों के करतूत सुनाए, होरी ने अपने भाइयों का रोना रोया और तब एक कुएं पर बोझ रख कर पानी पीने के लिए बैठ गए। गोबर ने बनिए से लोटा और गगरा मांगा और पानी खींचने लगा।

भोला ने सहृदयता से पूछा–अलगौझे के समय तो तुम्हें बड़ा रंज हुआ होगा। भाइयों को तो तुमने बेटों की तरह पाला था।

होरी आर्द्र कंठ से बोला–कुछ न पूछो दादा, यही जी चाहता था कि कहीं जाके डूब मरूं। मेरे जीते-जी सब कुछ हो गया। जिनके पीछे अपने जवानी धूल में मिला दी, वही मेरे मुद्दई हो गए और झगड़े की जड़ क्या थी? यही कि मेरी घरवाली हार में काम करने क्यों नहीं जाती। पूछो, घर देखने वाला भी कोई चाहिए कि नहीं? लेना-देना, धरना-उठाना, संभालना-सहेजना, यह कौन करे? फिर वह घर बैठी तो नहीं रहती थी, झाड़ू-बुहारू, रसोई, चौका-बरतन, लड़कों की देखभाल यह कोई थोड़ा काम है। सोभा की औरत घर संभाल लेती कि हीरा की औरत में यह सलीका था–जब से अलगौझा हुआ है, दोनों घरों में एक जून रोटी पकती है, नहीं सबको दिन में चार बार भूख लगती थी। अब खाएं चार दफे, तो देखूं। इस मालिकपन में गोबर की माँ की जो दुरगत हुई है, वह मैं ही जानता हूँ। बेचारी देवरानियों के फटे-पुराने कपड़े

पहन कर दिन काटती थी। अपने खुद भूखी सो रही होगी, लेकिन बहुओं के जलपान तक का ध्यान रखती थी। अपने देह गहने के नाम कच्चा धागा भी न था, देवरानियों के लिए दो-दो चार-चार गहने बनवा दिए। सोने के न सही, चांदी के तो हैं। जलन यही थी कि यह मालिक क्यों है। बहुत अच्छा हुआ कि अलग हो गए। मेरे सिर से बला टली।

भोला ने एक लोटा पानी चढ़ा कर कहा–यही हाल घर-घर है भैया! भाइयों की बात ही क्या, यहाँ तो लड़कों से भी नहीं पटती और पटती इसलिए नहीं कि मैं किसी की कुचाल देख कर मुँह नहीं बंद कर सकता। तुम जुआ खेलोगे, चरस पीओगे, गांजे के दम लगाओगे, मगर आए किसके घर से? खरच करना चाहते हो तो कमाओ, मगर कमाई तो किसी से न होगी। खरच दिल खोल कर करेंगे। जेठा कामता सौदा ले कर बाज़ार जाएगा तो आधे पैसे गायब। पूछो तो कोई जवाब नहीं। छोटा जंगी है, वह संगत के पीछे मतवाला रहता है। सांझ हुई और ढोल-मजीरा ले कर बैठ गए। संगत को मैं बुरा नहीं कहता। गाना-बजाना ऐब नहीं, लेकिन यह सब काम फुरसत के हैं। यह नहीं कि घर का तो कोई काम न करो, आठों पहर उसी धुन में पड़े रहो। जाती है मेरे सिर, सानी-पानी मैं करूं, गाय-भैंस मैं दुहूं, दूध ले कर बाज़ार मैं जाऊं। यह गृहस्थी जी का जंजाल है, सोने की हंसिया, जिसे न उगलते बनता है, न निगलते। लड़की है झुनिया, वह भी नसीब की खोटी। तुम तो उसकी सगाई में आए थे। कितना अच्छा घर-बार था। उसका आदमी बंबई में दूध की दुकान करता था। उन दिनों वहाँ हिंदू-मुसलमानों में दंगा हुआ, तो किसी ने उसके पेट में छुरा भोंक दिया। घर ही चौपट हो गया। वहाँ अब उसका निबाह नहीं, जा कर लिवा लाया कि दूसरी सगाई कर दूंगा, मगर वह राजी ही नहीं होती। और दोनों भावजें हैं कि रात-दिन उसे जलाती रहती हैं। घर में महाभारत मचा रहता है। बिपत की मारी यहाँ आई, यहाँ भी चैन नहीं।

इन्हीं दुखड़ों में रास्ता कट गया। भोला का पुरवा था तो छोटा, मगर बहुत गुलजार। अधिकतर अहीर ही बसते थे। और किसानों के देखते इनकी दशा बहुत बुरी न थी। भोला गाँव का मुखिया था। द्वार पर बड़ी-सी चरनी थी, जिस पर दस-बारह गाएं-भैंसें खड़ी सानी खा रही थीं। ओसारे में एक बड़ा-सा तख्त पड़ा था, जो शायद दस आदमियों से भी न उठता। किसी खूंटी पर ढोलक लटक रही थी, किसी पर मजीरा। एक ताख पर कोई पुस्तक बस्ते में बंधी रखी हुई थी, जो शायद रामायण हो। दोनों बहुएं सामने बैठी गोबर पाथ रही थीं और झुनिया चौखट पर खड़ी थी। उसकी आँखें लाल थीं और नाक के सिरे पर भी सुर्खी थी। मालूम होता था, अभी रो कर उठी है। उसके मांसल, स्वस्थ, सुगठित अंगों में मानो यौवन लहरें मार रहा था। मुँह बड़ा और गोल था, कपोल फूले हुए, आँखें छोटी और भीतर धंसी हुई, माथा पतला पर

वक्ष का उभार और गात का वह गुदगुदापन आँखों को खींचता था। उस पर छपी हुई गुलाबी साड़ी उसे और भी शोभा प्रदान कर रही थी।

भोला को देखते ही उसने लपक कर उनके सिर से खांचा उतरवाया। भोला ने गोबर और होरी के खांचे उतरवाए और झुनिया से बोले–पहले एक चिलम भर ला, फिर थोड़ा-सा रस बना ले। पानी न हो तो गगरा ला, मैं खींच दूं। होरी महतो को पहचानती है न?

फिर होरी से बोला–घरनी के बिना घर नहीं रहता भैया। पुरानी कहावत है–"नाटन खेती बहुरियन घर"। नाटे बैल क्या खेती करेंगे और बहुएं क्या घर संभालेंगी। जब से इनकी माँ मरी है, जैसे घर की बरक्कत ही उठ गई। बहुएं आटा पाथ लेती हैं; पर गृहस्थी चलाना क्या जानें। हां, मुँह चलाना खूब जानती हैं। लौंडे कहीं फड़ पर जमे होंगे। सब-के-सब आलसी हैं, कामचोर। जब तक जीता हूँ, इनके पीछे मरता हूँ। मर जाऊँगा, तो आप सिर पर हाथ धर कर रोएंगे। लड़की भी वैसी ही। छोटा-सा अढ़ौना भी करेगी, तो भुन-भुना कर। मैं तो सह लेता हूँ, खसम थोड़े ही सहेगा।

झुनिया एक हाथ में भरी हुई चिलम, दूसरे में रस का लोटा लिए बड़ी फुर्ती से आ पहुंची। फिर रस्सी और कलसा ले कर पानी भरने चली। गोबर ने उसके हाथ से कलसा लेने के लिए हाथ बढ़ा कर झेंपते हुए कहा–तुम रहने दो, मैं भरे लाता हूँ।

झुनिया ने कलसा न दिया। कुएं के जगत पर जा कर मुस्कुराती हुई बोली–तुम हमारे मेहमान हो। कहोगे, एक लोटा पानी भी किसी ने न दिया।

"मेहमान काहे से हो गया। तुम्हारा पड़ोसी ही तो हूँ।"

"पड़ोसी साल-भर में एक बार भी सूरत न दिखाए, तो मेहमान ही है।"

"रोज-रोज आने से मरजाद भी तो नहीं रहती।"

झुनिया हंस कर तिरछी नजरों से देखती हुई बोली–वही मरजाद तो दे रही हूँ। महीने में एक बार आओगे, ठंडा पानी दूंगी। पंद्रहवें दिन आओगे, चिलम पाओगे। सातवें दिन आओगे, खाली बैठने को माची दूंगी। रोज-रोज आओगे, कुछ न पाओगे।

"दरसन तो दोगी?"

"दरसन के लिए पूजा करनी पड़ेगी।"

यह कहते-कहते जैसे उसे कोई भूली हुई बात याद आ गई। उसका मुँह उदास हो गया। वह विधवा है। उसके नारीत्व के द्वार पर पहले उसका पति रक्षक बना बैठा रहता था। वह निश्चिंत थी। अब उस द्वार पर कोई रक्षक न था, इसलिए वह उस द्वार को सदैव बंद रखती है। कभी-कभी घर के सूनेपन से उकता कर वह द्वार खोलती है; पर किसी को आते देख कर भयभीत हो कर दोनों पट भेड़ लेती है।

गोबर ने कलसा भर कर निकाला। सबों ने रस पिया और एक चिलम तमाखू और पी कर लौटे। भोला ने कहा–कल तुम आ कर गाय ले जाना गोबर, इस बखत तो सानी खा रही है।

गोबर की आँखें उसी गाय पर लगी हुई थीं और मन-ही-मन वह मुग्ध हुआ जाता था। गाय इतनी सुंदर और सुडौल है, इसकी उसने कल्पना भी न की थी।

होरी ने लोभ को रोक कर कहा–मंगवा लूंगा, जल्दी क्या है?

"तुम्हें जल्दी न हो, हमें तो जल्दी है। उसे द्वार पर देख कर तुम्हें वह बात याद रहेगी।"

"उसकी मुझे बड़ी फिकर है दादा!"

"तो कल गोबर को भेज देना।"

दोनों ने अपने-अपने खांचे सिर पर रखे और आगे बढ़े। दोनों इतने प्रसन्न थे, मानो ब्याह करके लौटे हों। होरी को तो अपने चिरसंचित अभिलाषा के पूरे होने का हर्ष था, और बिना पैसे के। गोबर को इससे भी बहुमूल्य वस्तु मिल गई थी। उसके मन में अभिलाषा जाग उठी थी।

अवसर पा कर उसने पीछे की ओर देखा। झुनिया द्वार पर खड़ी थी, मत्त आशा की भांति अधीर चंचल।

4

होरी को रात-भर नींद नहीं आई। नीम के पेड़-तले अपने बांस की खाट पर पड़ा बार-बार तारों की ओर देखता था। गाय के लिए नांद गाड़नी है। बैलों से अलग उसकी नांद रहे तो अच्छा। अभी तो रात को बाहर ही रहेगी, लेकिन चौमासे में उसके लिए कोई दूसरी जगह ठीक करनी होगी। बाहर लोग नजर लगा देते हैं। कभी-कभी तो ऐसा टोना-टोटका कर देते हैं कि गाय का दूध ही सूख जाता है। थन में हाथ ही नहीं लगाने देती–लात मारती है। नहीं, बाहर बांधना ठीक नहीं। और बाहर नांद भी कौन गाड़ने देगा? कारिंदा साहब नजर के लिए मुँह फैलाएंगे। छोटी-छोटी बात के लिए रायसाहब के पास फरियाद ले जाना भी उचित नहीं। और कारिंदे के सामने मेरी सुनता कौन है? उनसे कुछ कहूं, तो कारिंदा दुसमन हो जाए। जल में रह कर मगर से बैर करना बुड़बकपन है। भीतर ही बांधूंगा। आंगन है तो छोटा-सा; लेकिन एक मड़ैया डाल देने से काम चल जाएगा। अभी पहला ही ब्यान है। पाँच सेर से कम क्या दूध देगी। सेर-भर तो गोबर ही को चाहिए। रुपिया दूध देख कर कैसी

ललचाती रहती है। अब पिए जितना चाहे। कभी-कभी दो-चार सेर मालिकों को दे आया करूंगा। कारिंदा साहब की पूजा भी करनी ही होगी। और भोला के रुपए भी दे देना चाहिए। सगाई के ढकोसले में उसे क्यों डालूं। जो आदमी अपने ऊपर इतना विश्वास करे, उससे दगा करना नीचता है। अस्सी रुपए की गाय मेरे विश्वास पर दे दी, नहीं यहाँ तो कोई एक पैसे को नहीं पतियाता। सन में क्या कुछ न मिलेगा? अगर पच्चीस रुपए भी दे दूं, तो भोला को ढाढ़स हो जाए। धनिया से नाहक बता दिया। चुपके से गाय ला कर बांध देता तो चकरा जाती। लगती पूछने, किसकी गाय है? कहाँ से लाए हो? खूब दिक करके तब बताता, लेकिन जब पेट में बात पचे भी। कभी दो-चार पैसे ऊपर से आ जाते है, उनको भी तो नहीं छिपा सकता। और यह अच्छा भी है। उसे घर की चिंता रहती है; अगर उसे मालूम हो जाए कि इनके पास भी पैसे रहते हैं, तो फिर नखड़े बघारने लगे। गोबर जरा आलसी है, नहीं मैं गऊ की ऐसी सेवा करता कि जैसी चाहिए। आलसी-वालसी कुछ नहीं है। इस उमिर में कौन आलसी नहीं होता? मैं भी दादा के सामने मटरगस्ती ही किया करता था। बेचारे पहर रात से कुट्टी काटने लगते। कभी द्वार पर झाड़ू लगाते, कभी खेत में खाद फेंकते। मैं पड़ा सोता रहता। कभी जगा देते, तो मैं बिगड़ जाता और घर छोड़ कर भाग जाने की धमकी देता था। लड़के जब अपने माँ-बाप के सामने भी जिंदगी का थोड़ा-सा सुख न भोगेंगे, तो फिर जब अपने सिर पड़ गई तो क्या भोगेंगे? दादा के मरते ही क्या मैंने घर नहीं संभाल लिया? सारा गाँव यही कहता था कि होरी घर बर्बाद कर देगा, लेकिन सिर पर बोझ पड़ते ही मैंने ऐसा चोला बदला कि लोग देखते रह गए। सोभा और हीरा अलग ही हो गए, नहीं आज इस घर की और ही बात होती। तीन हल एक साथ चलते। अब तीनों अलग-अलग चलते हैं। सब, समय का फेर है। धनिया का क्या दोष था? बेचारी जब से घर में आई, कभी तो आराम से न बैठी। डोली से उतरते ही सारा काम सिर पर उठा लिया। अम्मां को पान की तरह फेरती रहती थी। जिसने घर के पीछे अपने को मिटा दिया, देवरानियों से काम करने को कहती थी, तो क्या बुरा करती थी? आखिर उसे भी तो कुछ आराम मिलना चाहिए। लेकिन भाग्य में आराम लिखा होता तब तो मिलता। तब देवरों के लिए मरती थी, अब अपने बच्चों के लिए मरती है। वह इतनी सीधी, गमखोर, निर्छल न होती, तो आज सोभा और हीरा जो मूंछों पर ताव देते फिरते हैं, कहीं भीख मांगते होते। आदमी कितना स्वार्थी हो जाता है। जिसके लिए मरो, वही जान का दुसमन हो जाता है।

होरी ने फिर पूर्व की ओर देखा। साइत भिनसार हो रहा है। गोबर काहे को जागने लगा। नहीं, कहके तो यही सोया था कि मैं अंधरे ही चला जाऊँगा। जा कर नांद तो गाड़ दूं, लेकिन नहीं, जब तक गाय द्वार पर न आ जाए, नांद

गाड़ना ठीक नहीं। कहीं भोला बदल गए या और किसी कारण से गाय न दी, तो सारा गाँव तालियां पीटने लगेगा, चले थे गाय लेने! पट्ठे ने इतनी फुर्ती से नांद गाड़ दी, मानो इसी की कसर थी। भोला है तो अपने घर का मालिक, लेकिन जब लड़के सयाने हो गए, तो बाप की कौन चलती है? कामता और जंगी अकड़ जाएं तो क्या भोला अपने मन से गाय मुझे दे देंगे? कभी नहीं।

सहसा गोबर चौंक कर उठ बैठा और आँखें मलता हुआ बोला–अरे! यह तो भोर हो गया। तुमने नांद गाड़ दी दादा?

होरी गोबर के सुगठित शरीर और चौड़ी छाती की ओर गर्व से देख कर और मन में यह सोचते हुए कि कहीं इसे गोरस मिलता, तो कैसा पट्ठा हो जाता, बोला–नहीं, अभी नहीं गाड़ी। सोचा, कहीं न मिले, तो नाहक भद्द हो।

गोबर ने त्योरी चढ़ा कर कहा–मिलेगी क्यों नहीं?

"उनके मन में कोई चोर पैठ जाए?"

"चोर पैठे या डाकू, गाय तो उन्हें देनी ही पड़ेगी।"

गोबर ने और कुछ न कहा–लाठी कंधे पर रखी और चल दिया। होरी उसे जाते देखता हुआ अपना कलेजा ठंडा करता रहा। अब लड़के की सगाई में देर न करनी चाहिए। सत्रहवां लग गया; मगर करे कैसे? कहीं पैसे के भी दरसन हों। जब से तीनों भाइयों में अलगौझा हो गया, घर की साख जाती रही। महतो लड़का देखने आते हैं, पर घर की दसा देख कर मुँह फीका करके चले जाते हैं। दो-एक राजी भी हुए, तो रुपए मांगते हैं। दो-तीन सौ लड़की का दाम चुकाए और इतना ही ऊपर से खरच करे, तब जा कर ब्याह हो। कहाँ से आवें इतने रुपए? रास खलिहान में तुल जाती है। खाने-भर को भी नहीं बचता। ब्याह कहाँ से हो? और अब तो सोना ब्याहने योग्य हो गई। लड़के का ब्याह न हुआ न सही। लड़की का ब्याह न हुआ, तो सारी बिरादरी में हंसी होगी। पहले तो उसी की सगाई करनी है, पीछे देखी जाएगी।

एक आदमी ने आ कर राम-राम किया और पूछा–तुम्हारी कोठी में कुछ बांस होंगे महतो?

होरी ने देखा, दमड़ी बंसोर सामने खड़ा है, नाटा, काला, खूब मोटा, चौड़ा मुंह, बड़ी-बड़ी मूंछें, लाल आंखें, कमर में बांस काटने की कटार खोंसे हुए। साल में एक-दो बार आ कर चिकें, कुर्सियां, मोढ़े, टोकरियां आदि बनाने के लिए कुछ बांस काट ले जाता था।

होरी प्रसन्न हो गया। मुट्ठी गर्म होने की कुछ आशा बंधी। चौधरी को ले जा कर अपने तीनों कोठियां दिखाई, मोल-भाव किया और पच्चीस रुपए सैकड़े में पचास बांसों का बयाना ले लिया। फिर दोनों लौटे। होरी ने उसे चिलम पिलाई, जलपान कराया और तब रहस्यमय भाव से बोला–मेरे बांस कभी तीस रुपए से कम में नहीं जाते, लेकिन तुम घर के आदमी हो, तुमसे

क्या मोल-भाव करता। तुम्हारा वह लड़का, जिसकी सगाई हुई थी, अभी परदेस से लौटा कि नहीं?

चौधरी ने चिलम का दम लगा कर खांसते हुए कहा–उस लौंडे के पीछे तो मर मिटा महतो! जवान बहू घर में बैठी थी और वह बिरादरी की एक दूसरी औरत के साथ परदेस में मौज करने चल दिया। बहू भी दूसरे के साथ निकल गई। बड़ी नाकिस जात है महतो, किसी की नहीं होती। कितना समझाया कि तू जो चाहे खा, जो चाहे पहन, मेरी नाक न कटवा, मुदा कौन सुनता है? औरत को भगवान सब कुछ दे, रूप न दे, नहीं तो वह काबू में नहीं रहती। कोठियां तो बंट गई होंगी?

होरी ने आकाश की ओर देखा और मानो उसकी महानता में उड़ता हुआ बोला–सब कुछ बंट गया चौधरी! जिनको लड़कों की तरह पाला-पोसा, वह अब बराबर के हिस्सेदार हैं, लेकिन भाई का हिस्सा खाने की अपने नीयत नहीं है। इधर तुमसे रुपए मिलेंगे, उधर दोनों भाइयों को बांट दूंगा। चार दिन की जिंदगी में क्यों किसी से छल-कपट करूं? नहीं कह दूं कि बीस रुपए सैकड़े में बेचे हैं, तो उन्हें क्या पता लगेगा। तुम उनसे कहने थोड़े ही जाओगे। तुम्हें तो मैंने बराबर अपना भाई समझा है।

व्यवहार में हम 'भाई' के अर्थ का कितना ही दुरुपयोग करें, लेकिन उसकी भावना में जो पवित्रता है, वह हमारी कालिमा से कभी मलिन नहीं होती।

होरी ने अप्रत्यक्ष रूप से यह प्रस्ताव करके चौधरी के मुँह की ओर देखा कि वह स्वीकार करता है या नहीं। उसके मुख पर कुछ ऐसा मिथ्या विनीत भाव प्रकट हुआ, जो भिक्षा मांगते समय मोटे भिक्षुकों पर आ जाता है।

चौधरी ने होरी का आसन पाकर चाबुक जमाया–हमारा तुम्हारा पुराना भाई-चारा है, महतो, ऐसी बात है भला, लेकिन बात यह है कि ईमान आदमी बेचता है, तो किसी लालच से। बीस रुपए नहीं, मैं पंद्रह रुपए कहूंगा, लेकिन जो बीस रुपए के दाम लो।

होरी ने खिसिया कर कहा–तुम तो चौधरी अंधेर करते हो, बीस रुपए में कहीं ऐसे बांस जाते हैं?

"ऐसे क्या, इससे अच्छे बांस जाते हैं दस रुपए पर, हां, दस कोस और पच्छिम चले जाओ। मोल बांस का नहीं है, सहर के नगीच होने का है। आदमी सोचता है, जितनी देर वहाँ जाने में लगेगी, उतनी देर में तो दो-चार रुपए का काम हो जाएगा।"

सौदा पट गया। चौधरी ने मिर्जई उतार कर छान पर रख दी और बांस काटने लगा।

ऊख की सिंचाई हो रही थी। हीरा-बहू कलेवा ले कर कुएं पर जा रही थी। चौधरी को बांस काटते देख कर घूंघट के अंदर से बोली–कौन बांस काटता है? यहाँ बांस न कटेंगे।

चौधरी ने हाथ रोक कर कहा–बांस मोल लिए हैं, पंद्रह रुपए सैकड़े का बयाना हुआ है। सेंत में नहीं काट रहे हैं।

हीरा-बहू अपने घर की मालकिन थी। उसी के विद्रोह से भाइयों में अलगौझा हुआ था। धनिया को परास्त करके शेर हो गई थी। हीरा कभी-कभी उसे पीटता था। अभी हाल में इतना मारा था कि वह कई दिन तक खाट से न उठ सकी, लेकिन अपना पदाधिकार वह किसी तरह न छोड़ती थी। हीरा क्रोध में उसे मारता था, लेकिन चलता था उसी के इशारों पर, उस घोड़े की भांति, जो कभी-कभी स्वामी को लात मार कर भी उसी के आसन के नीचे चलता है।

कलेवे की टोकरी सिर से उतार कर बोली–पंद्रह रुपए में हमारे बांस न जाएंगे।

चौधरी औरत जात से इस विषय में बातचीत करना नीति-विरुद्ध समझते थे। बोले–जा कर अपने आदमी को भेज दो। जो कुछ कहना हो, आ कर कहें।

हीरा-बहू का नाम था पुन्नी। बच्चे दो ही हुए थे। लेकिन ढल गई थी। बनाव-सिंगार से समय के आघात का शमन करना चाहती थी, लेकिन गृहस्थी में भोजन ही का ठिकाना न था, सिंगार के लिए पैसे कहाँ से आते? इस अभाव और विवशता ने उसकी प्रकृति का जल सुखा कर कठोर और शुष्क बना दिया था, जिस पर एक बार गावड़ा भी उचट जाता था।

समीप आ कर चौधरी का हाथ पकड़ने की चेष्टा करती हुई बोली–आदमी को क्यों भेज दूं? जो कुछ कहना हो, मुझसे कहो न? मैंने कह दिया, मेरे बांस न कटेंगे।

चौधरी हाथ छुड़ाता था और पुन्नी बार-बार पकड़ लेती थी। एक मिनट तक यही हाथा-पाई होती रही। अंत में चौधरी ने उसे जोर से पीछे ढकेल दिया। पुन्नी धक्का खा कर गिर पड़ी, मगर फिर संभली और पांव से तल्ली निकाल कर चौधरी के सिर, मुंह, पीठ पर अंधाधुंध जमाने लगी। बंसोर हो कर उसे ढकेल दे? उसका यह अपमान! मारती जाती थी और रोती भी जाती थी। चौधरी उसे धक्का दे कर नारी जाति पर बल का प्रयोग करके गच्चा खा चुका था। खड़े-खड़े मार खाने के सिवा इस संकट से बचने की उसके पास और कोई दवा न थी।

पुन्नी का रोना सुन कर होरी भी दौड़ा हुआ आया। पुन्नी ने उसे देख कर और जोर से चिल्लाना शुरू किया। होरी ने समझा, चौधरी ने पुनिया को मारा है। खून ने जोश मारा और अलगौझे की ऊंची बाधा को तोड़ता हुआ, सब कुछ अपने अंदर समेटने के लिए बाहर निकल पड़ा। चौधरी को जोर से एक लात जमा कर बोला–अब अपना भला चाहते हो चौधरी, तो यहाँ से चले जाओ, नहीं तुम्हारी लहास उठेगी। तुमने अपने को समझा क्या है? तुम्हारी इतनी मजाल कि मेरी बहू पर हाथ उठाओ।

चौधरी कसमें खा-खा कर अपने सफाई देने लगा। तल्लियों की चोट में उसकी अपराधी आत्मा मौन थी। यह लात उसे निरपराध मिली और उसके फुले हुए गाल आँसुओं से भीग गए। उसने तो बहू को छुआ भी नहीं। क्या वह इतना गंवार है कि महतो के घर की औरतों पर हाथ उठाएगा?

होरी ने अविश्वास करके कहा–आंखों में धूल मत झोंको चौधरी, तुमने कुछ कहा नहीं, तो बहू झूठ-मूठ रोती है? रुपए की गरमी है, तो वह निकाल दी जाएगी, अलग हैं तो क्या हुआ, है तो एक खून। कोई तिरछी आँख से देखे तो आँख निकाल लें।

पुन्नी चंडी बनी हुई थी। गला गाड़ कर बोली–तूने मुझे धक्का दे कर गिरा नहीं दिया? खा जा अपने बेटे की कसम।

हीरा को खबर मिली कि चौधरी और पुनिया में लड़ाई हो रही है। चौधरी ने पुनिया को धक्का दिया। पुनिया ने तल्लियों से पीटा। उसने पुर वहीं छोड़ा और औंगी लिए घटनास्थल की ओर चला। गाँव में अपने क्रोध के लिए प्रसिद्ध था। छोटा डील, गठा हुआ शरीर, आँखें कौड़ी की तरह निकल आई थीं और गर्दन की नसें तन गई थीं, मगर उसे चौधरी पर क्रोध न था, क्रोध था पुनिया पर। वह क्यों चौधरी से लड़ी? क्यों उसकी इज्जत मिट्टी में मिला दी। बंसोर से लड़ने-झगड़ने का उसे क्या प्रयोजन था? उसे जा कर हीरा से समाचार कह देना चाहिए था। हीरा जैसा उचित समझता, करता। वह उससे लड़ने क्यों गई? उसका बस होता, तो वह पुनिया को पर्दे में रखता। पुनिया किसी बड़े से मुँह खोल कर बातें करे, यह उसे असह्य था। वह खुद जितना उद्दंड था, पुनिया को उतना ही शांत रखना चाहता था। जब भैया ने पंद्रह रुपए में सौदा कर लिया, तो यह बीच में कूदने वाली कौन।

आते ही उसने पुन्नी का हाथ पकड़ लिया और घसीटता हुआ अलग ले जाकर लगा लातें जमाने–हरामजादी, तू हमारी नाक कटाने पर लगी हुई है! तू छोटे-छोटे आदमियों से लड़ती फिरती है, किसकी पगड़ी नीची होती है बता! (एक लात और जमा कर) हम तो वहाँ कलेऊ की बाट देख रहे हैं, तू यहाँ लड़ाई ठाने बैठी है। इतनी बेसर्मी! आँख का पानी ऐसा गिर गया। खोद कर गाड़ दूंगा।

पुन्नी हाय-हाय करती जाती थी और कोसती जाती थी। "तेरी मिट्टी उठे, तुझे हैजा हो जाए, तुझे मरी आवें, देवी मैया तुझे लील जाएं, तुझे इन्लूएंजा हो जाए। भगवान करे, तू कोढ़ी हो जाए। हाथ-पांव कट-कट गिरें।"

और गालियां तो हीरा खड़ा-खड़ा सुनता रहा, लेकिन यह पिछली गाली उसे लग गई। हैजा, मरी आदि में कोई विशेष कष्ट न था। इधर बीमार पड़े, उधर विदा हो गए, लेकिन कोढ़! यह घिनौनी मौत, और उससे भी घिनौना जीवन। वह तिलमिला उठा, दांत पीसता हुआ पुनिया पर झपटा और झोंटे

पकड़ कर फिर उसका सिर ज़मीन पर रगड़ता हुआ बोला–हाथ-पांव कट कर गिर जाएंगे तो मैं तुझे ले कर चाटूंगा। तू ही मेरे बाल-बच्चों को पालेगी? ऐं! तू ही इतनी बड़ी गिरस्ती चलाएगी? तू तो दूसरा भतार करके किनारे खड़ी हो जाएगी।

चौधरी को पुनिया की इस दुर्गति पर दया आ गई। हीरा को उदारतापूर्वक समझाने लगा–हीरा महतो, अब जाने दो, बहुत हुआ। क्या हुआ, बहू ने मुझे मारा। मैं तो छोटा नहीं हो गया। धन्य भाग कि भगवान ने यह दिन तो दिखाया।

हीरा ने चौधरी को डांटा–तुम चुप रहो चौधरी, नहीं मेरे क्रोध में पड़ जाओगे तो बुरा होगा। औरतजात इसी तरह बहकती है। आज को तुमसे लड़ गई, कल को दूसरों से लड़ जाएगी। तुम भले मानुस हो, हंस कर टाल गए, दूसरा तो बरदास न करेगा। कहीं उसने भी हाथ छोड़ दिया, तो कितनी आबरू रह जाएगी, बताओ।

इस ख्याल ने उसके क्रोध को फिर भड़काया। लपका था कि होरी ने दौड़ कर पकड़ लिया और उसे पीछे हटाते हुए बोला–अरे, हो तो गया। देख तो लिया दुनिया ने कि बड़े बहादुर हो। अब क्या उसे पीस कर पी जाओगे?

हीरा अब भी बड़े भाई का अदब करता था। सीधे-सीधे न लड़ता था। चाहता तो एक झटके में अपना हाथ छुड़ा लेता, लेकिन इतनी बेअदबी न कर सका। चौधरी की ओर देख कर बोला–अब खड़े क्या ताकते हो? जा कर अपने बांस काटो। मैंने सही कर दिया। पंद्रह रुपए सैकड़े में तय है।

कहाँ तो पुन्नी रो रही थी। कहाँ झमक कर उठी और अपना सिर पीट कर बोली–लगा दे घर में आग, मुझे क्या करना है! भाग फूट गया कि तुझ जैसे कसाई के पाले पड़ी। लगा दे घर में आग।

उसने कलेऊ की टोकरी वहीं छोड़ दी और घर की ओर चली। हीरा गरजा–वहां कहाँ जाती है, चल कुएं पर, नहीं खून पी जाऊँगा।

पुनिया के पांव रुक गए। इस नाटक का दूसरा अंक न खेलना चाहती थी। चुपके से टोकरी उठा कर रोती हुई कुएं की ओर चली। हीरा भी पीछे-पीछे चला।

होरी ने कहा–अब फिर मार-धाड़ न करना। इससे औरत बेसरम हो जाती है।

धनिया ने द्वार पर आकर हांक लगाई–तुम वहाँ खड़े-खड़े क्या तमासा देख रहे हो? कोई तुम्हारी सुनता भी है कि यों ही सिच्छा दे रहे हो। उस दिन इसी बहू ने तुम्हें घूंघट की आड़ में डाढ़ीजार कहा था, भूल गए। बहुरिया हो कर पराए मरदों से लड़ेगी, तो डांटी न जाएगी।

होरी द्वार पर आ कर नटखटपन के साथ बोला–और जो मैं इसी तरह तुझे मारूं?

"क्या कभी मारा नहीं है, जो मारने की साध बनी हुई है।"

"इतनी बेदरदी से मारता, तो तू घर छोड़ कर भाग जाती! पुनिया बड़ी गमखोर है।"

"ओहो! ऐसे ही तो बड़े दरदवाले हो। अभी तक मार का दाग बना हुआ है। हीरा मारता है तो दुलारता भी है। तुमने खाली मारना सीखा, दुलार करना सीखा ही नहीं। मैं ही ऐसी हूँ कि तुम्हारे साथ निबाह हुआ।

"अच्छा रहने दे, बहुत अपना बखान न कर! तू ही रूठ-रूठ नैहर भागती थी। जब महीनों खुसामद करता था, तब जा कर आती थी।"

"जब अपने गरज सताती थी, तब मनाने जाते थे लाला! मेरे दुलार से नहीं जाते थे।"

"इसी से तो मैं सबसे तेरा बखान करता हूँ।"

वैवाहिक जीवन के प्रभात में लालसा अपने गुलाबी मादकता के साथ उदय होती है और हृदय के सारे आकाश को अपने माधुर्य की सुनहरी किरणों से रंजित कर देती है। फिर मध्याह्न का प्रखर ताप आता है, क्षण-क्षण पर बगुले उठते हैं और पृथ्वी कांपने लगती है। लालसा का सुनहरा आवरण हट जाता है और वास्तविकता अपने नग्न रूप में सामने आ खड़ी होती है। उसके बाद विश्राममय संध्या आती है, शीतल और शांत, जब हम थके हुए पथिकों की भांति दिन-भर की यात्रा का वृत्तांत करते और सुनते हैं तटस्थ भाव से, मानो हम किसी ऊंचे शिखर पर जा बैठे हैं, जहाँ नीचे का जन-रव हम तक नहीं पहुंचता।

धनिया ने आँखों में रस भर कर कहा–चलो-चलो, बड़े बखान करने वाले! जरा-सा कोई काम बिगड़ जाए, तो गरदन पर सवार हो जाते हो।

होरी ने मीठे उलाहने के साथ कहा–ले, अब यही तेरी बेइंसाफी मुझे अच्छी नहीं लगती धनिया! भोला से पूछ, मैंने उनसे तेरे बारे में क्या कहा था?

धनिया ने बात बदल कर कहा–देखो, गोबर गाय ले कर आता है कि खाली हाथ।

चौधरी ने पसीने में लथपथ आ कर कहा–महतो, चल कर बांस गिन लो। कल ठेला ला कर उठा ले जाऊँगा।

होरी ने बांस गिनने की जरूरत न समझी। चौधरी ऐसा आदमी नहीं है। फिर एकाध बांस बेसी काट ही लेगा, तो क्या। रोज ही तो मंगनी बांस कटते रहते हैं। सहालगों में तो मंडप बनाने के लिए लोग दर्जनों बांस काट ले जाते हैं।

चौधरी ने साढ़े सात रुपए निकाल कर उसके हाथ में रख दिए। होरी ने गिनकर कहा–और निकालो। हिसाब से ढाई और होते हैं।

चौधरी ने बेमुरौवती से कहा–पंद्रह रुपए में तय हुए हैं कि नहीं?

"पंद्रह रुपए में नहीं, बीस रुपए में।"

"हीरा महतो ने तुम्हारे सामने पंद्रह रुपए कहे थे। कहो तो बुला लाऊं?"

"तय तो बीस रुपए में ही हुए थे चौधरी! अब तुम्हारी जीत है, जो चाहो कहो। ढाई रुपए निकलते हैं, तुम दो ही दे दो।"

मगर चौधरी कच्ची गोलियां न खेला था। अब उसे किसका डर? होरी के मुँह में तो ताला पड़ा हुआ था। क्या कहे, माथा ठोंक कर रह गया। बस इतना बोला–यह अच्छी बात नहीं है, चौधरी, दो रुपए दबा कर राजा न हो जाओगे।

चौधरी तीक्ष्ण स्वर में बोला–और तुम क्या भाइयों के थोड़े-से पैसे दबा कर राजा हो जाओगे? ढाई रुपए पर अपना ईमान बिगाड़ रहे थे, उस पर मुझे उपदेस देते हो। अभी परदा खोल दूं, तो सिर नीचा हो जाए।

होरी पर जैसे सैकड़ों जूते पड़ गए। चौधरी तो रुपए सामने ज़मीन पर रख कर चला गया, पर वह नीम के नीचे बैठा बड़ी देर तक पछताता रहा। वह कितना लोभी और स्वार्थी है, इसका उसे आज पता चला। चौधरी ने ढाई रुपए दे दिए होते, तो वह खुशी से कितना फूल उठता। अपने चालाकी को सराहता कि बैठे-बैठाए ढाई रुपए मिल गए। ठोकर खा कर ही तो हम सावधानी के साथ पग उठाते हैं।

धनिया अंदर चली गई थी। बाहर आई तो रुपए ज़मीन पर पड़े देखे, गिन कर बोली–और रुपए क्या हुए, दस न चाहिए?

होरी ने लंबा मुँह बना कर कहा–हीरा ने पंद्रह रुपए में दे दिए, तो मैं क्या करता।

"हीरा पाँच रुपए में दे दे। हम नहीं देते इन दामों।"

"वहां मार-पीट हो रही थी। मैं बीच में क्या बोलता?"

होरी ने अपनी पराजय अपने मन में ही डाल ली, जैसे कोई चोरी से आम तोड़ने के लिए पेड़ पर चढ़े और गिर पड़ने पर धूल झाड़ता हुआ उठ खड़ा हो कि कोई देख न ले। जीत कर आप अपने धोखेबाजियों की डींग मार सकते हैं, जीत में सब-कुछ माफ है। हार की लज्जा तो पी जाने की ही वस्तु है।

धनिया पति को फटकारने लगी। ऐसे अवसर उसे बहुत कम मिलते थे। होरी उससे चतुर था, पर आज बाजी उसके हाथ थी। हाथ मटका कर बोली–क्यों न हो, भाई ने पंद्रह रुपए कह दिए, तो तुम कैसे टोकते? अरे, राम-राम! लाड़ले भाई का दिल छोटा हो जाता कि नहीं! फिर जब इतना बड़ा अनर्थ हो रहा था कि लाड़ली बहू के गले पर छुरी चल रही थी, तो भला तुम कैसे बोलते! उस बखत कोई तुम्हारा सरबस लूट लेता, तो भी तुम्हें सुध न होती।

होरी चुपचाप सुनता रहा। मिनका तक नहीं। झुंझलाहट हुई, क्रोध आया, खून खौला, आँख जली, दांत पिसे, लेकिन बोला नहीं। चुपके-से कुदाल उठाई और ऊख गोड़ने चला।

धनिया ने कुदाल छीन कर कहा–क्या अभी सबेरा है जो ऊख गोड़ने चले? सूरज देवता माथे पर आ गए। नहाने-धोने जाव। रोटी तैयार है।

होरी ने घुन्ना कर कहा–मुझे भूख नहीं है।

धनिया ने जले पर नोन छिड़का–हां, काहे को भूख लगेगी! भाई ने बड़े-बड़े लड्डू खिला दिए हैं न। भगवान ऐसे सपूत भाई सबको दें।

होरी बिगड़ा। और क्रोध अब रस्सियां तुड़ा रहा था? तू आज मार खाने पर लगी हुई है!

धनिया ने नकली विनय का नाटक करके कहा–क्या करूं, तुम दुलार ही इतना करते हो कि मेरा सिर फिर गया है।

"तू घर में रहने देगी कि नहीं?"

"घर तुम्हारा, मालिक तुम, मैं भला कौन होती हूँ तुम्हें घर से निकालने वाली?"

होरी आज धनिया से किसी तरह पेश नहीं पा सकता। उसकी अक्ल जैसे कुंद हो गई है। इन व्यंग्य-बाणों के रोकने के लिए उसके पास कोई ढाल नहीं है। धीरे से कुदाल रख दी और गमछा ले कर नहाने चला गया। लौटा कोई आध घंटे में, मगर गोबर अभी तक न आया था। अकेले कैसे भोजन करे। लौंडा वहाँ जा कर सो रहा। भोला की वह मदमाती छोकरी है न झुनिया। उसके साथ हंसी-दिल्लगी कर रहा होगा। कल भी तो उसके पीछे लगा हुआ था। नहीं गाय दी, तो लौट क्यों नहीं आया। क्या वहाँ ढई देगा।

धनिया ने कहा–अब खड़े क्या हो? गोबर सांझ को आएगा।

होरी ने और कुछ न कहा–कहीं धनिया फिर न कुछ कह बैठे।

भोजन करके नीम की छांह में लेट रहा।

रूपा रोती हुई आई। नंगे बदन एक लंगोटी लगाए, झबरे बाल इधर-उधर बिखरे हुए। होरी की छाती पर लोट गई। उसकी बड़ी बहिन सोना कहती है–गाय आएगी, तो उसका गोबर मैं पाथूंगी। रूपा यह नहीं बर्दाश्त कर सकती है। सोना ऐसी कहाँ की बड़ी रानी है कि सारा गोबर आप पाथ डाले। रूपा उससे किस बात में कम है? सोना रोटी पकाती है, तो क्या रूपा बर्तन नहीं मांजती? सोना पानी लाती है, तो क्या रूपा कुएं पर रस्सी नहीं ले जाती? सोना तो कलसा भर कर इठलाती चली आती है। रस्सी समेट कर रूपा ही लाती है। गोबर दोनों साथ पाथती हैं। सोना खेत गोड़ने जाती है, तो क्या रूपा बकरी चराने नहीं जाती? फिर सोना क्यों अकेली गोबर पाथेगी? यह अन्याय रूपा कैसे सहे? होरी ने उसके भोलेपन पर मुग्ध हो कर कहा–नहीं, गाय का गोबर तू पाथना! सोना गाय के पास आए तो भगा देना।

रूपा ने पिता के गले में हाथ डाल कर कहा–दूध भी मैं ही दुहूंगी।

"हां-हां, तू न दुहेगी तो और कौन दुहेगा?"

"वह मेरी गाय होगी।"

"हां, सोलहों आने तेरी।"

रूपा प्रसन्न हो कर अपने विजय का शुभ समाचार पराजित सोना को सुनाने चली गई। गाय मेरी होगी, उसका दूध मैं दुहूंगी, उसका गोबर मैं पाथूंगी, तुझे कुछ न मिलेगा।

सोना उम्र से किशोरी, देह के गठन में युवती और बुद्धि से बालिका थी, जैसे उसका यौवन उसे आगे खींचता था, बालपन पीछे। कुछ बातों में इतनी चतुर कि ग्रेजुएट युवतियों को पढ़ाए, कुछ बातों में इतनी अल्हड़ कि शिशुओं से भी पीछे। लंबा, रूखा, किंतु प्रसन्न मुख, ठोड़ी नीचे को खिंची हुई, आँखों में एक प्रकार की तृप्ति, न केशों में तेल, न आँखों में काजल, न देह पर कोई आभूषण, जैसे गृहस्थी के भार ने यौवन को दबा कर बौना कर दिया हो।

सिर को एक झटका दे कर बोली–जा, तू गोबर पाथ। जब तू दूध दुह कर रखेगी तो मैं पी जाऊंगी।

"मैं दूध की हांड़ी ताले में बंद करके रखूंगी।"

"मैं ताला तोड़ कर दूध निकाल लाऊंगी।"

यह कहती हुई वह बाग की तरफ चल दी। आम गदरा गए थे। हवा के झोंकों से एकाध ज़मीन पर गिर पड़ते थे, लू के मारे चुचके, पीले, लेकिन बाल-वृंद उन्हें टपके समझ कर बाग को घेरे रहते थे। रूपा भी बहन के पीछे हो ली। जो काम सोना करे, वह रूपा जरूर करेगी। सोना के विवाह की बातचीत हो रही थी, रूपा के विवाह की कोई चर्चा नहीं करता, इसलिए वह स्वयं अपने विवाह के लिए आग्रह करती है। उसका दूल्हा कैसा होगा, क्या-क्या लाएगा, उसे कैसे रखेगा, उसे क्या खिलाएगा, क्या पहनाएगा, इसका वह बड़ा विशद वर्णन करती, जिसे सुन कर कदाचित कोई बालक उससे विवाह करने पर राजी न होता।

सांझ हो रही थी। होरी ऐसा अलसाया कि ऊख गोड़ने न जा सका। बैलों को नांद में लगाया, सानी-खली दी और एक चिलम भर कर पीने लगा। इस फसल में सब कुछ खलिहान में तौल देने पर भी कोई तीन सौ कर्ज था, जिस पर कोई सौ रुपए सूद के बढ़ते जाते थे। मंगरू साह से आज पाँच साल हुए, बैल के लिए साठ रुपए लिए थे, उसमें साठ दे चुका था, पर वह साठ रुपए ज्यों-के-त्यों बने हुए थे। दातादीन पंडित से तीस रुपए ले कर आलू बोए थे। आलू तो चोर खोद ले गए, और उस तीस के इन तीन बरसों में सौ हो गए थे। दुलारी विधवा सहुआइन थी, जो गाँव में नोन, तेल, तंबाकू की दुकान रखे हुए थी। बंटवारे के समय उससे चालीस रुपए ले कर भाइयों को देना पड़ा

था। उसके भी लगभग सौ रुपए हो गए थे, क्योंकि आने रुपए का ब्याज था। लगान के भी अभी पच्चीस रुपए बाकी पड़े हुए थे और दशहरे के दिन शगुन के रुपयों का भी कोई प्रबंध करना था। बांसों के रुपए बड़े अच्छे समय पर मिल गए। शगुन की समस्या हल हो जाएगी, लेकिन कौन जाने। यहाँ तो एक धेला भी हाथ में आ जाए, तो गाँव में शोर मच जाता है, और लेनदार चारों तरफ से नोचने लगते हैं। ये पाँच रुपए तो वह शगुन में देगा, चाहे कुछ हो जाए, मगर अभी जिंदगी के दो बड़े-बड़े काम सिर पर सवार थे। गोबर और सोना का विवाह। बहुत हाथ बांधने पर भी तीन सौ से कम खर्च न होंगे। ये तीन सौ किसके घर से आएंगे? कितना चाहता है कि किसी से एक पैसा कर्ज न ले, जिसका आता हो, उसका पाई-पाई चुका दे, लेकिन हर तरह का कष्ट उठाने पर भी गला नहीं छूटता। इसी तरह सूद बढ़ता जाएगा और एक दिन उसका घर-द्वार सब नीलाम हो जाएगा उसके बाल-बच्चे निराश्रय हो कर भीख मांगते फिरेंगे। होरी जब काम-धंधों से छुट्टी पा कर चिलम पीने लगता था,

तो यह चिंता एक काली दीवार की भांति चारों ओर से घेर लेती थी, जिसमें से निकलने की उसे कोई गली न सूझती थी। अगर संतोष था तो यही कि यह विपत्ति अकेले उसी के सिर न थी। प्रायः सभी किसानों का यही हाल था। अधिकांश की दशा तो इससे भी बदतर थी। सोभा और हीरा को उससे अलग हुए अभी कुल तीन साल हुए थे, मगर दोनों पर चार-चार सौ का बोझ लद गया था। झींगुर दो हल की खेती करता है। उस पर एक हज़ार से कुछ बेसी ही देना है। जियावन महतो के घर, भिखारी भीख भी नहीं पाता, लेकिन करजे का कोई ठिकाना नहीं। यहाँ कौन बचा है?

सहसा सोना और रूपा दोनों दौड़ी हुई आईं और एक साथ बोलीं—भैया गाय ला रहे हैं। आगे-आगे गाय, पीछे-पीछे भैया हैं।

रूपा ने पहले गोबर को आते देखा था। यह खबर सुनाने की सुर्खरूई उसे मिलनी चाहिए थी। सोना बराबर की हिस्सेदार हुई जाती है, यह उससे कैसे सहा जाता?

उसने आगे बढ़ कर कहा—पहले मैंने देखा था। तभी दौड़ी। बहन ने तो पीछे से देखा।

सोना इस दावे को स्वीकार न कर सकी। बोली—तूने भैया को कहाँ पहचाना? तू तो कहती थी, कोई गाय भागी आ रही है। मैंने ही कहा—भैया हैं।

दोनों फिर बाग की तरफ दौड़ीं, गाय का स्वागत करने के लिए।

धनिया और होरी दोनों गाय बांधने का प्रबंध करने लगे। होरी बोला—चलो, जल्दी से नांद गाड़ दें।

धनिया के मुख पर जवानी चमक उठी थी। नहीं, पहले थाली में थोड़ा-सा आटा और गुड़ घोल कर रख दें। बेचारी धूप में चली होगी। प्यासी होगी। तुम जा कर नांद गाड़ो, मैं घोलती हूँ।

"कहीं एक घंटी पड़ी थी। उसे ढूंढ़ ले। उसके गले में बांधेंगे।"

"सोना कहाँ गई? सहुआइन की दुकान से थोड़ा-सा काला डोरा मंगवा लो, गाय को नजर बहुत लगती है।"

"आज मेरे मन की बड़ी भारी लालसा पूरी हो गई।"

धनिया अपने हार्दिक उल्लास को दबाए रखना चाहती थी। इतनी बड़ी संपदा अपने साथ कोई नई बाधा न लाए, यह शंका उसके निराश हृदय में कंपन डाल रही थी। आकाश की ओर देख कर बोली–गाय के आने का आनंद तो तब है कि उसका पौरा भी अच्छा हो। भगवान के मन की बात है।

मानो वह भगवान को भी धोखा देना चाहती थी। भगवान को भी दिखाना चाहती थी कि इस गाय के आने से उसे इतना आनंद नहीं हुआ किर ईर्ष्यालु भगवान सुख का पलड़ा ऊंचा करने के लिए कोई नई विपत्ति भेज दें।

वह अभी आटा घोल ही रही थी कि गोबर गाय को लिए बालकों के एक जुलूस के साथ द्वार पर आ पहुंचा। होरी दौड़ कर गाय के गले से लिपट गया। धनिया ने आटा छोड़ दिया और जल्दी से एक पुरानी साड़ी का काला किनारा फाड़ कर गाय के गले में बांध दिया।

होरी श्रद्धा-विह्वल नेत्रों से गाय को देख रहा था, मानो साक्षात देवी जी ने घर में पदार्पण किया हो। आज भगवान ने यह दिन दिखाया कि उसका घर गऊ के चरणों से पवित्र हो गया। यह सौभाग्य! न जाने किसके पुण्य-प्रताप से।

धनिया ने भयातुर हो कर कहा–खड़े क्या हो, आंगन में नांद गाड़ दो।

"आंगन में जगह कहाँ है?"

"बहुत जगह है।"

"मैं तो बाहर ही गाड़ता हूँ"।

"पागल न बनो। गाँव का हाल जान कर भी अनजान बनते हो?"

"अरे, बित्ते-भर के आंगन में गाय कहाँ बांधोगी भाई?"

"जो बात नहीं जानते, उसमें टांग मत अड़ाया करो। संसार-भर की विद्या तुम्हीं नहीं पढ़े हो।"

होरी सचमुच आपे में न था। गऊ उसके लिए केवल भक्ति और श्रद्धा की वस्तु नहीं, सजीव संपत्ति थी। वह उससे अपने द्वार की शोभा और अपने घर का गौरव बढ़ाना चाहता था। वह चाहता था, लोग गाय को द्वार पर बंधी देख कर पूछें–यह किसका घर है? लोग कहें–होरी महतो का। तभी लड़की वाले भी उसकी विभूति से प्रभावित होंगे। आंगन में बंधी, तो कौन देखेगा?

धनिया इसके विपरीत सशंक थी। वह गाय को सात परदों के अंदर छिपा कर रखना चाहती थी। अगर गाय आठों पहर कोठरी में रह सकती, तो शायद वह उसे बाहर न निकलने देती। यों हर बात में होरी की जीत होती थी। वह अपने पक्ष पर अड़ जाता था और धनिया को दबना पड़ता था, लेकिन आज धनिया के सामने होरी की एक न चली। धनिया लड़ने को तैयार हो गई। गोबर, सोना और रूपा, सारा घर होरी के पक्ष में था, पर धनिया ने अकेले सबको परास्त कर दिया। आज उसमें एक विचित्र आत्मविश्वास और होरी में एक विचित्र विनय का उदय हो गया था।

मगर तमाशा कैसे रुक सकता था? गाय डोली में बैठ कर तो आई न थी। कैसे संभव था कि गाँव में इतनी बड़ी बात हो जाए और तमाशा न लगे। जिसने सुना, सब काम छोड़ कर देखने दौड़ा। यह मामूली देशी गऊ नहीं है। भोला के घर से अस्सी रुपए में आई है। होरी अस्सी रुपए क्या देंगे, पचास-साठ रुपए में लाए होंगे। गाँव के इतिहास में पचास-साठ रुपए की गाय का आना भी अभूतपूर्व बात थी। बैल तो पचास रुपए के भी आए, सौ के भी आए, लेकिन गाय के लिए इतनी बड़ी रकम किसान क्या खा के खर्च करेगा? यह तो ग्वालों ही का कलेजा है कि अंजुलियों रुपए गिन आते हैं। गाय क्या है, साक्षात देवी का रूप है। दर्शकों और आलोचकों का तांता लगा हुआ था, और होरी दौड़-दौड़ कर सबका सत्कार कर रहा था। इतना विनम्र, इतना प्रसन्न-चित्त वह कभी न था।

सत्तर साल के बूढ़े पंडित दातादीन लठिया टेकते हुए आए और पोपले मुँह से बोले–कहाँ हो होरी, तनिक हम भी तुम्हारी गाय देख लें! सुना, बड़ी सुंदर है।

होरी ने दौड़ कर पालागन किया और मन में अभिमानमय उल्लास का आनंद उठाता हुआ, बड़े सम्मान से पंडितजी को आंगन में ले गया। महाराज ने गऊ को अपने पुरानी अनुभवी आँखों से देखा, सींगें देखीं, थन देखा, पुट्टा देखा और घनी सफेद भौंहों के नीचे छिपी हुई आँखों में जवानी की उमंग भर कर बोले–कोई दोष नहीं है बेटा, बाल-भौंरी, सब ठीक। भगवान चाहेंगे, तो तुम्हारे भाग खुल जाएंगे, ऐसे अच्छे लच्छन हैं कि वाह! बस रातिब न कम होने पाए। एक-एक बाछा सौ-सौ का होगा।

होरी ने आनंद के सागर में डुबकियां खाते हुए कहा–सब आपका असीरबाद है, दादा!

दातादीन ने सुरती की पीक थूकते हुए कहा–मेरा असीरबाद नहीं है बेटा, भगवान की दया है। यह सब प्रभु की दया है। रुपए नगद दिए?

होरी ने बे-पर की उड़ाई। अपने महाजन के सामने भी अपने समृद्धि-प्रदर्शन का ऐसा अवसर पा कर वह कैसे छोड़े। टके की नई टोपी सिर पर रख कर

जब हम अकड़ने लगते हैं, जरा देर के लिए किसी सवारी पर बैठ कर जब हम आकाश में उड़ने लगते हैं, तो इतनी बड़ी विभूति पा कर क्यों न उसका दिमाग आसमान पर चढ़े? बोला–भोला ऐसा भलामानस नहीं है महाराज! नगद गिनाए, पूरे चौकस।

अपने महाजन के सामने यह डींग मार कर होरी ने नादानी तो की थी, पर दातादीन के मुख पर असंतोष का कोई चिह्न न दिखाई दिया। इस कथन में कितना सत्य है, यह उनकी उन बुझी आँखों से छिपा न रह सका, जिनमें ज्योति की जगह अनुभव छिपा बैठा था।

प्रसन्न हो कर बोले–कोई हरज नहीं बेटा, कोई हरज नहीं। भगवान सब कल्याण करेंगे। पाँच सेर दूध है इसमें, बच्चे के लिए छोड़ कर।

धनिया ने तुरंत टोका–अरे नहीं महाराज, इतना दूध कहाँ। बुढ़िया तो हो गई है। फिर यहाँ रातिब कहाँ धरा है।

दातादीन ने मर्म-भरी आँखों से देख कर उसकी सतर्कता को स्वीकार किया, मानो कह रहे हों, "गृहिणी का यही धर्म है, सीटना मरदों का काम है, उन्हें सीटने दो।" फिर रहस्य-भरे स्वर में बोले–बाहर न बांधना, इतना कहे देते हैं।

धनिया ने पति की ओर विजयी आँखों से देखा, मानो कह रही हो। लो, अब तो मानोगे।

दातादीन से बोली–नहीं महाराज, बाहर क्या बांधेगे, भगवान दें तो इसी आंगन में तीन गाएं और बंध सकती हैं।

सारा गाँव गाय देखने आया। नहीं आए तो सोभा और हीरा, जो अपने सगे भाई थे। होरी के हृदय में भाइयों के लिए अब भी कोमल स्थान था। वह दोनों आ कर देख लेते और प्रसन्न हो जाते, तो उसकी मनोकामना पूरी हो जाती। सांझ हो गई। दोनों पुर ले कर लौट आए। इसी द्वार से निकले, पर पूछा कुछ नहीं।

होरी ने डरते-डरते धनिया से कहा–न सोभा आया, न हीरा। सुना न होगा?

धनिया बोली–तो यहाँ कौन उन्हें बुलाने जाता है।

"तू बात तो समझती नहीं। लड़ने के लिए तैयार रहती है। भगवान ने जब यह दिन दिखाया है, तो हमें सिर झुका कर चलना चाहिए। आदमी को अपने सगों के मुँह से अपने भलाई-बुराई सुनने की जितनी लालसा होती है, बाहर वालों के मुँह से नहीं। फिर अपने भाई लाख बुरे हों, हैं तो अपने भाई ही। अपने हिस्से-बखरे के लिए सभी लड़ते हैं, पर इससे खून थोड़े ही बंट जाता है। दोनों को बुला कर दिखा देना चाहिए, नहीं कहेंगे गाय लाए, हमसे कहा, तक नहीं।"

धनिया ने नाक सिकोड़ कर कहा–मैंने तुमसे सौ बार, हज़ार बार कह दिया, मेरे मुँह पर भाइयों का बखान न किया करो, उनका नाम सुन कर मेरी

देह में आग लग जाती है। सारे गाँव ने सुना, क्या उन्होंने न सुना होगा? कुछ इतनी दूर भी तो नहीं रहते। सारा गाँव देखने आया, उन्हीं के पांवों में मेंहदी लगी हुई थी, मगर आएं कैसे? जलन हो रही होगी कि इसके घर गाय आ गई। छाती फटी जाती होगी।

दिया-बत्ती का समय आ गया था। धनिया ने जा कर देखा, तो बोतल में मिट्टी का तेल न था। बोतल उठा कर तेल लाने चली गई। पैसे होते तो रूपा को भेजती, उधर लाना था, कुछ मुँह देखी कहेगी, कुछ लल्लो-चप्पो करेगी, तभी तो तेल उधर मिलेगा।

होरी ने रूपा को बुला कर प्यार से गोद में बैठाया और कहा–जरा जा कर देख, हीरा काका आ गए कि नहीं। सोभा काका को भी देखती आना। कहना, दादा ने तुम्हें बुलाया है। न आएं, हाथ पकड़ कर खींच लाना।

रूपा ठुनक कर बोली–छोटी काकी मुझे डांटती है।

"काकी के पास क्या करने जाएगी! फिर सोभा-बहू तो तुझे प्यार करती है?"

"सोभा काका मुझे चिढ़ाते हैं.... मैं न कहूंगी।"

"क्या कहते हैं, बता?"

"चिढ़ाते हैं।"

"क्या कह कर चिढ़ाते हैं?"

"कहते हैं, तेरे लिए मूस पकड़ रखा है। ले जा, भून कर खा ले।"

होरी के अंतस्तल में गुदगुदी हुई।

"तू कहती नहीं, पहले तुम खा लो, तो मैं खाऊंगी।"

"अम्मां मने करती हैं। कहती हैं, उन लोगों के घर न जाया करो।"

"तू अम्मां की बेटी है कि दादा की?"

रूपा ने उसके गले में हाथ डाल कर कहा–अम्मां की और हंसने लगी।

"तो फिर मेरी गोद से उतर जा। आज मैं तुझे अपने थाली में न खिलाऊंगा।"

घर में एक ही फूल की थाली थी। होरी उसी थाली में खाता था। थाली में खाने का गौरव पाने के लिए रूपा होरी के साथ खाती थी। इस गौरव का परित्याग कैसे करे? हुमक कर बोली–अच्छा, तुम्हारी।

"तो फिर मेरा कहना मानेगी कि अम्मां का?

"तुम्हारा।"

"तो जा कर हीरा और सोभा को खींच ला।"

"और जो अम्मां बिगड़ें?"

"अम्मां से कहने कौन जाएगा।"

रूपा कूदती हुई हीरा के घर चली। द्वेष का मायाजाल बड़ी-बड़ी मछलियों को ही फंसाता है। छोटी मछलियां या तो उसमें फंसती ही नहीं या तुरंत निकल जाती हैं। उनके लिए वह घातक जाल क्रीड़ा की वस्तु है,

भय की नहीं। भाइयों से होरी की बोलचाल बंद थी, पर रूपा दोनों घरों में आती-जाती थी। बच्चों से क्या बैर।

लेकिन रूपा घर से निकली ही थी कि धनिया तेल लिए मिल गई। उसने पूछा-सांझ की बेला कहाँ जाती है, चल घर।

रूपा माँ को प्रसन्न करने के प्रलोभन को न रोक सकी।

धनिया ने डांटा-चल घर, किसी को बुलाने नहीं जाना है।

रूपा का हाथ पकड़े हुए वह घर आई और होरी से बोली-मैंने तुमसे हज़ार बार कह दिया, मेरे लड़कों को किसी के घर न भेजा करो। किसी ने कुछ कर-करा दिया, तो मैं तुम्हें ले कर चाटूंगी? ऐसा ही बड़ा परेम है, तो आप क्यों नहीं जाते? अभी पेट नहीं भरा जान पड़ता है।

होरी नांद जमा रहा था। हाथों में मिट्टी लपेटे हुए अज्ञान का अभिनय करके बोला-किस बात पर बिगड़ती है भाई? यह तो अच्छा नहीं लगता कि अंधे कूकुर की तरह हवा को भूंका करे।

धनिया को कुप्पी में तेल डालना था। इस समय झगड़ा न बढ़ाना चाहती थी। रूपा भी लड़कों में जा मिली।

पहर रात से ज्यादा जा चुकी थी। नांद गड़ चुकी थी। सानी और खली डाल दी गई थी। गाय मन मारे उदास बैठी थी, जैसे कोई वधू ससुराल आई हो। नांद में मुँह तक न डालती थी। होरी और गोबर खा कर आधी-आधी रोटियां उसके लिए लाए, पर उसने सूंघा तक नहीं। मगर यह कोई नई बात न थी। जानवरों को भी बहुधा घर छूट जाने का दुःख होता है।

होरी बाहर खाट पर बैठ कर चिलम पीने लगा, तो फिर भाइयों की याद आई। नहीं, आज इस शुभ अवसर पर वह भाइयों की उपेक्षा नहीं कर सकता। उसका हृदय यह विभूति पा कर विशाल हो गया था। भाइयों से अलग हो गया है, तो क्या हुआ। उनका दुश्मन तो नहीं है। यही गाय तीन साल पहले आई होती, तो सभी का उस पर बराबर अधिकार होता। और कल को यही गाय दूध देने लगेगी, तो क्या वह भाइयों के घर दूध न भेजेगा या दही न भेजेगा? ऐसा तो उसका धरम नहीं है। भाई उसका बुरा चेतें, वह क्यों उनका बुरा चेते? अपनी-अपनी करनी तो अपने-अपने साथ है।

उसने नारियल खाट के पाए से लगा कर रख दिया और हीरा के घर की ओर चला। सोभा का घर भी उधर ही था। दोनों अपने-अपने द्वार पर लेटे हुए थे। काफी अंधेरा था। होरी पर उनमें से किसी की निगाह नहीं पड़ी। दोनों में कुछ बातें हो रही थीं। होरी ठिठक गया और उनकी बातें सुनने लगा। ऐसा आदमी कहाँ है, जो अपने चर्चा सुन कर टाल जाए?

हीरा ने कहा-जब तक एक में थे, एक बकरी भी नहीं ली। अब पछाईं गाय ली जाती है। भाई का हक मार कर किसी को फलते-फूलते नहीं देखा।

सोभा बोला–यह तुम अन्याय कर रहे हो हीरा! भैया ने एक-एक पैसे का हिसाब दे दिया था। यह मैं कभी न मानूंगा कि उन्होंने पहले की कमाई छिपा रखी थी।

"तुम मानो चाहे न मानो, है यह पहले की कमाई।"

"अच्छा, तो यह रुपए कहाँ से आ गए? कहाँ से हुन बरस पड़ा? उतने ही खेत तो हमारे पास भी हैं। उतनी ही उपज हमारी भी है। फिर क्यों हमारे पास कफन को कौड़ी नहीं और उनके घर नई गाय आती है?"

"उधार लाए होंगे।"

"भोला उधार देने वाला आदमी नहीं है।"

"कुछ भी हो, गाय है बड़ी सुंदर। गोबर लिए जाता था, तो मैंने रास्ते में देखा।"

"बेईमानी का धन जैसे आता है, वैसे ही जाता है। भगवान चाहेंगे, तो बहुत दिन गाय घर में न रहेगी।"

होरी से और न सुना गया। वह बीती बातों को बिसार कर अपने हृदय में स्नेह और सौहार्द-भरे, भाइयों के पास आया था। इस आघात ने जैसे उसके हृदय में छेद कर दिया और वह रस–भाव उसमें किसी तरह नहीं टिक रहा था। लत्ते और चिथड़े ठूंस कर अब उस प्रवाह को नहीं रोक सकता। जी में एक उबाल आया कि उसी क्षण इस आक्षेप का जवाब दे, लेकिन बात बढ़ जाने के भय से चुप रह गया। अगर उसकी नीयत साफ है, तो कोई कुछ नहीं कर सकता। भगवान के सामने वह निर्दोष है। दूसरों की उसे परवाह नहीं। उलटे पांव लौट आया। और वह जला हुआ तंबाकू पीने लगा। लेकिन जैसे वह विष प्रतिक्षण उसकी धमनियों में फैलता जाता था। उसने सो जाने का प्रयास किया, पर नींद न आई। बैलों के पास जा कर उन्हें सहलाने लगा, विष शांत न हुआ। दूसरी चिलम भरी, लेकिन उसमें भी कुछ रस न था। विष ने जैसे चेतना को आक्रांत कर दिया हो। जैसे नशे में चेतना एकांगी हो जाती है, जैसे फैला हुआ पानी एक दिशा में बह कर वेगवान हो जाता है, वही मनोवृत्ति उसकी हो रही थी। उसी उन्माद की दशा में वह अंदर गया। अभी द्वार खुला हुआ था। आंगन में एक किनारे चटाई पर लेटी हुई धनिया सोना से देह दबवा रही थी और रूपा जो रोज सांझ होते ही सो जाती थी, आज खड़ी गाय का मुँह सहला रही थी। होरी ने जा कर गाय को खूंटे से खोल लिया और द्वार की ओर ले चला। वह इसी वक्त गाय को भोला के घर पहुंचाने का दृढ़ निश्चय कर चुका था। इतना बड़ा कलंक सिर पर ले कर वह अब गाय को घर में नहीं रख सकता। किसी तरह नहीं।

धनिया ने पूछा–कहाँ लिए जाते हो रात को?

होरी ने एक पग बढ़ा कर कहा–ले जाता हूँ भोला के घर। लौटा दूंगा।

धनिया को विस्मय हुआ, उठ कर सामने आ गई और बोली–लौटा क्यों दोगे? लौटाने के लिए ही लाए थे?

"हां, इसके लौटा देने में ही कुसल है।"

"क्यों बात क्या है–इतने अरमान से लाए और अब लौटाने जा रहे हो? क्या भोला रुपए मांगते हैं?

"नहीं, भोला यहाँ कब आया।"

"तो फिर क्या बात हुई।"

"क्या करोगी पूछ कर?"

धनिया ने लपक कर पगहिया उसके हाथ से छीन ली। उसकी चपल बुद्धि ने जैसे उड़ती हुई चिड़िया पकड़ ली। बोली–तुम्हें भाइयों का डर हो, तो जा कर उनके पैरों पर गिरो। मैं किसी से नहीं डरती। अगर हमारी बढ़ती देख कर किसी की छाती फटती है, तो फट जाए, मुझे परवाह नहीं है।

होरी ने विनीत स्वर में कहा–धीरे-धीरे बोल महरानी! कोई सुने, तो कहे, ये सब इतनी रात गए लड़ रहे हैं! मैं अपने कानों से क्या सुन आया हूँ, तू क्या जाने! यहाँ चरचा हो रही है कि मैंने अलग होते समय रुपए दबा लिए थे और भाइयों को धोखा दिया था, यही रुपए अब निकल रहे हैं।"

"हीरा कहता होगा?"

"सारा गाँव कह रहा है। हीरा को क्यों बदनाम करूं।"

"सारा गाँव नहीं कह रहा है, अकेला हीरा कह रहा है। मैं अभी जा कर पूछती हूँ न कि तुम्हारे बाप कितने रुपए छोड़ कर मरे थे? डाढ़ीजारों के पीछे हम बरबाद हो गए। सारी जिंदगी मिट्टी में मिला दी, पाल-पोस कर संडा किया, और अब हम बेईमान हैं। मैं कह देती हूँ, अगर गाय घर के बाहर निकली, तो अनर्थ हो जाएगा। रख लिए हमने रुपए, दबा लिए, बीच खेत दबा लिए। डंके की चोट कहती हूँ, मैंने हंडे भर असर्फियां छिपा लीं। हीरा और सोभा और संसार को जो करना हो, कर ले। क्यों न रुपए रख लें? दो-दो संडों का ब्याह नहीं किया, गौना नहीं किया?"

होरी सिटपिटा गया। धनिया ने उसके हाथ से पगहिया छीन ली, और गाय को खूंटे से बांध कर द्वार की ओर चली। होरी ने उसे पकड़ना चाहा, पर वह बाहर जा चुकी थी। वहीं सिर थाम कर बैठ गया। बाहर उसे पकड़ने की चेष्टा करके वह कोई नाटक नहीं दिखाना चाहता था। धनिया के क्रोध को खूब जानता था। बिगड़ती है, तो चंडी बन जाती है। मारो, काटो, सुनेगी नहीं, लेकिन हीरा भी तो एक ही गुस्सेवर है, कहीं हाथ चला दे तो परलै ही हो जाए। नहीं, हीरा इतना मूरख नहीं है। मैंने कहाँ-से-कहाँ यह आग लगा दी! उसे अपने आप पर क्रोध आने लगा। बात मन में रख लेता, तो क्यों यह टंटा खड़ा होता। सहसा धनिया का कर्कश स्वर कान में आया। हीरा की गरज

भी सुन पड़ी। फिर पुन्नी की पैनी पीक भी कानों में चुभी। सहसा उसे गोबर की याद आई। बाहर लपक कर उसकी खाट देखी। गोबर वहाँ न था। गजब हो गया। गोबर भी वहाँ पहुंच गया। अब कुशल नहीं। उसका नया खून है, न जाने क्या कर बैठे, लेकिन होरी वहाँ कैसे जाए? हीरा कहेगा, आप तो बोलते नहीं, जा कर इस डाइन को लड़ने के लिए भेज दिया। कोलाहल प्रतिक्षण प्रचंड होता जाता था। सारे गाँव में जाग पड़ गई। मालूम होता था, कहीं आग लग गई है, और लोग खाट से उठ-उठ बुझाने दौड़े जा रहे हैं।

इतनी देर तक तो वह जब्त किए बैठा रहा। फिर न रहा गया। धनिया पर क्रोध आया। वह क्यों चढ़ कर लड़ने गई? अपने घर में आदमी न जाने किसको क्या कहता है। जब तक कोई मुँह पर बात न कहे, यही समझना चाहिए कि उसने कुछ नहीं कहा। होरी की कृषक प्रकृति झगड़े से भागती थी। चार बातें सुन कर गम खा जाना इससे कहीं अच्छा है कि आपस में तनाजा हो। कहीं मार-पीट हो जाए तो थाना-पुलिस हो, बंधे-बंधे फिरो, सबकी चिरौरी करो, अदालत की धूल फांको, खेती-बारी जहन्नुम में मिल जाए। उसका हीरा पर तो कोई बस न था, मगर धनिया को तो वह जबरदस्ती खींच ला सकता है। बहुत होगा, गालियां दे लेगी, एक-दो दिन रूठी रहेगी, थाना-पुलिस की नौबत तो न आएगी। जा कर हीरा के द्वार पर सबसे दूर दीवार की आड़ में खड़ा हो गया। एक सेनापति की भांति मैदान में आने के पहले परिस्थिति को अच्छी तरह समझ लेना चाहता था। अगर अपने जीत हो रही है, तो बोलने की कोई जरूरत नहीं, हार हो रही है, तो तुरंत कूद पड़ेगा। देखा तो वहाँ पचासों आदमी जमा हो गए हैं। पंडित दातादीन, लाला पटेश्वरी, दोनों ठाकुर, जो गाँव के करता-धरता थे, सभी पहुंचे हुए हैं। धनिया का पल्ला हल्का हो रहा था। उसकी उग्रता जनमत को उसके विरुद्ध किए देती थी। वह रणनीति में कुशल न थी। क्रोध में ऐसी जली-कटी सुना रही थी कि लोगों की सहानुभूति उससे दूर होती जाती थी।

वह गरज रही थी—तू हमें देख कर क्यों जलता है? हमें देख कर क्यों तेरी छाती फटती है? पाल-पोस कर जवान कर दिया, यह उसका इनाम है? हमने न पाला होता तो आज कहीं भीख मांगते होते। ईख की छांह भी न मिलती।

होरी को ये शब्द जरूरत से ज्यादा कठोर जान पड़े। भाइयों का पालना-पोसना तो उसका धर्म था। उनके हिस्से की जायदाद तो उसके हाथ में थी। कैसे न पालता-पोसता? दुनिया में कहीं मुँह देखाने लायक रहता?

हीरा ने जवाब दिया—हम किसी का कुछ नहीं जानते। तेरे घर में कुत्तों की तरह एक टुकड़ा खाते थे और दिन-दिन भर काम करते थे। जाना ही नहीं कि लड़कपन और जवानी कैसी होती है। दिन-दिन भर सूखा गोबर बीना करते थे। उस पर भी तू बिना दस गाली दिए रोटी न देती थी। तेरी-जैसी राच्छसिन के हाथ में पड़ कर जिंदगी तलख हो गई।

धनिया और भी तेज हुई–जबान संभाल, नहीं जीभ खींच लूंगी। राच्छसिन तेरी औरत होगी। तू है किस फेर में मूंड़ी-काटे, टुकड़े-खोर, नमक-हराम।

दातादीन ने टोका–इतना कटु वचन क्यों कहती है धनिया? नारी का धरम है कि गम खाय। वह तो उजड्ड है, क्यों उसके मुँह लगती है?

लाला पटेश्वरी पटवारी ने उसका समर्थन किया–बात का जवाब बात है, गाली नहीं। तूने लड़कपन में उसे पाला-पोसा, लेकिन यह क्यों भूल जाती है कि उसकी जायदाद तेरे हाथ में थी?

धनिया ने समझा, सब-के-सब मिल कर मुझे नीचा दिखाना चाहते हैं। चौमुख लड़ाई लड़ने के लिए तैयार हो गई–अच्छा, रहने दो लाला! मैं सबको पहचानती हूँ। इस गाँव में रहते बीस साल हो गए। एक-एक की नस-नस पहचानती हूँ। मैं गाली दे रही हूँ, वह फूल बरसा रहा है, क्यों?

दुलारी सहुआइन ने आग पर घी डाला–बाकी बड़ी गाल-दराज औरत है भाई! मरद के मुँह लगती है। होरी ही जैसा मरद है कि इसका निबाह होता है। दूसरा मरद होता तो एक दिन न पटती।

अगर हीरा इस समय जरा नर्म हो जाता तो उसकी जीत हो जाती, लेकिन ये गालियां सुन कर आपे से बाहर हो गया। औरों को अपने पक्ष में देख कर वह कुछ शेर हो रहा था। गला फाड़ कर बोला–चली जा मेरे द्वार से, नहीं जूतों से बात करूंगा। झोंटा पकड़ कर उखाड़ लूंगा। गाली देती है डाइन! बेटे का घमंड हो गया है। खून...

पांसा पलट गया। होरी का खून खौल उठा। बारूद में जैसे चिनगारी पड़ गई हो। आगे आ कर बोला–अच्छा बस, अब चुप हो जाओ हीरा, अब नहीं सुना जाता। मैं इस औरत को क्या कहूं! जब मेरी पीठ में धूल लगती है, तो इसी के कारन। न जाने क्यों इससे चुप नहीं रहा जाता।

चारों ओर से हीरा पर बौछार पड़ने लगी। दातादीन ने निर्लज्ज कहा। पटेश्वरी ने गुंडा बनाया, झिंगुरीसिंह ने शैतान की उपाधि दी। दुलारी सहुआइन ने कपूत कहा–एक उद्दंड शब्द ने धनिया का पल्ला हल्का कर दिया था। दूसरे उग्र शब्द ने हीरा को गच्चे में डाल दिया। उस पर होरी के संयत वाक्य ने रही-सही कसर भी पूरी कर दी।

हीरा संभल गया। सारा गाँव उसके विरुद्ध हो गया। अब चुप रहने में ही उसकी कुशल है। क्रोध के नशे में भी इतना होश उसे बाकी था।

धनिया का कलेजा दूना हो गया। होरी से बोली–सुन लो कान खोल के। भाइयों के लिए मरते हो। यह भाई हैं, ऐसे भाई को मुँह न देखे। यह मुझे जूतों से मारेगा। खिला-पिला..........

होरी ने डांटा–फिर क्यों बक-बक करने लगी तू! घर क्यों नहीं जाती?

धनिया ज़मीन पर बैठ गई और आर्त स्वर में बोली—अब तो इसके जूते खा के जाऊंगी। जरा इसकी मरदुमी देख लूं, कहाँ है गोबर? अब किस दिन काम आएगा? तू देख रहा है बेटा, तेरी माँ को जूते मारे जा रहे हैं!

यों विलाप करके उसने अपने क्रोध के साथ होरी के क्रोध को भी क्रियाशील बना डाला। आग को फूंक-फूंक कर उसमें ज्वाला पैदा कर दी। हीरा पराजित-सा पीछे हट गया। पुन्नी उसका हाथ पकड़ कर घर की ओर खींच रही थी। सहसा धनिया ने सिंहनी की भांति झपट कर हीरा को इतने जोर से धक्का दिया कि वह धम से गिर पड़ा और बोली—कहाँ जाता है, जूते मार, मार जूते, देखूं तेरी मरदुमी!

होरी ने दौड़ कर उसका हाथ पकड़ लिया और घसीटता हुआ घर ले चला।

5

उधर गोबर खाना खा कर अहिराने में जा पहुंचा। आज झुनिया से उसकी बहुत-सी बातें हुई थीं। जब वह गाय ले कर चला था, तो झुनिया आधे रास्ते तक उसके साथ आई थी। गोबर अकेला गाय को कैसे ले जाता! अपरिचित व्यक्ति के साथ जाने में उसे आपत्ति होना स्वाभाविक था। कुछ दूर चलने के बाद झुनिया ने गोबर को मर्म-भरी आँखों से देख कर कहा—अब तुम काहे को यहाँ कभी आओगे?

एक दिन पहले तक गोबर कुमार था। गाँव में जितनी युवतियां थीं, वह या तो उसकी बहनें थीं या भाभियां। बहनों से तो कोई छेड़छाड़ हो ही क्या सकती थी, भाभियां अलबत्ता कभी-कभी उससे ठिठोली किया करती थीं, लेकिन वह केवल सरल विनोद होता था। उनकी दृष्टि में अभी उसके यौवन में केवल फूल लगे थे। जब तक फल न लग जाएं, उस पर ढेले फेंकना व्यर्थ की बात थी। और किसी ओर से प्रोत्साहन न पा कर उसका कौमार्य उसके गले से चिपटा हुआ था। झुनिया का वंचित मन, जिसे भाभियों के व्यंग्य और हास-विलास ने और भी लोलुप बना दिया था, उसके कौमार्य ही पर ललचा उठा। और उस कुमार में भी पत्ता खड़कते ही किसी सोए हुए शिकारी जानवर की तरह यौवन जाग उठा।

गोबर ने आवरणहीन रसिकता के साथ कहा—अगर भिक्षुक को भीख मिलने की आसा हो, तो वह दिन-भर और रात-भर दाता के द्वार पर खड़ा रहे।

झुनिया ने कटाक्ष करके कहा—तो यह कहो, तुम भी मतलब के यार हो।

गोबर की धमनियों का रक्त प्रबल हो उठा। बोला—भूखा आदमी अगर हाथ फैलाए तो उसे क्षमा कर देना चाहिए।

झुनिया और गहरे पानी में उतरी–भिक्षुक जब तक दस द्वारे न जाए, उसका पेट कैसे भरेगा? मैं ऐसे भिक्षुकों को मुँह नहीं लगाती। ऐसे तो गली-गली मिलते हैं। फिर भिक्षुक देता क्या है, असीस! असीसों से तो किसी का पेट नहीं भरता।

मंद-बुद्धि गोबर झुनिया का आशय न समझ सका। झुनिया छोटी-सी थी, तभी से ग्राहकों के घर दूध ले कर जाया करती थी। ससुराल में उसे ग्राहकों के घर दूध पहुंचाना पड़ता था। आजकल भी दही बेचने का भार उसी पर था। उसे तरह-तरह के मनुष्यों से साबिका पड़ चुका था। दो-चार रुपए उसके हाथ लग जाते थे, घड़ी-भर के लिए मनोरंजन भी हो जाता था, मगर यह आनंद जैसे मंगनी की चीज़ हो। उसमें टिकाव न था, समर्पण न था, अधिकार न था। वह ऐसा प्रेम चाहती थी, जिसके लिए वह जिए और मरे, जिस पर वह अपने को समर्पित कर दे। वह केवल जुगनू की चमक नहीं, दीपक का स्थायी प्रकाश चाहती थी। वह एक गृहस्थ की बालिका थी, जिसके गृहिणीत्व को रसिकों की लगावटबाजियों ने कुचल नहीं पाया था।

गोबर ने कामना से उदीप्त मुख से कहा–भिक्षुक को एक ही द्वार पर भरपेट मिल जाए, तो क्यों द्वार-द्वार घूमे?

झुनिया ने सदय भाव से उसकी ओर ताका। कितना भोला है, कुछ समझता ही नहीं।

"भिक्षुक को एक द्वार पर भरपेट कहाँ मिलता है। उसे तो चुटकी ही मिलेगी। सर्बस तो तभी पाओगे, जब अपना सर्बस दोगे।"

"मेरे पास क्या है झुनिया?"

"तुम्हारे पास कुछ नहीं है? मैं तो समझती हूँ, मेरे लिए तुम्हारे पास जो कुछ है, वह बड़े-बड़े लखपतियों के पास नहीं है। तुम मुझसे भीख न मांग कर मुझे मोल ले सकते हो।"

गोबर उसे चकित नेत्रों से देखने लगा।

झुनिया ने फिर कहा–और जानते हो, दाम क्या देना होगा? मेरा हो कर रहना पड़ेगा। फिर किसी के सामने हाथ फैलाए देखूंगी, तो घर से निकाल दूंगी।

गोबर को जैसे अंधेरे में टटोलते हुए इच्छित वस्तु मिल गई। एक विचित्र भयमिश्रित आनंद से उसका रोम-रोम पुलकित हो उठा। लेकिन यह कैसे होगा? झुनिया को रख ले, तो रखेली को ले कर घर में रहेगा कैसे। बिरादरी का झंझट जो है। सारा गाँव कांव-कांव करने लगेगा। सभी दुसमन हो जाएंगे। अम्मां तो इसे घर में घुसने भी न देगी। लेकिन जब स्त्री हो कर यह नहीं डरती, तो पुरुष हो कर वह क्यों डरे? बहुत होगा, लोग उसे अलग कर देंगे। वह अलग ही रहेगा। झुनिया जैसी औरत गाँव में दूसरी कौन है? कितनी

समझदारी की बातें करती है। क्या जानती नहीं कि मैं उसके जोग नहीं हूँ, फिर भी मुझसे प्रेम करती है। मेरी होने को राजी है। गाँव वाले निकाल देंगे, तो क्या संसार में दूसरा गाँव ही नहीं है? और गाँव क्यों छोड़े? मातादीन ने चमारिन बैठी ली, तो किसी ने क्या कर लिया? दातादीन दांत कटकटा कर रह गए। मातादीन ने इतना जरूर किया कि अपना धरम बचा लिया। अब भी बिना असनान-पूजा किए मुँह में पानी नहीं डालते। दोनों जून अपना भोजन आप पकाते हैं और अब तो अलग भोजन भी नहीं पकाते। दातादीन और वह साथ बैठ कर खाते हैं। झिंगुरीसिंह ने बाम्हनी रख ली, उनका किसी ने क्या कर लिया? उनका जितना आदर-मान तब था, उतना ही आज भी है, बल्कि और बढ़ गया। पहले नौकरी खोजते फिरते थे। अब उसके रुपए से महाजन बन बैठे। ठकुराई का रोब तो था ही, महाजनी का रोब भी जम गया। मगर फिर ख्याल आया, कहीं झुनिया दिल्लगी न कर रही हो। पहले इसकी ओर से निश्चिंत हो जाना आवश्यक था।

उसने पूछा–मन से कहती हो झूना कि खाली लालच दे रही हो? मैं तो तुम्हारा हो चुका, लेकिन तुम भी मेरी हो जाओगी?

"तुम मेरे हो चुके, कैसे जानूं?"

"तुम जान भी चाहो, तो दे दूं।"

"जान देने का अरथ भी समझते हो।"

"तुम समझा दो न।"

"जान देने का अरथ है, साथ रह कर निबाह करना। एक बार हाथ पकड़ कर उमिर भर निबाह करते रहना, चाहे दुनिया कुछ कहे, चाहे माँ-बाप, भाई-बंद, घर-द्वार सब कुछ छोड़ना पड़े। मुँह से जान देने वाले बहुतों को देख चुकी। भौरों की भांति फूल का रस ले कर उड़ जाते हैं। तुम भी वैसे ही न उड़ जाओगे?"

गोबर के एक हाथ में गाय की पगहिया थी। दूसरे हाथ से उसने झुनिया का हाथ पकड़ लिया। जैसे बिजली के तार पर हाथ पड़ गया हो। सारी देह यौवन के पहले स्पर्श से कांप उठी। कितनी मुलायम, गुदगुदी, कोमल कलाई।

झुनिया ने उसका हाथ हटाया नहीं, मानो इस स्पर्श का उसके लिए कोई महत्व ही न हो। फिर एक क्षण के बाद गंभीर भाव से बोली–आज तुमने मेरा हाथ पकड़ा है, याद रखना।

"खूब याद रखूंगा झूना और मरते दम तक निबाहूंगा।"

झुनिया अविश्वास-भरी मुस्कान से बोली–इसी तरह तो सब कहते हैं गोबर! बल्कि इससे भी मीठे, चिकने शब्दों में। अगर मन में कपट हो, मुझे बता दो। सचेत हो जाऊं। ऐसों को मन नहीं देती। उनसे तो खाली हंस-बोल लेने का नाता रखती हूँ। बरसों से दूध ले कर बाज़ार जाती हूँ। एक-से-एक

बाबू, महाजन, ठाकुर, वकील, अमले, अफसर अपना रसियापन दिखा कर मुझे फंसा लेना चाहते हैं। कोई छाती पर हाथ रख कर कहता है, झुनिया, तरसा मत, कोई मुझे रसीली, नसीली चितवन से घूरता है, मानो मारे प्रेम के बेहोस हो गया है, कोई रुपया दिखाता है, कोई गहने। सब मेरी गुलामी करने को तैयार रहते हैं, उमिर-भर, बल्कि उस जनम में भी, लेकिन मैं उन सबों की नस पहचानती हूँ। सब-के-सब भौंरे रस ले कर उड़ जाने वाले। मैं भी उन्हें ललचाती हूँ, तिरछी नजरों से देखती हूँ, मुस्कुराती हूँ। वह मुझे गधी बनाते हैं, मैं उन्हें उल्लू बनाती हूँ। मैं मर जाऊं, तो उनकी आँखों में आँसू न आएगा। वह मर जाएं, तो मैं कहूंगी, अच्छा हुआ, निगोड़ा मर गया। मैं तो जिसकी हो जाऊंगी, उसकी जनम-भर के लिए हो जाऊंगी, सुख में, दुःख में, संपत में, विपत में, उसके साथ रहूंगी। हरजाई नहीं हूँ कि सबसे हंसती-बोलती फिरूं। न रुपए की भूखी हूँ, न गहने-कपड़े की। बस भले आदमी का संग चाहती हूँ, जो मुझे अपना समझे और जिसे मैं भी अपना समझूं। एक पंडित जी बहुत तिलक-मुद्रा लगाते हैं। आध सेर दूध लेते हैं। एक दिन उनकी घरवाली कहीं नेवते में गई थी। मुझे क्या मालूम और दिनों की तरह दूध लिए भीतर चली गई। वहाँ पुकारती हूँ, बहूजी, बहूजी! कोई बोलता ही नहीं। इतने में देखती हूँ तो पंडित जी बाहर के किवाड़ बंद किए चले आ रहे हैं। मैं समझ गई इसकी नीयत खराब है। मैंने डांट कर पूछा–तुमने किवाड़ क्यों बंद कर लिए? क्या बहूजी कहीं गई हैं? घर में सन्नाटा क्यों है?

उसने कहा–वह एक नेवते में गई हैं, और मेरी ओर दो पग और बढ़ आया।

मैंने कहा–तुम्हें दूध लेना हो तो लो, नहीं मैं जाती हूँ। बोला–आज तो तुम यहाँ से न जाने पाओगी झूनी रानी! रोज-रोज कलेजे पर छुरी चला कर भाग जाती हो, आज मेरे हाथ से न बचोगी। तुमसे सच कहती हूँ, गोबर, मेरे रोएं खड़े हो गए।

गोबर आवेश में आ कर बोला–मैं बच्चा को देख पाऊं, तो खोद कर ज़मीन में गाड़ दूं। खून चूस लूं। तुम मुझे दिखा तो देना।

सुनो तो, ऐसों का मुँह तोड़ने के लिए मैं ही काफी हूँ। मेरी छाती धक-धक करने लगी। यह कुछ बदमासी कर बैठे, तो क्या करूंगी? कोई चिल्लाना भी तो न सुनेगा, लेकिन मन में यह निश्चय कर लिया था कि मेरी देह छुई, तो दूध की भरी हांड़ी उसके मुँह पर पटक दूंगी। बला से चार-पांच सेर दूध जाएगा बच्चा को याद तो हो जाएगा। कलेजा मजबूत करके बोली–इस फेर में न रहना पंडित जी! मैं अहीर के लड़की हूँ। मूंछ का एक-एक बाल नुचवा लूंगी। यही लिखा है तुम्हारे पोथी-पत्रों में कि दूसरों की बहू-बेटी को अपने घर में बंद करके बेइज्जत करो। इसीलिए तिलक-मुद्रा

का जाल बिछाए बैठे हो? लगा हाथ जोड़ने, पैरों पड़ने, एक प्रेमी का मन रख दोगी, तो तुम्हारा क्या बिगड़ जाएगा झूना रानी! कभी-कभी गरीबों पर दया किया करो, नहीं भगवान पूछेंगे, मैंने तुम्हें इतना रूप-धन दिया था, तुमने उससे एक ब्राह्मण का उपकार भी नहीं किया, तो क्या जवाब दोगी? बोले, मैं विप्र हूँ, रुपये-पैसे का दान तो रोज ही पाता हूँ, आज रूप का दान दे दो।

मैंने यों ही उसका मन परखने को कह दिया, मैं पचास रुपए लूंगी। सच कहती हूँ गोबर, तुरंत कोठरी में गया और दस-दस के पाँच नोट निकाल कर मेरे हाथों में देने लगा और जब मैंने नोट ज़मीन पर गिरा दिए और द्वार की ओर चली, तो उसने मेरा हाथ पकड़ लिया। मैं तो पहले ही से तैयार थी। हांड़ी उसके मुँह पर दे मारी। सिर से पांव तक सराबोर हो गया। चोट भी खूब लगी। सिर पकड़ कर बैठ गया और लगा हाय-हाय करने। मैंने देखा, अब यह कुछ नहीं कर सकता, तो पीठ में दो लातें जमा दीं और किवाड़ खोल कर भागी।

गोबर ठट्ठा मार कर बोला–बहुत अच्छा किया तुमने। दूध से नहा गया होगा। तिलक-मुद्रा भी धुल गई होंगी। मूंछें भी क्यों न उखाड़ लीं?

दूसरे दिन मैं फिर उसके घर गई। उसकी घरवाली आ गई थी। अपने बैठक में सिर में पट्टी बांधे पड़ा था। मैंने कहा–कहो तो कल की तुम्हारी करतूत खोल दूं पंडित! लगा हाथ जोड़ने। मैंने कहा–अच्छा थूक कर चाटो, तो छोड़ दूं। सिर ज़मीन पर रगड़ कर कहने लगा–अब मेरी इज्जत तुम्हारे हाथ है झूना, यही समझ लो कि पंडिताइन मुझे जीता न छोड़ेंगी। मुझे भी उस पर दया आ गई। गोबर को उसकी दया बुरी लगी–यह तुमने क्या किया? उसकी औरत से जा कर कह क्यों नहीं दिया? जूती से पीटती। ऐसे पाखंडियों पर दया न करनी चाहिए। तुम मुझे कल उसकी सूरत दिखा दो, फिर देखना, कैसी मरम्मत करता हूँ।

झुनिया ने उसके अर्द्ध-विकसित यौवन को देख कर कहा–तुम उसे न पाओगे। खास देव है। मुफ्त का माल उड़ाता है कि नहीं।

गोबर अपने यौवन का यह तिरस्कार कैसे सहता? डींग मार कर बोला–मोटे होने से क्या होता है। यहाँ फौलाद की हड्डियां हैं। तीन सौ डंड रोज मारता हूँ। दूध-घी नहीं मिलता, नहीं अब तक सीना यों निकल आया होता।

यह कह कर उसने छाती फैला कर दिखाई।

झुनिया ने आश्वस्त आँखों से देखा–अच्छा, कभी दिखा दूंगी लेकिन वहाँ तो सभी एक-से हैं, तुम किस-किसकी मरम्मत करोगे? न जाने मरदों की क्या आदत है कि जहाँ कोई जवान, सुंदर औरत देखी और बस लगे घूरने, छाती पीटने। और यह जो बड़े आदमी कहलाते हैं, ये तो निरे लंपट होते हैं। फिर मैं तो कोई सुंदरी नहीं हूँ...

गोबर ने आपत्ति की, तुम! तुम्हें देख कर तो यही जी चाहता है कि कलेजे में बिठा लें।

झुनिया ने उसकी पीठ में हलका-सा घूंसा जमाया–लगे औरों की तरह तुम भी चापलूसी करने। मैं जैसी कुछ हूँ, वह मैं जानती हूँ। मगर लोगों को तो जवान मिल जाए। घड़ी-भर मन बहलाने को और क्या चाहिए। गुन तो आदमी उसमें देखता है, जिसके साथ जनम-भर निबाह करना हो। सुनती भी हूँ और देखती भी हूँ, आजकल बड़े घरों की विचित्र लीला है। जिस मुहल्ले में मेरी ससुराल है, उसी में गपडू-गपडू नाम के कासमीरी रहते थे। बड़े भारी आदमी थे। उनके यहाँ पाँच-सेर दूध लगता था। उनकी तीन लड़कियां थीं। कोई बीस-बीस, पच्चीस-पच्चीस की होगी। एक-से-एक सुंदर। तीनों बड़े कॉलिज में पढ़ने जाती थी। एक साइत कॉलिज में पढ़ाती भी थी। तीन सौ का महीना पाती थी। सितार वह सब बजावें, हरमुनियां वह सब बजावें, नाचें वह, गावें वह, लेकिन ब्याह कोई न करती थी। राम जाने, वह किसी मरद को पसंद नहीं करती थीं कि मरद उन्हीं को पसंद नहीं करता था। एक बार मैंने बड़ी बीबी से पूछा, तो हंस कर बोली–हम लोग यह रोग नहीं पालते, मगर भीतर-ही-भीतर खूब गुलछर्रे उड़ाती थीं। जब देखूं, दो-चार लौंडे उनको घेरे हुए हैं। जो सबसे बड़ी थी, वह तो कोट-पतलून पहन कर घोड़े पर सवार हो कर मरदों के साथ सैर करने जाती थी। सारे सहर में उनकी लीला मशहूर थी। गपडू बाबू सिर नीचा किए, जैसे मुँह में कालिख-सी लगाए रहते थे। लड़कियों को डांटते थे, समझाते थे, पर सब-की-सब खुल्लमखुल्ला कहती थीं–तुमको हमारे बीच में बोलने का कुछ मजाल नहीं है। हम अपने मन की रानी हैं, जो हमारी इच्छा होगी, वह हम करेंगे। बेचारा बाप जवान-जवान लड़कियों से क्या बोले? मारने-बांधने से रहा, डांटने-डपटने से रहा, लेकिन भाई, बड़े आदमियों की बातें कौन चलावे। वह जो कुछ करें, सब ठीक है। उन्हें तो बिरादरी और पंचायत का भी डर नहीं। मेरी समझ में तो यही नहीं आता कि किसी का रोज-रोज मन कैसे बदल जाता है। क्या आदमी गाय-बकरी से भी गया-बीता हो गया? लेकिन किसी को बुरा नहीं कहती भाई! मन को जैसा बनाओ, वैसा बनता है। ऐसों को भी देखती हूँ, जिन्हें रोज-रोज की दाल-रोटी के बाद कभी-कभी मुँह का सवाद बदलने के लिए हलवा-पूरी भी चाहिए। और ऐसों को भी देखती हूँ, जिन्हें घर की रोटी-दाल देख कर ज्वर आता है। कुछ बेचारियां ऐसी भी हैं, जो अपने रोटी-दाल में ही मगन रहती हैं। हलवा-पूरी से उन्हें कोई मतलब नहीं। मेरी दोनों भावजों ही को देखो। हमारे भाई काने-कुबड़े नहीं हैं, दस जवानों में एक जवान हैं; लेकिन भावजों को नहीं भाते। उन्हें तो वह चाहिए, जो सोने की बालियां बनवाए, महीन साड़ियां लाए, रोज चाट खिलाए। बालियां और साड़ियां और मिठाइयां मुझे भी कम

अच्छी नहीं लगतीं, लेकिन जो कहो कि इसके लिए अपने लाज बेचती फिरूं तो भगवान इससे बचाएं। एक के साथ मोटा-झोटा खा-पहन कर उमिर काट देना, बस अपना तो यही राग है। बहुत करके तो मरद ही औरतों को बिगाड़ते हैं। जब मरद इधर-उधर ताक-झांक करेगा तो औरत भी आँख लड़ाएगी। मरद दूसरी औरतों के पीछे दौड़ेगा, तो औरत भी जरूर मरदों के पीछे दौड़ेगी। मरद का हरजाईपन औरत को भी उतना ही बुरा लगता है, जितना औरत का मरद को। यही समझ लो। मैंने तो अपने आदमी से साफ-साफ कह दिया था, अगर तुम इधर-उधर लपके, तो मेरी जो भी इच्छा होगी, वह करूंगी। यह चाहो कि तुम तो अपने मन की करो और औरत को मार के डर से अपने काबू में रखो, तो यह न होगा, तुम खुले-खजाने करते हो, वह छिप कर करेगी, तुम उसे जला कर सुखी नहीं रह सकते।

गोबर के लिए यह एक नई दुनिया की बातें थीं। तन्मय हो कर सुन रहा था। कभी-कभी तो आप-ही-आप उसके पांव रुक जाते, फिर सचेत हो कर चलने लगता। झुनिया ने पहले अपने रूप से मोहित किया था। आज उसने अपने ज्ञान और अनुभव से भरी बातें और अपने सतीत्व के बखान से मुग्ध कर लिया। ऐसी रूप, गुण, ज्ञान की आगरी उसे मिल जाए, तो धन्य भाग। फिर वह क्यों पंचायत और बिरादरी से डरे?

झुनिया ने जब देख लिया कि उसका गहरा रंग जम गया, तो छाती पर हाथ रख कर जीभ दांत से काटती हुई बोली–अरे, यह तो तुम्हारा गाँव आ गया! तुम भी बड़े मुरहे हो, मुझसे कहा भी नहीं कि लौट जाओ।

यह कह कर वह लौट पड़ी।

गोबर ने आग्रह करके कहा–एक छन के लिए मेरे घर क्यों नहीं चली चलती? अम्मां भी तो देख लें।

झुनिया ने लज्जा से आँखें चुरा कर कहा–तुम्हारे घर यों न जाऊंगी। मुझे तो यही अचरज होता है कि मैं इतनी दूर कैसे आ गई। अच्छा बताओ, अब कब आओगे? रात को मेरे द्वार पर अच्छी संगत होगी। चले आना, मैं अपने पिछवाड़े मिलूंगी।

"और जो न मिली?"

"तो लौट जाना।"

"तो फिर मैं न आऊँगा।"

"आना पड़ेगा, नहीं कहे देती हूँ।"

"तुम भी बचन दो कि मिलोगी?"

"मैं बचन नहीं देती।"

"तो मैं भी नहीं आता।"

"मेरी बला से!"

झुनिया अंगूठा दिखा कर चल दी। प्रथम-मिलन में ही दोनों एक-दूसरे पर अपना-अपना अधिकार जमा चुके थे। झुनिया जानती थी, वह आएगा, कैसे न आएगा? गोबर जानता था, वह मिलेगी, कैसे न मिलेगी?

जब वह अकेला गाय को हांकता हुआ चला, तो ऐसा लगता था, मानो स्वर्ग से गिर पड़ा है।

6

जेठ की उदास और गर्म संध्या सेमरी की सड़कों और गलियों में, पानी के छिड़काव से शीतल और प्रसन्न हो रही थी। मंडप के चारों तरफ फूलों और पौधें के गमले सजा दिए गए थे और बिजली के पंखे चल रहे थे। रायसाहब अपने कारखाने में बिजली बनवा लेते थे। उनके सिपाही पीली वर्दियां डाटे, नीले साफे बांधे, जनता पर रोब जमाते फिरते थे। नौकर उजले कुरते पहने और केसरिया पाग बांधे, मेहमानों और मुखियों का आदर-सत्कार कर रहे थे। उसी वक्त एक मोटर सिंह-द्वार के सामने आ कर रुकी और उसमें से तीन महानुभाव उतरे। वह जो खद्दर का कुरता और चप्पल पहने हुए हैं, उनका नाम पंडित ओंकारनाथ है। आप दैनिक-पत्र 'बिजली' के यशस्वी संपादक हैं, जिन्हें देश-चिंता ने घुला डाला है। दूसरे महाशय जो कोट-पैंट में हैं, वह हैं तो वकील, पर वकालत न चलने के कारण एक बीमा-कंपनी की दलाली करते हैं और ताल्लुकेदारों को महाजनों और बैंकों से कर्ज दिलाने में वकालत से कहीं ज्यादा कमाई करते हैं। इनका नाम है श्यामबिहारी तंखा और तीसरे सज्जन जो रेशमी अचकन और तंग पाजामा पहने हुए हैं, मिस्टर बी. मेहता, युनिवर्सिटी में दर्शनशास्त्र के अध्यापक हैं। ये तीनों सज्जन रायसाहब के सहपाठियों में हैं और शगुन के उत्सव पर निमंत्रित हुए हैं। आज सारे इलाके के असामी आएंगे और शगुन के रुपए भेंट करेंगे। रात को धनुष-यज्ञ होगा और मेहमानों की दावत होगी। होरी ने पाँच रुपए शगुन के दे दिए हैं और एक गुलाबी मिर्जई पहने, गुलाबी पगड़ी बांधे, घुटने तक काछनी काछे, हाथ में एक खुरपी लिए और मुख पर पाउडर लगवाए राजा जनक का माली बन गया है और गरूर से इतना फूल उठा है, मानो यह सारा उत्सव उसी के पुरुषार्थ से हो रहा है।

रायसाहब ने मेहमानों का स्वागत किया। दोहरे बदन के ऊंचे आदमी थे, गठा हुआ शरीर, तेजस्वी चेहरा, ऊंचा माथा, गोरा रंग, जिस पर शर्बती रेशमी चादर खूब खिल रही थी।

पंडित ओंकारनाथ ने पूछा–अबकी कौन-सा नाटक खेलने का विचार है? मेरे रस की तो यहाँ वही एक वस्तु है।

रायसाहब ने तीनों सज्जनों को अपने रावटी के सामने कुर्सियों पर बैठाते हुए कहा–पहले तो धनुष-यज्ञ होगा, उसके बाद एक प्रहसन। नाटक कोई अच्छा न मिला। कोई तो इतना लंबा कि शायद पाँच घंटों में भी खत्म न हो और कोई इतना क्लिष्ट कि शायद यहाँ एक व्यक्ति भी उसका अर्थ न समझे। आखिर मैंने स्वयं एक प्रहसन लिख डाला, जो दो घंटों में पूरा हो जाएगा।

ओंकारनाथ को रायसाहब की रचना-शक्ति में बहुत संदेह था। उनका ख्याल था कि प्रतिभा तो गरीबों ही में चमकती है दीपक की भांति, जो अंधेरे ही में अपना प्रकाश दिखाता है। उपेक्षा के साथ, जिसे छिपाने की भी उन्होंने चेष्टा नहीं की, पंडित ओंकारनाथ ने मुँह फेर लिया।

मिस्टर तंखा इन बेमतलब की बातों में न पड़ना चाहते थे, फिर भी रायसाहब को दिखा देना चाहते थे कि इस विषय में उन्हें कुछ बोलने का अधिकार है। बोले–नाटक कोई भी अच्छा हो सकता है, अगर उसके अभिनेता अच्छे हों। अच्छा-से-अच्छा नाटक बुरे अभिनेताओं के हाथ में पड़ कर बुरा हो सकता है। जब तक स्टेज पर शिक्षित अभिनेत्रियां नहीं आतीं, हमारी नाट्यकला का उद्धार नहीं हो सकता। अबकी तो आपने कौंसिल में प्रश्नों की धूम मचा दी। मैं तो दावे के साथ कह सकता हूँ कि किसी मेंबर का रिकार्ड इतना शानदार नहीं है।

दर्शन के अध्यापक मिस्टर मेहता इस प्रशंसा को सहन न कर सकते थे। विरोध तो करना चाहते थे, पर सिद्धांत की आड़ में। उन्होंने हाल ही में एक पुस्तक कई साल के परिश्रम से लिखी थी। उसकी जितनी धूम होनी चाहिए थी, उसकी शतांश भी नहीं हुई थी। इससे बहुत दुखी थे। बोले–भई, मैं प्रश्नों का कायल नहीं। मैं चाहता हूँ, हमारा जीवन हमारे सिद्धांतों के अनुकूल हो। आप कृषकों के शुभेच्छु हैं, उन्हें तरह-तरह की रियायत देना चाहते हैं, जमींदारों के अधिकार छीन लेना चाहते हैं, बल्कि उन्हें आप समाज का शाप कहते हैं, फिर भी आप जमींदार हैं, वैसे ही जमींदार जैसे हजारों और जमींदार हैं। अगर आपकी धारणा है कि कृषकों के साथ रियायत होनी चाहिए, तो पहले आप खुद शुरू करें–काश्तकारों को बगैर नजराने लिए पट्टे लिख दें, बेगार बंद कर दें, इजाफा लगान को तिलांजलि दे दें, चरावर ज़मीन छोड़ दें। मुझे उन लोगों से जरा भी हमदर्दी नहीं है, जो बातें तो करते हैं कम्युनिस्टों की-सी, मगर जीवन है रईसों का-सा, उतना ही विलासमय, उतना ही स्वार्थ से भरा हुआ।

रायसाहब को आघात पहुंचा। वकील साहब के माथे पर बल पड़ गए और संपादक जी के मुँह में जैसे कालिख लग गई। वह खुद समष्टिवाद के पुजारी थे, पर सीधे घर में आग न लगाना चाहते थे।

तंखा ने रायसाहब की वकालत की–मैं समझता हूँ, रायसाहब का अपने असामियों के साथ जितना अच्छा व्यवहार है, अगर सभी जमींदार वैसे ही हो जाएं, तो यह प्रश्न ही न रहे।

मेहता ने हथौड़े की दूसरी चोट जमाई–मानता हूँ, आपका अपने असामियों के साथ बहुत अच्छा बर्ताव है, मगर प्रश्न यह है कि उसमें स्वार्थ है या नहीं। इसका एक कारण क्या यह नहीं हो सकता कि मद्धिम आंच में भोजन स्वादिष्ट पकता है? गुड़ से मारने वाला जहर से मारने वाले की अपेक्षा कहीं सफल हो सकता है। मैं तो केवल इतना जानता हूँ, हम या तो साम्यवादी हैं या नहीं हैं। हैं तो उसका व्यवहार करें, नहीं हैं, तो बकना छोड़ दें। मैं नकली जिंदगी का विरोधी हूँ। अगर मांस खाना अच्छा समझते हो तो खुल कर खाओ। बुरा समझते हो, तो मत खाओ, यह तो मेरी समझ में आता है, लेकिन अच्छा समझना और छिप कर खाना, यह मेरी समझ में नहीं आता। मैं तो इसे कायरता भी कहता हूँ और धूर्तता भी, जो वास्तव में एक हैं।

रायसाहब सभा-चतुर आदमी थे। अपमान और आघात को धैर्य और उदारता से सहने का उन्हें अभ्यास था। कुछ असमंजस में पड़े हुए बोले–आपका विचार बिलकुल ठीक है मेहता जी! आप जानते हैं, मैं आपकी साफगोई का कितना आदर करता हूँ, लेकिन आप यह भूल जाते हैं कि अन्य यात्राओं की भांति विचारों की यात्रा में भी पड़ाव होते हैं, और आप एक पड़ाव को छोड़ कर दूसरे पड़ाव तक नहीं जा सकते। मानव-जीवन का इतिहास इसका प्रत्यक्ष प्रमाण है। मैं उस वातावरण में पला हूँ, जहाँ राजा ईश्वर है और जमींदार ईश्वर का मंत्र। मेरे स्वर्गवासी पिता असामियों पर इतनी दया करते थे कि पाले या सूखे में कभी आधा और कभी पूरा लगान माफ कर देते थे। अपने बखार से अनाज निकाल कर असामियों को खिला देते थे। घर के गहने बेच कर कन्याओं के विवाह में मदद देते थे, मगर उसी वक्त तक, जब तक प्रजा उनको सरकार और धर्मावतार कहती रहे, उन्हें अपना देवता समझ कर उनकी पूजा करती रहे। प्रजा को पालना उनका सनातन धर्म था, लेकिन अधिकार के नाम पर वह कौड़ी का एक दांत भी फोड़ कर देना न चाहते थे। मैं उसी वातावरण में पला हूँ, और मुझे गर्व है कि मैं व्यवहार में चाहे जो कुछ करूं, विचारों में उनसे आगे बढ़ गया हूँ और यह मानने लग गया हूँ कि जब तक किसानों को यह रियायतें अधिकार के रूप में न मिलेंगी, केवल सद्भावना के आधार पर उनकी दशा सुधर नहीं सकती। स्वेच्छा अगर अपना स्वार्थ छोड़ दे, तो अपवाद है। मैं खुद सद्भावना करते हुए भी स्वार्थ नहीं छोड़ सकता और चाहता हूँ कि हमारे वर्ग को शासन और नीति के बल से अपना स्वार्थ छोड़ने के लिए मजबूर कर दिया जाए। इसे आप कायरता कहेंगे, मैं इसे विवशता कहता हूँ। मैं इसे स्वीकार

करता हूँ कि किसी को भी दूसरों के श्रम पर मोटे होने का अधिकार नहीं है। उपजीवी होना घोर लज्जा की बात है। कर्म करना प्राणिमात्र का धर्म है। समाज की ऐसी व्यवस्था, जिसमें कुछ लोग मौज करें और अधिक लोग पिसें और खपें कभी सुखद नहीं हो सकती। पूंजी और शिक्षा, जिसे मैं पूंजी ही का एक रूप समझता हूँ, इनका किला जितनी जल्द टूट जाए, उतना ही अच्छा है। जिन्हें पेट की रोटी मयस्सर नहीं, उनके अफसर और नियोजक दस-दस, पाँच-पांच हज़ार फटकारें, यह हास्यास्पद है और लज्जास्पद भी। इस व्यवस्था ने हम जमींदारों में कितनी विलासिता, कितना दुराचार, कितनी पराधीनता और कितनी निर्लज्जता भर दी है, यह मैं खूब जानता हूँ, लेकिन मैं इन कारणों से इस व्यवस्था का विरोध नहीं करता। मेरा तो यह कहना है कि अपने स्वार्थ की कृष्टि से भी इसका अनुमोदन नहीं किया जा सकता। इस शान को निभाने के लिए हमें अपनी आत्मा की इतनी हत्या करनी पड़ती है कि हममें आत्माभिमान का नाम भी नहीं रहा। हम अपने असामियों को लूटने के लिए मजबूर हैं। अगर अफसरों को कीमती-कीमती डालियां न दें, तो बागी समझे जाएं, शान से न रहें, तो कंजूस कहलाएं। प्रगति की जरा-सी आहट पाते ही हम कांप उठते हैं, और अफसरों के पास फरियाद ले कर दौड़ते हैं कि हमारी रक्षा कीजिए। हमें अपने ऊपर विश्वास नहीं रहा, न पुरुषार्थ ही रह गया। बस, हमारी दशा उन बच्चों की-सी है, जिन्हें चम्मच से दूध पिला कर पाला जाता है, बाहर से मोटे, अंदर से दुर्बल, सत्वहीन और मोहताज।

मेहता ने ताली बजा कर कहा–हियर, हियर! आपकी जबान में जितनी बुद्धि है, काश उसकी आधी भी मस्तिष्क में होती। खेद यही है कि सब कुछ समझते हुए भी आप अपने विचारों को व्यवहार में नहीं लाते।

ओंकारनाथ बोले–अकेला चना भाड़ नहीं फोड़ सकता, मिस्टर मेहता! हमें समय के साथ चलना भी है और उसे अपने साथ चलाना भी। बुरे कामों में ही सहयोग की जरूरत नहीं होती। अच्छे कामों के लिए भी सहयोग उतना ही जरूरी है। आप ही क्यों आठ सौ रुपए महीने हड़पते हैं, जब आपके करोड़ों भाई केवल आठ रुपए में अपना निर्वाह कर रहे हैं?

रायसाहब ने ऊपरी खेद, लेकिन भीतरी संतोष से संपादक जी को देखा और बोले–व्यक्तिगत बातों पर आलोचना न कीजिए संपादक जी! हम यहाँ समाज की व्यवस्था पर विचार कर रहे हैं।

मिस्टर मेहता उसी ठंडे मन से बोले–नहीं-नहीं, मैं इसे बुरा नहीं समझता। समाज व्यक्ति से ही बनता है। और व्यक्ति को भूल कर हम किसी व्यवस्था पर विचार नहीं कर सकते। मैं इसलिए इतना वेतन लेता हूँ कि मेरा इस व्यवस्था पर विश्वास नहीं है।

संपादक जी को अचंभा हुआ–अच्छा, तो आप वर्तमान व्यवस्था के समर्थक हैं?

"मैं इस सिद्धांत का समर्थक हूँ कि संसार में छोटे-बड़े हमेशा रहेंगे, और उन्हें हमेशा रहना चाहिए। इसे मिटाने की चेष्टा करना मानव-जाति के सर्वनाश का कारण होगा।"

कुश्ती का जोड़ बदल गया। रायसाहब किनारे खड़े हो गए। संपादक जी मैदान में उतरे–आप बीसवीं शताब्दी में भी ऊंच-नीच का भेद मानते हैं।

"जी हां, मानता हूँ और बड़े जोरों से मानता हूँ। जिस मत के आप समर्थक हैं, वह भी तो कोई नई चीज़ नहीं। कब से मनुष्य में ममत्व का विकास हुआ, तभी उस मत का जन्म हुआ। बुद्ध और प्लेटो और ईसा सभी समाज में समता प्रवर्तक थे। यूनान और रोम और सीरियाई, सभी सभ्यताओं ने उसकी परीक्षा की, पर अप्राकृतिक होने के कारण कभी वह स्थायी न बन सकी।"

"आपकी बातें सुन कर मुझे आश्चर्य हो रहा है।"

"आश्चर्य अज्ञान का दूसरा नाम है।"

"मैं आपका कृतज्ञ हूँ! अगर आप इस विषय पर कोई लेखमाला शुरू कर दें।"

"जी, मैं इतना अहमक नहीं हूँ, अच्छी रकम दिलवाइए, तो अलबत्ता।"

"आपने सिद्धांत ही ऐसा लिया है कि खुले खजाने पब्लिक को लूट सकते हैं।"

"मुझमें और आपमें अंतर इतना ही है कि मैं जो कुछ मानता हूँ, उस पर चलता हूँ। आप लोग मानते कुछ हैं, करते कुछ हैं। धन को आप किसी अन्याय से बराबर फैला सकते हैं। लेकिन बुद्धि को, चरित्र को, रूप को, प्रतिभा को और बल को बराबर फैलाना तो आपकी शक्ति के बाहर है। छोटे-बड़े का

भेद केवल धन से ही तो नहीं होता। मैंने बड़े-बड़े धनकुबेरों को भिक्षुकों के सामने घुटने टेकते देखा है, और आपने भी देखा होगा। रूप के चौखट पर बड़े-बड़े महीप नाक रगड़ते हैं। क्या यह सामाजिक विषमता नहीं है? आप रूस की मिसाल देंगे। वहाँ इसके सिवाय और क्या है कि मिल के मालिक ने राजकर्मचारी का रूप ले लिया है। बुद्धि तब भी राज करती थी, अब भी करती है और हमेशा करेगी।?"

तश्तरी में पान आ गए थे। रायसाहब ने मेहमानों को पान और इलायची देते हुए कहा–बुद्धि अगर स्वार्थ से मुक्त हो, तो हमें उसकी प्रभुता मानने में कोई आपत्ति नहीं। समाजवाद का यही आदर्श है। हम साधु-महात्माओं के सामने इसीलिए सिर झुकाते हैं कि उनमें त्याग का बल है। इसी तरह हम

बुद्धि के हाथ में अधिकार भी देना चाहते हैं, सम्मान भी, नेतृत्व भी, लेकिन संपत्ति किसी तरह नहीं। बुद्धि का अधिकार और सम्मान व्यक्ति के साथ चला जाता है, लेकिन उसकी संपत्ति विष बोने के लिए उसके बाद और भी प्रबल हो जाती है। बुद्धि के बगैर किसी समाज का संचालन नहीं हो सकता। हम केवल इस बिच्छू का डंक तोड़ देना चाहते हैं।

दूसरी मोटर आ पहुंची और मिस्टर खन्ना उतरे, जो एक बैंक के मैनेजर और शक्कर मिल के मैनजिंग डाइरेक्टर हैं। दो देवियां भी उनके साथ थीं। रायसाहब ने दोनों देवियां को उतारा। वह जो खद्दर की साड़ी पहने बहुत गंभीर और विचारशील-सी हैं, मिस्टर खन्ना की पत्नी, कामिनी खन्ना हैं। दूसरी महिला जो ऊंची एड़ी का जूता पहने हुए हैं और जिनकी मुख-छवि पर हंसी फूटी पड़ती है, मिस मालती हैं। आप इंग्लैंड से डॉक्टरी पढ़ आई हैं और अब प्रैक्टिस करती हैं। ताल्लुकेदारों के महलों में उनका बहुत प्रवेश है। आप नवयुग की साक्षात प्रतिमा हैं। गात कोमल, पर चपलता कूट-कूट कर भरी हुई। झिझक या संकोच का कहीं नाम नहीं, मेक-अप में प्रवीण, बला की हाजिर-जवाब, पुरुष-मनोविज्ञान की अच्छी जानकार, आमोद-प्रमोद को जीवन का तत्व समझने वाली, लुभाने और रिझाने की कला में निपुण। जहाँ आत्मा का स्थान है, वहाँ प्रदर्शन, जहाँ हृदय का स्थान है, वहाँ हाव-भाव, मनोद्गारों पर कठोर निग्रह, जिसमें इच्छा या अभिलाषा का लोप-सा हो गया हो।

आपने मिस्टर मेहता से हाथ मिलाते हुए कहा—सच कहती हूँ, आप सूरत से ही फिलॉसफर मालूम होते हैं। इस नई रचना में तो आपने आत्मवादियों को उधेड़ कर रख दिया। पढ़ते-पढ़ते कई बार मेरे जी में ऐसा आया कि आपसे लड़ जाऊं। फिलॉसफरों में सहृदयता क्यों गायब हो जाती है?

मेहता झेंप गए। बिना ब्याहे थे और नवयुग की रमणियों से पनाह मांगते थे। पुरुषों की मंडली में खूब चहकते थे, मगर ज्यों ही कोई महिला आई और आपकी जबान बंद हुई, जैसे बुद्धि पर ताला लग जाता था। स्त्रियों से शिष्ट व्यवहार तक करने की सुधि न रहती थी।

मिस्टर खन्ना ने पूछा—फिलॉसफरों की सूरत में क्या खास बात होती है देवी जी?

मालती ने मेहता की ओर दया-भाव से देख कर कहा—मिस्टर मेहता, बुरा न मानें तो बतला दूं?

खन्ना मिस मालती के उपासकों में थे। जहाँ मिस मालती जाए, वहाँ खन्ना का पहुंचना लाजिम था। उनके आस-पास भौंरे की तरह मंडराते रहते थे। हर समय उनकी यही इच्छा रहती थी कि मालती से अधिक से अधिक वही बोलें, उनकी निगाह अधिक से अधिक उन्हीं पर रहे।

खन्ना ने आँख मार कर कहा–फिलॉसफर किसी की बात का बुरा नहीं मानते। उनकी यही सिफत है।

"तो सुनिए, फिलॉसफर हमेशा मुर्दा-दिल होते हैं, जब देखिए, अपने विचारों में मगन बैठे हैं। आपकी तरफ ताकेंगे, मगर आपको देखेंगे नहीं, आप उनसे बातें किए जाएं, कुछ सुनेंगे नहीं, जैसे शून्य में उड़ रहे हों।"

सब लोगों ने कहकहा मारा। मिस्टर मेहता जैसे ज़मीन में गड़ गए।

"आक्सफोर्ड में मेरे फिलासफी के प्रोफेसर हसबेंड थे!"

खन्ना ने टोका–नाम तो निराला है।

"जी हां, और थे क्वांरे...

"मिस्टर मेहता भी तो क्वांरे हैं..."

"यह रोग सभी फिलॉसफरों को होता है।"

अब मेहता को अवसर मिला। बोले–आप भी तो इसी मरज में गिरफ्तार हैं?

"मैंने प्रतिज्ञा की है, कि किसी फिलॉसफर से शादी करूंगी और यह वर्ग शादी के नाम से घबराता है। हसबेंड साहब तो स्त्री को देख कर घर में छिप जाते थे। उनके शिष्यों में कई लड़कियां थीं। अगर उनमें से कोई कभी कुछ पूछने के लिए उनके ऑफिस में चली जाती थी, तो आप ऐसे घबड़ा जाते, जैसे कोई शेर आ गया हो। हम लोग उन्हें खूब छेड़ा करते थे, बेचारे बड़े सरल-हृदय। कई हज़ार की आमदनी थी, पर मैंने उन्हें हमेशा एक ही सूट पहने देखा। उनकी एक विधवा बहन थी। वही उनके घर का सारा प्रबंध करती थी। मिस्टर हसबेंड को तो खाने की फिक्र ही न रहती थी। मिलने वालों के डर से अपने कमरे का द्वार बंद करके लिखा-पढ़ी करते थे। भोजन का समय आ जाता, तो उनकी बहन आहिस्ता से भीतर के द्वार से उनके पास जा कर किताब बंद कर देती थी, तब उन्हें मालूम होता कि खाने का समय हो गया। रात को भी भोजन का समय बंधा हुआ था। उनकी बहन कमरे की बत्ती बुझा दिया करती थी। एक दिन बहन ने किताब बंद करनी चाही, तो आपने पुस्तक को दोनों हाथों से दबा लिया और बहन-भाई में जोर-आजमाई होने लगी। आखिर बहन उनकी पहिएदार कुर्सी को खींच कर भोजन के कमरे में लाई।"

रायसाहब बोले–"मगर मेहता साहब तो बड़े खुशमिजाज और मिलनसार हैं, नहीं इस हंगामे में क्यों आते।"

"तो आप फिलॉसफर न होंगे। जब अपनी चिंताओं से हमारे सिर में दर्द होने लगता है, तो विश्व की चिंता सिर पर लाद कर कोई कैसे प्रसन्न रह सकता है।"

उधर संपादक जी श्रीमती खन्ना से अपने आर्थिक कठिनाइयों की कथा कह रहे थे–बस यों समझिए श्रीमतीजी, कि संपादक का जीवन एक दीर्घ

विलाप है, जिसे सुन कर लोग दया करने के बदले कानों पर हाथ रख लेते हैं। बेचारा न अपना उपकार कर सके, न औरों का। पब्लिक उससे आशा तो यह रखती है कि हर एक आंदोलन में वह सबसे आगे रहे, जेल जाए, मार खाए, घर के माल-असबाब की कुर्की कराए, यह उसका धर्म समझा जाता है, लेकिन उसकी कठिनाइयों की ओर किसी का ध्यान नहीं। हो तो वह सब कुछ। उसे हर एक विद्या, हर एक कला में पारंगत होना चाहिए, लेकिन उसे जीवित रहने का अधिकार नहीं। आप तो आजकल कुछ लिखती ही नहीं। आपकी सेवा करने का जो थोड़ा-सा सौभाग्य मुझे मिल सकता है, उससे मुझे क्यों वंचित रखती हैं?

मिसेज खन्ना को कविता लिखने का शौक था। इस नाते से संपादक जी कभी-कभी उनसे मिल आया करते थे, लेकिन घर के काम-धंधे में व्यस्त रहने के कारण इधर बहुत दिनों से कुछ लिख नहीं सकी थीं। सच बात तो यह है कि संपादक जी ने ही उन्हें प्रोत्साहित करके कवि बनाया था। सच्ची प्रतिभा उनमें बहुत कम थी।

"क्या लिखूं कुछ सूझता ही नहीं। आपने कभी मिस मालती से कुछ लिखने को नहीं कहा?"

संपादक जी उपेक्षा भाव से बोले–उनका समय मूल्यवान है कामिनी देवी! लिखते तो वह लोग हैं, जिनके अंदर कुछ दर्द है, अनुराग है, लगन है, विचार है। जिन्होंने धन और भोग-विलास को जीवन का लक्ष्य बना लिया, वह क्या लिखेंगे?

कामिनी ने ईर्ष्या-मिश्रित विनोद से कहा–अगर आप उनसे कुछ लिखा सकें, तो आपका प्रचार दुगुना हो जाए। लखनऊ में तो ऐसा कोई रसिक नहीं है, जो आपका ग्राहक न बन जाए।

"अगर धन मेरे जीवन का आदर्श होता, तो आज मैं इस दशा में न होता। मुझे भी धन कमाने की कला आती है। आज चाहूं, तो लाखों कमा सकता हूँ, लेकिन यहाँ तो धन को कभी कुछ समझा ही नहीं। साहित्य की सेवा अपने जीवन का ध्येय है और रहेगा।"

"कम-से-कम मेरा नाम तो ग्राहकों में लिखवा दीजिए।"

"आपका नाम ग्राहकों में नहीं, संरक्षकों में लिखूंगा।"

"संरक्षकों में रानियों-महारानियों को रखिए, जिनकी थोड़ी-सी खुशामद करके आप अपने पत्र को लाभ की चीज़ बना सकते हैं।"

"मेरी रानी-महारानी आप हैं। मैं तो आपके सामने किसी रानी-महारानी की हकीकत नहीं समझता। जिसमें दया और विवेक है, वही मेरी रानी है। खुशामद से मुझे घृणा है।"

कामिनी ने चुटकी ली–लेकिन मेरी खुशामद तो आप कर रहे हैं संपादक जी!

संपादक जी ने गंभीर हो कर श्रद्धापूर्ण स्वर में कहा–यह खुशामद नहीं है देवी जी, हृदय के सच्चे उद्‌गार हैं।

रायसाहब ने पुकारा- संपादक जी, जरा इधर आइएगा। मिस मालती आपसे कुछ कहना चाहती हैं।

संपादक जी की वह सारी अकड़ गायब हो गई। नम्रता और विनय की मूर्ति बने हुए आ कर खड़े हो गए! मालती ने उन्हें सदय नेत्रों से देख कर कहा–मैं अभी कह रही थी कि दुनिया में मुझे सबसे ज्यादा डर संपादकों से लगता है। आप लोग जिसे चाहें, एक क्षण में बिगाड़ दें। मुझी से चीफ सेक्रेटरी साहब ने एक बार कहा–अगर मैं इस ब्लडी ओंकारनाथ को जेल में बंद कर सकूं तो अपने को भाग्यवान समझूं।

ओंकारनाथ की बड़ी-बड़ी मूंछें खड़ी हो गईं। आँखों में गर्व की ज्योति चमक उठी। यों वह बहुत ही शांत प्रकृति के आदमी थे, लेकिन ललकार सुन कर उनका पुरुषत्व उत्तेजित हो जाता था। दृढ़ता-भरे स्वर में बोले–इस कृपा के लिए आपका कृतज्ञ हूँ। उस बज्म (सभा) में अपना जिक्र तो आता है, चाहे किसी तरह आए। आप सेक्रेटरी महोदय से कह दीजिएगा कि ओंकारनाथ उन आदमियों में नहीं है, जो इन धमकियों से डर जाए। उसकी कलम उसी वक्त विश्राम लेगी, जब उसकी जीवन-यात्रा समाप्त हो जाएगी। उसने अनीति और स्वेच्छाचार को जड़ से खोद कर फेंक देने का जिम्मा लिया है।

मिस मालती ने और उकसाया–मगर मेरी समझ में आपकी यह नीति नहीं आती कि जब आप मामूली शिष्टाचार से अधिकारियों का सहयोग प्राप्त कर सकते हैं, तो क्यों उनसे कन्नी काटते हैं। अगर आप अपनी आलोचनाओं में आग और विष जरा कम दें, तो मैं वादा करती हूँ कि आपको गवर्नमेंट से काफी मदद दिला सकती हूँ। जनता को तो आपने देख लिया। उससे अपील की, उसकी खुशामद की, अपने कठिनाइयों की कथा कही, मगर कोई नतीजा न निकला। अब जरा अधिकारियों को भी आजमा देखिए। तीसरे महीने आप मोटर पर न निकलने लगें, और सरकारी दावतों में निमंत्रित न होने लगें तो मुझे जितना चाहें कोसिएगा। तब यही रईस और नेशनलिस्ट जो आपकी परवा नहीं करते, आपके द्वार के चक्कर लगाएंगे।

ओंकारनाथ अभिमान के साथ बोले–यही तो मैं नहीं कर सकता देवी जी! मैंने अपने सिद्धांतों को सदैव ऊंचा और पवित्र रखा है और जीते-जी उनकी रक्षा करूंगा। दौलत के पुजारी तो गली-गली मिलेंगे, मैं सिद्धांत के पुजारियों में हूँ।

"मैं इसे दंभ कहती हूँ।"

"आपकी इच्छा।"

"धन की आपको परवा नहीं है?"

"सिद्धांतों का खून करके नहीं।"

"तो आपके पत्र में विदेशी वस्तुओं के विज्ञापन क्यों होते हैं? मैंने किसी भी दूसरे पत्र में इतने विदेशी विज्ञापन नहीं देखे। आप बनते तो हैं आदर्शवादी और सिद्धांतवादी, पर अपने फायदे के लिए देश का धन विदेश भेजते हुए आपको जरा भी खेद नहीं होता? आप किसी तर्क से इस नीति का समर्थन नहीं कर सकते।"

ओंकारनाथ के पास सचमुच कोई जवाब न था। उन्हें बगलें झांकते देख कर रायसाहब ने उनकी हिमायत की–तो आखिर आप क्या चाहती हैं? इधर से भी मारे जाएं, उधर से भी मारे जाएं, तो पत्र कैसे चले?

मिस मालती ने दया करना न सीखा था।

"पत्र नहीं चलता तो बंद कीजिए। अपना पत्र चलाने के लिए आपको विदेशी वस्तुओं के प्रचार का कोई अधिकार नहीं। अगर आप मजबूर हैं, तो सिद्धांत का ढोंग छोड़िए। मैं तो सिद्धांतवादी पत्रों को देख कर जल उठती हूँ। जी चाहता है, दियासलाई दिखा दूं। जो व्यक्ति कर्म और वचन में सामंजस्य नहीं रख सकता, वह और चाहे जो कुछ हो, सिद्धांतवादी नहीं है।"

मेहता खिल उठा। थोड़ी देर पहले उन्होंने खुद इसी विचार का प्रतिपादन किया था। उन्हें मालूम हुआ कि इस रमणी में विचार की शक्ति भी है, केवल तितली नहीं। संकोच जाता रहा।

"यही बात अभी मैं कह रहा था। विचार और व्यवहार में सामंजस्य का न होना ही धूर्तता है, मक्कारी है।"

मिस मालती प्रसन्नमुख से बोली–तो इस विषय में आप और मैं एक हैं, और मैं भी फिलॉसफर होने का दावा कर सकती हूँ।

खन्ना की जीभ में खुजली हो रही थी। बोले–आपका एक-एक अंग फिलासफी में डूबा हुआ है।

मालती ने उनकी लगाम खींची–अच्छा, आपको भी फिलासफी में दखल है। मैं तो समझती थी, आप बहुत पहले अपने फिलासफी को गंगा में डुबो बैठे। नहीं, आप इतने बैंकों और कंपनियों के डाइरेक्टर न होते।

रायसाहब ने खन्ना को संभाला–तो क्या आप समझती हैं कि फिलॉसफरों को हमेशा फाकेमस्त रहना चाहिए?

"जी हां, फिलॉसफर अगर मोह पर विजय न पा सके, तो फिलॉसफर कैसा?"

"इस लिहाज से तो शायद मिस्टर मेहता भी फिलॉसफर न ठहरें।"

मेहता ने जैसे आस्तीन चढ़ा कर कहा–मैंने तो कभी यह दावा नहीं किया रायसाहब! मैं तो इतना ही जानता हूँ कि जिन औजारों से लोहार काम

करता है, उन्हीं औजारों से सोनार नहीं करता। क्या आप चाहते हैं, आम भी उसी दशा में फलें-फूलें जिससे बबूल या ताड़? मेरे लिए धन केवल उन सुविधाओं का नाम है, जिनसे मैं अपना जीवन सार्थक कर सकूं। धन मेरे लिए फलने-फूलने वाली चीज़ नहीं, केवल साधन है। मुझे धन की बिलकुल इच्छा नहीं, आप वह साधन जुटा दें, जिसमें मैं अपने जीवन को उपयोग कर सकूं।

ओंकारनाथ समष्टिवादी थे। व्यक्ति की इस प्रधानता को कैसे स्वीकार करते?

"इसी तरह हर एक मजदूर कह सकता है कि उसे काम करने की सुविधाओं के लिए एक हज़ार महीने की जरूरत है।"

"अगर आप समझते हैं कि उस मजदूर के बगैर आपका काम नहीं चल सकता, तो आपको वह सुविधाएं देनी पड़ेंगी। अगर वही काम दूसरा मजदूर थोड़ी-सी मजदूरी में कर दे, तो कोई वजह नहीं कि आप पहले मजदूर की खुशामद करें।"

"अगर मजदूरों के हाथ में अधिकार होता, तो मजदूरों के लिए स्त्री और शराब भी उतनी ही जरूरी सुविधा हो जाती, जितनी फिलॉसफरों के लिए।"

"तो आप विश्वास मानिए, मैं उनसे ईर्ष्या न करता।"

"जब आपका जीवन सार्थक करने के लिए स्त्री इतनी आवश्यक है, तो आप शादी क्यों नहीं कर लेते?"

मेहता ने नि:संकोच भाव से कहा–इसीलिए कि मैं समझता हूँ, मुक्त भोग आत्मा के विकास में बाधक नहीं होता। विवाह तो आत्मा को और जीवन को पिंजरे में बंद कर देता है।

खन्ना ने इसका समर्थन किया–बंधन और निग्रह पुरानी थ्योरियां हैं। नई थ्योरी है मुक्त भोग।

मालती ने चोटी पकड़ी–तो अब मिसेज खन्ना को तलाक के लिए तैयार रहना चाहिए।

"तलाक का बिल तो हो।"

"शायद उसका पहला उपयोग आप ही करेंगे?"

कामिनी ने मालती की ओर विष-भरी आँखों से देखा और मुँह सिकोड़ लिया, मानो कह रही है–खन्ना तुम्हें मुबारक रहें, मुझे परवाह नहीं।

मालती ने मेहता की तरफ देख कर कहा–इस विषय में आपके क्या विचार हैं मिस्टर मेहता?

मेहता गंभीर हो गए। वह किसी प्रश्न पर अपना मत प्रकट करते थे, तो जैसे अपनी सारी आत्मा उसमें डाल देते थे।

"विवाह को मैं सामाजिक समझौता समझता हूँ और उसे तोड़ने का अधिकार न पुरुष को है, न स्त्री को। समझौता करने के पहले आप स्वाधीन हैं, समझौता हो जाने के बाद आपके हाथ कट जाते हैं।"

"तो आप तलाक के विरोधी हैं, क्यों?"

"पक्का।"

"और मुक्त भोग वाला सिद्धांत?"

"वह उनके लिए है, जो विवाह नहीं करना चाहते।"

"अपनी आत्मा का संपूर्ण विकास सभी चाहते हैं, फिर विवाह कौन करे और क्यों करे?"

"इसीलिए कि मुक्ति सभी चाहते हैं, पर ऐसे बहुत कम हैं, जो लोभ से अपना गला छुड़ा सकें।"

"आप श्रेष्ठ किसे समझते हैं, विवाहित जीवन को या अविवाहित जीवन को?"

"समाज की दृष्टि से विवाहित जीवन को, व्यक्ति की दृष्टि से अविवाहित जीवन को।"

धनुष-यज्ञ का अभिनय निकट था। दस से एक तक धनुष-यज्ञ, एक से तीन तक प्रहसन, यह प्रोगाम था। भोजन की तैयारी शुरू हो गई। मेहमानों के लिए बंगले में रहने का अलग-अलग प्रबंध था। खन्ना-परिवार के लिए दो कमरे रखे गए थे। और भी कितने ही मेहमान आ गए थे। सभी अपने-अपने कमरे में गए और कपड़े बदल-बदल कर भोजनालय में जमा हो गए। यहाँ छूत-छात का कोई भेद न था। सभी जातियों और वर्णों के लोग साथ भोजन करने बैठे। केवल संपादक ओंकारनाथ सबसे अलग अपने कमरे में फलाहार करने गए। और कामिनी खन्ना को सिरदर्द हो रहा था, उन्होंने भोजन करने से इनकार किया। भोजनालय में मेहमानों की संख्या पच्चीस से कम न थी। शराब भी थी और मांस भी। इस उत्सव के लिए रायसाहब अच्छी किस्म की शराब खास तौर पर मंगवाते थे? खींची जाती थी दवा के नाम से, पर होती थी खालिस शराब। मांस भी कई तरह के पकते थे, कोफते, कबाब और पुलाव। मुर्गा, मुर्गियां, बकरा, हिरन, तीतर, मोर जिसे जो पसंद हो, वह खाए।

भोजन शुरू हो गया तो मिस मालती ने पूछा–संपादक जी कहाँ रह गए? किसी को भेजो रायसाहब, उन्हें पकड़ लाएं।

रायसाहब ने कहा–वह वैष्णव हैं, उन्हें यहाँ बुला कर क्यों बेचारे का धर्म नष्ट करोगी? बड़ा ही आचारनिष्ठ आदमी है।

"अजी और कुछ न सही, तमाशा तो रहेगा।"

सहसा एक सज्जन को देख कर उसने पुकारा–आप भी तशरीफ रखते हैं मिर्जा खुर्शेद, यह काम आपके सुपुर्द। आपकी लियाकत की परीक्षा हो जाएगी।

मिर्जा खुर्शेद गोरे-चिट्टे आदमी थे, भूरी-भूरी मूंछें, नीली आंखें, दोहरी देह, चांद के बाल सफाचट। छकलिया अचकन और चूड़ीदार पाजामा पहने थे। ऊपर से हैट लगा लेते थे। कौंसिल के मेंबर थे, पर फलाहार समय खर्राटे

लेते रहते थे। वोटिंग के समय चौंक पड़ते थे और नेशनलिस्टों की तरफ से वोट देते थे। सूफी मुसलमान थे। दो बार हज कर आए थे, मगर शराब खूब पीते थे। कहते थे, जब हम खुदा का एक हुक्म भी कभी नहीं मानते, तो दीन के लिए क्यों जान दें। बड़े दिल्लगीबाज, बेफिकरे जीव थे। पहले बसरे में ठीके का कारोबार करते थे। लाखों कमाए, मगर शामत आई कि एक मेम से आशनाई कर बैठे। मुकदमेबाजी हुई। जेल जाते-जाते बचे। चौबीस घंटे के अंदर मुल्क से निकल जाने का हुक्म हुआ। जो कुछ जहाँ था, वहीं छोड़ा, और सिर्फ पचास हज़ार ले कर भाग खड़े हुए। बंबई में उनके एजेंट थे। सोचा था, उनसे हिसाब-किताब कर लें और जो कुछ निकलेगा, उसी में जिंदगी काट देंगे, मगर एजेंटों ने जाल करके उनसे वह पचास हज़ार भी ऐंठ लिए। निराश हो कर वहाँ से लखनऊ चले। गाड़ी में एक महात्मा से साक्षात हुआ। महात्मा जी ने उन्हें सब्जबाग दिखा कर उनकी घड़ी, अंगूठियां, रुपए सब उड़ा लिए। बेचारे लखनऊ पहुंचे तो देह के कपड़ों के सिवा कुछ न था। राय साहब से पुरानी मुलाकात थी। कुछ उनकी मदद से और कुछ अन्य मित्रों की मदद से एक जूते की दुकान खोल ली। वह अब लखनऊ की सबसे चलती हुई जूते की दुकान थी, चार-पांच सौ रोज की बिक्री थी। जनता को उन पर थोड़े ही दिनों में इतना विश्वास हो गया कि एक बड़े भारी मुस्लिम ताल्लुकेदार को नीचा दिखा कर कौंसिल में पहुंच गए।

अपने जगह पर बैठे-बैठे बोले–जी नहीं, मैं किसी का दीन नहीं बिगाड़ता। यह काम आपको खुद करना चाहिए। मजा तो जब है कि आप उन्हें शराब पिला कर छोड़ें। यह आपके हुस्न के जादू की आजमाइश है।

चारों तरफ से आवाज़ें आईं–हां-हां, मिस मालती, आज अपना कमाल दिखाइए। मालती ने मिर्जा को ललकारा–कुछ इनाम दोगे?

"सौ रुपए की एक थैली।"

"हुश! सौ रुपए! लाख रुपए का धर्म बिगाडूं सौ के लिए।"

"अच्छा, आप खुद अपनी फीस बताइए।"

"एक हजार, कौड़ी कम नहीं।"

"अच्छा, मंजूर।"

"जी नहीं, ला कर मेहता जी के हाथ में रख दीजिए।"

मिर्जा जी ने तुरंत सौ रुपए का नोट जेब से निकाला और उसे दिखाते हुए खड़े हो कर बोले–भाइयो! यह हम सब मरदों की इज्जत का मामला है। अगर मिस मालती की फरमाइश न पूरी हुई, तो हमारे लिए कहीं मुँह दिखाने की जगह न रहेगी। अगर मेरे पास रुपए होते, तो मैं मिस मालती की एक-एक अदा पर एक-एक लाख कुरबान कर देता। एक पुराने शायर ने अपने माशूक के एक काले तिल पर समरकंद और बोखारा के सूबे कुरबान कर दिए

थे। आज आप सभी साहबों की जवांमरदी और हुस्नपरस्ती का इम्तहान है। जिसके पास जो कुछ हो, सच्चे सूरमा की तरह निकाल कर रख दे। आपको इल्म की कसम, माशूक की अदाओं की कसम, अपनी इज्जत की कसम, पीछे कदम न हटाइए। मरदों! रुपए खर्च हो जाएंगे, नाम हमेशा के लिए रह जाएगा। ऐसा तमाशा लाखों में भी सस्ता है। देखिए, लखनऊ के हसीनों की रानी एक जाहिद पर अपने हुस्न का मंत्र कैसे चलाती है?

भाषण समाप्त करते ही मिर्जा जी ने हर एक की जेब की तलाशी शुरू कर दी। पहले मिस्टर खन्ना की तलाशी हुई। उनकी जेब से पाँच रुपए निकले।

मिर्जा ने मुँह फीका करके कहा–वाह खन्ना साहब, वाह! नाम बड़े दर्शन थोड़े, इतनी कंपनियों के डाइरेक्टर, लाखों की आमदनी और आपके जेब में पाँच रुपए। लाहौल विला कूवत! कहाँ हैं मेहता? आप जरा जा कर मिसेज खन्ना से कम-से कम सौ रुपए वसूल कर लाएं।

खन्ना खिसिया कर बोले–अजी, उनके पास एक पैसा भी न होगा। कौन जानता था कि यहाँ आप तलाशी लेना शुरू करेंगे?

"खैर, आप खामोश रहिए। हम अपनी तकदीर तो आजमा लें।"

"अच्छा, तो मैं जा कर उनसे पूछता हूँ।"

"जी नहीं, आप यहाँ से हिल नहीं सकते। मिस्टर मेहता, आप फिलॉसफर हैं, मनोविज्ञान के पंडित। देखिए, अपनी भद न कराइएगा।"

मेहता शराब पी कर मस्त हो जाते थे। उस मस्ती में उनका दर्शन उड़ जाता था और विनोद सजीव हो जाता था। लपक कर मिसेज खन्ना के पास गए और पाँच मिनट ही में मुँह लटकाए लौट आए।

मिर्जा ने पूछा–अरे, क्या खाली हाथ?

रायसाहब हंसे–काजी के घर चूहे भी सयाने।

मिर्जा ने कहा–हो बड़े खुशनसीब खन्ना, खुदा की कसम।

मेहता ने कहकहा मारा और जेब से सौ-सौ रुपए के पाँच नोट निकाले।

मिर्जा ने लपक कर उन्हें गले लगा लिया।

चारों तरफ से आवाज़ें आने लगीं–कमाल है, मानता हूँ उस्ताद, क्यों न हो, फिलॉसफर ही जो ठहरे!

मिर्जा ने नोटों को आँखों से लगा कर कहा–भई मेहता, आज से मैं तुम्हारा शागिर्द हो गया। बताओ, क्या जादू मारा?

मेहता अकड़ कर, लाल-लाल आँखों से ताकते हुए बोले–अजी, कुछ नहीं। ऐसा कौन-सा बड़ा काम था। जा कर पूछा, अंदर आऊं? बोलीं–आप हैं मेहता जी, आइए। मैंने अंदर जा कर कहा–वहां लोग ब्रिज खेल रहे हैं। मिस मालती पाँच सौ रुपए हार गई हैं और अपने अंगूठी बेच रही हैं। अंगूठी एक हज़ार से कम की नहीं है। आपने तो देखा है। बस वही। आपके पास रुपए

हों, तो पाँच सौ रुपए दे कर एक हज़ार की चीज़ ले लीजिए। ऐसा मौका फिर न मिलेगा। मिस मालती ने इस वक्त रुपए न दिए, तो बेदाग निकल जाएंगी। पीछे से कौन देता है, शायद इसीलिए उन्होंने अंगूठी निकाली है कि पाँच सौ रुपए किसके पास धरे होंगे। मुस्कुराईं और चट अपने बटुवे से पाँच नोट निकाल कर दे दिए, और बोलीं–मैं बिना कुछ लिए घर से नहीं निकलती। न जाने कब क्या जरूरत पड़े।

खन्ना खिसिया कर बोले–जब हमारे प्रोफेसरों का यह हाल है, तो यूनिवर्सिटी का ईश्वर ही मालिक है।

खुर्शेद ने घाव पर नमक छिड़का–अरे, तो ऐसी कौन-सी बड़ी रकम है, जिसके लिए आपका दिल बैठा जाता है। खुदा झूठ न बुलवाए तो यह आपकी एक दिन की आमदनी है। समझ लीजिएगा, एक दिन बीमार पड़ गए, और जाएगा भी तो मिस मालती ही के हाथ में। आपके दर्दे जिगर की दवा मिस मालती ही के पास तो है।

मालती ने ठोकर मारी–देखिए मिर्जा जी, तबेले में लतिआहुज अच्छी नहीं।

मिर्जा ने दुम हिलाई–कान पकड़ता हूँ देवी जी!

मिस्टर तंखा की तलाशी हुई। मुश्किल से दस रुपए निकले, मेहता की जेब से केवल अठन्नी निकली। कई सज्जनों ने एक-एक, दो-दो रुपए खुद दिए। हिसाब जोड़ा गया, तो तीन सौ की कमी थी। यह कमी रायसाहब ने उदारता के साथ पूरी कर दी।

संपादक जी ने मेवे और फल खाए थे और जरा कमर सीधी कर रहे थे कि रायसाहब ने जा कर कहा–आपको मिस मालती याद कर रही हैं।

खुश हो कर बोले–मिस मालती मुझे याद कर रही हैं, धन्य-भाग! रायसाहब के साथ ही हाल में आ विराजे।

उधर नौकरों ने मेजें साफ कर दी थीं। मालती ने आगे बढ़ कर उनका स्वागत किया।

संपादक जी ने नम्रता दिखाई–बैठिए, तकल्लुफ न कीजिए। मैं इतना बड़ा आदमी नहीं हूँ।

मालती ने श्रद्धा-भरे स्वर में कहा–आप तकल्लुफ समझते होंगे, मैं समझती हूँ, मैं अपना सम्मान बढ़ा रही हूँ, यों आप अपने को कुछ न समझें और आपको शोभा भी यही देता है, लेकिन यहाँ जितने सज्जन जमा हैं, सभी आपकी राष्ट्र और साहित्य-सेवा से भली-भांति परिचित हैं। आपने इस क्षेत्र में जो महत्वपूर्ण काम किया है, अभी चाहे लोग उसका मूल्य न समझें, लेकिन वह समय बहुत दूर नहीं है-मैं तो कहती हूँ वह समय आ गया है–जब हर एक नगर में आपके नाम की सड़कें बनेंगी, क्लब बनेंगे, टाऊनहालों में आपके चित्र लटकाए जाएंगे। इस वक्त जो थोड़ी बहुत जागृति है, वह आप ही के

महान उद्योगों का प्रसाद है। आपको यह जान कर आनंद होगा कि देश में अब आपके ऐसे अनुयायी पैदा हो गए हैं, जो आपके देहात-सुधार आंदोलन में आपका हाथ बंटाने को उत्सुक हैं, और उन सज्जनों की बड़ी इच्छा है कि यह काम संगठित रूप से किया जाए और एक देहात सुधार-संघ स्थापित किया जाए, जिसके आप सभापति हों।

ओंकारनाथ के जीवन में यह पहला अवसर था कि उन्हें चोटी के आदमियों में इतना सम्मान मिले। यों वह कभी-कभी आम जलसों में बोलते थे और कई सभाओं के मंत्री और उपमंत्री भी थे, लेकिन शिक्षित-समाज ने अब तक उनकी उपेक्षा ही की थी। उन लोगों में वह किसी तरह मिल न पाते थे, इसलिए आम जलसों में उनकी निष्क्रियता और स्वार्थांधता की शिकायत किया करते थे, और अपने पत्र में एक-एक को रगेदते थे। कलम तेज थी, वाणी कठोर, साफगोई की जगह उच्छृंखलता कर बैठते थे, इसीलिए लोग उन्हें खाली ढोल समझते थे। उसी समाज में आज उनका इतना सम्मान! कहाँ हैं आज 'स्वराज' और 'स्वाधीन भारत' और 'हंटर' के संपादक, आ कर देखें और अपना कलेजा ठंडा करें। आज अवश्य ही देवताओं की उन पर कृपादृष्टि है। सदुद्योग कभी निष्फल नहीं जाता, यह ऋषियों का वाक्य है। वह स्वयं अपने नजरों में उठ गए। कृतज्ञता से पुलकित हो कर बोले-देवी जी, आप तो मुझे कांटों में घसीट रही हैं। मैंने तो जनता की जो कुछ भी सेवा की, अपना कर्तव्य समझ कर की। मैं इस सम्मान को व्यक्ति का सम्मान नहीं, उस उद्देश्य का सम्मान समझ रहा हूँ, जिसके लिए मैंने अपना जीवन अर्पित कर दिया है, लेकिन मेरा नम्र-निवेदन है कि प्रधान का पद किसी प्रभावशाली पुरुष को दिया जाए, मैं पदों में विश्वास नहीं रखता। मैं तो सेवक हूँ और सेवा करना चाहता हूँ।

मिस मालती इसे किसी तरह स्वीकार नहीं कर सकती? सभापति पंडित जी को बनना पड़ेगा। नगर में उसे ऐसा प्रभावशाली व्यक्ति दूसरा नहीं दिखाई देता। जिसकी कलम में जादू है, जिसकी जबान में जादू है, जिसके व्यक्तित्व में जादू है, वह कैसे कहता है कि वह प्रभावशाली नहीं है। वह जमाना गया, जब धन और प्रभाव में मेल था। अब प्रतिभा और प्रभाव के मेल का युग है। संपादक जी को यह पद अवश्य स्वीकार करना पड़ेगा। मंत्री मिस मालती होंगी। इस सभा के लिए एक हज़ार का चंदा भी हो गया है और अभी तो सारा शहर और प्रांत पड़ा हुआ है। चार-पांच लाख मिल जाना मामूली बात है।

ओंकारनाथ पर कुछ नशा-सा चढ़ने लगा। उनके मन में जो एक प्रकार की फुरहरी-सी उठ रही थी, उसने गंभीर उत्तरदायित्व का रूप धारण कर लिया। बोले-मगर यह आप समझ लें, मिस मालती, कि यह बड़ी जिम्मेदारी का काम है और आपको अपना बहुत समय देना पड़ेगा। मैं अपनी तरफ

से आपको विश्वास दिलाता हूँ कि आप सभा-भवन में मुझे सबसे पहले मौजूद पाएंगी।

मिर्जा जी ने पुचारा दिया—आपका बड़े-से-बड़ा दुश्मन भी यह नहीं कह सकता कि आप अपना कर्ज अदा करने में कभी किसी से पीछे रहे।

मिस मालती ने देखा, शराब कुछ-कुछ असर करने लगी है, तो और भी गंभीर बन कर बोलीं—अगर हम लोग इस काम की महानता न समझते, तो न यह सभा स्थापित होती और न आप इसके सभापति होते। हम किसी रईस या ताल्लुकेदार को सभापति बना कर धन खूब बटोर सकते हैं, और सेवा की आड़ में स्वार्थ सिद्ध कर सकते हैं, लेकिन यह हमारा उद्देश्य नहीं। हमारा एकमात्र उद्देश्य जनता की सेवा करना है। और उसका सबसे बड़ा साधन आपका पत्र है। हमने निश्चय किया है कि हर एक नगर और गाँव में उसका प्रचार किया जाए और जल्द-से-जल्द उसकी ग्राहक-संख्या को बीस हज़ार तक पहुंचा दिया जाए। प्रांत की सभी म्युनिसिपैलिटियों और जिला बोर्डों के चेयरमैन हमारे मित्र हैं। कई चेयरमैन तो यहीं विराजमान हैं। अगर हर एक ने पाँच-पाँच सौ प्रतियां भी ले लीं, तो पचीस हज़ार प्रतियां तो आप यकीनी समझें। फिर रायसाहब और मिर्जा साहब की यह सलाह है कि कौंसिल में इस विषय का एक प्रस्ताव रखा जाए कि प्रत्येक गाँव के लिए 'बिजली' की एक प्रति सरकारी तौर पर मंगाई जाए, या कुछ वार्षिक सहायता स्वीकार की जाए और हमें पूरा विश्वास है कि यह प्रस्ताव पास हो जाएगा।

ओंकारनाथ ने जैसे नशे में झूमते हुए कहा—हमें गवर्नर के पास डेपुटेशन ले जाना होगा।

मिर्जा खुर्शेद बोले—जरूर-जरूर!

"उनसे कहना होगा कि किसी सभ्य शासन के लिए यह कितनी लज्जा और कलंक की बात है कि ग्रामोत्थान का अकेला पत्र होने पर भी 'बिजली' का अस्तित्व तक नहीं स्वीकार किया जाता।"

मिर्जा खुर्शेद ने कहा—अवश्य-अवश्य!

"मैं गर्व नहीं करता। अभी गर्व करने का समय नहीं आया, लेकिन मुझे इसका दावा है कि ग्राम्य-संगठन के लिए 'बिजली' ने जितना उद्योग किया है..."

मिस्टर मेहता ने सुधारा—नहीं महाशय, तपस्या कहिए।

"मैं मिस्टर मेहता को धन्यवाद देता हूँ। हां, इसे तपस्या ही कहना चाहिए, बड़ी कठोर तपस्या। 'बिजली' ने जो तपस्या की है, वह इस प्रांत के ही नहीं, इस राष्ट्र के इतिहास में अभूतपूर्व है।"

मिर्जा खुर्शेद बोले—जरूर-जरूर!

मिस मालती ने एक पेग और दिया—हमारे संघ ने यह निश्चय भी किया है कि कौंसिल में अब की जो जगह खाली हो, उसके लिए आपको

उम्मीदवार खड़ा किया जाए। आपको केवल अपनी स्वीकृति देनी होगी। शेष सारा काम लोग कर लेंगे। आपको न खर्च से मतलब, न प्रोपेगेंडा, न दौड़-धूप से।

ओंकारनाथ की आँखों की ज्योति दुगुनी हो गई। गर्वपूर्ण नम्रता से बोले–मैं आप लोगों का सेवक हूँ, मुझसे जो काम चाहे ले लीजिए।

हम लोगों को आपसे ऐसी ही आशा है। हम अब तक झूठे देवताओं के सामने नाक रगड़ते-रगड़ते हार गए और कुछ हाथ न लगा। अब हमने आपमें सच्चा पथ-प्रदर्शक, सच्चा गुरु पाया है। और इस शुभ दिन के आनंद में आज हमें एकमन, एकप्राण हो कर अपने अहंकार को, अपने दंभ को तिलांजलि दे देनी चाहिए। हममें आज से कोई ब्राह्मण नहीं है, कोई शूद्र नहीं है, कोई हिंदू नहीं है, कोई मुसलमान नहीं है, कोई ऊंच नहीं है, कोई नीच नहीं है। हम सब एक ही माता के बालक, एक ही गोद के खेलने वाले, एक ही थाली के खाने वाले भाई हैं। जो लोग भेद-भाव में विश्वास रखते हैं, जो लोग पृथकता और कट्टरता के उपासक हैं, उनके लिए हमारी सभा में स्थान नहीं है। जिस सभा के सभापति पूज्य ओंकारनाथ जैसे विशाल-हृदय व्यक्ति हों, उस सभा में ऊंच-नीच का, खान-पान का और जाति-पांति का भेद नहीं हो सकता। जो महानुभाव एकता में और राष्ट्रीयता में विश्वास न रखते हों, वे कृपा करके यहाँ से उठ जाएं।

रायसाहब ने शंका की–मेरे विचार में एकता का यह आशय नहीं है कि सब लोग खान-पान का विचार छोड़ दें। मैं शराब नहीं पीता, तो क्या मुझे इस सभा से अलग हो जाना पड़ेगा?

मालती ने निर्मम स्वर में कहा–बेशक अलग हो जाना पड़ेगा। आप इस संघ में रह कर किसी तरह का भेद नहीं रख सकते।

मेहता जी ने घड़े को ठोंका–मुझे संदेह है कि हमारे सभापति जी स्वयं खान-पान की एकता में विश्वास नहीं रखते हैं।

ओंकारनाथ का चेहरा जर्द पड़ गया। इस बदमाश ने यह क्या बेवक्त की शहनाई बजा दी। दुष्ट कहीं गड़े मुर्दे न उखाड़ने लगे, नहीं यह सारा सौभाग्य स्वप्न की भांति शून्य में विलीन हो जाएगा।

मिस मालती ने उनके मुँह की ओर जिज्ञासा की दृष्टि से देख कर दृढ़ता से कहा–आपका संदेह निराधार है मेहता महोदय! क्या आप समझते हैं कि राष्ट्र की एकता का ऐसा अनन्य उपासक, ऐसा उदारचेता पुरुष, ऐसा रसिक कवि इस निरर्थक और लज्जाजनक भेद को मान्य समझेगा? ऐसी शंका करना उसकी राष्ट्रीयता का अपमान करना है।

ओंकारनाथ का मुख-मंडल प्रदीप्त हो गया। प्रसन्नता और संतोष की आभा झलक पड़ी।

मालती ने उसी स्वर में कहा–और इससे भी अधिक उनकी पुरुष-भावना का। एक रमणी के हाथों से शराब का प्याला पाकर वह कौन भद्र पुरुष होगा, जो इनकार कर दे–यह तो नारी-जाति का अपमान होगा, उस नारी-जाति का, जिसके नयन-बाणों से अपने हृदय को बिंधवाने की लालसा पुरुष-मात्र में होती है, जिसकी अदाओं पर मर-मिटने के लिए बड़े-बड़े महीप लालायित रहते हैं। लाइए, बोतल और प्याले, और दौर चलने दीजिए। इस महान अवसर पर, किसी तरह की शंका, किसी तरह की आपत्ति राष्ट्र-द्रोह से कम नहीं। पहले हम अपने सभापति की सेहत का जाम पीएंगे।

बर्फ, शराब और सोडा पहले ही से तैयार था। मालती ने ओंकारनाथ को अपने हाथों से लाल विष से भरा हुआ ग्लास दिया, और उन्हें कुछ ऐसी जादू-भरी चितवन से देखा कि उनकी सारी निष्ठा, सारी वर्ण-श्रेष्ठता काफूर हो गई। मन ने कहा सारा आचार-विचार परिस्थितियों के अधीन है। आज तुम दरिद्र हो, किसी मोटरकार को धूल उड़ाते देखते हो, तो ऐसा बिगड़ते हो कि उसे पत्थरों से चूर-चूर कर दो, लेकिन क्या तुम्हारे मन में कार की लालसा नहीं है? परिस्थिति ही विधि है और कुछ नहीं। बाप-दादों ने नहीं पी थी, न पी हो। उन्हें ऐसा अवसर ही कब मिला था–उनकी जीविका पोथी-पत्रों पर थी। शराब लाते कहाँ से, और पीते भी तो जाते कहाँ? फिर वह तो रेलगाड़ी पर न चढ़ते थे, कल का पानी न पीते थे, अंग्रेजी पढ़ना पाप समझते थे। समय कितना बदल गया है। समय के साथ अगर नहीं चल सकते, तो वह तुम्हें पीछे छोड़ कर चला जाएगा। ऐसी महिला के कोमल हाथों से विष भी मिले, तो शिरोधार्य करना चाहिए। जिस सौभाग्य के लिए बड़े-बड़े राजे तरसते हैं, वह आज उनके सामने खड़ा है। क्या वह उसे ठुकरा सकते हैं?

उन्होंने ग्लास ले लिया और सिर झुका कर अपनी कृतज्ञता दिखाते हुए एक ही सांस में पी गए और तब लोगों को गर्व भरी आँखों से देखा, मानो कह रहे हों, अब तो आपको मुझ पर विश्वास आया। क्या समझते हैं, मैं निरा पोंगा पंडित हूँ। अब तो मुझे दंभी और पाखंडी कहने का साहस नहीं कर सकते?

हाल में ऐसा शोरगुल मचा कि कुछ न पूछो, जैसे पिटारे में बंद कहकहे निकल पड़े हों! वाह देवी जी! क्या कहना है! कमाल है मिस मालती, कमाल है। तोड़ दिया, नमक का कानून तोड़ दिया, धर्म का किला तोड़ दिया, नेम का घड़ा फोड़ दिया!

ओंकारनाथ के कंठ के नीचे शराब का पहुंचना था कि उनकी रसिकता वाचाल हो गई। मुस्करा कर बोले–

मैंने अपने धर्म की थाती मिस मालती के कोमल हाथों में सौंप दी और मुझे विश्वास है, वह उसकी यथोचित रक्षा करेंगी। उनके चरण-कमलों के इस प्रसाद पर मैं ऐसे एक हज़ार धर्मों को न्योछावर कर सकता हूँ।

कहकहों से हाल गूंज उठा।

संपादक जी का चेहरा फूल उठा था, आँखें झुकी पड़ती थीं। दूसरा ग्लास भर कर बोले–यह मिल मालती की सेहत का जाम है। आप लोग पिएं और उन्हें आशीर्वाद दें।

लोगों ने फिर अपने-अपने ग्लास खाली कर दिए।

उसी वक्त मिर्जा खुर्शेद ने एक माला लाकर संपादक जी के गले में डाल दी और बोले–सज्जनों, फिदवी ने अभी अपने पूज्य सदर साहब की शान में एक कसीदा कहा है। आप लोगों की इजाजत हो तो सुनाऊं।

चारों तरफ से आवाज़ें आई–हां-हां, जरूर सुनाइए।

ओंकारनाथ भंग तो आए दिन पिया करते थे और उनका मस्तिष्क उसका अभ्यस्त हो गया था, मगर शराब पीने का उन्हें यह पहला अवसर था। भंग का नशा मंथर गति से एक स्वप्न की भांति आता था और मस्तिष्क पर मेघ के समान छा जाता था। उनकी चेतना बनी रहती थी। उन्हें खुद मालूम होता था कि इस समय उनकी वाणी बड़ी लच्छेदार है, और उनकी कल्पना बहुत प्रबल। शराब का नशा उनके ऊपर सिंह की भांति झपटा और दबोच बैठा। वह कहते कुछ हैं, मुँह से निकलता कुछ है। फिर यह ज्ञान भी जाता रहा। वह क्या कहते हैं और क्या करते हैं, इसकी सुधि ही न रही। यह स्वप्न का रोमानी वैचित्रय न था, जागृति का वह चक्कर था, जिसमें साकार निराकार हो जाता है।

न जाने कैसे उनके मस्तिष्क में यह कल्पना जाग उठी कि कसीदा पढ़ना कोई बड़ा अनुचित काम है। मेज पर हाथ पटक कर बोले–नहीं, कदापि नहीं। यहाँ कोई कसीदा नईं ओगा, नईं ओगा। हम सभापति हैं। हमारा हुक्म है। हम अबी इस सब को तोड़ सकते हैं। अबी तोड़ सकते हैं। सभी को निकाल सकते हैं। कोई हमारा कुछ नईं कर सकता। हम सभापति हैं। कोई दूसरा सभापति नईं है।

मिर्जा ने हाथ जोड़ कर कहा–हुजूर, इस कसीदे में तो आपकी तारीफ की गई है।

संपादक जी ने लाल, पर ज्योतिहीन नेत्रों से देखा–तुम हमारी तारीफ क्यों की? क्यों की? बोलो, क्यों हमारी तारीफ की? हम किसी का नौकर नईं है। किसी के बाप का नौकर नईं है, किसी साले का दिया नहीं खाते। हम खुद संपादक है। हम 'बिजली' का संपादक है। हम उसमें सबका तारीफ करेगा। देवी जी, हम तुम्हारा तारीफ नईं करेगा। हम कोई बड़ा आदमी नईं है। हम सबका गुलाम है। हम आपका चरण-रज है। मालती देवी हमारी लक्ष्मी, हमारी सरस्वती, हमारी राधा...

यह कहते हुए वे मालती के चरणों की तरफ झुके और मुँह के बल फर्श पर गिर पड़े। मिर्जा खुर्शेद ने दौड़ कर उन्हें संभाला और कुर्सियां हटा

कर वहीं ज़मीन पर लिटा दिया। फिर उनके कानों के पास मुँह ले जा कर बोले–राम-राम सत्त है! कहिए तो आपका जनाजा निकालें?

रायसाहब ने कहा–कल देखना कितना बिगड़ता है। एक-एक को अपने पत्र में रगेदेगा। और ऐसा रगेदेगा कि आप भी याद करेंगे! एक ही दुष्ट है, किसी पर दया नहीं करता। लिखने में तो अपना जोड़ नहीं रखता। ऐसा गधा आदमी कैसे इतना अच्छा लिखता है, यह रहस्य है।

कई आदमियों ने संपादक जी को उठाया और ले जा कर उनके कमरे में लिटा दिया। उधर पंडाल में धनुष-यज्ञ हो रहा था। कई बार इन लोगों को बुलाने के लिए आदमी आ चुके थे। कई हुक्काम भी पंडाल में आ पहुंचे थे। लोग उधर जाने को तैयार हो रहे थे कि सहसा एक अफगान आ कर ख़ड़ा हो गया। गोरा रंग, बड़ी-बड़ी मूंछें, ऊंचा कद, चौड़ा सीना, आँखों में निर्भयता का उन्माद भरा हुआ, ढीला नीचा कुरता, पैरों में शलवार, जरी के काम की सदरी, सिर पर पगड़ी और कुलाह, कंधें में चमड़े का बेग लटकाए, कंधे पर बंदूक रखे और कमर में तलवार बांधे न जाने किधर से आ खड़ा हो गया और गरज कर बोला–खबरदार! कोई यहाँ से मत जाओ। अमारा साथ का आदमी पर डाका पड़ा है। यहाँ का जो सरदार है, वह अमारा आदमी को लूट लिया है, उसका माल तुमको देना होगा। एक-एक कौड़ी देना होगा। कहाँ है सरदार, उसको बुलाओ!

रायसाहब ने सामने आ कर क्रोध-भरे स्वर में कहा–कैसी लूट! कैसा डाका? यह तुम लोगों का काम है। यहाँ कोई किसी को नहीं लूटता। साफ-साफ कहो, क्या मामला है?

अफगान ने आँखें निकालीं और बंदूक का कुंदा ज़मीन पर पटक कर बोला–अमसे पूछता है कैसा लूट, कैसा डाका? तुम लूटता है, तुम्हारा आदमी लूटता है। अम यहाँ की कोठी का मालिक है। अमारी कोठी में पचीस जवान हैं। अमारा आदमी रुपए तहसील कर लाता था। एक हजार। वह तुम लूट लिया, और कहता है, कैसा डाका? अम बताएगा, कैसा डाका होता है। अमारा पचीसों जवान अबी आता है। अम तुम्हारा गाँव लूट लेगा। कोई साला कुछ नईं कर सकता, कुछ नईं कर सकता।

खन्ना ने अफगान के तेवर देखे तो चुपके से उठे कि निकल जाएं। सरदार ने जोर से डांटा–कां जाता तुम? कोई कईं नईं जा सकता, नईं अम सबको कतल कर देगा। अबी फैर कर देगा। अमारा तुम कुछ नईं कर सकता। अम तुम्हारा पुलिस से नईं डरता। पुलिस का आदमी अमारा सकल देख कर भागता है। अमारा अपना कांसल है, अम उसको खत लिख कर लाट साहब के पास जा सकता है। अम यां से किसी को नईं जाने देगा। तुम अमारा एक हज़ार रुपया लूट लिया। अमारा रुपया नईं देगा, तो अम किसी को जिंदा नईं

छोड़ेगा। तुम सब आदमी दूसरों के माल को लूट करता है और यां माशूक के साथ शराब पीता है।

मिस मालती उसकी आँख बचा कर कमरे से निकलने लगीं कि वह बाज की तरह टूट कर उनके सामने आ खड़ा हुआ और बोला–तुम इन बदमाशों से अमारा माल दिलवाए, नईं अम तुमको उठा ले जाएगा अपने कोठी में जशन मनाएगा। तुम्हारा हुस्न पर अम आशिक हो गया। या तो अमको एक हज़ार अबी–अबी दे दे या तुमको अमारे साथ चलना पड़ेगा। तुमको अम नईं छोड़ेगा। अम तुम्हारा आशिक हो गया है। अमारा दिल और जिगर फटा जाता है। अमारा इस जगह पचीस जवान है। इस जिला में हमारा पाँच सौ जवान काम करता है। अम अपने कबीले का खान है। अमारे कबीला में दस हज़ार सिपाही हैं। अम काबुल के अमीर से लड़ सकता है। अंग्रेज सरकार अमको बीस हज़ार सालाना खिराज देता है। अगर तुम हमारा रुपया नईं देगा, तो अम गाँव लूट लेगा और तुम्हारा माशूक को उठा ले जाएगा। खून करने में अमको लुतफ आता है। अम खून का दरिया बहा देगा।

मजलिस पर आतंक छा गया। मिस मालती अपना चहकना भूल गईं। खन्ना की पिंडलियां कांप रही थीं। बेचारे चोट–चपेट के भय से एक–मंजिले बंगले में रहते थे। जीने पर चढ़ना उनके लिए सूली पर चढ़ने से कम न था। गरमी में भी डर के मारे कमरे में सोते थे। रायसाहब को ठकुराई का अभिमान था। वह अपने ही गाँव में एक पठान से डर जाना हास्यास्पद समझते थे, लेकिन उसकी बंदूक को क्या करते? उन्होंने जरा भी चीं–चपड़ किया और इसने बंदूक चलाई। हूश तो होते ही हैं यह सब, और निशाना भी इस सबों का कितना अचूक होता है, अगर उसके हाथ में बंदूक न होती, तो रायसाहब उससे सींग मिलाने को भी तैयार हो जाते। मुश्किल यही थी कि दुष्ट किसी को बाहर नहीं जाने देता। नहीं, दम–के–दम में सारा गाँव जमा हो जाता और इसके पूरे जत्थे को पीट–पाट कर रख देता।

आखिर उन्होंने दिल मजबूत किया और जान पर खेल कर बोले–हमने आपसे कह दिया कि हम चोर–डाकू नहीं हैं। मैं यहाँ की कौंसिल का मेंबर हूँ और यह देवी जी लखनऊ की सुप्रसिद्ध डॉक्टर हैं। यहाँ सभी शरीफ और इज्जतदार लोग जमा हैं। हमें बिलकुल खबर नहीं, आपके आदमियों को किसने लूटा? आप जा कर थाने में रपट कीजिए।

खान ने ज़मीन पर पैर पटका, पैंतरे बदले और बंदूक को कंधे से उतार कर हाथ में लेता हुआ दहाड़ा–मत बक–बक करो। काउंसिल का मेंबर को अम इस तरह पैरों से कुचल देता है (ज़मीन पर पांव रगड़ता है) अमारा हाथ मजबूत है, अमारा दिल मजबूत है, अम खुदाताला के सिवा और किसी से

नईं डरता। तुम अमारा रुपया नहीं देगा, तो अम (रायसाहब की तरफ इशारा कर) अभी तुमको कतल कर देगा।

अपने तरफ बंदूक की दोनाली देख कर रायसाहब झुक कर मेज के बराबर आ गए। अजीब मुसीबत में जान फंसी थी। शैतान बरबस कहे जाता है, तुमने हमारे रुपए लूट लिए। न कुछ सुनता है, न कुछ समझता है, न किसी को बाहर आने-जाने देता है। नौकर-चाकर, सिपाही-प्यादे, सब धनुष-यज्ञ देखने में मग्न थे। जमींदारों के नौकर यों भी आलसी और काम-चोर होते हैं, जब तक दस दफे न पुकारा जाता, बोलते ही नहीं, और इस वक्त तो वे एक शुभ काम में लग हुए थे। धनुष-यज्ञ उनके लिए केवल तमाशा नहीं, भगवान की लीला थी, अगर एक आदमी भी इधर आ जाता, तो सिपाहियों को खबर हो जाती और दम भर में खान का सारा खानपन निकल जाता, दाढ़ी के एक-एक बाल नुच जाते। कितना गुस्सेवर है। होते भी तो जल्लाद हैं। न मरने का गम, न जीने की खुशी।

मिर्जा साहब से अंग्रेजी में बोले–अब क्या करना चाहिए?

मिर्जा साहब ने चकित नेत्रों से देखा–क्या बताऊं, कुछ अक्ल काम नहीं करती। मैं आज अपना पिस्तौल घर ही छोड़ आया, नहीं मजा चखा देता।

खन्ना रोना मुँह बना कर बोले–कुछ रुपए दे कर किसी तरह इस बला को टालिए।

रायसाहब ने मालती की ओर देखा–देवी जी, अब आपकी क्या सलाह है?

मालती का मुखमंडल तमतमा रहा था। बोलीं–होगा क्या, मेरी इतनी बेइज्जती हो रही है और आप लोग बैठे देख रहे हैं! बीस मर्दों के होते एक उजड्ड पठान मेरी इतनी दुर्गति कर रहा है और आप लोगों के खून में जरा भी गरमी नहीं आती! आपको जान इतनी प्यारी है? क्यों एक आदमी बाहर जा कर शोर नहीं मचाता? क्यों आप लोग उस पर झपट कर उसके हाथ से बंदूक नहीं छीन लेते? बंदूक ही तो चलाएगा। चलाने दो। एक या दो की जान ही तो जाएगी। जाने दो।

मगर देवी जी मर जाने को जितना आसान समझती थीं, और लोग न समझते थे। कोई आदमी बाहर निकलने की फिर हिम्मत करे और पठान गुस्से में आ कर दस-पांच फैर कर दे, तो यहाँ सफाया हो जाएगा। बहुत होगा, पुलिस उसे फांसी सजा दे देगी। वह भी क्या ठीक। एक बड़े कबीले का सरदार है। उसे फांसी देते हुए सरकार भी सोच-विचार करेगी। ऊपर से दबाव पड़ेगा। राजनीति के सामने न्याय को कौन पूछता है–हमारे ऊपर उलटे मुकदमे दायर हो जाएं और दंडकारी पुलिस बिठा दी जाए, तो आश्चर्य नहीं, कितने मजे से हंसी-मजाक हो रहा था। अब तक ड्रामा का आनंद उठाते होते। इस शैतान ने आ कर एक नई विपत्ति खड़ी कर दी, और ऐसा जान पड़ता है, बिना दो-एक खून किए, मानेगा भी नहीं।

खन्ना ने मालती को फटकारा–देवी जी, आप तो हमें ऐसा लताड़ रही हैं, मानो अपने प्राण रक्षा करना कोई पाप है। प्राण का मोह प्राणि–मात्र में होता है और हम लोगों में भी हो, तो कोई लज्जा की बात नहीं। आप हमारी जान इतनी सस्ती समझती हैं, यह देख कर मुझे खेद होता है। एक हज़ार का ही तो मुआमला है। आपके पास के एक हज़ार हैं, उसे दे कर क्यों नहीं बिदा कर देतीं। आप खुद अपने बेइज्जती करा रही हैं, इसमें हमारा क्या दोष?

रायसाहब ने गर्म हो कर कहा–अगर इसने देवी जी को हाथ लगाया, तो चाहे मेरी लाश यहीं तड़पने लगे, मैं उससे भिड़ जाऊँगा। आखिर वह भी आदमी ही तो है।

मिर्जा साहब ने संदेह से सिर हिला कर कहा–रायसाहब, आप अभी तो इन सबों के मिजाज से वाकिफ नहीं हैं। यह फैर करना शुरू करेगा, तो फिर किसी को जिंदा न छोड़ेगा। इनका निशाना बेखता होता है।

मि. तंखा बेचारे आने वाले चुनाव की समस्या सुलझाने आए थे। दस–पांच हज़ार का वारा–न्यारा करके घर जाने का स्वप्न देख रहे थे। यहाँ जीवन ही संकट में पड़ गया। बोले–सबसे सरल उपाय वही है, जो अभी खन्ना जी ने बतलाया। एक हज़ार की ही बात और रुपए मौजूद हैं, तो आप लोग क्यों इतना सोच–विचार कर रहे हैं।

मिस मालती ने तंखा को तिरस्कार–भरी आँखों से देखा!

"आप लोग इतने कायर हैं, यह मैं न समझती थी।"

"मैं भी यह न समझता था कि आपको रुपए इतने प्यारे हैं और वह भी मुफ्त के!"

"जब आप लोग मेरा अपमान देख सकते हैं, तो अपने घर की स्त्रियों का अपमान भी देख सकते होंगे?"

"तो आप भी पैसे के लिए अपने घर के पुरुषों को होम करने में संकोच न करेंगी।"

खान इतनी देर तक झल्लाया हुआ–सा इन लोगों की गिटपिट सुन रहा था। एकाएक गरज कर बोला–अम अब नइऊ मानेगा। अम इतनी देर यहाँ खड़ा है, तुम लोग कोई जवाब नईं देता। (जेब से सीटी निकाल कर) अम तुमको एक लमहा और देता है, अगर तुम रुपया नईं देता तो अम सीटी बजाएगा और अमारा पचीस जवान यहाँ आ जाएगा। बस!

फिर आँखों में प्रेम की ज्वाला भर कर उसने मिस मालती को देखा।

"तुम अमारे साथ चलेगा दिलदार! अम तुम्हारे ऊपर फिदा हो जाएगा। अपना जान तुम्हारे कदमों पर रख देगा। इतना आदमी तुम्हारा आशिक है, मगर कोई सच्चा आशिक नईं है। सच्चा इश्क क्या है, अम दिखा देगा। तुम्हारा इशारा पाते ही अम अपने सीने में खंजर चुभा सकता है।"

मिर्जा ने घिघिया कर कहा–देवी जी, खुदा के लिए इस मूजी को रुपए दे दीजिए।

खन्ना ने हाथ जोड़ कर याचना की–हमारे ऊपर दया करो मिस मालती!

रायसाहब तन कर बोले–हरगिज नहीं। आज जो कुछ होना है, हो जाने दीजिए। या तो हम खुद मर जाएंगे, या इन जालिमों को हमेशा के लिए सबक दे देंगे।

तंखा ने रायसाहब को डांट बताई–शेर की मांद में घुसना कोई बहादुरी नहीं है। मैं इसे मूर्खता समझता हूँ।

मगर मिस मालती के मनोभाव कुछ और ही थे। खान के लालसा-प्रदीप्त नेत्रों ने उन्हें आश्वस्त कर दिया था और अब इस कांड में उन्हें मनचलेपन का आनंद आ रहा था। उनका हृदय कुछ देर इन नरपुंगवों के बीच में रह कर उसके बर्बर प्रेम का आनंद उठाने के लिए ललचा रहा था। शिष्ट प्रेम की दुर्बलता और निर्जीवता का उन्हें अनुभव हो चुका था। आज अक्खड़, अनगढ़ पठानों के उन्मत्त प्रेम के लिए उनका मन दौड़ रहा था, जैसे संगीत का आनंद उठाने के बाद कोई मस्त हाथियों की लड़ाई देखने के लिए दौड़े।

उन्होंने खान साहब के सामने जा कर निश्शंक भाव से कहा–तुम्हें रुपए नहीं मिलेंगे।

खान ने हाथ बढ़ा कर कहा–तो अम तुमको लूट ले जाएगा।

"तुम इतने आदमियों के बीच से हमें नहीं ले जा सकते।"

"अम तुमको एक हज़ार आदमियों के बीच से ले जा सकता है।"

"तुमको जान से हाथ धोना पड़ेगा।"

"अम अपने माशूक के लिए अपने जिस्म का एक-एक बोटी नुचवा सकता है।"

उसने मालती का हाथ पकड़ कर खींचा। उसी वक्त होरी ने कमरे में कदम रखा। वह राजा जनक का माली बना हुआ था और उसके अभिनय ने देहातियों को हंसाते-हंसाते लोटा दिया था। उसने सोचा, मालिक अभी तक क्यों नहीं आए? वह भी तो आ कर देखें कि देहाती इस काम में कितने कुशल होते हैं। उनके यार-दोस्त भी देखें। कैसे मालिक को बुलाए–वह अवसर खोज रहा था, और ज्यों ही मुहलत मिली, दौड़ा हुआ यहाँ आया, मगर यहाँ का दृश्य देख कर भौंचक्का-सा खड़ा रह गया। सब लोग चुप्पी साधे, थर-थर कांपते, कातर नेत्रों से खान को देख रहे थे और खान मालती को अपने तरफ खींच रहा था। उसकी सहज बुद्धि ने परिस्थिति का अनुमान कर लिया। उसी वक्त रायसाहब ने पुकारा–होरी, दौड़ कर जा और सिपाहियों को बुला ला, जल्द दौड़!

होरी पीछे मुड़ा था कि खान ने उसके सामने बंदूक तान कर डांटा–कहाँ जाता है? सुअर अम गोली मार देगा।

होरी गंवार था। लाल पगड़ी देख कर उसके प्राण निकल जाते थे, लेकिन मस्त सांड़ पर लाठी ले कर पिल पड़ता था। वह कायर न था, मारना और मरना दोनों ही जानता था, मगर पुलिस के हथकंडों के सामने उसकी एक न चलती थी। बंधे-बंधे कौन फिरे, रिश्वत के रुपए कहाँ से लाए, बाल-बच्चों को किस पर छोड़े; मगर जब मालिक ललकारते हों, तो फिर किसका डर? तब तो वह मौत के मुँह में भी कूद सकता है।

उसने झपट कर खान की कमर पकड़ी और ऐसा अड़ंगा मारा कि खान चारों खाने चित्त ज़मीन पर आ रहा और लगा पश्तो में गालियां देने। होरी उसकी छाती पर चढ़ बैठा और जोर से दाढ़ी पकड़ कर खींची। दाढ़ी उसके हाथ में आ गई। खान ने तुरंत अपनी कुलाह उतार फेंकी और जोर मार कर खड़ा हो गया। अरे! यह तो मिस्टर मेहता हैं। वाह!

लोगों ने चारों तरफ से मेहता को घेर लिया। कोई उनके गले लगता, कोई उनकी पीठ पर थपकियां देता था और मिस्टर मेहता के चेहरे पर न हंसी थी, न गर्व, चुपचाप खड़े थे, मानो कुछ हुआ ही नहीं।

मालती ने नकली रोष से कहा–आपने यह बहुरूपपन कहाँ सीखा? मेरा दिल अभी तक धड़-धड़ कर रहा है।

मेहता ने मुस्कुराते हुए कहा–जरा इन भले आदमियों की जवांमर्दी की परीक्षा ले रहा था। जो गुस्ताखी हुई हो, उसे क्षमा कीजिएगा।

7

यह अभिनय जब समाप्त हुआ, तो उधर रंगशाला में धनुष-यज्ञ समाप्त हो चुका था और सामाजिक प्रहसन की तैयारी हो रही थी, मगर इन सज्जनों को उससे विशेष दिलचस्पी न थी। केवल मिस्टर मेहता देखने गए और आदि से अंत तक जमे रहे। उन्हें बड़ा मजा आ रहा था। बीच-बीच में तालियां बजाते थे और 'फिर कहो, फिर कहो' का आग्रह करके अभिनेताओं को प्रोत्साहन भी देते जाते थे। रायसाहब ने इस प्रहसन में एक मुकदमे बाज देहाती जमींदार का खाका उड़ाया था। कहने को तो प्रहसन था, मगर करुणा से भरा हुआ। नायक का बात-बात में कानून की धाराओं का उल्लेख करना, पत्नी पर केवल इसलिए मुकदमा दायर कर देना कि उसने भोजन तैयार करने में जरा-सी देर कर दी, फिर वकीलों के नखरे और देहाती गवाहों की चालाकियां और झांसे, पहले गवाही के लिए चट-पट तैयार हो जाना, मगर इजलास पर तलबी के समय खूब मनावन कराना और नाना प्रकार की गर्माइशें करके उल्लू बनाना,

ये सभी दृश्य देख कर लोग हंसी के मारे लोट जाते थे। सबसे सुंदर वह दृश्य था, जिसमें वकील गवाहों को उनके बयान रटा रहा था। गवाहों का बार-बार भूलें करना, वकील का बिगड़ना, फिर नायक का देहाती बोली में गवाहों का समझाना और अंत में इजलास पर गवाहों का बदल जाना, ऐसा सजीव और सत्य था कि मिस्टर मेहता उछल पड़े और तमाशा समाप्त होने पर नायक को गले लगा लिया और सभी नटों को एक-एक मेडल देने की घोषणा की। रायसाहब के प्रति उनके मन में श्रद्धा के भाव जाग उठे। रायसाहब स्टेज के पीछे ड्रामे का संचालन कर रहे थे। मेहता दौड़ कर उनके गले लिपट गए और मुग्ध हो कर बोले—आपकी दृष्टि इतनी पैनी है, इसका मुझे अनुमान न था।

दूसरे दिन जलपान के बाद शिकार का प्रोग्राम था। वहीं किसी नदी के तट पर बाग में भोजन बने, खूब जल-क्रीड़ा की जाए और शाम को लोग घर आवें। देहाती जीवन का आनंद उठाया जाए। जिन मेहमानों को विशेष काम था, वह तो बिदा हो गए, केवल वे ही लोग बच रहे, जिनकी रायसाहब से घनिष्ठता थी। मिसेज खन्ना के सिर में दर्द था, न जा सकीं, और संपादक जी इस मंडली से जले हुए थे और इनके विरुद्ध एक लेख-माला निकाल कर इनकी खबर लेने के विचार में मग्न थे। सब-के-सब छटे हुए गुंडे हैं। हराम के पैसे उड़ाते हैं और मूंछों पर ताव देते हैं। दुनिया में क्या हो रहा है, इन्हें क्या खबर। इनके पड़ोस में कौन मर रहा है, इन्हें क्या परवा। इन्हें तो अपने भोग-विलास से काम है। यह मेहता, जो फिलॉसफर बना फिरता है, उसे यही धुन है कि जीवन को संपूर्ण बनाओ। महीने में एक हज़ार मार लाते हो, तुम्हें अख्तियार है, जीवन को संपूर्ण बनाओ या परिपूर्ण बनाओ। जिसको यह फिक्र दबाए डालती है कि लड़कों का ब्याह कैसे हो, या बीमार स्त्री के लिए वैद्य कैसे आएं या अबकी घर का किराया किसके घर से आएगा, वह अपना जीवन कैसे संपूर्ण बनाए। छूटे सांड़ बने दूसरों के खेत में मुँह मारते फिरते हो और समझते हो, संसार में सब सुखी हैं। तुम्हारी आँखें तब खुलेंगी, जब क्रांति होगी और तुमसे कहा जाएगा बच्चा, खेत में चल कर हल जोतो। तब देखें, तुम्हारा जीवन कैसे संपूर्ण होता है। और वह जो है मालती, जो बहत्तर घाटों का पानी पी कर भी मिस बनी फिरती है! शादी नहीं करेगी, इससे जीवन बंधन में पड़ जाता है, और बंधन में जीवन का पूरा विकास नहीं होता। बस, जीवन का पूरा विकास इसी में है कि दुनिया को लूटे जाओ और निर्द्वंद्व विलास किए जाओ! सारे बंधन तोड़ दो, धर्म और समाज को गोली मारो, जीवन कर्तव्यों को पास न फटकने दो, बस तुम्हारा जीवन संपूर्ण हो गया। इससे ज्यादा आसान और क्या होगा! माँ-बाप से नहीं पटती, उन्हें धता बताओ, शादी मत करो, यह बंधन है, बच्चे होंगे, यह मोहपाश है, मगर टैक्स क्यों देते हो? कानून भी तो बंधन है, उसे क्यों नहीं तोड़ते? उससे क्यों कन्नी

काटते हो? जानते हो न कि कानून की जरा भी अवज्ञा की और बेड़ियां पड़ जाएंगी। बस, वही बंधन तोड़ो जिसमें अपने भोग-लिप्सा में बाधा नहीं पड़ती। रस्सी को सांप बना कर पीटो और तीसमारखां बनो। जीते सांप के पास जाओ ही क्यों, वह फुंकार भी मारेगा तो लहरें आने लगेंगी। उसे आते देखो, तो दुम दबा कर भागो। यह तुम्हारा संपूर्ण जीवन है।

आठ बजे शिकार-पार्टी चली। खन्ना ने कभी शिकार न खेला था, बंदूक की आवाज से कांपते थे, लेकिन मिस मालती जा रही थीं, वह कैसे रुक सकते थे। मिस्टर तंखा को अभी तक एलेक्शन के विषय में बातचीत करने का अवसर न मिला था। शायद वहाँ वह अवसर मिल जाए। रायसाहब अपने इलाके में बहुत दिनों से नहीं गए थे। वहाँ का रंग-ढंग देखना चाहते थे। कभी-कभी इलाके में आने-जाने से असामियों से एक संबंध भी तो हो जाता है और रोब भी रहता है। कारकुन और प्यादे भी सचेत रहते हैं। मिर्जा खुर्शेद को जीवन के नए अनुभव प्राप्त करने का शौक था, विशेषकर ऐसे, जिनमें कुछ साहस दिखाना पड़े। मिस मालती अकेले कैसे रहतीं। उन्हें तो रसिकों का जमघट चाहिए। केवल मिस्टर मेहता शिकार खेलने के सच्चे उत्साह से जा रहे थे। रायसाहब की इच्छा तो थी कि भोजन की सामग्री, रसोइया, कहा-खिदमतगार, सब साथ चलें, लेकिन मिस्टर मेहता ने इसका विरोध किया।

खन्ना ने कहा-आखिर वहाँ भोजन करेंगे या भूखों मरेंगे?

मेहता ने जवाब दिया-भोजन क्यों न करेंगे, लेकिन आज हम लोग खुद अपना सारा काम करेंगे। देखना तो चाहिए कि नौकरों के बगैर हम जिंदा रह सकते हैं या नहीं। मिस मालती पकाएगी और हम लोग खाएगें। देहातों में हांड़ियां और पत्तल मिल ही जाते हैं, और ईंधन की कोई कमी नहीं। शिकार हम करेंगे ही।

मालती ने गिला किया-क्षमा कीजिए। आपने रात मेरी कलाई इतने जोर से पकड़ी कि अभी तक दर्द हो रहा है।

"काम तो हम लोग करेंगे, आप केवल बताती जाइएगा।"

मिर्जा खुर्शेद बोले-अजी आप लोग तमाशा देखते रहिएगा, मैं सारा इंतजाम कर दूंगा। बात ही कौन-सी है। जंगल में हांड़ी और बर्तन ढूंढ़ना हिमाकत है। हिरन का शिकार कीजिए, भूनिए, खाइए और वहीं दरख्त के साए में खर्राटे लीजिए।

यही प्रस्ताव स्वीकृत हुआ। दो मोटरें चलीं। एक मिस मालती ड्राइव कर रही थीं, दूसरी खुद रायसाहब। कोई बीस-पच्चीस मील पर पहाड़ी प्रांत शुरू हो गया। दोनों तरफ ऊंची पर्वत-माला दौड़ी चली आ रही थी। सड़क भी पेंचदार होती जाती थी। कुछ दूर की चढ़ाई के बाद एकाएक ढाल आ गया

और मोटर वेग से नीचे की ओर चली। दूर से नदी का पाट नजर आया, किसी रोगी की भांति दुर्बल, निस्पंद। कगार पर एक घने वट वृक्ष की छांह में कारें रोक दी गईं और लोग उतरे। यह सलाह हुई कि दो-दो की टोली बने और शिकार खेल कर बारह बजे तक यहाँ आ जाए। मिस मालती मेहता के साथ चलने को तैयार हो गईं। खन्ना मन में ऐंठ कर रह गए। जिस विचार से आए थे, उसमें जैसे पंचर हो गया। अगर जानते, मालती दगा देगी, तो घर लौट जाते, लेकिन रायसाहब का साथ उतना रोचक न होते हुए भी बुरा न था। उनसे बहुत-सी मुआमले की बातें करनी थीं। खुर्शेद और तंखा बच रहे। उनकी टोली बनी-बनाई थी। तीनों टोलियां एक-एक तरफ चल दीं।

कुछ दूर तक पथरीली पगडंडी पर मेहता के साथ चलने के बाद मालती ने कहा–तुम तो चले ही जाते हो। जरा दम ले लेने दो।

मेहता मुस्कराए–अभी तो हम एक मील भी नहीं आए। अभी से थक गईं?

"थकी नहीं, लेकिन क्यों न जरा दम ले लो।"

"जब तक कोई शिकार हाथ न आ जाए, हमें आराम करने का अधिकार नहीं।"

"मैं शिकार खेलने न आई थी।"

मेहता ने अनजान बन कर कहा–अच्छा, यह मैं न जानता था। फिर क्या करने आई थीं?

"अब तुमसे क्या बताऊं।"

हिरनों का एक झुंड चरता हुआ नजर आया। दोनों एक चट्टान की आड़ में छिप गए और निशाना बांध कर गोली चलाई। निशाना खाली गया। झुंड भाग निकला। मालती ने पूछा–अब?

"कुछ नहीं, चलो फिर कोई शिकार मिलेगा।"

दोनों कुछ देर तक चुपचाप चलते रहे। फिर मालती ने जरा रुक कर कहा–गरमी के मारे बुरा हाल हो रहा है। आओ, इस वृक्ष के नीचे बैठ जाएं।

"अभी नहीं। तुम बैठना चाहती हो, तो बैठो। मैं तो नहीं बैठता।"

"बड़े निर्दयी हो तुम। सच कहती हूँ।"

"जब तक कोई शिकार न मिल जाए, मैं बैठ नहीं सकता।

"तब तो तुम मुझे मार ही डालोगे। अच्छा बताओ, रात तुमने मुझे इतना क्यों सताया? मुझे तुम्हारे ऊपर बड़ा क्रोध आ रहा था। याद है, तुमने मुझे क्या कहा था तुम हमारे साथ चलेगा दिलदार? मैं न जानती थी, तुम इतने शरीर हो। अच्छा, सच कहना, तुम उस वक्त मुझे अपने साथ ले जाते?"

मेहता ने कोई जवाब न दिया, मानो सुना ही नहीं।

दोनों कुछ दूर चलते रहे। एक तो जेठ की धूप, दूसरे पथरीला रास्ता। मालती थक कर बैठ गई।

मेहता खड़े-खड़े बोले—अच्छी बात है, तुम आराम कर लो। मैं यहीं आ जाऊँगा।

"मुझे अकेले छोड़ कर चले जाओगे?"

"मैं जानता हूँ, तुम अपने रक्षा कर सकती हो!"

"कैसे जानते हो?"

"नए युग की देवियों की यही सिफत है। वह मर्द का आश्रय नहीं चाहतीं, उससे कंधा मिला कर चलना चाहती हैं।"

मालती ने झेंपते हुए कहा—तुम कोरे फिलॉसफर हो मेहता, सच।

सामने वृक्ष पर एक मोर बैठा हुआ था। मेहता ने निशाना साधा और बंदूक चलाई। मोर उड़ गया।

मालती प्रसन्न हो कर बोली—बहुत अच्छा हुआ। मेरा शाप पड़ा।

मेहता ने बंदूक कंधे पर रख कर कहा—तुमने मुझे नहीं, अपने आपको शाप दिया। शिकार मिल जाता, तो मैं दस मिनट की मुहलत देता। अब तो तुमको फौरन चलना पड़ेगा।

मालती उठ कर मेहता का हाथ पकड़ती हुई बोली—फिलॉसफरों के शायद हृदय नहीं होता। तुमने अच्छा किया, विवाह नहीं किया, उस गरीब को मार ही डालते। मगर मैं यों न छोड़ूंगी। तुम मुझे छोड़ कर नहीं जा सकते।

मेहता ने एक झटके से हाथ छुड़ा लिया और आगे बढ़े।

मालती सजल नेत्र हो कर बोली—मैं कहती हूँ, मत जाओ। नहीं मैं इसी चट्टान पर सिर पटक दूंगी।

मेहता ने तेजी से कदम बढ़ाए। मालती उन्हें देखती रही। जब वह बीस कदम निकल गए, तो झुंझला कर उठी और उनके पीछे दौड़ी। अकेले विश्राम करने में कोई आनंद न था।

समीप आ कर बोली—मैं तुम्हें इतना पशु न जानती थी।

"मैं जो हिरन मारूंगा, उसकी खाल तुम्हें भेंट करूंगा।"

"खाल जाए भाड़ में। मैं अब तुमसे बात न करूंगी।"

"कहीं हम लोगों के हाथ कुछ न लगा और दूसरों ने अच्छे शिकार मारे तो मुझे बड़ी झेंप होगी।"

एक चौड़ा नाला मुँह फैलाए बीच में खड़ा था। बीच की चट्टानें उसके दांतों-सी लगती थीं। धार में इतना वेग था कि लहरें उछली पड़ती थीं। सूर्य मध्याह्न आ पहुंचा था और उसकी प्यासी किरणें जल में क्रीड़ा कर रही थीं।

मालती ने प्रसन्न हो कर कहा—अब तो लौटना पड़ा।

"क्यों उस पार चलेंगे। यहीं तो शिकार मिलेंगे।"

"धार में कितना वेग है। मैं तो बह जाऊंगी।"

"अच्छी बात है। तुम यहीं बैठो, मैं जाता हूँ।"

"हां, आप जाइए। मुझे अपने जान से बैर नहीं है।"

मेहता ने पानी में कदम रखा और पांव साधते हुए चले। ज्यों-ज्यों आगे जाते थे, पानी गहरा होता जाता था। यहाँ तक कि छाती तक आ गया।

मालती अधीर हो उठी। शंका से मन चंचल हो उठा। ऐसी विकलता तो उसे कभी न होती थी। ऊंचे स्वर में बोली–पानी गहरा है। ठहर जाओ, मैं भी आती हूँ।

"नहीं-नहीं, तुम फिसल जाओगी। धार तेज है।"

"कोई हरज नहीं, मैं आ रही हूँ। आगे न बढ़ना, खबरदार।"

मालती साड़ी ऊपर चढ़ा कर नाले में पैठी। मगर दस हाथ आते-आते पानी उसकी कमर तक आ गया।

मेहता घबड़ाए। दोनों हाथ से उसे लौट जाने को कहते हुए बोले–तुम यहाँ मत आओ मालती! यहाँ तुम्हारी गर्दन तक पानी है।

मालती ने एक कदम और आगे बढ़ कर कहा–होने दो। तुम्हारी यही इच्छा है कि मैं मर जाऊं तो तुम्हारे पास ही मरूंगी।

मालती पेट तक पानी में थी। धार इतनी तेज थी कि मालूम होता था, कदम उखड़ा। मेहता लौट पड़े और मालती को एक हाथ से पकड़ लिया।

मालती ने नशीली आँखों में रोष भर कर कहा–मैंने तुम्हारे-जैसा बेदर्द आदमी कभी न देखा था। बिलकुल पत्थर हो। खैर, आज सता लो, जितना सताते बने, मैं भी कभी समझूंगी।

मालती के पांव उखड़ते हुए मालूम हुए। वह बंदूक संभालती हुई उनसे चिमट गई।

मेहता ने आश्वासन देते हुए कहा–तुम यहाँ खड़ी नहीं रह सकती। मैं तुम्हें अपने कंधों पर बिठाए लेता हूँ।

मालती ने भृकुटी टेढ़ी करके कहा–तो उस पार जाना क्या इतना जरूरी है?

मेहता ने कुछ उत्तर न दिया। बंदूक कनपटी से कंधों पर दबा ली और मालती को दोनों हाथों से उठा कर कंधों पर बैठा लिया।

मालती अपने पुलक को छिपाती हुई बोली–अगर कोई देख ले?

"भद्दा तो लगता है।"

दो पग के बाद उसने करुण स्वर में कहा–अच्छा बताओ, मैं यहीं पानी में डूब जाऊं, तो तुम्हें रंज हो या न हो? मैं तो समझती हूँ, तुम्हें बिलकुल रंज न होगा।

मेहता ने आहत स्वर से कहा–तुम समझती हो, मैं आदमी नहीं हूँ?

"मैं तो यही समझती हूँ, क्यों छिपाऊं।"

"सच कहती हो मालती?"

"तुम क्या समझते हो?"

"मैं! कभी बतलाऊंगा।"

पानी मेहता की गर्दन तक आ गया। कहीं अगला कदम उठाते ही सिर तक न आ जाए। मालती का हृदय धक-धक करने लगा। बोली–मेहता, ईश्वर के लिए अब आगे मत जाओ, नहीं, मैं पानी में कूद पडूंगी।

उस संकट में मालती को ईश्वर याद आया, जिसका वह मजाक उड़ाया करती थी। जानती थी, ईश्वर कहीं बैठा नहीं है, जो आ कर उन्हें उबार लेगा, लेकिन मन को जिस अवलंब और शक्ति की जरूरत थी, वह और कहाँ मिल सकती थी?

पानी कम होने लगा था। मालती ने प्रसन्न हो कर कहा–अब तुम मुझे उतार दो।

"नहीं-नहीं, चुपचाप बैठी रहो। कहीं आगे कोई गढ़ा मिल जाए।"

"तुम समझते होगे, यह कितनी स्वार्थिन है।"

"मुझे इसकी मजदूरी दे देना।"

मालती के मन में गुदगुदी हुई।

"क्या मजदूरी लोगे?"

"यही कि जब तुम्हारे जीवन में ऐसा ही कोई अवसर आए, तो मुझे बुला लेना।"

किनारे आ गए। मालती ने रेत पर अपने साड़ी का पानी निचोड़ा, जूते का पानी निकाला, मुंह-हाथ धोया, पर ये शब्द अपने रहस्यमय आशय के साथ उसके सामने नाचते रहे।

उसने इस अनुभव का आनंद उठाते हुए कहा–यह दिन याद रहेगा।

मेहता ने पूछा–तुम बहुत डर रही थीं?

"पहले तो डरी, लेकिन फिर मुझे विश्वास हो गया कि तुम हम दोनों की रक्षा कर सकते हो।"

मेहता ने गर्व से मालती को देखा–उनके मुख पर परिश्रम की लाली के साथ तेज था।

"मुझे यह सुन कर कितना आनंद आ रहा है, तुम यह समझ सकोगी मालती?"

"तुमने समझाया कब? उलटे और जंगलों में घसीटते फिरते हो, और अभी फिर लौटती बार यही नाला पार करना पड़ेगा। तुमने कैसी आफत में जान डाल दी। मुझे तुम्हारे साथ रहना पड़े, तो एक दिन न पटे।"

मेहता मुस्कराए। इन शब्दों का संकेत खूब समझ रहे थे।

"तुम मुझे इतना दुष्ट समझती हो! और जो मैं कहूं कि मैं तुमसे प्रेम करता हूँ, तो तुम मुझसे विवाह करोगी?"

"ऐसे काठ-कठोर से कौन विवाह करेगा। रात-दिन जला कर मार डालोगे।"

और मधुर नेत्रों से देखा, मानो कह रही हो–इसका आशय तुम खूब समझते हो। इतने बुद्धू नहीं हो।

मेहता ने जैसे सचेत हो कर कहा–तुम सच कहती हो मालती! मैं किसी रमणी को प्रसन्न नहीं रख सकता। मुझसे कोई स्त्री प्रेम का स्वांग नहीं कर सकती। मैं उसके अंतस्तल तक पहुंच जाऊँगा। फिर मुझे उससे अरुचि हो जाएगी।

मालती कांप उठी। इन शब्दों में कितना सत्य था।

उसने पूछा–अच्छा बताओ, तुम कैसे प्रेम से संतुष्ट होगे?

"बस यही कि जो मन में हो, वही मुख पर हो! मेरे लिए रंग-रूप और हाव-भाव और नाजो-अंदाज का मूल्य उतना ही है, जितना होना चाहिए। मैं वह भोजन चाहता हूँ, जिससे आत्मा की तृप्ति हो। उत्तेजक और शोषक पदार्थों की मुझे जरूरत नहीं।"

मालती ने होंठ सिकोड़ कर ऊपर को सांस खींचते हुए कहा–तुमसे कोई पेश न पाएगा। एक ही घाघ हो। अच्छा बताओ, मेरे विषय में तुम्हारा क्या ख्याल है?

मेहता ने नटखटपन से मुस्करा कर कहा–तुम सब कुछ कर सकती हो, बुद्धिमती हो, चतुर हो, प्रतिभावान हो, दयालु हो, चंचल हो, स्वाभिमानी हो, त्याग कर सकती हो, लेकिन प्रेम नहीं कर सकती।

मालती ने पैनी दृष्टि से ताक कर कहा–झूठे हो तुम, बिलकुल झूठे। मुझे तुम्हारा यह दावा निस्सार मालूम होता है कि तुम नारी-हृदय तक पहुंच जाते हो।

दोनों नाले के किनारे-किनारे चले जा रहे थे। बारह बज चुके थे, पर अब मालती को न विश्राम की इच्छा थी, न लौटने की। आज के संभाषण में उसे एक ऐसा आनंद आ रहा था, जो उसके लिए बिलकुल नया था। उसने कितने ही विद्वानों और नेताओं को एक मुस्कान में, एक चितवन में, एक रसीले वाक्य में उल्लू बना कर छोड़ दिया था। ऐसी बालू की दीवार पर वह जीवन का आधार नहीं रख सकती थी। आज उसे वह कठोर, ठोस, पत्थर-सी भूमि मिल गई थी, जो फावड़ों से चिनगारियां निकाल रही थी और उसकी कठोरता उसे उत्तरोत्तर मोहे लेती थी।

धांय की आवाज हुई। एक लालसर नाले पर उड़ा जा रहा था। मेहता ने निशाना मारा। चिड़िया चोट खा कर भी कुछ दूर उड़ी, फिर बीच धार में गिर पड़ी और लहरों के साथ बहने लगी।

"अब?"

"अभी जा कर लाता हूँ। जाती कहाँ है!"

यह कहने के साथ वह रेत में दौड़े और बंदूक किनारे पर रख गड़ाप से पानी में कूद पड़े और बहाव की ओर तैरने लगे, मगर आधा मील तक

पूरा जोर लगाने पर भी चिड़िया न पा सके। चिड़िया मर कर भी जैसे उड़ी जा रही थी।

सहसा उन्होंने देखा, एक युवती किनारे की एक झोपड़ी से निकली, चिड़िया को बहते देख कर साड़ी को जांघों तक चढ़ाया और पानी में घुस पड़ी। एक क्षण में उसने चिड़िया पकड़ ली और मेहता को दिखाती हुई बोली–पानी से निकल आओ बाबूजी, तुम्हारी चिड़िया यह है।

मेहता युवती की चपलता और साहस देख कर मुग्ध हो गए। तुरंत किनारे की ओर हाथ चलाए और दो मिनट में युवती के पास जा खड़े हुए।

युवती का रंग था तो काला और वह भी गहरा, कपड़े बहुत ही मैले और फूहड़, आभूषण के नाम पर केवल हाथों में दो-दो मोटी चूड़ियां, सिर के बाल उलझे अलग-अलग। मुख-मंडल का कोई भाग ऐसा नहीं, जिसे सुंदर या सुघड़ कहा जा सके। लेकिन उस स्वच्छ, निर्मल जलवायु ने उसके कालेपन में ऐसा लावण्य भर दिया था और प्रकृति की गोद में पल कर उसके अंग इतने सुडौल, सुगठित और स्वच्छंद हो गए थे कि यौवन का चित्र खीचने के लिए उससे सुंदर कोई रूप न मिलता। उसका सबल स्वास्थ्य जैसे मेहता के मन में बल और तेज भर रहा था।

मेहता ने उसे धन्यवाद देते हुए कहा–तुम बड़े मौके से पहुंच गईं, नहीं मुझे न जाने कितनी दूर तैरना पड़ता।

युवती ने प्रसन्नता से कहा–"मैंने तुम्हें तैरते आते देखा, तो दौड़ी। सिकार खेलने आए होंगे?"

"हां, आए तो थे शिकार ही खेलने, मगर दोपहर हो गया और यही चिड़िया मिली है।"

"तेंदुआ मारना चाहो, तो मैं उसका ठौर दिखा दूं। रात को यहाँ रोज पानी पीने आता है। कभी-कभी दोपहर में भी आ जाता है।"

फिर जरा सकुचा कर सिर झुकाए बोली–उसकी खाल हमें देनी पड़ेगी। चलो, मेरे द्वार पर। वहाँ पीपल की छाया है। यहाँ धूप में कब तक खड़े रहोगे? कपड़े भी तो गीले हो गए हैं।

मेहता ने उसकी देह में चिपकी हुई गीली साड़ी की ओर देख कर कहा–तुम्हारे कपड़े भी तो गीले हैं।

उसने लापरवाही से कहा–ऊंह हमारा क्या, हम तो जंगल के हैं। दिन-दिन भर धूप और पानी में खड़े रहते हैं, तुम थोड़े ही रह सकते हो।

लड़की कितनी समझदार है और बिलकुल गंवार।

"तुम खाल ले कर क्या करोगी?"

"हमारे दादा बाज़ार में बेचते हैं। यही तो हमारा काम है।"

"लेकिन दोपहरी यहाँ काटें, तुम खिलाओगी क्या?"

युवती ने लजाते हुए कहा–तुम्हारे खाने लायक हमारे घर में क्या है। मक्के की रोटियां खाओ, तो धरी हैं। चिड़िए का सालन पका दूंगी। तुम बताते जाना, जैसे बनाना हो। थोड़ा-सा दूध भी है। हमारी गैया को एक बार तेंदुए ने घेरा था। उसे सींगों से भगा कर भाग आई, तब से तेंदुआ उससे डरता है।

"लेकिन मैं अकेला नहीं हूँ। मेरे साथ एक औरत भी है।"

"तुम्हारी घरवाली होगी?"

"नहीं, घरवाली तो अभी नहीं है, जान-पहचान की है।"

"तो मैं दौड़ कर उनको बुला लाती हूँ। तुम चल कर छांह में बैठो।"

"नहीं-नहीं, मैं बुला लाता हूँ।"

"तुम थक गए होगे। शहर के रहैया, जंगल में काहे आते होंगे। हम तो जंगली आदमी हैं। किनारे ही तो खड़ी होंगी।"

जब तक मेहता कुछ बोलें, वह हवा हो गई। मेहता ऊपर चढ़ कर पीपल की छांह में बैठे, तो इस स्वच्छंद जीवन से उनके मन में अनुराग उत्पन्न हुआ। सामने की पर्वत-माला दर्शन-तत्व की भांति अगम्य और अनंत फैली हुई, मानो ज्ञान का विस्तार कर रही हो, मानो आत्मा उस ज्ञान को, उस प्रकाश को, उस अगम्यता को, उसके प्रत्यक्ष विराट रूप में देख रही हो। दूर के एक बहुत ऊंचे शिखर पर एक छोटा-सा मंदिर था, जो उस अगम्यता में बुद्धि की भांति ऊंचा, पर खोया हुआ-सा खड़ा था, मानो वहाँ तक पर मार कर पक्षी विश्राम लेना चाहता है और कहीं स्थान नहीं पाता।

मेहता इन्हीं विचारों में डूबे हुए थे कि युवती मिस मालती को साथ लिए आ पहुंची, एक वन-पुष्प की भांति धूप में खिली हुई, दूसरी गमले के फूल की भांति धूप में मुरझाई और निर्जीव।

मालती ने बेदिली के साथ कहा–पीपल की छांह बहुत अच्छी लग रही है, क्यों और यहाँ भूख के मारे प्राण निकले जा रहे हैं।

युवती दो बड़े-बड़े मटके उठा लाई और बोली–तुम जब तक यहीं बैठो, मैं अभी दौड़ कर पानी लाती हूँ, फिर चूल्हा जला दूंगी, और मेरे हाथ का खाओ, तो मैं एक छन में बाटियां सेंक दूंगी, नहीं, अपने आप सेंक लेना। हां, गेहूं का आटा मेरे घर में नहीं है और यहाँ कहीं कोई दुकान भी नहीं है कि ला दूं।

मालती को मेहता पर क्रोध आ रहा था। बोली–तुम यहाँ क्यों आ कर पड़ रहे?

मेहता ने चिढ़ाते हुए कहा–एक दिन जरा जीवन का आनंद भी तो उठाओ। देखो, मक्के की रोटियों में कितना स्वाद है।

"मुझसे मक्के की रोटियां खाई ही न जाएंगी, और किसी तरह निगल भी जाऊं तो हजम न होंगी। तुम्हारे साथ आ कर मैं बहुत पछता रही हूँ। रास्ते-भर दौड़ा के मार डाला और अब यहाँ ला कर पटक दिया।"

मेहता ने कपड़े उतार दिए थे और केवल एक नीला जांघिया पहने बैठे हुए थे। युवती को मटके ले जाते देखा, तो उसके हाथ से मटके छीन लिए और कुएं पर पानी भरने चले। दर्शन के गहरे अध्ययन में भी उन्होंने अपने स्वास्थ्य की रक्षा की थी और दोनों मटके ले कर चलते हुए उनकी मांसल और चौड़ी छाती और मछलीदार जांघों किसी यूनानी प्रतिमा के सुगठित अंगों की भांति उनके पुरुषार्थ का परिचय दे रही थीं। युवती उन्हें पानी खींचते हुए अनुराग-भरी आँखों से देख रही थी। वह अब उसकी दया के पात्र नहीं, श्रद्धा के पात्र हो गए थे।

कुआं बहुत गहरा था, कोई साठ हाथ, मटके भारी थे और मेहता कसरत का अभ्यास करते रहने पर भी एक मटका खींचते-खींचते शिथिल हो गए। युवती ने दौड़ कर उनके हाथ से रस्सी छीन ली और बोली–तुमसे न खींचेगा। तुम जा कर खाट पर बैठो, मैं खींचे लेती हूँ।

मेहता अपने पुरुषत्व का यह अपमान न सह सके। रस्सी उसके हाथ से फिर ले ली और जोर मार कर एक क्षण में दूसरा मटका भी खींच लिया और दोनों हाथों में दोनों मटके लिए, आ कर झोपड़ी के द्वार पर खड़े हो गए। युवती ने चटपट आग जलाई, लालसर के पंख झुलस डाले। छुरे से उसकी बोटियां बनाईं और चूल्हे में आग जला कर मांस चढ़ा दिया और चूल्हे के दूसरे ऐले पर कढ़ाई में दूध उबालने लगी।

और मालती भौंहें चढ़ाए, खाट पर खिन्न-मन पड़ी इस तरह यह दृश्य देख रही थी, मानो उसके आपरेशन की तैयारी हो रही हो।

मेहता झोपड़ी के द्वार पर खड़े हो कर, युवती के गृह-कौशल को अनुरक्त नेत्रों से देखते हुए बोले–मुझे भी तो कोई काम बताओ, मैं क्या करूं?

युवती ने मीठी झिड़की के साथ कहा–तुम्हें कुछ नहीं करना है, जा कर बाई के पास बैठो, बेचारी बहुत भूखी है, दूध गरम हुआ जाता है, उसे पिला देना।

उसने एक घड़े से आटा निकाला और गूंधने लगी। मेहता उसके अंगों का विलास देखते रहे। युवती भी रह-रह कर उन्हें कनखियों से देख कर अपना काम करने लगती थी।

मालती ने पुकारा–तुम वहाँ क्यों खड़े हो? मेरे सिर में जोर का दर्द हो रहा है। आधा सिर ऐसा फटा पड़ता है, जैसे गिर जाएगा।

मेहता ने आ कर कहा–मालूम होता है, धूप लग गई है।

"मैं क्या जानती थी, तुम मुझे मार डालने के लिए यहाँ ला रहे हो।"

"तुम्हारे साथ कोई दवा भी तो नहीं है?"

"क्या मैं किसी मरीज को देखने आ रही थी, जो दवा ले कर चलती? मेरा एक दवाओं का बक्स है, वह सेमरी में है! ऊः! सिर फटा जाता है।"

मेहता ने उसके सिर की ओर ज़मीन पर बैठ कर धीरे-धीरे उसका सिर सहलाना शुरू किया। मालती ने आँखें बंद कर लीं।

युवती हाथों में आटा भरे, सिर के बाल बिखेरे, आँखें धुएं से लाल और सजल, सारी देह पसीने में तर, जिससे उसका उभरा हुआ वक्ष साफ झलक रहा था, आ कर खड़ी हो गई और मालती को आँखें बंद किए पड़ी देख कर बोली–बाई को क्या हो गया है?

"मेहता बोले–सिर में बड़ा दर्द है।"

"पूरे सिर में है कि आधे में?"

"आधे में बतलाती हैं।"

"दाईं ओर है, कि बाईं ओर?"

"बाईं ओर।"

"मैं अभी दौड़ के एक दवा लाती हूँ। घिस कर लगाते ही अच्छा हो जाएगा।"

"तुम इस धूप में कहाँ जाओगी?"

युवती ने सुना ही नहीं। वेग से एक ओर जा कर पहाड़ियों में छिप गई। कोई आधा घंटे बाद मेहता ने उसे ऊंची पहाड़ी पर चढ़ते देखा। दूर से बिलकुल गुड़िया-सी लग रही थी। मन में सोचा–इस जंगली छोकरी में सेवा का कितना भाव और कितना व्यावहारिक ज्ञान है। लू और धूप में आसमान पर चढ़ी चली जा रही है।

मालती ने आँखें खोल कर देखा–कहाँ गई वह कलूटी। गजब की काली है, जैसे आबनूस का कुंदा हो। इसे भेज दो, रायसाहब से कह आए, कार यहाँ भेज दें। इस तपिश में मेरा दम निकल जाएगा।

"कोई दवा लेने गई है। कहती है, उससे आधा-सिर का दर्द बहुत जल्द आराम हो जाता है।"

इनकी दवाएं इन्हीं को फायदा करती हैं, मुझे न करेंगी। तुम तो इस छोकरी पर लट्टू हो गए हो। कितने छिछोरे हो। जैसी रूह वैसे फरिश्ते।"

मेहता को कटु सत्य कहने में संकोच न होता था।

"कुछ बातें तो उसमें ऐसी हैं कि अगर तुममें होतीं, तो तुम सचमुच देवी हो जातीं।"

"उसकी खूबियां उसे मुबारक, मुझे देवी बनने की इच्छा नहीं।"

"तुम्हारी इच्छा हो, तो मैं जा कर कार लाऊं, यद्यपि कार यहाँ आ भी सकेगी, मैं नहीं कह सकता।"

"उस कलूटी को क्यों नहीं भेज देते?"

"वह तो दवा लेने गई है, फिर भोजन पकाएगी।"

"तो आज आप उसके मेहमान हैं। शायद रात को भी यहीं रहने का विचार होगा। रात को शिकार भी तो अच्छे मिलते हैं।"

मेहता ने इस आक्षेप से चिढ़ कर कहा–इस युवती के प्रति मेरे मन में जो प्रेम और श्रद्धा है, वह ऐसी है कि अगर मैं उसकी ओर वासना से देखूं तो आँखें फूट जाएं। मैं अपने किसी घनिष्ठ मित्र के लिए भी इस धूप और लू में उस ऊंची पहाड़ी पर न जाता। और हम केवल घड़ी-भर के मेहमान हैं, यह वह जानती है। वह किसी गरीब औरत के लिए भी इसी तत्परता से दौड़ जाएगी। मैं विश्व-बंधुत्व और विश्व-प्रेम पर केवल लेख लिख सकता हूँ, केवल भाषण दे सकता हूँ, वह उस प्रेम और त्याग का व्यवहार करती है। कहने से करना कहीं कठिन है। इसे तुम भी जानती हो।

मालती ने उपहास भाव से कहा–बस-बस, वह देवी है। मैं मान गई। उसके वक्ष में उभार है, नितंबों में भारीपन है, देवी होने के लिए और क्या चाहिए।

मेहता तिलमिला उठे। तुरंत उठे और कपड़े पहने, जो सूख गए थे। बंदूक उठाई और चलने को तैयार हुए। मालती ने फुंकार मारी–तुम नहीं जा सकते, मुझे अकेली छोड़ कर।

"तब कौन जाएगा?"

"वही तुम्हारी देवी।"

मेहता हतबुद्धि-से खड़े थे। नारी पुरुष पर कितनी आसानी से विजय पा सकती है, इसका आज उन्हें जीवन में पहला अनुभव हुआ।

वह दौड़ती-हांफती चली आ रही थी। वही कलूटी युवती, हाथ में एक झाड़ लिए हुए। समीप आ कर मेहता को कहीं जाने को तैयार देख कर बोली–मैं वह जड़ी खोज लाई। अभी घिस कर लगाती हूँ, लेकिन तुम कहाँ जा रहे हो? मांस तो पक गया होगा, मैं रोटियां सेंक देती हूँ। दो-एक खा लेना। बाई दूध पी लेगी। ठंडा हो जाए, तो चले जाना।

उसने निःसंकोच भाव से मेहता के अचकन की बटनें खोल दीं। मेहता अपने को बहुत रोके हुए थे। जी होता था, इस गंवारिन के चरणों को चूम लें।

मालती ने कहा–अपनी दवाई रहने दे। नदी के किनारे, बरगद के नीचे हमारी मोटरकार खड़ी है। वहाँ और लोग होंगे। उनसे कहना, कार यहाँ लाएं। दौड़ी हुई जा।

युवती ने दीन नेत्रों से मेहता को देखा। इतनी मेहनत से बूटी लाई, उसका यह अनादर! इस गंवारिन की दवा इन्हें नहीं जंची, तो न सही, उसका मन रखने को ही जरा-सी लगवा लेतीं, तो क्या होता।

उसने बूटी ज़मीन पर रख कर पूछा–तब तक तो चूल्हा ठंडा हो जाएगा बाई जी। कहो तो रोटियां सेंक कर रख दूं। बाबूजी खाना खा लें, तुम दूध पी लो और दोनों जने आराम करो। तब तक मैं मोटर वाले को बुला लाऊंगी।

वह झोपड़ी में गई, बुझी हुई आग फिर जलाई। देखा तो मांस उबल गया था। कुछ जल भी गया था। जल्दी-जल्दी रोटियां सेंकी, दूध गर्म था, उसे ठंडा

किया और एक कटोरे में मालती के पास लाई। मालती ने कटोरे के भद्देपन पर मुँह बनाया; लेकिन दूध त्याग न सकी। मेहता झोपड़ी के द्वार पर बैठ कर एक थाली में मांस और रोटियां खाने लगे। युवती खड़ी पंख झल रही थी।

मालती ने युवती से कहा–उन्हें खाने दो। कहीं भागे नहीं जाते हैं। तू जा कर गाड़ी ला।

युवती ने मालती की ओर एक बार सवाल की आँखों से देखा, यह क्या चाहती हैं। इनका आशय क्या है? उसे मालती के चेहरे पर रोगियों की-सी नम्रता और कृतज्ञता और याचना न दिखाई दी। उसकी जगह अभिमान और प्रमाद की झलक थी। गंवारिन मनोभावों को पहचानने में चतुर थी। बोली–मैं किसी की लौंडी नहीं हूँ बाई जी! तुम बड़ी हो, अपने घर की बड़ी हो। मैं तुमसे कुछ मांगने तो नहीं जाती। मैं गाड़ी लेने न जाऊंगी।

मालती ने डांटा–अच्छा, तूने गुस्ताखी पर कमर बांधी! बता, तू किसके इलाके में रहती है?

"यह रायसाहब का इलाका है।"

"तो तुझे उन्हीं रायसाहब के हाथों हंटरों से पिटवाऊंगी।"

"मुझे पिटवाने से तुम्हें सुख मिले तो पिटवा लेना बाई जी! कोई रानी-महारानी थोड़ी हूँ कि लस्कर भेजनी पड़ेगी।"

मेहता ने दो-चार कौर निगले थे कि मालती की यह बातें सुनीं। कौर कंठ में अटक गया। जल्दी से हाथ धोया और बोले–वह नहीं जाएगी। मैं जा रहा हूँ।

मालती भी खड़ी हो गई–उसे जाना पड़ेगा।

मेहता ने अंग्रेजी में कहा–उसका अपमान करके तुम अपना सम्मान बढ़ा नहीं रही हो मालती!

मालती ने फटकार बताई–ऐसी ही लौंडियां मर्दों को पसंद आती हैं, जिनमें और कोई गुण हो या न हो, उनकी टहल दौड़-दौड़ कर प्रसन्न मन से करें और अपना भाग्य सराहें कि इस पुरुष ने मुझसे यह काम करने को तो कहा–वह देवियां हैं, शक्तियां हैं, विभूतियां हैं। मैं समझती थी, वह पुरुषत्व तुममें कम-से-कम नहीं है, लेकिन अंदर से, संस्कारों से, तुम भी वही बर्बर हो।

मेहता मनोविज्ञान के पंडित थे। मालती के मनोरहस्यों को समझ रहे थे। ईर्ष्या का ऐसा अनोखा उदाहरण उन्हें कभी न मिला था। उस रमणी में, जो इतनी मृदु-स्वभाव, इतनी उदार, इतनी प्रसन्न-मुख थी, ईर्ष्या की ऐसी प्रचंड ज्वाला!

बोले–कुछ भी कहो, मैं उसे न जाने दूंगा। उसकी सेवाओं और कृपाओं का यह पुरस्कार दे कर मैं अपने नजरों में नीच नहीं बन सकता।

मेहता के स्वर में कुछ ऐसा तेज था कि मालती धीरे-से उठी और चलने को तैयार हो गई। उसने जल कर कहा–अच्छा, तो मैं ही जाती हूँ, तुम उसके चरणों की पूजा करके पीछे आना।

मालती दो-तीन कदम चली गई, तो मेहता ने युवती से कहा–अब मुझे आज्ञा दो बहन, तुम्हारा यह नेह, तुम्हारी यह निःस्वार्थ सेवा हमेशा याद रहेगी।

युवती ने दोनों हाथों से, सजल नेत्र हो कर उन्हें प्रणाम किया और झोपड़ी के अंदर चली गई।

दूसरी टोली रायसाहब और खन्ना की थी। रायसाहब तो अपने उसी रेशमी कुरते और रेशमी चादर में थे। मगर खन्ना ने शिकारी सूट डांटा था, जो शायद आज ही के लिए बनवाया गया था; क्योंकि खन्ना को असामियों के शिकार से इतनी फुर्सत कहाँ थी कि जानवरों का शिकार करते। खन्ना ठिंगने, इकहरे, रूपवान आदमी थे, गेहुंआ रंग, बड़ी-बड़ी आंखें, मुँह पर चेचक के दाग, बातचीत में बड़े कुशल।

कुछ देर चलने के बाद खन्ना ने मिस्टर मेहता का जिक्र छेड़ दिया, जो कल से ही उनके मस्तिष्क में राहु की भांति समाए हुए थे।

बोले–यह मेहता भी कुछ अजीब आदमी है। मुझे तो कुछ बना हुआ मालूम होता है।

रायसाहब मेहता की इज्जत करते थे और उन्हें सच्चा और निष्कपट आदमी समझते थे, पर खन्ना से लेन-देन का व्यवहार था, कुछ स्वभाव से शांतिप्रिय भी थे, विरोध न कर सके। बोले–मैं तो उन्हें केवल मनोरंजन की वस्तु समझता हूँ। कभी उनसे बहस नहीं करता और करना भी चाहूं तो उतनी विद्या कहाँ से लाऊं? जिसने जीवन के क्षेत्र में कभी कदम ही नहीं रखा, वह अगर जीवन के विषय में कोई नया सिद्धांत अलापता है, तो मुझे उस पर हंसी आती है। मजे से एक हज़ार माहवार फटकारते हैं, न जोरू न जांता, न कोई चिंता न बाधा, वह दर्शन न बघारें तो कौन बघारे! आप निर्द्वंद्व रह कर जीवन को संपूर्ण बनाने का स्वप्न देखते हैं। ऐसे आदमी से क्या बहस की जाए।

"मैंने सुना, चरित्र का अच्छा नहीं है।"

"बेफिक्री में चरित्र अच्छा रह ही कैसे सकता है। समाज में रहो और समाज के कर्तव्यों और मर्यादाओं का पालन करो, तब पता चले।"

"मालती न जाने क्या देख कर उन पर लट्टू हुई जाती है।"

"मैं समझता हूँ, वह केवल तुम्हें जला रही है।"

मुझे वह क्या जलाएंगी, बेचारी। मैं उन्हें खिलौने से ज्यादा नहीं समझता।"

"यह तो न कहो मिस्टर खन्ना, मिस मालती पर जान तो देते हो तुम।"

"यों तो मैं आपको भी यही इलजाम दे सकता हूँ।"

"मैं सचमुच खिलौना समझता हूँ। आप उन्हें प्रतिमा बनाए हुए हैं।"

खन्ना ने जोर से कहकहा मारा, हालांकि हंसी की कोई बात न थी।

"अगर एक लोटा जल चढ़ा देने से वरदान मिल जाए, तो क्या बुरा है।"

अबकी रायसाहब ने जोर से कहकहा मारा, जिसका कोई प्रयोजन न था।

"तब आपने उस देवी को समझा ही नहीं। आप जितनी ही उसकी पूजा करेंगे, उतना ही वह आपसे दूर भागेंगी। जितना ही दूर भागिएगा, उतना ही आपकी ओर दौड़ेंगी।"

"तब तो उन्हें आपकी ओर दौड़ना चाहिए था।"

"मेरी ओर! मैं उस रसिक-समाज से बिलकुल बाहर हूँ मिस्टर खन्ना, सच कहता हूँ। मुझमें जितनी बुद्धि, जितना बल है, वह इस इलाके के प्रबंध में ही खर्च हो जाता है। घर के जितने प्राणी हैं, सभी अपनी-अपनी धुन में मस्त, कोई उपासना में, कोई विषय-वासना में। कोऊ काहू में मगन, कोऊ काहू में मगन। और इन सब अजगरों को भक्ष्य देना मेरा काम है, कर्तव्य है। मेरे बहुत से ताल्लुकेदार भाई भोग-विलास करते हैं, यह मैं जानता हूँ। मगर वह लोग घर फूंक कर तमाशा देखते हैं। कर्ज का बोझ सिर पर लदा जा रहा है, रोज डिगरियां हो रही हैं। जिससे लेते हैं, उसे देना नहीं जानते, चारों तरफ बदनाम। मैं तो ऐसी जिंदगी से मर जाना अच्छा समझता हूँ! मालूम नहीं, किस संस्कार से मेरी आत्मा में जरा-सी जान बाकी रह गई, जो मुझे देश और समाज के बंधन में बांधे हुए है। सत्याग्रह-आंदोलन छिड़ा। मेरे सारे भाई शराब-कबाब में मस्त थे। मैं अपने को न रोक सका। जेल गया और लाखों रुपए की जेरबारी उठाई और अभी तक उसका तावान दे रहा हूँ। मुझे उसका पछतावा नहीं है। बिलकुल नहीं। मुझे उसका गर्व है! मैं उस आदमी को आदमी नहीं समझता, जो देश और समाज की भलाई के लिए उद्योग न करे और बलिदान न करे। मुझे क्या यह अच्छा लगता है कि निर्जीव किसानों का रक्त चूसूं और अपने परिवारवालों की वासनाओं की तृप्ति के साधन जुटाऊं, मगर क्या करूं? जिस व्यवस्था में पला और जिया, उससे घृणा होने पर भी उसका मोह त्याग नहीं सकता और उसी चर्खे में रात-दिन पड़ा हुआ हूँ कि किसी तरह इज्जत-आबरू बची रहे, और आत्मा की हत्या न होने पाए। ऐसा आदमी मिस मालती क्या, किसी भी मिस के पीछे नहीं पड़ सकता, और पड़े तो उसका सर्वनाश ही समझिए। हां, थोड़ा-सा मनोरंजन कर लेना दूसरी बात है।"

मिस्टर खन्ना भी साहसी आदमी थे, संग्राम में आगे बढ़ने वाले। दो बार जेल हो आए थे। किसी से दबना न जानते थे। खद्दर पहनते थे और फ्रांस की शराब पीते थे। अवसर पड़ने पर बड़ी-बड़ी तकलीफे झेल सकते थे। जेल में शराब छुई तक नहीं, और 'ए' क्लास में रह कर भी 'सी' क्लास की रोटियां खाते रहे, हालांकि, उन्हें हर तरह का आराम मिल सकता था, मगर रण-क्षेत्र में जाने वाला रथ भी तो बिना तेल के नहीं चल सकता। उनके जीवन में

थोड़ी-सी रसिकता लाजिमी थी। बोले–आप संन्यासी बन सकते हैं, मैं तो नहीं बन सकता। मैं तो समझता हूँ, जो भोगी नहीं है, वह संग्राम में भी पूरे उत्साह से नहीं जा सकता। जो रमणी से प्रेम नहीं कर सकता, उसके देश-प्रेम में मुझे विश्वास नहीं।

राय साहब मुस्कराए–आप मुझी पर आवाज़ें कसने लगे।

"आवाज नहीं है, तत्व की बात है।"

"शायद हो।"

"आप अपने दिल के अंदर पैठ कर देखिए तो पता चले।"

"मैंने तो पैठ कर देखा है, और मैं आपको विश्वास दिलाता हूँ, वहाँ और चाहे जितनी बुराइयां हों, विषय की लालसा नहीं है।"

"तब मुझे आपके ऊपर दया आती है। आप जो इतने दुखी और निराश और चिंतित हैं, इसका एकमात्र कारण आपका निग्रह है। मैं तो यह नाटक खेल कर रहूंगा, चाहे दुःखांत ही क्यों न हो। वह मुझसे मजाक करती है, दिखाती है कि मुझे तेरी परवाह नहीं है, लेकिन मैं हिम्मत हारने वाला मनुष्य नहीं हूँ। मैं अब तक उसका मिजाज नहीं समझ पाया। कहाँ निशाना ठीक बैठेगा, इसका निश्चय न कर सका। जिस दिन यह कुंजी मिल गई, बस फतह है।"

"लेकिन वह कुंजी आपको शायद ही मिले। मेहता शायद आपसे बाजी मार ले जाएं।"

एक हिरन कई हिरनियों के साथ चर रहा था, बड़ी सींगों वाला, बिलकुल काला। रायसाहब ने निशाना बांधा। खन्ना ने रोका–क्यों हत्या करते हो यार! बेचारा चर रहा है, चरने दो। धूप तेज हो गई। आइए कहीं बैठ जाएं। आपसे कुछ बातें करनी हैं।

रायसाहब ने बंदूक चलाई, मगर हिरन भाग गया। बोले–एक शिकार मिला भी तो निशाना खाली गया।

"एक हत्या से बचे।"

"हां कहिए, क्या कहने जा रहे थे।"

"आपके इलाके में ऊख होती है?"

"बड़ी कसरत से।"

"तो फिर क्यों न हमारे शुगर मिल में शामिल हो जाइए? हिस्से धड़ाधड़ बिक रहे हैं। आप ज्यादा नहीं, एक हज़ार हिस्से खरीद लें?"

"गजब किया, मैं इतने रुपए कहाँ से लाऊंगा?"

"इतने नामी इलाकेदार और आपको रुपयों की कमी! कुल पचास हज़ार ही तो होते हैं। उनमें भी अभी 25 फीसदी ही देना है।"

"नहीं भाई साहब, मेरे पास इस वक्त बिलकुल रुपए नहीं हैं।"

"रुपए जितने चाहें, मुझसे लीजिए। बैंक आपका है। हां, अभी आपने अपनी जिंदगी इंश्योर्ड न कराई होगी। मेरी कंपनी में एक अच्छी-सी पालिसी लीजिए। सौ-दो सौ रुपए तो आप बड़ी आसानी से हर महीने दे सकते हैं और इकट्ठी रकम मिल जाएगी–चालीस-पचास हजार। लड़कों के लिए इससे अच्छा प्रबंध आप नहीं कर सकते। हमारी नियमावली देखिए। हम पूर्ण सहकारिता के सिद्धांत पर काम करते हैं। दफ्तर और कर्मचारियों के खर्च के सिवा नफे की एक पाई भी किसी की जेब में नहीं जाती। आपको आश्चर्य होगा कि इस नीति से कंपनी चल कैसे रही हैं! और मेरी सलाह से थोड़ा-सा स्पेकुलेशन का काम भी शुरू कर दीजिए। यह जो सैकड़ों करोड़पति बने हुए हैं, सब इसी स्पेकुलेशन से बने हैं। रूई, शक्कर, गेहूं, रबर किसी जिंस का सट्टा कीजिए। मिनटों में लाखों का वारा-न्यारा होता है। काम जरा अटपटा है। बहुत से लोग गच्चा खा जाते हैं, लेकिन वही, जो अनाड़ी हैं। आप जैसे अनुभवी, सुशिक्षित और दूरंदेश लोगों के लिए इससे ज्यादा नफे का काम ही नहीं। बाज़ार का चढ़ाव-उतार कोई आकस्मिक घटना नहीं। इसका भी विज्ञान है। एक बार उसे गौर से देख लीजिए, फिर क्या मजाल कि धोखा हो जाए।"

रायसाहब कंपनियों पर अविश्वास करते थे, दो-एक बार इसका उन्हें कड़वा अनुभव हो भी चुका था, लेकिन मिस्टर खन्ना को उन्होंने अपनी आँखों के सामने बढ़ते देखा था और उनकी कार्यक्षमता के कायल हो गए थे। अभी दस साल पहले जो व्यक्ति बैंक में क्लर्क था, वह केवल न अपने अध्यानवसाय, पुरुषार्थ और प्रतिभा से शहर में पुजता है। उसकी सलाहों की उपेक्षा न की जा सकती थी। इस विषय में अगर खन्ना उनके पथ-प्रदर्शक हो जाएं, तो उन्हें बहुत कुछ कामयाबी हो सकती है। ऐसा अवसर क्यों छोड़ा जाए? तरह-तरह के प्रश्न करते रहे।

सहसा एक देहाती एक बड़ी-सी टोकरी में कुछ जड़ें, कुछ पत्तियां, कुछ फूल लिए, जाता नजर आया।

खन्ना ने पूछा–अरे, क्या बेचता है?

देहाती सकपका गया। डरा, कहीं बेगार में न पकड़ जाए। बोला–"कुछ तो नहीं मालिक यही घास-पात है?"

"क्या करेगा इनको?"

"बेचूंगा मालिक जड़ी-बूटी है।"

"कौन-कौन-सी जड़ी-बूटी है, बता?"

देहाती ने अपना औषधालय खोल कर दिखलाया। मामूली चीजें थीं, जो जंगल के आदमी उखाड़ कर ले जाते हैं और शहर में अत्तारों के हाथ दो-चार आने में बेच आते हैं। जैसे मकोय, कंघी, सहदेइया, कुकरौंधे, धतूरे के बीज, मदार के फूल, करंजे, घुमची आदि। हर एक चीज़ दिखाता था और रटे हुए

शब्दों में उनके गुण भी बयान करता जाता था। यह मकोय है सरकार! ताप हो, मंदाग्नि हो, तिल्ली हो, धड़कन हो, शूल हो, खांसी हो, एक खुराक में आराम हो जाता है। यह धतूरे के बीज हैं, मालिक गठिया हो, बाई हो......

खन्ना ने दाम पूछा–उसने आठ आने कहे। खन्ना ने एक रुपया फेंक दिया और उसे पड़ाव तक रख आने का हुक्म दिया। गरीब ने मुंह-मांगा दाम ही नहीं पाया, उसका दुगुना पाया। आशीर्वाद देता चला गया।

रायसाहब ने पूछा–आप यह घास-पात ले कर क्या करेंगे?

खन्ना ने मुस्करा कर कहा–इनकी अशर्फियां बनाऊंगा। मैं कीमियागर हूँ। यह आपको शायद नहीं मालूम।

"तो यार, वह मंत्र हमें भी सिखा दो।"

"हां-हां, शौक से। मेरी शागिर्दी कीजिए। पहले सवा सेर लड्डू ला कर चढ़ाइए, तब बतलाऊंगा। बात यह है कि मेरा तरह-तरह के आदमियों से साबका पड़ता है। कुछ ऐसे लोग भी आते हैं, जो जड़ी-बूटियों पर जान देते हैं। उनको इतना मालूम हो जाए कि यह किसी फकीर की दी हुई बूटी है, फिर आपकी खुशामद करेंगे, नाक रगड़ेंगे, और आप वह चीज़ उन्हें दे दें, तो हमेशा के लिए आपके ऋणी हो जाएंगे। एक रुपए में अगर दस-बीस बुद्धुओं पर एहसान का नमदा कसा जा सके, तो क्या बुरा है? जरा से एहसान से बड़े-बड़े काम निकल जाते हैं।"

रायसाहब ने कौतूहल से पूछा- मगर इन बूटियों के गुण आपको याद कैसे रहेंगे?

खन्ना ने कहकहा मारा–आप भी रायसाहब! बड़े मजे की बातें करते हैं। जिस बूटी में जो भी गुण चाहे बता दीजिए, वह आपकी लियाकत पर मुनहसर है। सेहत तो रुपए में आठ आने विश्वास से होती है। आप जो इन बड़े-बड़े अफसरों को देखते हैं, और इन लंबी पूंछवाले विद्वानों को, और इन रईसों को, ये सब अंधविश्वासी होते हैं। मैं तो वनस्पति-शास्त्र के प्रोफेसर को जानता हूँ, जो कुकरौंधे का नाम भी नहीं जानते। इन विद्वानों का मजाक तो हमारे स्वामीजी खूब उड़ाते हैं। आपको तो कभी उनके दर्शन न हुए होंगे। अबकी आप आएंगे, तो उनसे मिलाऊंगा। जब से मेरे बगीचे में ठहरे हैं, रात-दिन लोगों का तांता लगा रहता है। माया तो उन्हें छू भी नहीं गई। केवल एक बार दूध पीते हैं। ऐसा विद्वान महात्मा मैंने आज तक नहीं देखा। न जाने कितने वर्ष हिमालय पर तप करते रहे। पूरे सिद्ध पुरुष हैं। आप उनसे अवश्य दीक्षा लीजिए। मुझे विश्वास है, आपकी यह सारी कठिनाइयां छूमंतर हो जाएंगी। आपको देखते ही आपका भूत-भविष्य सब कह सुनाएंगे। ऐसे प्रसन्न-मुख हैं कि देखते ही मन खिल उठता है। ताज्जुब तो, यह है कि खुद इतने बड़े महात्मा हैं, मगर संन्यास और त्याग, मंदिर और मठ, संप्रदाय और पंथी, इन

सबको ढोंग कहते हैं, पाखंड कहते हैं। रूढ़ियों के बंधन को तोड़ो और मनुष्य बनो, देवता बनने का ख्याल छोड़ो। देवता बन कर तुम मनुष्य न रहोगे।

रायसाहब के मन में शंका हुई। महात्माओं में उन्हें भी वह विश्वास था, जो प्रभुतावालों में आमतौर पर होता है। दु:खी प्राणी को आत्मचेतन में जो शांति मिलती है, उसके लिए वह भी लालायित रहते थे। जब आर्थिक कठिनाइयों से निराश हो जाते, मन में आता, संसार से मुँह मोड़ कर एकांत में जा बैठें और मोक्ष की चिंता करें। संसार के बंधनों को वह भी साधारण मनुष्यों की भांति आत्मोन्नति के मार्ग की बाधाएं समझते थे और इनसे दूर हो जाना ही उनके जीवन का भी आदर्श था, लेकिन संन्यास और त्याग के बिना बंधनों को तोड़ने का और क्या उपाय है?

"लेकिन जब वह संन्यास को ढोंग कहते हैं, तो खुद क्यों संन्यास लिया है?"

"उन्होंने संन्यास कब लिया है साहब, वह तो कहते हैं–आदमी को अंत तक काम करते रहना चाहिए। विचार-स्वातंत्र्य उनके उपदेशों का तत्व है।"

"मेरी समझ में कुछ नहीं आ रहा है। विचार-स्वातंत्र्य का आशय क्या है?"

"समझ में तो मेरे भी कुछ नहीं आया, अबकी आइए, तो उनसे बातें हों। वह प्रेम को जीवन का सत्य कहते हैं। और इसकी ऐसी सुंदर व्याख्या करते हैं कि मन मुग्ध हो जाता है।"

"मिस मालती को उनसे मिलाया या नहीं?"

"आप भी दिल्लगी करते हैं। मालती को भला इनसे क्या मिलाता?"

वाक्य पूरा न हुआ था कि सामने झाड़ी में सरसराहट की आवाज सुन कर चौंक पड़े और प्राण-रक्षा की प्रेरणा से रायसाहब के पीछे आ गए। झाड़ी में से एक तेंदुआ निकला और मंद गति से सामने की ओर चला।

रायसाहब ने बंदूक उठाई और निशाना बांधना चाहते थे कि खन्ना ने कहा–यह क्या करते हैं आप–ख्वाहमख्वाह उसे छेड़ रहे हैं। कहीं लौट पड़े तो?

"लौट क्या पड़ेगा, वहीं ढेर हो जाएगा।"

"तो मुझे उस टीले पर चढ़ जाने दीजिए। मैं शिकार का ऐसा शौकीन नहीं हूँ।"

"तब क्या शिकार खेलने चले थे?"

"शामत और क्या!"

रायसाहब ने बंदूक नीचे कर ली।

"बड़ा अच्छा शिकार निकल गया। ऐसे अवसर कम मिलते हैं।"

"मैं तो अब यहाँ नहीं ठहर सकता। खतरनाक जगह है।"

"एकाध शिकार तो मार लेने दीजिए। खाली हाथ लौटते शर्म आती है।"

"आप मुझे कृपा करके कार के पास पहुंचा दीजिए, फिर चाहे तेंदुए का शिकार कीजिए या चीते का।"

"आप बड़े डरपोक हैं मिस्टर खन्ना, सच।"

"व्यर्थ में अपने जान खतरे में डालना बहादुरी नहीं है!"

"अच्छा तो आप खुशी से लौट सकते हैं।"

"अकेला?"

"रास्ता बिलकुल साफ है।"

"जी नहीं। आपको मेरे साथ चलना पड़ेगा।"

रायसाहब ने बहुत समझाया, मगर खन्ना ने एक न मानी। मारे भय के उनका चेहरा पीला पड़ गया था। उस वक्त अगर झाड़ी में से एक गिलहरी भी निकल आती, तो वह चीख मार कर गिर पड़ते। बोटी-बोटी कांप रही थी। पसीने से तर हो गए थे। रायसाहब को लाचार हो कर उनके साथ लौटना पड़ा।

जब दोनों आदमी बड़ी दूर निकल आए, तो खन्ना के होश ठिकाने आए।

बोले–खतरे से नहीं डरता, लेकिन खतरे के मुँह में उंगली डालना हिमाकत है।

"अजी, जाओ भी। जरा-सा तेंदुआ देख लिया, तो जान निकल गई।"

"मैं शिकार खेलना उस जमाने का संस्कार समझता हूँ, जब आदमी पशु था। तब से संस्कृति बहुत आगे बढ़ गई है।"

"मैं मिस मालती से आपकी कलई खोलूंगा।"

"मैं अहिंसावादी होना लज्जा की बात नहीं समझता।"

"अच्छा, तो यह आपका अहिंसावाद था। शाबाश!"

खन्ना ने गर्व से कहा–जी हां, यह मेरा अहिंसावाद था। आप बुद्ध और शंकर के नाम पर गर्व करते हैं और पशुओं की हत्या करते हैं, लज्जा आपको आनी चाहिए, न कि मुझे। कुछ दूर दोनों फिर चुपचाप चलते रहे। तब खन्ना बोले–तो आप कब तक आएंगे? मैं चाहता हूँ, आप पालिसी का फार्म आज ही भर दें और शक्कर के हिस्सों का भी। मेरे पास दोनों फार्म भी मौजूद हैं।

रायसाहब ने चिंतित स्वर में कहा–जरा सोच लेने दीजिए

"इसमें सोचने की जरूरत नहीं।"

तीसरी टोली मिर्जा खुर्शेद और मिस्टर तंखा की थी। मिर्जा खुर्शेद के लिए भूत और भविष्य सादे कागज की भांति था। वह वर्तमान में रहते थे। न भूत का पछतावा था, न भविष्य की चिंता। जो कुछ सामने आ जाता था, उसमें जी-जान से लग जाते थे। मित्रों की मंडली में वह विनोद के पुतले थे। कौंसिल में उनसे ज्यादा उत्साही मेंबर कोई न था। जिस प्रश्न के पीछे पड़ जाते, मिनिस्टरों को रुला देते। किसी के साथ रू-रियायत करना न जानते थे। बीच-बीच में परिहास भी करते जाते थे। उनके लिए आज जीवन था, कल का पता नहीं। गुस्सेवर भी ऐसे थे कि ताल ठोंक कर सामने आ जाते थे। नम्रता के सामने दंडवत करते थे, लेकिन जहाँ किसी ने शान दिखाई और

यह हाथ धो कर उसके पीछे पड़े। न अपना लेना याद रखते थे, न दूसरों का देना। शौक था शायरी का और शराब का। औरत केवल मनोरंजन की वस्तु थी। बहुत दिन हुए हृदय का दिवाला निकाल चुके थे।

मिस्टर तंखा दांव-पेंच के आदमी थे, सौदा पटाने में, मुआमला सुलझाने में, अड़ंगा लगाने में, बालू से तेल निकालने में, गला दबाने में, दुम झाड़ कर निकल जाने में बड़े सिद्धहस्त। कहिए रेत में नाव चला दें, पत्थर पर दूब उगा दें। ताल्लुकेदारों को महाजनों से कर्ज दिलाना, नई कंपनियां खोलना, चुनाव के अवसर पर उम्मेदवार खड़े करना, यही उनका व्यवसाय था। खास कर चुनाव के समय उनकी तकदीर चमकती थी। किसी पोढ़े उम्मेदवार को खड़ा करते, दिलोजान से उसका काम करते और दस-बीस हज़ार बना लेते। जब कांग्रेस का जोर था, तो कांग्रेस के उम्मेदवार के सहायक थे। जब सांप्रदायिक दल का जोर हुआ, तो हिंदूसभा की ओर से काम करने लगे, मगर इस उलटफेर के समर्थन के लिए उनके पास ऐसी दलीलें थीं कि कोई उंगली न दिखा सकता था। शहर के सभी रईस, सभी हुक्काम, सभी अमीरों से उनका याराना था। दिल में चाहे लोग उनकी नीति पसंद न करें, पर वह स्वभाव के इतने नम्र थे कि कोई मुँह पर कुछ न कह सकता था।

मिर्जा खुर्शेद ने रुमाल से माथे का पसीना पोंछ कर कहा–आज तो शिकार खेलने के लायक दिन नहीं है। आज तो कोई मुशायरा होना चाहिए था।

वकील ने समर्थन किया–जी हां, वहीं बाग में। बड़ी बहार रहेगी।

थोड़ी देर के बाद मिस्टर तंखा ने मामले की बात छेड़ी।

"अबकी चुनाव में बड़े-बड़े गुल खिलेंगे! आपके लिए भी मुश्किल है।"

मिर्जा विरक्त मन से बोले–अबकी मैं खड़ा ही न हूँगा।

तंखा ने पूछा–क्यों?

"मुफ्त की बकबक कौन करे? फायदा ही क्या! मुझे अब इस डेमोक्रेसी में भक्ति नहीं रही। जरा-सा काम और महीनों की बहस। हां, जनता की आँखों में धूल झोंकने के लिए अच्छा स्वांग है। इससे तो कहीं अच्छा है कि एक गवर्नर रहे, चाहे वह हिंदुस्तानी हो, या अंग्रेज, इससे बहस नहीं। एक इंजिन जिस गाड़ी को बड़े मजे से हजारों मील खींच ले जा सकता है, उसे दस हज़ार आदमी मिल कर भी उतनी तेजी से नहीं खींच सकते। मैं तो यह सारा तमाशा देख कर कौंसिल से बेजार हो गया हूँ। मेरा बस चले, तो कौंसिल में आग लगा दूं। जिसे हम डेमोक्रेसी कहते हैं, वह व्यवहार में बड़े-बड़े व्यापारियों और जमींदारों का राज्य है, और कुछ नहीं। चुनाव में वही बाजी ले जाता है, जिसके पास रुपए हैं। रुपए के जोर से उसके लिए सभी सुविधाएं तैयार हो जाती हैं। बड़े-बड़े पंडित, बड़े-बड़े मौलवी, बड़े-बड़े लिखने और बोलने वाले, जो अपने जबान और कलम से पब्लिक को जिस तरफ चाहें

फेर दें, सभी सोने के देवता के पैरों पर माथा रगड़ते हैं, मैंने तो इरादा कर लिया है, अब इलेक्शन के पास न जाऊँगा। मेरा प्रोपेगंडा अब डेमोक्रेसी के खिलाफ होगा।"

मिर्जा साहब ने कुरान की आयतों से सिद्ध किया कि पुराने जमाने के बादशाहों के आदर्श कितने ऊंचे थे। आज तो हम उसकी तरफ ताक भी नहीं सकते। हमारी आँखों में चकाचौंध आ जाएगी। बादशाह को खजाने की एक कौड़ी भी निजी खर्च में लाने का अधिकार न था। वह किताबें नकल करके, कपड़े सीकर, लड़कों को पढ़ा कर अपना गुजर करता था। मिर्जा ने आदर्श महीपों की एक लंबी सूची गिना दी। कहाँ तो वह प्रजा को पालने वाला बादशाह, और कहाँ आजकल के मंत्री और मिनिस्टर, पाँच, छः, सात, आठ हज़ार माहवार मिलना चाहिए। यह लूट है या डेमोक्रेसी!

हिरनों का झुंड चरता हुआ नजर आया। मिर्जा के मुख पर शिकार का जोश चमक उठा। बंदूक संभाली और निशाना मारा। एक काला-सा हिरन गिर पड़ा। वह मारा! इस उन्मत्त ध्वनि के साथ मिर्जा भी बेतहाशा दौड़े–बिलकुल बच्चों की तरह उछलते, कूदते, तालियां बजाते।

समीप ही एक वृक्ष पर एक आदमी लकड़ियां काट रहा था। वह भी चट-पट वृक्ष से उतर कर मिर्जा जी के साथ दौड़ा। हिरन की गर्दन में गोली लगी थी, उसके पैरों में कंपन हो रहा था और आँखें पथरा गई थीं।

लकड़हारे ने हिरन को करुण नेत्रों से देख कर कहा–अच्छा पट्ठा था, मन-भर से कम न होगा। हुकुम हो, तो मैं उठा कर पहुंचा दूं?

मिर्जा कुछ बोले नहीं। हिरन की टंगी हुई, दीन, वेदना से भरी आँखें देख रहे थे। अभी एक मिनट पहले इसमें जीवन था। जरा-सा पत्ता भी खड़कता, तो कान खड़े करके चौकड़ियां भरता हुआ निकल भागता। अपने मित्रों और बाल-बच्चों के साथ ईश्वर की उगाई हुई घास खा रहा था, मगर अब निस्पंद पड़ा है। उसकी खाल उधेड़ लो, उसकी बोटियां कर डालो, उसका कीमा बना डालो, उसे खबर भी न होगी। उसके क्रीड़ामय जीवन में जो आकर्षण था, जो आनंद था, वह क्या इस निर्जीव शव में है? कितनी सुंदर गठन थी, कितनी प्यारी आंखें, कितनी मनोहर छवि! उसकी छलांगें हृदय में आनंद की तरंगें पैदा कर देती थीं, उसकी चौकड़ियों के साथ हमारा मन भी चौकड़ियां भरने लगता था। उसकी स्फूर्ति जीवन-सा बिखेरती चलती थी, जैसे फूल सुगंध बिखेरता है, लेकिन अब! उसे देख कर ग्लानि होती है।

लकड़हारे ने पूछा–कहाँ पहुंचाना होगा मालिक? मुझे भी दो-चार पैसे दे देना।

मिर्जा जी जैसे ध्यान से चौंक पड़े। बोले–अच्छा, उठा ले। कहाँ चलेगा?

"जहाँ हुकुम हो मालिक।"

"नहीं, जहाँ तेरी इच्छा हो, वहाँ ले जा। मैं तुझे देता हूँ!"

लकड़हारे ने मिर्जा की ओर कौतूहल से देखा। कानों पर विश्वास न आया।

"अरे नहीं मालिक, हुजूर ने सिकार किया है, तो हम कैसे खा लें।"

"नहीं-नहीं, मैं खुशी से कहता हूँ, तुम इसे ले जाओ। तुम्हारा घर यहाँ से कितनी दूर है?"

"कोई आधा कोस होगा मालिक!"

"तो मैं भी तुम्हारे साथ चलूंगा। देखूंगा, तुम्हारे बाल-बच्चे कैसे खुश होते हैं।"

"ऐसे तो मैं न ले जाऊँगा सरकार! आप इतनी दूर से आए, इस कड़ी धूप में सिकार किया, मैं कैसे उठा ले जाऊं?"

"उठा उठा, देर न कर। मुझे मालूम हो गया, तू भला आदमी है।"

लकड़हारे ने डरते-डरते और रह-रह कर मिर्जा जी के मुख की ओर सशंक नेत्रों से देखते हुए कि कहीं बिगड़ न जाएं, हिरन को उठाया। सहसा उसने हिरन को छोड़ दिया और खड़ा हो कर बोला–मैं समझ गया मालिक, हुजूर ने इसकी हलाली नहीं की।

मिर्जा जी ने हंस कर कहा–बस-बस, तूने खूब समझा। अब उठा ले और घर चल।

मिर्जा जी धर्म के इतने पाबंद न थे। दस साल से उन्होंने नमाज न पढ़ी थी। दो महीने में एक दिन व्रत रख लेते थे। बिलकुल निराहर, निर्जल, मगर लकड़हारे को इस ख्याल से जो संतोष हुआ था कि हिरन अब इन लोगों के लिए अखाद्य हो गया है, उसे फीका न करना चाहते थे।

लकड़हारे ने हलके मन से हिरन को गर्दन पर रख लिया और घर की ओर चला। तंखा अभी तक तटस्थ से वहीं पेड़ के नीचे खड़े थे। धूप में हिरन के पास जाने का कष्ट क्यों उठाते? कुछ समझ में न आ रहा था कि मुआमला क्या है, लेकिन जब लकड़हारे को उल्टी दिशा में जाते देखा, तो आ कर मिर्जा से बोले–आप उधर कहाँ जा रहे हैं हजरत। क्या रास्ता भूल गए?

मिर्जा ने अपराधी भाव से मुस्करा कर कहा–मैंने शिकार इस गरीब आदमी को दे दिया। अब जरा इसके घर चल रहा हूँ। आप भी आइए न।

तंखा ने मिर्जा को कौतूहल की दृष्टि से देखा और बोले–आप अपने होश में हैं या नहीं?

"कह नहीं सकता। मुझे खुद नहीं मालूम।"

"शिकार इसे क्यों दे दिया?"

"इसलिए कि उसे पा कर इसे जितनी खुशी होगी, मुझे या आपको न होगी।"

तंखा खिसिया कर बोले–जाइए! सोचा था, खूब कबाब उड़ाएंगे, सो आपने सारा मजा किरकिरा कर दिया। खैर, रायसाहब और मेहता कुछ न कुछ लाएंगे

ही। कोई गम नहीं। मैं इस इलेक्शन के बारे में कुछ अर्ज करना चाहता हूँ। आप नहीं खड़ा होना चाहते न सही, आपकी जैसी मर्जी, लेकिन आपको इसमें क्या ताम्मुल है कि जो लोग खड़े हो रहे हैं, उनसे इसकी अच्छी कीमत वसूल की जाए। मैं आपसे सिर्फ इतना चाहता हूँ कि आप किसी पर यह भेद न खुलने दें कि आप नहीं खड़े हो रहे हैं। सिर्फ इतनी मेहरबानी कीजिए मेरे साथ! ख्वाजा जमाल ताहिर इसी शहर से खड़े हो रहे हैं। रईसों के वोट तो सोलहों आने उनकी तरफ हैं ही, हुक्काम भी उनके मददगार हैं। फिर भी पब्लिक पर आपका जो असर है, इससे उनकी कोर दब रही है। आप चाहें, तो आपको उनसे दस–बीस हज़ार रुपए महज यह जाहिर कर देने के मिल सकते हैं कि आप उनकी खातिर बैठ जाते हैं... नहीं मुझे अर्ज कर लेने दीजिए। इस मुआमले में आपको कुछ नहीं करना है। आप बेफिक्र बैठे रहिए। मैं आपकी तरफ से एक मेनिफेस्टो निकाल दूंगा और उसी शाम को आप मुझसे दस हज़ार नकद वसूल कर लीजिए।

मिर्जा साहब ने उनकी ओर हिकारत से देख कर कहा–मैं ऐसे रुपए पर और आप पर लानत भेजता हूँ।

मिस्टर तंखा ने जरा भी बुरा नहीं गाना। माथे पर बल तक न आने दिया।

"मुझ पर जितनी लानत चाहें भेजें, मगर रुपए पर लानत भेज कर आप अपना ही नुकसान कर रहे हैं।"

"मैं ऐसी रकम को हराम समझता हूँ।"

"आप शरीयत के इतने पाबंद तो नहीं हैं।"

"लूट की कमाई को हराम समझने के लिए शरा का पाबंद होने की जरूरत नहीं है।"

"तो इस मुआमले में क्या आप फैसला तब्दील नहीं कर सकते?"

"जी नहीं।"

"अच्छी बात है, इसे जाने दीजिए। किसी बीमा कंपनी के डाइरेक्टर बनने में तो आपको कोई एतराज नहीं है? आपको कंपनी का एक हिस्सा भी न खरीदना पड़ेगा। आप सिर्फ अपना नाम दे दीजिएगा।"

"जी नहीं, मुझे यह भी मंजूर नहीं है। मैं कई कंपनियों का डाइरेक्टर, कई का मैनेजिंग एजेंट, कई का चेयरमैन था। दौलत मेरे पांव चूमती थी। मैं जानता हूँ, दौलत से आराम और तकल्लुफ के कितने सामान जमा किए जा सकते हैं, मगर यह भी जानता हूँ कि दौलत इंसान को कितना खुदगरज बना देती है, कितना ऐश–पसंद, कितना मक्कार, कितना बेगैरत।"

वकील साहब को फिर कोई प्रस्ताव करने का साहस न हुआ। मिर्जा जी की बुद्धि और प्रभाव में उनका जो विश्वास था, वह बहुत कम हो गया। उनके लिए धन ही सब कुछ था और ऐसे आदमी से, जो लक्ष्मी को ठोकर मारता हो, उनका कोई मेल न हो सकता था।

लकड़हारा हिरन को कंधे पर रखे लपका चला जा रहा था। मिर्जा ने भी कदम बढ़ाया, पर स्थूलकाय तंखा पीछे रह गए।

उन्होंने पुकारा–जरा सुनिए, मिर्जा जी, आप तो भागे जा रहे हैं।

मिर्जा जी ने बिना रुके हुए जवाब दिया–वह गरीब बोझ लिए इतनी तेजी से चला जा रहा है। हम क्या अपना बदन ले कर भी उसके बराबर नहीं चल सकते?

लकड़हारे ने हिरन को एक ठूंठ पर उतार कर रख दिया था और दम लेने लगा था।

मिर्जा साहब ने आकर पूछा–थक गए, क्यों?

लकड़हारे ने सकुचाते हुए कहा–बहुत भारी है सरकार!

"तो लाओ, कुछ दूर मैं ले चलूं।"

लकड़हारा हंसा। मिर्जा डील-डौल में उससे कहीं ऊंचे और मोटे-ताजे थे, फिर भी वह दुबला-पतला आदमी उनकी इस बात पर हंसा। मिर्जा जी पर जैसे चाबुक पड़ गया।

"तुम हंसे क्यों? क्या तुम समझते हो, मैं इसे नहीं उठा सकता?"

लकड़हारे ने मानो क्षमा मांगी–सरकार आप बड़े आदमी हैं। बोझ उठाना तो हम-जैसे मजूरों का ही काम है।

"मैं तुम्हारा दुगुना जो हूँ!"

"इससे क्या होता है मालिक!"

मिर्जा जी का पुरुषत्व अपना और अपमान न सह सका। उन्होंने बढ़ कर हिरन को गर्दन पर उठा लिया और चले, मगर मुश्किल से पचास कदम चले होंगे कि गर्दन फटने लगी, पांव थरथराने लगे और आँखों में तितलियां उड़ने लगीं। कलेजा मजबूत किया और एक बीस कदम और चले। कंबख्त कहाँ रह गया? जैसे इस लाश में सीसा भर दिया गया हो। जरा मिस्टर तंखा की गर्दन पर रख दूं, तो मजा आए। मशक की तरह जो फूले चलते हैं, जरा इसका मजा भी देखें, लेकिन बोझा उतारें कैसे? दोनों अपने दिल में कहेंगे, बड़ी जवांमर्दी दिखाने चले थे। पचास कदम में चीं बोल गए।

लकड़हारे ने चुटकी ली–कहो मालिक, कैसे रंग-ढंग हैं? बहुत हलका है न?

मिर्जा जी को बोझ कुछ हलका मालूम होने लगा। बोले–उतनी दूर तो ले ही जाऊँगा, जितनी दूर तुम लाए हो।

"कई दिन गर्दन दुखेगी मालिक।"

"तुम क्या समझते हो, मैं यों ही फूला हुआ हूँ।"

"नहीं मालिक, अब तो ऐसा नहीं समझता। मुदा आप हैरान न हों, वह चट्टान है, उस पर उतार दीजिए।"

"मैं अभी इसे इतनी ही दूर और ले जा सकता हूँ।"

"मगर यह अच्छा तो नहीं लगता कि मैं ठाला चलूं और आप लदे रहें।"

मिर्जा साहब ने चट्टान पर हिरन को उतार कर रख दिया। वकील साहब आ पहुंचे।

मिर्जा ने दाना फेंका–अब आपको भी कुछ दूर ले चलना पड़ेगा जनाब!

वकील साहब की नजरों में अब मिर्जा जी का कोई महत्व न था। बोले–मुआफ कीजिए। मुझे अपनी पहलवानी का दावा नहीं है।

"बहुत भारी नहीं है सच।"

"अजी, रहने भी दीजिए!"

"आप अगर इसे सौ कदम ले चलें, तो मैं वादा करता हूँ, आप मेरे सामने जो तजवीज रखेंगे, उसे मंजूर कर लूंगा।"

"मैं इन चकमों में नहीं आता।"

"मैं चकमा नहीं दे रहा हूँ, वल्लाह! आप जिस हलके से कहेंगे, खड़ा हो जाऊँगा। जब हुक्म देंगे, बैठ जाऊँगा। जिस कंपनी का डाइरेक्टर, मेंबर, मुनीम, कनवेसर, जो कुछ कहिएगा, बन जाऊँगा। बस, सौ कदम ले चलिए। मेरी तो ऐसे ही दोस्तों से निभती है, जो मौका पड़ने पर सब कुछ कर सकते हों।"

तंखा का मन चुलबुला उठा। मिर्जा अपने कौल के पक्के हैं। इसमें कोई संदेह न था। हिरन ऐसा क्या बहुत भारी होगा। आखिर मिर्जा इतनी दूर ले ही आए। बहुत ज्यादा थके तो नहीं जान पड़ते, अगर इनकार करते हैं, तो सुनहरा अवसर हाथ से जाता है। आखिर ऐसा क्या कोई पहाड़ है। बहुत होगा, चार-पांच पंसेरी होगा। दो-चार दिन गर्दन ही तो दुखेगी! जेब में रुपए हों, तो थोड़ी-सी बीमारी सुख की वस्तु है।

"सौ कदम की रही।"

"हां, सौ कदम। मैं गिनता चलूंगा।"

"देखिए, निकल न जाइएगा।"

निकल जाने वाले पर लानत भेजता हूँ।

तंखा ने जूते का फीता फिर से बांधा, कोट उतार कर लकड़हारे को दिया, पतलून ऊपर चढ़ाया, रुमाल से मुँह पोंछा और इस तरह हिरन को देखा, मानो ओखली में सिर देने जा रहे हैं। फिर हिरन को उठा कर गर्दन पर रखने की चेष्टा की। दो-तीन बार जोर लगाने पर लाश गर्दन पर तो आ गई, पर गर्दन न उठ सकी। कमर झुक गई, हांफ उठे और लाश को ज़मीन पर पटकने वाले थे कि मिर्जा ने उन्हें सहारा दे कर आगे बढ़ाया।

तंखा ने एक डग इस तरह उठाया, जैसे दलदल में पांव रख रहे हों। मिर्जा ने बढ़ावा दिया–शाबाश! मेरे शेर, वाह-वाह!

तंखा ने एक डग और रखा। मालूम हुआ, गर्दन टूटी जाती है।

"मार लिया मैदान! शबाश! जीते रहो पट्ठे।"

तंखा दो डग और बढ़े। आँखें निकली पड़ती थीं।

"बस, एक बार और जोर मारो दोस्त! सौ कदम की शर्त गलत। पचास कदम की ही रही।"

वकील साहब का बुरा हाल था। वह बेजान हिरन शेर की तरह उनको दबोचे हुए, उनका हृदय-रक्त चूस रहा था। सारी शक्तियां जवाब दे चुकी थीं। केवल लोभ, किसी लोहे की धरन की तरह छत को संभाले हुए था। एक से पच्चीस हज़ार तक की गोटी थी। मगर अंत में वह शहतीर भी जवाब दे गई। लोभी की कमर भी टूट गई। आँखों के सामने अंधेरा छा गया। सिर में चक्कर आया और वह शिकार गर्दन पर लिए पथरीली ज़मीन पर गिर पड़े।

मिर्जा ने तुरंत उन्हें उठाया और अपने रुमाल से हवा करते हुए उनकी पीठ ठोंकी।

"जोर तो यार तुमने खूब मारा, लेकिन तकदीर के खोटे हो।"

तंखा ने हांफते हुए लंबी सांस खींच कर कहा–आपने तो आज मेरी जान ही ले ली थी। दो मन से कम न होगा ससुर।

मिर्जा ने हंसते हुए कहा–लेकिन भाईजान, मैं भी तो इतनी दूर उठा कर लाया ही था।

वकील साहब ने खुशामद करनी शुरू की–मुझे तो आपकी फरमाइश पूरी करनी थी। आपको तमाशा देखना था, वह आपने देख लिया। अब आपको अपना वादा पूरा करना होगा।

"आपने मुआहदा कब पूरा किया?"

"कोशिश तो जान तोड़ कर की।"

"इसकी सनद नहीं।"

लकड़हारे ने फिर हिरन उठा लिया और भागा चला जा रहा था। वह दिखा देना चाहता था कि तुम लोगों ने कांख-कूख कर दस कदम इसे उठा लिया, तो यह न समझो कि पास हो गए। इस मैदान में मैं दुर्बल होने पर भी तुमसे आगे रहूंगा। हां, कागद तुम चाहे जितना काला करो और झूठे मुकदमे चाहे जितने बनाओ।

एक नाला मिला, जिसमें बहुत थोड़ा पानी था। नाले के उस पार टीले पर एक छोटा-सा पाँच-छः घरों का पुरवा था और कई लड़के इमली के नीचे खेल रहे थे। लकड़हारे को देखते ही सबों ने दौड़ कर उसका स्वागत किया और लगे पूछने–किसने मारा बापू? कैसे मारा, कहाँ मारा, कैसे गोली लगी,

कहाँ लगी, इसी को क्यों लगी, और हिरनों को क्यों न लगी? लकड़हारा हूँ–हां करता इमली के नीचे पहुंचा और हिरन को उतार कर पास की झोपड़ी से दोनों महानुभावों के लिए खाट लेने दौड़ा। उसके चारों लड़कों और लड़कियों ने शिकार को अपने चार्ज में ले लिया और अन्य लड़कों को भगाने की चेष्टा करने लगे।

सबसे छोटे बालक ने कहा–यह हमारा है।

उसकी बड़ी बहन ने, जो चौदह-पंद्रह साल की थी, मेहमानों की ओर देख कर छोटे भाई को डांटा–चुप, नहीं सिपाही पकड़ ले जाएगा।

मिर्जा ने लड़के को छेड़ा–तुम्हारा नहीं, हमारा है।

बालक ने हिरन पर बैठ कर अपना कब्जा सिद्ध कर दिया और बोला–बापू तो लाए हैं।

बहन ने सिखाया–कह दे भैया, तुम्हारा है।

इन बच्चों की माँ बकरी के लिए पत्तियां तोड़ रही थी। दो नए भले आदमियों को देख कर जरा-सा घूंघट निकाल लिया और शरमाई कि उसकी साड़ी कितनी मैली, कितनी फटी, कितनी उटंगी है। वह इस वेश में मेहमानों के सामने कैसे जाए? और गए बिना काम नहीं चलता। पानी-वानी देना है।

अभी दोपहर होने में कुछ कसर थी, लेकिन मिर्जा साहब ने दोपहरी इसी गाँव में काटने का निश्चय किया। गाँव के आदमियों को जमा किया। शराब मंगवाई, शिकार पका, समीप के बाज़ार से घी और मैदा मंगाया और सारे गाँव को भोज दिया। छोटे-बड़े स्त्री-पुरुष सबों ने दावत उड़ाई। मर्दों ने खूब शराब पी और मस्त हो कर शाम तक गाते रहे और मिर्जा जी बालकों के साथ बालक, शराबियों के साथ शराबी, बूढ़ों के साथ बूढ़े, जवानों के साथ जवान बने हुए थे। इतनी ही देर में सारे गाँव से उनका इतना घनिष्ठ परिचय हो गया था, मानो यहीं के निवासी हों। लड़के तो उन पर लदे पड़ते थे। कोई उनकी फुंदनेदार टोपी सिर पर रखे लेता था, कोई उनकी राइफल कंधे पर रख कर अकड़ता हुआ चलता था, कोई उनकी कलाई की घड़ी खोल कर अपने कलाई पर बांध लेता था। मिर्जा ने खुद खूब देशी शराब पी और झूम-झूम कर जंगली आदमियों के साथ गाते रहे।

जब ये लोग सूर्यास्त के समय यहाँ से बिदा हुए तो गांव-भर के नर-नारी इन्हें बड़ी दूर तक पहुंचाने आए। कई तो रोते थे। ऐसा सौभाग्य उन गरीबों के जीवन में शायद पहली बार आया हो कि किसी शिकारी ने उनकी दावत की हो। जरूर यह कोई राजा है, नहीं तो इतना दरियाव दिल किसका होता है। इनके दर्शन फिर काहे को होंगे।

कुछ दूर चलने के बाद मिर्जा ने पीछे फिर कर देखा और बोले–बेचारे कितने खुश थे। काश, मेरी जिंदगी में ऐसे मौके रोज आते। आज का दिन बड़ा मुबारक था।

तंखा ने बेरूखी के साथ कहा—आपके लिए मुबारक होगा, मेरे लिए तो मनहूस ही था। मतलब की कोई बात न हुई। दिन-भर जंगलों और पहाड़ों की खाक छानने के बाद अपना-सा मुँह लिए लौटे जाते हैं।

मिर्जा ने निर्दयता से कहा—मुझे आपके साथ हमदर्दी नहीं है।

दोनों आदमी जब बरगद के नीचे पहुंचे, तो दोनों टोलियां लौट चुकी थीं। मेहता मुँह लटकाए हुए थे। मालती विमन-सी अलग बैठी थी, जो नई बात थी। रायसाहब और खन्ना दोनों भूखे रह गए थे और किसी के मुँह से बात न निकलती थी। वकील साहब इसलिए दु:खी थे कि मिर्जा ने उनके साथ बेवफाई की। अकेले मिर्जा साहब प्रसन्न थे और वह प्रसन्नता अलौकिक थी।

8

जब से होरी के घर में गाय आ गई है, घर की श्री ही कुछ और हो गई है। धनिया का घमंड तो उसके संभाल से बाहर हो जाता है। जब देखो, गाय की चर्चा।

भूसा छिज गया था। ऊख में थोड़ी-सी चरी बो दी गई थी। उसी की कुट्टी काटकर जानवरों को खिलाना पड़ता था। आँखें आकाश की ओर लगी थीं कि कब पानी बरसे और घास निकले। आधा असाढ़ बीत गया और वर्षा न हुई।

सहसा एक दिन बादल उठे और आसाढ़ का पहला दौंगड़ा गिरा। किसान खरीफ बोने के लिए हल ले-लेकर निकले कि रायसाहब के कारकुन ने कहला भेजा, जब तक बाकी न चुक जाएगी, किसी को हल न ले जाने दिया जाएगा। किसानों पर जैसे वज्रपात हो गया। और कभी तो इतनी कड़ाई न होती थी, अबकी यह कैसा हुक्म। कोई गाँव छोड़कर भागा थोड़ा ही जाता है; अगर खेतों में हल न चले, तो रुपए कहाँ से आ जाएंगे? निकालेंगे तो खेत ही से। सब मिलकर कारकुन के पास जाकर रोए। कारकुन का नाम थ पंडित नोखेराम। आदमी बुरे न थे; मगर मालिक का हुक्म था। उसे कैसे टालें? अभी उस दिन रायसाहब ने होरी से कैसी दया और धर्म की बातें की थीं और आज आसामियों पर यह जुल्म। होरी मालिक के पास जाने को तैयार हुआ? वह अगुवा बनकर क्यों बुरा बने? जब और कोई कुछ कोई नहीं बोलता, तो वही आग में क्यों कुदे? जो सबके सिर पड़ेगी, वह भी झेल लेगा।

किसानों में खलबली मची हुई थी। सभी गाँव के महाजन के पास रुपए के लिए दौड़े। गाँव में मंगरू साह की आजकल चढ़ी हुई थी। इस साल सन में उसे अच्छा फायदा हुआ था। गेहूं और अलसी में भी उसने कुछ कम नहीं

कमाया था। पंडित दातादीन और दुलारी और सहुआइन भी लेन-देन करती थीं। सबसे बड़े महाजन थे झिंगुरीसिंह। वह शहर के बड़े महाजन के एजेंट थे। उसके नीचे कई आदमी और थे, जो आसपास के देहातों में घूम-घूमकर लेन-देन करते थे। इनके उपरांत और भी कई छोटे-छोटे महाजन थे, जो दो आने रुपए ब्याज पर बिना लिखा-पढ़ी के रुपए देते थे। गाँव वालों को लेन-देन का कुछ ऐसा शौक था कि जिनके पास दस-बीस रुपए जमा हो जाते, वही महाजन बन बैठता था। एक समय होरी ने भी महाजनी की थी। उसी का यह प्रभाव था कि लोग अभी तक यही समझते थे कि होरी के पास दबे हुए रुपए हैं। आखिर वह धन गया कहाँ? बंटवारे में निकला नहीं, होरी ने कोई तीर्थ, व्रत, भोज किया नहीं, गया तो कहाँ गया? जूते जाने पर भी उनके घट्ठे बने रहते थे।

किसी ने किसी देवता को सीधा किया, किसी ने किसी को। किसी ने आना रुपया ब्याज देना शुरू किया, किसी ने दो आना। होरी में आत्मसम्मान का सर्वथा लोप न हुआ था। जिन लोगों के रुपए उस पर बाकी थे उनके पास कौन मुँह लेकर जाए? झिंगुरसिंह के सिवा उसे और लिखाई अलग। उस पर एक साल का ब्याज पेशगी काटकर रुपया देते थे। पचीस रुपए का कागज लिखा, तो मुश्किल से सत्रह रुपए हाथ लगते थे; मगर इस गाढ़े समय में और क्या किया जाए? रायसाहब की जबरदस्ती है, नहीं इस समय किसी के सामने क्यों हाथ फैलाना पड़ता?

झिंगुरीसिंह बैठे दतून कर रहे थे। नाटे, मोटे, खल्वाट, काले, लंबी नाक और बड़ी-बड़ी मूंछों वाले आदमी थे, बिलकुल विदूषक जैसे। और थे भी बड़े हंसोड़। इस गाँव को अपनी ससुराल बनाकर मर्दों से साले या ससुर और औरतों से साली या सलहज का नाता जोड़ लिया था। रास्ते में लड़के उन्हें चिढ़ाते—पंडितजी पाल्लगी! और झिंगुरीसिंह उन्हें चटपट आशीर्वाद देते—तुम्हारी आँखें फूटें, घुटना टूटे, मिर्गी आए, घर में आग लग जाए आदि। लड़के इस आशीर्वाद से कभी न अघाते थे; मगर लेन-देन में बड़े कठोर थे। सूद की एक पाई न छोड़ते थे और वादे पर बिना रुपए लिये द्वार से न टलते थे।

होरी ने सलाम करके अपनी विपत्ति-कथा सुनाई।

झिंगुरीसिंह ने मुस्कुराकर कहा—वह सब पुराना रुपया क्या कर डाला?

"पुराने रुपए होते ठाकुर, तो महाजनी से अपना गला न छुड़ा लेता, कि सूद भरते किसी को अच्छा लगता है?"

"गड़े रुपए न निकलें, चाहें सूद कितना ही देना पड़े। तुम लोगों की यही नीति है।"

"कहाँ के गड़े रुपए बाबू साहब, खाने को तो होता नहीं। लड़का जवान हो गया; ब्याह का कहीं ठिकाना नहीं। बड़ी लड़की भी ब्याहने जोग हो गई। रुपए होते तो किस दिन के लिए गाड़ रखते?"

झिंगुरीसिंह ने जब उसके द्वार पर गाय देखी थी, उस पर दांत लगाए हुए थे। गाय का डील-डौल और गठन कह रहा था कि उसमें पाँच सेर से कम दूध नहीं है। मन में सोच लिया था, होरी को किसी अरदब में डालकर गाय का उड़ा लेना चाहिए। आज वह अवसर आ गया। बोले–अच्छा भई, तुम्हारे पास कुछ नहीं हैं, अब राजी हुए। जितने रुपए चाहो, ले जाओ, लेकिन तुम्हारे भले के लिए कहते हैं, कुछ गहने-गाठें हों, तो गिरवी रखकर रुपए ले लो। इसटाम लिखोगे तो सूद बढ़ेगा और झमेले में पड़ जाओगे!

होरी ने कसम खाई कि घर में गहने के नाम कच्चा सूत भी नहीं है। धनिया के हाथों में कड़े हैं, वह भी गिलट के।

झिंगुरीसिंह ने सहानुभूति का रंग मुँह पर पोतकर कहा–तो एक बात करो, यह नई गाय जो लाए हो, इसे हमारे हाथ बेच दो। सूद इसटाम सब झगड़ों से बच जाओ; चार आदमी जो दाम कहें वह हमसे ले लो। हम जानते हैं, तुम उसे अपने शौक से लाए हो और बेचना नहीं चाहते; लेकिन यह संकट तो टालना ही पड़ेगा।

होरी तो पहले इस प्रस्ताव पर हंसा, उस पर शांत मन से विचार भी न करना चाहता था; लेकिन ठाकुर ने ऊंच-नीच सुझाया, महाजनी के हथकंडों का ऐसा रूप दिखाया कि उसके मन में भी यह बात बैठ गई। ठाकुर ठीक ही तो कहते हैं, जब हाथ में रुपए आ जाएं, गाय ले लेना। तीस रुपए का कागद लिखने पर कहीं पचीस रुपए मिलेंगे और तीन-चार साल तक न दिये गए, तो पूरे सौ हो जाएंगे। पहले का अनुभव यही बता रहा था कि वह मेहमान है, जो एक बार आकर जाने का नाम नहीं लेता। बोला–मैं घर जाकर सबसे सलाह कर लूं, तो बताऊं।

"सलाह नहीं करना है, उनसे कह देना है कि रुपए उधार लेने में अपनी बर्बादी के सिवा और कुछ नहीं।"

"मैं समझ रहा हूँ ठाकुर, अभी आ के जवाब देता हूँ।"

लेकिन घर आकर ज्योंहि वह प्रस्ताव किया कि कुहराम मच गया। धनिया तो कम चिल्लाई, दोनों लड़कियों ने तो दुनिया सिर पर उठा ली। नहीं देते अपनी गाय, रुपए जहाँ से चाहो लाओ। सोना ने तो यहाँ तक कह डाला, इससे तो कहीं अच्छा है, मुझे बेच डालो। गाय से कुछ बेसी ही मिल जाएगा। होरी असमंजस में पड़ गया। दोनों लड़कियां सचमुच गाय पर जान देती थीं। रूपा तो उसके गले लिपट जाती थी। और बिना उसे खिलाए कौर मुँह में न डालती थी। गाय कितने प्यार से उसका हाथ चाटती थी, कितनी स्नेहभरी आँखों से उसे देखती थी। उसका बछड़ा कितना सुंदर होगा। अभी से उसका नामकरण हो गया था–मटरू। वह उसे अपने साथ लेकर सोएगी। इस गाय के पीछे दोनों बहनों में कई बार लड़ाईयां हो चुकी थीं। सोना कहती, मुझे

ज्यादा चाहती है, रूपा कहती, मुझे। इसका निर्णय अभी तक न हो सका था। और दोनों दावे कायम थे।

मगर होरी ने आगा-पीछा सुझाकर आखिर को किसी तरह राजी कर लिया। एक मित्र से गाय लेकर बेच देना भी बहुत ही वैसी बात है; लेकिन बिपत में तो आदमी का धरम तक चला जाता है, यह कौन-सी बड़ी बात है। ऐसा न हो तो लोग बिपत से डरें क्यों? गोबर ने भी विशेष आपत्ति न की। वह आजकल दूसरी ही धुन में मस्त था। यह तै किया कि जब दोनों लड़कियां रात को सो जाएं, तो गाय झिंगुरीसिंह के पास पहुंचा दी जाए।

दिन किसी तरह कट गया। दोनों लड़कियां आठ बजते-बजते खा-पीकर सो गईं। गोबर इस करुण दृश्य से भागकर कहीं चला गया था। वह गाय को जाते कैसे देख सकेगा? अपने आँसुओं को कैसे रोक सकेगा? होरी भी ऊपर ही से कठोर बना हुआ था। मन उसका चंचल था। ऐसा कोई माई का लाल नहीं, जो इस वक्त उसे पचीस रुपए उधार दे दे, चाहे फिर पचास रुपए ही ले ले। वह गाय के सामने जाकर खड़ा हुआ, तो उसे ऐसा जान पड़ा कि उसकी काली-काली सजीव आँखों में आँसू भरे हुए हैं और वह कह रही है-क्या चार दिन में तुम्हारा मन मुझसे भर गया? तुमने तो वचन दिया था कि जीते-जी इसे न बेचूंगा। यही वचन था तुम्हारा। मैंने तुमसे कभी किसी बात का गिला नहीं किया। जो कुछ रूखा-सूखा तुमने दिया, वही खाकर संतुष्ट हो गई। बोलो!

धनिया ने कहा-लड़कियां तो सो गईं। अब इसे ले क्यों नहीं जाते? जब बेचना ही है, तो अभी बेच दो।

होरी ने कांपते हुए स्वर में कहा-मेरा तो हाथ नहीं उठता धनिया! उसका मुँह नहीं देखती? रहने दो, रुपए सूद पर ले लूंगा। भगवान ने चाहा तो सब अदा हो जाएंगे, तीन-चार सौ होते ही क्या है, एक बार ऊख लग जाए।

धनिया गर्व-भरे प्रेम से उसकी ओर देखा-और क्या! इतनी तपस्या के बाद तो घर में गऊ आई। उसे भी बेच दो। ले लो कल रुपए। जैसे और सब चुकाए जाएंगे, वैसे इसे भी चुका देंगे।

भीतर बड़ी उमस हो रही थी। हवा बंद थी। एक पत्ती न हिलती थी। बादल छाये हुए थे; पर वर्षा के लक्षण न थे! होरी ने गाय को बाहर बांध दिया। धनिया ने टोका भी, कहाँ लिए जाते हो? पर होरी ने सुना नहीं बोला-बाहर हवा में बांधे देता हूँ; आराम से रहेगी। उसके भी तो जान है।

गाय बांधकर वह अपने मंझले भाई शोभा को देखने गया। शोभा को इधर कई महीने से दमे का आरजा हो गया था, वह दवा-दारू की जुगत नहीं। खाने-पीने की प्रबंध नहीं, और काम करना पड़ता था जी तोड़कर, इसलिए उसकी उसकी दशा दिन-दिन बिगड़ती जाती थी। शोभा सहनशील आदमी

था, लड़ाई-झगड़े से कोसों भागने वाला। किसी से मतलब नहीं। अपने काम से काम। होरी रायसाहब का यह नया फरमान आलोचनाओं का केन्द्र बना हुआ था।

कोई ग्यारह बजते-बजते होरी लौटा और भीतर जा रहा था कि उसे भास हुआ, जैसे गाय के पास कोई आदमी खड़ा है। पूछा—कौन खड़ा है वहां?

हीरा बोला—मैं हूँ दादा, तुम्हारे कौड़े में आग लेने आया था।

हीरा उसके कौड़े में आग लेने आया है, इस जरा-सी बात में होरी को भाई की आत्मीयता का परिचय मिला। गाँव में और भी तो कौड़े हैं। कहीं भी आग मिल सकती थी। हीरा उसके कौड़े में आग ले रहा है, तो अपना ही समझकर तो। सारा गाँव इस कौड़े में आग लेने आता था। गाँव में सबसे सम्पन्न यही कौड़ा था; मगर हीरा का आना दूसरी बात थी। और उस दिन की लड़ाई के बाद! हीरा के मन में कपट नहीं रहता। गुस्सैल है, लेकिन दिल का साफ।

उसने स्नेह-भरे स्वर में पूछा—तमाखू है कि ला दूं?

"नहीं, तमाखू तो है दादा।"

"सोभा तो आज बहुत बेहाल है।"

"कोई दवाई नहीं खाता, तो क्या किया जाए। उसके लेखे तो सारे वैद, डॉक्टर, हकीम अनाड़ी हैं। भगवान के पास जितनी अक्कल थी, वह उसके और उसकी घरवाली के हिस्से पड़ गई।"

होरी ने चिन्ता से कहा—यही तो बुराई है उसमें। अपने सामने किसी को गिनता ही नहीं। और चिढ़ने तो बीमारी से भी हो जाते हैं। तुम्हें याद है कि नहीं जब तुम्हे इर्फिजा हो गया था, तो दवाई उठाकर फेंक देते थे। मैं तुम्हारे दोनों हाथ पकड़ता था, तब तुम्हारी भाभी तुम्हारे मुँह में दवाई डालती थीं। उस पर तुम उसे हजारों गालियां देते थे।

"हां दादा, भला वह बात भूल सकता हूँ? तुमने इतना न किया होता, तो तुमसे लड़ने के लिए कैसे बचा रहता।"

होरी को ऐसा मालूम हुआ कि हीरा का स्वर भारी हो गया है। उसका गला भी भर आया।

"बेटा, लड़ाई-झगड़ा तो जिन्दगी का धरम है। इससे जो अपने हैं, वह पराए थोड़े ही हो जाते हैं। जब घर में चार आदमी रहते हैं, तभी तो लड़ाई-झगड़े भी होते हैं जिसके कोई है ही नहीं, उसके कौन लड़ाई करेगा?"

दोनों ने साथ में चिलम पी। तब हीरा अपने घर गया, होरी अंदर भोजन करने चला।

धनिया रोष से बोली—देखी अपने सपूत की लीला? इतनी रात गई और अभी उसे अपने सैर से छुट्टी नहीं मिली। मैं सब जानती हूँ। मुझको सारा

पता मिल गया है। भोला की वह रांड़ लड़की नहीं है, झुनिया! उसी के फेर में पड़ा रहता है!

होरी के कानों में भी इस बात की भनक पड़ी थी, पर उस विश्वास न आया था। गोबर बेचारा इन बातों को क्या जाने, बोला–किसने कहा तुमसे?

धनिया प्रचंड हो गई–तुमसे छिपी होगी, और तो सभी जगह चर्चा चल रही है। यह भुग्गा, वह बहत्तर घाट का पानी पिए हुए, इसे ऊंगलियों पर नचा रही है, और यह समझता है, वह इस पर जान देती है। तुम इसे समझा दो, नहीं कोई ऐसी-वैसी हो गई, तो कहीं के न रहोगे।

होरी का दिल उमंग पर था। चुहल की सुझी–झुनिया देखने-सुनने में बुरी नहीं है। उसी से कर ले सगाई। ऐसी सस्ती मेहरिया और कहाँ मिली जाती है?

धनिया को यह चुहल तीर-सा लगा–झुनिया इस घर में आए, तो मुँह झुलसा दूं रांड का। गोबर की चहेती है, तो उसे लेकर जहाँ चाहे रहे।

"और जो गोबर इसी घर में लाए?"

"तो यह दोनों लड़कियां किसके गले बांधोगे? फिर बिरादरी में तुम्हें कौन पूछेगा, कोई पूछेगा, कोई द्वार पर खड़ा तक तो होगा नहीं।"

"उसे इसकी क्या परवाह।"

"इस तरह नहीं छोडूंगा लाला को। मर-मर के पाला है और झुनिया आकर राज करेगी। मुँह में आग लगा दूंगी रांड़ को।"

सहसा गोबर आकर घबराई हुई आवाज में बोला–दादा, सुंदरिया को क्या हो गया? क्या काले नाग ने छू लिया? वह तो तड़प रही है।

होरी चौके में चुका था। थाली सामने छोड़कर बाहर निकल आया और बोला–क्या असगुन मुँह से निकालते हो। अभी तो देखे आ रहा हूँ। लेटी थी।

तीनों बाहर गए। चिराग लेकर देखा। सुंदरिया के मुँह से फिचकुर निकल रहा था। आँखें पथरा गई थीं, पेट फूल गया था और चारों पांव फैल गए थे। धनिया सिर पीटने लगी। होरी पंडित दातादीन के पास दौड़ा। गाँव में पशु-चिकित्सा के वही आचार्य थे। पंडितजी सोने जा रहे थे। दौड़े हुए आए। दम-के-दम में सारा गाँव जमा हो गया। गाय को किसी ने कुछ खिला दिया। लक्षण स्पष्ट थे। साफ विष दिया गया है; लेकिन गाँव में कौन ऐसा मुद्दई है, जिसने विष दिया हो; ऐसी वारदात तो इस गाँव में कभी हुई नहीं; लेकिन बाहर का कौन आदमी गाँव में आया! होरी की किसी से दुश्मनी भी न थी कि उस पर संदेह किया जाए। हीरा से कुछ कहा-सुनी हुई थी; मगर वह भाई-भाई का झगड़ा था। सबसे ज्यादा दुखी तो हीरा ही था। धमकियां दे रहा था जिसने यह हत्यारों का काम किया है, उसे पाए तो खून पी जाए। वह लाख गुस्सैल हो, पर नीच काम नहीं कर सकता।

आधी रात तक जमघट रहा। सभी होरी के दुःख में दुखी थे और बधिक को गालियां देते थे। वह इस समय पकड़ा जा सकता, तो उसके प्राणों की कुशल न थी। जब यह हाल है तो कोई जानवरों को बाहर कैसे बांधेगा? अभी तक रात-बिरात सभी जानवर बाहर पड़े रहते थे। किसी तरह की चिन्ता न थी; लेकिन अब तो एक नई विपत्ति आ खड़ी हुई थी। क्या गाय थी कि बस देखता रहे! पूजने जोग। पाँच सेर से कम दूध न था। सौ-सौ का एक-एक बाछा होता। आते देर न हुई और यह वज्र गिर पड़ा।

जब सब लोग अपने-अपने घर चले गए, तो धनिया होरी को कोसने लगी–तुम्हें कोई लाख समझाए, करोगे अपने मन की। तुम गाय खोलकर आंगन से चले, तब तक मैं जूझती रही कि बाहर न ले जाओ। हमारे दिन पतले हैं, न जाने कब क्या हो जाए; लेकिन नहीं, उसे गर्मी लग रही है। अब तो खूब ठंडी हो गई और तुम्हारा कलेजा भी ठंडा हो गया। ठाकुर मांगते थे; दे दिया होता, तो एक बोझ सिर से उतर जाता और निहोरा होता; मगर यह तमाचा कैसे पड़ता? कोई बुरी बात होने वाली होती है, तो मति पहले ही हर जाती है। इतने दिन मजे से घर में बंधती रही; न गर्मी लगी, न जूड़ी आई। इतनी जल्दी सबको पहचान गई थी कि मालूम ही न होता था कि बाहर से आई है। बच्चे उसके सींगों से खेलते रहते थे। सिर तक न हिलाती थी। जो कुछ नांद में डाल दो, चाट-पोंछकर साफ कर देती थी। लच्छमी थी, अभागों के घर क्या रहती? सोना और रूपा भी यह हलचल सुनकर जाग गई थीं और बिलख-बिलखकर रो रही थीं। उसकी सेवा का भार अधिकतर उन्हीं दोनों पर था। उनकी संगिनी हो गई थी। दोनों खाकर उठतीं, तो एक-एक टुकड़ा रोटी उसे अपने हाथों से खिलातीं। कैसा जीभ निकाल कर खा लेती थी, और जब तक उनके हाथ का कौर न पा लेती, खड़ी ताकती रहती। भाग्य फूट गए!

गोबर उनके और दोनों लड़कियां रो-धोकर सो गई थीं। होरी भी लेटा। धनिया उसके सिरहाने पानी का लोटा रखने आई, तो होरी ने धीरे-धीरे से कहा–तेरे पेट में बात पचती नहीं; कुछ सुन पाएगी, तो गाँव भर में ढिंढोरा पीटती फिरेगी।

धनिया ने आपत्ति की–भला सुनूं; मैंने कौन-सी बात पीट दी कि यों ही नाम बदनाम कर दिया।

"अच्छा, तेरा संदेह किसी पर होता है?"

"मेरा संदेह तो किसी पर नहीं है। कोई बाहरी आदमी था।"

"किसी से कहेगी तो नहीं?"

"कहूंगी नहीं, तो गाँव वाले मुझे गहने कैसे गढ़वा देंगे।"

"अगर किसी से कहा, तो मार ही डालूंगा।"

"मुझे मारकर सुखी न रहोगे। अब दूसरी मेहरिया नहीं मिल जाती। जब तक हूँ, तुम्हारा घर संभाले हुए हूँ। जिस दिन मर जाऊंगी, सिर पर

हाथ धरकर रोओगे। अभी मुझमें सारी बुराइयां ही बुराइयां हैं, तब आँखों से आँसू निकलेंगे।"

"मेरा संदेह हीरा पर होता है?"

"झूठ, बिल्कुल झूठ! हीरा इतना नीच नहीं है। वह मुँह का ही खराब है।"

"मैंने अपनी आँखों देखा। सच, तेरे सिर की सौंह।"

"तुमने अपनी आँखों देखा। कब?"

"वही, मैं सोभा को देखकर आया, तो वह सुंदरिया की नांद के पास खड़ा था। मैंने पूछा–कौन है, तो बोला, मैं हूँ हीरा, कौड़े में से आग लेने आया था। थोड़ी देर मुझसे बातें करता रहा। मुझे चिलम पिलाई। वह उधर गया, मैं भीतर आया और वही गोबर ने पुकार मचाई। मालूम होता है, मैं गाय बांधकर सोभा के घर गया हूँ, और इसने आकर कुछ खिला दिया है। साइत फिर यह देखने आया था कि मरी या नहीं।"

धनिया ने लंबी सांस लेकर कहा–इस तरह के होते हैं भाई, जिन्हें भाई का गला काटने में हिचक नहीं होती। उफ्फोह! हीरा मन का इतना काला है! और दाढ़ीजार को मैंने पाल-पोसकर बड़ा किया।

"अच्छा, जा सो रह, मगर किसी से भूलकर भी जिकर न करना।"

"कौन, सबेरा होते ही लाला को थाने न पहुंचाऊं, तो अपने असल बाप की नहीं। यह हत्यारा भाई कहने जोग है! यही भाई का काम है। वह बैरी है, पक्का बैरी और बैरी को मारने में पाप नहीं, छोड़ने में पाप है।"

होरी ने धमकी दी–मैं कहे देता हूँ धनिया, अनर्थ हो जाएगा।

धनिया आवेश में बोली–अनर्थ नहीं, अनर्थ का बाप हो जाए। मैं बिना लाला को बड़े घर भिजवाए मानूंगी नहीं। तीन साल चक्की पिसवाऊंगी, तीन साल। वहाँ से छूटेंगे, तो हत्या लगेगी। तीरथ करना पड़ेगा। भोज देना पड़ेगा। इस धोखे में न रहें लाला। और गवाही दिलवाऊंगी तुमसे, बेटे के सिर पर हाथ रखकर।

उसने भीतर जाकर किवाड़ बंद कर लिए और होरी बाहर को कोसता पड़ा रहा। जब स्वयं उसके पेट में बात न पची, तो धनिया के पेट में क्या पचेगी? अब यह चुड़ैल मानने वाली नहीं! जिद पर आ जाती है, तो किसी की सुनती ही नहीं। आज उसने अपने जीवन में सबसे बड़ी भूल की।

चारों ओर नीरव अंधकार छाया हुआ था। दोनों बैलों के गले की घंटियां कभी-कभी बज उठती थीं। दस कदम पर मृतक गाय पड़ी हुई थी और होरी घोर पश्चात्ताप में करवटें बदल रहा था। अंधकार में प्रकाश की रेखा कहीं नजर न आती थी।

9

प्रातःकाल होरी के घर में एक पूरा हंगामा हो गया। होरी धनिया को मार रहा था। धनिया उसे गालियां दे रही थी। दोनों लड़कियां बाप के पांवों से लिपटी चिल्ला रही थीं और गोबर माँ को बचा रहा था। बार-बार होरी का हाथ पकड़ कर पीछे ढकेल देता, पर ज्योंही धनिया के मुँह से कोई गाली निकल जाती, होरी अपने हाथ छुड़ा कर उसे दो-चार घूंसे और लात जमा देता। उसका बूढ़ा क्रोध जैसे किसी गुप्त संचित शक्ति को निकाल लाया हो। सारे गाँव में हलचल पड़ गई। लोग समझाने के बहाने तमाशा देखने आ पहुंचे। सोभा लाठी टेकता आ खड़ा हुआ। दातादीन ने डांटा–यह क्या है होरी, तुम बावले हो गए हो क्या? कोई इस तरह घर की लच्छमी पर हाथ छोड़ता है। तुम्हें तो यह रोग न था। क्या हीरा की छूत तुम्हें भी लग गई?

होरी ने पालागन करके कहा–महाराज, तुम इस बखत न बोलो। मैं आज इसकी बान छुड़ा कर तब दम लूंगा। मैं जितना ही तरह देता हूँ, उतना ही यह सिर चढ़ती जाती है।

धनिया सजल क्रोध में बोली–महाराज, तुम गवाह रहना। मैं आज इसे और इसके हत्यारे भाई को जेल भेजवा कर तब पानी पिऊंगी। इसके भाई ने गाय को माहुर खिला कर मार डाला। अब तो मैं थाने में रपट लिखाने जा रही हूँ, तो यह हत्यारा मुझे मारता है। इसके पीछे अपने जिंदगी चौपट कर दी, उसका यह इनाम दे रहा है।

होरी ने दांत पीस कर और आँखें निकाल कर कहा–फिर वही बात मुँह से निकाली। तूने देखा था हीरा को माहुर खिलाते?

"तू कसम खा जा कि तूने हीरा को गाय की नांद के पास खड़े नहीं देखा?"

"हां, मैंने नहीं देखा, कसम खाता हूँ।"

"बेटे के माथे पर हाथ रखके कसम खा!"

होरी ने गोबर के माथे पर कांपता हुआ हाथ रख कर कांपते हुए स्वर में कहा–मैं बेटे की कसम खाता हूँ कि मैंने हीरा को नांद के पास नहीं देखा।

धनिया ने ज़मीन पर थूक कर कहा–थुड़ी है तेरी झुठाई पर। तूने खुद मुझसे कहा कि हीरा चोरों की तरह नांद के पास खड़ा था। और अब भाई के पच्छ में झूठ बोलता है। थुड़ी है! अगर मेरे बेटे का बाल भी बांका हुआ, तो घर में आग लगा दूंगी। सारी गृहस्थी में आग लगा दूंगी। भगवान, आदमी मुँह से बात कह कर इतनी बेसरमी से मुकर जाता है।

होरी पांव पटक कर बोला–धनिया, गुस्सा मत दिला, नहीं बुरा होगा।

"मार तो रहा है, और मार ले। जो, तू अपने बाप का बेटा होगा तो आज मुझे मार कर तब पानी पिएगा। पापी ने मारते-मारते मेरा भुरकस निकाल लिया, फिर भी इसका जी नहीं भरा। मुझे मार कर समझता है, मैं बड़ा वीर हूँ। भाइयों के सामने भीगी बिल्ली बन जाता है, पापी कहीं का, हत्यारा!"

फिर वह बैन कह कर रोने लगी–इस घर में आ कर उसने क्या नहीं झेला, किस-किस तरह पेट-तन नहीं काटा, किस तरह एक-एक लत्ते को तरसी, किस तरह एक-एक पैसा प्राणों की तरह संचा, किस तरह घर-भर को खिला कर आप पानी पी कर सो रही। और आज उन सारे बलिदानों का यह पुरस्कार। भगवान बैठे यह अन्याय देख रहे हैं और उसकी रक्षा को नहीं दौड़ते। गज की और द्रौपदी की रक्षा करने बैकुंठ से दौड़े थे। आज क्यों नींद में सोए हुए हैं?

जनमत धीरे-धीरे धनिया की ओर आने लगा। इसमें अब किसी को संदेह नहीं रहा कि हीरा ने ही गाय को जहर दिया। होरी ने बिलकुल झूठी कसम खाई है, इसका भी लोगों को विश्वास हो गया। गोबर को भी बाप की इस झूठी कसम और उसके फलस्वरूप आने वाली विपत्ति की शंका ने होरी के विरुद्ध कर दिया। उस पर जो दातादीन ने डांट बताई, तो होरी परास्त हो गया। चुपके से बाहर चला गया। सत्य ने विजय पाई।

दातादीन ने सोभा से पूछा–तुम कुछ जानते हो सोभा, क्या बात हुई?

सोभा ज़मीन पर लेटा हुआ बोला–मैं तो महाराज, आठ दिन से बाहर नहीं निकला। होरी दादा कभी-कभी जा कर कुछ दे आते हैं, उसी से काम चलता है। रात भी वह मेरे पास गए थे। किसने क्या किया, मैं कुछ नहीं जानता। हां, कल सांझ को हीरा मेरे घर खुरपी मांगने गया था। कहता था, एक जड़ी खोदना है। फिर तब से मेरी उससे भेंट नहीं हुई।

धनिया इतनी शह पा कर बोली–पंडित दादा, वह उसी का काम है। सोभा के घर से खुरपी मांग कर लाया और कोई जड़ी खोद कर गाय को खिला दी। उस रात को जो झगड़ा हुआ था, उसी दिन से वह खार खाए बैठा था।

दातादीन बोले–यह बात साबित हो गई, तो उसे हत्या लगेगी। पुलिस कुछ करे या न करे, धरम तो बिना दंड दिए न रहेगा। चली तो जा रुपिया, हीरा को बुला ला। कहना, पंडित दादा बुला रहे हैं। अगर उसने हत्या नहीं की है, तो गंगाजली उठा ले और चौरे पर चढ़ कर कसम खाए।

धनिया बोली–महाराज, उसके कसम का भरोसा नहीं। चटपट खा लेगा। जब इसने झूठी कसम खा ली, जो बड़ा धर्मात्मा बनता है, तो हीरा का क्या विश्वास?

अब गोबर बोला–खा ले झूठी कसम। बंस का अंत हो जाए। बूढ़े जीते रहें। जवान जीकर क्या करेंगे!

रूपा एक क्षण में आ कर बोली–काका घर में नहीं हैं, पंडित दादा! काकी कहती हैं, कहीं चले गए हैं।

दातादीन ने लंबी दाढ़ी फटकार कर कहा–तूने पूछा नहीं, कहाँ चले गए हैं? घर में छिपा बैठा न हो। देख तो सोना, भीतर तो नहीं बैठा?

धनिया ने टोका–उसे मत भेजो दादा! हीरा के सिर हत्या सवार है, न जाने क्या कर बैठे।

दातादीन ने खुद लकड़ी संभाली और खबर लाए कि हीरा सचमुच कहीं चला गया है। पुनिया कहती है, लुटिया-डोर और डंडा सब ले कर गए हैं। पुनिया ने पूछा भी, कहाँ जाते हो, पर बताया नहीं। उसने पाँच रुपए आले में रखे थे। रुपए वहाँ नहीं हैं। साइत रुपए भी लेता गया।

धनिया शीतल ह्दय से बोली–मुंह में कालिख लगा कर कहीं भागा होगा।

सोभा बोला–भाग के कहाँ जाएगा? गंगा नहाने न चला गया हो।

धनिया ने शंका की–गंगा जाता तो रुपए क्यों ले जाता, और आजकल कोई परब भी तो नहीं है?

इस शंका का कोई समाधान न मिला। धारणा दृढ़ हो गई।

आज होरी के घर भोजन नहीं पका। न किसी ने बैलों को सानी-पानी दिया। सारे गाँव में सनसनी फैली हुई थी। दो-दो चार-चार आदमी जगह-जगह जमा हो कर इसी विषय की आलोचना कर रहे थे। हीरा अवश्य कहीं भाग गया। देखा होगा कि भेद खुल गया, अब जेल जाना पड़ेगा, हत्या अलग लगेगी। बस, कहीं भाग गया। पुनिया अलग रो रही थी, कुछ कहा न सुना, न जाने कहाँ चल दिए।

जो कुछ कसर रह गई थी, वह संध्या-समय हल्के के थानेदार ने आ कर पूरी कर दी। गाँव के चौकीदार ने इस घटना की रपट की, जैसा उसका कर्तव्य था, और थानेदार साहब भला, अपने कर्तव्य से कब चूकने वाले थे? अब गाँव वालों को भी उनका सेवा-सत्कार करके अपने कर्तव्य का पालन करना चाहिए। दातादीन, झिंगुरीसिंह, नोखेराम, उनके चारों प्यादे, मंगरू साह और लाला पटेश्वरी, सभी आ पहुंचे और दारोगा जी के सामने हाथ बांध कर खड़े हो गए। होरी की तलबी हुई। जीवन में यह पहला अवसर था कि वह दारोगा के सामने आया। ऐसा डर रहा था, जैसे फांसी हो जाएगी। धनिया को पीटते समय उसका एक-एक अंग गड़क रहा था। दारोगा के सामने कछुए की भांति भीतर सिमटा जाता था। दारोगा ने उसे आलोचक नेत्रों से देखा और उसके ह्दय तक पहुंच गए। आदमियों की नस पहचानने का उन्हें अच्छा अभ्यास था। किताबी मनोविज्ञान में कोरे, पर व्यावहारिक मनोविज्ञान के मर्मज्ञ थे। यकीन हो गया, आज अच्छे का मुँह देख कर उठे हैं। और होरी का चेहरा कहे देता था, इसे केवल एक घुड़की काफी है।

दारोगा ने पूछा–तुझे किस पर शुबहा है?

होरी ने ज़मीन छुई और हाथ बांध कर बोला–मेरा सुबहा किसी पर नही है सरकार, गाय अपने मौत से मरी है। बुड्ढी हो गई थी।

धनिया भी आ कर पीछे खड़ी थी। तुरंत बोली–गाय मारी है तुम्हारे भाई हीरा ने। सरकार ऐसे बौड़म नहीं हैं कि जो कुछ तुम कह दोगे, वह मान लेंगे। यहाँ जांच-तहकिकात करने आए हैं।

दारोगा जी ने पूछा–यह कौन औरत है?

कई आदमियों ने दारोगा जी से कुछ बातचीत करने का सौभाग्य प्राप्त करने के लिए चढ़ा-ऊपरी की। एक साथ बोले और अपने मन को इस कल्पना से संतोष दिया कि पहले मैं बोला–होरी की घरवाली है सरकार!

"तो इसे बुलाओ, मैं पहले इसी का बयान लिखूंगा। वह कहाँ है हीरा?"

विशिष्ट जनों ने एक स्वर से कहा–वह तो आज सबेरे से कहीं चला गया है सरकार!

"मैं उसके घर की तलाशी लूंगा।"

तलाशी! होरी की सांस तले-ऊपर होने लगी। उसके भाई हीरा के घर की तलाशी होगी और हीरा घर में नहीं है। और फिर होरी के जीते-जी, उसके देखते यह तलाशी न होने पाएगी, और धनिया से अब उसका कोई संबंध नहीं। जहाँ चाहे जाए। जब वह उसकी इज्जत बिगाड़ने पर आ गई है, तो उसके घर में कैसे रह सकती है? जब गली-गली ठोकर खाएगी, तब पता चलेगा।

गाँव के विशिष्ट जनों ने इस महान संकट को टालने के लिए कानाफूसी शुरू की।

दातादीन ने गंजा सिर हिला कर कहा–यह सब कमाने के ढंग हैं। पूछो, हीरा के घर में क्या रखा है?

पटेश्वरीलाल बहुत लंबे थे; पर लंबे हो कर भी बेवकूफ न थे। अपना लंबा, काला मुँह और लंबा करके बोले–और यहाँ आया है किसलिए, और जब आया है, बिना कुछ लिए दिए गया कब है।

झिंगुरीसिंह ने होरी को बुला कर कान में कहा–निकालो, जो कुछ देना हो। यों गला न छूटेगा।

दारोगा जी ने अब जरा गरज कर कहा–मैं हीरा के घर की तलाशी लूंगा।

होरी के मुख का रंग उड़ गया था, जैसे देह का सारा रक्त सूख गया हो। तलाशी उसके घर हुई तो, उसके भाई के घर हुई तो, एक ही बात है। हीरा अलग सही, पर दुनिया तो जानती है, वह उसका भाई है, मगर इस वक्त उसका कुछ बस नहीं। उसके पास रुपए होते, तो इसी वक्त पचास रुपए ला कर दारोगाजी के चरणों पर रख देता और कहता–सरकार, मेरी इज्जत अब आपके हाथ है। मगर उसके पास तो जहर खाने को भी एक पैसा नहीं है।

धनिया के पास चाहे दो-चार रुपए पड़े हों, पर वह चुड़ैल भला क्यों देने लगी? मृत्यु-दंड पाए हुए आदमी की भांति सिर झुकाए, अपने अपमान की वेदना का तीव्र अनुभव करता हुआ चुपचाप खड़ा रहा।

दातादीन ने होरी को सचेत किया–अब इस तरह खड़े रहने से काम न चलेगा होरी! रुपए की कोई जुगत करो।

होरी दीन स्वर में बोला–अब मैं क्या अरज करूं महाराज! अभी तो पहले ही की गठरी सिर पर लदी है, और किस मुँह से मांगूं, लेकिन इस संकट से उबार लो। जीता रहा, तो कौड़ी-कौड़ी चुका दूंगा। मैं मर भी जाऊं तो गोबर तो है ही।

नेताओं में सलाह होने लगी। दारोगा जी को क्या भेंट किया जाए? दातादीन ने पचास का प्रस्ताव किया। झिंगुरीसिंह के अनुमान में सौ से कम पर सौदा न होगा। नोखेराम भी सौ के पक्ष में थे। और होरी के लिए सौ और पचास में कोई अंतर न था। इस तलाशी का संकट उसके सिर से टल जाए। पूजा चाहे कितनी ही चढ़ानी पड़े। मरे को मन-भर लकड़ी से जलाओ, या दस मन से, उसे क्या चिंता।

मगर पटेश्वरी से यह अन्याय न देखा गया। कोई डाका या कतल तो हुआ नहीं। केवल तलाशी हो रही है। इसके लिए बीस रुपए बहुत हैं।

नेताओं ने धिक्कारा–तो फिर दारोगा जी से बातचीत करना। हम लोग नगीच न जाएंगे। कौन घुड़कियां खाए?

होरी ने पटेश्वरी के पांव पर अपना सिर रख दिया–भैया, मेरा उद्धार करो। जब तक जिऊंगा, तुम्हारी ताबेदारी करूंगा।

दारोगा जी ने फिर अपने विशाल वक्ष और विशालतर उदर की पूरी शक्ति से कहा–कहाँ है हीरा का घर? मैं उसके घर की तलाशी लूंगा।

पटेश्वरी ने आगे बढ़ कर दारोगा जी के कान में कहा–तलाशी ले कर क्या करोगे हुजूर, उसका भाई आपकी ताबेदारी के लिए हाजिर है।

दोनों आदमी जरा अलग जा कर बातें करने लगे।

"कैसा आदमी है?"

"बहुत ही गरीब हुजूर! भोजन का ठिकाना भी नहीं।"

"सच?"

"हां, हुजूर, ईमान से कहता हूँ।"

"अरे, तो क्या एक पचासे का डौल भी नहीं है?"

"कहाँ की बात हुजूर! दस मिल जाएं, तो हज़ार समझिए। पचास तो पचास जनम में भी मुमकिन नहीं और वह भी जब कोई महाजन खड़ा हो जाएगा।"

दारोगा जी ने एक मिनट तक विचार करके कहा–तो फिर उसे सताने से क्या फायदा? मैं ऐसों को नहीं सताता, जो आप ही मर रहे हों।

पटेश्वरी ने देखा, निशाना और आगे जा पड़ा। बोले–नहीं हुजूर, ऐसा न कीजिए, नहीं फिर हम कहाँ जाएंगे। हमारे पास दूसरी और कौन-सी खेती है?

"तुम इलाके के पटवारी हो जी, कैसी बातें करते हो?"

"जब ऐसा कोई अवसर आ जाता है, तो आपकी बदौलत हम भी कुछ पा जाते हैं, नहीं पटवारी को कौन पूछता है?"

"अच्छा जाओ, तीस रुपए दिलवा दो, बीस रुपए हमारे दस रुपए तुम्हारे।"

"चार मुखिया हैं, इसका ख्याल कीजिए।"

"अच्छा आधे-आध पर रखो, जल्दी करो। मुझे देर हो रही है।"

पटेश्वरी ने झिंगुरी से कहा–झिंगुरी ने होरी को इशारे से बुलाया, अपने घर ले गए, तीस रुपए गिन कर उसके हवाले किए और एहसान से दबाते हुए बोले–आज ही कागद लिखा लेना। तुम्हारा मुँह देख कर रुपए दे रहा हूँ, तुम्हारी भलमंसी पर।

होरी ने रुपए लिए और अंगोछे के कोर में बांधे प्रसन्न-मुख आ कर दारोगा जी की ओर चला।

सहसा धनिया झपट कर आगे आई और अंगोछी एक झटके के साथ उसके हाथ से छीन ली। गांठ पक्की न थी। झटका पाते ही खुल गई और सारे रुपए ज़मीन पर बिखर गए। नागिन की तरह फुंकार कर बोली–ये रुपए कहाँ लिए जा रहा है, बता? भला चाहता है, तो सब रुपए लौटा दे, नहीं कहे देती हूँ। घर के परानी रात-दिन मरें और दाने-दाने को तरसें, लत्ता भी पहनने को मयस्सर न हो और अंजुली-भर रुपए ले कर चला है इज्जत बचाने! ऐसी बड़ी है तेरी इज्जत जिसके घर में चूहे लोटें, वह भी इज्जत वाला है। दारोगा तलासी ही तो लेगा। ले-ले जहाँ चाहे तलासी। एक तो सौ रुपए की गाय गई, उस पर यह पलेथन! वाह री तेरी इज्जत!

होरी खून का घूंट पी कर रह गया। सारा समूह जैसे थर्रा उठा। नेताओं के सिर झुक गए। दारोगा का मुँह जरा-सा निकल आया। अपने जीवन में उसे ऐसी लताड़ न मिली थी।

होरी स्तंभित-सा खड़ा रहा। जीवन में आज पहली बार धनिया ने उसे भरे अखाड़े में पटकनी दी, आकाश तका दिया। अब वह कैसे सिर उठाए!

मगर दारोगा जी इतनी जल्दी हार मानने वाले न थे। खिसिया कर बोले–मुझे ऐसा मालूम होता है, कि इस शैतान की खाला ने हीरा को फंसाने के लिए खुद गाय को जहर दे दिया।

धनिया हाथ मटका कर बोली–हां, दे दिया। अपनी गाय थी, मार डाली, फिर किसी दूसरे का जानवर तो नहीं मारा? तुम्हारे तहकिकात में यही निकलता है, तो यही लिखो। पहना दो मेरे हाथ में हथकड़ियां। देख लिया तुम्हारा न्याय और तुम्हारे अक्कल की दौड़। गरीबों का गला काटना दूसरी बात है। दूध का दूध और पानी का पानी करना दूसरी बात।

होरी आँखों से अंगारे बरसाता धनिया की ओर लपका, पर गोबर सामने आ कर खड़ा हो गया और उग्र भाव से बोला–अच्छा दादा, अब बहुत हुआ। पीछे हट जाओ, नहीं मैं कहे देता हूँ, मेरा मुँह न देखोगे। तुम्हारे ऊपर हाथ न उठाऊंगा। ऐसा कपूत नहीं हूँ। यहीं गले में फांसी लगा लूंगा।

होरी पीछे हट गया और धनिया शेर हो कर बोली–तू हट जा गोबर, देखूं तो क्या करता है मेरा। दारोगा जी बैठे हैं। इसकी हिम्मत देखूं। घर में तलासी होने से इसकी इज्जत जाती है। अपने मेहरिया को सारे गाँव के सामने लतियाने से इसकी इज्जत नहीं जाती! यही तो वीरों का धरम है। बड़ा वीर है, तो किसी मरद से लड़। जिसकी बांह पकड़ कर लाया, उसे मार कर बहादुर कहलाएगा। तू समझता होगा, मैं इसे रोटी-कपड़ा देता हूँ। आज से अपना घर संभाल। देख तो इसी गाँव में तेरी छाती पर मूंग दल कर रहती हूँ कि नहीं, और इससे अच्छा खाऊं-पहनूंगी। इच्छा हो, देख ले।

होरी परास्त हो गया। उसे ज्ञात हुआ, स्त्री के सामने पुरुष कितना निर्बल, कितना निरुपाय है।

नेताओं ने रुपए चुन कर उठा लिए थे और दारोगा जी को वहाँ से चलने का इशारा कर रहे थे। धनिया ने एक ठोकर और जमाई–जिसके रुपए हों, ले जा कर उसे दे दो। हमें किसी से उधार नहीं लेना है। और जो देना है, तो उसी से लेना। मैं दमड़ी भी न दूंगी, चाहे मुझे हाकिम के इजलास तक ही चढ़ना पड़े। हम बाकी चुकाने को पच्चीस रुपए मांगते थे, किसी ने न दिया। आज अंजुली-भर रुपए ठनाठन निकाल के दे दिए। मैं सब जानती हूँ। यहाँ तो बांट-बखरा होने वाला था, सभी के मुँह मीठे होते। ये हत्यारे गाँव के मुखिया हैं, गरीबों का खून चूसने वाले। सूद-ब्याज, डेढ़ी-सवाई, नजर-नजराना, घूस-घास जैसे भी, गरीबों को लूटो। उस पर सुराज चाहिए। जेहल जाने से सुराज न मिलेगा। सुराज मिलेगा धरम से, न्याय से।

नेताओं के मुख में कालिख-सी लगी हुई थी। दारोगा जी के मुँह पर झाड़ू-सी फिरी हुई थी। इज्जत बचाने के लिए हीरा के घर की ओर चले।

रास्ते में दारोगा ने स्वीकार किया–औरत है बड़ी दिलेर!

पटेश्वरी बोले–दिलेर है हुजूर, कर्कशा है। ऐसी औरत को तो गोली मार दे।

"तुम लोगों का काफिया तंग कर दिया उसने। चार-चार तो मिलते ही।"

"हुजूर के भी तो पंद्रह रुपए गए।"

"मेरे कहाँ जा सकते हैं? वह न देगा, गाँव के मुखिया देंगे और पंद्रह रुपए की जगह पूरे पचास रुपए। आप लोग चटपट इंतजाम कीजिए।"

पटेश्वरीलाल ने हंस कर कहा–हुजूर बड़े दिल्लगीबाज हैं।

दातादीन बोले–बड़े आदमियों के यही लक्षण हैं। ऐसे भाग्यवानों के दर्शन कहाँ होते हैं?

दारोगा जी ने कठोर स्वर में कहा–यह खुशामद फिर कीजिएगा। इस वक्त तो मुझे पचास रुपए दिलवाइए, नकद, और यह समझ लो कि आनाकानी की, तो तुम चारों के घर की तलाशी लूंगा। बहुत मुमकिन है कि तुमने हीरा और होरी को फंसा कर उनसे सौ-पचास ऐंठने के लिए पाखंड रचा हो।

नेतागण अभी तक यही समझ रहे हैं, दारोगा जी विनोद कर रहे हैं।

झिंगुरीसिंह ने आँखें मार कर कहा–निकालो पचास रुपए पटवारी साहब!

नोखेराम ने उनका समर्थन किया–पटवारी साहब का इलाका है। उन्हें जरूर आपकी खातिर करनी चाहिए।

पंडित दातादीन की चौपाल आ गई। दारोगा जी एक चारपाई पर बैठ गए और बोले–तुम लोगों ने क्या निश्चय किया? रुपए निकालते हो या तलाशी करवाते हो?

दातादीन ने आपत्ति की–मगर हुजूर........

"मैं अगर-मगर कुछ नहीं सुनना चाहता।"

झिंगुरीसिंह ने साहस किया–सरकार, यह तो सरासर...

"मैं पंद्रह मिनट का समय देता हूँ। अगर इतनी देर में पूरे पचास रुपए न आए तो तुम चारों के घर की तलाशी होगी। और गंडासिंह को जानते हो? उसका मारा पानी भी नहीं मांगता।"

पटेश्वरीलाल ने तेज स्वर से कहा–आपको अख्तियार है, तलाशी ले लें। यह अच्छी दिल्लगी है, काम कौन करे, पकड़ा कौन जाए।

"मैंने पच्चीस साल थानेदारी की है, जानते हो?"

"लेकिन ऐसा अंधेर तो कभी नहीं हुआ।"

"तुमने अभी अंधेर नहीं देखा। कहो तो वह भी दिखा दूं? एक-एक को पाँच-पांच साल के लिए भेजवा दूं। यह मेरे बाएं हाथ का खेल है। एक डाके में सारे गाँव को काले पानी भेजवा सकता हूँ। इस धोखे में न रहना!"

चारों सज्जन चौपाल के अंदर जा कर विचार करने लगे।

फिर क्या हुआ, किसी को मालूम नहीं। हां, दारोगा जी प्रसन्न दिखाई दे रहे थे और चारों सज्जनों के मुँह पर फटकार बरस रही थी।

दारोगा जी घोड़े पर सवार हो कर चले, तो चारों नेता दौड़ रहे थे। घोड़ा दूर निकल गया तो चारों सज्जन लौटे, इस तरह मानो किसी प्रियजन का संस्कार करके श्मशान से लौट रहे हों।

सहसा दातादीन बोले–मेरा सराप न पड़े तो मुँह न दिखाऊं।

नोखेराम ने समर्थन किया–ऐसा धन कभी फलते नहीं देखा।

पटेश्वरी ने भविष्यवाणी की–हराम की कमाई हराम में जाएगी।

झिंगुरीसिंह को आज ईश्वर की न्यायपरता में संदेह हो गया था। भगवान न जाने कहाँ है कि यह अंधेर देख कर भी पापियों को दंड नहीं देते।

इस वक्त इन सज्जनों की तस्वीर खींचने लायक थी।

10

हीरा का कहीं पता न चला और दिन गुजरते जाते थे। होरी से जहाँ तक दौड़-धूप हो सकी, की; फिर हार कर बैठ रहा। खेती-बारी की भी फिक्र करना थी। अकेला आदमी क्या-क्या करता? और अब अपनी खेती से ज्यादा फिक्र थी पुनिया की खेती की। पुनिया अब अकेली हो कर और भी प्रचंड हो गई थी। होरी को अब उसकी खुशामद करते बीतती थी। हीरा था, तो वह पुनिया को दबाए रहता था। उसके चले जाने से अब पुनिया पर कोई अंकुस न रह गया था। होरी की पट्टीदारी हीरा से थी। पुनिया अबला थी। उससे वह क्या तनातनी करता? और पुनिया उसके स्वभाव से परिचित थी और उसकी सज्जनता का उसे खूब दंड देती थी। खैरियत यही हुई कि कारकुन साहब ने पुनिया से बकाया लगान वसूल करने की कोई सख्ती न की, केवल थोड़ी-सी पूजा ले कर राजी हो गए। नहीं, होरी अपने बकाया के साथ उसकी बकाया चुकाने के लिए भी कर्ज लेने को तैयार था। सावन में धान की रोपाई की ऐसी धूम रही कि मजूर न मिले और होरी अपने खेतों में धान न रोप सका, लेकिन पुनिया के खेतों में कैसे न रोपाई होती? होरी ने पहर रात-रात तक काम करके उसके धान रोपे। अब होरी ही तो उसका रक्षक है! अगर पुनिया को कोई कष्ट हुआ, तो दुनिया उसी को तो हंसेगी। नतीजा यह हुआ कि होरी की खरीफ की फसल में बहुत थोड़ा अनाज मिला, और पुनिया के बखार में धान रखने की जगह न रही।

होरी और धनिया में उस दिन से बराबर मनमुटाव चला आता था। गोबर से भी होरी की बोलचाल बंद थी। माँ-बेटे ने मिल कर जैसे उसका बहिष्कार कर दिया था। अपने घर में परदेसी बना हुआ था। दो नावों पर सवार होने वालों की जो दुर्गति होती है, वही उसकी हो रही थी। गाँव में भी अब उसका उतना आदर न था। धनिया ने अपने साहस से स्त्रियों का ही नहीं, पुरुषों का नेतृत्व भी प्राप्त कर लिया था। महीनों तक आसपास के इलाकों में इस कांड की खूब चर्चा रही। यहाँ तक कि वह एक अलौकिक रूप तक धारण करता जाता था -"धनिया नाम है उसका जी। भवानी का इष्ट है उसे। दारोगा जी ने ज्यों ही उसके आदमी के हाथ में हथकड़ी डाली कि धनिया ने भवानी का सुमिरन किया। भवानी उसके सिर आ गई। फिर तो उसमें इतनी शक्ति आ गई कि उसने एक झटके में पति की हथकड़ी तोड़ डाली

और दारोगा की मूंछें पकड़ कर उखाड़ लीं, फिर उसकी छाती पर चढ़ बैठी। दारोगा ने जब बहुत मनता की, तब जा कर उसे छोड़ा।" कुछ दिन तो

लोग धनिया के दर्शनों को आते रहे। वह बात अब पुरानी पड़ गई थी, लेकिन गाँव में धनिया का सम्मान बहुत बढ़ गया था। उसमें अद्भुत साहस है और समय पड़ने पर वह मर्दों के भी कान काट सकती है।

मगर धीरे-धीरे धनिया में एक परिवर्तन हो रहा था। होरी को पुनिया की खेती में लगे देख कर भी वह कुछ न बोलती थी। और यह इसलिए नहीं कि वह होरी से विरक्त हो गई थी, बल्कि इसलिए कि पुनिया पर अब उसे भी दया आती थी। हीरा का घर से भाग जाना उसकी प्रतिशोध-भावना की तुष्टि के लिए काफी था।

इसी बीच में होरी को ज्वर आने लगा। फस्ली बुखार फैला था ही। होरी उसके चपेट में आ गया। और कई साल के बाद जो ज्वर आया, तो उसने सारी बकाया चुका ली। एक महीने तक होरी खाट पर पड़ा रहा। इस बीमारी ने होरी को तो कुचल डाला ही, पर धनिया पर भी विजय पा गई। पति जब मर रहा है, तो उससे कैसा बैर? ऐसी दशा में तो बैरियों से भी बैर नहीं रहता, वह तो अपना पति है। लाख बुरा हो, पर उसी के साथ जीवन के पचीस साल कटे हैं, सुख किया है तो उसी के साथ, दुःख भोगा है तो उसी के साथ। अब तो चाहे वह अच्छा है या बुरा, अपना है। दाढ़ीजार ने मुझे सबके सामने मारा, सारे गाँव के सामने मेरा पानी उतार लिया, लेकिन तब से कितना लज्जित है कि सीधे ताकता नहीं। खाने आता है तो सिर झुकाए खा कर उठ जाता है, डरता रहता है कि मैं कुछ कह न बैठूं।

होरी जब अच्छा हुआ, तो पति-पत्नी में मेल हो गया था।

एक दिन धनिया ने कहा—तुम्हें इतना गुस्सा कैसे आ गया? मुझे तो तुम्हारे ऊपर कितना ही गुस्सा आए, मगर हाथ न उठाऊंगी।

होरी लजाता हुआ बोला—अब उसकी चर्चा न कर धनिया! मेरे ऊपर कोई भूत सवार था। इसका मुझे कितना दुःख हुआ है, वह मैं ही जानता हूँ।

"और जो मैं भी क्रोध में डूब मरी होती!"

"तो क्या मैं रोने के लिए बैठा रहता? मेरी लहास भी तेरे साथ चिता पर जाती।"

"अच्छा चुप रहो, बेबात की बात मत करो।"

"गाय गई सो गई, मेरे सिर पर एक विपत्ति डाल गई। पुनिया की फिकर मुझे मारे डालती है।"

"इसीलिए तो कहते हैं, भगवान घर का बड़ा न बनाए। छोटों को कोई नहीं हंसता। नेकी-बदी सब बड़ों के सिर जाती है।"

माघ के दिन थे। महावट लगी हुई थी। घटाटोप अंधेरा छाया हुआ था। एक तो जाड़ों की रात, दूसरे माघ की वर्षा। मौत का सा-सन्नाटा छाया हुआ था। अंधेरा तक न सूझता था। होरी भोजन करके पुनिया के मटर के खेत की

मेंड़ पर अपने मंड़ैया में लेटा हुआ था। चाहता था, शीत को भूल जाए और सो रहे, लेकिन तार-तार कंबल और फटी हुई मिर्जई और शीत के झोंकों से गीली पुआल। इतने शत्रुओं के सम्मुख आने का नींद में साहस न था। आज तमाखू भी न मिला कि उसी से मन बहलाता। उपला सुलगा लाया था, पर शीत में वह भी बुझ गया। बेवाय फटे पैरों को पेट में डाल कर और हाथों को जांघों के बीच में दबा कर और कंबल में मुँह छिपा कर अपने ही गर्म सांसों से अपने को गर्म करने की चेष्टा कर रहा था। पाँच साल हुए, यह मिर्जई बनवाई थी। धनिया ने एक प्रकार से जबरदस्ती बनवा दी थी, वही जब एक बार काबुली से कपड़े लिए थे, जिसके पीछे कितनी सांसत हुई, कितनी गालियां खानी पड़ीं। और यह कंबल उसके जन्म से भी पहले का है। बचपन में अपने बाप के साथ वह इसी में सोता था, जवानी में गोबर को ले कर इसी कंबल में उसके जाड़े कटे थे और बुढ़ापे में आज वही बूढ़ा कंबल उसका साथी है, पर अब वह भोजन को चबाने वाला दांत नहीं, दुखने वाला दांत है। जीवन में ऐसा तो कोई दिन ही नहीं आया कि लगान और महाजन को दे कर कभी कुछ बचा हो। और बैठे-बैठाए यह एक नया जंजाल पड़ गया। न करो तो दुनिया हंसे, करो तो यह संशय बना रहे कि लोग क्या कहते हैं। सब यह समझते हैं कि वह पुनिया को लूट लेता है, उसकी सारी उपज घर में भर लेता है। एहसान तो क्या होगा, उलटा कलंक लग रहा है। और उधर भोला कई बेर याद दिला चुके हैं कि कहीं कोई सगाई का डौल करो, अब काम नहीं चलता। सोभा उससे कई बार कह चुका है कि पुनिया के विचार उसकी ओर से अच्छे नहीं हैं। न हों। पुनिया की गृहस्थी तो उसे संभालनी ही पड़ेगी, चाहे हंस कर संभाले या रो कर।

धनिया का दिल भी अभी तक साफ नहीं हुआ। अभी तक उसके मन में मलाल बना हुआ है। मुझे सब आदमियों के सामने उसको मारना न चाहिए था। जिसके साथ पच्चीस साल गुजर गए, उसे मारना और सारे गाँव के सामने, मेरी नीचता थी, लेकिन धनिया ने भी तो मेरी आबरू उतारने में कोई कसर नहीं छोड़ी। मेरे सामने से कैसा कतरा कर निकल जाती है, जैसे कभी की जान-पहचान ही नहीं। कोई बात कहनी होती है, तो सोना या रूपा से कहलाती है। देखता हूँ, उसकी साड़ी फट गई है, मगर कल मुझसे कहा भी, तो सोना की साड़ी के लिए, अपने साड़ी का नाम तक न लिया। सोना की साड़ी अभी दो-एक महीने थेगलियां लगा कर चल सकती है। उसकी साड़ी तो मारे पैबंदों के बिलकुल कथरी हो गई है। और फिर मैं ही कौन उसका मनुहार कर रहा हूँ? अगर मैं ही उसके मन की दो-चार बातें करता रहता, तो कौन छोटा हो जाता? यही तो होता, वह थोड़ा-सा अदरावन कराती, दो-चार लगने वाली बातें कहती, तो क्या मुझे चोट लग जाती, लेकिन मैं बुड्ढा हो

कर भी उल्लू बना रह गया। वह तो कहो, इस बीमारी ने आ कर उसे नर्म कर दिया, नहीं जाने कब तक मुँह फुलाए रहती।

और आज उन दोनों में जो बातें हुई थीं, वह मानो भूखे का भोजन थीं। वह दिल से बोली थी और होरी गदगद हो गया था। उसके जी में आया, उसके पैरों पर सिर रख दे और कहे–मैंने तुझे मारा है तो ले मैं सिर झुकाए लेता हूँ, जितना चाहे मार ले, जितनी गालियां देना चाहे दे ले।

सहसा उसे मंड़ैया के सामने चूड़ियों की झंकार सुनाई दी। उसने कान लगा कर सुना। हां, कोई है। पटवारी की लड़की होगी, चाहे पंडित की घरवाली हो। मटर उखाड़ने आई होगी। न जाने क्यों इन लोगों की नीयत इतनी खोटी है। सारे गाँव से अच्छा पहनते हैं। सारे गाँव से अच्छा खाते हैं, घर में हजारों रुपए गड़े हुए हैं, लेन-देन करते हैं, ड्योढ़ी-सवाई चलाते हैं, घूस लेते हैं, दस्तूरी लेते हैं, एक-न-एक मामला खड़ा करके हमा-सुमा को पीसते ही रहते हैं, फिर भी नीयत का यह हाल! बाप जैसा होगा, वैसी ही संतान भी होगी। और आप नहीं आते, औरतों को भेजते हैं। अभी उठ कर हाथ पकड़ लूं तो क्या पानी रह जाए! नीच कहने को नीच हैं, जो ऊंचे हैं, उनका मन तो और नीचा है। औरत जात का हाथ पकड़ते भी तो नहीं बनता, आँखें देख कर मक्खी निगलनी पड़ती है। उखाड़ ले भाई, जितना तेरा जी चाहे। समझ ले, मैं नहीं हूँ। बड़े आदमी अपने लाज न रखें, छोटों को तो उनकी लाज रखनी ही पड़ती है।

मगर नहीं, यह तो धनिया है। पुकार रही है।

धनिया ने पुकारा–सो गए कि जागते हो?

होरी झटपट उठा और मंड़ैया के बाहर निकल आया। आज मालूम होता है, देवी प्रसन्न हो गई, उसे वरदान देने आई हैं, इसके साथ ही इस बादल-बूंदी और जाड़े-पाले में इतनी रात गए उसका आना शंकाप्रद भी था। जरूर कोई-न-कोई बात हुई है।

बोला–ठंड के मारे नींद भी आती है–तू इस जाड़े-पाले में कैसे आई? सब कुसल तो है?

"हां, सब कुसल है।"

"गोबर को भेज कर मुझे क्यों नहीं बुलवा लिया?"

धनिया ने कोई उत्तर न दिया। मंड़ैया में आ कर पुआल पर बैठती हुई बोली–गोबर ने तो मुँह में कालिख लगा दी, उसकी करनी क्या पूछते हो! जिस बात को डरती थी, वह हो कर रही।

"क्या हुआ? किसी से मार-पीट कर बैठा?"

"अब मैं क्या जानूं, क्या कर बैठा, चल कर पूछो उसी रांड़ से?"

"किस रांड़ से? क्या कहती है तू–बौरा तो नहीं गई?"

"हां, बौरा क्यों न जाऊंगी। बात ही ऐसी हुई है कि छाती दुगनी हो जाए!"

होरी के मन में प्रकाश की एक लंबी रेखा ने प्रवेश किया।

"साफ-साफ क्यों नहीं कहती। किस रांड़ को कह रही है?"

"उसी झुनिया को, और किसको!"

"तो झुनिया क्या यहाँ आई है?"

"और कहाँ जाती, पूछता कौन?"

"गोबर क्या घर में नहीं है?"

"गोबर का कहीं पता नहीं। जाने कहाँ भाग गया। इसे पाँच महीने का पेट है।"

होरी सब कुछ समझ गया। गोबर को बार-बार अहिराने जाते देख कर वह खटका था जरूर, मगर उसे ऐसा खिलाड़ी न समझता था। युवकों में कुछ रसिकता होती ही है, इसमें कोई नई बात नहीं। मगर जिस रुई के गोले को उसने नीले आकाश में हवा के झोंके से उड़ते देख कर केवल मुस्करा दिया था, वह सारे आकाश में छा कर उसके मार्ग को इतना अंधकारमय बना देगा, यह तो कोई देवता भी न जान सकता था। गोबर ऐसा लंपट! वह सरल गंवार, जिसे वह अभी बच्चा समझता था! लेकिन उसे भोज की चिंता न थी, पंचायत का भय न था, झुनिया घर में कैसे रहेगी, इसकी चिंता भी उसे न थी। उसे चिंता थी गोबर की। लड़का लज्जाशील है, अनाड़ी है, आत्माभिमानी है, कहीं कोई नादानी न कर बैठे।

घबड़ा कर बोला–झुनिया ने कुछ कहा? नहीं, गोबर कहाँ गया? उससे कह कर ही गया होगा?

धनिया झुंझला कर बोली–तुम्हारी अक्कल तो घास खा गई है। उसकी चहेती तो यहाँ बैठी है, भाग कर जाएगा कहाँ? यहीं कहीं छिपा बैठा होगा। दूध थोड़े ही पीता है कि खो जाएगा। मुझे तो इस कलमुंही झुनिया की चिंता है कि इसे क्या करूं? अपने घर में मैं तो छन-भर भी न रहने दूंगी। जिस दिन गाय लाने गया है, उसी दिन दोनों में ताक-झांक होने लगी। पेट न रहता तो अभी बात न खुलती। मगर जब पेट रह गया, तो झुनिया लगी घबड़ाने। कहने लगी, कहीं भाग चलो। गोबर टालता रहा। एक औरत को साथ ले के कहाँ जाए, कुछ न सूझा। आखिर जब आज वह सिर हो गई कि मुझे यहाँ से ले चलो, नहीं मैं परान दे दूंगी, तो बोला–तू चल कर मेरे घर में रह, कोई कुछ न बोलेगा, मैं अम्मां को मना लूंगा। यह गधी उसके साथ चल पड़ी। कुछ दूर तो आगे-आगे आता रहा, फिर न जाने किधर सरक गया। यह खड़ी-खड़ी उसे पुकारती रही। जब रात भीग गई और वह न लौटा, भागी यहाँ चली आई। मैंने तो कह दिया, जैसा किया है, उसका फल भोग। चुड़ैल ने लेके मेरे लड़के को चौपट कर दिया। तब से बैठी रो रही है। उठती ही

नहीं। कहती है, अपने घर कौन मुँह ले कर जाऊं। भगवान ऐसी संतान से तो बांझ ही रखें तो अच्छा। सबेरा होते-होते सारे गाँव में कांव-कांव मच जाएगी। ऐसा जी होता है, माहुर खा लूं। मैं तुमसे कहे देती हूँ, मैं अपने घर में न रखूंगी। गोबर को रखना हो, अपने सिर पर रखे। मेरे घर में ऐसी छत्तीसियों के लिए जगह नहीं है और अगर तुम बीच में बोले, तो फिर या तो तुम्हीं रहोगे, या मैं ही रहूंगी।

होरी बोला—तुझसे बना नहीं। उसे घर में आने ही न देना चाहिए था।

"सब कुछ कह के हार गई। टलती ही नहीं। धरना दिए बैठी है।"

"अच्छा चल, देखूं कैसे नहीं उठती, घसीट कर बाहर निकाल दूंगा।"

"दाढ़ीजार भोला सब कुछ देख रहा था, पर चुप्पी साधे बैठा रहा। बाप भी ऐसे बेहया होते हैं।"

"वह क्या जानता था, इनके बीच क्या खिचड़ी पक रही है।"

"जानता क्यों नहीं था? गोबर दिन-रात घेरे रहता था तो क्या उसकी आँखें फूट गईं थीं! सोचना चाहिए था न, कि यहाँ क्यों दौड़-दौड़ आता है।"

"चल, मैं झुनिया से पूछता हूँ न!"

दोनों मंड़ैया से निकल कर गाँव की ओर चले। होरी ने कहा—पांच घड़ी के ऊपर रात गई होगी।

धनिया बोली—हां, और क्या, मगर कैसा सोता पड़ गया है! कोई चोर आए, तो सारे गाँव को मूस ले जाए।

"चोर ऐसे गाँव में नहीं आते। धनियों के घर जाते हैं।"

धनिया ने ठिठक कर होरी का हाथ पकड़ लिया और बोली—देखो, हल्ला न मचाना, नहीं सारा गाँव जाग उठेगा और बात फैल जाएगी।

होरी ने कठोर स्वर में कहा—मैं यह कुछ नहीं जानता। हाथ पकड़ कर घसीट लाऊंगा और गाँव के बाहर कर दूंगा। बात तो एक दिन खुलनी ही है, फिर आज ही क्यों न खुल जाए? वह मेरे घर आई क्यों? जाए जहाँ गोबर है। उसके साथ कुकरम किया, तो क्या हमसे पूछ कर किया था?

धनिया ने फिर उसका हाथ पकड़ा और धीरे-से बोली—तुम उसका हाथ पकड़ोगे तो वह चिल्लाएगी।

"तो चिल्लाया करे।"

"मुदा इतनी रात गए, अंधेरे सन्नाटे रात में जाएगी कहाँ, यह तो सोचो।"

"जाए जहाँ उसके सगे हों। हमारे घर में उसका क्या रखा है?"

"हां, लेकिन इतनी रात गए, घर से निकालना उचित नहीं। पांव भारी है, कहीं डर-डरा जाए, तो और अगत हो। ऐसी दसा में कुछ करते-धरते भी तो नहीं बनता!"

"हमें क्या करना है, मरे या जिए। जहाँ चाहे जाए। क्यों अपने मुँह में कालिख लगाऊं? मैं तो गोबर को भी निकाल बाहर करूंगा।"

धनिया ने गंभीर चिंता से कहा–कालिख जो लगनी थी, वह तो अब लग चुकी। वह अब जीते-जी नहीं छूट सकती। गोबर ने नौका डुबा दी।

"गोबर ने नहीं, डुबाई इसी ने। वह तो बच्चा था। इसके पंजे में आ गया।"

"किसी ने डुबाई, अब तो डूब गई।"

दोनों द्वार के सामने पहुंच गए। सहसा धनिया ने होरी के गले में हाथ डाल कर कहा–देखो, तुम्हें मेरी सौंह, उस पर हाथ न उठाना। वह तो आप ही रो रही है। भाग की खोटी न होती, तो यह दिन ही क्यों आता?

होरी की आँखें आर्द्र हो गईं। धनिया का यह मातृ-स्नेह उस अंधेरे में भी जैसे दीपक के समान उसकी चिंता-जर्जर आकृति को शोभा प्रदान करने लगा। दोनों ही के हृदय में जैसे अतीत-यौवन सचेत हो उठा। होरी को इस वीत-यौवना में भी वही कोमल हृदय बालिका नजर आई, जिसने पच्चीस साल पहले उसके जीवन में प्रवेश किया था। उस आलिंगन में कितना अथाह वात्सल्य था, जो सारे कलंक, सारी बाधाओं और सारी मूलबद्ध परंपराओं को अपने अंदर समेटे लेता था।

दोनों ने द्वार पर आ कर किवाड़ों के दराज से अंदर झांका। दीवट पर तेल की कुप्पी जल रही थी और उसके मद्धम प्रकाश में झुनिया घुटने पर सिर रखे, द्वार की ओर मुँह किए, अंधकार में उस आनंद को खोज रही थी, जो एक क्षण पहले अपने मोहिनी छवि दिखा कर विलीन हो गया था। वह आगत की मारी, व्यंग-बाणों से आहत और जीवन के आघातों से व्यथित किसी वृक्ष की छांह खोजती फिरती थी, और उसे एक भवन मिल गया था, जिसके आश्रय में वह अपने को सुरक्षित और सुखी समझ रही थी, पर आज वह भवन अपना सारा सुख-विलास लिए अलादीन के राजमहल की भांति गायब हो गया था और भविष्य एक विकराल दानव के समान उसे निगल जाने को खड़ा था।

एकाएक द्वार खुलते और होरी को आते देख कर वह भय से कांपती हुई उठी और होरी के पैरों पर गिर कर रोती हुई बोली–दादा, अब तुम्हारे सिवाय मुझे दूसरा ठौर नहीं है, चाहे मारो चाहे काटो, लेकिन अपने द्वार से दुरदुराओ मत।

होरी ने झुक कर उसकी पीठ पर हाथ फेरते हुए प्यार-भरे स्वर में कहा–डर मत बेटी, डर मत। तेरा घर है, तेरा द्वार है, तेरे हम हैं। आराम से रह। जैसी तू भोला की बेटी है, वैसी ही मेरी बेटी है। जब तक हम जीते हैं, किसी बात की चिंता मत कर। हमारे रहते, कोई तुझे तिरछी आँखों से न देख सकेगा। भोज-भात जो लगेगा, वह हम सब दे लेंगे, तू खातिर जमा रख।

झुनिया, सांत्वना पा कर और भी होरी के पैरों से चिमट गई और बोली–दादा, अब तुम्हीं मेरे बाप हो, और अम्मां, तुम्हीं मेरी माँ हो। मैं अनाथ हूँ। मुझे सरन दो, नहीं मेरे काका और भाई मुझे कच्चा ही खा जाएंगे।

धनिया अपने करुणा के आवेश को अब न रोक सकी। बोली–तू चल घर में बैठ, मैं देख लूंगी काका और भैया को। संसार में उन्हीं का राज नहीं है। बहुत करेंगे, अपने गहने ले लेंगे। फेंक देना उतार कर।

अभी जरा देर पहले धनिया ने क्रोध के आवेश में झुनिया को कुलटा और कलंकिनी और कलमुंही, न जाने क्या-क्या कह डाला था। झाड़ू मार कर घर से निकालने जा रही थी। अब जो झुनिया ने स्नेह, क्षमा और आश्वासन से भरे यह वाक्य सुने, तो होरी के पांव छोड़ कर धनिया के पांव से लिपट गई और वही साधवी, जिसने होरी के सिवा किसी पुरुष को आँख भर कर देखा भी न था, इस पापिष्ठा को गले लगाए, उसके आँसू पोंछ रही थी और उसके त्रस्त हृदय को कोमल शब्दों से शांत कर रही थी, जैसे कोई चिड़िया अपने बच्चे को परों में छिपाए बैठी हो।

होरी ने धनिया को संकेत किया कि इसे कुछ खिला-पिला दे और झुनिया से पूछा–क्यों बेटी, तुझे कुछ मालूम है, गोबर किधर गया।

झुनिया ने सिसकते हुए कहा–मुझसे तो कुछ नहीं कहा। मेरे कारन तुम्हारे ऊपर...यह कहते-कहते उसकी आवाज आँसुओं में डूब गई।

होरी अपने व्याकुलता न छिपा सका।

"जब तूने आज उसे देखा, तो कुछ दुःखी था?"

"बातें तो हंस-हंस कर रहे थे। मन का हाल भगवान जाने।"

"तेरा मन क्या कहता है, है गाँव में ही कि कहीं बाहर चला गया?"

"मुझे तो शंका होती है, कहीं बाहर चले गए हैं।"

"यही मेरा मन भी कहता है, कैसी नादानी की। हम उसके दुसमन थोड़े ही थे। जब भली या बुरी एक बात हो गई, तो वह निभानी पड़ती है। इस तरह भाग कर तो उसने हमारी जान आफत में डाल दी।"

धनिया ने झुनिया का हाथ पकड़ कर अंदर ले जाते हुए कहा–कायर कहीं का! जिसकी बांह पकड़ी, उसका निबाह करना चाहिए कि मुँह में कालिख लगा कर भाग जाना चाहिए! अब जो आए, तो घर में पैठने न दूं।

होरी वहीं पुआल पर लेटा। गोबर कहाँ गया? यह प्रश्न उसके हृदयाकाश में किसी पक्षी की भांति मंडराने लगा।

11

ऐसे असाधारण कांड पर गाँव में जो कुछ हलचल मचनी चाहिए, वह मची और महीनों तक मचती रही। झुनिया के दोनों भाई लाठियां लिए गोबर को

खोजते फिरते थे। भोला ने कसम खाई कि अब न झुनिया का मुँह देखेंगे और न इस गाँव का। होरी से उन्होंने अपनी सगाई की जो बातचीत की थी, वह अब टूट गई। अब वह अपने गाय के दाम लेंगे और नकद, और इसमें विलंब हुआ तो होरी पर दावा करके उसका घर-द्वार नीलाम करा लेंगे। गाँव वालों ने होरी को जाति-बाहर कर दिया। कोई उसका हुक्का नहीं पीता, न उसके घर का पानी पीता है। पानी बंद कर देने की कुछ बातचीत थी, लेकिन धनिया का चंडी-रूप सब देख चुके थे, इसलिए किसी की आगे आने की हिम्मत न पड़ी। धनिया ने सबको सुना-सुना कर कह दिया–किसी ने उसे पानी भरने से रोका, तो उसका और अपना खून एक कर देगी। इस ललकार ने सभी के पित्ते पानी कर दिए। सबसे दुखी है झुनिया, जिसके कारण यह सब उपद्रव हो रहा है, और गोबर की कोई खोज-खबर न मिलना, इस दुख को और भी दारुण बना रहा है। सारे दिन मुँह छिपाए घर में पड़ी रहती है। बाहर निकले तो चारों ओर से वाग्बाणों की ऐसी वर्षा हो कि जान बचना मुश्किल हो जाए। दिन-भर घर के धंधे करती रहती है और जब अवसर पाती है, रो लेती है। हरदम थर-थर कांपती रहती है कि कहीं धनिया कुछ कह न बैठे। अकेला भोजन तो नहीं पका सकती, क्योंकि कोई उसके हाथ का खाएगा नहीं, बाकी सारा काम उसने अपने ऊपर ले लिया। गाँव में जहाँ चार स्त्री-पुरुष जमा हो जाते हैं, यही कुत्सा होने लगती है।

एक दिन धनिया हाट से चली आ रही थी कि रास्ते में पंडित दातादीन मिल गए। धनिया ने सिर नीचा कर लिया और चाहती थी कि कतरा कर निकल जाए, पर पंडित जी छेड़ने का अवसर पा कर कब चूकने वाले थे? छेड़ ही तो दिया–गोबर का कुछ सर-संदेस मिला कि नहीं धनिया? ऐसा कपूत निकला कि घर की सारी मरजाद बिगाड़ दी।

धनिया के मन में स्वयं यही भाव आते रहते थे। उदास मन से बोली–बुरे दिन आते हैं, बाबा, तो आदमी की मति फिर जाती है, और क्या कहूं।

दातादीन बोले–तुम्हें इस दुष्टा को घर में न रखना चाहिए था। दूध में मक्खी पड़ जाती है, तो आदमी उसे निकाल कर फेंक देता है और दूध पी जाता है। सोचो, कितनी बदनामी और जग-हंसाई हो रही है। वह कुलटा घर में न रहती, तो कुछ न होता। लड़कों से इस तरह की भूल-चूक होती रहती है। जब तक बिरादरी को भात न दोगे, बाम्हनों को भोज न दोगे, कैसे उद्धार होगा? उसे घर में न रखते, तो कुछ न होता। होरी तो पागल है ही, तू कैसे धोखा खा गई?

दातादीन का लड़का मातादीन एक चमारिन से फंसा हुआ था। इसे सारा गाँव जानता था, पर वह तिलक लगाता था, पोथी-पत्रे बांचता था, कथा-भागवत कहता था, धर्म-संस्कार कराता था। उसकी प्रतिष्ठा में जरा भी

कमी न थी। वह नित्य स्नान-पूजा करके अपने पापों का प्रायश्चित कर लेता था। धनिया जानती थी, झुनिया को आश्रय देने ही से यह सारी विपत्ति आई है। उसे न जाने कैसे दया आ गई, नहीं उसी रात को झुनिया को निकाल देती, तो क्यों इतना उपहास होता, लेकिन यह भय भी तो था कि तब उसके लिए नदी या कुआं के सिवा और ठिकाना कहाँ था? एक प्राण का मूल्य दे कर-एक नहीं दो प्राणों का-वह अपने मरजाद की रक्षा कैसे करती? फिर झुनिया के गर्भ में जो बालक है, वह धनिया ही के हृदय का टुकड़ा तो है। हंसी के डर से उसके प्राण कैसे ले लेती! और फिर झुनिया की नम्रता और दीनता भी उसे निरस्त्र करती रहती थी। वह जली-भुनी बाहर से आती, पर ज्यों ही झुनिया लोटे का पानी ला कर रख देती और उसके पांव दबाने लगती, उसका क्रोध पानी हो जाता। बेचारी अपनी लज्जा और दुःख से आप दबी हुई है, उसे और क्या दबाए, मरे को क्या मारे?

उसने तीव्र स्वर में कहा-हमको कुल-परतिसठा इतनी प्यारी नहीं है महाराज, कि उसके पीछे एक जीवन की हत्या कर डालते। ब्याहता न सही, पर उसकी बांह तो पकड़ी है मेरे बेटे ने ही। किस मुँह से निकाल देती? वही काम बड़े-बड़े करते हैं, मुदा उनसे कोई नहीं बोलता, उन्हें कलंक ही नहीं लगता। वही काम छोटे आदमी करते हैं, उनकी मरजाद बिगड़ जाती है। नाक कट जाती है। बड़े आदमियों को अपनी नाक दूसरों की जान से प्यारी होगी, हमें तो अपनी नाक इतनी प्यारी नहीं।

दातादीन हार मानने वाले जीव न थे। वह इस गाँव के नारद थे। यहाँ की वहां, वहाँ की यहां, यही उनका व्यवसाय था। वह चोरी तो न करते थे, उसमें जान-जोखिम था, पर चोरी के माल में हिस्सा बंटाने के समय अवश्य पहुंच जाते थे। कहीं पीठ में धूल न लगने देते थे। जमींदार को आज तक लगान की एक पाई न दी थी, कुर्की आती, तो कुएं में गिरने चलते, नोखेराम के किए कुछ न बनता, मगर असामियों को सूद पर रुपए उधार देते थे। किसी स्त्री को आभूषण बनवाना है, दातादीन उसकी सेवा के लिए हाजिर हैं। शादी-ब्याह तय करने में उन्हें बड़ा आनंद आता है, यश भी मिलता है, दक्षिणा भी मिलती है। बीमारी में दवा-दारू भी करते हैं, झाड़-फूंक भी, जैसी मरीज की इच्छा हो। और सभा-चतुर इतने हैं कि जवानों में जवान बन जाते हैं, बालकों में बालक और बूढ़ों में बूढ़े। चोर के भी मित्र हैं और साह के भी। गाँव में किसी को उन पर विश्वास नहीं है, पर उनकी वाणी में कुछ ऐसा आकर्षण है कि लोग बार-बार धोखा खा कर भी उन्हीं की शरण जाते हैं।

सिर और दाढ़ी हिला कर बोले-यह तू ठीक कहती है धनिया! धर्मात्मा लोगों का यही धरम है, लेकिन लोक-रीति का निबाह तो करना ही पड़ता है।

इसी तरह एक दिन लाला पटेश्वरी ने होरी को छेड़ा। वह गाँव में पुण्यात्मा

मशहूर थे। पूर्णमासी को नित्य सत्यनारायण की कथा सुनते, पर पटवारी होने के नाते खेत बेगार में जुतवाते थे, सिंचाई बेगार में करवाते थे और असामियों को एक-दूसरे से लड़ा कर रकमें मारते थे। सारा गाँव उनसे कांपता था! गरीबों को दस-दस, पाँच-पांच कर्ज दे कर उन्होंने कई हज़ार की संपत्ति बना ली थी। फसल की चीजें असामियों से ले कर कचहरी और पुलिस के अमलों की भेंट करते रहते थे। इससे इलाके भर में उनकी अच्छी धाक थी। अगर कोई उनके हत्थे नहीं चढ़ा, तो वह दारोगा गंडासिंह थे, जो हाल में इस इलाके में आए थे। परमार्थी भी थे। बुखार के दिनों में सरकारी कुनैन बांट कर यश कमाते थे, कोई बीमार-आराम हो, तो उसकी कुशल पूछने अवश्य जाते थे। छोटे-मोटे झगड़े आपस में ही तय करा देते थे। शादी-ब्याह में अपने पालकी, कालीन और महफिल के सामान मंगनी दे कर लोगों का उबार कर देते थे। मौका पा कर न चूकते थे, पर जिसका खाते थे, उसका काम भी करते थे।

बोले-यह तुमने क्या रोग पाल लिया होरी?

होरी ने पीछे फिर कर पूछा-तुमने क्या कहा? लाला-मैंने सुना नहीं।

पटेश्वरी पीछे से कदम बढ़ाते हुए बराबर आ कर बोले-यही कह रहा था कि धनिया के साथ क्या तुम्हारी बुद्धि भी घास खा गई? झुनिया को क्यों नहीं उसके बाप के घर भेज देते, सेंत-मेंत में अपने हंसी करा रहे हो। न जाने किसका लड़का ले कर आ गई और तुमने घर में बैठा लिया। अभी तुम्हारी दो-दो लड़कियां ब्याहने को बैठी हुई हैं, सोचो, कैसे बेड़ा पार होगा?

होरी इस तरह की आलोचनाएं और शुभकामनाएं सुनते-सुनते तंग आ गया था। खिन्न हो कर बोला-यह सब मैं समझता हूँ लाला। लेकिन तुम्हीं बताओ, मैं क्या करूं! मैं झुनिया को निकाल दूं, तो भोला उसे रख लेंगे? अगर वह राजी हों, तो आज मैं उनके घर पहुंचा दूं। अगर तुम उन्हें राजी कर दो, तो जनम-भर तुम्हारा औसान मानूं, मगर वहाँ तो उनके दोनों लड़के खून करने को उतारू हो रहे हैं। फिर मैं उसे कैसे निकाल दूं? एक तो नालायक आदमी मिला कि उसकी बांह पकड़ कर दगा दे गया। मैं भी निकाल दूंगा, तो इस दसा में वह कहीं मेहनत-मजूरी भी तो न कर सकेगी। कहीं डूब-धंस मरी तो किसे अपराध लगेगा! रहा लड़कियों का ब्याह, सो भगवान मालिक है। जब उसका समय आएगा, कोई न कोई रास्ता निकल ही आएगा। लड़की तो हमारी बिरादरी में आज तक कभी कुंआरी नहीं रही। बिरादरी के डर से हत्यारे का काम नहीं कर सकता।

होरी नम्र स्वभाव का आदमी था। सदा सिर झुका कर चलता और चार बातें गम खा लेता था। हीरा को छोड़ कर गाँव में कोई उसका अहित न चाहता था, पर समाज इतना बड़ा अनर्थ कैसे सह ले! और उसकी मुटमर्दी तो देखो कि समझाने पर भी नहीं समझता। स्त्री-पुरुष दोनों जैसे समाज को चुनौती दे

रहे हैं कि देखें, कोई उनका क्या कर लेता है। तो समाज भी दिखा देगा कि उसकी मर्यादा तोड़ने वाले सुख की नींद नहीं सो सकते।

उसी रात को इस समस्या पर विचार करने के लिए गाँव के विधाताओं की बैठक हुई।

दातादीन बोले–मेरी आदत किसी की निंदा करने की नहीं है। संसार में क्या-क्या कुकर्म नहीं होता, अपने से क्या मतलब? मगर वह रांड़ धनिया तो मुझसे लड़ने पर उतारू हो गई। भाइयों का हिस्सा दबा कर हाथ में चार पैसे हो गए, तो अब कुपंथ के सिवा और क्या सूझेगी? नीच जात, जहाँ पेट-भर रोटी खाई और टेढ़े चले, इसी से तो सासतरों में कहा है! नीच जात लतियाए अच्छा।

पटेश्वरी ने नारियल का कश लगाते हुए कहा–यही तो इनमें बुराई है कि चार पैसे देखे और आँखें बदलीं। आज होरी ने ऐसी हेकड़ी जताई कि मैं अपना-सा मुँह ले कर रह गया। न जाने अपने को क्या समझता है! अब सोचो, इस अनीति का गाँव में क्या फल होगा? झुनिया को देख कर दूसरी विधवाओं का मन बढ़ेगा कि नहीं? आज भोला के घर में यह बात हुई। कल हमारे-तुम्हारे घर में भी होगी। समाज तो भय के बल से चलता है। आज समाज का आंकुस जाता रहे, फिर देखो संसार में क्या-क्या अनर्थ होने लगते हैं।

झिंगुरीसिंह दो स्त्रियों के पति थे। पहली स्त्री पाँच लड़के-लड़कियां छोड़ कर मरी थी। उस समय इनकी अवस्था पैंतालीस के लगभग थी, पर आपने दूसरा ब्याह किया और जब उससे कोई संतान न हुई, तो तीसरा ब्याह कर डाला। अब इनकी पचास की अवस्था थी और दो जवान पत्नियां घर में बैठी थीं। उन दोनों ही के विषय में तरह-तरह की बातें फैल रही थीं, पर ठाकुर साहब के डर से कोई कुछ न कह सकता था, और कहने का अवसर भी तो हो। पति की आड़ में सब कुछ जायज है। मुसीबत तो उसको है, जिसे कोई आड़ नहीं। ठाकुर साहब स्त्रियों पर बड़ा कठोर शासन रखते थे और उन्हें घमंड था कि उनकी पत्नियों का घूंघट किसी ने न देखा होगा। मगर घूंघट की आड़ में क्या होता है, उसकी उन्हें क्या खबर?

बोले–ऐसी औरत का तो सिर काट ले। होरी ने इस कुलटा को घर में रख कर समाज में विष बोया है। ऐसे आदमी को गाँव में रहने देना सारे गाँव को भ्रष्ट करना है। रायसाहब को इसकी सूचना देनी चाहिए। साफ-साफ कह देना चाहिए, अगर गाँव में यह अनीति चली तो किसी की आबरू सलामत न रहेगी।

पंडित नोखेराम कारकुन बड़े कुलीन ब्राह्मण थे। इनके दादा किसी राजा के दीवान थे। पर अपना सब कुछ भगवान के चरणों में भेंट करके साधु हो गए थे। इनके बाप ने भी राम-नाम की खेती में उम्र काट दी। नोखेराम ने भी वही भक्ति तरके में पाई थी। प्रातःकाल पूजा पर बैठ जाते थे और दस बजे तक बैठे राम-नाम लिखा करते थे, मगर भगवान के सामने से उठते ही

उनकी मानवता इस अवरोध से विकृत हो कर उनके मन, वचन और कर्म सभी को विषाक्त कर देती थी। इस प्रस्ताव में उनके अधिकार का अपमान होता था। फूले हुए गालों में धंसी हुई आँखें निकाल कर बोले–इसमें रायसाहब से क्या पूछना है। मैं जो चाहूं, कर सकता हूँ। लगा दो सौ रुपए डांड़। आप गाँव छोड़ कर भागेगा। इधर बेदखली भी दायर किए देता हूँ।

पटेश्वरी ने कहा–मगर लगान तो बेबाक कर चुका है।

झिंगुरीसिंह ने समर्थन किया–हां, लगान के लिए ही तो हमसे तीस रुपए लिए हैं।

नोखेराम ने घमंड के साथ कहा–लेकिन अभी रसीद तो नहीं दी। सबूत क्या है कि लगान बेबाक कर दिया?

सर्वसम्मति से यही तय हुआ कि होरी पर सौ रुपए तावान लगा दिया जाए। केवल एक दिन गाँव के आदमियों को बटोर कर उनकी मंजूरी ले लेने का अभिनय आवश्यक था। संभव था, इसमें दस-पांच दिन की देर हो जाती। पर आज ही रात को झुनिया के लड़का पैदा हो गया। और दूसरे ही दिन गाँव वालों की पंचायत बैठ गई। होरी और धनिया, दोनों अपनी किस्मत का फैसला सुनने के लिए बुलाए गए। चौपाल में इतनी भीड़ थी कि कहीं तिल रखने की जगह न थी। पंचायत ने फैसला किया कि होरी पर सौ रुपए नकद और तीस मन अनाज डांड़ लगाया जाए।

धनिया भरी सभा में रुंधे हुए कंठ से बोली–पंचो, गरीब को सता कर सुख न पाओगे, इतना समझ लेना। हम तो मिट जाएंगे, कौन जाने, इस गाँव में रहें या न रहें, लेकिन मेरा सराप तुमको भी जरूर लगेगा। मुझसे इतना कड़ा जरीबाना इसलिए लिया जा रहा है कि मैंने अपने बहू को क्यों अपने घर में रखा। क्यों उसे घर से निकाल कर सड़क की भिखारिन नहीं बना दिया। यही न्याय है-ऐं?

पटेश्वरी बोले–वह तेरी बहू नहीं है, हरजाई है।

होरी ने धनिया को डांटा–तू क्यों बोलती है धनिया! पंच में परमेसर रहते हैं। उनका जो न्याय है, वह सिर आँखों पर। अगर भगवान की यही इच्छा है कि हम गाँव छोड़ कर भाग जाएं, तो हमारा क्या बस। पंचो, हमारे पास जो कुछ है, वह अभी खलिहान में है। एक दाना भी घर में नहीं आया, जितना चाहे, ले लो। सब लेना चाहो, सब ले लो। हमारा भगवान मालिक है, जितनी कमी पड़े, उसमें हमारे दोनों बैल ले लेना।

धनिया दांत कटकटा कर बोली–मैं एक दाना न अनाज दूंगी, न कौड़ी डांड़। जिसमें बूता हो, चल कर मुझसे ले। अच्छी दिल्लगी है। सोचा होगा, डांड़ के बहाने इसकी सब जैजात ले लो और नजराना ले कर दूसरों को दे दो। बाग-बगीचा बेच कर मजे से तर माल उड़ाओ। धनिया के जीते-जी यह

नहीं होने का, और तुम्हारी लालसा तुम्हारे मन में ही रहेगी। हमें नहीं रहना है बिरादरी में। बिरादरी में रह कर हमारी मुकत न हो जाएगी। अब भी अपने पसीने की कमाई खाते हैं, तब भी अपने पसीने की कमाई खाएंगे।

होरी ने उसके सामने हाथ जोड़ कर कहा–धनिया, तेरे पैरों पड़ता हूँ, चुप रह। हम सब बिरादरी के चाकर हैं, उसके बाहर नहीं जा सकते। वह जो डांड़ लगाती है, उसे सिर झुका कर मंजूर कर। नकू बन कर जीने से तो गले में फांसी लगा लेना अच्छा है। आज मर जाएं, तो बिरादरी ही तो इस मिट्टी को पार लगाएगी? बिरादरी ही तारेगी तो तरेंगे। पंचों, मुझे अपने जवान बेटे का मुँह देखना नसीब न हो, अगर मेरे पास खलिहान के अनाज के सिवा और कोई चीज़ हो। मैं बिरादरी से दगा न करूंगा। पंचों को मेरे बाल-बच्चों पर दया आए, तो उनकी कुछ परवरिस करें, नहीं मुझे तो उनकी आज्ञा पालनी है।

धनिया झल्ला कर वहाँ से चली गई और होरी पहर रात तक खलिहान से अनाज ढो-ढो कर झिंगुरीसिंह की चौपाल में ढेर करता रहा। बीस मन जौ था, पाँच मन गेहूं और इतना ही मटर, थोड़ा-सा चना और तेलहन भी था। अकेला आदमी और दो गृहस्थियों का बोझ। यह जो कुछ हुआ, धनिया के पुरुषार्थ से हुआ। झुनिया भीतर का सारा काम कर लेती थी और धनिया अपनी लड़कियों के साथ खेती में जुट गई थी। दोनों ने सोचा था, गेहूं और तिलहन से लगान की एक किस्त अदा हो जाएगी और हो सके तो थोड़ा-थोड़ा सूद भी दे देंगे। जौ खाने के काम आएगा। लंगे-तंगे पाँच-छः महीने कट जाएंगे, तब तक जुआर, मक्का, सांवा, धन के दिन आ जाएंगे। वह सारी आशा मिट्टी में मिल गई। अनाज तो हाथ से गया ही, सौ रुपए की गठरी और सिर पर लद गई। अब भोजन का कहीं ठिकाना नहीं। और गोबर का क्या हाल हुआ, भगवान जाने। न हाल न हवाल। अगर दिल इतना कच्चा था, तो ऐसा काम ही क्यों किया? मगर होनहार कौन टाल सकता है! बिरादरी का वह आतंक था कि अपने सिर पर लाद कर अनाज ढो रहा था, मानो अपने हाथों से अपने कब्र खोद रहा हो। जमींदार, साहूकार, सरकार, किसका इतना रोब था? कल बाल-बच्चे क्या खाएंगे, इसकी चिंता प्राणों को सोखे लेती थी, पर बिरादरी का भय पिशाच की भांति सर पर सवार आंकुस दिए जा रहा था। बिरादरी से पृथक जीवन की वह कोई कल्पना ही न कर सकता था। शादी-ब्याह, मूंड़न-छेदन, जन्म-मरण सब कुछ बिरादरी के हाथ में है। बिरादरी उसके जीवन में वृक्ष की भांति जड़ जमाए हुए थी और उसकी नसें उसके रोम-रोम में बिंधी हुई थीं। बिरादरी से निकल कर उसका जीवन विश्रृंखल हो जाएगा? तार-तार हो जाएगा।

जब खलिहान में केवल डेढ़-दो मन जौ रह गया, तो धनिया ने दौड़ कर उसका हाथ पकड़ लिया और बोली–अच्छा अब रहने दो। ढो तो चुके बिरादरी

की लाज! बच्चों के लिए भी कुछ छोड़ोगे कि सब बिरादरी के भाड़ में झोंक दोगे? मैं तुमसे हार जाती हूँ। मेरे भाग्य में तुम्हीं जैसे बुद्धू का संग लिखा था।

होरी ने अपना हाथ छुड़ा कर टोकरी में अनाज भरते हुए कहा–यह न होगा, पंचों की आँख बचा कर एक दाना भी रख लेना मेरे लिए हराम है। मैं ले जा कर सब-का-सब वहाँ ढेर कर देता हूँ। फिर पंचों के मन में दया उपजेगी, तो कुछ मेरे बाल-बच्चों के लिए देंगे, नहीं भगवान मालिक है!

धनिया तिलमिला कर बोली–यह पंच नहीं हैं, राच्छस हैं, पक्के राच्छस! यह सब हमारी जगह-ज़मीन छीन कर माल मारना चाहते हैं। डांड़ तो बहाना है। समझाती जाती हूँ, पर तुम्हारी आँखें नहीं खुलतीं। तुम इन पिसाचों से दया की आसा रखते हो? सोचते हो, दस-पांच मन निकाल कर तुम्हें दे देंगे। मुँह धो रखो।

जब होरी ने न माना और टोकरी सिर पर रखने लगा, तो धनिया ने दोनों हाथों से पूरी शक्ति के साथ टोकरी पकड़ ली और बोली–इसे तो मैं न ले जाने दूंगी, चाहे तुम मेरी जान ही ले लो। मर-मर कर हमने कमाया, पहर रात-रात को सींचा, अगोरा, इसलिए कि पंच लोग मूंछों पर ताव दे कर भोग लगाएं और हमारे बच्चे दाने-दाने को तरसें! तुमने अकेले ही सब कुछ नहीं कर लिया है। मैं भी अपने बच्चियों के साथ सती हुई हूँ। सीधे से टोकरी रख दो, नहीं आज सदा के लिए नाता टूट जाएगा। कहे देती हूँ।

होरी सोच में पड़ गया। धनिया के कथन में सत्य था। उसे अपने बाल-बच्चों की कमाई छीन कर तावान देने का क्या अधिकार है। वह घर का स्वामी इसलिए है कि सबका पालन करे, इसलिए नहीं कि उनकी कमाई छीन कर बिरादरी की नजर में सुर्खरू बने। टोकरी उसके हाथ से छूट गई। धीरे से बोला–तू ठीक कहती है धनिया! दूसरों के हिस्से पर मेरा कोई जोर नहीं है। जो कुछ बचा है, वह ले जा। मैं जा कर पंचों से कहे देता हूँ।

धनिया अनाज की टोकरी घर में रख कर अपनी लड़कियों के साथ पोते के जन्मोत्सव में गला फाड़-फाड़ कर सोहर गा रही थी, जिससे सारा गाँव सुन ले। आज यह पहला मौका था कि ऐसे शुभ अवसरों पर बिरादरी की कोई औरत न थी। सौर से झुनिया ने कहला भेजा था, सोहर गाने का काम नहीं है, लेकिन धनिया कब मानने लगी। अगर बिरादरी को उसकी परवा नहीं है, तो वह भी बिरादरी की परवा नहीं करती।

उसी वक्त होरी अपने घर को अस्सी रुपए पर झिंगुरीसिंह के हाथ गिरों रख रहा था। डांड़ के रुपए का इसके सिवा वह और कोई प्रबंध न कर सका था। बीस रुपए तो तेलहन, गेहूं और मटर से मिल गए। शेष के लिए घर लिखना पड़ गया। नोखेराम तो चाहते थे कि बैल बिकवा लिए जाएं, लेकिन पटेश्वरी और दातादीन ने इसका विरोध किया। बैल बिक गए, तो होरी खेती

कैसे करेगा? बिरादरी उसकी जायदाद से रुपए वसूल करे, पर ऐसा तो न करे कि वह गाँव छोड़ कर भाग जाए। इस तरह बैल बच गए।

होरी रेहननामा लिख कर कोई ग्यारह बजे रात घर आया, तो धनिया ने पूछा—इतनी रात तक वहाँ क्या करते रहे?

होरी ने जुलाहे का गुस्सा दाढ़ी पर उतारते हुए कहा—करता क्या रहा, इस लौंडे की करनी भरता रहा। अभागा आप तो चिनगारी छोड़ कर भागा, आग मुझे बुझानी पड़ रही है। अस्सी रुपए में घर रेहन लिखना पड़ा। करता क्या! अब हुक्का खुल गया। बिरादरी ने अपराध क्षमा कर दिया।

धनिया ने होंठ चबा कर कहा—न हुक्का खुलता, तो हमारा क्या बिगड़ा जाता था? चार-पांच महीने नहीं किसी का हुक्का पिया, तो क्या छोटे हो गए? मैं कहती हूँ, तुम इतने भोंदू क्यों हो? मेरे सामने तो बड़े बुद्धिमान बनते हो, बाहर तुम्हारा मुँह क्यों बंद हो जाता है? ले-दे के बाप-दादों की निसानी एक घर बच रहा था, आज तुमने उसका भी वारा-न्यारा का दिया। इसी तरह कल तीन-चार बीघे ज़मीन है, इसे भी लिख देना और तब गली-गली भीख मांगना। मैं पूछती हूँ, तुम्हारे मुँह में जीभ न थी कि उन पंचों से पूछते, तुम कहाँ के बड़े धर्मात्मा हो, जो दूसरों पर डांड़ लगाते फिरते हो, तुम्हारा तो मुँह देखना भी पाप है।

होरी ने डांटा—चुप रह, बहुत बढ़-चढ़ न बोल। बिरादरी के चक्कर में अभी पड़ी नहीं है, नहीं मुँह से बात न निकलती।

धनिया उत्तेजित हो गई—कौन-सा पाप किया है, जिसके लिए बिरादरी से डरें? किसी की चोरी की है, किसी का माल काटा है? मेहरिया रख लेना पाप नहीं है, हां, रख के छोड़ देना पाप है। आदमी का बहुत सीधा होना भी बुरा है। उसके सीधेपन का फल यही होता है कि कुत्ते भी मुँह चाटने लगते हैं। आज उधर तुम्हारी वाह-वाह हो रही होगी कि बिरादरी की कैसी मरजाद रख ली। मेरे भाग फूट गए थे कि तुम-जैसे मर्द से पाला पड़ा। कभी सुख की रोटी न मिली।

"मैं तेरे बाप के पांव पड़ने गया था? वही तुझे मेरे गले बांध गया था!"

"पत्थर पड़ गया था उनकी अक्कल पर और उन्हें क्या कहूं? न जाने क्या देख कर लट्टू हो गए। ऐसे कोई बड़े सुंदर भी तो न थे तुम।"

विवाद विनोद के क्षेत्र में आ गया। अस्सी रुपए गए, लाख रुपए का बालक तो मिल गया! उसे तो कोई न छीन लेगा। गोबर घर लौट आए, धनिया अलग झोपड़ी में सुखी रहेगी।

होरी ने पूछा—बच्चा किसको पड़ा है?

धनिया ने प्रसन्न मुख हो कर जवाब दिया—बिलकुल गोबर को पड़ा है। सच!

"रिस्ट-पुस्ट तो है?"

"हां, अच्छा है।"

12

रात को गोबर झुनिया के साथ चला, तो ऐसा कांप रहा था, जैसे उसकी नाक कटी हुई हो। झुनिया को देखते ही सारे गाँव में कुहराम मच जाएगा लोग चारों ओर से कैसी हाय-हाय मचाएंगे, धनिया कितनी गालियां देगी, यह सोच-सोच कर उसके पांव पीछे रह जाते थे। होरी का तो उसे भय न था। वह केवल एक बार दहाड़ेंगे, फिर शांत हो जाएंगे। डर था धनिया का, जहर खाने लगेगी, घर में आग लगाने लगेगी। नहीं, इस वक्त वह झुनिया के साथ घर नहीं जा सकता।

लेकिन कहीं धनिया ने झुनिया को घर में घुसने ही न दिया और झाड़ू ले कर मारने दौड़ी, तो वह बेचारी कहाँ जाएगी? अपने घर तो लौट नहीं सकती। कहीं कुएं में कूद पड़े या गले में फांसी लगा ले, तो क्या हो? उसने लंबी सांस ली। किसकी शरण ले?

मगर अम्मां इतनी निर्दयी नहीं हैं कि मारने दौड़ें। क्रोध में दो-चार गालियां देंगी! लेकिन जब झुनिया उनके पांव पकड़ कर रोने लगेगी, तो उन्हें जरूर दया आ जाएगी। तब तक वह खुद कहीं छिपा रहेगा। जब उपद्रव शांत हो जाएगा तब वह एक दिन धीरे से आएगा और अम्मां को मना लेगा। अगर इस बीच उसे कहीं मजूरी मिल जाए और दो-चार रुपए ले कर घर लौटे, तो फिर धनिया का मुँह बंद हो जाएगा।

झुनिया बोली-मेरी छाती धक-धक कर रही है। मैं क्या जानती थी, तुम मेरे गले यह रोग मढ़ दोगे। न जाने किस बुरी साइत में तुमको देखा। न तुम गाय लेने आते, न यह सब कुछ होता। तुम आगे-आगे जा कर जो कुछ कहना-सुनना हो, कह-सुन लेना। मैं पीछे से जाऊंगी।

गोबर ने कहा-नहीं-नहीं, पहले तुम जाना और कहना, मैं बाज़ार से सौदा बेच कर घर जा रही थी। रात हो गई है, अब कैसे जाऊं? तब तक मैं आ जाऊँगा।

झुनिया चिंतित मन से कहा-तुम्हारी अम्मां बड़ी गुस्सैल हैं। मेरा तो जी कांपता है। कहीं मुझे मारने लगें तो क्या करूंगी?

गोबर ने धीरज दिलाया-अम्मां की आदत ऐसी नहीं। हम लोगों तक को तो कभी एक तमाचा मारा नहीं, तुम्हें क्या मारेंगी। उनको जो कुछ कहना होगा, मुझे कहेंगी, तुमसे तो बोलेंगी भी नहीं।

गाँव समीप आ गया। गोबर ने ठिठक कर कहा-अब तुम जाओ।

झुनिया ने अनुरोध किया-तुम भी देर न करना"

"नहीं-नहीं, छन भर में आता हूँ, तू चल तो।"

"मेरा जी न जाने कैसा हो रहा है! तुम्हारे ऊपर क्रोध आता है।"

"तुम इतना डरती क्यों हो? मैं तो आ ही रहा हूँ।"

"इससे तो कहीं अच्छा था कि किसी दूसरी जगह भाग चलते।"

"जब अपना घर है तो क्यों कहीं भागें? तुम नाहक डर रही हो।"

"जल्दी से आओगे न?"

"हां-हां, अभी आता हूँ।"

"मुझसे दगा तो नहीं कर रहे हो? मुझे घर भेज कर आप कहीं चलते बनो?"

"इतना नीच नहीं हूँ झूना! जब तेरी बांह पकड़ी है, तो मरते दम तक निभाऊंगा।"

झुनिया घर की ओर चली। गोबर एक क्षण दुविधा में पड़ा खड़ा रहा। फिर एकाएक सिर पर मंडराने वाली धिक्कार की कल्पना भयंकर रूप धारण करके उसके सामने खड़ी हो गई। कहीं सचमुच अम्मां मारने दौड़ें, तो क्या हो? उसके पांव जैसे धरती से चिमट गए। उसके और उसके घर के बीच केवल आमों का छोटा-सा बाग था। झुनिया की काली परछाईं धीरे-धीरे जाती हुई दीख रही थी। उसकी ज्ञानेंद्रियां बहुत तेज हो गई थीं। उसके कानों में ऐसी भनक पड़ी, जैसे अम्मां झुनिया को गाली दे रही हैं। उसके मन की कुछ ऐसी दशा हो रही थी, मानो सिर पर गड़ांसे का हाथ पड़ने वाला हो। देह का सारा रक्त सूख गया हो। एक क्षण के बाद उसने देखा, जैसे धनिया घर से निकल कर कहीं जा रही हो। दादा के पास जाती होगी। साइत दादा खा-पी कर मटर अगोरने चले गए हैं। वह मटर के खेत की ओर चला। जौ-गेहूं के खेतों को रौंदता हुआ वह इस तरह भागा जा रहा था, मानो पीछे दौड़ आ रही है। वह है दादा की मंड़ैया। वह रुक गया और दबे पांव आ कर मंड़ैया के पीछे बैठ गया। उसका अनुमान ठीक निकला। वह पहुंचा ही था कि धनिया की बोली सुनाई दी। ओह! गजब हो गया। अम्मां इतनी कठोर हैं। एक अनाथ लड़की पर इन्हें तनिक भी दया नहीं आती। और जो मैं सामने जा कर फटकार दूं कि तुमको झुनिया से बोलने का कोई मजाल नहीं है, तो सारी सेखी निकल जाए। अच्छा! दादा भी बिगड़ रहे हैं। केले के लिए आज ठीकरा भी तेज हो गया। मैं जरा अदब करता हूँ, उसी का फल है। यह तो दादा भी वहीं जा रहे हैं। अगर झुनिया को इन्होंने मारा-पीटा तो मुझसे न सहा जाएगा। भगवान! अब तुम्हारा ही भरोसा है। मैं न जानता था, इस विपत में जान फंसेगी। झुनिया मुझे अपने मन में कितना धूर्त, कायर और नीच समझ रही होगी, मगर उसे मार कैसे सकते हैं? घर से निकाल भी कैसे सकते हैं? क्या घर में मेरा हिस्सा नहीं है? अगर झुनिया पर किसी ने हाथ उठाया, तो आज महाभारत हो जाएगा। माँ-बाप जब तक लड़कों की रक्षा करें, तब तक माँ-बाप हैं। जब उनमें ममता ही नहीं है, तो कैसे माँ-बाप!

होरी ज्यों ही मंड़ैया से निकला, गोबर भी दबे पांव धीरे-धीरे पीछे-पीछे चला, लेकिन द्वार पर प्रकाश देख कर उसके पांव बंध गए। उस प्रकाश-रेखा के अंदर वह पांव नहीं रख सकता। वह अंधेरे में ही दीवार से चिमट कर खड़ा हो गया। उसकी हिम्मत ने जवाब दे दिया। हाय! बेचारी झुनिया पर निरपराध यह लोग झल्ला रहे हैं, और वह कुछ नहीं कर सकता। उसने खेल-खेल में जो एक चिनगारी फेंक दी थी, वह सारे खलिहान को भस्म कर देगी, यह उसने न समझा था। और अब उसमें इतना साहस न था कि सामने आ कर कहे—हां, मैंने चिनगारी फेंकी थी। जिन टिकौनों से उसने अपने मन को संभाला था, वे सब इस भूकंप में नीचे आ रहे और वह झोंपड़ा नीचे गिर पड़ा। वह पीछे लौटा। अब वह झुनिया को क्या मुँह दिखाए!

वह सौ कदम चला, पर इस तरह जैसे कोई सिपाही मैदान से भागे। उसने झुनिया से प्रीति और विवाह की जो बातें की थीं, वह सब याद आने लगीं। वह अभिसार की मीठी स्मृतियां याद आईं, जब वह अपनी उन्मत्त उसांसों में, अपनी नशीली चितवनों में मानो अपने प्राण निकाल कर उसके चरणों पर रख देता था। झुनिया किसी वियोगी पक्षी की भांति अपने छोटे-से घोंसले में एकांत-जीवन काट रही थी। वहाँ नर का मत्त आग्रह न था, न वह उदीप्त उल्लास, न शावकों की मीठी आवाजें, मगर बहेलिए का जाल और छल भी तो वहाँ न था। गोबर ने उसके एकांत घोंसले में जा कर उसे कुछ आनंद पहुंचाया या नहीं, कौन जाने, पर उसे विपत्ति में डाल ही दिया। वह संभल गया। भागता हुआ सिपाही मानो अपने एक साथी का बढ़ावा सुन कर पीछे लौट पड़ा।

उसने द्वार पर आ कर देखा, तो किवाड़ बंद हो गए थे। किवाड़ों के दराजों से प्रकाश की रेखाएं बाहर निकल रही थीं। उसने एक दरार से अंदर झांका। धनिया और झुनिया बैठी हुई थीं। होरी खड़ा था। झुनिया की सिसकियां सुनाई दे रही थीं और धनिया उसे समझा रही थी—बेटी, तू चल कर घर में बैठ। मैं तेरे काका और भाइयों को देख लूंगी। जब तक हम जीते हैं, किसी बात की चिंता नहीं है। हमारे रहते कोई तुझे तिरछी आँखों देख भी न सकेगा। गोबर गदगद हो गया। आज वह किसी लायक होता, तो दादा और अम्मां को सोने से मढ़ देता और कहता—अब तुम कुछ परवा न करो, आराम से बैठे खाओ और जितना दान-पुन्न करना चाहो, करो। झुनिया के प्रति अब उसे कोई शंका नहीं है। वह उसे जो आश्रय देना चाहता था, वह मिल गया। झुनिया उसे दगाबाज समझती है, तो समझे। वह तो अब तभी घर आएगा, जब वह पैसे के बल से सारे गाँव का मुँह बंद कर सके और दादा और अम्मां उसे कुल का कलंक न समझ कर कुल का तिलक समझें। मन पर जितना ही गहरा आघात होता है, उसकी प्रतिक्रिया भी उतनी ही गहरी होती है। इस अपकीर्ति और कलंक ने गोबर के अंतस्तल को मथ कर वह रत्न निकाल लिया, जो अभी तक छिपा पड़ा था।

आज पहली बार उसे अपने दायित्व का ज्ञान हुआ और उसके साथ ही संकल्प भी। अब तक वह कम-से-कम काम करना और ज्यादा-से-ज्यादा खाना अपना हक समझता था। उसके मन में कभी यह विचार ही नहीं उठा कि घरवालों के साथ उसका भी कुछ कर्तव्य है। आज माता-पिता की उदात्त क्षमा ने जैसे उसके हृदय में प्रकाश डाल दिया। जब धनिया और झुनिया भीतर चली गईं, तो वह होरी की उसी मंड़ैया में जा बैठा और भविष्य के मंसूबे बांधने लगा।

शहर के बेलदारों को पाँच-छः आने रोज मिलते हैं, यह उसने सुन रखा था। अगर उसे छः आने रोज मिलें और वह एक आने में गुजर कर ले, तो पाँच आने रोज बच जाएं। महीने में दस रुपए होते हैं, और साल-भर में सवा सौ। वह सवा-सौ की थैली ले कर घर आए, तो किसकी मजाल है, जो उसके सामने मुँह खोल सके? यही दातादीन और यही पटेसरी आ कर उसकी हां में हां मिलाएंगे और झुनिया तो मारे गर्व के फूल जाए। दो-चार साल वह इसी तरह कमाता रहे, तो सारे घर का दलिद्दर मिट जाए। अभी तो सारे घर की कमाई भी सवा सौ नहीं होती। अब वह अकेला सवा सौ कमाएगा। यही तो लोग कहेंगे कि मजूरी करता है। कहने दो। मजूरी करना कोई पाप तो नहीं है। और सदा छः आने थोड़े मिलेंगे। जैसे-जैसे वह काम में होशियार होगा, मजूरी भी तो बढ़ेगी। तब वह दादा से कहेगा, अब तुम घर में बैठ कर भगवान का भजन करो। इस खेती में जान खपाने के सिवा और क्या रखा है? सबसे पहले वह एक पछाईं गाय लाएगा, जो चार-पांच सेर दूध देगी और दादा से कहेगा, तुम गऊ माता की सेवा करो। इससे तुम्हारा लोक भी बनेगा, परलोक भी।

और क्या, एक आने में उसका गुजर आराम से न होगा? घर-द्वार ले कर क्या करना है? किसी के ओसारे में पड़ा रहेगा। सैकड़ों मंदिर हैं, धरमसाले हैं। और फिर जिसकी वह मजूरी करेगा, क्या वह उसे रहने के लिए जगह न देगा। आटा रुपए का दस सेर आता है। एक आने में ढाई पाव हुआ। एक आने का तो वह आटा ही खा जाएगा। लकड़ी, दाल, नमक, साग यह सब कहाँ से आएगा? दोनों जून के लिए सेर भर तो आटा ही चाहिए। ओह! खाने की तो कुछ न पूछो। मुट्ठी-भर चने में भी काम चल सकता है। हलुवा और पूरी खा कर भी काम चल सकता है। जैसी कमाई हो। वह आधा सेर आटा खा कर दिन-भर मजे से काम कर सकता है। इधर-उधर से उपले चुन लिए, लकड़ी का काम चल गया। कभी एक पैसे की दाल ले ली, कभी आलू। आलू भून कर भुरता बना लिया। यहाँ दिन काटना है कि चैन करना है। पत्तल पर आटा गूंधा, उपलों पर बाटियां सेंकीं, आलू भून कर भुरता बनाया और मजे से खा कर सो रहे। घर ही पर कौन दोनों जून रोटी मिलती है, एक जून तो चबेना ही मिलता है। वहाँ भी एक जून चबेने पर काटेंगे।

उसे शंका हुई, अगर कभी मजूरी न मिली, तो वह क्या करेगा? मगर मजूरी क्यों न मिलेगी? जब वह जी तोड़ कर काम करेगा, तो सौ आदमी

उसे बुलाएंगे। काम सबको प्यारा होता है, चाम नहीं प्यारा होता। यहाँ भी तो सूखा पड़ता है, पाला गिरता है, ऊख में दीमक लगते हैं, जौ में गेरूई लगती है, सरसों में लाही लग जाती है। उसे रात को कोई काम मिल जाएगा तो उसे भी न छोड़ेगा। दिन-भर मजूरी की, रात कहीं चौकीदारी कर लेगा। दो आने भी रात के काम में मिल जाएं, तो चांदी है। जब वह लौटेगा, तो सबके लिए साड़ियां लाएगा। झुनिया के लिए हाथ का कंगन जरूर बनवाएगा और दादा के लिए एक मुंड़ासा लाएगा।

इन्हीं मनमोदकों का स्वाद लेता हुआ वह सो गया, लेकिन ठंड में नींद कहाँ! किसी तरह रात काटी और तड़के उठ कर लखनऊ की सड़क पकड़ ली। बीस कोस ही तो है। सांझ तक पहुंच जाएगा। गाँव का कौन आदमी वहाँ आता-जाता है और वह अपना ठिकाना ही क्यों लिखेगा, नहीं दादा दूसरे ही दिन सिर पर सवार हो जाएंगे। उसे कुछ पछतावा था, तो यही कि झुनिया से क्यों न साफ-साफ कह दिया–अभी तू घर जा, मैं थोड़े दिनों में कुछ कमा कर लौटूंगा, लेकिन तब वह घर जाती ही क्यों? कहती–मैं भी तुम्हारे साथ लौटूंगी। उसे वह कहाँ-कहाँ बांधे फिरता?

दिन चढ़ने लगा। रात को कुछ न खाया था। भूख मालूम होने लगी। पांव लड़खड़ाने लगे। कहीं बैठ कर दम लेने की इच्छा होती थी। बिना कुछ पेट में डाले, वह अब नहीं चल सकता, लेकिन पास एक पैसा भी नहीं है। सड़क के किनारे झड़बेरियों के झाड़ थे। उसने थोड़े से बेर तोड़ लिए और उदर को बहलाता हुआ चला। एक गाँव में गुड़ पकने की सुगंध आई। अब मन न माना। कोल्हाड़ में जा कर लोटा-डोर मांगा और पानी भर कर चुल्लू से पीने बैठा कि एक किसान ने कहा–अरे भाई, क्या निराला ही पानी पियोगे? थोड़ा-सा मीठा खा लो। अबकी और चला लें कोल्हू और बना लें खांड़। अगले साल तक मिल तैयार हो जाएगी, सारी ऊख खड़ी बिक जाएगी। गुड़ और खांड़ के भाव चीनी मिलेगी, तो हमारा गुड़ कौन लेगा? उसने एक कटोरे में गुड़ की कई पिंडियां ला कर दीं। गोबर ने गुड़ खाया, पानी पिया। तमाखू तो पीते होगे? गोबर ने बहाना किया–अभी चिलम नहीं पीता। बुड्ढे ने प्रसन्न हो कर कहा–बड़ा अच्छा करते हो भैया! बुरा रोग है। एक बेर पकड़ ले, तो जिंदगी-भर नहीं छोड़ता।

इंजन को कोयला-पानी भी मिल गया। चाल तेज हुई। जाड़े के दिन, न जाने कब दोपहर हो गया। एक जगह देखा, एक युवती एक वृक्ष के नीचे पति से सत्याग्रह किए बैठी थी। पति सामने खड़ा उसे मना रहा था। दो-चार राहगीर तमाशा देखने खड़े हो गए थे। गोबर भी खड़ा हो गया। मानलीला से रोचक और कौन जीवन-नाटक होगा। युवती ने पति की ओर घूर कर कहा–मैं न जाऊंगी, न जाऊंगी, न जाऊंगी।

पुरुष ने जैसे अल्टिमेटम दिया–न जाएगी?

"न जाऊंगी।"

"न जाएगी?"

"न जाऊंगी।"

पुरुष ने उसके केश पकड़ कर घसीटना शुरू किया। युवती भूमि पर लोट गई।

पुरुष ने हार कर कहा–मैं फिर कहता हूँ, उठ कर चल।

स्त्री ने उसी दृढ़ता से कहा–मैं तेरे घर सात जलम न जाऊंगी, बोटी-बोटी काट डाल।

"मैं तेरा गला काट लूंगा!"

"तो फांसी पाओगे।"

पुरुष ने उसके केश छोड़ दिए और सिर पर हाथ रख कर बैठ गया। पुरुषत्व अपने चरम सीमा तक पहुंच गया। उसके आगे अब उसका कोई बस नहीं है।

एक क्षण में वह फिर खड़ा हुआ और परास्त हो कर बोला–आखिर तू क्या चाहती है?

युवती भी उठ बैठी और निश्चल भाव से बोली–मैं यही चाहती हूँ, तू मुझे छोड़ दे।

"कुछ मुँह से कहेगी, क्या बात हुई?"

"मेरे माई-बाप को कोई क्यों गाली दे?"

"किसने गाली दी, तेरे माई-बाप को?"

"जा कर अपने घर में पूछ।"

"चलेगी तभी तो पूछूंगा?"

"तू क्या पूछेगा? कुछ दम भी है। जा कर अम्मां के आंचल में मुँह ढांक कर सो। वह तेरी माँ होगी। मेरी कोई नहीं है। तू उसकी गालियां सुन। मैं क्यों सुनूं? एक रोटी खाती हूँ, तो चार रोटी का काम करती हूँ। क्यों किसी की धौंस सहूं? मैं तेरा एक पीतल का छल्ला भी तो नहीं जानती!"

राहगीरों को इस कलह में अभिनय का आनंद आ रहा था, मगर उसके जल्द समाप्त होने की कोई आशा न थी। मंजिल खोटी होती थी। एक-एक करके लोग खिसकने लगे। गोबर को पुरुष की निर्दयता बुरी लग रही थी। भीड़ के सामने तो कुछ न कह सकता था। मैदान खाली हुआ तो बोला–भाई, मर्द और औरत के बीच में बोलना तो न चाहिए, मगर इतनी बेदरदी भी अच्छी नहीं होती।

पुरुष ने कौड़ी की-सी आँखें निकाल कर कहा–तुम कौन हो?

गोबर ने निःशंक भाव से कहा–मैं कोई हूँ, लेकिन अनुचित बात देख कर सभी को बुरा लगता है।

पुरुष ने सिर हिला कर कहा–मालूम होता है, अभी मेहरिया नहीं आई, तभी इतना दरद है!

"मेहरिया आएगी, तो भी उसके झोटे पकड़ कर न खींचूंगा।"

"अच्छा, तो अपने राह लो। मेरी औरत है, मैं उसे मारूंगा, काटूंगा। तुम कौन होते हो बोलने वाले। चले जाओ सीधे से, यहाँ मत खड़े हो।"

गोबर का गर्म खून और गर्म हो गया। वह क्यों चला जाए? सड़क सरकार की है। किसी के बाप की नहीं है। वह जब तक चाहे, वहाँ खड़ा रह सकता है। वहाँ से उसे हटाने का किसी को अधिकार नहीं है।

पुरुष ने होंठ चबा कर कहा–तो तुम न जाओगे? आऊं?

गोबर ने अंगोछा कमर में बांध लिया और समर के लिए तैयार हो कर बोला–तुम आओ या न आओ। मैं तो तभी जाऊँगा, जब मेरी इच्छा होगी।

"तो मालूम होता है, हाथ-पैर तुड़ा के जाओगे?"

"यह कौन जानता है, किसके हाथ-पांव टूटेंगे।"

"तो तुम न जाओगे?"

"ना।"

पुरुष मुट्ठी बांध कर गोबर की ओर झपटा। उसी क्षण युवती ने उसकी धोती पकड़ ली और उसे अपनी ओर खींचती हुई गोबर से बोली–तुम क्यों लड़ाई करने पर उतारू हो रहे हो जी, अपने राह क्यों नहीं जाते? यहाँ कोई तमासा है? हमारा आपस का झगड़ा है। कभी वह मुझे मारता है, कभी मैं उसे डांटती हूँ। तुमसे मतलब?

गोबर यह धिक्कार पा कर चलता बना। दिल में कहा–यह औरत मार खाने ही लायक है।

गोबर आगे निकल गया, तो युवती ने पति को डांटा–तुम सबसे लड़ने क्यों लगते हो? उसने कौन-सी बुरी बात कही थी कि तुम्हें चोट लग गई। बुरा काम करोगे, तो दुनिया बुरा कहेगी ही, मगर है किसी भले घर का और अपने बिरादरी का ही जान पड़ता है। क्यों उसे अपने बहन के लिए नहीं ठीक कर लेते?

पति ने संदेह के स्वर में कहा–क्या अब तक कुंआरा बैठा होगा?

"तो पूछ ही क्यों न लो?"

पुरुष ने दस कदम दौड़ कर गोबर को आवाज दी और हाथ से ठहर जाने का इशारा किया। गोबर ने समझा, शायद फिर इसके सिर भूत सवार हुआ, तभी ललकार रहा है। मार खाए बगैर न मानेगा। अपने गाँव में कुत्ता भी शेर हो जाता है, लेकिन आने दो।

लेकिन उसके मुख पर समर की ललकार न थी, मैत्री का निमंत्रण था। उसने गाँव और नाम और जात पूछी। गोबर ने ठीक-ठीक बता दिया। उस पुरुष का नाम कोदई था।

कोदई ने मुस्करा कर कहा–हम दोनों में लड़ाई होते-होते बची। तुम चले आए, तो मैंने सोचा, तुमने ठीक ही कहा–मैं हक-नाहक तुमसे तन बैठा। कुछ खेती-बारी घर में होती है न?

गोबर ने बताया–उसके मौरूसी पाँच बीघे खेत हैं और एक हल की खेती होती है।

"मैंने तुम्हें जो भला-बुरा कहा है, उसकी माफी दे दो भाई! क्रोध में आदमी अंधा हो जाता है। औरत गुन-सहूर में लच्छमी है, मुदा कभी-कभी न जाने कौन-सा भूत इस पर सवार हो जाता है। अब तुम्हीं बताओ, माता पर मेरा क्या बस है? जनम तो उन्हीं ने दिया है, पाला-पोसा तो उन्होंने है। जब कोई बात होगी, तो मैं जो कुछ कहूंगा, लुगाई ही से कहूंगा। उस पर अपना बस है। तुम्हीं सोचो, मैं कुपद तो नहीं कह रहा हूँ? हां, मुझे उसके बाल पकड़ कर घसीटना न था, लेकिन औरत जात बिना कुछ ताड़ना दिए काबू में भी तो नहीं रहती। चाहती है, माँ से अलग हो जाऊं। तुम्हीं सोचो, कैसे अलग हो जाऊं और किससे अलग हो जाऊं! अपनी माँ से? जिसने जनम दिया? यह मुझसे न होगा। औरत रहे या जाए।"

गोबर को भी राय बदलनी पड़ी। बोला–माता का आदर करना तो सबका धरम ही है भाई। माता से कौन उरिन हो सकता है?

कोदई ने उसे अपने घर चलने का नेवता दिया। आज वह किसी तरह लखनऊ नहीं पहुंच सकता। कोस दो-कोस जाते-जाते सांझ हो जाएगी। रात को कहीं टिकना ही पड़ेगा।

गोबर ने विनोद किया–लुगाई मान गई?

"न मानेगी तो क्या करेगी।"

"मुझे तो उसने ऐसी फटकार बताई कि मैं लजा गया।"

"वह खुद पछता रही है। चलो, जरा माता जी को समझा देना। मुझसे तो कुछ कहते नहीं बनता। उन्हें भी सोचना चाहिए कि बहू को बाप-माई की गाली क्यों देती है। हमारी भी बहन है। चार दिन में उसकी सगाई हो जाएगी। उसकी सास हमें गालियां देगी, तो उससे सुना न जाएगा? सब दोस लुगाई ही का नहीं है। माता का भी दोस है। जब हर बात में वह अपनी बेटी का पच्छ करेंगी, तो हमें बुरा लगेगा ही। इसमें इतनी बात अच्छी है कि घर से रूठ कर चली जाए, पर गाली का जवाब गाली से नहीं देती।"

गोबर को रात के लिए कोई ठिकाना चाहिए था ही। कोदई के साथ हो लिया। दोनों फिर उसी जगह आए, जहाँ युवती बैठी हुई थी। वह अब गृहिणी बन गई थी। जरा-सा घूंघट निकाल लिया था और लजाने लगी थी।

कोदई ने मुस्करा कर कहा–यह तो आते ही न थे। कहते थे, ऐसी डांट सुनने के बाद उनके घर कैसे जाएं?

युवती ने घूंघट की आड़ से गोबर को देख कर कहा–इतनी ही डांट में डर गए? लुगाई आ जाएगी, तब कहाँ भागोगे?

गाँव समीप ही था। गाँव क्या था, पुरवा था, दस-बारह घरों का, जिसमें आधे खपरैल के थे, आधे फूंस के। कोदई ने अपने घर पहुंच कर खाट निकाली, उस पर एक दरी डाल दी, शर्बत बनाने को कह, चिलम भर लाया। और एक क्षण में वही युवती लोटे में शर्बत ले कर आई और गोबर को पानी का एक छींटा मार कर मानो क्षमा मांग ली। वह अब उसका ननदोई हो रहा था। फिर क्यों न अभी से छेड़-छाड़ शुरू कर दे।

13

गोबर अंधेरे ही मुँह उठा और कोदई से बिदा मांगी। सबको मालूम हो गया था कि उसका ब्याह हो चुका है, इसलिए उससे कोई विवाह-संबंधी चर्चा नहीं की। उसके शील-स्वभाव ने सारे घर को मुग्ध कर लिया था। कोदई की माता को तो उसने ऐसे मीठे शब्दों में और उसके मातृपद की रक्षा करते हुए, ऐसा उपदेश दिया कि उसने प्रसन्न हो कर आशीर्वाद दिया था। तुम बड़ी हो माताजी, पूज्य हो। पुत्र माता के रिन से सौ जनम ले कर भी उरिन नहीं हो सकता, लाख जनम ले कर भी उरिन नहीं हो सकता। करोड़ जनम ले कर भी नहीं...

बुढ़िया इस संख्यातीत श्रद्धा पर गदगद हो गई। इसके बाद गोबर ने जो कुछ कहा–उसमें बुढ़िया को अपना मंगल ही दिखाई दिया। वैद्य एक बार रोगी को चंगा कर दे, फिर रोगी उसके हाथों विष भी खुशी से पी लेगा? अब जैसे आज ही बहू घर से रूठ कर चली गई, तो किसकी हेठी हुई। बहू को कौन जानता है? किसकी लड़की है, किसकी नातिन है, कौन जानता है। संभव है, उसका बाप घसियारा ही रहा हो...।

बुढ़िया ने निश्चयात्मक भाव से कहा–घसियारा तो है ही बेटा, पक्का घसियारा। सबेरे उसका मुँह देख लो, तो दिन-भर पानी न मिले।

गोबर बोला–तो ऐसे आदमी की क्या हंसी हो सकती है! हंसी हुई तुम्हारी और तुम्हारे आदमी की। जिसने पूछा, यही पूछा कि किसकी बहू है? फिर यह अभी लड़की है, अबोध, अल्हड़। नीच माता-पिता की लड़की है, अच्छी कहाँ से बन जाए! तुमको तो बूढ़े तोते को राम-नाम पढ़ाना पड़ेगा। मारने से तो वह पढ़ेगा नहीं, उसे तो सहज स्नेह ही से पढ़ाया जा सकता है। ताड़ना भी दो, लेकिन उसके मुँह मत लगो। उसका तो कुछ नहीं बिगड़ता, तुम्हारा अपमान होता है।

जब गोबर चलने लगा, तो बुढ़िया ने खांड़ और सत्तू मिला कर उसे खाने को दिया। गाँव के और कई आदमी मजूरी की टोह में शहर जा रहे थे। बातचीत में रास्ता कट गया और नौ बजते-बजते सब लोग अमीनाबाद के बाज़ार में आ पहुंचे। गोबर हैरान था, इतने आदमी नगर में कहाँ से आ गए? आदमी पर आदमी गिरा पड़ता था।

उस दिन बाज़ार में चार-पांच सौ मजदूरों से कम न थे। राज और बढ़ई और लोहार और बेलदार और खाट बुनने वाले और टोकरी ढोने वाले और संगतराश सभी जमा थे। गोबर यह जमघट देख कर निराश हो गया। इतने सारे मजदूरों को कहाँ काम मिला जाता है। और उसके हाथ तो कोई औजार भी नहीं है। कोई क्या जानेगा कि वह क्या काम कर सकता है। कोई उसे क्यों रखने लगा? बिना औजार के उसे कौन पूछेगा?

धीरे-धीरे एक-एक करके मजदूरों को काम मिलता जा रहा था। कुछ लोग निराश हो कर घर लौटे जा रहे थे। अधिकतर वह बूढ़े और निकम्मे बच रहे थे, जिनका कोई पुछत्तर न था। और उन्हीं में गोबर भी था। लेकिन अभी आज उसके पास खाने को है। कोई गम नहीं।

सहसा मिर्जा खुर्शेद ने मजदूरों के बीच में आ कर ऊंची आवाज से कहा–जिसको छः आने रोज पर काम करना हो, वह मेरे साथ आए। सबको छः आने मिलेंगे। पाँच बजे छुट्टी मिलेगी।

दस-पांच राजों और बढ़इयों को छोड़ कर सब-के-सब उनके साथ चलने को तैयार हो गए। चार सौ फटे हालों की एक विशाल सेना सज गई। आगे मिर्जा थे, कंधे पर मोटा सोटा रखे हुए। पीछे भुखमरों की लंबी कतार थी, जैसे भेड़ें हों।

एक बूढ़े ने मिर्जा से पूछा–कौन काम करना है मालिक?

मिर्जा ने जो काम बतलाया, उस पर सब और भी चकित हो गए? केवल एक कबड्डी खेलना! यह कैसा आदमी है, जो कबड्डी खेलने के छः आना रोज दे रहा है। सनकी तो नहीं है कोई! बहुत धन पा कर आदमी सनक ही जाता है। बहुत पढ़ लेने से भी आदमी पागल हो जाते हैं। कुछ लोगों को संदेह होने लगा, कहीं यह कोई मखौल तो नहीं है! यहाँ से घर पर ले जा कर कह दे, कोई काम नहीं है, तो कौन इसका क्या कर लेगा! वह चाहे कबड्डी खेलाए, चाहे आँख मिचौनी, चाहे गुल्ली-डंडा, मजूरी पेशगी दे दे। ऐसे झक्कड़ आदमी का क्या भरोसा!

गोबर ने डरते-डरते कहा–मालिक, हमारे पास कुछ खाने को नहीं है। पैसे मिल जाएं तो कुछ ले कर खा लूं।

मिर्जा ने झट छः आने पैसे उसके हाथ में रख दिए और ललकार कर बोले–मजूरी सबको चलते-चलते पेशगी दे दी जाएगी। इसकी चिंता मत करो।

मिर्जा साहब ने शहर के बाहर थोड़ी-सी ज़मीन ले रखी थी। मजूरों ने जा कर देखा, तो एक बड़ा अहाता घिरा हुआ था और उसके अंदर केवल एक छोटी-सी फूस की झोपड़ी थी, जिसमें तीन-चार कुर्सियां थीं, एक मेज। थोड़ी-सी किताबें मेज पर रखी हुई थीं। झोपड़ी बेलों और लताओं से ढकी हुई बहुत सुंदर लगती थी। अहाते में एक तरफ आम और नींबू और अमरूद के पौधे लगे हुए थे, दूसरी तरफ कुछ फूल। बड़ा हिस्सा परती था। मिर्जा ने सबको कतार में खड़ा करके पहले ही मजूरी बांट दी। अब किसी को उनके पागलपन में संदेह न रहा।

गोबर पैसे पहले ही पा चुका था, मिर्जा ने उसे बुला कर पौधे सींचने का काम सौंपा। उसे कबड्डी खेलने को न मिलेगी। मन में ऐंठ कर रह गया। इन बुड्ढों को उठा-उठा कर पटकता, लेकिन कोई परवाह नहीं। बहुत कबड्डी खेल चुका है। पैसे तो पूरे मिल गए।

आज युगों के बाद इन जरा-ग्रस्तों को कबड्डी खेलने का सौभाग्य मिला। अधिकतर तो ऐसे थे, जिन्हें याद भी न आता था कि कभी कबड्डी खेली है या नहीं। दिनभर शहर में पिसते थे। पहर रात गए घर पहुंचते थे और जो कुछ रूखा मिल जाता था, खा कर पड़े रहते थे। प्रातःकाल फिर वही चरखा शुरू हो जाता था। जीवन नीरस, निरानंद, केवल एक ढर्रा मात्र हो गया था। आज तो एक यह अवसर मिला, तो बूढ़े भी जवान हो गए। अधमरे बूढ़े, ठठरियां लिए, मुँह में दांत न पेट में आंत, जांघ के ऊपर धोतियां या तहमद चढ़ाए ताल ठोंक-ठोंक कर उछल रहे थे, मानो उन बूढ़ी हड्डियों में जवानी धंस पड़ी हो। चटपट पाली बन गई, दो नायक बन गए। गोइयों का चुनाव होने लगा और बारह बजते-बजते खेल शुरू हो गया। जाड़ों की ठंडी धूप ऐसी क्रीड़ाओं के लिए आदर्श ऋतु है।

इधर अहाते के फाटक पर मिर्जा साहब तमाशाइयों को टिकट बांट रहे थे। उन पर इस तरह कोई-न-कोई सनक हमेशा सवार रहती थी। अमीरों से पैसा ले कर गरीबों को बांट देना। इस बूढ़ी कबड्डी का विज्ञापन कई दिन से हो रहा था। बड़े-बड़े पोस्टर चिपकाए गए थे, नोटिस बांटे गए थे। यह खेल अपने ढंग का निराला होगा, बिलकुल अभूतपूर्व। भारत के बूढ़े आज भी कैसे पोढ़े हैं, जिन्हें यह देखना हो, आएं और अपने आँखें तृप्त कर लें। जिसने यह तमाशा न देखा, वह पछताएगा। ऐसा सुअवसर फिर न मिलेगा। टिकट दस रुपए से ले कर दो आने तक के थे। तीन बजते-बजते सारा अहाता भर गया। मोटरों और फिटनों का तांता लगा हुआ था। दो हज़ार से कम की भीड़ न थी। रईसों के लिए कुर्सियों और बेंचों का इंतजाम था। साधारण जनता के लिए साफ-सुथरी जमीन।

मिस मालती, मेहता, खन्ना, तंखा और रायसाहब सभी विराजमान थे।

खेल शुरू हुआ तो मिर्जा ने मेहता से कहा–आइए डॉक्टर साहब, एक गोईं हमारी और आपकी हो जाए।

मिस मालती बोलीं–फिलॉसफर का जोड़ फिलॉसफर ही से हो सकता है।

मिर्जा ने मूंछों पर ताव दे कर कहा–तो क्या आप समझती हैं, मैं फिलॉसफर नहीं हूँ? मेरे पास पुछल्ला नहीं है, लेकिन हूँ मैं फिलॉसफर, आप मेरा इम्तहान ले सकते हैं मेहता जी!

मालती ने पूछा–अच्छा बतलाइए, आप आइडियलिस्ट हैं या मेटीरियलिस्ट?

"मैं दोनों हूँ।"

"यह क्यों कर?"

"बहुत अच्छी तरह। जब जैसा मौका देखा, वैसा बन गया।"

"तो आपका अपना कोई निश्चय नहीं है।"

"जिस बात का आज तक कभी निश्चय न हुआ, और न कभी होगा, उसका निश्चय मैं भला क्या कर सकता हूँ, और लोग आँखें फोड़ कर और किताबें चाट कर जिस नतीजे पर पहुंचे हैं, वहाँ मैं यों ही पहुंच गया। आप बता सकती हैं, किसी फिलॉसफर ने अक्लीगद्दे लड़ाने के सिवाय और कुछ किया है?"

डॉक्टर मेहता ने अचकन के बटन खोलते हुए कहा–तो चलिए, हमारी और आपकी हो ही जाए। और कोई माने या न माने, मैं आपको फिलॉसफर मानता हूँ।

मिर्जा ने खन्ना से पूछा–आपके लिए भी कोई जोड़ ठीक करूं?

मालती ने पुचारा दिया–हां, हां, इन्हें जरूर ले जाइए मिस्टर तंखा के साथ।

खन्ना झेंपते हुए बोले–जी नहीं, मुझे क्षमा कीजिए।

मिर्जा ने रायसाहब से पूछा–आपके लिए कोई जोड़ लाऊं?

रायसाहब बोले–मेरा जोड़ तो ओंकारनाथ का है, मगर वह आज नजर ही नहीं आते।

मिर्जा और मेहता भी नंगी देह, केवल जांघिए पहने हुए मैदान में पहुंच गए। एक इधर दूसरा उधर। खेल शुरू हो गया।

जनता बूढ़े कुलेलों पर हंसती थी, तालियां बजाती थी, गालियां देती थी, ललकारती थी, बाजियां लगाती थी। वाह! जरा इन बूढ़े बाबा को देखो! किस शान से जा रहे हैं, जैसे सबको मार कर ही लौटेंगे। अच्छा, दूसरी तरफ से भी उन्हीं के बड़े भाई निकले। दोनों कैसे पैंतरे बदल रहे हैं! इन हड्डियों में अभी बहुत जान है भाई। इन लोगों ने जितना घी खाया है, उतना अब हमें पानी भी मयस्सर नहीं। लोग कहते हैं, भारत धनी हो रहा है। होता होगा। हम तो यही देखते हैं कि इन बुड्ढों-जैसे जीवट के जवान भी आज मुश्किल से निकलेंगे। वह उधर वाले बुड्ढे ने इसे दबोच लिया। बेचारा छूट निकलने

के लिए कितना जोर मार रहा है, मगर अब नहीं जा सकते बच्चा। एक को तीन लिपट गए। इस तरह लोग अपने दिलचस्पी जाहिर कर रहे थे, उनका सारा ध्यान मैदान की ओर था। खिलाड़ियों के आघात-प्रतिघात, उछल-कूद, धर-पकड़ और उनके मरने-जीने में तन्मय हो रहे थे। कभी चारों तरफ से कहकहे पड़ते, कभी कोई अन्याय या धांधली देख कर लोग 'छोड़ दो, छोड़ दो' का गुल मचाते। कुछ लोग तैश में आ कर पाली की तरफ दौड़ते, लेकिन जो थोड़े-से सज्जन शामियाने में ऊंचे दरजे के टिकट ले कर बैठे थे, उन्हें इस खेल में विशेष आनंद न मिल रहा था। वे इससे अधिक महत्व की बातें कर रहे थे।

खन्ना ने जिंजर का ग्लास खाली करके सिगार सुलगाया और रायसाहब से बोले–मैंने आपसे कह दिया, बैंक इससे कम सूद पर किसी तरह राजी न होगा और यह रिआयत भी मैंने आपके साथ की है, क्योंकि आपके साथ घर का मुआमला है।

रायसाहब ने मूंछों में मुस्कुराहट को लपेट कर कहा–आपकी नीति में घर वालों को ही उलटे छुरे से हलाल करना चाहिए?

"यह आप क्या फरमा रहे हैं?"

"ठीक कह रहा हूँ। सूर्यप्रताप सिंह से आपने केवल सात फीसदी लिया है, मुझसे नौ फीसदी मांग रहे हैं और उस पर एहसान भी रखते हैं, क्यों न हो!"

खन्ना ने कहकहा मारा, मानो यह कथन हंसने के ही योग्य था।

"उन शर्तों पर मैं आपसे भी वही सूद ले लूंगा। हमने उनकी जायदाद रेहन रख ली है और शायद यह जायदाद फिर उनके हाथ न जाएगी।"

"मैं भी अपने कोई जायदाद निकाल दूंगा। नौ परसेंट देने से यह कहीं अच्छा है कि फालतू जायदाद अलग कर दूं। मेरी जैकसन रोड वाली कोठी आप निकलवा दें। कमीशन ले लीजिएगा।"

"उस कोठी का सुभीते से निकलना जरा मुश्किल है। आप जानते हैं, वह जगह बस्ती से कितनी दूर है, मगर खैर, देखूंगा। आप उसकी कीमत का क्या अंदाजा करते हैं?"

रायसाहब ने एक लाख पच्चीस हज़ार बताए। पंद्रह बीघे ज़मीन भी तो है उसके साथ। खन्ना स्तंभित हो गए। बोले–आप आज से पंद्रह साल पहले का स्वप्न देख रहे हैं रायसाहब! आपको मालूम होना चाहिए कि इधर जायदादों के मूल्य में पचास परसेंट की कमी हो गई है।

रायसाहब ने बुरा मान कर कहा–जी नहीं, पद्रंह साल पहले उसकी कीमत डेढ़ लाख थी।

"मैं खरीदार की तलाश में रहूंगा, मगर मेरा कमीशन पाँच प्रतिशत होगा आपसे।"

"औरों से शायद दस प्रतिशत हो क्यों, क्या करोगे इतने रुपए ले कर?"

"आप जो चाहें दे दीजिएगा। अब तो राजी हुए। शुगर के हिस्से अभी तक आपने न खरीदे? अब बहुत थोड़े-से हिस्से बच रहे हैं। हाथ मलते रह जाइएगा। इंश्योरेंस की पॉलिसी भी आपने न ली। आपमें टाल-मटोल की बुरी आदत है। जब अपने लाभ की बातों का इतना टाल-मटोल है, तब दूसरों को आप लोगों से क्या लाभ हो सकता है! इसी से कहते हैं, रियासत आदमी की अक्ल चर जाती है। मेरा बस चले तो मैं ताल्लुकेदारों की रियासतें जब्त कर लूं।"

मिस्टर तंखा मालती पर जाल फेंक रहे थे। मालती ने साफ कह दिया था कि वह एलेक्शन के झमेले में नहीं पड़ना चाहती, पर तंखा आसानी से हार मानने वाले व्यक्ति न थे। आ कर कुहनियों के बल मेज पर टिक कर बोले–आप जरा उस मुआमले पर फिर विचार करें। मैं कहता हूँ, ऐसा मौका शायद आपको फिर न मिले। रानी साहब चंदा को आपके मुकाबले में रुपए में एक आना भी चांस नहीं है। मेरी इच्छा केवल यह है कि कौंसिल में ऐसे लोग जाएं, जिन्होंने जीवन में कुछ अनुभव प्राप्त किया और जनता की कुछ सेवा की है। जिस महिला ने भोग-विलास के सिवा कुछ जाना ही नहीं, जिसने जनता को हमेशा अपनी कार का पेट्रोल समझा, जिसकी सबसे मूल्यवान सेवा वे पार्टियां हैं, जो वह गर्वनरों और सेक्रेटरियों को दिया करती हैं, उनके लिए इस कौंसिल में स्थान नहीं है। नई कौंसिल में बहुत कुछ अधिकार प्रतिनिधियों के हाथ में होगा और मैं नहीं चाहता कि वह अधिकार अनाधिकारियों के हाथ में जाए।

मालती ने पीछा छुड़ाने के लिए कहा–लेकिन साहब, मेरे पास दस-बीस हज़ार एलेक्शन पर खर्च करने के लिए कहाँ हैं? रानी साहब तो दो-चार लाख खर्च कर सकती हैं। मुझे भी साल में हजार-पांच सौ रुपए उनसे मिल जाते हैं, यह रकम भी हाथ से निकल जाएगी।

"पहले आप यह बता दें कि आप जाना चाहती हैं या नहीं?"

"जाना तो चाहती हूँ, मगर फ्री पास मिल जाए!"

"तो यह मेरा जिम्मा रहा। आपको फ्री पास मिल जाएगा।"

"जी नहीं, क्षमा कीजिए। मैं हार की जिल्लत नहीं उठाना चाहती। जब रानी साहब रुपए की थैलियां खोल देंगी और एक-एक वोट पर अशर्फी चढ़ने लगेगी, तो शायद आप भी उधर वोट देंगे।"

"आपके ख्याल में एलेक्शन महज रुपए से जीता जा सकता है?"

"जी नहीं, व्यक्ति भी एक चीज़ है। लेकिन मैंने केवल एक बार जेल जाने के सिवा और क्या जन-सेवा की है? और सच पूछिए तो उस बार भी मैं अपने मतलब ही से गई थी, उसी तरह जैसे रायसाहब और खन्ना गए थे। इस नई सभ्यता का आधार धन है। विद्या और सेवा और कुल जाति सब धन

के सामने हेय हैं। कभी-कभी इतिहास में ऐसे अवसर आ जाते हैं, जब धन को आंदोलन के सामने नीचा देखना पड़ता है, मगर इसे अपवाद समझिए। मैं अपनी ही बात कहती हूँ। कोई गरीब औरत दवाखाने में आ जाती है, तो घंटों उससे बोलती तक नहीं। पर कोई महिला कार पर आ गई, तो द्वार तक जा कर उसका स्वागत करती हूँ और उसकी ऐसी उपासना करती हूँ, मानो साक्षात देवी हैं। मेरा और रानी साहब का कोई मुकाबला नहीं। जिस तरह के कौंसिल बन रहे हैं, उनके लिए रानी साहब ही ज्यादा उपयुक्त हैं।"

उधर मैदान में मेहता की टीम कमजोर पड़ती जाती थी। आधे से ज्यादा खिलाड़ी मर चुके थे। मेहता ने अपने जीवन में कभी कबड्डी न खेली थी। मिर्जा इस फन के उस्ताद थे। मेहता की तातीलें अभिनय के अभ्यास में कटती थीं। रूप भरने में वह अच्छे-अच्छों को चकित कर देते थे। और मिर्जा के लिए सारी दिलचस्पी अखाड़े में थी, पहलवानों के भी और परियों के भी।

मालती का ध्यान उधर भी लगा हुआ था। उठ कर रायसाहब से बोली–मेहता की पार्टी तो बुरी तरह पिट रही है।

रायसाहब और खन्ना में इंश्योरेंस की बातें हो रही थीं। रायसाहब उस प्रसंग से ऊबे हुए मालूम होते थे। मालती ने मानो उन्हें एक बंधन से मुक्त कर दिया। उठ कर बोले–जी हां, पिट तो रही है। मिर्जा पक्का खिलाड़ी है।

"मेहता को यह क्या सनक सूझी। व्यर्थ अपनी भद्द करा रहे हैं।"

"इसमें काहे की भद्द? दिल्लगी ही तो है।"

"मेहता की तरफ से जो बाहर निकलता है, वही मर जाता है।"

एक क्षण के बाद उसने पूछा–क्या इस खेल में हाफटाइम नहीं होता?

खन्ना को शरारत सूझी। बोले–आप चले थे मिर्जा से मुकाबला करने। समझते थे, यह भी फिलॉसफी है।

"मैं पूछती हूँ, इस खेल में हाफटाइम नहीं होता?"

खन्ना ने फिर चिढ़ाया–अब खेल ही खतम हुआ जाता है। मजा आएगा तब, जब मिर्जा मेहता को दबोच कर रगड़ेंगे और मेहता साहब चीं बोलेंगे।

"मैं तुमसे नहीं पूछती। रायसाहब से पूछती हूँ।"

रायसाहब बोले–इस खेल में हाफटाइम! एक ही एक आदमी तो सामने आता है।

"अच्छा, मेहता का एक आदमी और मर गया।"

खन्ना बोले–आप देखती रहिए। इसी तरह सब मर जाएंगे और आखिर में मेहता साहब भी मरेंगे।

मालती जल गई–आपकी तो हिम्मत न पड़ी बाहर निकलने की।

"मैं गंवारों के खेल नहीं खेलता। मेरे लिए टेनिस है।"

"टेनिस में भी मैं तुम्हें सैकड़ों गेम दे चुकी हूँ।"

"आपसे जीतने का दावा ही कब है?"

"अगर दावा हो, तो मैं तैयार हूँ।"

मालती उन्हें फटकार बता कर फिर अपनी जगह पर आ बैठी। किसी को मेहता से हमदर्दी नहीं है। कोई यह नहीं कहता कि अब खेल खत्म कर दिया जाए। मेहता भी अजीब बुद्धू आदमी हैं, कुछ धांधली क्यों नहीं कर बैठते। यहाँ भी अपनी न्यायप्रियता दिखा रहे हैं। अभी हार कर लौटेंगे तो चारों तरफ से तालियां पड़ेंगी। अब शायद बीस आदमी उनकी तरफ और होंगे और लोग कितने खुश हो रहे हैं।

ज्यों-ज्यों अंत समीप आता जाता था, लोग अधीर होते जाते थे और पाली की तरफ बढ़ते जाते थे। रस्सी का जो एक कठघरा-सा बनाया गया था, वह तोड़ दिया गया। स्वयं-सेवक रोकने की चेष्टा कर रहे थे, पर उस उत्सुकता के उन्माद में उनकी एक न चलती थी। यहाँ तक कि ज्वार अंतिम बिंदु तक आ पहुंचा और मेहता अकेले बच गए और अब उन्हें गूंगे का पार्ट खेलना पड़ेगा। अब सारा दारमदार उन्हीं पर है, अगर वह बच कर अपनी पाली में लौट आते हैं, तो उनका पक्ष बचता है। नहीं, हार का सारा अपमान और लज्जा लिए हुए उन्हें लौटना पड़ता है, वह दूसरे पक्ष के जितने आदमियों को छू कर अपनी पाली में आएंगे, वह सब मर जाएंगे और उतने ही आदमी उनकी तरफ जी उठेंगे। सबकी आँखें मेहता को ओर लगी हुई थीं। वह मेहता चले। जनता ने चारों ओर से आ कर पाली को घेर लिया। तन्मयता अपनी पराकाष्ठा पर थी। मेहता कितने शांत भाव से शत्रुओं की ओर जा रहे हैं। उनकी प्रत्येक गति जनता पर प्रतिबिबिंत हो जाती है, किसी की गर्दन टेढ़ी हुई जाती है, कोई आगे को झुक पड़ता है। वातावरण गर्म हो गया। पारा ज्वाला-बिंदु पर आ पहुंचा है। मेहता शत्रु-दल में घुसे। दल पीछे हटता जाता है। उनका संगठन इतना दृढ़ है कि मेहता की पकड़ या स्पर्श में कोई नहीं आ रहा है। बहुतों को आशा थी कि मेहता कम-से-कम अपने पक्ष के दस-पांच आदमियों को तो जिला ही लेंगे, वे निराश होते जा रहे हैं।

सहसा मिर्जा एक छलांग मारते हैं और मेहता की कमर पकड़ लेते हैं। मेहता अपने को छुड़ाने के लिए जोर मार रहे हैं। मिर्जा को पाली की तरफ खींचे लिए आ रहे हैं। लोग उन्मत्त हो जाते हैं। अब इसका पता चलना मुश्किल है कि कौन खिलाड़ी है, कौन तमाशाई। सब एक में गडमड हो गए हैं। मिर्जा और मेहता में मल्लयुद्ध हो रहा है। मिर्जा के कई बुड्ढे मेहता की तरफ लपके और उनसे लिपट गए। मेहता ज़मीन पर चुपचाप पड़े हुए हैं, अगर वह किसी तरह खींच-खांच कर दो हाथ और ले जाएं, तो उनके पचासों आदमी जी उठते हैं, मगर एक वह इंच भी नहीं खिसक सकते। मिर्जा उनकी गर्दन पर बैठे हुए हैं। मेहता का मुख लाल हो रहा है। आँखें बीर-बहूटी बनी

हुई हैं। पसीना टपक रहा है, और मिर्जा अपने स्थूल शरीर का भार लिए उनकी पीठ पर हुमच रहे हैं।

मालती ने समीप जा कर उत्तेजित स्वर में कहा–मिर्जा खुर्शेद, यह फेयर नहीं है। बाजी ड्रॉन रही।

खुर्शेद ने मेहता की गर्दन पर एक घस्सा लगा कर कहा–जब तक यह 'चीं' न बोलेंगे, मैं हरगिज न छोड़ूंगा। क्यों नहीं 'चीं' बोलते?

मालती और आगे बढ़ी–'चीं' बुलाने के लिए आप इतनी जबरदस्ती नहीं कर सकते।

मिर्जा ने मेहता की पीठ पर हुमच कर कहा–बेशक कर सकता हूँ। आप इनसे कह दें, 'चीं' बोलें, मैं अभी उठा जाता हूँ।

मेहता ने एक बार फिर उठने की चेष्टा की, पर मिर्जा ने उनकी गर्दन दबा दी।

मालती ने उनका हाथ पकड़ कर घसीटने की कोशिश करके कहा–यह खेल नहीं, अदावत है।

"अदावत ही सही।"

"आप न छोड़ेंगे?"

उसी वक्त जैसे कोई भूकंप आ गया। मिर्जा साहब ज़मीन पर पड़े हुए थे और मेहता दौड़े हुए पाली की ओर भागे जा रहे थे और हजारों आदमी पागलों की तरह टोपियां और पगड़ियां और छड़ियां उछाल रहे थे। कैसे यह कायापलट हुई, कोई समझ न सका।

मिर्जा ने मेहता को गोद में उठा लिया और लिए हुए शामियाने तक आए। प्रत्येक मुख पर यह शब्द थे–डॉक्टर साहब ने बाजी मार ली। और प्रत्येक आदमी इस हारी हुई बाजी के एकबारगी पलट जाने पर विस्मित था। सभी मेहता के जीवट और दम और धैर्य का बखान कर रहे थे।

मजदूरों के लिए पहले से नारंगियां मंगा ली गई थीं। उन्हें एक-एक नारंगी दे कर विदा किया गया। शामियाने में मेहमानों के चाय-पानी का आयोजन था। मेहता और मिर्जा एक ही मेज पर आमने-सामने बैठे। मालती मेहता के बगल में बैठी।

मेहता ने कहा–मुझे आज एक नया अनुभव हुआ। महिला की सहानुभूति हार को जीत बना सकती है।

मिर्जा ने मालती की ओर देखा–अच्छा! यह बात थी। जभी तो मुझे हैरत हो रही थी कि आप एकाएक कैसे ऊपर आ गए।

मालती शर्म से लाल हुई जाती थी। बोली–आप बड़े बेमुरौवत आदमी हैं मिर्जा जी! मुझे आज मालूम हुआ।

"कुसूर इनका था। यह क्यों 'चीं' नहीं बोलते थे?"

"मैं तो 'चीं' न बोलता, चाहे आप मेरी जान ही ले लेते।"

कुछ देर मित्रों में गपशप होती रही। फिर धन्यवाद के और मुबारकबाद के भाषण हुए और मेहमान लोग विदा हुए। मालती को भी एक विजिट करनी थी। वह भी चली गई। केवल मेहता और मिर्जा रह गए। उन्हें अभी स्नान करना था। मिट्टी में सने हुए थे। कपड़े कैसे पहनते? गोबर पानी खींच लाया और दोनों दोस्त नहाने लगे।

मिर्जा ने पूछा–शादी कब तक होगी?

मेहता ने अचंभे में आ कर पूछा–किसकी?

"आपकी।"

"मेरी शादी। किसके साथ हो रही है?"

"वाह! आप तो ऐसा उड़ रहे हैं, गोया यह भी छिपाने की बात है।"

"नहीं-नहीं, मैं सच कहता हूँ, मुझे बिलकुल खबर नहीं है। क्या मेरी शादी होने जा रही है?"

"और आप क्या समझते हैं, मिस मालती आपकी कंपेनियन बन कर रहेंगी?"

मेहता गंभीर भाव से बोले–आपका ख्याल बिलकुल गलत है मिर्जा जी! मिस मालती हसीन हैं, खुशमिजाज हैं, समझदार हैं, रोशनखयाल हैं और भी उनमें कितनी खूबियां हैं, लेकिन मैं अपने जीवन-संगिनी में जो बात देखना चाहता हूँ, वह उनमें नहीं है और न शायद हो सकती है। मेरे जेहन में औरत त्याग की मूर्ति है, जो अपनी बेजबानी से, अपनी कुर्बानी से, अपने को बिलकुल मिटा कर पति की आत्मा का एक अंश बन जाती है। देह पुरुष की रहती है पर आत्मा स्त्री की होती है। आप कहेंगे, मर्द अपने को क्यों नहीं मिटाता? औरत ही से क्यों इसकी आशा करता है? मर्द में वह सामर्थ्य ही नहीं है। वह अपने को मिटाएगा, तो शून्य हो जाएगा। वह किसी खोह में जा बैठेगा और सर्वात्मा में मिल जाने का स्वप्न देखेगा। वह तेज प्रधान जीव है, और अहंकार में यह समझ कर कि वह ज्ञान का पुतला है, सीधा ईश्वर में लीन होने की कल्पना किया करता है। स्त्री पृथ्वी की भांति धैर्यवान है, शांति-संपन्न है, सहिष्णु है। पुरुष में नारी के गुण आ जाते हैं, तो वह महात्मा बन जाता है। नारी में पुरुष के गुण आ जाते हैं, तो वह कुलटा हो जाती है। पुरुष आकर्षित होता है स्त्री की ओर, जो सर्वांश में स्त्री हो। मालती ने अभी तक मुझे आकर्षित नहीं किया। मैं आपसे किन शब्दों में कहूं कि स्त्री मेरी नजरों में क्या है। संसार में जो कुछ सुंदर है, उसी की प्रतिमा को मैं स्त्री कहता हूँ, मैं उससे यह आशा रखता हूँ कि मैं उसे मार ही डालूं तो भी प्रतिहिंसा का भाव उसमें न आए। अगर मैं उसकी आँखों के सामने किसी स्त्री को प्यार करूं तो भी उसकी ईर्ष्या न जागे। ऐसी नारी पा कर मैं उसके चरणों में गिर पड़ूंगा और उस पर अपने को अर्पण कर दूंगा।

मिर्जा ने सिर हिला कर कहा–ऐसी औरत आपको इस दुनिया में तो शायद ही मिले।

मेहता ने हाथ मार कर कहा–एक नहीं हजारों, वरना दुनिया वीरान हो जाती।

"ऐसी एक ही मिसाल दीजिए।"

"मिसेज खन्ना को ही ले लीजिए।"

"लेकिन खन्ना!"

"खन्ना अभागे हैं, जो हीरा पा कर कांच का टुकड़ा समझ रहे हैं। सोचिए, कितना त्याग है और उसके साथ ही कितना प्रेम है। खन्ना के रूपासक्त मन में शायद उसके लिए रत्ती-भर भी स्थान नहीं है, लेकिन आज खन्ना पर कोई आगत आ जाए, तो वह अपने को उन पर न्योछावर कर देगी। खन्ना आज अंधे या कोढ़ी हो जाएं, तो भी उसकी कादारी में फर्क न आएगा। अभी खन्ना उसकी कद्र नहीं कर रहे हैं, मगर आप देखेंगे, एक दिन यही खन्ना उसके चरण धो-धो कर पिएंगे। मैं ऐसी बीबी नहीं चाहता, जिससे मैं आइंस्टीन के सिद्धांत पर बहस कर सकूं, या जो मेरी रचनाओं के प्रूफ देखा करे। मैं ऐसी औरत चाहता हूँ, जो मेरे जीवन को पवित्र और उज्ज्वल बना दे, अपने प्रेम और त्याग से।"

खुर्शेद ने दाढ़ी पर हाथ फेरते हुए जैसे कोई भूली हुई बात याद करके कहा–आपका ख्याल बहुत ठीक है मिस्टर मेहता! ऐसी औरत अगर कहीं मिल जाए, तो मैं भी शादी कर लूं, लेकिन मुझे उम्मीद नहीं है कि मिले।

मेहता ने हंस कर कहा–आप भी तलाश में रहिए, मैं भी तलाश में हूँ। शायद कभी तकदीर जागे।

"मगर मिस मालती आपको छोड़ने वाली नहीं। कहिए लिख दूं।"

"ऐसी औरतों से मैं केवल मनोरंजन कर सकता हूँ, ब्याह नहीं। ब्याह तो आत्मसमर्पण है।"

"अगर ब्याह आत्मसमर्पण है, तो प्रेम क्या है?"

"प्रेम जब आत्मसमर्पण का रूप लेता है, तभी ब्याह है, उसके पहले ऐयाशी है।"

मेहता ने कपड़े पहने और विदा हो गए। शाम हो गई थी। मिर्जा ने जा कर देखा, तो गोबर अभी तक पेड़ों को सींच रहा था। मिर्जा ने प्रसन्न हो कर कहा–जाओ, अब तुम्हारी छुट्टी है। कल फिर आओगे?

गोबर ने कातर भाव से कहा–मैं कहीं नौकरी करना चाहता हूँ मालिक।

"नौकरी करना है, तो हम तुझे रख लेंगे।"

"कितना मिलेगा हुजूर?"

"जितना तू मांगे।"

"मैं क्या मांगूं। आप जो चाहे दे दें।"

"हम तुम्हें पंद्रह रुपए देंगे और खूब कस कर काम लेंगे।"

गोबर मेहनत से नहीं डरता। उसे रुपए मिलें, तो वह आठों पहर काम करने को तैयार है। पंद्रह रुपए मिलें, तो क्या पूछना। वह तो प्राण भी दे देगा।

बोला–मेरे लिए कोठरी मिल जाए, वहीं पड़ा रहूंगा।

"हां-हां, जगह का इंतजाम मैं कर दूंगा। इसी झोंपड़ी में एक किनारे तुम भी पड़े रहना।"

गोबर को जैसे स्वर्ग मिल गया।

14

होरी की फसल सारी की सारी डांड़ की भेंट हो चुकी थी। वैशाख तो किसी तरह कटा, मगर जेठ लगते-लगते घर में अनाज का एक दाना न रहा। पाँच-पांच पेट खाने वाले और घर में अनाज नदारद। दोनों जून न मिले, एक जून तो मिलना ही चाहिए। भर-पेट न मिले, आध पेट तो मिले। निराहार कोई कै दिन रह सकता है! उधार ले तो किससे? गाँव के छोटे-बड़े महाजनों से तो मुँह चुराना पड़ता था। मजूरी भी करे, तो किसकी? जेठ में अपना ही काम ढेरों था। ऊख की सिंचाई लगी हुई थी, लेकिन खाली पेट मेहनत भी कैसे हो!

सांझ हो गई थी। छोटा बच्चा रो रहा था। माँ को भोजन न मिले, तो दूध कहाँ से निकले? सोना परिस्थिति समझती थी, मगर रूपा क्या समझे। बार-बार रोटी-रोटी चिल्ला रही थी। दिन-भर तो कच्ची अमिया से जी बहला, मगर अब तो कोई ठोस चीज़ चाहिए। होरी दुलारी सहुआइन से अनाज उधार मांगने गया था, पर वह दुकान बंद करके पैठ चली गई थी। मंगरू साह ने केवल इनकार ही न किया, लताड़ भी दी–उधार मांगने चले हैं, तीन साल से धेला सूद नहीं दिया, उस पर उधार दिए जाओ। अब आकबत में देंगे। खोटी नीयत हो जाती है, तो यही हाल होता है। भगवान से भी यह अनीति नहीं देखी जाती है। कारकुन की डांट पड़ी, तो कैसे चुपके से रुपए उगल दिए। मेरे रुपए, रुपए ही नहीं हैं और मेहरिया है कि उसका मिजाज ही नहीं मिलता।

वहां से रुआंसा हो कर उदास बैठा था कि पुन्नी आग लेने आई। रसोई के द्वार पर जा कर देखा तो अंधेरा पड़ा हुआ था। बोली–आज रोटी नहीं बना रही हो क्या भाभीजी? अब तो बेला हो गई।

जब से गोबर भागा था, पुन्नी और धनिया में बोलचाल हो गई थी। होरी का एहसान भी मानने लगी थी। हीरा को अब वह गालियां देती थी–हत्यारा, गऊ-हत्या करके भागा। मुँह में कालिख लगी है, घर कैसे आए? और आए

भी तो घर के अंदर पांव न रखने दूं। गऊ-हत्या करते इसे लाज भी न आई। बहुत अच्छा होता, पुलिस बांध कर ले जाती और चक्की पिसवाती!

धनिया कोई बहाना न कर सकी। बोली–रोटी कहाँ से बने, घर में दाना तो है ही नहीं। तेरे महतो ने बिरादरी का पेट भर दिया, बाल-बच्चे मरें या जिएं। अब बिरादरी झांकती तक नहीं।

पुनिया की फसल अच्छी हुई थी, और वह स्वीकार करती थी कि यह होरी का पुरुषार्थ है। हीरा के साथ कभी इतनी बरक्कत न हुई थी।

बोली–अनाज मेरे घर से क्यों नहीं मंगवा लिया? वह भी तो महतो ही की कमाई है, कि किसी और की? सुख के दिन आएं, तो लड़ लेना, दुःख तो साथ रोने ही से कटता है। मैं क्या ऐसी अंधी हूँ कि आदमी का दिल नहीं पहचानती। महतो ने न संभाला होता, तो आज मुझे कहाँ सरन मिलती?

वह उल्टे पांव लौटी और सोना को भी साथ लेती गई। एक क्षण में दो डल्ले अनाज से भरे ला कर आंगन में रख दिए। दो मन से कम जौ न था। धनिया अभी कुछ कहने न पाई थी कि वह फिर चल दी और एक क्षण में एक बड़ी-सी टोकरी अरहर की दाल से भरी हुई ला कर रख दी और बोली–चलो, मैं आग जलाए देती हूँ।

धनिया ने देखा तो जौ के ऊपर एक छोटी-सी डलिया में चार-पांच सेर आटा भी था। आज जीवन में पहली बार वह परास्त हुई। आँखों में प्रेम और कृतज्ञता के मोती भर कर बोली–सब-का-सब उठा लाई कि घर में कुछ छोड़ा? कहीं भागा जाता था?

आंगन में बच्चा खटोले पर पड़ा रो रहा था। पुनिया उसे गोद में ले कर दुलारती हुई बोली–तुम्हारी दया से अभी बहुत है भाभी जी! पंद्रह मन तो जौ हुआ है और दस मन गेहूं। पाँच मन मटर हुआ, तुमसे क्या छिपाना है। दोनों घरों का काम चल जाएगा। दो-तीन महीने में फिर मकई हो जाएगी। आगे भगवान मालिक है।

झुनिया ने आ कर आंचल से छोटी सास के चरण छुए। पुनिया ने असीस दिया। सोना आग जलाने चली, रूपा ने पानी के लिए कलसा उठाया। रुकी हुई गाड़ी चल निकली। जल में अवरोध के कारण जो चक्कर था, फेन था, शोर था, गति की तीव्रता थी, वह अवरोध के हट जाने से शांत मधुर-ध्वनि के साथ सम, धीमी, एक-रस धार में बहने लगा।

पुनिया बोली–महतो को डांड़ देने की ऐसी जल्दी क्या पड़ी थी?

धनिया ने कहा–बिरादरी में सुरखरू कैसे होते?

“भाभी, बुरा न मानो तो, एक बात कहूं?”

“कह, बुरा क्यों मानूंगी?”

“न कहूंगी, कहीं तुम बिगड़ने न लगो?”

"कहती हूँ, कुछ न बोलूंगी, कह तो।"

"तुम्हें झुनिया को घर में रखना न चाहिए था!"

"तब क्या करती? वह डूब मरती थी।"

"मेरे घर में रख देती। तब तो कोई कुछ न कहता।"

"यह तो तू आज कहती है। उस दिन भेज देती, तो झाड़ू ले कर दौड़ती!"

"इतने खरच में तो गोबर का ब्याह हो जाता।"

"होनहार को कौन टाल सकता है पगली! अभी इतने ही से गला नहीं छूटा, भोला अब अपनी गाय के दाम मांग रहा है। तब तो गाय दी थी कि मेरी सगाई कहीं ठीक कर दो। अब कहता है, मुझे सगाई नहीं करनी, मेरे रुपए दे दो। उसके दोनों बेटे लाठी लिए फिरते हैं। हमारे कौन बैठा है, जो उससे लड़े। इस सत्यानासी गाय ने आ कर घर चौपट कर दिया।"

कुछ और बातें करके पुनिया आग ले कर चली गई। होरी सब कुछ देख रहा था। भीतर आ कर बोला–पुनिया दिल की साफ है।

"हीरा भी तो दिल का साफ था?"

धनिया ने अनाज तो रख लिया था, पर मन में लज्जित और अपमानित हो रही थी। यह दिनों का फेर है कि आज उसे यह नीचा देखना पड़ा।

"तू किसी का औसान नहीं मानती, यही तुझमें बुराई है।"

"औसान क्यों मानूं? मेरा आदमी उसकी गिरस्ती के पीछे जान नहीं दे रहा है? फिर मैंने दान थोड़े ही लिया है। उसका एक-एक दाना भर दूंगी।"

मगर पुनिया अपने जिठानी के मनोभाव समझ कर भी होरी का एहसान चुकाती जाती थी। जब अनाज चुक जाता, मन-दो-मन दे जाती, मगर जब चौमासा आ गया और वर्षा न हुई तो समस्या अत्यंत जटिल हो गई। सावन का महीना आ गया था और बगुले उठ रहे थे। कुओं का पानी भी सूख गया था और ऊख ताप से जली जा रही थी। नदी से थोड़ा-थोड़ा पानी मिलता था, मगर उसके पीछे आए दिन लाठियां निकलती थीं। यहाँ तक कि नदी ने भी जवाब दे दिया। जगह-जगह चोरियां होने लगीं, डाके पड़ने लगे। सारे प्रांत में हाहाकार मच गया। बारे कुशल हुई कि भादों में वर्षा हो गई और किसानों के प्राण हरे हुए। कितना उछाह था उस दिन! प्यासी पृथ्वी जैसे अघाती ही न थी और प्यासे किसान ऐसे उछल रहे थे, मानो पानी नहीं, अशर्फियां बरस रही हों। बटोर लो, जितना बटोरते बने। खेतों में जहाँ बगुले उठते थे, वहाँ हल चलने लगे। बालवृंद निकल-निकल कर तालाबों और पोखरों और गड़हियों का मुआयना कर रहे थे। ओहो! तालाब तो आधा भर गया, और वहाँ से गड़हिया की तरफ दौड़े।

मगर अब कितना ही पानी बरसे, ऊख तो विदा हो गई। एक-एक हाथ की होके रह जाएगी, मक्का और जुआर और कोदों से लगान थोड़े ही चुकेगा,

महाजन का पेट थोड़े ही भरा जाएगा। हां, गौओं के लिए चारा हो गया और आदमी जी गया।

जब माघ बीत गया और भोला के रुपए न मिले, तो एक दिन वह झल्लाया हुआ होरी के घर आ धमका और बोला–यही है तुम्हारा कौल? इसी मुँह से तुमने ऊख पेर कर मेरे रुपए देने का वादा किया था? अब तो ऊख पेर चुके। लाओ रुपए मेरे हाथ में।

होरी जब अपने विपत्ति सुना कर और सब तरह से चिरौरी करके हार गया और भोला द्वार से न हटा, तो उसने झुंझला कर कहा–तो महतो, इस बखत तो मेरे पास रुपए नहीं हैं और न मुझे कहीं उधार ही मिल सकता है। मैं कहाँ से लाऊं? दाने-दाने की तंगी हो रही है। बिस्वास न हो, घर में आ कर देख लो। जो कुछ मिले, उठा ले जाओ।

भोला ने निर्मम भाव से कहा–मैं तुम्हारे घर में क्यों तलासी लेने जाऊं और न मुझे इससे मतलब है कि तुम्हारे पास रुपए हैं या नहीं। तुमने ऊख पेर कर रुपए देने को कहा था। ऊख पेर चुके। अब रुपए मेरे हवाले करो।

"तो फिर जो कहो, वह करूं?"

"मैं क्या कहूं?"

"मैं तुम्हीं पर छोड़ता हूँ।"

"मैं तुम्हारे दोनों बैल खोल ले जाऊँगा।"

होरी ने उसकी ओर विस्मय-भरी आँखों से देखा, मानो अपने कानों पर विश्वास न आया हो। फिर हतबुद्धि-सा सिर झुका कर रह गया। भोला क्या उसे भिखारी बना कर छोड़ देना चाहते हैं? दोनों बैल चले गए, तब तो उसके दोनों हाथ ही कट जाएंगे।

दीन स्वर में बोला–दोनों बैल ले लोगे, तो मेरा सर्वनास हो जाएगा। अगर तुम्हारा धरम यही कहता है, तो खोल ले जाओ।

"तुम्हारे बनने-बिगड़ने की मुझे परवा नहीं है। मुझे अपने रुपए चाहिए।"

"और जो मैं कह दूं, मैंने रुपए दे दिए?"

भोला सन्नाटे में आ गया। उसे अपने कानों पर विश्वास न आया। होरी इतनी बड़ी बेईमानी कर सकता है, यह संभव नहीं।

उग्र हो कर बोला–अगर तुम हाथ में गंगाजली ले कर कह दो कि मैंने रुपए दे दिए, तो सबर कर लूंगा।

"कहने का मन तो चाहता है, मरता क्या न करता, लेकिन कहूंगा नहीं।"

"तुम कह ही नहीं सकते।"

"हां भैया, मैं नहीं कह सकता। हंसी कर रहा था।"

एक क्षण तक वह दुविधा में पड़ा रहा। फिर बोला–तुम मुझसे इतना बैर क्यों पाल रहे हो भोला भाई! झुनिया मेरे घर में आ गई, तो मुझे कौन-सा

सरग मिल गया? लड़का अलग हाथ से गया, दो सौ रुपया डांड़ अलग भरना पड़ा। मैं तो कहीं का न रहा और अब तुम भी मेरी जड़ खोद रहे हो। भगवान जानते हैं, मुझे बिलकुल न मालूम था कि लौंडा क्या कर रहा है। मैं तो समझता था, गाना सुनने जाता होगा। मुझे तो उस दिन पता चला, जब आधी रात को झुनिया घर में आ गई। उस बखत मैं घर में न रखता, तो सोचो, कहाँ जाती? किसकी हो कर रहती?

झुनिया बरौठे के द्वार पर छिपी खड़ी यह बातें सुन रही थी। बाप को अब वह बाप नहीं शत्रु समझती थी। डरी, कहीं होरी बैलों को दे न दें। जा कर रूपा से बोली–अम्मां को जल्दी से बुला ला। कहना, बड़ा काम है, बिलम न करो।

धनिया खेत में गोबर फेंकने गई थी, बहू का संदेश सुना, तो आ कर बोली–काहे बुलाया है बहू, मैं तो घबड़ा गई।

"काका को तुमने देखा है न?"

"हां देखा, कसाई की तरह द्वार पर बैठा हुआ है। मैं तो बोली भी नहीं।"

"हमारे दोनों बैल मांग रहे हैं, दादा से।"

धनिया के पेट की आंतें भीतर सिमट गईं।

"दोनों बैल मांग रहे हैं?"

"हां, कहते हैं या तो हमारे रुपए दो, या हम दोनों बैल खोल ले जाएंगे।"

"तेरे दादा ने क्या कहा?"

"उन्होंने कहा–तुम्हारा धरम कहता हो, तो खोल ले जाओ।"

"तो खोल ले जाए, लेकिन इसी द्वार पर आ कर भीख न मांगे, तो मेरे नाम पर थूक देना। हमारे लहू से उसकी छाती जुड़ाती हो, तो जुड़ा ले।"

वह इसी तैश में बाहर आ कर होरी से बोली–महतो दोनों बैल मांग रहे हैं, तो दे क्यों नहीं देते? उनका पेट भरे, हमारे भगवान मालिक हैं। हमारे हाथ तो नहीं काट लेंगे! अब तक अपने मजूरी करते थे, अब दूसरों की मजूरी करेंगे। भगवान की मरजी होगी, तो फिर बैल-बधिए हो जाएंगे, और मजूरी ही करते रहे, तो कौन बुराई है। बूड़े-सूखे और पोत-लगान का बोझ न रहेगा। मैं न जानती थी, यह हमारे बैरी हैं, नहीं गाय ले कर अपने सिर पर विपत्ति क्यों लेती! उस निगोड़ी का पौरा जिस दिन से आया, घर तहस-नहस हो गया।

भोला ने अब तक जिस शस्त्र को छिपा रखा था, अब उसे निकालने का अवसर आ गया। उसे विश्वास हो गया, बैलों के सिवा इन सबों के पास कोई अवलंब नहीं है। बैलों को बचाने के लिए ये लोग सब कुछ करने को तैयार हो जाएंगे। अच्छे निशानेबाज की तरह मन को साध कर बोला–अगर तुम चाहते हो कि हमारी बेइज्जती हो और तुम चैन से बैठो, तो यह न होगा। तुम अपने सौ-दो-सौ को रोते हो। यहाँ लाख रुपए की आबरू बिगड़ गई। तुम्हारी कुसल

इसी में है कि जैसे झुनिया को घर में रखा था, वैसे ही घर से निकाल दो, फिर न हम बैल मांगेंगे, न गाय का दाम मांगेंगे। उसने हमारी नाक कटवाई है, तो मैं भी उसे ठोकरें खाते देखना चाहता हूँ। वह यहाँ रानी बनी बैठी रहे, और हम मुँह में कालिख लगाए उसके नाम को रोते रहें, यह मैं नहीं देख सकता। वह मेरी बेटी है, मैंने उसे गोद में खिलाया है, और भगवान साखी है, मैंने उसे कभी बेटों से कम नहीं समझा, लेकिन आज उसे भीख मांगते और घूर पर दाने चुनते देख कर मेरी छाती सीतल हो जाएगी। जब बाप हो कर मैंने अपना हिरदा इतना कठोर बना लिया है, तब सोचो, मेरे दिल पर कितनी बड़ी चोट लगी होगी। इस मुँहजली ने सात पुस्त का नाम डुबा दिया। और तुम उसे घर में रखे हुए हो, यह मेरी छाती पर मूंग दलना नहीं तो और क्या है!

धनिया ने जैसे पत्थर की लकीर खींचते हुए कहा–तो महतो, मेरी भी सुन लो। जो बात तुम चाहते हो, वह न होगी। सौ जनम न होगी। झुनिया हमारी जान के साथ है। तुम बैल ही तो ले जाने को कहते हो, ले जाओ, अगर इससे तुम्हारी कटी हुई नाक जुड़ती हो, तो जोड़ लो, पुरखों की आबरू बचती हो, तो बचा लो। झुनिया से बुराई जरूर हुई। जिस दिन उसने मेरे घर में पांव रखा, मैं झाड़ू ले कर मारने को उठी थी, लेकिन जब उसकी आँखों से झर-झर आँसू बहने लगे, तो मुझे उस पर दया आ गई। तुम अब बूढ़े हो गए महतो! पर आज भी तुम्हें सगाई की धुन सवार है। फिर वह तो अभी बच्चा है।

भोला ने अपील-भरी आँखों से होरी को देखा–सुनते हो होरी इसकी बातें! अब मेरा दोस नहीं। मैं बिना बैल लिए न जाऊँगा।

होरी ने दृढ़ता से कहा–ले जाओ।

"फिर रोना मत कि मेरे बैल खोल ले गए!"

"नहीं रोऊंगा।"

भोला बैलों की पगहिया खोल ही रहा था कि झुनिया चकतियोंदार साड़ी पहने, बच्चे को गोद में लिए, बाहर निकल आई और कंपित स्वर में बोली–काका, लो मैं इस घर से निकल जाती हूँ और जैसी तुम्हारी मनोकामना है, उसी तरह भीख मांग कर अपना और अपने बच्चे का पेट पालूंगी, और जब भीख भी न मिलेगी, तो कहीं डूब मरूंगी।

भोला खिसिया कर बोला–दूर हो मेरे सामने से। भगवान न करे, मुझे फिर तेरा मुँह देखना पड़े। कुलच्छिनी, कुल-कलंकनी कहीं की! अब तेरे लिए डूब मरना ही उचित है।

झुनिया ने उसकी ओर ताका भी नहीं। उसमें वह क्रोध था, जो अपने को खा जाना चाहता है, जिसमें हिंसा नहीं, आत्मसमर्पण है। धरती इस वक्त मुँह खोल कर उसे निगल लेती, तो वह कितना धन्य मानती। उसने आगे कदम उठाया।

लेकिन वह दो कदम भी न गई थी कि धनिया ने दौड़ कर उसे पकड़ लिया और हिंसा-भरे स्नेह से बोली–तू कहाँ जाती है बहू, चल घर में। यह तेरा घर है, हमारे जीते भी और हमारे मरने के पीछे भी। डूब मरे वह, जिसे अपने संतान से बैर हो। इस भले आदमी को मुँह से ऐसी बात कहते लाज नहीं आती। मुझ पर धौंस जमाता है नीच! ले जा, बैलों का रकत पी....

झुनिया रोती हुई बोली–अम्मां, जब अपना बाप हो के मुझे धिक्कार रहा है, तो मुझे डूब ही मरने दो। मुझ अभागिनी के कारन तो तुम्हें दुःख ही मिला। जब से आई, तुम्हारा घर मिट्टी में मिल गया। तुमने इतने दिन मुझे जिस परेम से रखा, माँ भी न रखती। भगवान मुझे फिर जनम दें, तो तुम्हारी कोख से दें, यही मेरी अभिलाषा है।

धनिया उसको अपनी ओर खींचती हुई बोली–यह तेरा बाप नहीं है, तेरा बैरी है, हत्यारा। माँ होती, तो अलबत्ते उसे कलंक होता। ला सगाई। मेहरिया जूतों से न पीटे, तो कहना!

झुनिया सास के पीछे-पीछे घर में चली गई। उधर भोला ने जा कर दोनों बैलों को खूंटों से खोला और हांकता हुआ घर चला, जैसे किसी नेवते में जा कर पूरियों के बदले जूते पड़े हों–अब करो खेती और बजाओ बंसी। मेरा अपमान करना चाहते हैं सब, न जाने कब का बैर निकाल रहे हैं। नहीं, ऐसी लड़की को कौन भला आदमी अपने घर में रखेगा? सब-के-सब बेसरम हो गए हैं। लौंडे का कहीं ब्याह न होता था इसी से। और इस रांड़ झुनिया की ढिठाई देखो कि आ कर मेरे सामने खड़ी हो गई। दूसरी लड़की होती, तो मुँह न दिखाती। आँखों का पानी मर गया है। सबके सब दुष्ट और मूरख भी हैं। समझते हैं, झुनिया अब हमारी हो गई। यह नहीं समझते, जो अपने बाप के घर न रही, वह किसी के घर नहीं रहेगी। समय खराब है, नहीं बीच बाज़ार में इस चुड़ैल धनिया के झोंटे पकड़ कर घसीटता। मुझे कितनी गालियां देती थी।

फिर उसने दोनों बैलों को देखा, कितने तैयार हैं। अच्छी जोड़ी है। जहाँ चाहूं, सौ रुपए में बेच सकता हूँ। मेरे अस्सी रुपए खरे हो जाएंगे।

अभी वह गाँव के बाहर भी न निकला था कि पीछे से दातादीन, पटेश्वरी, शोभा और दस-बीस आदमी और दौड़े आते दिखाई दिए। भोला का लहू सर्द हो गया। अब फौजदारी हुई, बैल भी छिन जाएंगे, मार भी पड़ेगी। वह रुक गया कमर कस कर। मरना ही है तो लड़ कर मरेगा।

दातादीन ने समीप आ कर कहा–यह तुमने क्या अनर्थ किया भोला, ऐं! उसके बैल खोल लाए, वह कुछ बोला नहीं, इसी से सेर हो गए। सब लोग अपने-अपने काम में लगे थे, किसी को खबर भी न हुई। होरी ने जरा-सा इशारा कर दिया होता, तो तुम्हारा एक-एक बाल नुच जाता। भला चाहते हो, तो ले चलो बैल, जरा भी भलमंसी नहीं है तुममें।

पटेश्वरी बोले–यह उसके सीधेपन का फल है। तुम्हारे रुपए उस पर आते हैं, तो जा कर दीवानी में दावा करो, डिगरी कराओ। बैल खोल लाने का तुम्हें क्या अख्तियार है? अभी फौजदारी में दावा कर दे तो बंधे-बंधे फिरो।

भोला ने दब कर कहा–तो लाला साहब, हम कुछ जबरदस्ती थोड़े ही खोल लाए। होरी ने खुद दिए।

पटेश्वरी ने भोला से कहा–तुम बैलों को लौटा दो भोला! किसान अपने बैल खुशी से देगा, कि इन्हें हल में जोतेगा।

भोला बैलों के सामने खड़ा हो गया–हमारे रुपए दिलवा दो, हमें बैलों को ले कर क्या करना है?

"हम बैल लिए जाते हैं, अपने रुपए के लिए दावा करो और नहीं तो मार कर गिरा दिए जाओगे। रुपए दिए थे नगद तुमने? एक कुलच्छिनी गाय बेचारे के सिर मढ़ दी और अब उसके बैल खोले लिए जाते हो।"

भोला बैलों के सामने से न हटा। खड़ा रहा गुमसुम, दृढ़, मानो मर कर ही हटेगा। पटवारी से दलील करके वह कैसे पेश पाता?

दातादीन ने एक कदम आगे बढ़ा कर अपने झुकी कमर को सीधा करके ललकारा–तुम सब खड़े ताकते क्या हो, मार के भगा दो इसको। हमारे गाँव से बैल खोल ले जाएगा।

बंशी बलिष्ठ युवक था। उसने भोला को जोर से धक्का दिया। भोला संभल न सका, गिर पड़ा। उठना चाहता था कि बंशी ने फिर एक घूंसा दिया।

होरी दौड़ता हुआ आ रहा था। भोला ने उसकी ओर दस कदम बढ़ कर पूछा–ईमान से कहना होरी महतो, मैंने बैल जबरदस्ती खोल लिए?

दातादीन ने इसका भावार्थ किया–यह कहते हैं कि होरी ने अपने खुशी से बैल मुझे दे दिए। हमीं को उल्लू बनाते हैं!

होरी ने सकुचाते हुए कहा–यह मुझसे कहने लगे या तो झुनिया को घर से निकाल दो, या मेरे रुपए दो, नहीं तो मैं बैल खोल ले जाऊँगा। मैंने कहा–मैं बहू को तो न निकालूंगा, न मेरे पास रुपए हैं, अगर तुम्हारा धरम कहे, तो बैल खोल लो। बस, मैंने इनके धरम पर छोड़ दिया और इन्होंने बैल खोल लिए।

पटेश्वरी ने मुँह लटका कर कहा–जब तुमने धरम पर छोड़ दिया, तब काहे की जबरदस्ती। उसके धरम ने कहा–लिए जाता है। जाओ भैया, बैल तुम्हारे हैं।

दातादीन ने समर्थन किया–हां, जब धरम की बात आ गई, तो कोई क्या कहे। सब-के-सब होरी को तिरस्कार की आँखों से देखते परास्त हो कर लौट पड़े और विजयी भोला शान से गर्दन उठाए बैलों को ले चला।

15

मालती बाहर से तितली है, भीतर से मधुमक्खी। उसके जीवन में हंसी ही हंसी नहीं है, केवल गुड़ खा कर कौन जी सकता है! और जिए भी तो वह कोई सुखी जीवन न होगा। वह हंसती है, इसलिए कि उसे इसके भी दाम मिलते हैं। उसका चहकना और चमकना, इसलिए नहीं है कि वह चहकने को ही जीवन समझती है, या उसने निजत्व को अपने आँखों में इतना बढ़ा लिया है कि जो कुछ करे, अपने ही लिए करे। नहीं, वह इसलिए चहकती है और विनोद करती है कि इससे उसके कर्तव्य का भार कुछ हल्का हो जाता है। उसके बाप उन विचित्र जीवों में थे, जो केवल जबान की मदद से लाखों के वारे-न्यारे करते थे। बड़े-बड़े जमींदारों और रईसों की जायदादें बिकवाना, उन्हें कर्ज दिलाना या उनके मुआमलों का अफसरों से मिल कर तय करा देना, यही उनका व्यवसाय था। दूसरे शब्दों में दलाल थे। इस वर्ग के लोग बड़े प्रतिभावान होते हैं। जिस काम से कुछ मिलने की आशा हो, वह उठा लेंगे, और किसी न किसी तरह उसे निभा भी देंगे। किसी राजा की शादी किसी राजकुमारी से ठीक करवा दी और दस-बीस हज़ार उसी में मार लिए। यही दलाल जब छोटे-छोटे सौदे करते हैं, तो टाउट कहे जाते हैं, और हम उनसे घृणा करते हैं। बड़े-बड़े काम करके वही टाउट राजाओं के साथ शिकार खेलता है और गर्वनरों की मेज पर चाय पीता है। मिस्टर कौल उन्हीं भाग्यवानों में से थे। उनके तीन लड़कियां ही लड़कियां थीं! उनका विचार था कि तीनों को इंग्लैंड भेज कर शिक्षा के शिखर पर पहुंचा दें। अन्य बहुत से बड़े आदमियों की तरह उनका भी ख्याल था कि इंग्लैंड में शिक्षा पा कर आदमी कुछ और हो जाता है। शायद वहाँ की जलवायु में बुद्धि को तेज कर देने की कोई शक्ति है, मगर उनकी यह कामना एक-तिहाई से ज्यादा पूरी न हुई। मालती इंग्लैंड में ही थी कि उन पर फालिज गिरा और बेकाम कर गया। अब बड़ी मुश्किल से दो आदमियों के सहारे उठते-बैठते थे। जबान तो बिलकुल बंद ही हो गई। और जब जबान ही बंद हो गई, तो आमदनी भी बंद हो गई। जो कुछ थी, जबान ही की कमाई थी। कुछ बचा कर रखने की उनकी आदत न थी। अनियमित आय थी, और अनियमित खर्च था, इसलिए इधर कई साल से बहुत तंगहाल हो रहे थे। सारा दायित्व मालती पर आ पड़ा। मालती के चार-पांच सौ रुपए में वह भोग-विलास और ठाठ-बाट तो क्या निभता! हां, इतना था कि दोनों लड़कियों की शिक्षा होती जाती थी और भलेमानसों की तरह जिंदगी बसर होती थी। मालती सुबह से पहर रात

तक दौड़ती रहती थी। चाहती थी कि पिता सात्विकता के साथ रहें, लेकिन पिताजी को शराब-कबाब का ऐसा चस्का पड़ा था कि किसी तरह गला न छोड़ता था। कहीं से कुछ न मिलता, तो एक महाजन से अपने बंगले पर प्रोनोट लिख कर हज़ार दो हज़ार ले लेते थे। महाजन उनका पुराना मित्र था, जिसने उनकी बदौलत लेन-देन में लाखों कमाए थे, और मुरौवत के मारे कुछ बोलता न था, उसके पचीस हज़ार चढ़ चुके थे, और जब चाहता, कुर्की करा सकता था, मगर मित्रता की लाज निभाता जाता था। आत्मसेवियों में जो निर्लज्जता आ जाती है, वह कौल में भी थी। तकाजे हुआ करें, उन्हें परवा न थी। मालती उनके अपव्यय पर झुंझलाती रहती थी, लेकिन उसकी माता जो साक्षात देवी थीं और इस युग में भी पति की सेवा को नारी-जीवन का मुख्य हेतु समझती थीं, उसे समझाती रहती थीं, इसलिए गृहयुद्ध न होने पाता था।

संध्या हो गई थी। हवा में अभी तक गरमी थी। आकाश में धुंध छाया हुआ था। मालती और उसकी दोनों बहनें बंगले के सामने घास पर बैठी हुई थीं। पानी न पाने के कारण वहाँ की दूब जल गई थी और भीतर की मिट्टी निकल आई थी।

मालती ने पूछा—माली क्या बिलकुल पानी नहीं देता?

मंझली बहन सरोज ने कहा—पड़ा-पड़ा सोया करता है सूअर। जब कहो, तो बीस बहाने निकालने लगता है।

सरोज बी.ए में पढ़ती थी, दुबली-सी, लंबी, पीली, रूखी, कटु। उसे किसी की कोई बात पसंद न आती थी। हमेशा ऐब निकालती रहती थी। डॉक्टरों की सलाह थी कि वह कोई परिश्रम न करे और पहाड़ पर रहे, लेकिन घर की स्थिति ऐसी न थी कि उसे पहाड़ पर भेजा जा सकता।

सबसे छोटी वरदा को सरोज से इसलिए द्वेष था कि सारा घर सरोज को हाथों हाथ लिए रहता था, वह चाहती थी जिस बीमारी में इतना स्वाद है, वह उसे ही क्यों नहीं हो जाती। गोरी-सी, गर्वशील, स्वस्थ, चंचल आँखों वाली बालिका थी, जिसके मुख पर प्रतिभा की झलक थी। सरोज के सिवा उसे सारे संसार से सहानुभूति थी। सरोज के कथन का विरोध करना उसका स्वभाव था। बोली—दिन-भर दादाजी बाज़ार भेजते रहते हैं, फुरसत ही कहाँ पाता है। मरने की छुट्टी तो मिलती नहीं, पड़ा-पड़ा सोएगा।

सरोज ने डांटा—दादाजी उसे कब बाज़ार भेजते हैं री, झूठी कहीं की!

"रोज भेजते हैं, रोज। अभी तो आज ही भेजा था। कहो तो बुला कर पुछवा दूं?"

"पुछवाएगी, बुलाऊं?"

मालती डरी। दोनों गुथ जाएंगी, तो बैठना मुश्किल कर देंगी। बात बदल कर बोली—अच्छा खैर, होगा। आज डॉक्टर मेहता का तुम्हारे यहाँ भाषण हुआ था, सरोज?

सरोज ने नाक सिकोड़ कर कहा–हां, हुआ तो था, लेकिन किसी ने पसंद नहीं किया। आप फरमाने लगे? संसार में स्त्रियों का क्षेत्र पुरुषों से बिलकुल अलग है। स्त्रियों का पुरुषों के क्षेत्र में आना इस युग का कलंक है। सब लड़कियों ने तालियां और सीटियां बजानी शुरू कीं। बेचारे लज्जित हो कर बैठ गए। कुछ अजीब-से आदमी मालूम होते हैं। आपने यहाँ तक कह डाला कि प्रेम केवल कवियों की कल्पना है। वास्तविक जीवन में इसका कहीं निशान नहीं। लेडी हुकू ने उनका खूब मजाक उड़ाया।

मालती ने कटाक्ष किया–लेडी हुकू ने? इस विषय में वह भी कुछ बोलने का साहस रखती हैं! तुम्हें डॉक्टर साहब का भाषण आदि से अंत तक सुनना चाहिए था। उन्होंने दिल में लड़कियों को क्या समझा होगा?

"पूरा भाषण सुनने का सब्र किसे था? वह तो जैसे घाव पर नमक छिड़कते थे।"

"फिर उन्हें बुलाया ही क्यों? आखिर उन्हें औरतों से कोई बैर तो है नहीं। जिस बात को हम सत्य समझते हैं, उसी का तो प्रचार करते हैं। औरतों को खुश करने के लिए वह उनकी-सी कहने वालों में नहीं हैं और फिर अभी यह कौन जानता है कि स्त्रियां जिस रास्ते पर चलना चाहती हैं, वही सत्य है। बहुत संभव है, आगे चल कर हमें अपनी धारणा बदलनी पड़े।"

उसने फ्रांस, जर्मनी और इटली की महिलाओं के जीवन आदर्श बतलाए और कहा–शीघ्र ही वीमेन्स लीग की ओर से मेहता का भाषण होने वाला है।

सरोज को कौतूहल हुआ।

"मगर आप भी तो कहती हैं कि स्त्रियों और पुरुषों के अधिकार समान होने चाहिए।"

"अब भी कहती हूँ, लेकिन दूसरे पक्ष वाले क्या कहते हैं, यह भी तो सुनना चाहिए। संभव है, हमीं गलती पर हों।"

यह लीग इस नगर की नई संस्था है और मालती के उद्योग से खुली है। नगर की सभी शिक्षित महिलाएं उसमें शरीक हैं। मेहता के पहले भाषण ने महिलाओं में बड़ी हलचल मचा दी थी और लीग ने निश्चय किया था, कि उनका खूब दंदाशिकन जवाब दिया जाए। मालती ही पर यह भार डाला गया था। मालती कई दिन तक अपने पक्ष के समर्थन में युक्तियां और प्रमाण खोजती रही। और भी कई देवियां अपने भाषण लिख रही थीं। उस दिन जब मेहता शाम को लीग के हॉल में पहुंचे, तो जान पड़ता था, हॉल फट जाएगा। उन्हें गर्व हुआ। उनका भाषण सुनने के लिए इतना उत्साह! और वह उत्साह केवल मुख पर और आँखों में न था। आज सभी देवियां सोने और रेशम से लदी हुई थीं, मानो किसी बारात में आई हों। मेहता को परास्त करने के लिए पूरी शक्ति से काम लिया गया था और यह कौन कह सकता है कि

जगमगाहट शक्ति का अंग नहीं है। मालती ने तो आज के लिए नए फैशन की साड़ी निकाली थी, नए काट के जंपर बनवाए थे। और रंग-रोगन और फूलों से खूब सजी हुई थी, मानो उसका विवाह हो रहा हो। वीमेंस लीग में इतना समारोह और कभी न हुआ था। डॉक्टर मेहता अकेले थे, फिर भी देवियों के दिल कांप रहे थे। सत्य की एक चिनगारी असत्य के एक पहाड़ को भस्म कर सकती है।

सबसे पीछे की संफ में मिर्जा और खन्ना और संपादक जी भी विराज रहे थे। रायसाहब भाषण शुरू होने के बाद आए और पीछे खड़े हो गए।

मिर्जा ने कहा–आ जाइए आप भी, खड़े कब तक रहिएगा?

रायसाहब बोले–नहीं भाई, यहाँ मेरा दम घुटने लगेगा।

"तो मैं खड़ा होता हूँ। आप बैठिए।"

रायसाहब ने उनके कंधे दबाए–तकल्लुफ नहीं, बैठे रहिए। मैं थक जाऊँगा, तो आपको उठा दूंगा और बैठ जाऊँगा, अच्छा मिस मालती सभानेत्री हुईं। खन्ना साहब कुछ इनाम दिलवाइए।

खन्ना ने रोनी सूरत बना कर कहा–अब मिस्टर मेहता पर निगाह है। मैं तो गिर गया।

मिस्टर मेहता का भाषण शुरू हुआ–

"देवियो, जब मैं इस तरह आपको संबोधित करता हूँ, तो आपको कोई बात खटकती नहीं। आप इस सम्मान को अपना अधिकार समझती हैं, लेकिन आपने किसी महिला को पुरुषों के प्रति 'देवता' का व्यवहार करते सुना है? उसे आप देवता कहें, तो वह समझेगा, आप उसे बना रही हैं। आपके पास दान देने के लिए दया है, श्रद्धा है, त्याग है। पुरुष के पास दान के लिए क्या है? वह देवता नहीं, लेवता है। वह अधिकार के लिए हिंसा करता है, संग्राम करता है, कलह करता है..."

तालियां बजीं। रायसाहब ने कहा–औरतों को खुश करने का इसने कितना अच्छा ढंग निकाला।

"बिजली संपादक को बुरा लगा–कोई नई बात नहीं। मैं कितनी ही बार यह भाव व्यक्त कर चुका हूँ।"

मेहता आगे बढ़े–इसलिए जब मैं देखता हूँ, हमारी उन्नत विचारों वाली देवियां उस दया और श्रद्धा और त्याग के जीवन से असंतुष्ट हो कर संग्राम और कलह और हिंसा के जीवन की ओर दौड़ रही हैं और समझ रही हैं कि यही सुख का स्वर्ग है, तो मैं उन्हें बधाई नहीं दे सकता।

मिसेज खन्ना ने मालती की ओर सगर्व नेत्रों से देखा। मालती ने गर्दन झुका ली।

खुर्शेद बोले–अब कहिए। मेहता दिलेर आदमी है। सच्ची बात कहता है और मुँह पर।

'बिजली' संपादक ने नाक सिकोड़ी–अब वह दिन लद गए, जब देवियां इन चकमों में आ जाती थीं। उनके अधिकार हड़पते जाओ और कहते जाओ, आप तो देवी हैं, लक्ष्मी हैं, माता हैं।

मेहता आगे बढ़े–स्त्री को पुरुष के रूप में, पुरुष के कर्म में रत देख कर मुझे उसी तरह वेदना होती है, जैसे पुरुष को स्त्री के रूप में, स्त्री के कर्म करते देख कर। मुझे विश्वास है, ऐसे पुरुषों को आप अपने विश्वास और प्रेम का पात्र नहीं समझतीं और मैं आपको विश्वास दिलाता हूँ, ऐसी स्त्री भी पुरुष के प्रेम और श्रद्धा का पात्र नहीं बन सकती।

खन्ना के चेहरे पर दिल की खुशी चमक उठी।

रायसाहब ने चुटकी ली–आप बहुत खुश हैं खन्ना जी!

खन्ना बोले–मालती मिलें, तो पूछूं। अब कहिए।

मेहता आगे बढ़े–मैं प्राणियों के विकास में स्त्री के पद को पुरुष के पद से श्रेष्ठ समझता हूँ, उसी तरह जैसे प्रेम और त्याग और श्रद्धा को हिंसा और संग्राम और कलह से श्रेष्ठ समझता हूँ। अगर हमारी देवियां सृष्टि और पालन के देव-मंदिर से हिंसा और कलह के दानव-क्षेत्र में आना चाहती हैं, तो उससे समाज का कल्याण न होगा। मैं इस विषय में दृढ़ हूँ। पुरुष ने अपने अभिमान में अपनी दानवी कीर्ति को अधिक महत्व दिया है। वह अपने भाई का स्वत्व छीन कर और उसका रक्त बहा कर समझने लगा, उसने बहुत बड़ी विजय पाई। जिन शिशुओं को देवियों ने अपने रक्त से सिरजा और पाला, उन्हें बम और मशीनगन और सहस्रों टैंकों का शिकार बना कर वह अपने को विजेता समझता है। और जब हमारी ही माताएं उसके माथे पर केसर का तिलक लगा कर और उसे अपने असीसों का कवच पहना कर हिंसा-क्षेत्र में भेजती हैं, तो आश्चर्य है कि पुरुष ने विनाश को ही संसार के कल्याण की वस्तु समझा और उसकी हिंसा-प्रवृत्ति दिन-दिन बढ़ती गई और आज हम देख रहे हैं कि यह दानवता प्रचंड हो कर समस्त संसार को रौंदती, प्राणियों को कुचलती, हरी-भरी खेतियों को जलाती और गुलजार बस्तियों को वीरान करती चली जाती है। देवियो, मैं आपसे पूछता हूँ, क्या आप इस दानवलीला में सहयोग दे कर, इस संग्राम-क्षेत्र में उतर कर संसार का कल्याण करेंगी? मैं आपसे विनती करता हूँ, नाश करने वालों को अपना काम करने दीजिए, आप अपने धर्म का पालन किए जाइए।

खन्ना बोले–मालती की तो गर्दन ही नहीं उठती।

रायसाहब ने इन विचारों का समर्थन किया–मेहता कहते तो यथार्थ ही हैं।

'बिजली' संपादक बिगड़े–मगर कोई बात तो नहीं कही। नारी-आंदोलन के विरोधी इन्हीं ऊटपटांग बातों की शरण लिया करते हैं। मैं इसे मानता ही नहीं कि त्याग और प्रेम से संसार ने उन्नति की। संसार ने उन्नति की है पौरुष से, पराक्रम से, बुद्धि-बल से, तेज से।

खुर्शेद ने कहा–अच्छा, सुनने दीजिएगा या अपनी ही गाए जाइएगा?

मेहता का भाषण जारी था–देवियो, मैं उन लोगों में नहीं हूँ, जो कहते हैं, स्त्री और पुरुष में समान शक्तियां हैं, समान प्रवृत्तियां हैं, और उनमें कोई विभिन्नता नहीं है। इससे भयंकर असत्य की मैं कल्पना नहीं कर सकता। यह वह असत्य है, जो युग-युगांतरों से संचित अनुभव को उसी तरह ढंक लेना चाहता है, जैसे बादल का एक टुकड़ा सूर्य को ढंक लेता है। मैं आपको सचेत किए देता हूँ कि आप इस जाल में न फंसें। स्त्री पुरुष से उतनी ही श्रेष्ठ है, जितना प्रकाश अंधेरे से। मनुष्य के लिए क्षमा और त्याग और अहिंसा जीवन के उच्चतम आदर्श हैं। नारी इस आदर्श को प्राप्त कर चुकी है। पुरुष धर्म और अध्यात्म और ऋषियों का आश्रय ले कर उस लक्ष्य पर पहुंचने के लिए सदियों से जोर मार रहा है, पर सफल नहीं हो सका। मैं कहता हूँ, उसका सारा अध्यात्म और योग एक तरफ और नारियों का त्याग एक तरफ।

तालियां बजीं। हाल हिल उठा। रायसाहब ने गदगद हो कर कहा–मेहता वही कहते हैं, जो इनके दिल में है।

ओंकारनाथ ने टीका की–लेकिन बातें सभी पुरानी हैं, सड़ी हुई।

"पुरानी बात भी आत्मबल के साथ कही जाती है, तो नई हो जाती है।"

"जो एक हज़ार रुपए हर महीने फटकार कर विलास में उड़ाता हो, उसमें आत्मबल जैसी वस्तु नहीं रह सकती। यह केवल पुराने विचार की नारियों और पुरुषों को प्रसन्न करने के ढंग हैं।"

खन्ना ने मालती की ओर देखा–यह क्यों फूली जा रही है? इन्हें तो शरमाना चाहिए।

खुर्शेद ने खन्ना को उकसाया–अब तुम भी एक तकरीर कर डालो खन्ना, नहीं मेहता तुम्हें उखाड़ फेंकेगा। आधा मैदान तो उसने अभी मार लिया है।

खन्ना खिसिया कर बोले–मेरी न कहिए। मैंने ऐसी कितनी चिड़िया फंसा कर छोड़ दी हैं।

रायसाहब ने खुर्शेद की तरफ आँख मार कर कहा–आजकल आप महिला-समाज की तरफ आते-जाते हैं। सच कहना, कितना चंदा दिया?

खन्ना पर झेंप छा गई–मैं ऐसे समाजों को चंदे नहीं दिया करता, जो कला का ढोंग रच कर दुराचार फैलाते हैं।

मेहता का भाषण जारी था–

"पुरुष कहता है, जितने दार्शनिक और वैज्ञानिक आविष्कारक हुए हैं, वह सब पुरुष थे। जितने बड़े-बड़े महात्मा हुए हैं, वह सब पुरुष थे। सभी योद्धा, सभी राजनीति के आचार्य, बड़े-बड़े नाविक सब कुछ पुरुष थे, लेकिन इन बड़ों-बड़ों के समूहों ने मिल कर किया क्या? महात्माओं और धर्म-प्रवर्तकों ने संसार में रक्त की नदियां बहाने और वैमनस्य की आग भड़काने के सिवा

और क्या किया, योद्धाओं ने भाइयों की गर्दनें काटने के सिवा और क्या यादगार छोड़ी, राजनीतिज्ञों की निशानी अब केवल लुप्त साम्राज्यों के खंडहर रह गए हैं, और आविष्कारकों ने मनुष्य को मशीन का गुलाम बना देने के सिवा और क्या समस्या हल कर दी? पुरुषों की इस रची हुई संस्कृति में शांति कहाँ है? सहयोग कहाँ है?"

ओंकारनाथ उठ कर जाने को हुए–विलासियों के मुँह से बड़ी-बड़ी बातें सुन कर मेरी देह भस्म हो जाती है।

खुर्शेद ने उनका हाथ पकड़ कर बैठाया–आप भी संपादक जी निरे पोंगा ही रहे। अजी यह दुनिया है, जिसके जी में जो आता है, बकता है। कुछ लोग सुनते हैं और तालियां बजाते है चलिए, किस्सा खत्म। ऐसे-ऐसे बेशुमार मेहते आएंगे और चले जाएंगे और दुनिया अपनी रफ्तार से चलती रहेगी। बिगड़ने की कौन-सी बात है?

"असत्य सुन कर मुझसे सहा नहीं जाता।"

रायसाहब ने उन्हें और चढ़ाया–कुलटा के मुँह से सतियों की-सी बात सुन कर किसका जी न जलेगा!

ओंकारनाथ फिर बैठ गए। मेहता का भाषण जारी था..

"मैं आपसे पूछता हूँ, क्या बाज को चिड़ियों का शिकार करते देख कर हंस को यह शोभा देगा कि वह मानसरोवर की आनंदमयी शांति को छोड़ कर चिड़ियों का शिकार करने लगे? और अगर वह शिकारी बन जाए, तो आप उसे बधाई देंगी? हंस के पास उतनी तेज चोंच नहीं है, उतने तेज चंगुल नहीं हैं, उतनी तेज आँखें नहीं हैं, उतने तेज पंख नहीं हैं और उतनी तेज रक्त की प्यास नहीं है। उन अस्त्रों का संचय करने में उसे सदियां लग जाएंगी, फिर भी वह बाज बन सकेगा या नहीं, इसमें संदेह है, मगर बाज बने या न बने, वह हंस न रहेगा–वह हंस जो मोती चुगता है।"

खुर्शेद ने टीका की–यह तो शायरों की-सी दलीलें हैं। मादा बाज भी उसी तरह शिकार करती है, जैसे, नर बाज।

ओंकारनाथ प्रसन्न हो गए–उस पर आप फिलॉसफर बनते हैं, इसी तर्क के बल पर।

खन्ना ने दिल का गुबार निकाला–फिलॉसफर नहीं फिलॉसफर की दुम हैं। फिलॉसफर वह है जो.....

ओंकारनाथ ने बात पूरी की–जो सत्य से जौ भर भी न टले।

खन्ना को यह समस्या-पूर्ति नहीं रुची–मैं सत्य-वत्य नहीं जानता। मैं तो फिलॉसफर उसे कहता हूँ, जो फिलॉसफर हो सच्चा!

खुर्शेद ने दाद दी–फिलॉसफर की आपने कितनी सच्ची तारीफ की है। वाह, सुभानल्ला! फिलॉसफर वह है, जो फिलॉसफर हो। क्यों न हो!

मेहता आगे चले—मैं नहीं कहता, देवियों को विद्या की जरूरत नहीं है। है और पुरुषों से अधिक। मैं नहीं कहता, देवियों को शक्ति की जरूरत नहीं है। है और पुरुषों से अधिक, लेकिन वह विद्या और वह शक्ति नहीं, जिससे पुरुष ने संसार को हिंसाक्षेत्र बना डाला है। अगर वही विद्या और वही शक्ति आप भी ले लेंगी, तो संसार मरुस्थल हो जाएगा। आपकी विद्या और आपका अधिकार हिंसा और विध्वंस में नहीं, सृष्टि और पालन में है। क्या आप समझती हैं, वोटों से मानव-जाति का उद्धार होगा, या दफ्तरों में और अदालतों में जबान और कलम चलाने से? इन नकली, अप्राकृतिक, विनाशकारी अधिकारों के लिए आप वह अधिकार छोड़ देना चाहती हैं, जो आपको प्रकृति ने दिए हैं?

सरोज अब तक बड़ी बहन के अदब से जब्त किए बैठी थी। अब न रहा गया। फुफकार उठी—हमें वोट चाहिए, पुरुषों के बराबर।

और कई युवतियों ने हांक लगाई—वोट! वोट!

ओंकारनाथ ने खड़े हो कर ऊंचे स्वर से कहा—नारी-जाति के विरोधियों की पगड़ी नीची हो।

मालती ने मेज पर हाथ पटक कर कहा—शांत रहो, जो लोग पक्ष या विपक्ष में कुछ कहना चाहेंगे, उन्हें पूरा अवसर दिया जाएगा।

मेहता बोले—वोट नए युग का मायाजाल है, मरीचिका है, कलंक है, धोखा है, उसके चक्कर में पड़ कर आप न इधर की होंगी, न उधर की। कौन कहता है कि आपका क्षेत्र संकुचित है और उसमें आपको अभिव्यक्ति का अवकाश नहीं मिलता। हम सभी पहले मनुष्य हैं, पीछे और कुछ। हमारा जीवन हमारा घर है। वहीं हमारी सृष्टि होती है, वहीं हमारा पालन होता है, वहीं जीवन के सारे व्यापार होते हैं। अगर वह क्षेत्र परिमित है, तो अपरिमित कौन-सा क्षेत्र है? क्या वह संघर्ष, जहाँ संगठित अपहरण है? जिस कारखाने में मनुष्य और उसका भाग्य बनता है, उसे छोड़ कर आप उन कारखानों में जाना चाहती हैं, जहाँ मनुष्य पीसा जाता है, जहाँ उसका रक्त निकाला जाता है?

मिर्जा ने टोका—पुरुषों के जुल्म ने ही उनमें बगावत की यह स्पिरिट पैदा की है।

मेहता बोले—बेशक, पुरुषों ने अन्याय किया है, लेकिन उसका यह जवाब नहीं है। अन्याय को मिटाइए, लेकिन अपने को मिटा कर नहीं।

मालती बोली—नारियां इसलिए अधिकार चाहती हैं कि उनका सदुपयोग करें और पुरुषों को उनका दुरुपयोग करने से रोकें।

मेहता ने उत्तर दिया—संसार में सबसे बड़े अधिकार सेवा और त्याग से मिलते हैं और वह आपको मिले हुए हैं। उन अधिकारों के सामने वोट कोई चीज़ नहीं। मुझे खेद है, हमारी बहनें पश्चिम का आदर्श ले रही हैं, जहाँ नारी ने अपना पद खो दिया है और स्वामिनी से गिर कर विलास की वस्तु बन गई है।

पश्चिम की स्त्री स्वछंद होना चाहती हैं, इसीलिए कि वह अधिक से अधिक विलास कर सकें। हमारी माताओं का आदर्श कभी विलास नहीं रहा। उन्होंने केवल सेवा के अधिकार से सदैव गृहस्थी का संचालन किया है। पश्चिम में जो चीजें अच्छी हैं, वह उनसे लीजिए। संस्कृति में सदैव आदान-प्रदान होता आया है, लेकिन अंधी नकल तो मानसिक दुर्बलता का ही लक्षण है! पश्चिम की स्त्री आज गृह-स्वामिनी नहीं रहना चाहती। भोग की विदग्ध लालसा ने उसे उच्छृंखल बना दिया है। वह अपने लज्जा और गरिमा को, जो उसकी सबसे बड़ी विभूति थी, चंचलता और आमोद-प्रमोद पर होम कर रही है। जब मैं वहाँ की शिक्षित बालिकाओं को अपने रूप का, या भरी हुई गोल बांहों या अपने नग्नता का प्रदर्शन करते देखता हूँ, तो मुझे उन पर दया आती है। उनकी लालसाओं ने उन्हें इतना पराभूत कर दिया है कि वे अपने लज्जा की भी रक्षा नहीं कर सकती। नारी की इससे अधिक और क्या अधेगति हो सकती है?

रायसाहब ने तालियां बजाईं। हॉल तालियों से गूंज उठा, जैसे पटाखों की लड़ियां छूट रही हों।

मिर्जा साहब ने संपादक जी से कहा–इसका जवाब तो आपके पास भी न होगा?

संपादक जी ने विरक्त मन से कहा–सारे व्याख्यान में इन्होंने यही एक बात सत्य कही है।

"तब तो आप भी मेहता के मुरीद हुए!"

"जी नहीं, अपने लोग किसी के मुरीद नहीं होते। मैं इसका जवाब ढूंढ़ निकालूंगा, 'बिजली' में देखिएगा।"

"इसके माने यह हैं कि आप हक की तलाश नहीं करते, सिर्फ अपने पक्ष के लिए लड़ना चाहते हैं।"

रायसाहब ने आड़े हाथों लिया–इसी पर आपको अपने सत्य-प्रेम का अभिमान है?

संपादक जी अविचल रहे–वकील का काम अपने मुअक्किल का हित देखना है, सत्य या असत्य का निराकरण नहीं।

"तो यों कहिए कि आप औरतों के वकील हैं?"

"मैं उन सभी लोगों का वकील हूँ, जो निर्बल हैं, निस्सहाय हैं, पीड़ित हैं।"

"बड़े बेहया हो यार!"

मेहता जी कह रहे थे–और यह पुरुषों का षड्यंत्र है। देवियों को ऊंचे शिखर से खींच कर अपने बराबर बनाने के लिए, उन पुरुषों का, जो कायर हैं, जिनमें वैवाहिक जीवन का दायित्व संभालने की क्षमता नहीं है, जो स्वच्छंद

काम-क्रीड़ा की तरंगों में सांड़ों की भांति दूसरों की हरी-भरी खेती में मुँह डाल कर अपने कुत्सित लालसाओं को तृप्त करना चाहते हैं। पश्चिम में इनका

षड्यंत्र सफल हो गया और देवियां तितलियां बन गईं। मुझे यह कहते हुए शर्म आती है कि इस त्याग और तपस्या की भूमि भारत में भी कुछ वही हवा चलने लगी है। विशेष कर हमारी शिक्षित बहनों पर वह जादू बड़ी तेजी से चढ़ रहा है। वह गृहिणी का आदर्श त्याग कर तितलियों का रंग पकड़ रही हैं।

सरोज उत्तेजित हो कर बोली–हम पुरुषों से सलाह नहीं मांगतीं। अगर वह अपने बारे में स्वतंत्र हैं, तो स्त्रियां भी अपने विषय में स्वतंत्र हैं। युवतियां अब विवाह को पेशा नहीं बनाना चाहतीं। वह केवल प्रेम के आधार पर विवाह करेंगी।

जोर से तालियां बजीं, विशेष कर अगली पंक्तियों में, जहाँ महिलाएं थीं।

मेहता ने जवाब दिया–जिसे तुम प्रेम कहती हो, वह धोखा है, उद्दीप्त लालसा का रूप, उसी तरह जैसे संन्यास केवल भीख मांगने का संस्कृत रूप है। वह प्रेम अगर वैवाहिक जीवन में कम है, तो मुक्त विलास में बिलकुल नहीं है। सच्चा आनंद, सच्ची शांति केवल सेवा-व्रत में है। वही अधिकार का स्रोत है, वही शक्ति का उद्गम है। सेवा ही वह सीमेंट है, जो दंपति को जीवनपर्यंत स्नेह और साहचर्य में जोड़े रख सकता है, जिस पर बड़े-बड़े आघातों का भी कोई असर नहीं होता। जहाँ सेवा का अभाव है, वहीं विवाह-विच्छेद है, परित्याग है, अविश्वास है। और आपके ऊपर, पुरुष-जीवन की नौका का कर्णधार होने के कारण जिम्मेदारी ज्यादा है। आप चाहें तो नौका को आंधी और तूफानों में पार लगा सकती हैं। और आपने असावधानी की, तो नौका डूब जाएगी और उसके साथ आप भी डूब जाएंगी।

भाषण समाप्त हो गया। विषय विवाद-ग्रस्त था और कई महिलाओं ने जवाब देने की अनुमति मांगी, मगर देर बहुत हो गई थी। इसलिए मालती ने मेहता को धन्यवाद दे कर सभा भंग कर दी। हां, यह सूचना दे दी गई कि अगले रविवार को इसी विषय पर कई देवियां अपने विचार प्रकट करेंगी।

रायसाहब ने मेहता को बधाई दी–आपने मेरे मन की बातें कहीं मिस्टर मेहता। मैं आपके एक-एक शब्द से सहमत हूँ।

मालती हंसी–आप क्यों न बधाई देंगे, चोर-चोर मौसेरे भाई जो होते हैं, मगर यहाँ सारा उपदेश गरीब नारियों ही के सिर क्यों थोपा जाता है? उन्हीं के सिर क्यों आदर्श और मर्यादा और त्याग सब कुछ पालन करने का भार पटका जाता है?

मेहता बोले–इसलिए कि वह बात समझती हैं।

खन्ना ने मालती की ओर अपनी बड़ी-बड़ी आँखों से देख कर मानो उसके मन की बात समझने की चेष्टा करते हुए कहा–डॉक्टर साहब के यह विचार मुझे तो कोई सौ साल पिछड़े हुए मालूम होते हैं।

मालती ने कटु हो कर पूछा–कौन से विचार?

"यही सेवा और कर्तव्य आदि।"

"तो आपको ये विचार सौ साल पिछड़े हुए मालूम होते हैं। तो कृपा करके अपने ताजे विचार बतलाइए। दंपति कैसे सुखी रह सकते हैं, इसका कोई ताजा नुस्खा आपके पास है?"

खन्ना खिसिया गए। बात कही मालती को खुश करने के लिए, और वह तिनक उठी। बोले–यह नुस्खा तो मेहता साहब को मालूम होगा।

"डॉक्टर साहब ने तो बतला दिया और आपके ख्याल में वह सौ साल पुराना है, तो नया नुस्खा आपको बतलाना चाहिए। आपको ज्ञात नहीं कि दुनिया में ऐसी बहुत-सी बातें हैं, जो कभी पुरानी हो ही नहीं सकती। समाज में इस तरह की समस्याएं हमेशा उठती रहती हैं और हमेशा उठती रहेंगी।

मिसेज खन्ना बरामदे में चली गई थीं। मेहता ने उनके पास जा कर प्रणाम करते हुए पूछा–मेरे भाषण के विषय में आपकी क्या राय है?

मिसेज खन्ना ने आँखें झुका कर कहा–अच्छा था, बहुत अच्छा, मगर अभी आप अविवाहित हैं, तभी नारियां देवियां हैं, श्रेष्ठ हैं, कर्णधार हैं। विवाह कर लीजिए तो पूछूंगी, अब नारियां क्या हैं? और विवाह आपको करना पड़ेगा, क्योंकि आप विवाह से मुँह चुराने वाले मर्दों को कायर कह चुके हैं।

मेहता हंसे–उसी के लिए तो ज़मीन तैयार कर रहा हूँ।

"मिस मालती से जोड़ा भी अच्छा है।"

"शर्त यही है कि वह कुछ दिन आपके चरणों में बैठ कर आपसे नारी-धर्म सीखें।"

"वही स्वार्थी पुरुषों की बात! आपने पुरुष-कर्तव्य सीख लिया है?"

"यही सोच रहा हूँ किससे सीखूं।"

"मिस्टर खन्ना आपको बहुत अच्छी तरह सिखा सकते हैं।"

मेहता ने कहकहा मारा–नहीं, मैं पुरुष-कर्तव्य भी आप ही से सीखूंगा।

"अच्छी बात है, मुझी से सीखिए। पहली बात यही है कि भूल जाइए कि नारी श्रेष्ठ है और सारी जिम्मेदारी उसी पर है, श्रेष्ठ पुरुष है और उसी पर गृहस्थी का सारा भार है। नारी में सेवा और संयम और कर्तव्य सब कुछ वही पैदा कर सकता है, अगर उसमें इन बातों का अभाव है तो नारी में भी अभाव रहेगा। नारियों में आज जो यह विद्रोह है, इसका कारण पुरुष का इन गुणों से शून्य हो जाना है।"

मिर्जा साहब ने आ कर मेहता को गोद में उठा लिया और बोले–मुबारक!

मेहता ने प्रश्न की आँखों से देखा–आपको मेरी तकरीर पसंद आई?

"तकरीर तो खैर जैसी थी वैसी थी, मगर कामयाब खूब रही। आपने परी को शीशे में उतार लिया। अपनी तकदीर सराहिए कि जिसने आज तक किसी को मुँह नहीं लगाया, वह आपका कलमा पढ़ रही है।"

मिसेज खन्ना दबी जबान से बोलीं–जब नशा ठहर जाए, तो कहिए।

मेहता ने विरक्त भाव से कहा–मेरे जैसे किताब के कीड़ों को कौन औरत पसंद करेगी देवी जी! मैं तो पक्का आदर्शवादी हूँ।

मिसेज खन्ना ने अपने पति को कार की तरफ जाते देखा, तो उधर चली गईं। मिर्जा भी बाहर निकल गए। मेहता ने मंच पर से अपने छड़ी उठाई और बाहर जाना चाहते थे कि मालती ने आ कर उनका हाथ पकड़ लिया और आग्रह-भरी आँखों से बोली–आप अभी नहीं जा सकते। चलिए, पापा से आपकी मुलाकात कराऊं और आज वहीं खाना खाइए।

मेहता ने कान पर हाथ रख कर कहा–नहीं, मुझे क्षमा कीजिए। वहाँ सरोज मेरी जान खा जाएगी। मैं इन लड़कियों से बहुत घबराता हूँ।

"नहीं-नहीं, मैं जिम्मा लेती हूँ, जो वह मुँह भी खोले।"

"अच्छा, आप चलिए, मैं थोड़ी देर में आऊँगा।"

"जी नहीं, यह न होगा। मेरी कार सरोज ले कर चल दी। आप मुझे पहुंचाने तो चलेंगे ही।"

दोनों मेहता की कार में बैठे। कार चली।

एक क्षण बाद मेहता ने पूछा–मैंने सुना है, खन्ना साहब अपनी बीबी को मारा करते हैं। तब से मुझे इनकी सूरत से नफरत हो गई। जो आदमी इतना निर्दयी हो, उसे मैं आदमी नहीं समझता। उस पर आप नारी जाति के बड़े हितैषी बनते हैं। तुमने उन्हें कभी समझाया नहीं?

मालती उद्विग्न हो कर बोली–ताली हमेशा दो हथेलियों से बजती है, यह आप भूले जाते हैं।

"मैं तो ऐसे किसी कारण की कल्पना ही नहीं कर सकता कि कोई पुरुष अपने स्त्री को मारे।"

"चाहे स्त्री कितनी ही बदजबान हो?"

"हां, कितनी ही।"

"तो आप एक नए किस्म के आदमी हैं।"

"अगर मर्द बदमिजाज है, तो तुम्हारी राय में उस मर्द पर हंटरों की बौछार करनी चाहिए, क्यों?"

"स्त्री जितनी क्षमाशील हो सकती है, पुरुष नहीं हो सकता। आपने खुद आज यह बात स्वीकार की है।"

"तो औरत की क्षमाशीलता का यही पुरस्कार है! मैं समझता हूँ, तुम खन्ना को मुँह लगा कर उसे और भी शह देती हो। तुम्हारा वह जितना आदर करता है, तुमसे उसे जितनी भक्ति है, उसके बल पर तुम बड़ी आसानी से उसे सीधा कर सकती हो, मगर तुम उसकी सफाई दे कर स्वयं उस अपराध में शरीक हो जाती हो।"

मालती उत्तेजित हो कर बोली–तुमने इस समय यह प्रसंग व्यर्थ ही छेड़ दिया। मैं किसी की बुराई नहीं करना चाहती, मगर अभी आपने गोविंदी देवी को पहचाना नहीं? आपने उनकी भोली-भाली शांत मुद्रा देख कर समझ लिया, वह देवी हैं। मैं उन्हें इतना ऊंचा स्थान नहीं देना चाहती। उन्होंने मुझे बदनाम करने का जितना प्रयत्न किया है, मुझ पर जैसे-जैसे आघात किए हैं वह बयान करूं, तो आप दंग रह जाएंगे और तब आपको मानना पड़ेगा कि ऐसी औरत के साथ यही व्यवहार होना चाहिए।

"आखिर उन्हें आपसे जो इतना द्वेष है, इसका कोई कारण तो होगा?"

"कारण उनसे पूछिए। मुझे किसी के दिल का हाल क्या मालूम?"

"उनसे बिना पूछे भी अनुमान किया जा सकता है और वह यह है–अगर कोई पुरुष मेरे और मेरी स्त्री के बीच में आने का साहस करे, तो मैं उसे गोली मार दूंगा, और उसे न मार सकूंगा, तो अपनी छाती में मार लूंगा। इसी तरह अगर मैं किसी स्त्री को अपनी और अपनी स्त्री के बीच में लाना चाहूं, तो मेरी पत्नी को भी अधिकार है कि वह जो चाहे, करे। इस विषय में मैं कोई समझौता नहीं कर सकता। यह अवैज्ञानिक मनोवृत्ति है, जो हमने अपने बनैले पूर्वजों से पाई है और आजकल कुछ लोग इसे असभ्य और असामाजिक व्यवहार कहेंगे, लेकिन मैं अभी तक उस मनोवृत्ति पर विजय नहीं पा सका और न पाना चाहता हूँ। इस विषय में मैं कानून की परवाह नहीं करता। मेरे घर में मेरा कानून है।"

मालती ने तीव्र स्वर में पूछा–लेकिन आपने यह अनुमान कैसे कर लिया कि मैं आपके शब्दों में खन्ना और गोविंदी के बीच आना चाहती हूँ? आप ऐसा अनुमान करके मेरा अपमान कर रहे हैं। मैं खन्ना को अपने जूतियों की नोक के बराबर भी नहीं समझती।

मेहता ने अविश्वास-भरे स्वर में कहा–यह आप दिल से नहीं कह रही हैं मिस मालती! क्या आप सारी दुनिया को बेवकूफ समझती हैं? जो बात सभी समझ रहे हैं, अगर वही बात मिसेज खन्ना भी समझें, तो मैं उन्हें दोष नहीं दे सकता।

मालती ने तिनक कर कहा–दुनिया को दूसरों को बदनाम करने में मजा आता है। यह उसका स्वभाव है। मैं उसका स्वभाव कैसे बदल दूं, लेकिन यह व्यर्थ का कलंक हैं। हां, मैं इतनी बेमुरौवत नहीं हूँ कि खन्ना को अपने पास आते देख कर दुतकार देती। मेरा काम ही ऐसा है कि मुझे सभी का स्वागत और सत्कार करना पड़ता है। अगर कोई इसका कुछ और अर्थ निकालता है, तो वह..वह...

मालती का गला भर्रा गया और उसने मुँह फेर कर रुमाल से आँसू पोंछे। फिर एक मिनट बाद बोली–औरों के साथ तुम भी मुझे...मुझे...इसका दुख है.....मुझे तुमसे ऐसी आशा न थी।

फिर कदाचित् उसे अपनी दुर्बलता पर खेद हुआ। वह प्रचंड हो कर बोली–आपको मुझ पर आक्षेप करने का कोई अधिकार नहीं है, अगर आप भी उन्हीं मर्दों में हैं, जो किसी स्त्री-पुरुष को साथ देख कर उंगली उठाए बिना नहीं रह सकते, तो शौक से उठाइए। मुझे रत्ती-भर परवा नहीं। अगर कोई स्त्री आपके पास बार-बार किसी-न-किसी बहाने से आए, आपको अपना देवता समझे, हर एक बात में आपसे सलाह ले, आपके चरणों के नीचे आँखें बिछाए, आपको इशारा पाते ही आग में कूदने को तैयार हो, तो मैं दावे से कह सकती हूँ, आप उसकी उपेक्षा न करेंगे। अगर आप उसे ठुकरा सकते हैं, तो आप मनुष्य नहीं हैं। उसके विरुद्ध आप कितने ही तर्क और प्रमाण ला कर रख दें, लेकिन मैं मानूंगी नहीं। मैं तो कहती हूँ, उपेक्षा तो दूर रही, ठुकराने की बात ही क्या, आप उस नारी के चरण धो-धो कर पिएंगे, और बहुत दिन गुजरने के पहले वह आपकी हृदयेश्वरी होगी। मैं आपसे हाथ जोड़ कर कहती हूँ, मेरे सामने खन्ना का कभी नाम न लीजिएगा।

मेहता ने इस ज्वाला में मानो हाथ सेंकते हुए कहा–शर्त यही है कि मैं खन्ना को आपके साथ न देखूं।

मैं मानवता की हत्या नहीं कर सकती। वह आएंगे तो मैं उन्हें दुरदुराऊंगी नहीं।"

"उनसे कहिए, अपनी स्त्री के साथ सज्जनता से पेश आएं।"

"मैं किसी के निजी मुआमले में दखल देना उचित नहीं समझती। न मुझे इसका अधिकार है!"

"तो आप किसी की जबान नहीं बंद कर सकती।"

मालती का बंगला आ गया। कार रुक गई। मालती उतर पड़ी और बिना हाथ मिलाए चली गई। वह यह भी भूल गई कि उसने मेहता को भोजन की दावत दी है। वह एकांत में जा कर खूब रोना चाहती है। गोविंदी ने पहले भी आघात किए हैं, पर आज उसने जो आघात किया है, वह बहुत गहरा, बड़ा चौड़ा और बड़ा मर्मभेदी है।

16

रायसाहब को खबर मिली कि इलाके में एक वारदात हो गई है और होरी से गाँव के पंचों ने जुरमाना वसूल कर लिया है, तो फौरन नोखेराम को बुला कर जवाब-तलब किया–क्यों उन्हें इसकी इत्तला नहीं दी गई। ऐसे नमकहराम और दगाबाज आदमी के लिए उनके दरबार में जगह नहीं है।

नोखेराम ने इतनी गालियां खाईं, तो जरा गर्म हो कर बोले–मैं अकेला थोड़ा ही था। गाँव के और पंच भी तो थे। मैं अकेला क्या कर लेता?

रायसाहब ने उनकी तोंद की तरफ भाले-जैसी नुकीली दृष्टि से देखा–मत बको जी। तुम्हें उसी वक्त कहना चाहिए था, जब तक सरकार को इत्तला न हो जाए, मैं पंचों को जुरमाना न वसूल करने दूंगा। पंचों को मेरे और मेरी रिआया के बीच में दखल देने का हक क्या है? इस डांड़-बांध के सिवा इलाके में और कौन-सी आमदनी है? वसूली सरकार के घर गई। बकाया असामियों ने दबा लिया। तब मैं कहाँ जाऊं? क्या खाऊं, तुम्हारा सिर। यह लाखों रुपए का खर्च कहाँ से आए? खेद है कि दो पुश्तों से कारिंदगीरी करने पर भी मुझे आज तुम्हें यह बात बतलानी पड़ती है। कितने रुपए वसूल हुए थे होरी से?

नोखेराम ने सिटपिटा कर कहा–अस्सी रुपए।

"नकद?"

"नकद उसके पास कहाँ थे हुजूर! कुछ अनाज दिया, बाकी में अपना घर लिख दिया।"

रायसाहब ने स्वार्थ का पक्ष छोड़ कर होरी का पक्ष लिया–अच्छा, तो आपने और बगुलाभगत पंचों ने मिल कर मेरे एक मातबर असामी को तबाह कर दिया। मैं पूछता हूँ, तुम लोगों को क्या हक था कि मेरे इलाके में मुझे इत्तला दिए बगैर मेरे असामी से जुरमाना वसूल करते? इसी बात पर अगर मैं चाहूं, तो आपको, उस जालिए पटवारी और उस धूर्त पंडित को सात-सात साल के लिए जेल भिजवा सकता हूँ। आपने समझ लिया कि आप ही इलाके के बादशाह हैं। मैं कहे देता हूँ, आज शाम तक जुरमाने की पूरी रकम मेरे पास पहुंच जाए, वरना बुरा होगा। मैं एक-एक से चक्की पिसवा कर छोड़ूंगा। जाइए, हां, होरी को और उसके लड़के को मेरे पास भेज दीजिएगा।

नोखेराम ने दबी जबान से कहा–उसका लड़का तो गाँव छोड़ कर भाग गया। जिस रात को यह वारदात हुई, उसी रात को भागा।

रायसाहब ने रोष से कहा–झूठ मत बोलो। तुम्हें मालूम है, झूठ से मेरे बदन में आग लग जाती है। मैंने आज तक कभी नहीं सुना कि कोई युवक अपने प्रेमिका को उसके घर से ला कर फिर खुद भाग जाए। अगर उसे भागना ही होता, तो वह उस लड़की को लाता क्यों? तुम लोगों की इसमें भी जरूर कोई शरारत है। तुम गंगा में डूब कर भी अपनी सफाई दो, तो मैं मानने का नहीं। तुम लोगों ने अपने समाज की प्यारी मर्यादा की रक्षा के लिए उसे धमकाया होगा। बेचारा भाग न जाता, तो क्या करता!

नोखेराम इसका प्रतिवाद न कर सके। मालिक जो कुछ कहें, वह ठीक है। वह यह भी न कह सके कि आप खुद चल कर झूठ-सच की जांच कर लें। बड़े आदमियों का क्रोध पूरा समर्पण चाहता है। अपने खिलाफ एक शब्द भी नहीं सुन सकता।

पंचों ने रायसाहब का फैसला सुना, तो नशा हिरन हो गया। अनाज तो अभी तक ज्यों-का-त्यों पड़ा था, पर रुपए तो कब के गायब हो गए। होरी का मकान रेहन लिखा गया था, पर उस मकान को देहात में कौन पूछता था? जैसे हिंदू स्त्री पति के साथ घर की स्वामिनी है, और पति त्याग दे, तो कहीं की नहीं रहती, उसी तरह यह घर होरी के लिए लाख रुपए का है, पर उसकी असली कीमत कुछ भी नहीं। और इधर रायसाहब बिना रुपए लिए मानने के नहीं। यही होरी जा कर रो आया होगा। पटेश्वरी लाल सबसे ज्यादा भयभीत थे। उनकी तो नौकरी ही चली जाएगी। चारों सज्जन इस गहन समस्या पर विचार कर रहे थे, पर किसी की अक्ल काम न करती थी। एक-दूसरे पर दोष रखता था। फिर खूब झगड़ा हुआ।

पटेश्वरी ने अपनी लंबी शंकाशील गर्दन हिला कर कहा–मैं मना करता था कि होरी के विषय में हमें चुप्पी साध कर रह जाना चाहिए। गाय के मामले में सबको तावान देना पड़ा। इस मामले में तावान ही से गला न छूटेगा, नौकरी से हाथ धोना पड़ेगा, मगर तुम लोगों को रुपए की पड़ी थी। निकालो बीस-बीस रुपए। अब भी कुशल है। कहीं रायसाहब ने रपट कर दी, तो सब जने बंध जाओगे।

दातादीन ने ब्रह्म तेज दिखा कर कहा–मेरे पास बीस रुपए की जगह बीस पैसे भी नहीं हैं। ब्राह्मणों को भोज दिया गया, होम हुआ। क्या इसमें कुछ खरच ही नहीं हुआ? रायसाहब की हिम्मत है कि मुझे जेल ले जाएं। ब्रह्म बन कर घर का घर मिटा दूंगा। अभी उन्हें किसी ब्राह्मण से पाला नहीं पड़ा।

झिंगुरीसिंह ने भी कुछ इसी आशय के शब्द कहे। वह रायसाहब के नौकर नहीं हैं। उन्होंने होरी को मारा नहीं, पीटा नहीं, कोई दबाव नहीं डाला। होरी अगर प्रायश्चित करना चाहता था, तो उन्होंने इसका अवसर दिया। इसके लिए कोई उन पर अपराध नहीं लगा सकता, मगर नोखेराम की गर्दन इतनी आसानी से न छूट सकती थी। यहाँ मजे से बैठे राज करते थे। वेतन तो दस रुपए से ज्यादा न था, पर एक हज़ार साल की ऊपर की आमदनी थी, सैकड़ों आदमियों पर हुकूमत, चार-चार प्यादे हाजिर, बेगार में सारा काम हो जाता था, थानेदार तक कुरसी देते थे, यह चैन उन्हें और कहाँ था। और पटेश्वरी तो नौकरी के बदौलत महाजन बने हुए थे। कहाँ जा सकते थे। दो-तीन दिन इसी चिंता में पड़े रहे कि कैसे इस विपत्ति से निकलें। आखिर उन्हें एक मार्ग सूझ ही गया। कभी-कभी कचहरी में उन्हें दैनिक 'बिजली' देखने को मिल जाती थी। यदि एक गुमनाम पत्र उसके संपादक की सेवा में भेज दिया जाए कि रायसाहब किस तरह असामियों से जुरमाना वसूल करते हैं, तो बच्चा को लेने के देने पड़ जाएं। नोखेराम भी सहमत हो गए। दोनों ने मिल कर किसी तरह एक पत्र लिखा और रजिस्टरी से भेज दिया।

संपादक ओंकारनाथ तो ऐसे पत्रों की ताक में रहते थे। पत्र पाते ही तुरंत रायसाहब को सूचना दी। उन्हें एक ऐसा समाचार मिला है, जिस पर विश्वास करने की उनकी इच्छा नहीं होती, पर संवाददाता ने ऐसे प्रमाण दिए हैं कि सहसा अविश्वास भी नहीं किया जा सकता। क्या यह सच है कि रायसाहब ने अपने इलाके के एक आसामी से अस्सी रुपए तावान इसलिए वसूल किए कि उसके पुत्र ने एक विधवा को घर में डाल लिया था? संपादक का कर्तव्य उन्हें मजबूर करता है कि वह मुआमले की जांच करें और जनता के हितार्थ उसे प्रकाशित कर दें। रायसाहब इस विषय में जो कुछ कहना चाहें, संपादकजी उसे भी प्रकाशित कर देंगे। संपादक जी दिल से चाहते हैं कि यह खबर गलत हो, लेकिन उसमें कुछ भी सत्य हुआ, तो वह उसे प्रकाश में लाने के लिए विवश हो जाएंगे। मैत्री उन्हें कर्तव्य-पथ से नहीं हटा सकती।

रायसाहब ने यह सूचना पाई, तो सिर पीट लिया। पहले तो उनको ऐसी उत्तेजना हुई कि जा कर ओंकारनाथ को गिन कर पचास हंटर जमाएं और कह दें, जहाँ वह पत्र छापना, वहाँ यह समाचार भी छाप देना, लेकिन इसका परिणाम सोच कर मन को शांत किया और तुरंत उनसे मिलने चले। अगर देर की, और ओंकारनाथ ने वह संवाद छाप दिया, तो उनके सारे यश में कालिमा पुत जाएगी।

ओंकारनाथ सैर करके लौटे थे और आज के पत्र के लिए संपादकीय लेख लिखने की चिंता में बैठे हुए थे, पर मन पक्षी की भांति उड़ा-उड़ा फिरता था। उनकी धर्मपत्नी ने रात उन्हें कुछ ऐसी बातें कह डाली थीं, जो अभी तक कांटों की तरह चुभ रही थीं। उन्हें कोई दरिद्र कह ले, अभागा कह ले, बुद्धू कह ले, वह जरा भी बुरा न मानते थे, लेकिन यह कहना कि उनमें पुरुषत्व नहीं है, यह उनके लिए असहाय था। और फिर अपनी पत्नी को यह कहने का क्या हक है? उससे तो यह आशा की जाती है कि कोई इस तरह का आक्षेप करे, तो उसका मुँह बंद कर दे। बेशक वह ऐसी खबरें नहीं छापते, ऐसी टिप्पणियां नहीं करते कि सिर पर कोई आफत आ जाए। फूंक-फूंक कर कदम रखते हैं। इन काले कानूनों के युग में वह और कर ही क्या सकते हैं, मगर वह क्यों सांप के बिल में हाथ नहीं डालते? इसीलिए तो कि उनके घर वालों को कष्ट न उठाने पड़ें। और उनकी सहिष्णुता का उन्हें यह पुरस्कार मिल रहा है? क्या अंधेर है! उनके पास रुपए नहीं हैं, तो बनारसी साड़ी कैसे मंगा दें? डॉक्टर, सेठ और प्रोफेसर भाटिया और न जाने किस-किसकी स्त्रियां बनारसी साड़ी पहनती हैं, तो वह क्या करें? क्यों उनकी पत्नी इन साड़ीवालियों को अपने खद्दर की साड़ी से लज्जित नहीं करती? उनकी खुद तो यह आदत है कि किसी बड़े आदमी से मिलने जाते हैं, तो मोटे से मोटे कपड़े पहन लेते हैं और कोई कुछ आलोचना करे, तो उसका मुँह

तोड़ जवाब देने को तैयार रहते हैं। उनकी पत्नी में क्यों वही आत्माभिमान नहीं है? वह क्यों दूसरों का ठाट-बाट देख कर विचलित हो जाती है? उसे समझना चाहिए कि वह एक देश-भक्त पुरुष की पत्नी है। देश-भक्त के पास अपने भक्ति के सिवा और क्या संपत्ति है? इसी विषय को आज के अग्रलेख का विषय बनाने की कल्पना करते-करते उनका ध्यान रायसाहब के मुआमले की ओर जा पहुंचा। रायसाहब सूचना का क्या उत्तर देते हैं, यह देखना है। अगर वह अपनी सफाई देने में सफल हो जाते हैं, तब तो कोई बात नहीं, लेकिन अगर वह यह समझें कि ओंकारनाथ दबाव, भय या मुलाहजे में आ कर अपने कर्तव्य से मुँह फेर लेंगे तो यह उनका भ्रम है। इस सारे तप और साधना का पुरस्कार उन्हें इसके सिवा और क्या मिलता है कि अवसर पड़ने पर वह इन कानूनी डकैतों का भंडाफोड़ करें। उन्हें खूब मालूम है कि रायसाहब बड़े प्रभावशाली जीव हैं। कौंसिल के मेंबर तो हैं ही। अधिकारियों में भी उनका काफी रूसूख है। वह चाहें, तो उन पर झूठे मुकदमे चलवा सकते हैं, अपने गुंडों से राह चलते पिटवा सकते हैं, लेकिन ओंकार इन बातों से नहीं डरता। जब तक उसकी देह में प्राण है, वह आततायियों की खबर लेता रहेगा।

सहसा मोटरकार की आवाज सुन कर वह चौंके। तुरंत कागज ले कर अपना लेख आरंभ कर दिया। और एक ही क्षण में रायसाहब ने उनके कमरे में कदम रखा।

ओंकारनाथ ने न उनका स्वागत किया, न कुशल-क्षेम पूछा, न कुरसी दी। उन्हें इस तरह देखा, मानो कोई मुलजिम उनकी अदालत में आया हो और रोब से मिले हुए स्वर में पूछा—आपको मेरा पुरजा मिल गया था? मैं वह पत्र लिखने के लिए बाध्य नहीं था, मेरा कर्तव्य यह था कि स्वयं उसकी तहकीकात करता, लेकिन मुरौवत में सिद्धांतों की कुछ न कुछ हत्या करनी ही पड़ती है। क्या उस संवाद में कुछ सत्य है?

रायसाहब उसका सत्य होना अस्वीकार न कर सके। हालांकि अभी तक उन्हें जुरमाने के रुपए नहीं मिले थे और वह उनके पाने से साफ इनकार कर सकते थे, लेकिन वह देखना चाहते थे कि यह महाशय किस पहलू पर चलते हैं।

ओंकारनाथ ने खेद प्रकट करते हुए कहा—तब तो मेरे लिए उस संवाद को प्रकाशित करने के सिवा और कोई मार्ग नहीं है। मुझे इसका दु:ख है कि मुझे अपने एक परम हितैषी मित्र की आलोचना करनी पड़ रही है, लेकिन कर्तव्य के आगे व्यक्ति कोई चीज़ नहीं। संपादक अगर अपना कर्तव्य न पूरा कर सके तो उसे इस आसन पर बैठने का कोई हक नहीं है।

रायसाहब कुरसी पर डट गए और पान की गिलौरियां मुँह में भर कर बोले—लेकिन यह आपके हक में अच्छा न होगा। मुझे जो कुछ होना है, पीछे

होगा, आपको तत्काल दंड मिल जाएगा अगर आप मित्रों की परवाह नहीं करते, तो मैं भी उसी कैंड़े का आदमी हूँ।

ओंकारनाथ ने शहीद का गौरव धारण करके कहा–इसका तो मुझे कभी भय नहीं हुआ। जिस दिन मैंने पत्र-संपादन का भार लिया, उसी दिन प्राणों का मोह छोड़ दिया, और मेरे समीप एक संपादक की सबसे शानदार मौत यही है कि वह न्याय और सत्य की रक्षा करता हुआ अपना बलिदान कर दे।

'अच्छी बात है। मैं आपकी चुनौती स्वीकार करता हूँ। मैं अब तक आपको मित्र समझता आया था, मगर अब आप लड़ने ही पर तैयार हैं, तो लड़ाई ही सही। आखिर मैं आपके पत्र का पंचगुना चंदा क्यों देता हूँ? केवल इसीलिए कि वह मेरा गुलाम बना रहे। मुझे परमात्मा ने रईस बनाया है। आपके बनाने से नहीं बना हूँ। साधारण चंदा पंद्रह रुपया है। मैं पचहत्तर रुपया देता हूँ, इसलिए कि आपका मुँह बंद रहे। जब आप घाटे का रोना रोते हैं और सहायता की अपील करते हैं, और ऐसी शायद ही कोई तिमाही जाती हो, जब आपकी अपील न निकलती हो, तो मैं ऐसे मौके पर आपकी कुछ-न-कुछ मदद कर देता हूँ। किसलिए? दीपावली, दशहरा, होली में आपके यहाँ बैना भेजता हूँ, और साल में पच्चीस बार आपकी दावत करता हूँ, किसलिए? आप रिश्वत और कर्तव्य दोनों साथ-साथ नहीं निभा सकते।'

ओंकारनाथ उत्तेजित हो कर बोले–मैंने कभी रिश्वत नहीं ली।

रायसाहब ने फटकारा–अगर यह व्यवहार रिश्वत नहीं है तो रिश्वत क्या है, जरा मुझे समझा दीजिए! क्या आप समझते हैं, आपको छोड़ कर और सभी गधे हैं, जो निःस्वार्थ-भाव से आपका घाटा पूरा करते रहते हैं? निकालिए अपने बही और बतलाइए, अब तक आपको मेरी रियासत से कितना मिल चुका है? मुझे विश्वास है, हजारों की रकम निकलेगी। अगर आपको स्वदेशी-स्वदेशी चिल्ला कर विदेशी दवाओं और वस्तुओं का विज्ञापन छापने में शरम नहीं आती, तो मैं अपने असामियों से डांड़, तावान और जुर्माना लेते क्यों शरमाऊं? यह न समझिए कि आप ही किसानों के हित का बीड़ा उठाए हुए हैं। मुझे किसानों के साथ जलना-मरना है, मुझसे बढ़ कर दूसरा उनका हितेच्छु नहीं हो सकता, लेकिन मेरी गुजर कैसे हो? अफसरों को दावतें कहाँ से दूं, सरकारी चंदे कहाँ से दूं खानदान के सैकड़ों आदमियों की जरूरतें कैसे पूरी करूं? मेरे घर का क्या खर्च है, यह शायद आप जानते हैं, तो क्या मेरे घर में रुपए फलते हैं? आएगा तो असामियों ही के घर से। आप समझते होंगे, जमींदार और ताल्लुकेदार सारे संसार का सुख भोग रहे हैं। उनकी असली हालत का आपको ज्ञान नहीं, अगर वह धर्मात्मा बन कर रहें, तो उनका जिंदा रहना मुश्किल हो जाए। अफसरों को डालियां न दें, तो जेलखाना घर हो जाए। हम बिच्छू नहीं हैं कि अनायास ही सबको डंक मारते फिरें। न गरीबों

का गला दबाना कोई बड़े आनंद का काम है, लेकिन मर्यादाओं का पालन तो करना ही पड़ता है। जिस तरह आप मेरी रईसी का फायदा उठाना चाहते हैं, उसी तरह और सभी हमें सोने की मुर्गी समझते हैं। आइए मेरे बंगले पर तो दिखाऊं कि सुबह से शाम तक कितने निशाने मुझ पर पड़ते हैं। कोई काश्मीर से शाल-दुशाला लिए चला आ रहा है, कोई इत्र और तंबाकू का एजेंट है, कोई पुस्तकों और पत्रिकाओं का, कोई जीवन बीमे का, कोई ग्रामोफोन लिए सिर पर सवार है, कोई कुछ। चंदे वाले तो अनगिनती। क्या सबके सामने अपना दुखड़ा ले कर बैठ जाऊं? ये लोग मेरे द्वार पर दुखड़ा सुनाने आते हैं? आते हैं मुझे उल्लू बना कर मुझसे कुछ ऐंठने के लिए। आज मर्यादा का विचार छोड़ दूं, तो तालियां पिटने लगें। हुक्काम को डालियां न दूं, तो बागी समझा जाऊं। तब आप अपने लेखों से मेरी रक्षा न करेंगे। कांग्रेस में शरीक हुआ, उसका तावान अभी तक देता जाता हूँ। काली किताब में नाम दर्ज हो गया। मेरे सिर पर कितना कर्ज है, यह भी कभी आपने पूछा है? अगर सभी महाजन डिग्रियां करा लें, तो मेरे हाथ की यह अंगूठी तक बिक जाएगी। आप कहेंगे, क्यों यह आडंबर पालते हो? कहिए, सात पुश्तों से जिस वातावरण में पला हूँ, उससे अब निकल नहीं सकता। घास छीलना मेरे लिए असंभव है। आपके पास ज़मीन नहीं, जायदाद नहीं, मर्यादा का झमेला नहीं, आप निर्भीक हो सकते हैं, लेकिन आप भी दुम दबाए बैठे रहते हैं। आपको कुछ खबर है, अदालतों में कितनी रिश्वतें चल रही हैं, कितने गरीबों का खून हो रहा है, कितनी देवियां भ्रष्ट हो रही हैं। है बूता लिखने का? सामग्री मैं देता हूँ, प्रमाण सहित।

ओंकारनाथ कुछ नर्म हो कर बोले–जब कभी अवसर आया है, मैंने कदम पीछे नहीं हटाया।

रायसाहब भी कुछ नर्म हुए–हां, मैं स्वीकार करता हूँ कि दो-एक मौकों पर आपने जवांमर्दी दिखाई, लेकिन आपकी निगाह हमेशा अपने लाभ की ओर रही है, प्रजा-हित की ओर नहीं। आँखें न निकालिए और न मुँह लाल कीजिए। जब कभी आप मैदान में आए हैं, उसका शुभ परिणाम यही हुआ कि आपके सम्मान और प्रभाव और आमदनी में इजाफा हुआ है, अगर मेरे साथ भी आप वही चाल चल रहे हों, तो आपकी खातिर करने को तैयार हूँ। रुपए न दूंगा, क्योंकि वह रिश्वत है। आपकी पत्नीजी के लिए कोई आभूषण बनवा दूंगा। है मंजूर? अब मैं आपसे सत्य कहता हूँ कि आपको जो संवाद मिला, वह गलत है, मगर यह भी कह देना चाहता हूँ कि अपने और सभी भाइयों की तरह मैं भी असामियों से जुरमाना लेता हूँ और साल में दस-पांच हज़ार रुपए मेरे हाथ लग जाते हैं, और अगर आप मेरे मुँह से यह कौर छीनना चाहेंगे, तो आप घाटे में रहेंगे। आप भी संसार में सुख से रहना चाहते

हैं, मैं भी चाहता हूँ। इससे क्या फायदा कि आप न्याय और कर्तव्य का ढोंग रच कर मुझे भी जेरबार करें, खुद भी जेरबार हों। दिल की बात कहिए। मैं आपका बैरी नहीं हूँ। आपके साथ कितनी ही बार एक चौके में एक मेज पर खा चुका हूँ। मैं यह भी जानता हूँ कि आप तकलीफ में हैं। आपकी हालत शायद मेरी हालत से भी खराब है। हां, अगर आपने हरिश्चंद्र बनने की कसम खा ली है, तो आपकी खुशी। मैं चलता हूँ।

रायसाहब कुरसी से उठ खड़े हुए। ओंकारनाथ ने उनका हाथ पकड़ कर संधि-भाव से कहा–नहीं-नहीं, अभी आपको बैठना पड़ेगा। मैं अपनी पोजीशन साफ कर देना चाहता हूँ। आपने मेरे साथ जो सलूक किए हैं, उनके लिए मैं आपका आभारी हूँ, लेकिन यहाँ सिद्धांत की बात आ गई है और आप तो जानते हैं, सिद्धांत प्राणों से भी प्यारे होते हैं।

रायसाहब कुरसी पर बैठ कर जरा मीठे स्वर में बोले–अच्छा भाई, जो चाहे लिखो। मैं तुम्हारे सिद्धांत को तोड़ना नहीं चाहता। और तो क्या होगा, बदनामी होगी। हां, कहाँ तक नाम के पीछे मरूं! कौन ऐसा ताल्लुकेदार है, जो असामियों को थोड़ा-बहुत नहीं सताता? कुत्ता हड्डी की रखवाली करे तो खाए क्या? मैं इतना ही कर सकता हूँ कि आगे आपको इस तरह की कोई शिकायत न मिलेगी, अगर आपको मुझ पर कुछ विश्वास है, तो इस बार क्षमा कीजिए। किसी दूसरे संपादक से मैं इस तरह खुशामद नहीं करता। उसे सरे बाज़ार पिटवाता, लेकिन मुझसे आपकी दोस्ती है, इसलिए दबना ही पड़ेगा। यह समाचार-पत्रों का युग है। सरकार तक उनसे डरती है, मेरी हस्ती क्या। आप जिसे चाहें बना दें। खैर, यह झगड़ा खत्म कीजिए। कहिए, आजकल पत्र की क्या दशा है? कुछ ग्राहक बढ़े?

ओंकारनाथ ने अनिच्छा के भाव से कहा–किसी न किसी तरह काम चल जाता है और वर्तमान परिस्थिति में मैं इससे अधिक आशा नहीं रखता। मैं इस तरफ धन और भोग की लालसा ले कर नहीं आया था, इसलिए मुझे शिकायत नहीं है। मैं जनता की सेवा करने आया था और वह यथाशक्ति किए जाता हूँ। राष्ट्र का कल्याण हो, यही मेरी कामना है। एक व्यक्ति के सुख-दुःख का कोई मूल्य नहीं है।

रायसाहब ने जरा और सहृदय हो कर कहा–यह सब ठीक है भाई साहब, लेकिन सेवा करने के लिए भी जीना जरूरी है। आर्थिक चिंताओं में आप एकाग्रचित्त हो कर सेवा भी तो नहीं कर सकते। क्या ग्राहक-संख्या बिलकुल नहीं बढ़ रही है?

"बात यह है कि मैं अपने पत्र का आदर्श गिराना नहीं चाहता, अगर मैं भी आज सिनेमा-स्टारों के चित्र और चरित्र छापने लगूं तो मेरे ग्राहक बढ़ सकते हैं, लेकिन अपनी तो यह नीति नहीं! और भी कितने ही ऐसे हथकंडे हैं, जिनसे पत्रों द्वारा धन कमाया जा सकता है, लेकिन मैं उन्हें गर्हित समझता हूँ।"

"इसी का यह फल है कि आज आपका इतना सम्मान है। मैं एक प्रस्ताव करना चाहता हूँ। मालूम नहीं, आप उसे स्वीकार करेंगे या नहीं। आप मेरी ओर से सौ आदमियों के नाम फ्री पत्र जारी कर दीजिए। चंदा मैं दे दूंगा।"

ओंकारनाथ ने कृतज्ञता से सिर झुका कर कहा—मैं धन्यवाद के साथ आपका दान स्वीकार करता हूँ। खेद यही है कि पत्रों की ओर से जनता कितनी उदासीन है। स्कूल और कॉलेजों और मंदिरों के लिए धन की कमी नहीं है, पर आज तक एक भी ऐसा दानी न निकला, जो पत्रों के प्रचार के लिए दान देता, हालांकि जन-शिक्षा का उद्देश्य जितने कम खर्च में पत्रों से पूरा हो सकता है, और किसी तरह नहीं हो सकता। जैसे शिक्षालयों को संस्थाओं द्वारा सहायता मिला करती है, ऐसे ही अगर पत्रकारों को मिलने लगे, तो इन बेचारों को अपना जितना समय और स्थान विज्ञापनों की भेंट करना पड़ता है, वह क्यों करना पड़े? मैं आपका बड़ा अनुगृहीत हूँ।

रायसाहब बिदा हो गए। ओंकारनाथ के मुख पर प्रसन्नता की झलक न थी। रायसाहब ने किसी तरह की शर्त न की थी, कोई बंधन न लगाया था, पर ओंकारनाथ आज इतनी करारी फटकार पा कर भी इस दान को अस्वीकार न कर सके। परिस्थिति ऐसी आ पड़ी थी कि उन्हें उबरने का कोई उपाय ही न सूझ रहा था। प्रेस के कर्मचारियों का तीन महीने का वेतन बाकी पड़ा हुआ था। कागज वाले के एक हज़ार से ऊपर आ रहे थे, यही क्या कम था कि उन्हें हाथ नहीं फैलाना पड़ा।

उनकी स्त्री गोमती ने आ कर विद्रोह के स्वर में कहा—क्या अभी भोजन का समय नहीं आया, या यह भी कोई नियम है कि जब तक एक न बज जाए, जगह से न उठो? कब तक कोई चूल्हा अगोरता रहे?

ओंकारनाथ ने दुःखी आँखों से पत्नी की ओर देखा। गोमती का विद्रोह उड़ गया। वह उनकी कठिनाइयों को समझती थी। दूसरी महिलाओं के वस्त्राभूषण देख कर कभी-कभी उसके मन में विद्रोह के भाव जाग उठते थे और वह पति को दो-चार जली कटी सुना जाती थी, पर वास्तव में यह क्रोध उनके प्रति नहीं, अपने दुर्भाग्य के प्रति था, और इसकी थोड़ी-सी आंच अनायास ही ओंकारनाथ तक पहुंच जाती थी। वह उनका तपस्वी जीवन देख कर मन में कुढ़ती थी और उनसे सहानुभूति भी रखती थी। बस, उन्हें थोड़ा-सा सनकी समझती थी। उनका उदास मुँह देख कर पूछा—क्यों उदास हो, पेट में कुछ गड़बड़ है क्या?

ओंकारनाथ को मुस्कुराना पड़ा—कौन उदास है, मैं? मुझे तो आज जितनी खुशी है, उतनी अपने विवाह के दिन भी न हुई थी। आज सबेरे पंद्रह सौ की बोहनी हुई। किसी भाग्यवान् का मुँह देखा था।

गोमती को विश्वास न आया, बोली—झूठे हो, तुम्हें पंद्रह सौ कहाँ मिल जाते हैं? पंद्रह रुपए कहो, मान लेती हूँ।

"नहीं-नहीं, तुम्हारे सिर की कसम, पंद्रह सौ मारे। अभी रायसाहब आए थे। सौ ग्राहकों का चंदा अपनी तरफ से देने का वचन दे गए हैं।"

गोमती का चेहरा उतर गया- तो मिल चुके!

"नहीं, रायसाहब वादे के पक्के हैं।"

"मैंने किसी ताल्लुकेदार को वादे का पक्का देखा ही नहीं। दादा एक ताल्लुकेदार के नौकर थे। साल-साल भर तलब नहीं मिलती थी। उसे छोड़ कर दूसरे की नौकरी की। उसने दो साल तक एक पाई न दी। एक बार दादा गरम पड़े, तो मार कर भगा दिया। इनके वादों का कोई करार नहीं।"

"मैं आज ही बिल भेजता हूँ।"

"भेजा करो। कह देंगे, कल आना। कल अपने इलाके पर चले जाएंगे। तीन महीने में लौटेंगे।"

ओंकारनाथ संशय में पड़ गए। ठीक तो है, कहीं रायसाहब पीछे से मुकर गए तो वह क्या कर लेंगे? फिर भी दिल मजबूत करके कहा–ऐसा नहीं हो सकता। कम-से-कम रायसाहब को मैं इतना धोखेबाज नहीं समझता। मेरा उनके यहाँ कुछ बाकी नहीं है।

गोमती ने उसी संदेह के भाव से कहा–इसी से तो मैं तुम्हें बुद्धू कहती हूँ। जरा किसी ने सहानुभूति दिखाई और तुम फूल उठे। मोटे रईस हैं। इनके पेट में ऐसे कितने वादे हजम हो सकते हैं। जितने वादे करते हैं, अगर सब पूरा करने लगें, तो भीख मांगने की नौबत आ जाए। मेरे गाँव के ठाकुर साहब तो दो-दो, तीन-तीन साल तक बनियों का हिसाब न करते थे। नौकरों का वेतन तो नाम के लिए देते थे। साल-भर काम लिया, जब नौकर ने वेतन मांगा, मार कर निकाल दिया। कई बार इसी नादिहंदी में स्कूल से उनके लड़कों के नाम कट गए। आखिर उन्होंने लड़कों को घर बुला लिया। एक बार रेल का टिकट भी उधार मांगा था। यह रायसाहब भी तो उन्हीं के भाईबंद हैं। चलो, भोजन करो और चक्की पीसो, जो तुम्हारे भाग्य में लिखा है। यह समझ लो कि ये बड़े आदमी तुम्हें फटकारते रहें, वही अच्छा है। यह तुम्हें एक पैसा देंगे, तो उसका चौगुना अपने असामियों से वसूल कर लेंगे। अभी उनके विषय में जो कुछ चाहते हो, लिखते हो। तब तो ठकुरसोहाती ही करनी पड़ेगी।

पंडित जी भोजन कर रहे थे, पर कौर मुँह में फंसा हुआ जान पड़ता था। आखिर बिना दिल का बोझ हल्का किए, भोजन करना कठिन हो गया। बोले–अगर रुपए न दिए, तो ऐसी खबर लूंगा कि याद करेंगे। उनकी चोटी मेरे हाथ में है। गाँव के लोग झूठी खबर नहीं दे सकते। सच्ची खबर देते तो उनकी जान निकलती है, झूठी खबर क्या देंगे। रायसाहब के खिलाफ एक रिपोर्ट मेरे पास आई है। छाप दूं, तो बच्चा को घर से निकलना मुश्किल हो जाए। मुझे वह खैरात नहीं दे रहे हैं, बड़े दबसट में पड़ कर इस राह पर आए

हैं। पहले धमकियां दिखा रहे थे। जब देखा, इससे काम न चलेगा, तो यह चारा फेंका। मैंने भी सोचा, एक इनके ठीक हो जाने से तो देश से अन्याय मिटा जाता नहीं, फिर क्यों न इस दान को स्वीकार कर लूं? मैं अपने आदर्श से गिर गया हूँ जरूर, लेकिन इतने पर भी रायसाहब ने दगा की, तो मैं भी शठता पर उतर आऊँगा। जो गरीबों को लूटता है, उसको लूटने के लिए अपनी आत्मा को बहुत समझाना न पड़ेगा।

17

गाँव में खबर फैल गई कि रायसाहब ने पंचों को बुला कर खूब डांटा और इन लोगों ने जितने रुपए वसूल किए थे, वह सब इनके पेट से निकाल लिए। वह तो इन लोगों को जेल भेजवा रहे थे, लेकिन इन लोगों ने हाथ-पांव जोड़े, थूक कर चाटा, तब जाके उन्होंने छोड़ा। धनिया का कलेजा शीतल हो गया, गाँव में घूम-घूम कर पंचों को लज्जित करती फिरती थी–आदमी न सुने गरीबों की पुकार, भगवान तो सुनते हैं। लोगों ने सोचा था, इनसे डांड़ ले कर मजे से फुलौड़ियां खाएंगे। भगवान ने ऐसा तमाचा लगाया कि फुलौड़ियां मुँह से निकल पड़ीं। एक-एक के दो-दो भरने पड़े। अब चाटो मेरा मकान ले कर।

मगर बैलों के बिना खेती कैसे हो? गांवों में बोआई शुरू हो गई। कार्तिक के महीने में किसान के बैल मर जाएं, तो उसके दोनों हाथ कट जाते हैं। होरी के दोनों हाथ कट गए थे। और सब लोगों के खेतों में हल चल रहे थे। बीज डाले जा रहे थे। कहीं-कहीं गीत की तानें सुनाई देती थीं। होरी के खेत किसी अनाथ अबला के घर की भांति सूने पड़े थे। पुनिया के पास भी गोई थी, सोभा के पास भी गोई थी, मगर उन्हें अपने खेतों की बुआई से कहाँ फुरसत कि होरी की बुआई करें। होरी दिन-भर इधर-उधर मारा-मारा फिरता था। कहीं इसके खेत में जा बैठता, कहीं उसकी बोआई करा देता। इस तरह कुछ अनाज मिल जाता। धनिया, रूपा, सोना सभी दूसरों की बोआई में लगी रहती थीं। जब तक बुआई रही, पेट की रोटियां मिलती गईं, विशेष कष्ट न हुआ। मानसिक वेदना तो अवश्य होती थी, पर खाने भर को मिल जाता था। रात को नित्य स्त्री-पुरुष में थोड़ी-सी लड़ाई हो जाती थी।

यहां तक कि कातिक का महीना बीत गया और गाँव में मजदूरी मिलनी भी कठिन हो गई। अब सारा दारमदार ऊख पर था, जो खेतों में खड़ी थी।

रात का समय था। सर्दी खूब पड़ रही थी। होरी के घर में आज कुछ खाने को न था। दिन को तो थोड़ा-सा भुना हुआ मटर मिल गया था, पर इस वक्त चूल्हा जलने का कोई डौल न था और रूपा भूख के मारे व्याकुल थी

और द्वार पर कौड़े के सामने बैठी रो रही थी। घर में जब अनाज का एक दाना भी नहीं है, तो क्या मांगे, क्या कहे!

जब भूख न सही गई तो वह आग मांगने के बहाने पुनिया के घर गई। पुनिया बाजरे की रोटियां और बथुए का साग पका रही थी। सुगंध से रूपा के मुँह में पानी भर आया।

पुनिया ने पूछा–क्या अभी तेरे घर आग नहीं जली, क्या री?

रूपा ने दीनता से कहा–आज तो घर में कुछ था ही नहीं, आग कहाँ से जलती?

"तो फिर आग काहे को मांगने आई है?"

"दादा तमाखू पिएंगे।"

पुनिया ने उपले की आग उसकी ओर फेंक दी, मगर रूपा ने आग उठाई नहीं और समीप जा कर बोली–तुम्हारी रोटियां महक रही हैं काकी! मुझे बाजरे की रोटियां बड़ी अच्छी लगती हैं।

पुनिया ने मुस्करा कर पूछा–खाएगी?

"अम्मां डाटेंगी।"

"अम्मां से कौन कहने जाएगा?"

रूपा ने पेट-भर रोटियां खाईं और जूठे मुँह भागी हुई घर चली गई।

होरी मन-मारे बैठा था कि पंडित दातादीन ने जा कर पुकारा। होरी की छाती धड़कने लगी। क्या कोई नई विपत्ति आने वाली है? आ कर उनके चरण छुए और कौड़े के सामने उनके लिए मांची रख दी।

दातादीन ने बैठते हुए अनुग्रह भाव से कहा–अबकी तो तुम्हारे खेत परती पड़ गए होरी! तुमने गाँव में किसी से कुछ कहा नहीं, नहीं भोला की मजाल थी कि तुम्हारे द्वार से बैल खोल ले जाता। यहीं लहास गिर जाती। मैं तुमसे जनेऊ हाथ में ले कर कहता हूँ होरी, मैंने तुम्हारे ऊपर डांड़ न लगाया था। धनिया मुझे नाहक बदनाम करती फिरती है। यह सब लाला पटेश्वरी और झिंगुरीसिंह की कारस्तानी है। मैं तो लोगों के कहने से पंचायत में बैठ भर गया था। वह लोग तो और कड़ा दंड लगा रहे थे। मैंने कह-सुन के कम कराया, मगर अब सब जने सिर पर हाथ धरे रो रहे हैं। समझे थे, यहाँ उन्हीं का राज है। यह न जानते थे कि गाँव का राजा कोई और है। तो अब अपने खेतों की बोआई का क्या इंतजाम कर रहे हो?

"होरी ने करुण-कंठ से कहा–क्या बताऊं महाराज, परती रहेंगे।"

"परती रहेंगे? यह तो बड़ा अनर्थ होगा।"

"भगवान की यही इच्छा है, तो अपना क्या बस।"

"मेरे देखते तुम्हारे खेत कैसे परती रहेंगे? कल मैं तुम्हारी बोआई करा दूंगा। अभी खेतों में कुछ तरी है। उपज दस दिन पीछे होगी, इसके सिवा और

कोई बात नहीं। हमारा-तुम्हारा आधा साझा रहेगा। इसमें न तुम्हें कोई टोटा है, न मुझे। मैंने आज बैठे-बैठे सोचा, तो चित्त बड़ा दुखी हुआ कि जुते-जुताए खेत परती रहे जाते हैं।"

होरी सोच में पड़ गया। चौमासे-भर इन खेतों में खाद डाली, जोता और आज केवल बोआई के लिए आधी फसल देनी पड़ रही है। उस पर एहसान कैसा जता रहे हैं, लेकिन इससे तो अच्छा यही है कि खेत परती पड़ जाएं। और कुछ न मिलेगा, लगान तो निकल ही आएगा। नहीं, अबकी बेबाकी न हुई, तो बेदखली आई धरी है।

उसने यह प्रस्ताव स्वीकार कर लिया।

दातादीन प्रसन्न हो कर बोले–तो चलो, मैं अभी बीज तौल दूं, जिससे सबेरे का झंझट न रहे। रोटी तो खा ली है न?

होरी ने लजाते हुए आज घर में चूल्हा न जलने की कथा कही।

दातादीन ने मीठे उलाहने के भाव से कहा–अरे! तुम्हारे घर में चूल्हा नहीं जला और तुमने मुझसे कहा भी नहीं। हम तुम्हारे बैरी तो नहीं थे। इसी बात पर तुमसे मेरा जी कुढ़ता है। अरे भले आदमी, इसमें लाज-सरम की कौन बात है! हम सब एक ही तो हैं। तुम सूद्र हुए तो क्या, हम बाम्हन हुए तो क्या, हैं तो सब एक ही घर के। दिन सबके बराबर नहीं जाते। कौन जाने, कल मेरे ही ऊपर कोई संकट आ पड़े, तो मैं तुमसे अपना दुःख न कहूंगा तो किससे कहूंगा? अच्छा जो हुआ, चलो, बेंग ही के साथ तुम्हें मन-दो-मन अनाज खाने को भी तौल दूंगा।

आधा घंटे में होरी मन-भर जौ का टोकरा सिर पर रखे आया और घर की चक्की चलने लगी। धनिया रोती थी और सोना के साथ जौ पीसती थी। भगवान उसे किस कुकर्म का यह दंड दे रहे हैं!

दूसरे दिन से बोआई शुरू हुई। होरी का सारा परिवार इस तरह काम में जुटा हुआ था, मानो सब कुछ अपना ही है। कई दिन के बाद सिंचाई भी इसी तरह हुई। दातादीन को सेंत-मेंत के मजूर मिल गए। अब कभी-कभी उनका लड़का मातादीन भी घर में आने लगा। जवान आदमी था, बड़ा रसिक और बातचीत का मीठा। दातादीन जो कुछ छीन-झपट कर लाते थे, वह उसे भांग बूटी में उड़ाता था। एक चमारिन से उसकी आशनाई हो गई थी, इसलिए अभी तक ब्याह न हुआ था। वह रहती अलग थी, पर सारा गाँव यह रहस्य जानते हुए भी कुछ न बोल सकता था। हमारा धर्म है हमारा भोजन। भोजन पवित्र रहे, फिर हमारे धर्म पर कोई आंच नहीं आ सकती। रोटियां ढाल बन कर अधर्म से हमारी रक्षा करती हैं।

अब साझे की खेती होने से मातादीन को झुनिया से बातचीत करने का अवसर मिलने लगा। वह ऐसे दांव से आता, जब घर में झुनिया के सिवा और

कोई न होता, कभी किसी बहाने से, कभी किसी बहाने से। झुनिया रूपवती न थी, लेकिन जवान थी और उसकी चमारिन प्रेमिका से अच्छी थी। कुछ दिन शहर में रह चुकी थी, पहनना-ओढ़ना, बोलना-चालना जानती थी और लज्जाशील भी थी, जो स्त्री का सबसे बड़ा आकर्षण है। मातादीन कभी-कभी उसके बच्चे को गोद में उठा लेता और प्यार करता। झुनिया निहाल हो जाती थी।

एक दिन उसने झुनिया से कहा–तुम क्या देख कर गोबर के साथ आईं झूना?

झुनिया ने लजाते हुए कहा–भाग खींच लाया महराज, और क्या कहूं।

मातादीन दुःखी मन से बोला–बड़ा बेवफा आदमी है। तुम जैसी लच्छमी को छोड़ कर न जाने कहाँ मारा-मारा फिर रहा है। चंचल सुभाव का आदमी है, इसी से मुझे संका होती है कि कहीं और न फंस गया हो। ऐसे आदमियों को तो गोली मार देनी चाहिए। आदमी का धरम है, जिसकी बांह पकड़े, उसे निभाए। यह क्या कि एक आदमी की जिंदगानी खराब कर दी और दूसरा घर ताकने लगे।

युवती रोने लगी। मातादीन ने इधर-उधर ताक कर उसका हाथ पकड़ लिया और समझाने लगा–तुम उसकी क्यों परवा करती हो झूना, चला गया, चला जाने दो। तुम्हारे लिए किस बात की कमी है–रुपया-पैसा, गहना-कपड़ा, जो चाहो मुझसे लो।

झुनिया ने धीरे से हाथ छुड़ा लिया और पीछे हट कर बोली–सब तुम्हारी दया है महराज! मैं तो कहीं की न रही। घर से भी गई, यहाँ से भी गई। न माया मिली, न राम ही हाथ आए। दुनिया का रंग-ढंग न जानती थी। इसकी मीठी-मीठी बातें सुन कर जाल में फंस गई।

मातादीन ने गोबर की बुराई करनी शुरू की–वह तो निरा लफंगा है, घर का न घाट का। जब देखो, माँ-बाप से लड़ाई। कहीं पैसा पा जाए, चट जुआ खेल डालेगा, चरस और गांजे में उसकी जान बसती थी, सोहदों के साथ घूमना, बहू-बेटियों को छेड़ना, यही उसका काम था। थानेदार साहब बदमासी में उसका चालान करने वाले थे, हम लोगों ने बहुत खुसामद की, तब जा कर छोड़ा। दूसरों के खेत-खलिहान से अनाज उड़ा लिया करता। कई बार तो खुद उसी ने पकड़ा था, पर गांव-घर का समझ कर छोड़ दिया।

सोना ने बाहर आ कर कहा–भाभी, अम्मां ने कहा है, अनाज निकाल कर धूप में डाल दो, नहीं चोकर बहुत निकलेगा। पंडित ने जैसे बखार में पानी डाल दिया हो।

मातादीन ने अपने सफाई दी–मालूम होता है, तेरे घर में बरसात नहीं हुई। चौमासे में लकड़ी तक गीली हो जाती है, अनाज तो अनाज ही है।

यह कहता हुआ वह बाहर चला गया। सोना ने आ कर उसका खेल बिगाड़ दिया।

सोना ने झुनिया से पूछा–मातादीन क्या करने आए थे?

झुनिया ने माथा सिकोड़ कर कहा–पगहिया मांग रहे थे। मैंने कह दिया, यहाँ पगहिया नहीं है।

"यह सब बहाना है। बड़ा खराब आदमी है।"

"मुझे तो बड़ा भला आदमी लगता है। क्या खराबी है उसमें?"

"तुम नहीं जानतीं–सिलिया चमारिन को रखे हुए है।"

"तो इसी से खराब आदमी हो गया?"

"और काहे से आदमी खराब कहा जाता है?"

तुम्हारे भैया भी तो मुझे लाए हैं। वह भी खराब आदमी हैं?"

सोना ने इसका जवाब न दे कर कहा–मेरे घर में फिर कभी आएगा, तो दुतकार दूंगी।

"और जो उससे तुम्हारा ब्याह हो जाए?"

"सोना लजा गई–तुम तो भाभी, गाली देती हो।

"क्यों, इसमें गाली की क्या बात है?"

"मुझसे बोले, तो मुँह झुलस दूं।"

तो क्या तुम्हारा ब्याह किसी देवता से होगा। गाँव में ऐसा सुंदर, सजीला जवान दूसरा कौन है?"

"तो तुम चली जाओ उसके साथ, सिलिया से लाख दर्जे अच्छी हो।"

"मैं क्यों चली जाऊं? मैं तो एक के साथ चली आई। अच्छा है या बुरा।"

"तो मैं भी जिसके साथ ब्याह होगा, उसके साथ चली जाऊंगी, अच्छा हो या बुरा।"

"और जो किसी बूढ़े के साथ ब्याह हो गया?"

सोना हंसी–मैं उसके लिए नरम-नरम रोटियां पकाऊंगी, उसकी दवाइयां कूटूंगी-छानूंगी, उसे हाथ पकड़ कर उठाऊंगी, जब मर जाएगा तो मुँह ढांप कर रोऊंगी।

"और जो किसी जवान के साथ हुआ?"

"अब तुम्हारा सिर, हां नहीं तो!"

"अच्छा बताओ, तुम्हें बूढ़ा अच्छा लगता है कि जवान!"

"जो अपने को चाहे, वही जवान है, न चाहे वही बूढ़ा है।"

"दैव करे, तुम्हारा ब्याह किसी बूढ़े से हो जाए, तो देखूं, तुम उसे कैसे चाहती हो। तब मनाओगी, किसी तरह यह निगोड़ा मर जाए, तो किसी जवान को ले कर बैठ जाऊं।"

"मुझे तो उस बूढ़े पर दया आए।"

इस साल इधर एक शक्कर का मिल खुल गया था। उसके कारिंदे और दलाल गांव-गाँव घूम कर किसानों की खड़ी ऊख मोल ले लेते थे। वही मिल

था, जो मिस्टर खन्ना ने खोला था। एक दिन उसका कारिंदा इस गाँव में भी आया। किसानों ने जो उससे भाव-ताव किया, तो मालूम हुआ, गुड़ बनाने में कोई बचत नहीं है। जब घर में ऊख पेर कर भी यही दाम मिलता है, तो पेरने की मेहनत क्यों उठाई जाए? सारा गाँव खड़ी ऊख बेचने को तैयार हो गया। अगर कुछ कम भी मिले, तो परवाह नहीं। तत्काल तो मिलेगा। किसी को बैल लेना था, किसी को बाकी चुकाना था, कोई महाजन से गला छुड़ाना चाहता था। होरी को बैलों की गोई लेनी थी। अबकी ऊख की पैदावार अच्छी न थी, इसलिए यह डर भी था कि माल न पड़ेगा। और जब गुड़ के भाव मिल की चीनी मिलेगी, तो गुड़ लेगा ही कौन? सभी ने बयाने ले लिए। होरी को कम-से-कम सौ रुपए की आशा थी। इतने में एक मामूली गोई आ जाएगी, लेकिन महाजनों को क्या करे! दातादीन, मंगरू, दुलारी, झिंगुरीसिंह सभी तो प्राण खा रहे थे। अगर महाजनों को देने लगेगा, तो सौ रुपए सूद-भर को भी न होंगे। कोई ऐसी जुगत न सूझती थी कि ऊख के रुपए हाथ में आ जाएं और किसी को ख़बर न हो। जब बैल घर आ जाएंगे, तो कोई क्या कर लेगा? गाड़ी लदेगी, तो सारा गाँव देखेगा ही, तौल पर जो रुपए मिलेंगे, वह सबको मालूम हो जाएंगे। संभव है, मंगरू और दातादीन हमारे साथ-साथ रहें। इधर रुपए मिले, उधर उन्होंने गर्दन पकड़ी।

शाम को गिरधर ने पूछा—तुम्हारी ऊख कब तक जाएगी होरी काका?

होरी ने झांसा दिया—अभी तो कुछ ठीक नहीं है भाई, तुम कब तक ले जाओगे?

गिरधर ने भी झांसा दिया—अभी तो मेरा भी कुछ ठीक नहीं है काका!

और लोग भी इसी तरह की उड़नघाइयां बताते थे, किसी को किसी पर विश्वास न था। झिंगुरीसिंह के सभी रिनियां थे, और सबकी यही इच्छा थी कि झिंगुरीसिंह के हाथ रुपए न पड़ने पाएं, नहीं वह सब-का-सब हजम कर जाएगा। और जब दूसरे दिन असामी फिर रुपए मांगने जाएगा तो नया कागज, नया नजराना, नई तहरीर। दूसरे दिन शोभा आ कर बोला—दादा, कोई ऐसा उपाय करो कि झिंगुरीसिंह को हैजा हो जाए। ऐसा गिरे कि फिर न उठे।

होरी ने मुस्करा कर कहा—क्यों, उसके बाल-बच्चे नहीं हैं?

"उसके बाल-बच्चों को देखें कि अपने बाल-बच्चों को देखें? वह तो दो-दो मेहरियों को आराम से रखता है, यहाँ तो एक को रूखी रोटी भी मयस्सर नहीं। सारी जमा ले लेगा। एक पैसा भी घर न लाने देगा।"

"मेरी तो हालत और भी खराब है भाई, अगर रुपए हाथ से निकल गए, तो तबाह हो जाऊँगा। गोई के बिना तो काम न चलेगा।"

"अभी तो दो-तीन दिन ऊख ढोते लगेंगे। ज्यों ही सारी ऊख पहुंच जाए, जमादार से कहें कि भैया कुछ ले ले, मगर ऊख झटपट तौल दे, दाम पीछे देना। इधर झिंगुरी से कह देंगे, अभी रुपए नहीं मिले।"

होरी ने विचार करके कहा–झिंगुरीसिंह हमसे-तुमसे कई गुना चतुर है सोभा! जा कर मुनीम से मिलेगा और उसी से रुपए ले लेगा। हम-तुम ताकते रह जाएंगे। जिस खन्ना बाबू का मिल है, उन्हीं खन्ना बाबू की महाजनी कोठी भी है। दोनों एक हैं।

सोभा निराश हो कर बोला–न जाने इन महाजनों से कभी गला छूटेगा कि नहीं।

होरी बोला–इस जनम में तो कोई आसा नहीं है भाई! हम राज नहीं चाहते, भोग-विलास नहीं चाहते, खाली मोटा-झोटा पहनना, और मोटा-झोटा खाना और मरजाद के साथ रहना चाहते हैं। वह भी नहीं सधता।

सोभा ने धूर्तता के साथ कहा–मैं तो दादा, इन सबों को अबकी चकमा दूंगा। जमादार को कुछ दे-दिला कर इस बात पर राजी कर लूंगा कि रुपए के लिए हमें खूब दौड़ाएं। झिंगुरी कहाँ तक दौड़ेंगे।

होरी ने हंस कर कहा–यह सब कुछ न होगा भैया! कुसल इसी में है कि झिंगुरीसिंह के हाथ-पांव जोड़ो। हम जाल में फंसे हुए हैं। जितना ही फड़फड़ाओगे, उतना ही और जकड़ते जाओगे।

तुम तो दादा, बूढ़ों की-सी बातें कर रहे हो। कठघरे में फंसे बैठे रहना तो कायरता है। फंदा और जकड़ जाए बला से, पर गला छुड़ाने के लिए जोर तो लगाना ही पड़ेगा। यही तो होगा झिंगुरी घर-द्वार नीलाम करा लेंगे, करा लें नीलाम! मैं तो चाहता हूँ कि हमें कोई रुपए न दे, हमें भूखों मरने दे, लातें खाने दे, एक पैसा भी उधार न दे, लेकिन पैसा वाले उधार न दें तो सूद कहाँ से पाएं? एक हमारे ऊपर दावा करता है, तो दूसरा हमें कुछ कम सूद पर रुपए उधार दे कर अपने जाल में फंसा लेता है। मैं तो उसी दिन रुपए लेने जाऊँगा, जिस दिन झिंगुरी कहीं चला गया होगा।

होरी का मन भी विचलित हुआ–हां, यह ठीक है।

"ऊख तुलवा देंगे। रुपए दांव-घात देख कर ले आएंगे।"

"बस-बस, यही चाल चलो।"

दूसरे दिन प्रातःकाल गाँव के कई आदमियों ने ऊख काटनी शुरू की। होरी भी अपने खेत में गंड़ासा ले कर पहुंचा। उधर से सोभा भी उसकी मदद को आ गया। पुनिया, झुनिया, कोनिया, सोना सभी खेत में जा पहुंचीं। कोई ऊख काटता था, कोई छीलता था, कोई पूले बांधता था। महाजनों ने जो ऊख कटते देखी, तो पेट में चूहे दौड़े। एक तरफ से दुलारी दौड़ी, दूसरी तरफ से मंगरू साह, तीसरी ओर से मातादीन और पटेश्वरी और झिंगुरी के पियादे। दुलारी हाथ-पांव में मोटे-मोटे चांदी के कड़े पहने, कानों में सोने का झुमका, आँखों में काजल लगाए, बूढ़े यौवन को रंगे-रंगाए आ कर बोली–पहले मेरे रुपए दे दो, तब ऊख काटने दूंगी। मैं जितना गम खाती हूँ, उतना ही तुम शेर होते हो। दो साल से एक धेला सूद नहीं दिया, पचास तो मेरे सूद के होते हैं।

होरी ने घिघिया कर कहा–भाभी, ऊख काट लेने दो, इसके रुपए मिलते हैं, तो जितना हो सकेगा, तुमको भी दूंगा। न गाँव छोड़ कर भागा जाता हूँ, न इतनी जल्दी मौत ही आई जाती है। खेत में खड़ी ऊख तो रुपए न देगी?

दुलारी ने उसके हाथ से गंड़ासा छीन कर कहा–नीयत इतनी खराब हो गई है तुम लोगों की, तभी तो बरक्कत नहीं होती।

आज पाँच साल हुए, होरी ने दुलारी से तीस रुपए लिए थे। तीन साल में उसके सौ रुपए हो गए, तब स्टांप लिखा गया। दो साल में उस पर पचास रुपया सूद चढ़ गया था।

होरी बोला–सहुआइन, नीयत तो कभी खराब नहीं की, और भगवान चाहेंगे, तो पाई-पाई चुका दूंगा। हां, आजकल तंग हो गया हूँ, जो चाहे कह लो।

सहुआइन को जाते देर नहीं हुई कि मंगरू साह पहुंचे। काला रंग, तोंद कमर के नीचे लटकती हुई, दो बड़े-बड़े दांत सामने जैसे काट खाने को निकले हुए, सिर पर टोपी, गले में चादर, उम्र अभी पचास से ज्यादा नहीं, पर लाठी के सहारे चलते थे। गंठिया का मरज हो गया था। खांसी भी आती थी। लाठी टेक कर खड़े हो गए और होरी को डांट बताई–पहले हमारे रुपए दे दो होरी, तब ऊख काटो। हमने रुपए उधार दिए थे, खैरात नहीं थे। तीन-तीन साल हो गए, न सूद न ब्याज, मगर यह न समझना कि तुम मेरे रुपए हजम कर जाओगे। मैं तुम्हारे मुर्दे से भी वसूल कर लूंगा।

सोभा मसखरा था। बोला-तब काहे को घबड़ाते हो साहजी, इनके मुर्दे ही से वसूल कर लेना। नहीं, एक-दो साल के आगे-पीछे दोनों ही सरग में पहुंचोगे। वहीं भगवान के सामने अपना हिसाब चुका लेना।

मंगरू ने सोभा को बहुत बुरा-भला कहा–जमामार, बेईमान इत्यादि। लेने की बेर तो दुम हिलाते हो, जब देने की बारी आती है, तो गुर्राते हो। घर बिकवा लूंगा, बैल-बधिए नीलाम करा लूंगा।

सोभा ने फिर छेड़ा–अच्छा, ईमान से बताओ साह, कितने रुपए दिए थे, जिसके अब तीन सौ रुपए हो गए हैं?

"जब तुम साल के साल सूद न दोगे, तो आप ही बढ़ेंगे।"

"पहले-पहल कितने रुपए दिए थे तुमने? पचास ही तो।"

"कितने दिन हुए, यह भी तो देख।"

"पांच-छः साल हुए होंगे?"

"दस साल हो गए पूरे, ग्यारहवां जा रहा है।"

"पचास रुपए के तीन सौ रुपए लेते तुम्हें जरा भी सरम नहीं आती।"

"सरम कैसी, रुपए दिए हैं कि खैरात मांगते हैं।"

होरी ने इन्हें भी चिरौरी-विनती करके विदा किया। दातादीन ने होरी के साझे में खेती की थी। बीज दे कर आधी फसल ले लेंगे। इस वक्त कुछ

छेड़छाड़ करना नीति-विरुद्ध था। झिंगुरीसिंह ने मिल के मैनेजर से पहले ही सब कुछ कह-सुन रखा था। उनके प्यादे गाड़ियों पर ऊख लदवा कर नाव पर पहुंचा रहे थे। नदी गाँव से आधा मील पर थी। एक गाड़ी दिन-भर में सात-आठ चक्कर कर लेती थी। और नाव एक खेवे में पचास गाड़ियों का बोझ लाद लेती थी। इस तरह किफायत पड़ती थी। इस सुविधा का इंतजाम करके झिंगुरीसिंह ने सारे इलाके को एहसान से दबा दिया था।

तौल शुरू होते ही झिंगुरीसिंह ने मिल के फाटक पर आसन जमा लिया। हर एक की ऊख तौलाते थे, दाम का पुरजा लेते थे। खजांची से रुपए वसूल करते थे और अपना पावना काट कर असामी को देते थे। असामी कितना ही रोए, चीखे, किसी की न सुनते थे। मालिक का यही हुक्म था। उनका क्या बस!

होरी को एक सौ बीस रुपए मिले! उसमें से झिंगुरीसिंह ने अपने पूरे रुपए सूद समेत काट कर कोई पचीस रुपए होरी के हवाले किए।

होरी ने रुपए की ओर उदासीन भाव से देख कर कहा-यह ले कर मैं क्या करूंगा ठाकुर, यह भी तुम्हीं ले लो। मेरी लिए मजूरी बहुत मिलेगी।

झिंगुरी ने पचीसों रुपए ज़मीन पर फेंक कर कहा-लो या फेंक दो, तुम्हारी खुसी। तुम्हारे कारन मालिक की घुड़कियां खाईं और अभी रायसाहब सिर पर सवार हैं कि डांड़ के रुपए अदा करो। तुम्हारी गरीबी पर दया करके इतने रुपए दिए देता हूँ, नहीं एक धेला भी न देता। अगर रायसाहब ने सख्ती की तो उल्टे और घर से देने पड़ेंगे।

होरी ने धीरे से रुपए उठा लिए और बाहर निकला कि नोखेराम ने ललकारा। होरी ने जा कर पचीसों रुपए उनके हाथ पर रख दिए, और बिना कुछ कहे जल्दी से भाग गया। उसका सिर चक्कर खा रहा था।

सोभा को इतने ही रुपए मिले थे। वह बाहर निकला, तो पटेश्वरी ने घेरा।

सोभा बरस पड़ा। बोला-मेरे पास रुपए नहीं हैं, तुम्हें जो कुछ करना हो, कर लो।

पटेश्वरी ने गरम हो कर कहा-ऊख बेची है कि नहीं?

"हां, बेची है।"

"तुम्हारा यही वादा तो था कि ऊख बेच कर रुपया दूंगा!"

"हां, था तो।"

"फिर क्यों नहीं देते! और सब लोगों को दिए हैं कि नहीं?"

"हां, दिए हैं।"

"तो मुझे क्यों नहीं देते?"

"मेरे पास अब जो कुछ बचा है, वह बाल-बच्चों के लिए है।"

पटेश्वरी ने बिगड़ कर कहा-तुम रुपए दोगे, सोभा और हाथ जोड़ कर और आज ही। हां, अभी जितना चाहो, बहक लो। एक रपट में जाओगे छः

महीने को, पूरे छः महीने को, न एक दिन बेस, न एक दिन कम। यह जो नित्य जुआ खेलते हो, वह एक रपट में निकल जाएगा। मैं जमींदार या महाजन का नौकर नहीं हूँ, सरकार बहादुर का नौकर हूँ, जिसका दुनिया-भर में राज है और जो तुम्हारे महाजन और जमींदार दोनों का मालिक है।

पटेश्वरीलाल आगे बढ़ गए। सोभा और होरी कुछ दूर चुपचाप चले। मानो इस धिक्कार ने उन्हें संज्ञाहीन कर दिया हो। तब होरी ने कहा—सोभा, इसके रुपए दे दो। समझ लो, ऊख में आग लग गई थी। मैंने भी यही सोच कर, मन को समझाया है।

सोभा ने आहत कंठ से कहा—हां, दे दूंगा दादा! न दूंगा तो जाऊँगा कहाँ?

सामने से गिरधर ताड़ी पिए झूमता चला आ रहा था। दोनों को देख कर बोला—झिंगुरिया ने सारे का सारा ले लिया होरी काका! चबेना को भी एक पैसा न छोड़ा! हत्यारा कहीं का! रोया, गिड़गिड़ाया, पर इस पापी को दया न आई।

शोभा ने कहा—ताड़ी तो पिए हुए हो, उस पर कहते हो, एक पैसा भी न छोड़ा।

गिरधर ने पेट दिखा कर कहा—सांझ हो गई, जो पानी की बूंद भी कंठ तले गई हो, तो गो-मांस बराबर। एक इकन्नी मुँह में दबा ली थी। उसकी ताड़ी पी ली। सोचा, साल-भर पसीना गारा है, तो एक दिन ताड़ी तो पी लूं, मगर सच कहता हूँ, नसा नहीं है। एक आने में क्या नसा होगा? हां, झूम रहा हूँ जिसमें लोग समझें, खूब पिए हुए है। बड़ा अच्छा हुआ काका, बेबाकी हो गई। बीस लिए, उसके एक सौ साठ भरे, कुछ हद है!

होरी घर पहुंचा, तो रूपा पानी ले कर दौड़ी, सोना चिलम भर लाई, धनिया ने चबेना और नमक ला कर रख दिया और सभी आशा-भरी आँखों से उसकी ओर ताकने लगीं। झुनिया भी चौखट पर आ खड़ी हुई थी। होरी उदास बैठा था। कैसे मुंह-हाथ धोए, कैसे चबेना खाए। ऐसा लज्जित और ग्लानित था, मानो हत्या करके आया हो।

धनिया ने पूछा—कितने की तौल हुई?

"एक सौ बीस मिले, पर सब वहीं लुट गए, धेला भी न बचा।"

धनिया सिर से पांव तक भस्म हो उठी। मन में ऐसा उद्वेग उठा कि अपना मुँह नोंच ले। बोली—तुम जैसा घामड़ आदमी भगवान ने क्यों रचा, कहीं मिलते तो उनसे पूछती। तुम्हारे साथ सारी जिंदगी तलख हो गई, भगवान मौत भी नहीं देते कि जंजाल से जान छूटे। उठा कर सारे रुपए बहनोइयों को दे दिए।

अब और कौन आमदनी है, जिससे गोई आएगी? हल में क्या मुझे जोतोगे, या आप जुतोगे? मैं कहती हूँ, तुम बूढ़े हुए, तुम्हें इतनी अक्ल भी नहीं आई कि गोई-भर के रुपए तो निकाल लेते! कोई तुम्हारे हाथ से छीन थोड़े लेता।

पूस की यह ठंड और किसी की देह पर लत्ता नहीं। ले जाओ सबको नदी में डुबा दो। सिसक-सिसक कर मरने से तो एक दिन मर जाना फिर भी अच्छा है। कब तक पुआल में घुस कर रात काटेंगे और पुआल में घुस भी लें, तो पुआल खा कर रहा तो न जाएगा। तुम्हारी इच्छा हो, घास ही खाओ, हमसे तो घास न खाई जाएगी।

यह कहते-कहते वह मुस्करा पड़ी। इतनी देर में उसकी समझ में यह बात आने लगी थी कि महाजन जब सिर पर सवार हो जाए, और अपने हाथ में रुपए हों और महाजन जानता हो कि इसके पास रुपए हैं, तो असामी कैसे अपनी जान बचा सकता है!

होरी सिर नीचा किए अपने भाग्य को रो रहा था। धनिया का मुस्कराना उसे न दिखाई दिया। बोला–मजूरी तो मिलेगी। मजूरी करके खाएंगे। धनिया ने पूछा–कहाँ है इस गाँव में मजूरी? और कौन मुँह ले कर मजूरी करोगे? महतो नहीं कहलाते!

होरी ने चिलम के कई कश लगा कर कहा–मजूरी करना कोई पाप नहीं। मजूर बन जाए, तो किसान हो जाता है। किसान बिगड़ जाए तो मजूर हो जाता है। मजूरी करना भाग्य में न होता हो यह सब विपत क्यों आती? क्यों गाय मरती? क्यों लड़का नालायक निकल जाता?

धनिया ने बहू और बेटियों की ओर देख कर कहा–तुम सब-की-सब क्यों घेरे खड़ी हो, जा कर अपना-अपना काम देखो। वह और हैं जो हाट-बाजार से आते हैं, तो बाल-बच्चों के लिए दो-चार पैसे की कोई चीज़ लिए आते हैं। यहाँ तो यह लोभ लग रहा होगा कि रुपए तुड़ाएं कैसे? एक कम न हो जाएगा इसी से इनकी कमाई में बरक्कत नहीं होती। जो खरच करते हैं, उन्हें मिलता है। जो न खा सकें, उन्हें रुपए मिलें ही क्यों? ज़मीन में गाड़ने के लिए?

होरी ने खिलखिला कर कहा–कहाँ है वह गाड़ी हुई थाती?

"जहाँ रखी है, वहीं होगी। रोना तो यही है कि यह जानते हुए भी पैसे के लिए मरते हो! चार पैसे की कोई चीज़ ला कर बच्चों के हाथ पर रख देते तो पानी में न पड़ जाते। झिंगुरी से तुम कह देते कि एक रुपया मुझे दे दो, नहीं मैं तुम्हें एक पैसा न दूंगा, जा कर अदालत में लेना, तो वह जरूर दे देता।"

होरी लज्जित हो गया। अगर वह झल्ला कर पचीसों रुपए नोखेराम को न दे देता, तो नोखे क्या कर लेते? बहुत होता बकाया पर दो-चार आना सूद ले लेते, मगर अब तो चूक हो गई।

झुनिया ने भीतर जा कर सोना से कहा–मुझे तो दादा पर बड़ी दया आती है। बेचारे दिन-भर के थके-मांदे घर आए, तो अम्मां कोसने लगीं। महाजन गला दबाए था, तो क्या करते बेचारे!

"तो बैल कहाँ से आएंगे?"

"महाजन अपने रुपए चाहता है। उसे तुम्हारे घर के दुखड़ों से क्या मतलब?"

"अम्मां वहाँ होतीं, तो महाजन को मजा चखा देतीं। अभागा रो कर रह जाता।"

झुनिया ने दिल्लगी की तो यहाँ रुपए की कौन कमी है–तुम महाजन से जरा हंस कर बोल दो, देखो सारे रुपए छोड़ देता है कि नहीं। सच कहती हूँ, दादा का सारा दुख-दलिदर दूर हो जाए।

सोना ने दोनों हाथों से उसका मुँह दबा कर कहा–बस, चुप ही रहना, नहीं कहे देती हूँ। अभी जा कर अम्मां से मातादीन की सारी कलई खोल दूं तो रोने लगो।

झुनिया ने पूछा–क्या कह दोगी अम्मां से? कहने को कोई बात भी हो। जब वह किसी बहाने से घर में आ जाते हैं, तो क्या कह दूं कि निकल जाओ, फिर मुझसे कुछ ले तो नहीं जाते? कुछ अपना ही दे जाते हैं। सिवाय मीठी-मीठी बातों के वह झुनिया से कुछ नहीं पा सकते! और अपनी मीठी बातों को महंगे दामों पर बेचना भी मुझे आता है। मैं ऐसी अनाड़ी नहीं हूँ कि किसी के झांसे में आ जाऊं। हां, जब जान जाऊंगी कि तुम्हारे भैया ने वहाँ किसी को रख लिया है, तब की नहीं चलाती। तब मेरे ऊपर किसी का कोई बंधन न रहेगा। अभी तो मुझे विस्वास है कि वह मेरे हैं और मेरे कारन उन्हें गली-गली ठोकर खाना पड़ रहा है। हंसने-बोलने की बात न्यारी है, पर मैं उनसे विस्वासघात न करूंगी। जो एक से दो का हुआ, वह किसी का नहीं रहता।

सोभा ने आ कर होरी को पुकारा और पटेश्वरी के रुपए उसके हाथ में रख कर बोला–भैया, तुम जा कर ये रुपए लाला को दे दो, मुझे उस घड़ी न जाने क्या हो गया था।

होरी रुपए ले कर उठा ही था कि शंख की ध्वनि कानों में आई। गाँव के उस सिरे पर ध्यानसिंह नाम के एक ठाकुर रहते थे। पलटन में नौकर थे और कई दिन हुए, दस साल के बाद रजा ले कर आए थे। बगदाद, अदन, सिंगापुर, बर्मा–चारों तरफ घूम चुके थे। अब ब्याह करने की धुन में थे। इसीलिए पूजा-पाठ करके ब्राह्मणों को प्रसन्न रखना चाहते थे।

होरी ने कहा–जान पड़ता है, सातों अध्याय पूरे हो गए। आरती हो रही है।

सोभा बोला–हां, जान तो पड़ता है, चलो आरती ले लें।

होरी ने चिंतित भाव से कहा–तुम जाओ, मैं थोड़ी देर में आता हूँ।

ध्यानसिंह जिस दिन आए थे, सबके घर सेर-सेर भर मिठाई बैना भेजी थी। होरी से जब कभी रास्ते में मिल जाते, कुशल पूछते। उनकी कथा में जा कर आरती में कुछ न देना अपमान की बात थी।

आरती का थाल उन्हीं के हाथ में होगा। उनके सामने होरी कैसे खाली हाथ आरती ले लेगा। इससे तो कहीं अच्छा है वह कथा में जाए ही नहीं। इतने आदमियों में उन्हें क्या याद आएगी कि होरी नहीं आया। कोई रजिस्टर लिए तो बैठा नहीं है कि कौन आया, कौन नहीं आया। वह जा कर खाट पर लेट रहा।

मगर उसका हृदय मसोस-मसोस कर रह जाता था। उसके पास एक पैसा भी नहीं है! तांबे का एक पैसा। आरती के पुण्य और माहात्म्य का उसे बिलकुल ध्यान था। बात थी केवल व्यवहार की। ठाकुरजी की आरती तो वह केवल श्रद्धा की भेंट दे कर ले सकता था, लेकिन मर्यादा कैसे तोड़े, सबकी आँखों में हेठा कैसे बने!

सहसा वह उठ बैठा। क्यों मर्यादा की गुलामी करे? मर्यादा के पीछे आरती का पुण्य क्यों छोड़े? लोग हंसेंगे, हंस लें। उसे परवा नहीं है। भगवान उसे कुकर्म से बचाए रखें, और वह कुछ नहीं चाहता।

वह ठाकुर के घर की ओर चल पड़ा।

18

खन्ना और गोविंदी में नहीं पटती। क्यों नहीं पटती, यह बताना कठिन है। ज्योतिष के हिसाब से उनके ग्रहों में कोई विरोध है, हालांकि विवाह के समय ग्रह और नक्षत्र खूब मिला लिए गए थे। कामशास्त्र के हिसाब से इस अनबन का और कोई रहस्य हो सकता है, और मनोविज्ञान वाले कुछ और ही कारण खोज सकते हैं। हम तो इतना ही जानते हैं कि उनमें नहीं पटती। खन्ना धनवान हैं, रसिक हैं, मिलनसार हैं, रूपवान हैं, अच्छे खासे-पढ़े-लिखे हैं और नगर के विशिष्ट पुरुषों में हैं। गोविंदी अप्सरा न हो, पर रूपवती अवश्य है। गेहुंआ रंग, लज्जाशील आंखें, जो एक बार सामने उठ कर फिर झुक जाती हैं, कपोलों पर लाली न हो, पर चिकनापन है। गात कोमल, अंगविन्यास सुडौल, गोल बांहें, मुख पर एक प्रकार की अरुचि, जिसमें कुछ गर्व की झलक भी है, मानो संसार के व्यवहार और व्यापार को हेय समझती है। खन्ना के पास विलास के ऊपरी साधनों की कमी नहीं, अव्वल दरजे का बंगला है, अव्वल दरजे का फर्नीचर, अव्वल दरजे की कार और अपार धन! पर गोविंदी की दृष्टि में जैसे इन चीजों का कोई मूल्य नहीं। इस खारे सागर में वह प्यासी पड़ी रहती है। बच्चों का लालन-पालन और गृहस्थी के छोटे-मोटे काम ही उसके लिए सब कुछ हैं। वह इनमें इतनी व्यस्त रहती है कि भोग की ओर उसका ध्यान ही नहीं जाता। आकर्षण क्या वस्तु है और कैसे उत्पन्न हो सकता है, इसकी ओर

उसने कभी विचार नहीं किया। वह पुरुष का खिलौना नहीं है, न उसके भोग की वस्तु, फिर क्यों आकर्षक बनने की चेष्टा करे? अगर पुरुष उसका असली सौंदर्य देखने के लिए आँखें नहीं रखता, कामिनियों के पीछे मारा-मारा फिरता है, तो वह उसका दुर्भाग्य है। वह उसी प्रेम और निष्ठा से पति की सेवा किए जाती है, जैसे द्वेष और मोह-जैसी भावनाओं को उसने जीत लिया है। और यह अपार संपत्ति तो जैसे उसकी आत्मा को कुचलती रहती है, दबाती रहती है। इन आडंबरों और पाखंडों से मुक्त होने के लिए उसका मन सदैव ललचाया करता है। अपनी सरल और स्वाभाविक जीवन में वह कितनी सुखी रह सकती थी, इसका वह नित्य स्वप्न देखती रहती है। तब क्यों मालती उसके मार्ग में आ कर बाधक हो जाती। क्यों वेश्याओं के मुजरे होते, क्यों यह संदेह और बनावट और अशांति उसके जीवन-पथ में कांटा बनती! बहुत पहले जब वह बालिका-विद्यालय में पढ़ती थी, उसे कविता का रोग लग गया था, जहाँ दुःख और वेदना ही जीवन का तत्व है, संपत्ति और विलास तो केवल इसलिए है कि उसकी होली जलाई जाए, जो मनुष्य को असत्य और अशांति की ओर ले जाता है। वह अब भी कभी-कभी कविता रचती थी, लेकिन सुनाए किसे? उसकी कविता केवल मन की तरंग या भावना की उड़ान न थी, उसके एक-एक शब्द में उसके जीवन की व्यथा और उसके आँसुओं की ठंडी जलन भरी होती थी! किसी ऐसे प्रदेश में जा बसने की लालसा, जहाँ वह पाखंडों और वासनाओं से दूर अपने शांत कुटिया में सरल आनंद का उपभोग करे। खन्ना उसकी कविताएं देखते, तो उनका मजाक उड़ाते और कभी-कभी फाड़ कर फेंक देते। और संपत्ति की यह दीवार दिन-दिन ऊंची होती जाती थी और दंपति को एक दूसरे से दूर और पृथक करती जाती थी। खन्ना अपने ग्राहकों के साथ जितना ही मीठा और नम्र था, घर में उतना ही कटु और उद्दंड। अक्सर क्रोध में गोविंदी को अपशब्द कह बैठता। शिष्टता उसके लिए दुनिया को ठगने का एक साधन थी, मन का संस्कार नहीं। ऐसे अवसरों पर गोविंदी अपने एकांत कमरे में जा बैठती और रात की रात रोया करती और खन्ना दीवानखाने में मुजरे सुनता या क्लब में जा कर शराबें उड़ाता। लेकिन यह सब कुछ होने पर भी खन्ना उसके सर्वस्व थे। वह दलित और अपमानित हो कर भी खन्ना की लौंडी थी। उनसे लड़ेगी, जलेगी, रोएगी, पर रहेगी उन्हीं की। उनसे पृथक जीवन की वह कोई कल्पना ही न कर सकती थी।

आज मिस्टर खन्ना किसी बुरे आदमी का मुँह देख कर उठे थे। सवेरे ही पत्र खोला, तो उनके कई स्टाकों का दर गिर गया था, जिसमें उन्हें कई हज़ार की हानि होती थी। शक्कर मिल के मजदूरों ने हड़ताल कर दी थी और दंगा-फसाद करने पर आमादा थे। नफे की आशा से चांदी खरीदी थी, मगर उसका दर आज और भी ज्यादा गिर गया था। रायसाहब से जो सौदा हो

रहा था और जिसमें उन्हें खासे नफे की आशा थी, वह कुछ दिनों के लिए टलता हुआ जान पड़ता था। फिर रात को बहुत पी जाने के कारण इस वक्त सिर भारी था और देह टूट रही थी। उधर शोफर ने कार के इंजन में कुछ खराबी पैदा हो जाने की बात कही थी और लाहौर में उनके बैंक पर एक दीवानी मुकदमा दायर हो जाने का समाचार भी मिला था। बैठे मन में झुंझला रहे थे कि उसी वक्त गोविंदी ने आ कर कहा–भीष्म का ज्वर आज भी नहीं उतरा, किसी डॉक्टर को बुला दो।

भीष्म उनका सबसे छोटा पुत्र था, और जन्म से ही दुर्बल होने के कारण उसे रोज एक-न-एक शिकायत बनी रहती थी। आज खांसी है, तो कल बुखार, कभी पसली चल रही है, कभी हरे-पीले दस्त आ रहे हैं। दस महीने का हो गया था, पर लगता था, पाँच-छः महीने का। खन्ना की धारणा हो गई थी कि यह लड़का बचेगा नहीं, इसलिए उसकी ओर से उदासीन रहते थे, पर गोविंदी इसी कारण उसे और सब बच्चों से ज्यादा चाहती थी।

खन्ना ने पिता के स्नेह का भाव दिखाते हुए कहा–बच्चों को दवाओं का आदी बना देना ठीक नहीं, और तुम्हें दवा पिलाने का मरज है। जरा कुछ हुआ और डॉक्टर बुलाओ। एक रोज देखो, आज तीसरा ही दिन तो है। शायद आज आप-ही-आप उतर जाए।

गोविंदी ने आग्रह किया–तीन दिन से नहीं उतरा। घरेलू दवाएं करके हार गई।

खन्ना ने पूछा–अच्छी बात है, बुला देता हूँ, किसे बुलाऊं?

"बुला लो डॉक्टर नाग को।"

"अच्छी बात है, उन्हीं को बुलाती हूँ, मगर यह समझ लो नाम हो जाने से ही कोई अच्छा डॉक्टर नहीं हो जाता। नाग फीस चाहे जितनी चाहे ले लें, उनकी दवा से किसी को अच्छा होते नहीं देखा। वह तो मरीजों को स्वर्ग भेजने के लिए मशहूर हैं।"

"तो जिसे चाहो बुला लो, मैंने तो नाग को इसलिए कहा था कि वह कई बार आ चुके हैं।"

"मिस मालती को क्यों न बुला लूं? फीस भी कम और बच्चों का हाल लेडी डॉक्टर जैसा समझेगी, कोई मर्द डॉक्टर नहीं समझ सकता।"

गोविंदी ने जल कर कहा–मैं मिस मालती को डॉक्टर नहीं समझती।

खन्ना ने भी तेज आँखों से देख कर कहा–तो वह इंग्लैंड घास खोदने गई थी, और हजारों आदमियों को आज जीवनदान दे रही है, यह सब कुछ नहीं है?

"होगा, मुझे उन पर भरोसा नहीं है। वह मरदों के दिल का इलाज कर लें। और किसी की दवा उनके पास नहीं है।"

बस ठन गई। खन्ना गरजने लगे। गोविंदी बरसने लगी। उनके बीच में मालती का नाम आ जाना मानो लड़ाई का अल्टिमेटम था।

खन्ना ने सारे कागजों को ज़मीन पर फेंक कर कहा–तुम्हारे साथ जिंदगी तलख हो गई।

गोविंदी ने नुकीले स्वर में कहा–तो मालती से ब्याह कर लो न! अभी क्या बिगड़ा है, अगर वहाँ दाल गले।

"तुम मुझे क्या समझती हो?"

"यही कि मालती तुम-जैसों को अपना गुलाम बना कर रखना चाहती है, पति बना कर नहीं।"

"तुम्हारी निगाह में मैं इतना जलील हूँ?"

और उन्होंने इसके विरुद्ध प्रमाण देना शुरू किया। मालती जितना उनका आदर करती है, उतना शायद ही किसी का करती हो। रायसाहब और राजा साहब को मुँह तक नहीं लगाती, लेकिन उनसे एक दिन भी मुलाकात न हो, तो शिकायत करती है?

गोविंदी ने इन प्रमाणों को एक फूंक में उड़ा दिया–इसीलिए कि वह तुम्हें सबसे बड़ा आँखों का अंधा समझती है, दूसरों को इतनी आसानी से बेवकूफ नहीं बना सकती।

खन्ना ने डींग मारी–वह चाहें तो आज मालती से विवाह कर सकते हैं। आज, अभी?

मगर गोविंदी को बिलकुल विश्वास नहीं–तुम सात जन्म नाक रगड़ो, तो भी वह तुमसे विवाह न करेगी। तुम उसके टट्टू हो, तुम्हें घास खिलाएगी, कभी-कभी तुम्हारा मुँह सहलाएगी, तुम्हारे पुट्ठों पर हाथ फेरेगी, लेकिन इसीलिए कि तुम्हारे ऊपर सवारी गांठे। तुम्हारे जैसे एक हज़ार बुद्धू उसकी जेब में हैं।

गोविंदी आज बहुत बढ़ी जाती थी। मालूम होता है, आज वह उनसे लड़ने पर तैयार हो कर आई है। डॉक्टर के बुलाने का तो केवल बहाना था। खन्ना अपने योग्यता और दक्षता और पुरुषत्व पर इतना बड़ा आक्षेप कैसे सह सकते थे!

"तुम्हारे ख्याल में मैं बुद्धू और मूर्ख हूँ, तो ये हजारों क्यों मेरे द्वार पर नाक रगड़ते हैं? कौन राजा या ताल्लुकेदार है, जो मुझे दंडवत नहीं करता? सैकड़ों को उल्लू बना कर छोड़ दिया।"

"यही तो मालती की विशेषता है कि जो औरों को सीधे उस्तरे से मूंड़ता है, उसे वह उल्टे छुरे से मूंड़ती है।"

"तुम मालती की चाहे जितनी बुराई करो, तुम उसकी पांव की धूल भी नहीं हो।"

"मेरी दृष्टि में वह वेश्याओं से भी गई-बीती है, क्योंकि वह परदे की आड़ से शिकार खेलती है।"

दोनों ने अपने-अपने अग्निबाण छोड़ दिए। खन्ना ने गोविंदी को चाहे कोई दूसरी कठोर से कठोर बात कही होती, उसे इतनी बुरी न लगती, पर मालती से उसकी यह घृणित तुलना उसकी सहिष्णुता के लिए भी असह्य थी। गोविंदी ने भी खन्ना को चाहे जो कुछ कहा होता, वह इतने गर्म न होते, लेकिन मालती का यह अपमान वह नहीं सह सकते। दोनों एक-दूसरे के कोमल स्थलों से परिचित थे। दोनों के निशाने ठीक बैठे और दोनों तिलमिला उठे। खन्ना की आँखें लाल हो गईं। गोविंदी का मुँह लाल हो गया। खन्ना आवेश में उठे और उसके दोनों कान पकड़ कर जोर से ऐंठे और तीन तमाचे लगा दिए। गोविंदी रोती हुई अंदर चली गई।

जरा देर में डॉक्टर नाग आए और सिविल सर्जन मि. टाड आए और भिषगाचार्य नीलकंठ शास्त्री आए, पर गोविंदी बच्चे को लिए अपने कमरे में बैठी रही। किसने क्या कहा, क्या तशखीस की, उसे कुछ मालूम नहीं। जिस विपत्ति की कल्पना वह कर रही थी, वह आज उसके सिर पर आ गई। खन्ना ने आज जैसे उससे नाता तोड़ लिया, जैसे उसे घर से खदेड़ कर द्वार बंद कर लिया। जो रूप का बाज़ार लगा कर बैठती है, जिसकी परछाईं भी वह अपने ऊपर पड़ने नहीं देना चाहती वह उस पर परोक्ष रूप से शासन करे? यह न होगा। खन्ना उसके पति हैं, उन्हें उसको समझाने-बुझाने का अधिकार है, उनकी मार को भी वह शिरोधार्य कर सकती है; पर मालती का शासन? असंभव! मगर बच्चे का ज्वर जब तक शांत न हो जाए, वह हिल नहीं सकती। आत्माभिमान को भी कर्तव्य के सामने सिर झुकाना पड़ेगा।

दूसरे दिन बच्चे का ज्वर उतर गया था। गोविंदी ने एक तांगा मंगवाया और घर से निकली। जहाँ उसका इतना अनादर है, वहाँ अब वह नहीं रह सकती। आघात इतना कठोर था कि बच्चों का मोह भी टूट गया था। उनके प्रति उसका जो धर्म था, उसे वह पूरा कर चुकी है। शेष जो कुछ है, वह खन्ना का धर्म है। हां, गोद के बालक को वह किसी तरह नहीं छोड़ सकती। वह उसकी जान के साथ है। और इस घर से वह केवल अपने प्राण ले कर निकलेगी। और कोई चीज़ उसकी नहीं है। इन्हें यह दावा है कि वह उसका पालन करते हैं। गोविंदी दिखा देगी कि वह उनके आश्रय से निकल कर भी जिंदा रह सकती है। तीनों बच्चे उस समय खेलने गए थे। गोविंदी का मन हुआ, एक बार उन्हें प्यार कर ले, मगर वह कहीं भागी तो नहीं जाती। बच्चों को उससे प्रेम होगा, तो उसके पास आएंगे, उसके घर में खेलेंगे। वह जब जरूरत समझेगी, खुद बच्चों को देख जाया करेगी। केवल खन्ना का आश्रय नहीं लेना चाहती।

सांझ हो गई थी। पार्क में खूब रौनक थी। लोग हरी घास पर लेटे हवा का आनंद लूट रहे थे। गोविंदी हजरतगंज होती हुई चिड़ियाघर की तरफ मुड़ी ही थी कि कार पर मालती और खन्ना सामने से आते हुए दिखाई दिए। उसे मालूम हुआ, खन्ना ने उसकी तरफ इशारा करके कुछ कहा–और मालती मुस्कराई। नहीं, शायद यह उसका भ्रम हो। खन्ना मालती से उसकी निंदा न करेंगे, मगर कितनी बेशर्म है। सुना है, इसकी अच्छी प्रैक्टिस है, घर की भी संपन्न है, फिर भी यों अपने को बेचती फिरती है। न जाने क्यों ब्याह नहीं कर लेती, लेकिन उससे ब्याह करेगा ही कौन? नहीं, यह बात नहीं। पुरुषों में ऐसे बहुत से गधे हैं, जो उसे पा कर अपने को धन्य मानेंगे। लेकिन मालती खुद तो किसी को पसंद करे? और ब्याह में कौन-सा सुख रखा हुआ है? बहुत अच्छा करती है, जो ब्याह नहीं करती। अभी सब उसके गुलाम हैं। तब वह एक की लौंडी हो कर रह जाएगी। बहुत अच्छा कर रही है। अभी तो यह महाशय भी उसके तलवे चाटते हैं, कहीं इनसे ब्याह कर ले, तो उस पर शासन करने लगें, मगर इनसे वह क्यों ब्याह करेगी? और समाज में दो-चार ऐसी स्त्रियां बनी रहें, तो अच्छा, पुरुषों के कान तो गर्म करती रहें।

आज गोविंदी के मन में मालती के प्रति बड़ी सहानुभूति उत्पन्न हुई। वह मालती पर आक्षेप करके उसके साथ अन्याय कर रही है। क्या मेरी दशा को देख कर उसकी आँखें न खुलती होंगी? विवाहित जीवन की दुर्दशा आँखों देख कर अगर वह इस जाल में नहीं फंसती, तो क्या बुरा करती है!

चिड़ियाघर में चारों तरफ सन्नाटा छाया हुआ था। गोविंदी ने तांगा रोक दिया और बच्चे को लिए हरी दूब की तरफ चली, मगर दो ही तीन कदम चली थी कि चप्पल पानी में डूब गए। अभी थोड़ी देर पहले लॉन सींचा गया था और घास के नीचे पानी बह रहा था। उस उतावली में उसने पीछे न फिर कर एक कदम और आगे रखा तो पांव कीचड़ में सन गए। उसने पांव की ओर देखा। अब यहाँ पांव धोने के लिए पानी कहाँ से मिलेगा? उसकी सारी मनोव्यथा लुप्त हो गई। पांव धो कर साफ करने की नई चिंता हुई। उसकी विचारधारा रुक गई। जब तक पांव साफ न हो जाएं, वह कुछ नहीं सोच सकती।

सहसा उसे एक लंबा पाइप घास में छिपा नजर आया, जिसमें से पानी बह रहा था। उसने जा कर पांव धोए, चप्पल धोए, हाथ-मुंह धोया, थोड़ा-सा पानी चुल्लू में ले कर पिया और पाइप के उस पार सूखी ज़मीन पर जा बैठी। उदासी में मौत की याद तुरंत आती है। कहीं वह यहीं बैठे-बैठे मर जाए, तो क्या हो? तांगे वाला तुरंत जा कर खन्ना को खबर देगा। खन्ना सुनते ही खिल उठेंगे, लेकिन दुनिया को दिखाने के लिए आँखों पर रुमाल रख लेंगे। बच्चों के लिए खिलौने और तमाशे माँ से प्यारे हैं। यह है उसका जीवन, जिसके लिए कोई चार बूंद आँसू बहाने वाला भी नहीं। तब उसे वह दिन याद आया,

जब उसकी सास जीती थी और खन्ना उड़ंकू न हुए थे। तब उसे सास का बात-बात पर बिगड़ना बुरा लगता था, आज उसे सास के उस क्रोध में स्नेह का रस घुला हुआ जान पड़ रहा था। तब वह सास से रूठ जाती थी और

सास उसे दुलार कर मनाती थी। आज वह महीनों रूठी पड़ी रहे, किसे परवा है? एकाएक उसका मन उड़ कर माता के चरणों में जा पहुंचा। हाय! आज अम्मां होती, तो क्यों उसकी यह दुर्दशा होती! उसके पास और कुछ न था, स्नेह-भरी गोद तो थी, प्रेम-भरा आंचल तो था, जिसमें मुँह डाल कर वह रो लेती। लेकिन नहीं, वह रोएगी नहीं, उस देवी को स्वर्ग में दुःखी न बनाएगी। मेरे लिए वह जो कुछ ज्यादा से ज्यादा कर सकती थी, वह कर गई! मेरे कमोऊ की साथिन होना तो उनके वश की बात न थी। और वह क्यों रोए? वह अब किसी के अधीन नहीं है। वह अपने गुजर-भर को कमा सकती है। वह कल ही गांधी-आश्रम से चीजें ले कर बेचना शुरू कर देगी। शर्म किस बात की? यही तो होगा, लोग उंगली दिखा कर कहेंगे–वह जा रही है खन्ना की बीबी। लेकिन इस शहर में रहूं ही क्यों? किसी दूसरे शहर में क्यों न चली जाऊं, जहाँ मुझे कोई जानता ही न हो। दस-बीस रुपए कमा लेना ऐसा क्या मुश्किल है। अपने पसीने की कमाई तो खाऊंगी, फिर तो कोई मुझ पर रोब न जमाएगा। यह महाशय इसीलिए तो इतना मिजाज करते हैं कि वह मेरा पालन करते हैं। मैं अब खुद अपना पालन करूंगी।

सहसा उसने मेहता को अपनी तरफ आते देखा। उसे उलझन हुई। इस वक्त वह संपूर्ण एकांत चाहती थी। किसी से बोलने की इच्छा न थी, मगर यहाँ भी एक महाशय आ ही गए। उस पर बच्चा रोने लगा।

मेहता ने समीप आ कर विस्मय से पूछा–आप इस वक्त यहाँ कैसे आ गईं?

गोविंदी ने बालक को चुप कराते हुए कहा–उसी तरह जैसे आप आ गए?

मेहता ने मुस्करा कर कहा–मेरी बात न चलाइए। धोबी का कुत्ता, न घर का न घाट का। लाइए, मैं बच्चे को चुप करा दूं।

"आपने यह कला कब सीखी?"

"अभ्यास करना चाहता हूँ। इसकी परीक्षा जो होगी।"

"अच्छा! परीक्षा के दिन करीब आ गए?"

"यह तो मेरी तैयारी पर है। जब तैयार हो जाऊँगा, बैठ जाऊँगा। छोटी-छोटी उपाधियों के लिए हम पढ़-पढ़ कर आँखें फोड़ लिया करते हैं। यह तो जीवन-व्यापार की परीक्षा है।"

"अच्छी बात है, मैं भी देखूंगी, आप किस ग्रेड में पास होते हैं।"

यह कहते हुए उसने बच्चे को उनकी गोद में दे दिया। उन्होंने बच्चे को कई बार उछाला, तो वह चुप हो गया। बालकों की तरह डींग मार कर बोले–देखा आपने, कैसा मंतर के जोर से चुप कर दिया। अब मैं भी कहीं से एक बच्चा लाऊंगा।

गोविंदी ने विनोद किया–बच्चा ही लाइएगा, या उसकी माँ भी।

मेहता ने विनोद-भरी निराशा से सिर हिला कर कहा–ऐसी औरत तो कहीं मिलती ही नहीं।

"क्यों, मिस मालती नहीं हैं? सुंदरी, शिक्षिता, गुणवती, मनोहारिणी, और आप क्या चाहते हैं?"

"मिस मालती में वह एक बात नहीं है, जो मैं अपनी स्त्री में देखना चाहता हूँ।"

गोविंदी ने इस कुत्सा का आनंद लेते हुए कहा–उसमें क्या बुराई है, सुनूं। भौंरे तो हमेशा घेरे रहते हैं। मैंने सुना है, आजकल पुरुषों को ऐसी ही औरतें पसंद आती हैं।

मेहता ने बच्चे के हाथों से अपने मूंछों की रक्षा करते हुए कहा–मेरी स्त्री कुछ और ही ढंग की होगी। वह ऐसी होगी, जिसकी मैं पूजा कर सकूंगा।

गोविंदी अपने हंसी न रोक सकी–तो आप स्त्री नहीं, कोई प्रतिमा चाहते हैं। स्त्री तो ऐसी शायद ही कहीं मिले।

"जी नहीं, ऐसी एक देवी इसी शहर में है।"

"सच! मैं भी उसके दर्शन करती, और उसी तरह बनने की चेष्टा करती।"

"आप उसे खूब जानती हैं। यह एक लखपती की पत्नी है, पर विलास को तुच्छ समझती है, जो उपेक्षा और अनादर सह कर भी अपने कर्तव्य से विचलित नहीं होती, जो मातृत्व की वेदी पर अपने को बलिदान करती है, जिसके लिए त्याग ही सबसे बड़ा अधिकार है, और जो इस योग्य है कि उसकी प्रतिमा बना कर पूजी जाए।"

गोविंदी के हृदय में आनंद का कंपन हुआ। समझ कर भी न समझने का अभिनय करते हुए बोली–ऐसी स्त्री की आप तारीफ करते हैं। मेरी समझ में तो वह दया के योग्य है।

मेहता ने आश्चर्य से कहा–दया के योग्य! आप उसका अपमान करती हैं। वह आदर्श नारी है और जो आदर्श नारी हो सकती है, वही आदर्श पत्नी भी हो सकती है।

"लेकिन वह आदर्श इस युग के लिए नहीं है।"

"वह आदर्श सनातन है और अमर है। मनुष्य उसे विकृत करके अपना सर्वनाश कर रहा है।

गोविंदी का अंतःकरण खिला जा रहा था। ऐसी फुरेरियां वहाँ कभी न उठीं थीं। जितने आदमियों से उसका परिचय था, उनमें मेहता का स्थान सबसे ऊंचा था। उनके मुख से यह प्रोत्साहन पा कर वह मतवाली हुई जा रही थी।

उसी नशे में बोली–तो चलिए, मुझे उनके दर्शन करा दीजिए।

मेहता ने बालक के कपोलों में मुँह छिपा कर कहा–वह तो यहीं बैठी हुई हैं।

"कहां, मैं तो नहीं देख रही हूँ।"

"मैं उसी देवी से बोल रहा हूँ।"

गोविंदी ने जोर से कहकहा मारा—आपने आज मुझे बनाने की ठान ली, क्यों?

मेहता ने श्रद्धानत हो कर कहा—देवी जी, आप मेरे साथ अन्याय कर रही हैं, और मुझसे ज्यादा अपने साथ। संसार में ऐसे बहुत कम प्राणी हैं, जिनके प्रति मेरे मन में श्रद्धा हो। उन्हीं में एक आप हैं। आपका धैर्य और त्याग और शील और प्रेम अनुपम है। मैं अपने जीवन में सबसे बड़े सुख की जो कल्पना कर सकता हूँ, वह आप जैसी किसी देवी के चरणों की सेवा है। जिस नारीत्व को मैं आदर्श मानता हूँ, आप उसकी सजीव प्रतिमा हैं।

गोविंदी की आँखों से आनंद के आँसू निकल पड़े। इस श्रद्धा-कवच को धारण करके वह किस विपत्ति का सामना न करेगी? उसके रोम-रोम में जैसे मृदु-संगीत की ध्वनि निकल पड़ी। उसने अपने रमणीत्व का उल्लास मन में दबा कर कहा—आप दार्शनिक क्यों हुए मेहता जी—आपको तो कवि होना चाहिए था।

मेहता सरलता से हंस कर बोले—क्या आप समझती हैं, बिना दार्शनिक हुए ही कोई कवि हो सकता है? दर्शन तो केवल बीच की मंजिल है।

"तो अभी आप कवित्व के रास्ते में हैं, लेकिन आप यह भी जानते हैं, कवि को संसार में कभी सुख नहीं मिलता?"

"जिसे संसार दुःख कहता है, वही कवि के लिए सुख है। धन और ऐश्वर्य, रूप और बल, विद्या और बुद्धि, ये विभूतियां संसार को चाहे कितना ही मोहित कर लें, कवि के लिए यहाँ जरा भी आकर्षण नहीं है, उसके मोद और आकर्षण की वस्तु तो बुझी हुई आशाएं और मिटी हुई स्मृतियां और टूटे हुए हृदय के आँसू हैं। जिस दिन इन विभूतियों में उसका प्रेम न रहेगा, उस दिन वह कवि न रहेगा। दर्शन जीवन के इन रहस्यों से केवल विनोद करता है, कवि उनमें लय हो जाता है। मैंने आपकी दो-चार कविताएं पढ़ी हैं और उनमें जितनी पुलक, जितना कंपन, जितनी मधुर व्यथा, जितना रुलाने वाला उन्माद पाया है, वह मैं ही जानता हूँ। प्रकृति ने हमारे साथ कितना बड़ा अन्याय किया है कि आप-जैसी कोई दूसरी देवी नहीं बनाई।"

गोविंदी ने हसरत भरे स्वर में कहा—नहीं मेहता जी, यह आपका भ्रम है। ऐसी नारियां यहाँ आपको गली-गली में मिलेंगी और मैं तो उन सबसे गई-बीती हूँ। जो स्त्री अपने पुरुष को प्रसन्न न रख सके, अपने को उसके मन की न बना सके, वह भी कोई स्त्री है? मैं तो कभी-कभी सोचती हूँ कि मालती से यह कला सीखूं। जहाँ मैं असफल हूँ, वहाँ वह सफल है। मैं अपनों को भी अपना नहीं बना सकती, वह दूसरों को भी अपना बना लेती है। क्या यह उसके लिए श्रेय की बात नहीं?

मेहता ने मुँह बना कर कहा–शराब अगर लोगों को पागल कर देती है, तो इसीलिए उसे क्या पानी से अच्छा समझा जाए, जो प्यास बुझाता है, जिलाता है, और शांत करता है?

गोविंदी ने विनोद की शरण ले कर कहा–कुछ भी हो, मैं तो यह देखती हूँ कि पानी मारा-मारा फिरता है और शराब के लिए घर-द्वार बिक जाते हैं, और शराब जितनी ही तेज और नशीली हो, उतनी ही अच्छी। मैं तो सुनती हूँ, आप भी शराब के उपासक हैं?

गोविंदी निराशा की उस दशा में पहुंच गई थी, जब आदमी को सत्य और धर्म में भी संदेह होने लगता है, लेकिन मेहता का ध्यान उधर न गया। उनका ध्यान तो वाक्य के अंतिम भाग पर ही चिमट कर रह गया। अपने मद-सेवन पर उन्हें जितनी लज्जा और क्षोभ आज हुआ, उतना बड़े-बड़े उपदेश सुन कर भी न हुआ था। तर्कों का उनके पास जवाब था और मुंह-तोड़, लेकिन इस मीठी चुटकी का उन्हें कोई जवाब न सूझा। वह पछताए कि कहाँ उन्हें शराब की युक्ति सूझी। उन्होंने खुद मालती की शराब से उपमा दी थी। उनका वार अपने ही सिर पर पड़ा।

लज्जित हो कर बोले–हां देवी जी, मैं स्वीकार करता हूँ कि मुझमें यह आसक्ति है। मैं अपने लिए उसकी जरूरत बतला कर और उसके विचारोतेजक गुणों के प्रमाण दे कर गुनाह का उज्र न करूंगा, जो गुनाह से भी बदतर है। आज आपके सामने प्रतिज्ञा करता हूँ कि शराब की एक बूंद भी कंठ के नीचे न जाने दूंगा।

गोविंदी ने सन्नाटे में आ कर कहा–यह आपने क्या किया मेहता जी! मैं ईश्वर से कहती हूँ, मेरा यह आशय न था, मुझे इसका दुःख है।

"नहीं, आपको प्रसन्न होना चाहिए कि आपने एक व्यक्ति का उद्धार कर दिया।"

"मैंने आपका उद्धार कर दिया। मैं तो खुद आपसे अपने उद्धार की याचना करने जा रही हूँ।"

"मुझसे? धन्य भाग।"

गोविंदी ने करुण स्वर में कहा–हां, आपके सिवा मुझे कोई ऐसा नहीं नजर आता, जिसे मैं अपनी कथा सुनाऊं। देखिए, यह बात अपने ही तक रखिएगा, हालांकि आपको यह याद दिलाने की जरूरत नहीं। मुझे अब अपना जीवन असह्य हो गया है। मुझसे अब तक जितनी तपस्या हो सकी, मैंने की, लेकिन अब नहीं सहा जाता। मालती मेरा सर्वनाश किए डालती है। मैं अपने किसी शस्त्र से उस पर विजय नहीं पा सकती। आपका उस पर प्रभाव है। वह जितना आपका आदर करती है, शायद और किसी मर्द का नहीं करती। अगर आप किसी तरह मुझे उसके पंजे से छुड़ा दें, तो मैं जन्म-भर आपकी

ऋणी रहूंगी। उसके हाथों मेरा सौभाग्य लुटा जा रहा है। आप अगर मेरी रक्षा कर सकते हैं, तो कीजिए। मैं आज घर से यह इरादा करके चली थी कि फिर लौट कर न आऊंगी। मैंने बड़ा जोर मारा कि मोह के सारे बंधनों को तोड़ कर फेंक दूं, लेकिन औरत का हृदय बड़ा दुर्बल है मेहता जी! मोह उसका प्राण है। जीवन रहते मोह को तोड़ना उसके लिए असंभव है। मैंने आज तक अपनी व्यथा अपने मन में रखी, लेकिन आज मैं आपसे आंचल फैला कर भिक्षा मांगती हूँ। मालती से मेरा उद्धार कीजिए। मैं इस मायाविनी के हाथों मिटी जा रही हूँ।

उसका स्वर आँसुओं में डूब गया। वह फूट-फूट कर रोने लगी।

मेहता अपनी नजरों में कभी इतने ऊंचे न उठे थे, उस वक्त भी नहीं, जब उनकी रचना को फ्रांस की एकाडमी ने शताब्दी की सबसे उत्तम कृति कह कर उन्हें बधाई दी थी। जिस प्रतिमा की वह सच्चे दिल से पूजा करते थे, जिसे मन में वह अपनी इष्टदेवी समझते थे और जीवन के असूझ प्रसंगों में जिससे आदेश पाने की आशा रखते थे, वह आज उनसे भिक्षा मांग रही थी। उन्हें अपने अंदर ऐसी शक्ति का अनुभव हुआ कि वह पर्वत को भी फाड़ सकते हैं, समुद्र को तैर कर पार कर सकते हैं। उन पर नशा-सा छा गया, जैसे बालक काठ के घोड़े पर सवार हो कर समझ रहा हो, वह हवा में उड़ रहा है। काम कितना असाध्य है, इसकी सुधि न रही। अपने सिद्धांतों की कितनी हत्या करनी पड़ेगी, बिलकुल ख्याल न रहा। आश्वासन के स्वर में बोले–आप मालती की ओर से निश्चिंत रहें। वह आपके रास्ते से हट जाएगी। मुझे न मालूम था कि आप उससे इतनी दुःखी हैं। मेरी बुद्धि का दोष, आँखों का दोष, कल्पना का दोष। और क्या कहूं, वरना आपको इतनी वेदना क्यों सहनी पड़ती।

गोविंदी को शंका हुई। बोली–लेकिन सिंहनी से उसका शिकार छीनना आसान नहीं है, यह समझ लीजिए।

मेहता ने दृढ़ता से कहा–नारी हृदय धरती के समान है, जिससे मिठास भी मिल सकती है, कड़वापन भी। उसके अंदर पड़ने वाले बीज में जैसी शक्ति हो।

"आप पछता रहे होंगे, कहाँ से आज इससे मुलाकात हो गई।"

"मैं अगर कहूं कि मुझे आज ही जीवन का वास्तविक आनंद मिला है, तो शायद आपको विश्वास न आए!"

"मैंने आपके सिर पर इतना बड़ा भार रख दिया।"

मेहता ने श्रद्धा-मधुर स्वर में कहा–आप मुझे लज्जित कर रही हैं देवी जी! मैं कह चुका, मैं आपका सेवक हूँ। आपके हित में मेरे प्राण भी निकल जाएं, तो मैं अपना सौभाग्य समझूंगा। इसे कवियों का भावावेश न समझिए, यह मेरे जीवन का सत्य है। मेरे जीवन का क्या आदर्श है, आपको यह बतला देने का मोह मुझसे नहीं रुक सकता। मैं प्रकृति का पुजारी हूँ और मनुष्य को

उसके प्राकृतिक रूप में देखना चाहता हूँ, जो प्रसन्न हो कर हंसता है, दुःखी हो कर रोता है और क्रोध में आ कर मार डालता है। जो दुःख और सुख दोनों का दमन करते हैं, जो रोने को कमजोरी और हंसने को हल्कापन समझते हैं, उनसे मेरा कोई मेल नहीं। जीवन मेरे लिए आनंदमय क्रीड़ा है, सरल, स्वच्छंद, जहाँ कुत्सा, ईर्ष्या और जलन के लिए कोई स्थान नहीं। मैं भूत की चिंता नहीं करता, भविष्य की परवाह नहीं करता। मेरे लिए वर्तमान ही सब कुछ है। भविष्य की चिंता हमें कायर बना देती है, भूत का भार हमारी कमर तोड़ देता है। हममें जीवन की शक्ति इतनी कम है कि भूत और भविष्य में फैला देने से वह और भी क्षीण हो जाती है। हम व्यर्थ का भार अपने ऊपर लादकर, रूढ़ियों और विश्वासों और इतिहासों के मलबे के नीचे दबे पड़े हैं, उठने का नाम ही नहीं लेते, वह सामर्थ्य ही नहीं रही। जो शक्ति, जो स्फूर्ति मानव-धर्म को पूरा करने में लगनी चाहिए थी, सहयोग में, भाई-चारे में, वह पुरानी अदावतों का बदला लेने और बाप-दादों का ऋण चुकाने की भेंट हो जाती है। और जो यह ईश्वर और मोक्ष का चक्कर है, इस पर तो मुझे हंसी आती है। यह मोक्ष और उपासना अहंकार की पराकाष्ठा है, जो हमारी मानवता को नष्ट किए डालती है। जहाँ जीवन है, क्रीड़ा है, चहक है, प्रेम है, वहीं ईश्वर है, और जीवन को सुखी बनाना ही उपासना है, और मोक्ष है। ज्ञानी कहता है, होंठों पर मुस्कुराहट न आए, आँखों में आँसू न आए। मैं कहता हूँ, अगर तुम हंस नहीं सकते और रो नहीं सकते तो तुम मनुष्य नहीं हो, पत्थर हो। वह ज्ञान जो मानवता को पीस डाले, ज्ञान नहीं है, कोल्हू है। मगर क्षमा कीजिए, मैं तो एक पूरी स्पीच ही दे गया। अब देर हो रही है, चलिए, मैं आपको पहुंचा दूं। बच्चा भी मेरी गोद में सो गया।

गोविंदी ने कहा—मैं तो तांगा लाई हूँ।

"तांगे को यहीं से विदा कर देता हूँ।"

मेहता तांगे के पैसे चुका कर लौटे, तो गोविंदी ने कहा—लेकिन आप मुझे कहाँ ले जाएंगे?

मेहता ने चौंक कर पूछा—क्यों, आपके घर पहुंचा दूंगा।

"वह मेरा घर नहीं है मेहता जी!"

"और क्या मिस्टर खन्ना का घर है?"

"यह भी क्या पूछने की बात है? अब वह घर मेरा नहीं रहा। जहाँ अपमान और धिक्कार मिले, उसे मैं अपना घर नहीं कह सकती, न समझ सकती हूँ।"

मेहता ने दर्द-भरे स्वर में, जिसका एक-एक अक्षर उनके अंतःकरण से निकल रहा था, कहा—नहीं देवी जी, वह घर आपका है, और सदैव रहेगा। उस घर की आपने सृष्टि की है, उसके प्राणियों की सृष्टि की है। और प्राण जैसे देह का संचालन करता है, उसी तरह आपने उसका संचालन किया है।

प्राण निकल जाए, तो देह की क्या गति होगी? मातृत्व महान गौरव का पद है देवी जी! और गौरव के पद में कहाँ अपमान और धिक्कार और तिरस्कार नहीं मिला? माता का काम जीवन-दान देना है। जिसके हाथों में इतनी अतुल शक्ति है, उसे इसकी क्या परवा कि कौन उससे रूठता है, कौन बिगड़ता है। प्राण के बिना जैसे देह नहीं रह सकती, उसी तरह प्राण का भी देह ही सबसे उपयुक्त स्थान है। मैं आपको धर्म और त्याग का क्या उपदेश दूं? आप तो उसकी सजीव प्रतिमा हैं। मैं तो यही कहूंगा कि.......

गोविंदी ने अधीर हो कर कहा–लेकिन मैं केवल माता ही तो नहीं हूँ, नारी भी तो हूँ?

मेहता ने एक मिनट तक मौन रहने के बाद कहा–हां, हैं, लेकिन मैं समझता हूँ कि नारी केवल माता है, और इसके उपरांत वह जो कुछ है, वह सब मातृत्व का उपक्रम मात्र है। मातृत्व संसार की सबसे बड़ी साधना, सबसे बड़ी तपस्या, सबसे बड़ा त्याग और सबसे महान विजय है। एक शब्द में उसे लय कहूंगा–जीवन का, व्यक्तित्व का और नारीत्व का भी। आप मिस्टर खन्ना के विषय में इतना ही समझ लें कि वह अपने होश में नहीं हैं। वह जो कुछ कहते हैं या करते हैं, वह उन्माद की दशा में करते हैं, मगर यह उन्माद शांत होने में बहुत दिन न लगेंगे, और वह समय बहुत जल्द आएगा, जब वह आपको अपनी इष्टदेवी समझेंगे।

गोविंदी ने इसका कुछ जवाब न दिया। धीरे-धीरे कार की ओर चली। मेहता ने बढ़ कर कार का द्वार खोल दिया। गोविंदी अंदर जा बैठी। कार चली, मगर दोनों मौन थे।

गोविंदी जब अपने द्वार पर पहुंच कर कार से उतरी, तो बिजली के प्रकाश में मेहता ने देखा, उसकी आँखें सजल हैं।

बच्चे घर में से निकल आए और अम्मां-अम्मां कहते हुए माता से लिपट गए। गोविंदी के मुख पर मातृत्व की उज्ज्वल गौरवमयी ज्योति चमक उठी।

उसने मेहता से कहा–इस कष्ट के लिए आपको बहुत धन्यवाद। और सिर नीचा कर लिया। आँसू की एक बूंद उसके कपोल पर आ गिरी थी।

मेहता की आँखें भी सजल हो गईं–इस ऐश्वर्य और विलास के बीच में भी यह नारी-हृदय कितना दुखी है!

19

मिर्जा खुर्शेद का अहाता क्लब भी है, कचहरी भी, अखाड़ा भी। दिन-भर जमघट लगा रहता है। मुहल्ले में अखाड़े के लिए कहीं जगह नहीं मिलती थी।

मिर्जा ने एक छप्पर डलवा कर अखाड़ा बनवा दिया है, वहाँ नित्य सौ-पचास लड़ंतिए आ जुटते हैं। मिर्जा जी भी उनके साथ जोर करते हैं। मुहल्ले की पंचायतें भी यहीं होती हैं। मियां-बीबी और सास-बहू और भाई-भाई के झगड़े-टंटे यही चुकाए जाते हैं। मुहल्ले के सामाजिक जीवन का यही केंद्र है और राजनीतिक आंदोलन का भी। आए दिन सभाएं होती रहती हैं। यहीं स्वयंसेवक टिकते हैं, यहीं उनके प्रोग्राम बनते हैं, यहीं से नगर का राजनैतिक संचालन होता है। पिछले जलसे में मालती नगर-कांग्रेस-कमेटी की सभानेत्री चुन ली गई है। तब से इस स्थान की रौनक और भी बढ़ गई।

गोबर को यहाँ रहते साल भर हो गया। अब वह सीधा-सादा ग्रामीण युवक नहीं है। उसने बहुत कुछ दुनिया देख ली और संसार का रंग-ढंग भी कुछ-कुछ समझने लगा है। मूल में वह अब भी देहाती है, पैसे को दांत से पकड़ता है, स्वार्थ को कभी नहीं छोड़ता, और परिश्रम से जी नहीं चुराता, न कभी हिम्मत हारता है, लेकिन शहर की हवा उसे भी लग गई है। उसने पहले महीने में तो केवल मजूरी की और आधा पेट खा कर थोड़े से रुपए बचा लिए। फिर वह कचालू और मटर और दही-बड़े के खोंचे लगाने लगा। इधर ज्यादा लाभ देखा, तो नौकरी छोड़ दी। गर्मियों में शर्बत और बरु की दुकान भी खोल दी। लेन-देन में खरा था, इसलिए उसकी साख जम गई। जाड़े आए, तो उसने शर्बत की दुकान उठा दी और गर्म चाय पिलाने लगा। अब उसकी रोजाना आमदनी ढाई-तीन रुपए से कम नहीं है। उसने अंग्रेजी फैशन के बाल कटवा लिए हैं, महीन धोती और पंप-शू पहनता है। एक लाल ऊनी चादर खरीद ली और पान-सिगरेट का शौकीन हो गया है। सभाओं में आने-जाने से उसे कुछ-कुछ राजनीतिक ज्ञान भी हो चला है। राष्ट्र और वर्ग का अर्थ समझने लगा है। सामाजिक रूढ़ियों की प्रतिष्ठा और लोक-निंदा का भय अब उसमें बहुत कम रह गया है। आए दिन की पंचायतों ने उसे निस्संकोच बना दिया है। जिस बात के पीछे वह यहाँ घर से दूर, मुँह छिपाए पड़ा हुआ है, उसी तरह की, बल्कि उससे भी कहीं निंदास्पद बातें यहाँ नित्य हुआ करती हैं, और कोई भागता नहीं। फिर वही क्यों इतना डरे और मुँह चुराए।

इतने दिनों में उसने एक पैसा भी घर नहीं भेजा। वह माता-पिता को रुपए-पैसे के मामले में इतना चतुर नहीं समझता। वे लोग तो रुपए पाते ही आकाश में उड़ने लगेंगे! दादा को तुरंत गया करने की और अम्मां को गहने बनवाने की धुन सवार हो जाएगी। ऐसे व्यर्थ के कामों के लिए उसके पास रुपए नहीं हैं। अब वह छोटा-मोटा महाजन है। पड़ोस के एक्केवालों, गाड़ीवानों और धोबियों को सूद पर रुपए उधार देता है। इस दस-ग्यारह महीने में ही उसने अपनी मेहनत और किफायत और पुरुषार्थ से अपना स्थान बना लिया है और अब झुनिया को यहीं ला कर रखने की बात सोच रहा है।

तीसरे पहर का समय है। वह सड़क के नल पर नहा कर आया है और शाम के लिए आलू उबाल रहा है कि मिर्जा खुर्शेद आ कर द्वार पर खड़े हो गए। गोबर अब उनका नौकर नहीं है, पर अदब उसी तरह करता है और उनके लिए जान देने को तैयार रहता है। द्वार पर जा कर पूछा–क्या हुक्म है सरकार?

मिर्जा ने खड़े-खड़े कहा–तुम्हारे पास कुछ रुपए हों, तो दे दो। आज तीन दिन से बोतल खाली पड़ी हुई है, जी बहुत बेचैन हो रहा है।

गोबर ने इसके पहले भी दो-तीन बार मिर्जा जी को रुपए दिए थे, पर अब तक वसूल न सका था। तकाजा करते डरता था और मिर्जा जी रुपए ले कर देना न जानते थे। उनके हाथ में रुपए टिकते ही न थे। इधर आए, उधर गायब। यह तो न कह सका, मैं रुपए न दूंगा या मेरे पास रुपए नहीं हैं, शराब की निंदा करने लगा–आप इसे छोड़ क्यों नहीं देते सरकार? क्या इसके पीने से कुछ फायदा होता है?

मिर्जा जी ने कोठरी के अंदर आ कर खाट पर बैठते हुए कहा–तुम समझते हो, मैं छोड़ना नहीं चाहता और शौक से पीता हूँ। मैं इसके बगैर जिंदा नहीं रह सकता। तुम अपने रुपयों के लिए न डरो। मैं एक-एक कौड़ी अदा कर दूंगा।

गोबर अविचलित रहा–मैं सच कहता हूँ मालिक! मेरे पास इस समय रुपए होते तो आपसे इनकार करता?

"दो रुपए भी नहीं दे सकते?"

"इस समय तो नहीं हैं।"

मेरी अंगूठी गिरो रख लो।"

गोबर का मन ललचा उठा, मगर बात कैसे बदले?

बोला–यह आप क्या कहते हैं मालिक, रुपए होते तो आपको दे देता, अंगूठी की कौन बात थी।

मिर्जा ने अपने स्वर में बड़ा दीन आग्रह भर कर कहा–मैं फिर तुमसे कभी न मांगूंगा गोबर! मुझसे खड़ा नहीं हुआ जा रहा है। इस शराब की बदौलत मैंने लाखों की हैसियत बिगाड़ दी और भिखारी हो गया। अब मुझे भी जिद पड़ गई है कि चाहे भीख ही मांगनी पड़े, इसे छोड़ूंगा नहीं।

जब गोबर ने अबकी बार इनकार किया, तो मिर्जा साहब निराश हो कर चले गए। शहर में उनके हजारों मिलने वाले थे। कितने ही उनकी बदौलत बन गए थे। कितनों ही की गाढ़े समय पर मदद की थी, पर ऐसों से वह मिलना भी न पसंद करते थे। उन्हें ऐसे हजारों लटके मालूम थे, जिनसे वह समय-समय पर रुपयों के ढेर लगा देते थे, पर पैसे की उनकी निगाह में कोई कद्र न थी। उनके हाथ में रुपए जैसे काटते थे। किसी-न-किसी बहाने उड़ा कर ही उनका चित्त शांत होता था।

गोबर आलू छीलने लगा। साल-भर के अंदर ही वह इतना काइयां हो गया था और पैसा जोड़ने में इतना कुशल कि अचरज होता था। जिस कोठरी में रहता है, वह मिर्जा साहब ने दी है। इस कोठरी और बरामदे का किराया बड़ी आसानी से पाँच रुपया मिल सकता है। गोबर लगभग साल-भर से उसमें रहता है, लेकिन मिर्जा ने न कभी किराया मांगा, न उसने दिया। उन्हें शायद ख्याल भी न था कि इस कोठरी का कुछ किराया भी मिल सकता है।

थोड़ी देर में एक एक्केवाला रुपए मांगने आया। अलादीन नाम था, सिर घुटा हुआ, खिचड़ी दाढ़ी, उसकी लड़की विदा हो रही थी। पाँच रुपए की उसे जरूरत थी। गोबर ने उसे एक आना रुपया सूद पर दे दिए।

अलादीन ने धन्यवाद देते हुए कहा—भैया, अब बाल-बच्चों को बुला लो। कब तक हाथ से ठोंकते रहोगे।

गोबर ने शहर के खर्च का रोना रोया—थोड़ी आमदनी में गृहस्थी कैसे चलेगी?

अलादीन बीड़ी जलाता हुआ बोला—खरच अल्लाह देगा भैया! सोचो, कितना आराम मिलेगा। मैं तो कहता हूँ, जितना तुम अकेले खरच करते हो, उसी में गृहस्थी चल जाएगी। औरत के हाथ में बड़ी बरक्कत होती है। खुदा कसम, जब मैं अकेला यहाँ रहता था, तो चाहे कितना ही कमाऊं, खा-पी सब बराबर। बीड़ी-तमाखू को भी पैसा न रहता। उस पर हैरानी। थके-मांदे आओ, तो घोड़े को खिलाओ और टहलाओ। फिर नानबाई की दुकान पर दौड़ो। नाक में दम आ गया। जब से घरवाली आ गई है, उसी कमाई में उसकी रोटियां भी निकल आती हैं और आराम भी मिलता है। आखिर आदमी आराम के लिए ही तो कमाता है। जब जान खपा कर भी आराम न मिला, तो जिंदगी ही गारत हो गई। मैं तो कहता हूँ, तुम्हारी कमाई बढ़ जाएगी भैया! जितनी देर में आलू और मटर उबालते हो, उतनी देर में दो-चार प्याले चाय बेच लोगे। अब चाय बारहों मास चलती है। रात को लेटोगे तो घरवाली पांव दबाएगी। सारी थकान मिट जाएगी।

यह बात गोबर के मन में बैठ गई। जी उचाट हो गया। अब तो वह झुनिया को ला कर ही रहेगा। आलू चूल्हे पर चढ़े रह गए और उसने घर चलने की तैयारी कर दी, मगर याद आया कि होली आ रही है, इसलिए होली का सामान भी लेता चले। कृपण लोगों में उत्सवों पर दिल खोल कर खर्च करने की जो एक प्रवृत्ति होती है, वह उसमें भी सजग हो गई। आखिर इसी दिन के लिए तो कौड़ी-कौड़ी जोड़ रहा था। वह मां, बहनों और झुनिया सबके लिए एक-एक जोड़ी साड़ी ले जाएगा। होरी के लिए एक धोती और एक चादर। सोना के लिए तेल की शीशी ले जाएगा और एक जोड़ा चप्पल। रूपा के लिए एक जापानी गुड़िया और झुनिया के लिए एक पिटारी, जिसमें तेल, सिंदूर और आइना होगा। बच्चे के लिए टोप और फ्रॉक, जो बाज़ार में

बना-बनाया मिलता है। उसने रुपए निकाले और बाज़ार चला। दोपहर तक सारी चीजें आ गईं। बिस्तर भी बंध गया, मुहल्ले वालों को खबर हो गई, गोबर घर जा रहा है। कई मर्द-औरतें उसे विदा करने आए। गोबर ने उन्हें अपना घर सौंपते हुए कहा—तुम्हीं लोगों पर छोड़े जाता हूँ। भगवान ने चाहा तो होली के दूसरे दिन लौटूंगा।

एक युवती ने मुस्करा कर कहा—मेहरिया को बिना लिए न आना, नहीं घर में न घुसने पाओगे।

दूसरी प्रौढ़ा ने शिक्षा दी—हां, और क्या, बहुत दिनों तक चूल्हा फूंक चुके। ठिकाने से रोटी तो मिलेगी!

गोबर ने सबको राम-राम किया। हिंदू भी थे, मुसलमान भी थे, सभी में मित्रभाव था, सब एक-दूसरे के दुःख-दर्द के साथी थे। रोजा रखने वाले रोजा रखते थे। एकादशी रखने वाले एकादशी। कभी-कभी विनोद-भाव से एक-दूसरे पर छींटे भी उड़ा लेते थे। गोबर अलादीन की नमाज को उठा-बैठी कहता, अलादीन पीपल के नीचे स्थापित सैकड़ों छोटे-बड़े शिवलिंगों को बटखरे बनाता, लेकिन सांप्रदायिक द्वेष का नाम भी न था। गोबर घर जा रहा है। सब उसे हंसी-खुशी विदा करना चाहते हैं।

इतने में भूरे इक्का ले कर आ गया। अभी दिन-भर का धावामार कर आया था। खबर मिली, गोबर जा रहा है। वैसे ही एक्का इधर फेर दिया। घोड़े ने आपत्ति की। उसे कई चाबुक लगाए। गोबर ने एक्के पर सामान रखा, एक्का बढ़ा, पहुंचाने वाले गली के मोड़ तक पहुंचाने आए, तब गोबर ने सबको राम-राम किया और एक्के पर बैठ गया।

सड़क पर एक्का सरपट दौड़ा जा रहा था। गोबर घर जाने की खुशी में मस्त था। भूरे उसे घर पहुंचाने की खुशी में मस्त था। और घोड़ा था पानीदार। उड़ा चला जा रहा था। बात की बात में स्टेशन आ गया।

गोबर ने प्रसन्न हो कर एक रुपया कमर से निकाल कर भूरे की तरफ बढ़ा कर कहा—लो, घर वालों के लिए मिठाई लेते जाना।

भूरे ने कृतज्ञता-भरे तिरस्कार से उसकी ओर देखा—तुम मुझे गैर समझते हो भैया! एक दिन जरा एक्के पर बैठ गए तो मैं तुमसे इनाम लूंगा। जहाँ तुम्हारा पसीना गिरे, वहाँ खून गिराने को तैयार हूँ। इतना छोटा दिल नहीं पाया है। और ले भी लूं तो घरवाली मुझे जीता न छोड़ेगी?

गोबर ने फिर कुछ न कहा, लज्जित हो कर अपना असबाब उतारा और टिकट लेने चल दिया।

20

फागुन अपने झोली में नवजीवन की विभूति ले कर आ पहुंचा था। आम के पेड़ दोनों हाथों से बौर के सुगंध बांट रहे थे, और कोयल आम की डालियों में छिपी हुई संगीत का गुप्त दान कर रही थी।

गांवों में ऊख की बोआई लग गई थी। अभी धूप नहीं निकली, पर होरी खेत में पहुंच गया। धनिया, सोना, रूपा, तीनों तलैया से ऊख के भीगे हुए गट्ठे निकाल-निकाल कर खेत में ला रही हैं, और होरी गंड़ासे से ऊख के टुकड़े कर रहा है। अब वह दातादीन की मजूरी करने लगा है। अब वह किसान नहीं, मजूर है। दातादीन से अब उसका पुरोहित-जजमान का नाता नहीं, मालिक-मजदूर का नाता है।

दातादीन ने आ कर डांटा–हाथ और फुरती से चलाओ होरी! इस तरह तो तुम दिन-भर में न काट सकोगे।

होरी ने आहत अभिमान के साथ कहा–चला ही तो रहा हूँ महाराज, बैठा तो नहीं हूँ।

दातादीन मजूरों से रगड़ कर काम लेते थे, इसलिए उनके यहाँ कोई मजूर टिकता न था। होरी उनका स्वभाव जानता था, पर जाता कहाँ।

पंडित उसके सामने खड़े हो कर बोले–चलाने-चलाने में भेद है। एक चलाना वह है कि घड़ी भर में काम तमाम, दूसरा चलाना वह है कि दिन-भर में भी एक बोझ ऊख न कटे।

होरी ने विष का घूंट पी कर और जोर से हाथ चलाना शुरू किया। इधर महीनों से उसे पेट-भर भोजन न मिलता था। प्रायः एक जून तो चबेने पर ही कटता था। दूसरे जून भी कभी आधा पेट भोजन मिला, कभी कड़ाका हो गया। कितना चाहता था कि हाथ और जल्दी-जल्दी उठे, मगर हाथ जवाब दे रहा था। इस पर दातादीन सिर पर सवार थे। क्षण-भर दम ले लेने पाता, तो ताजा हो जाता, लेकिन दम कैसे ले? घुड़कियां पड़ने का भय था।

धनिया और दोनों लड़कियां ऊख के गट्ठे लिए गीली साड़ियों से लथपथ, कीचड़ में सनी हुई आईं, और गट्ठे पटक कर दम मारने लगीं कि दातादीन ने डांट बताई–यहां तमासा क्या देख रही है धनिया? जा अपना काम कर। पैसे सेंत में नहीं आते। पहर भर में तू एक खेप लाई है। इस हिसाब से तो दिन-भर में भी ऊख न ढुल पाएगी।

धनिया ने त्योरी बदल कर कहा–क्या जरा दम भी न लेने दोगे महाराज! हम भी तो आदमी हैं। तुम्हारी मजूरी करने से बैल नहीं हो गए। जरा मूड़ पर एक गट्ठा लाद कर लाओ तो हाल मालूम हो।

दातादीन बिगड़ उठे–पैसे देते हैं काम करने के लिए, दम मारने के लिए नहीं। दम लेना है, तो घर जा कर लो।

धनिया कुछ कहने ही जा रही थी कि होरी ने फटकार बताई–तू जाती क्यों नहीं धनिया? क्यों हुज्जत कर रही है?

धनिया ने बीड़ा उठाते हुए कहा–जा तो रही हूँ, लेकिन चलते हुए बैल को औंगी न देना चाहिए।

दातादीन ने लाल आँखें निकाल लीं–जान पड़ता है, अभी मिजाज ठंडा नहीं हुआ। जभी दाने-दाने को मोहताज हो।

धनिया भला क्यों चुप रहने लगी थी–तुम्हारे द्वार पर भीख मांगने तो नहीं जाती।

दातादीन ने पैने स्वर में कहा–अगर यही हाल रहा तो भीख भी मांगोगी।

धनिया के पास जवाब तैयार था, पर सोना उसे खींच कर तलैया की ओर ले गई, नहीं बात बढ़ जाती, लेकिन आवाज की पहुंच के बाहर जा कर दिल की जलन निकाली–भीख मांगो तुम, जो भिखमंगों की जात हो। हम तो मजूर ठहरे, जहाँ काम करेंगे, वही चार पैसे पाएंगे।

सोना ने उसका तिरस्कार किया–अम्मां जाने भी दो। तुम तो समय नहीं देखतीं, बात-बात पर लड़ने बैठ जाती हो।

होरी उन्मत्त की भांति सिर से ऊपर गंड़ासा उठा-उठा कर ऊख के टुकड़ों के ढेर करता जाता था। उसके भीतर जैसे आग लगी हुई थी। उसमें अलौकिक शक्ति आ गई थी। उसमें जो पीढ़ियों का संचित पानी था, वह इस समय जैसे भाप बन कर उसे यंत्र की-सी अंध-शक्ति प्रदान कर रहा था। उसकी आँखों में अंधेरा छाने लगा। सिर में फिरकी-सी चल रही थी। फिर भी उसके हाथ यंत्र की गति से, बिना थके, बिना रुके, उठ रहे थे। उसकी देह से पसीने की धार निकल रही थी, मुँह से फिचकुर छूट रहा था, और सिर में धम-धम का शब्द हो रहा था, पर उस पर जैसे कोई भूत सवार हो गया हो।

सहसा उसकी आँखों में निविड़ अंधकार छा गया। मालूम हुआ, वह ज़मीन में धंसा जा रहा है। उसने संभलने की चेष्टा में शून्य में हाथ फैला दिए और अचेत हो गया। गंड़ासा हाथ से छूट गया और वह औंधे मुँह ज़मीन पर पड़ गया।

उसी वक्त धनिया ऊख का गट्ठा लिए आई। देखा तो कई आदमी होरी को घेरे खड़े हैं। एक हलवाहा दातादीन से कह रहा था–मालिक, तुम्हें ऐसी बात न कहनी चाहिए, जो आदमी को लग जाए। पानी मरते ही मरते तो मरेगा।

धनिया ऊख का गट्ठा पटक पागलों की तरह दौड़ी हुई होरी के पास गई, और उसका सिर अपने जांघ पर रख कर विलाप करने लगी–तुम मुझे छोड़ कर कहाँ जाते हो? अरी सोना, दौड़ कर पानी ला और जा कर सोभा

से कह दे, दादा बेहाल हैं। हाय भगवान! अब किसकी हो कर रहूंगी, कौन मुझे धनिया कह कर पुकारेगा।........

लाला पटेश्वरी भागे हुए आए और स्नेह-भरी कठोरता से बोले-क्या करती है धनिया, होस संभाल। होरी को कुछ नहीं हुआ। गरमी से अचेत हो गए हैं। अभी होस आया जाता है। दिल इतना कच्चा कर लेगी तो कैसे काम चलेगा?

धनिया ने पटेश्वरी के पांव पकड़ लिए और रोती हुई बोली-क्या करूं लाला जी, जी नहीं मानता। भगवान ने सब कुछ हर लिया। मैं सबर कर गई। अब सबर नहीं होता। हाय रे, मेरा हीरा!

सोना पानी लाई। पटेश्वरी ने होरी के मुँह पर पानी के छींटे दिए। कई आदमी अपने-अपने अंगोछियों से हवा कर रहे थे। होरी की देह ठंडी पड़ गई थी। पटेश्वरी को भी चिंता हुई, पर धनिया को वह बराबर साहस देते जाते थे।

धनिया अधीर हो कर बोली-ऐसा कभी नहीं हुआ था। लाला, कभी नहीं।

पटेश्वरी ने पूछा-रात कुछ खाया था?

धनिया बोली-हां, रात रोटियां पकाई थीं, लेकिन आजकल हमारे ऊपर जो बीत रही है, वह क्या तुमसे छिपा है? महीनों से भरपेट रोटी नसीब नहीं हुई। कितना समझाती हूँ, जान रख कर काम करो, लेकिन आराम तो हमारे भाग्य में लिखा ही नहीं।

सहसा होरी ने आँखें खोल दीं और उड़ती हुई नजरों से इधर-उधर ताका।

धनिया जैसे जी उठी। विह्वल हो कर उसके गले से लिपट कर बोली-अब कैसा जी है तुम्हारा? मेरे तो परान नहों में समा गए थे।

होरी ने कातर स्वर में कहा-अच्छा हूँ। न जाने कैसा जी हो गया था।

धनिया ने स्नेह में डूबी भर्त्सना से कहा-देह में दम तो है नहीं, काम करते हो जान दे कर। लड़कों का भाग था, नहीं तुम तो ले ही डूबे थे!

पटेश्वरी ने हंस कर कहा-धनिया तो रो-पीट रही थी।

होरी ने आतुरता से पूछा-सचमुच तू रोती थी धनिया?

धनिया ने पटेश्वरी को पीछे ढकेल कर कहा-इन्हें बकने दो तुम। पूछो, यह क्यों कागद छोड़ कर घर से दौड़े आए थे?

पटेश्वरी ने चिढ़ाया-तुम्हें हीरा-हीरा कह कर रोती थी। अब लाज के मारे मुकरती है। छाती पीट रही थी।

होरी ने धनिया को सजल नेत्रों से देखा-पगली है और क्या! अब न जाने कौन-सा सुख देखने के लिए मुझे जिलाए रखना चाहती है।

दो आदमी होरी को टिका कर घर लाए और चारपाई पर लिटा दिया। दातादीन तो कुढ़ रहे थे कि बोआई में देर हुई जाती है, पर मातादीन इतना निर्दयी न था। दौड़ कर घर से गर्म दूध लाया, और एक शीशी में गुलाबजल भी लेता आया। और दूध पी कर होरी में जैसे जान आ गई।

उसी वक्त गोबर एक मजदूर के सिर पर अपना सामान लादे आता दिखाई दिया।

गाँव के कुत्ते पहले तो भूंकते हुए उसकी तरफ दौड़े। फिर दुम हिलाने लगे। रूपा ने कहा–"भैया आए, भैया आए", और तालियां बजाती हुई दौड़ी। सोना भी दो-तीन कदम आगे बढ़ी, पर अपने उछाह को भीतर ही दबा गई। एक साल में उसका यौवन कुछ और संकोचशील हो गया था। झुनिया भी घूंघट निकाले द्वार पर खड़ी हो गई।

गोबर ने माँ-बाप के चरण छुए और रूपा को गोद में उठा कर प्यार किया। धनिया ने उसे आशीर्वाद दिया और उसका सिर अपने छाती से लगा कर मानो अपने मातृत्व का पुरस्कार पा गई। उसका हृदय गर्व से उमड़ा पड़ता था। आज तो वह रानी है। इस फटे-हाल में भी रानी है। कोई उसकी आँखें देखे, उसका मुख देखे, उसका हृदय देखे, उसकी चाल देखे। रानी भी लजा जाएगी। गोबर कितना बड़ा हो गया है और पहन-ओढ़ कर कैसा भलामानस लगता है। धनिया के मन में कभी अमंगल की शंका न हुई थी। उसका मन कहता था, गोबर कुशल से है और प्रसन्न है। आज उसे आँखों देख कर मानो उसको जीवन के धूल-धक्कड़ में गुम हुआ रत्न मिल गया है, मगर होरी ने मुँह फेर लिया था।

गोबर ने पूछा–दादा को क्या हुआ है, अम्मां?

धनिया घर का हाल कह कर उसे दुःखी न करना चाहती थी। बोली–कुछ नहीं है बेटा, जरा सिर में दर्द है। चलो, कपड़े उतारो, हाथ-मुंह धोओ। कहाँ थे तुम इतने दिन? भला, इस तरह कोई घर से भागता है? और कभी एक चिट्ठी तक न भेजी? आज साल-भर के बाद जाके सुधि ली है। तुम्हारी राह देखते-देखते आँखें फूट गईं। यही आसा बंधी रहती थी कि कब वह दिन आएगा और कब तुम्हें देखूंगी। कोई कहता था, मिरच भाग गया, कोई डमरा टापू बताता था। सुन-सुन कर जान सूखी जाती थी। कहाँ रहे इतने दिन?

गोबर ने शरमाते हुए कहा–कहीं दूर नहीं गया था अम्मां, यहाँ लखनऊ में तो था।

"और इतने नियरे रह कर भी कभी एक चिट्ठी न लिखी?"

उधर सोना और रूपा भीतर गोबर का सामान खोल कर चीज़ का बांट-बखरा करने में लगी हुई थीं, लेकिन झुनिया दूर खड़ी थी। उसके मुख पर आज मान का शोख रंग झलक रहा है। गोबर ने उसके साथ जो व्यवहार किया है, आज वह उसका बदला लेगी। असामी को देख कर महाजन उससे वह रुपए वसूल करने को भी व्याकुल हो रहा है, जो उसने बट्टे खाते में डाल दिए थे। बच्चा उन चीजों की ओर लपक रहा था और चाहता था, सब-का-सब एक साथ मुँह में डाल ले, पर झुनिया उसे गोद से उतरने न देती थी।

सोना बोली–भैया तुम्हारे लिए ऐना-कंघी लाए हैं भाभी।

झुनिया ने उपेक्षा भाव से कहा–मुझे ऐना-कंघी न चाहिए। अपने पास रखे रहें।

रूपा ने बच्चे की चमकीली टोपी निकाली–ओ हो! यह तो चुन्नू की टोपी है। और उसे बच्चे के सिर पर रख दिया।

झुनिया ने टोपी उतार कर फेंक दी और सहसा गोबर को अंदर आते देख कर वह बालक को लिए अपनी कोठरी में चली गई। गोबर ने देखा, सारा सामान खुला पड़ा है। उसका जी तो चाहता है, पहले झुनिया से मिल कर अपना अपराध क्षमा कराए, लेकिन अंदर जाने का साहस नहीं होता। वहीं बैठ गया और चीजें निकाल-निकाल हर एक को देने लगा। मगर रूपा इसलिए फूल गई कि उसके लिए चप्पल क्यों नहीं आए, और सोना उसे चिढ़ाने लगी, तू क्या करेगी चप्पल ले कर, अपनी गुड़िया से खेल। हम तो तेरी गुड़िया देख कर नहीं रोते, तू मेरी चप्पल देख कर क्यों रोती है? मिठाई बांटने की जिम्मेदारी धनिया ने अपने ऊपर ली। इतने दिनों के बाद लड़का कुशल से घर आया है। वह गांव-भर में बैना बटवाएगी। एक गुलाबजामुन रूपा के लिए ऊंट के मुँह में जीरे के समान था। वह चाहती थी, हांडी उसके सामने रख दी जाए, वह कूद-कूद खाए।

अब संदूक खुला और उसमें से साड़ियां निकलने लगीं। सभी किनारदारी थीं, जैसी पटेश्वरी लाला के घर में पहनी जाती हैं, मगर हैं बड़ी हल्की। ऐसी महीन साड़ियां भला कै दिन चलेंगी। बड़े आदमी जितनी महीन साड़ियां चाहे पहनें। उनकी मेहरियों को बैठने और सोने के सिवा और कौन काम है! यहाँ तो खेत-खलिहान सभी कुछ है। अच्छा! होरी के लिए धोती के अतिरिक्त एक दुपट्टा भी है।

धनिया प्रसन्न हो कर बोली–यह तुमने बड़ा अच्छा काम किया बेटा! इनका दुपट्टा बिलकुल तार-तार हो गया था।

गोबर को उतनी देर में घर की परिस्थिति का अंदाज हो गया था। धनिया की साड़ी में कई पैबंद लगे हुए थे। सोना की साड़ी सिर पर फटी हुई थी और उसमें से उसके बाल दिखाई दे रहे थे। रूपा की धोती में चारों तरफ झालरें-सी लटक रही थीं। सभी के चेहरे रूखे, किसी की देह पर चिकनाहट नहीं। जिधर देखो, विपन्नता का साम्राज्य था।

लड़कियां तो साड़ियों में मगन थीं। धनिया को लड़के के लिए भोजन की चिंता हुई। घर में थोड़ा-सा जौ का आटा सांझ के लिए संच कर रखा हुआ था। इस वक्त तो चबेने पर कटती थी, मगर गोबर अब वह गोबर थोड़े ही है। उससे जौ का आटा खाया भी जाएगा? परदेस में न जाने क्या-क्या खाता-पीता रहा होगा। जा कर दुलारी की दुकान से गेहूं का आटा, चावल-घी

उधार लाई। इधर महीनों से सहुआइन एक पैसे की चीज़ उधार न देती थी, पर आज उसने एक बार भी न पूछा, पैसे कब दोगी।

उसने पूछा–गोबर तो खूब कमा के आया है न?

धनिया बोली–अभी तो कुछ नहीं खुला दीदी! अभी मैंने भी कुछ कहना उचित न समझा। हां, सबके लिए किनारदार साड़ियां लाया है। तुम्हारे आसिरबाद से कुसल से लौट आया, मेरे लिए तो यही बहुत है।

दुलारी ने असीस दिया–भगवान करे, जहाँ रहे कुसल से रहे। माँ-बाप को और क्या चाहिए, लड़का समझदार है। और छोकरों की तरह उड़ाऊ नहीं है। हमारे रुपए अभी न मिलें, तो ब्याज तो दे दो। दिन-दिन बोझ बढ़ ही तो रहा है।

इधर सोना चुन्नू को उसका फ्रॉक और टोप और जूता पहना कर राजा बना रही थी। बालक इन चीजों को पहनने से ज्यादा हाथ में ले कर खेलना पसंद करता था। अंदर गोबर और झुनिया के मान-मनौवल का अभिनय हो रहा था।

झुनिया ने तिरस्कार-भरी आँखों से देख कर कहा–मुझे ला कर यहाँ बैठा दिया। आप परदेस की राह ली। फिर न खोज न खबर ली कि मरती है या जीती है। साल-भर के बाद अब जा कर तुम्हारी नींद टूटी है। कितने बड़े कपटी हो तुम! मैं तो सोचती हूँ कि तुम मेरे पीछे-पीछे आ रहे हो और आप उड़े, तो साल-भर के बाद लौटे। मरदों का विस्वास ही क्या, कहीं कोई और ताक ली होगी, सोचा होगा, एक घर के लिए है ही, एक बाहर के लिए भी हो जाए।

गोबर ने सफाई दी–झुनिया, मैं भगवान को साच्छी दे कर कहता हूँ, जो मैंने कभी किसी की ओर ताका भी हो। लाज और डर के मारे घर से भागा जरूर, मगर तेरी याद एक छन के लिए भी मन से न उतरती थी। अब तो मैंने तय कर लिया है कि तुझे भी लेता जाऊँगा, इसीलिए आया हूँ। तेरे घर वाले तो बहुत बिगड़े होंगे?

"दादा तो मेरी जान लेने पर ही उतारू थे।"

"सच!"

"तीनों जने यहाँ चढ़ आए थे। अम्मां ने ऐसा डांटा कि मुँह ले कर रह गए। हां, हमारे दोनों बैल खोल ले गए।"

"इतनी बड़ी जबर्दस्ती। और दादा कुछ बोले नहीं?"

दादा अकेले किस-किससे लड़ते। गाँव वाले तो नहीं ले जाने देते थे, लेकिन दादा ही भलमनसी में आ गए, तो और लोग क्या करते?"

"तो आजकल खेती-बारी कैसे हो रही है?"

"खेती-बारी सब टूट गई। थोड़ी-सी पंडित महाराज के साझे में है। ऊख बोई ही नहीं गई।"

गोबर की कमर में इस समय दो सौ रुपए थे। उसकी गरमी यों भी कम न थी। यह हाल सुन कर तो उसके बदन में आग ही लग गई।

बोला–तो फिर पहले मैं उन्हीं से जा कर समझता हूँ। उनकी यह मजाल कि मेरे द्वार पर से बैल खोल ले जाएं। यह डाका है, खुला हुआ डाका। तीन-तीन साल को चले जाएंगे तीनों। यों न देंगे, तो अदालत से लूंगा। सारा घमंड तोड़ दूंगा।

वह उसी आवेश में चला था कि झुनिया ने पकड़ लिया और बोली–तो चले जाना, अभी ऐसी क्या जल्दी है? कुछ आराम कर लो, कुछ खा-पी लो। सारा दिन तो पड़ा है। यहाँ बड़ी-बड़ी पंचायत हुई। पंचायत ने अस्सी रुपए डांड़ के लगाए। तीस मन अनाज ऊपर। उसी में तो और तबाही आ गई।

सोना बालक को कपड़े-जूते पहना कर लाई। कपड़े पहन कर वह जैसे सचमुच राजा हो गया था। गोबर ने उसे गोद में ले लिया, पर इस समय बालक के प्यार में उसे आनंद न आया। उसका रक्त खौल रहा था और कमर के रुपए आंच और तेज कर रहे थे। वह एक-एक से समझेगा। पंचों को उस पर डांड़ लगाने का अधिकार क्या है? कौन होता है कोई उसके बीच में बोलने वाला? उसने एक औरत रख ली, तो पंचों के बाप का क्या बिगाड़ा? अगर इसी बात पर वह फौजदारी में दावा कर दे, तो लोगों के हाथों में हथकड़ियां पड़ जाएं। सारी गृहस्थी तहस-नहस हो गई। क्या समझ लिया है उसे इन लोगों ने।

बच्चा उसकी गोद में जरा-सा मुस्कराया, फिर जोर से चीख उठा, जैसे कोई डरावनी चीज़ देख ली हो।

झुनिया ने बच्चे को उसकी गोद से ले लिया और बोली–अब जा कर नहा-धो लो। किस सोच में पड़ गए? यहाँ सबसे लड़ने लगो, तो एक दिन निबाह न हो। जिसके पास पैसे हैं, वही बड़ा आदमी है, वही भला आदमी है। पैसे न हों, तो उस पर सभी रोब जमाते हैं।

"मेरा गधापन था कि घर से भागा, नहीं देखता, कैसे कोई एक धेला डांड़ लेता है।"

"शहर की हवा खा आए हो, तभी ये बातें सूझने लगी हैं, नहीं घर से भागते ही क्यों!"

"यही जी चाहता है कि लाठी उठाऊं और पटेश्वरी, दातादीन, झिंगुरी, सब सालों को पीट कर गिरा दूं और उनके पेट से रुपए निकाल लूं।"

"रुपए की बहुत गरमी चढ़ी है साइत। लाओ निकालो, देखूं, इतने दिन में क्या कमा लाए हो?"

उसने गोबर की कमर में हाथ लगाया। गोबर खड़ा हो कर बोला–अभी क्या कमाया, हां, अब तुम चलोगी, तो कमाऊंगा। साल-भर तो सहर का रंग-ढंग पहचानने ही में लग गया।

"अम्मां जाने देंगी, तब तो?"

"अम्मां क्यों न जाने देंगी? उनसे मतलब?"

"वाह! मैं उनकी राजी बिना न जाऊंगी। तुम तो छोड़ कर चलते बने। और मेरा कौन था यहां? वह अगर घर में न घुसने देतीं तो मैं कहाँ जाती? जब तक जीऊंगी, उनका जस गाऊंगी और तुम भी क्या परदेस ही करते रहोगे?"

"और यहाँ बैठ कर क्या करूंगा? कमाओ और मरो, इसके सिवा और यहाँ क्या रखा है? थोड़ी-सी अक्कल हो और आदमी काम करने से न डरे, तो वहाँ भूखों नहीं मर सकता। यहाँ तो अक्कल कुछ काम नहीं करती। दादा क्यों मुँह फुलाए हुए हैं?"

"अपने भाग बखानो कि मुँह फुला कर छोड़ देते हैं। तुमने उपद्रव तो इतना बड़ा किया था कि उस क्रोध में पा जाते, तो मुँह लाल कर देते।"

"तो तुम्हें भी खूब गालियां देते होंगे?"

"कभी नहीं, भूल कर भी नहीं। अम्मां तो पहले बिगड़ी थीं, लेकिन दादा ने तो कभी कुछ नहीं कहा–जब बुलाते हैं, बड़े प्यार से। मेरा सिर भी दुखता है, तो बेचैन हो जाते हैं। अपने बाप को देखते तो मैं इन्हें देवता समझती हूँ। अम्मां को समझाया करते हैं, बहू को कुछ न कहना। तुम्हारे ऊपर सैकड़ों बार बिगड़ चुके हैं कि इसे घर में बैठा कर आप न जाने कहाँ निकल गया। आजकल पैसे-पैसे की तंगी है। ऊख के रुपए बाहर ही बाहर उड़ गए। अब तो मजूरी करनी पड़ती है। आज बेचारे खेत में बेहोस हो गए। रोना-पीटना मच गया। तब से पड़े हैं।"

मुंह-हाथ धो कर और खूब बाल बना कर गोबर गाँव की दिग्विजय करने निकला। दोनों चाचाओं के घर जा कर राम-राम कर आया। फिर और मित्रों से मिला। गाँव में कोई विशेष परिवर्तन न था। हां, पटेश्वरी की नई बैठक बन गई थी और झिंगुरीसिंह ने दरवाजे पर नया कुआं खुदवा लिया था। गोबर के मन में विद्रोह और भी ताल ठोंकने लगा। जिससे मिला, उसने उसका आदर किया, और युवकों ने तो उसे अपना हीरो बना लिया और उसके साथ लखनऊ जाने को तैयार हो गए। साल ही भर में वह क्या से क्या हो गया था।

सहसा झिंगुरीसिंह अपने कुएं पर नहाते हुए मिल गए, गोबर निकला, मगर सलाम न किया, न बोला। वह ठाकुर को दिखा देना चाहता था, मैं तुम्हें कुछ नहीं समझता।

झिंगुरीसिंह ने खुद ही पूछा–कब आए गोबर, मजे में तो रहे? कहीं नौकर थे लखनऊ में?

गोबर ने हेकड़ी के साथ कहा–लखनऊ गुलामी करने नहीं गया था। नौकरी है तो गुलामी। मैं व्यापार करता था।

ठाकुर ने कुतूहल-भरी आँखों से उसे सिर से पांव तक देखा–कितना रोज पैदा करते थे?

गोबर ने छुरी को भाला बना कर उनके ऊपर चलाया–यही कोई ढाई-तीन रुपए मिल जाते थे। कभी चटक गई तो चार भी मिल गए। इससे बेसी नहीं।

झिंगुरी बहुत नोच-खसोट करके भी पचीस-तीस से ज्यादा न कमा पाते थे। और यह गंवार लौंडा सौ रुपए कमाने लगा। उनका मस्तक नीचा हो गया। अब किस दावे से उस पर रोब जमा सकते थे? वर्ण में वह जरूर ऊंचे हैं, लेकिन वर्ण कौन देखता है। उससे स्पर्धा करने का यह अवसर नहीं, अब तो उसकी चिरौरी करके उससे कुछ काम निकाला जा सकता है। बोले–इतनी कमाई कम नहीं है बेटा, जो खरच करते बने। गाँव में तो तीन आने भी नहीं मिलते। भवनिया (उनके जेठे पुत्र का नाम था) को भी कहीं कोई काम दिला दो, तो भेज दूं। न पढ़े न लिखे, एक न एक उपद्रव करता रहता है। कहीं मुनीमी खाली हो तो कहना, नहीं साथ ही लेते जाना। तुम्हारा तो मित्र है। तलब थोड़ी हो, कुछ गम नहीं। हां, चार पैसे की ऊपर की गुंजाइस हो।

गोबर ने अभिमान भरी हंसी से कहा–यह ऊपरी आमदनी की चाट आदमी को खराब कर देती है ठाकुर, लेकिन हम लोगों की आदत कुछ ऐसी बिगड़ गई है कि जब तक बेईमानी न करें, पेट ही नहीं भरता। लखनऊ में मुनीमी मिल सकती है, लेकिन हर एक महाजन ईमानदार चौकस आदमी चाहता है। मैं भवानी को किसी के गले बांध तो दूं, लेकिन पीछे इन्होंने कहीं हाथ लपकाया, तो वह तो मेरी गर्दन पकड़ेगा। संसार में इलम की कदर नहीं, ईमान की कदर है। यह तमाचा लगा कर गोबर आगे निकल गया। झिंगुरी मन में ऐंठ कर रह गए। लौंडा कितने घमंड की बातें करता है, मानो धर्म का अवतार ही तो है।

इसी तरह गोबर ने दातादीन को भी रगड़ा। भोजन करने जा रहे थे। गोबर को देख कर प्रसन्न हो कर बोले–मजे में तो रहे गोबर? सुना, वहाँ कोई अच्छी जगह पा गए हो। मातादीन को भी किसी हीले से लगा दो न? भंग पी कर पड़े रहने के सिवा यहाँ और कौन काम है!

गोबर ने बनाया–तुम्हारे घर में किस बात की कमी है महाराज, जिस जजमान के द्वार पर जा कर खड़े हो जाओ, कुछ न कुछ मार ही लाओगे। जनम में लो, मरन में लो, सादी में लो, गमी में लो, खेती करते हो, लेन-देन करते हो, दलाली करते हो, किसी से कुछ भूल-चूक हो जाए, तो डांड़ लगा कर उसका घर लूट लेते हो। इतनी कमाई से पेट नहीं भरता? क्या करोगे बहुत-सा धन बटोर कर कि साथ ले जाने की कोई जुगुत निकाल ली है?

दातादीन ने देखा, गोबर कितनी ढिठाई से बोल रहा है, अदब और लिहाज जैसे भूल गया। अभी शायद नहीं जानता कि बाप मेरी गुलामी कर रहा है। सच है, छोटी नदी को उमड़ते देर नहीं लगती, मगर चेहरे पर मैल नहीं आने दिया। जैसे बड़े लोग बालकों से मूंछें उखड़वा कर भी हंसते हैं, उन्होंने भी इस

फटकार को हंसी में लिया और विनोद-भाव से बोले–लखनऊ की हवा खा के तू बड़ा चंट हो गया है गोबर! ला, क्या कमा के लाया है, कुछ निकाल। सच कहता हूँ गोबर, तुम्हारी बहुत याद आती थी। अब तो रहोगे कुछ दिन?

"हां, अभी तो रहूंगा कुछ दिन। उन पंचों पर दावा करना है, जिन्होंने डांड़ के बहाने मेरे डेढ़ सौ रुपए हजम किए हैं। देखूं, कौन मेरा हुक्का-पानी बंद करता है और कैसे बिरादरी मुझे जात बाहर करती है?"

यह धमकी दे कर वह आगे बढ़ा। उसकी हेकड़ी ने उसके युवक भक्तों को रोब में डाल दिया था।

एक ने कहा–कर दो नालिस गोबर भैया! बुड्ढा काला सांप है–जिसके काटे का मंतर नहीं। तुमने अच्छी डांट बताई। पटवारी के कान भी जरा गरमा दो। बड़ा मुतगन्नी है दादा! बाप-बेटे में आग लगा दे, भाई-भाई में आग लगा दे। कारिंदे से मिल कर असामियों का गला काटता है। अपने खेत पीछे जोतो, पहले उसके खेत जोत दो। अपनी सिंचाई पीछे करो, पहले उसकी सिंचाई कर दो।

गोबर ने मूंछों पर ताव दे कर कहा–मुझसे क्या कहते हो भाई, साल-भर में भूल थोड़े ही गया। यहाँ मुझे रहना ही नहीं है, नहीं एक-एक को नचा कर छोड़ता। अबकी होली धूमधाम से मनाओ और होली का स्वांग बना कर इन सबों को खूब भिगो-भिगो कर लगाओ।

होली का प्रोग्राम बनने लगा। खूब भंग घुटे, दूधिया भी, रंगीन भी, और रंगों के साथ कालिख भी बने और मुखियों के मुँह पर कालिख ही पोती जाए। होली में कोई बोल ही क्या सकता है! फिर स्वांग निकले और पंचों की भद्द उड़ाई जाए। रुपए-पैसे की कोई चिंता नहीं। गोबर भाई कमा कर लाए हैं।

भोजन करके गोबर भोला से मिलने चला। जब तक अपनी जोड़ी ला कर अपने द्वार पर बांध न दे, उसे चैन नहीं। वह लड़ने-मरने को तैयार था।

होरी ने कातर स्वर में कहा–रार मत बढ़ाओ बेटा! भोला गोई ले गए, भगवान उनका भला करे, लेकिन उनके रुपए तो आते ही थे।

गोबर ने उत्तेजित हो कर कहा–दादा, तुम बीच में मत बोलो। उनकी गाय पचास की थी। हमारी गोई डेढ़ सौ में आई थी। तीन साल हमने जोती। फिर भी डेढ़ सौ की थी ही। वह अपने रुपए के लिए दावा करते, डिगरी कराते, या जो चाहते करते, हमारे द्वार से जोड़ी क्यों खोल ले गए? और तुम्हें क्या कहूं? इधर गोई खो बैठे, उधर डेढ़ सौ रुपए डांड़ के भरे। यह है गऊ होने का फल। मेरे सामने जोड़ी ले जाते, तो देखता। तीनों को यहीं ज़मीन पर सुला देता। और पंचों से तो बात तक न करता। देखता, कौन मुझे बिरादरी से अलग करता है, लेकिन तुम बैठे ताकते रहे।

होरी ने अपराधी की भांति सिर झुका लिया, लेकिन धनिया यह अनीति कैसे देख सकती थी? बोली–बेटा, तुम भी अंधेर करते हो। हुक्का-पानी बंद

हो जाता, तो गाँव में निर्वाह कैसे होता, जवान लड़की बैठी है, उसका भी कहीं ठिकाना लगाना है या नहीं? मरने-जीने में आदमी बिरादरी.......

गोबर ने बात काटी–हुक्का-पानी सब तो था, बिरादरी में आदर भी था, फिर मेरा ब्याह क्यों नहीं हुआ? बोलो! इसलिए कि घर में रोटी न थी। रुपए हों तो न हुक्का-पानी का काम है, न जात-बिरादरी का। दुनिया पैसे की है, हुक्का-पानी कोई नहीं पूछता।

धनिया तो बच्चे का रोना सुन कर भीतर चली गई और गोबर भी घर से निकला। होरी बैठा सोच रहा था। लड़के की अकल जैसे खुल गई है। कैसी बेलाग बात कहता है। उसकी वक्र-बुद्धि ने होरी के धर्म और नीति को परास्त कर दिया था।

सहसा होरी ने उससे पूछा–मैं भी चला चलूं?

"मैं लड़ाई करने नहीं जा रहा हूँ दादा, डरो मत। मेरी ओर तो कानून है, मैं क्यों लड़ाई करने लगा?"

"मैं भी चलूं तो कोई हरज है?"

"हां, बड़ा हरज है। तुम बनी बात बिगड़ दोगे।"

होरी चुप हो गया और गोबर चल दिया।

पांच मिनट भी न हुए होंगे कि धनिया बच्चे को लिए बाहर निकली और बोली–क्या गोबर चला गया, अकेले–मैं कहती हूँ, तुम्हें भगवान कभी बुद्धि देंगे या नहीं। भोला क्या सहज में गोई देगा? तीनों उस पर टूट पड़ेंगे बाज की तरह। भगवान ही कुसल करें। अब किससे कहूं, दौड़ कर गोबर को पकड़ लो। तुमसे तो मैं हार गई।

होरी ने कोने से डंडा उठाया और गोबर के पीछे दौड़ा। गाँव के बाहर आ कर उसने निगाह दौड़ाई। एक क्षीण-सी रेखा क्षितिज से मिली हुई दिखाई दी। इतनी ही देर में गोबर इतनी दूर कैसे निकल गया। होरी की आत्मा उसे धिक्कारने लगी। उसने क्यों गोबर को रोका नहीं? अगर वह डांट कर कह देता, भोला के घर मत जाओ, तो गोबर कभी न जाता। और अब उससे दौड़ा भी तो नहीं जाता। वह हार कर वहीं बैठ गया और बोला–उसकी रच्छा करो महावीर स्वामी!

गोबर उस गाँव में पहुंचा तो देखा, कुछ लोग बरगद के नीचे बैठे जुआ खेल रहे हैं। उसे देख कर लोगों ने समझा, पुलिस का सिपाही है। कौड़ियां समेट कर भागे कि सहसा जंगी ने उसे पहचान कर कहा–अरे, यह तो गोबरधन है।

गोबर ने देखा, जंगी पेड़ की आड़ में खड़ा झांक रहा है। बोला–डरो, मत जंगी भैया, मैं हूँ। राम-राम आज ही आया हूँ। सोचा, चलूं सबसे मिलता आऊं, फिर न जाने कब आना हो। मैं तो भैया, तुम्हारे आसिरवाद से बड़े मजे में निकल गया। जिस राजा की नौकरी में हूँ, उन्होंने मुझसे कहा–है कि

एक-दो आदमी मिल जाएं तो लेते आना। चौकीदारी के लिए चाहिए। मैंने कहा—सरकार ऐसे आदमी दूंगा कि चाहे जान चली जाए, मैदान से हटने वाले नहीं, इच्छा हो तो मेरे साथ चलो। अच्छी जगह है।

जंगी उसका ठाट-बाट देख कर रोब में आ गया। उसे कभी चमरौधे जूते भी मयस्सर न हुए थे। और गोबर चमाचम बूट पहने था। साफ़-सुथरी, धारीदार कमीज, संवारे हुए बाल, पूरा बाबू साहब बना हुआ। फटे हाल गोबर और इस परिष्कृत गोबर में बड़ा अंतर था। हिंसा-भाव तो यों ही समय के प्रभाव से शांत हो गया था और बचा-खुचा अब शांत हो गया। जुआरी था ही, उस पर गांजे की लत। और घर में बड़ी मुश्किल से पैसे मिलते थे। मुँह में पानी भर आया। बोला—चलूंगा क्यों नहीं, यहाँ पड़ा-पड़ा मक्खी ही तो मार रहा हूँ। कै रुपए मिलेंगे?

गोबर ने बड़े आत्मविश्वास से कहा—इसकी कुछ चिंता मत करो। सब कुछ अपने ही हाथ में है। जो चाहोगे, वह हो जाएगा। हमने सोचा, जब घर में ही आदमी है, तो बाहर क्यों जाएं?

जंगी ने उत्सुकता से पूछा—काम क्या करना पड़ेगा?

"काम चाहे चौकीदारी करो, चाहे तगादे पर जाओ। तगादे का काम सबसे अच्छा। असामी से गठ गए। आ कर मालिक से कह दिया, घर पर मिला ही नहीं, चाहो तो रुपए-आठ आने रोज बना सकते हो।"

"रहने की जगह भी मिलती है।"

"जगह की कौन कमी—पूरा महल पड़ा है। पानी का नल, बिजली। किसी बात की कमी नहीं है। कामता हैं कि कहीं गए हैं?"

"दूध ले कर गए हैं। मुझे कोई बाज़ार नहीं जाने देता। कहते हैं, तुम तो गांजा पी जाते हो। मैं अब बहुत कम पीता हूँ भैया, लेकिन दो पैसे रोज तो चाहिए ही। तुम कामता से कुछ न कहना। मैं तुम्हारे साथ चलूंगा।"

"हां-हां बेखटके चलो। होली के बाद।"

"तो पक्की रही।"

दोनों आदमी बातें करते भोला के द्वार पर आ पहुंचे। भोला बैठे सुतली कात रहे थे। गोबर ने लपक कर उनके चरण छुए और इस वक्त उसका गला सचमुच भर आया। बोला—काका, मुझसे जो कुछ भूल-चूक हुई, उसे छमा करो।

भोला ने सुतली कातना बंद कर दिया और पथरीले स्वर में बोला—काम तो तुमने ऐसा ही किया था गोबर, कि तुम्हारा सिर काट लूं तो भी पाप न लगे, लेकिन अपने द्वार पर आए हो, अब क्या कहूं। जाओ, जैसा मेरे साथ किया, उसकी सजा भगवान देंगे। कब आए?

गोबर ने खूब नमक-मिर्च लगा कर अपने भाग्योदय का वृत्तांत कहा—और जंगी को अपने साथ ले जाने की अनुमति मांगी। भोला को जैसे बेमांगे वरदान मिल गया। जंगी घर पर एक-न-एक उपद्रव करता रहता था। बाहर चला जाएगा, तो चार पैसे पैदा तो करेगा। न किसी को कुछ दे, अपना बोझ तो उठा लेगा।

गोबर ने कहा—नहीं काका, भगवान ने चाहा और इनसे रहते बना तो साल-दो-साल में आदमी बन जाएंगे।

"हां, जब इनसे रहते बने।"

"सिर पर आ पड़ती है, तो आदमी आप संभल जाता है।"

"तो कब तक जाने का विचार है?"

"होली करके चला जाऊँगा। यहाँ खेती-बारी का सिलसिला फिर जमा दूं, तो निश्चिंत हो जाऊं।"

"होरी से कहो, अब बैठ के राम-राम करें।"

"कहता तो हूँ, लेकिन जब उनसे बैठा जाए।"

"वहां किसी बैद से तो तुम्हारी जान-पहचान होगी। खांसी बहुत दिक कर रही है। हो सके तो कोई दवाई भेज देना।"

"एक नामी बैद तो मेरे पड़ोस ही में रहते हैं। उनसे हाल कहके दवा बनवा कर भेज दूंगा। खांसी रात को जोर करती है कि दिन को?"

"नहीं बेटा, रात को। आँख नहीं लगती। नहीं वहाँ कोई डौल हो, तो मैं भी वहीं चल कर रहूं। यहाँ तो कुछ परता नहीं पड़ता।"

रोजगार का जो मजा तो वहाँ है काका, यहाँ क्या होगा? यहाँ रुपए का दस सेर दूध भी कोई नहीं पूछता। हलवाइयों के गले लगाना पड़ता है। वहाँ पाँच-छः सेर के भाव से चाहो तो घड़ी में मनों दूध बेच लो।"

जंगी गोबर के लिए दूधिया शर्बत बनाने चला गया था। भोला ने एकांत देख कर कहा—और भैया, अब इस जंजाल से जी ऊब गया है। जंगी का हाल देखते ही हो। कामता दूध ले कर जाता है। सानी-पानी, खोलना-बांधना सब मुझे करना पड़ता है। अब तो यही जी चाहता है कि सुख से कहीं एक रोटी खाऊं और पड़ा रहूं। कहाँ तक हाय-हाय करूं। रोज लड़ाई-झगड़ा। किस-किसके पांव सहलाऊं? खांसी आती है, रात को उठा नहीं जाता, पर कोई एक लोटे पानी को भी नहीं पूछता। पगहिया टूट गई है, मुदा किसी को इसकी सुधि नहीं है। जब मैं बनाऊंगा तभी बनेगी।

गोबर ने आत्मीयता के साथ कहा—तुम चलो लखनऊ काका। पाँच सेर का दूध बेचो, नगद। कितने ही बड़े-बड़े अमीरों से मेरी जान-पहचान है। मन-भर दूध की निकासी का जिम्मा मैं लेता हूँ। मेरी चाय की दुकान भी है। दस सेर दूध तो मैं ही नित लेता हूँ। तुम्हें किसी तरह का कष्ट न होगा।

जंगी दूधिया शर्बत ले आया। गोबर ने एक गिलास शर्बत पी कर कहा–तुम तो खाली सांझ-सबेरे चाय की दुकान पर बैठ जाओ काका, तो एक रुपया कहीं नहीं गया है।

भोला ने एक मिनट के बाद संकोच-भरे भाव से कहा–क्रोध में बेटा, आदमी अंधा हो जाता है। मैं तुम्हारी गोई खोल लाया था। उसे लेते जाना। यहाँ कौन खेती-बारी होती है।

"मैंने तो एक नई गोई ठीक कर ली है काका!"

"नहीं-नहीं, नई गोई ले कर क्या करोगे? इसे लेते जाओ।"

"तो मैं तुम्हारे रुपए भिजवा दूंगा।"

"रुपए कहीं बाहर थोड़े ही हैं बेटा, घर में ही तो हैं। बिरादरी का ढकोसला है, नहीं तुममें और हममें कौन भेद है? सच पूछो तो मुझे खुस होना चाहिए था कि झुनिया भले घर में है, और आराम से है। और मैं उसके खून का प्यासा बन गया था।"

संध्या के समय गोबर यहाँ से चला, तो गोई उसके साथ थी और दही की दो हाड़ियां लिए जंगी पीछे-पीछे आ रहा था।

21

देहातों में साल के छः महीने किसी न किसी उत्सव में ढोल-मजीरा बजता रहता है। होली के एक महीना पहले से एक महीना बाद तक फाग उड़ती है, असाढ़ लगते ही आल्हा शुरू हो जाता है और सावन-भादों में कजलियां होती हैं। कजलियों के बाद रामायण-गान होने लगता है। सेमरी भी अपवाद नहीं है। महाजन की धमकियां और कारिंदे की गोलियां इस समारोह में बाधा नहीं डाल सकती। घर में अनाज नहीं है, देह पर कपड़े नहीं हैं, गांठ में पैसे नहीं हैं, कोई परवा नहीं। जीवन की आनंदवृत्ति तो दबाई नहीं जा सकती, हंसे बिना तो जिया नहीं जा सकता।

यों होली में गाने-बजाने का मुख्य स्थान नोखेराम की चौपाल थी। वहीं भंग बनती थी, वहीं रंग उड़ता था, वहीं नाच होता था। इस उत्सव में कारिंदा साहब के दस-पांच रुपए खर्च हो जाते थे। और किसमें यह सामर्थ्य थी कि अपने द्वार पर जलसा कराता?

लेकिन अबकी गोबर ने गाँव के नवयुवकों को अपने द्वार पर खींच लिया है और नोखेराम की चौपाल खाली पड़ी हुई है। गोबर के द्वार पर भंग घुट रही है, पान के बीड़े लग रहे हैं, रंग घोला जा रहा है, फर्श बिछा हुआ है, गाना

हो रहा है, और चौपाल में सन्नाटा छाया हुआ है। भंग रखी हुई है, पीसे कौन? ढोल-मजीरा सब मौजूद है, पर गाए कौन? जिसे देखो, गोबर के द्वार की ओर दौड़ा चला जा रहा है, यहाँ भंग में गुलाबजल और केसर और बादाम की बहार है। हां-हां, सेर-भर बादाम गोबर खुद लाया। पीते ही चोला तर हो जाता है, आँखें खुल जाती हैं। खमीरा तमाखू लाया है, खास बिसवां की! रंग में भी केवड़ा छोड़ा है। रुपए कमाना भी जानता है और खरच करना भी जानता है। गाड़ कर रख लो, तो कौन देखता है? धन की यही शोभा है। और केवल भंग ही नहीं है। जितने गाने वाले हैं, सबका नेवता भी है। और गाँव में न नाचने वालों की कमी है, न अभिनय करने वालों की। शोभा ही लंगड़ों की ऐसी नकल करता है कि क्या कोई करेगा और बोली की नकल करने में तो उसका सानी नहीं है। जिसकी बोली कहो, उसकी बोले—आदमी की भी, जानवर की भी। गिरधर नकल करने में बेजोड़ है। वकील की नकल वह करे, पटवारी की नकल वह करे, थानेदार की, चपरासी की, सेठ की—सभी की नकल कर सकता है। हां, बेचारे के पास वैसा सामान नहीं है, मगर अबकी गोबर ने उसके लिए सभी सामान मंगा दिया है, और उसकी नकलें देखने जोग होंगी।

यह चर्चा इतनी फैली कि सांझ से ही तमाशा देखने वाले जमा होने लगे। आसपास के गांवों से दर्शकों की टोलियां आने लगीं। दस बजते-बजते तीन-चार हज़ार आदमी जमा हो गए। और जब गिरधर झिंगुरीसिंह का रूप भरे अपनी मंडली के साथ खड़ा हुआ, तो लोगों को खड़े होने की जगह भी न मिलती थी। वही खल्वाट सिर, वही बड़ी मूंछें, और वही तोंद! बैठे भोजन कर रहे हैं और पहली ठकुराइन बैठी पंखा झल रही हैं।

ठाकुर ठकुराइन को रसिक नेत्रों से देख कर कहते हैं—अब भी तुम्हारे ऊपर वह जोबन है कि कोई जवान देख ले, तो तड़प जाए। और ठकुराइन फूल कर कहती हैं, जभी तो नई नवेली लाए!

"उसे तो लाया हूँ तुम्हारी सेवा करने के लिए। वह तुम्हारी क्या बराबरी करेगी?"

छोटी बीबी यह वाक्य सुन लेती है और मुँह फुला कर चली जाती है।

दूसरे दृश्य में ठाकुर खाट पर लेटे हैं और छोटी बहू मुँह फेरे हुए ज़मीन पर बैठी है। ठाकुर बार-बार उसका मुँह अपनी ओर फेरने की विफल चेष्टा करके कहते हैं—मुझसे क्यों रूठी हो मेरी लाड़ली?

"तुम्हारी लाड़ली जहाँ हो, वहाँ जाओ। मैं तो लौंडी हूँ, दूसरों की सेवा-टहल करने के लिए आई हूँ।"

"तुम मेरी रानी हो। तुम्हारी सेवा-टहल करने के लिए वह बुढ़िया है।"

पहली ठकुराइन सुन लेती है और झाड़ू ले कर घर में घुसती हैं और कई झाड़ू उन पर जमाती हैं। ठाकुर साहब जान बचा कर भागते हैं।

फिर दूसरी नकल हुई, जिसमें ठाकुर ने दस रुपए का दस्तावेज लिख कर पाँच रुपए दिए, शेष नजराने और तहरीर और दस्तूरी और ब्याज में काट लिए।

किसान आ कर ठाकुर के चरण पकड़ कर रोने लगता है। बड़ी मुश्किल से ठाकुर रुपए देने पर राजी होते हैं। जब कागज लिख जाता है और असामी के हाथ में पाँच रुपए रख दिए जाते हैं तो वह चकरा कर पूछता है?

"यह तो पाँच ही हैं मालिक!"

"पांच नहीं, दस हैं। घर जा कर गिनना।"

"नहीं सरकार, पाँच हैं।"

"एक रुपया नजराने का हुआ कि नहीं?"

"हां, सरकार!"

"एक तहरीर का?"

"हां, सरकार!"

"एक कागद का?"

"हां, सरकार।"

"एक दस्तूरी का?"

"हां, सरकार!"

"एक सूद का?"

"हां, सरकार!"

"पांच नगद, दस हुए कि नहीं?"

"हां, सरकार! अब यह पाँचों मेरी ओर से रख लीजिए।"

"कैसा पागल है?"

"नहीं सरकार, एक रुपया छोटी ठकुराइन का नजराना है, एक रुपया बड़ी ठकुराइन का। एक रुपया ठकुराइन के पान खाने को, एक बड़ी ठकुराइन के पान खाने को। बाकी बचा/एक, वह आपकी करिया-करम के लिए।"

इसी तरह नोखेराम और पटेश्वरी और दातादीन की-बारी-बारी से सबकी खबर ली गई। और फबतियों में चाहे कोई नयापन न हो, और नकलें पुरानी हों, लेकिन गिरधारी का ढंग ऐसा हास्यजनक था, दर्शक इतने सरल हृदय थे कि बेबात की बात में भी हंसते थे। रात-भर भंड़ैती होती रही और सताए हुए दिल, कल्पना में प्रतिशोध पा कर प्रसन्न होते रहे। आखिरी नकल समाप्त हुई, तो कौवे बोल रहे थे।

सबेरा होते ही जिसे देखो, उसी की जबान पर वही रात के गाने, वही नकल, वही फिकरे। मुखिए तमाशा बन गए। जिधर निकलते हैं, उधर ही दो-चार लड़के पीछे लग जाते हैं और वही फिकरे कसते हैं। झिंगुरीसिंह तो दिल्लगीबाज आदमी थे, इसे दिल्लगी में लिया, मगर पटेश्वरी में चिढ़ने की बुरी आदत थी। और पंडित दातादीन तो इतने तुनुक-मिजाज थे कि लड़ने पर

तैयार हो जाते थे। वह सबसे सम्मान पाने के आदी थे। कारिंदा की तो बात ही क्या, रायसाहब तक उन्हें देखते ही सिर झुका देते थे। उनकी ऐसी हंसी उड़ाई जाए और अपने ही गाँव में? यह उनके लिए असहाय था। अगर उनमें ब्रह्मतेज होता तो इन दुष्टों को भस्म कर देते। ऐसा शाप देते कि सब-के-सब भस्म हो जाते, लेकिन इस कलियुग में शाप का असर ही जाता रहा। इसलिए उन्होंने कलियुग वाला हथियार निकाला। होरी के द्वार पर आए और आँखें निकाल कर बोले–क्या आज भी तुम काम करने न चलोगे होरी? अब तो तुम अच्छे हो गए। मेरा कितना हरज हो गया, यह तुम नहीं सोचते।

गोबर देर में सोया था। अभी-अभी उठा था और आँखें मलता हुआ बाहर आ रहा था कि दातादीन की आवाज कान में पड़ी। पालागन करना तो दूर रहा, उलटे और हेकड़ी दिखा कर बोला–अब वह तुम्हारी मजूरी न करेंगे। हमें अपनी ऊख भी तो बोनी है।

दातादीन ने सुरती फांकते हुए कहा–काम कैसे नहीं करेंगे? साल के बीच में काम नहीं छोड़ सकते। जेठ में छोड़ना हो छोड़ दें, करना हो करें। उसके पहले नहीं छोड़ सकते।

गोबर ने जम्हाई ले कर कहा–उन्होंने तुम्हारी गुलामी नहीं लिखी है। जब तक इच्छा थी, काम किया। अब नहीं इच्छा, नहीं करेंगे। इसमें कोई जबर्दस्ती नहीं कर सकता।

"तो होरी काम नहीं करेंगे?"

"ना!"

"तो हमारे रुपए सूद समेत दे दो। तीन साल का सूद होता है सौ रुपया। असल मिला कर दो सौ होते हैं। हमने समझा था, तीन रुपए महीने सूद में कटते जाएंगे, लेकिन तुम्हारी इच्छा नहीं है, तो मत करो। मेरे रुपए दे दो। धन्ना सेठ बनते हो, तो धन्ना सेठ का काम करो।"

होरी ने दातादीन से कहा–तुम्हारी चाकरी से मैं कब इनकार करता हूँ महाराज? लेकिन हमारी ऊख भी तो बोने को पड़ी है।

गोबर ने बाप को डांटा–कैसी चाकरी और किसकी चाकरी? यहाँ कोई किसी का चाकर नहीं। सभी बराबर हैं। अच्छी दिल्लगी है। किसी को सौ रुपए उधार दे दिए और उससे सूद में जिंदगी भर काम लेते रहे। मूल ज्यों का त्यों! यह महाजनी नहीं है, खून चूसना है।

"तो रुपए दे दो भैया, लड़ाई काहे की, मैं आने रुपए ब्याज लेता हूँ, तुम्हें गांव-घर का समझ कर आधा आने रुपए पर दिया था।"

"हम तो एक रुपया सैकड़ा देंगे। एक कौड़ी बेसी नहीं। तुम्हें लेना हो तो लो, नहीं अदालत से ले लेना। एक रुपया सैकड़े ब्याज कम नहीं होता।"

"मालूम होता है, रुपए की गरमी हो गई है।"

"गरमी उन्हें होती है, जो एक के दस लेते हैं। हम तो मजूर हैं। हमारी गरमी पसीने के रास्ते बह जाती है। मुझे खूब याद है, तुमने बैल के लिए तीस रुपए दिए थे। उसके सौ हुए और अब सौ के दो सौ हो गए। इसी तरह तुम लोगों ने किसानों को लूट-लूट कर मजूर बना डाला और आप उनकी ज़मीन के मालिक बन बैठे। तीस के दो सौ! कुछ हद है! कितने दिन हुए होंगे दादा?"

होरी ने कातर कंठ से कहा–यही आठ-नौ साल हुए होंगे।

गोबर ने छाती पर हाथ रख कर कहा–नौ साल में तीस के दो सौ। एक रुपए के हिसाब से कितना होता है?

उसने ज़मीन पर एक ठीकरे से हिसाब लगाते हुए कहा–दस साल में छत्तीस रुपए होते हैं। असल मिला कर छाछठ। उसके सत्तर रुपए ले लो। इससे बेसी मैं एक कौड़ी न दूंगा।

दातादीन ने होरी को बीच में डाल कर कहा–सुनते हो होरी, गोबर का फैसला? मैं अपने दो सौ छोड़ के सत्तर ले लूं, नहीं अदालत करूं। इस तरह का व्यवहार हुआ तो कै दिन संसार चलेगा? और तुम बैठे सुन रहे हो, मगर यह समझ लो, मैं ब्राह्मण हूँ, मेरे रुपए हजम करके तुम चैन न पाओगे। मैंने ये सत्तर रुपए भी छोड़े, अदालत भी न जाऊँगा, जाओ। अगर मैं ब्राह्मण हूँ, तो पूरे दो सौ रुपए ले कर दिखा दूंगा, और तुम मेरे द्वार पर आवोगे और हाथ बांध कर दोगे।

दातादीन झल्लाए हुए लौट पड़े। गोबर अपनी जगह बैठा रहा। मगर होरी के पेट में धर्म की क्रांति मची हुई थी। अगर ठाकुर या बनिए के रुपए होते, तो उसे ज्यादा चिंता न होती, लेकिन ब्राह्मण के रुपए! उसकी एक पाई भी दब गई, तो हड्डी तोड़ कर निकलेगी। भगवान न करें कि ब्राह्मण का कोप किसी पर गिरे। बंस में कोई चुल्लू-भर पानी देने वाला, घर में दिया जलाने वाला भी नहीं रहता। उसका धर्म-भीरु मन त्रस्त हो उठा। उसने दौड़ कर पंडित जी के चरण पकड़ लिए और आर्त स्वर में बोला–महराज, जब तक मैं जीता हूँ, तुम्हारी एक-एक पाई चुकाऊंगा। लड़के की बातों पर मत जाओ। मामला तो हमारे-तुम्हारे बीच में हुआ है। वह कौन होता है?

दातादीन जरा नरम पड़े–जरा इसकी जबर्दस्ती देखो, कहता है, दो सौ रुपए के सत्तर लो या अदालत जाओ। अभी अदालत की हवा नहीं खाई है, जभी। एक बार किसी के पाले पड़ जाएंगे, तो फिर यह ताव न रहेगा। चार दिन सहर में क्या रहे, तानासाह हो गए!

"मैं तो कहता हूँ महाराज, मैं तुम्हारी एक-एक पाई चुकाऊंगा।"

"तो कल से हमारे यहाँ काम करने आना पड़ेगा।"

"अपनी ऊख बोना है महाराज, नहीं तुम्हारा ही काम करता।"

दातादीन चले गए तो गोबर ने तिरस्कार की आँखों से देख कर कहा–गए थे देवता को मनाने। तुम्हीं लोगों ने तो इन सबों का मिजाज बिगाड़ दिया है। तीस रुपए दिए, अब दो सौ रुपए लेगा, और डांट ऊपर से बताएगा और तुमसे मजूरी कराएगा और काम कराते-कराते मार डालेगा।

होरी ने अपने विचार में सत्य का पक्ष ले कर कहा–नीति हाथ से न छोड़ना चाहिए बेटा, अपनी-अपनी करनी अपने साथ है। हमने जिस ब्याज पर रुपए लिए, वह तो देने ही पड़ेंगे। फिर ब्राह्मण ठहरे। इनका पैसा हमें पचेगा? ऐसा माल तो इन्हीं लोगों को पचता है।

गोबर ने त्योरियां चढ़ाईं–नीति छोड़ने को कौन कह रहा है? और कौन कह रहा है कि ब्राह्मण का पैसा दबा लो? मैं तो यह कहता हूँ कि इतना सूद नहीं देंगे। बैंक वाले बारह आने सूद लेते हैं। तुम एक रुपया ले लो। और क्या किसी को लूट लोगे?

"उनका रोयां जो दुःखी होगा?"

"हुआ करे। उनके दुःखी होने के डर से हम बिल क्यों खोदें?"

"बेटा, जब तक मैं जीता हूँ, मुझे अपने रस्ते चलने दो। जब मैं मर जाऊं, तो तुम्हारी जो इच्छा हो, वह करना।"

"तो फिर तुम्हीं देना। मैं तो अपने हाथों अपने पांव में कुल्हाड़ी न मारूंगा। मेरा गधापन था कि तुम्हारे बीच में बोला–तुमने खाया है, तुम भरो। मैं क्यों अपनी जान दूं?"

यह कहता हुआ गोबर भीतर चला गया। झुनिया ने पूछा–आज सबेर-सबेरे दादा से क्यों उलझ पड़े?

गोबर ने सारा वृत्तांत कह सुनाया और अंत में बोला–इनके ऊपर रिन का बोझ इसी तरह बढ़ता जाएगा। मैं कहाँ तक भरूंगा? उन्होंने कमा-कमा कर दूसरों का घर भरा है। मैं क्यों उनकी खोदी हुई खंदक में गिरूं? इन्होंने मुझसे पूछ कर करज नहीं लिया। न मेरे लिए लिया। मैं उसका देनदार नहीं हूँ।

उधर मुखियों में गोबर को नीचा दिखाने के लिए षड्यंत्र रचा जा रहा था। यह लौंडा शिंकजे में न कसा गया, तो गाँव में ऊधम मचा देगा। प्यादे से फर्जी हो गया है न, टेढ़े तो चलेगा ही। जाने कहाँ से इतना कानून सीख आया है? कहता है, रुपए सैकड़े सूद से बेसी न दूंगा। लेना हो लो, नहीं अदालत जाओ। रात इसने सारे गाँव के लौंडों को बटोर कर कितना अनर्थ किया। लेकिन मुखियों में भी ईर्ष्या की कमी न थी। सभी अपने बराबर वालों के परिहास पर प्रसन्न थे। पटेश्वरी और नोखेराम में बातें हो रही थीं। पटेश्वरी ने कहा–मगर सबों को घर-घर की रत्ती-रत्ती का हाल मालूम है। झिंगुरीसिंह को तो सबों ने ऐसा रगेदा कि कुछ न पूछो। दोनों ठकुराइनों की बातें सुन-सुन कर लोग हंसी के मारे लोट गए।

नोखेराम ने ठट्ठा मार कर कहा–मगर नकल सच्ची थी। मैंने कई बार उनकी छोटी बेगम को द्वार पर खड़े लौंडों से हंसी करते देखा है।

"और बड़ी रानी काजल और सेंदूर और महावर लगा कर जवान बनी रहती हैं।"

"दोनों में रात-दिन छिड़ी रहती है। झिंगुरी पक्का बेहया है। कोई दूसरा होता तो पागल हो जाता।"

"सुना, तुम्हारी बड़ी भद्दी नकल की। चमरिया के घर में बंद करके पिटवाया।"

मैं तो बच्चा पर बकाया लगान का दावा करके ठीक कर दूंगा। वह भी क्या याद करेंगे कि किसी से पाला पड़ा था।"

"लगान तो उसने चुका दिया है न?"

"लेकिन रसीद तो मैंने नहीं दी। सबूत क्या है कि लगान चुका दिया? और यहाँ कौन हिसाब-किताब देखता है? आज ही प्यादा भेज कर बुलाता हूँ।"

होरी और गोबर दोनों ऊख बोने के लिए खेत सींच रहे थे। अबकी ऊख की खेती होने की आशा तो थी नहीं, इसलिए खेत परती पड़ा हुआ था। अब बैल आ गए हैं, तो ऊख क्यों न बोई जाए।

मगर दोनों जैसे छत्तीस बने हुए थे। न बोलते थे, न ताकते थे। होरी बैलों को हांक रहा था और गोबर मोट ले रहा था। सोना और रूपा दोनों खेत में पानी दौड़ा रही थीं कि उनमें झगड़ा हो गया। विवाद का विषय यह था कि झिंगुरीसिंह की छोटी ठकुराइन पहले खुद खा कर पति को खिलाती हैं या पति को खिला कर तब खुद खाती है। सोना कहती थी, पहले वह खुद खाती है। रूपा का मत इसके प्रतिकूल था।

रूपा ने जिरह की–अगर वह पहले खाती है, तो क्यों मोटी नहीं है? ठाकुर क्यों मोटे हैं? अगर ठाकुर उन पर गिर पड़े, तो ठकुराइन पिस जाएं।

सोना ने प्रतिवाद किया–तू समझती है, अच्छा खाने से लोग मोटे हो जाते हैं। अच्छा खाने से लोग बलवान होते हैं, मोटे नहीं होते। मोटे होते हैं घास-पात खाने से।

"तो ठकुराइन ठाकुर से बलवान हैं?"

"और क्या। अभी उस दिन दोनों में लड़ाई हुई, तो ठकुराइन ने ठाकुर को ऐसा ढकेला कि उनके घुटने फूट गए।"

"तो तू भी पहले आप खा कर तब जीजा को खिलाएगी?"

"और क्या!"

"अम्मां तो पहले दादा को खिलाती हैं।"

"तभी तो जब देखो तब दादा डांट देते हैं। मैं बलवान हो कर अपने मरद को काबू में रखूंगी। तेरा मरद तुझे पीटेगा, तेरी हड्डी तोड़ कर रख देगा।"

रूपा रूआंसी हो कर बोली–क्यों पीटेगा, मैं मार खाने का काम ही न करूंगी।

"वह कुछ न सुनेगा। तूने जरा भी कुछ कहा–और वह मार चलेगा। मारते–मारते तेरी खाल उधेड़ लेगा।"

रूपा ने बिगड़ कर सोना की साड़ी दांतों से फाड़ने की चेष्टा की और असफल होने पर चुटकियां काटने लगी।

सोना ने और चिढ़ाया–वह तेरी नाक भी काट लेगा।

इस पर रूपा ने बहन को दांत से काट खाया। सोना की बांह लहुआ गई। उसने रूपा को जोर से ढकेल दिया। वह गिर पड़ी और उठ कर रोने लगी। सोना भी दांतों के निशान देख कर रो पड़ी।

उन दोनों का चिल्लाना सुन कर गोबर गुस्से से भरा हुआ आया और दोनों को दो–दो घूंसे जड़ दिए। दोनों रोती हुई निकल कर घर चली दीं। सिंचाई का काम रुक गया। इस पर पिता–पुत्र में एक झड़प हो गई।

होरी ने पूछा–पानी कौन चलाएगा? दौड़े–दौड़े गए, दोनों को भगा आए। अब जा कर मना क्यों नहीं लाते?

"तुम्हीं ने इन सबों को बिगाड़ रखा है।"

"इस तरह मारने से और निर्लज्ज हो जाएंगी।"

"दो जून खाना बंद कर दो, आप ठीक हो जाएं।"

"मैं उनका बाप हूँ, कसाई नहीं हूँ।"

पांव में एक बार ठोकर लग जाने के बाद किसी कारण से बार-बार ठोकर लगती है और कभी-कभी अंगूठा पक जाता है और महीनों कष्ट देता है। पिता और पुत्र के सदभाव को आज उसी तरह की चोट लग गई थी और उस पर यह तीसरी चोट पड़ी।

गोबर ने घर जा कर झुनिया को खेत में पानी देने के लिए साथ लिया। झुनिया बच्चे को ले कर खेत में आ गई। धनिया और उसकी दोनों बेटियां बैठी ताकती रहीं। माँ को भी गोबर की यह उद्दंडता बुरी लगती थी। रूपा को मारता तो वह बुरा न मानती, मगर जवान लड़की को मारना, यह उसके लिए असहाय था।

आज ही रात को गोबर ने लखनऊ लौट जाने का निश्चय कर लिया। यहाँ अब वह नहीं रह सकता। जब घर में उसकी कोई पूछ नहीं है, तो वह क्यों रहे। वह लेन-देन के मामले में बोल नहीं सकता। लड़कियों को जरा मार दिया तो लोग ऐसे जामे के बाहर हो गए, मानो वह बाहर का आदमी है। तो इस सराय में वह न रहेगा।

दोनों भोजन करके बाहर आए थे कि नोखेराम के प्यादे ने आ कर कहा–चलो, कारिंदा साहब ने बुलाया है।

होरी ने गर्व से कहा–रात को क्यों बुलाते हैं, मैं तो बाकी दे चुका हूँ।

प्यादा बोला–मुझे तो तुम्हें बुलाने का हुक्म मिला है। जो कुछ अरज करना हो, वहीं चल कर करना।

होरी की इच्छा न थी, मगर जाना पड़ा। गोबर विरक्त-सा बैठा रहा। आधा घंटे में होरी लौटा और चिलम भर कर पीने लगा। अब गोबर से न रहा गया। पूछा–किस मतलब से बुलाया था?

होरी ने भर्राई हुई आवाज में कहा–मैंने पाई-पाई लगान चुका दिया। वह कहते हैं, तुम्हारे ऊपर दो साल का बाकी है। अभी उस दिन मैंने ऊख बेची, तो पचीस रुपए वहीं उनको दे दिए, और आज वह दो साल का बाकी निकालते हैं। मैंने कह दिया, मैं एक धेला न दूंगा।

गोबर ने पूछा–तुम्हारे पास रसीद होगी?

"रसीद कहाँ देते हैं?"

"तो तुम बिना रसीद लिए रुपए देते ही क्यों हो?"

"मैं क्या जानता था, यह लोग बेईमानी करेंगे। यह सब तुम्हारी करनी का फल है। तुमने रात को उनकी हंसी उड़ाई, यह उसी का दंड है। पानी में रह कर मगर से बैर नहीं किया जाता। सूद लगा कर सत्तर रुपए बाकी निकाल दिए। ये किसके घर से आएंगे?"

गोबर ने सफाई देते हुए कहा–तुमने रसीद ले ली होती तो मैं लाख उनकी हंसी उड़ाता, तुम्हारा बाल भी बांका न कर सकते। मेरी समझ में नहीं आता कि लेन-देन में तुम सावधानी से क्यों काम नहीं लेते। यों रसीद नहीं देते, तो डाक से रुपया भेजो। यही तो होगा, एकाध रुपया महसूल पड़ जाएगा। इस तरह की धांधली तो न होगी।"

"तुमने यह आग न लगाई होती, तो कुछ न होता। अब तो सभी मुखिया बिगड़े हुए हैं। बेदखली की धमकी दे रहे हैं। दैव जाने कैसे बेड़ा पार लगेगा!"

"मैं जा कर उनसे पूछता हूँ।"

"तुम जा कर और आग लगा दोगे।"

"अगर आग लगानी पड़ेगी, तो आग लगा दूंगा। यह बेदखली करते हैं, करें। मैं उनके हाथ में गंगाजली रख कर अदालत में कसम खिलाऊंगा। तुम दुम दबा कर बैठे रहो। मैं इसके पीछे जान लड़ा दूंगा। मैं किसी का एक पैसा दबाना नहीं चाहता, न अपना एक पैसा खोना चाहता हूँ।"

वह उसी वक्त उठा और नोखेराम की चौपाल में जा पहुंचा। देखा तो सभी मुखिया लोगों का केबिनेट बैठा हुआ है। गोबर को देख कर सब-के-सब सतर्क हो गए। वातावरण में षड्यंत्र की-सी कुंठा भरी हुई थी।

गोबर ने उत्तेजित कंठ से पूछा–यह क्या बात है कारिंदा साहब, कि आपको दादा ने हाल तक का लगान चुकता कर दिया और आप अभी दो साल का बाकी निकाल रहे हैं? यह कैसा गोलमाल है।

नोखेराम ने मसनद पर लेट कर रोब दिखाते हुए कहा—जब तक होरी है, मैं तुमसे लेन-देन की कोई बातचीत नहीं करना चाहता।

गोबर ने आहत स्वर में कहा—तो मैं घर में कुछ नहीं हूँ?

"तुम अपने घर में सब कुछ होगे। यहाँ तुम कुछ नहीं हो।"

"अच्छी बात है, आप बेदखली दायर कीजिए। मैं अदालत में तुमसे गंगाजली उठवा कर रुपए दूंगा, इसी गाँव से एक सौ सहादतें दिला कर साबित कर दूंगा कि तुम रसीद नहीं देते। सीधे-सादे किसान हैं, कुछ बोलते नहीं, तो तुमने समझ लिया कि सब काठ के उल्लू हैं। रायसाहब वहीं रहते हैं, जहाँ मैं रहता हूँ। गाँव के सब लोग उन्हें हौवा समझते होंगे, मैं नहीं समझता। रत्ती-रत्ती हाल कहूंगा और देखूंगा, तुम कैसे मुझसे दोबारा रुपए वसूल कर लेते हो।"

उसकी वाणी में सत्य का बल था। डरपोक प्राणियों में सत्य भी गूंगा हो जाता है। वही सीमेंट, जो ईंट पर चढ़ कर पत्थर हो जाता है, मिट्टी पर चढ़ा दिया जाए, तो मिट्टी हो जाएगा। गोबर की निर्भीक स्पष्टवादिता ने उस अनीति के बख्तर को बेध डाला, जिससे सज्जित हो कर नोखेराम की दुर्बल आत्मा अपने को शक्तिमान समझ रही थी।

नोखेराम ने जैसे कुछ याद करने का प्रयास करके कहा—तुम इतना गर्म क्यों हो रहे हो, इसमें गर्म होने की कौन बात है। अगर होरी ने रुपए दिए हैं, तो कहीं-न-कहीं तो टांके गए होंगे। मैं कल कागज निकाल कर देखूंगा। अब मुझे कुछ-कुछ याद आ रहा है कि शायद होरी ने रुपए दिए थे। तुम निसाखातिर रहो, अगर रुपए यहाँ आ गए हैं, तो कहीं जा नहीं सकते। तुम थोड़े-से रुपयों के लिए झूठ थोड़े ही बोलोगे और न मैं ही इन रुपयों से धनी हो जाऊँगा।

गोबर ने चौपाल से आ कर होरी को ऐसा लथाड़ा कि बेचारा स्वार्थ-भीरु बूढ़ा रूआंसा हो गया? तुम तो बच्चों से भी गए-बीते हो, जो बिल्ली की म्याऊं सुन कर चिल्ला उठते हैं। कहाँ-कहाँ तुम्हारी रच्छा करता फिरूंगा। मैं तुम्हें सत्तर रुपए दिए जाता हूँ। दातादीन ले तो दे कर भरपाई लिखा देना। इसके ऊपर तुमने एक पैसा भी दिया, तो फिर मुझसे एक पैसा भी न पाओगे। मैं परदेस में इसलिए नहीं पड़ा हूँ कि तुम अपने को लुटवाते रहो और मैं कमा-कमा कर भरता रहूं। मैं कल चला जाऊँगा, लेकिन इतना कहे देता हूँ, किसी से एक पैसा उधार मत लेना और किसी को कुछ मत देना। मंगरू, दुलारी, दातादीन—सभी से एक रुपया सैकड़े सूद कराना होगा।

धनिया भी खाना खा कर बाहर निकल आई थी। बोली—अभी क्यों जाते हो बेटा, दो-चार दिन और रह कर ऊख की बोनी करा लो और कुछ लेन-देन का हिसाब भी ठीक कर लो, तो जाना।

गोबर ने शान जमाते हुए कहा—मेरा दो-तीन रुपए रोज का घाटा हो रहा है, यह भी समझती हो। यहाँ मैं बहुत-बहुत दो-चार आने की मजूरी ही तो

करता हूँ और अबकी मैं झुनिया को भी लेता जाऊँगा। वहाँ मुझे खाने-पीने की बड़ी तकलीफ होती है।

धनिया ने डरते-डरते कहा–जैसे तुम्हारी इच्छा, लेकिन वहाँ वह कैसे अकेले घर संभालेगी, कैसे बच्चे की देखभाल करेगी?"

"अब बच्चे को देखूं कि अपना सुभीता देखूं, मुझसे चूल्हा नहीं फूंका जाता।"

"ले जाने को मैं नहीं रोकती, लेकिन परदेस में बाल-बच्चों के साथ रहना, न कोई आगे न पीछे, सोचो कितना झंझट है।"

"परदेस में संगी-साथी निकल ही आते हैं अम्मां, और यह तो स्वारथ का संसार है। जिसके साथ चार पैसे का गम खाओ, वही अपना। खाली हाथ तो माँ-बाप भी नहीं पूछते।"

धनिया कटाक्ष समझ गई। उसके सिर से पांव तक आग लग गई। बोली–माँ-बाप को भी तुमने उन्हीं पैसे के यारों में समझ लिया?

"आंखों देख रहा हूँ।"

"नहीं देख रहे हो, माँ-बाप का मन इतना निठुर नहीं होता। हां, लड़के अलबत्ता जहाँ चार पैसे कमाने लगे कि माँ-बाप से आँखें फेर लीं। इसी गाँव में एक-दो नहीं, दस-बीस परतोख दे दूं। माँ-बाप करज-कवाम लेते हैं किसके लिए? लड़के-लड़कियों ही के लिए कि अपने भोग-विलास के लिए?"

"क्या जाने तुमने किसके लिए करज लिया? मैंने तो एक पैसा भी नहीं जाना।"

"बिना पाले ही इतने बड़े हो गए?"

"पालने में तुम्हारा क्या लगा? जब तक बच्चा था, दूध पिला दिया। फिर लावारिस की तरह छोड़ दिया। जो सबने खाया, वही मैंने खाया। मेरे लिए दूध नहीं आता था, मक्खन नहीं बंधा था। और अब तुम भी चाहती हो, और दादा भी चाहते हैं कि मैं सारा करजा चुकाऊं, लगान दूं, लड़कियों का ब्याह करूं। जैसे मेरी जिंदगी तुम्हारा देना भरने ही के लिए है। मेरे भी तो बाल-बच्चे हैं?

धनिया सन्नाटे में आ गई। एक क्षण में उसके जीवन का मृदु स्वप्न जैसे टूट गया। अब तक वह मन में प्रसन्न थी कि अब उसका दु:ख-दरिद्र सब दूर हो गया। जब से गोबर घर आया, उसके मुख पर हास की एक छटा खिली रहती थी। उसकी वाणी में मृदुता और व्यवहारों में उदारता आ गई थी। भगवान ने उस पर दया की है, तो उसे सिर झुका कर चलना चाहिए। भीतर की शांति बाहर सौजन्य बन गई थी। ये शब्द तपते हुए बालू की तरह हृदय पर पड़े और चने की भांति सारे अरमान झुलस गए। उसका सारा घमंड चूर-चूर हो गया। इतना सुन लेने के बाद अब जीवन में क्या रस रह गया? जिस नौका पर बैठ कर इस जीवन-सफर को पार करना चाहती थी, वह टूट गई थी, तो किस सुख के लिए जिए!

लेकिन नहीं! उसका गोबर इतना स्वार्थी नहीं है। उसने कभी माँ की बात का जवाब नहीं दिया, कभी किसी बात के लिए जिद नहीं की। जो कुछ रूखा-सूखा मिल गया, वही खा लेता था। वही भोला-भाला, शील-स्नेह का पुतला आज क्यों ऐसी दिल तोड़ने वाली बातें कर रहा है? उसकी इच्छा के विरुद्ध तो किसी ने कुछ नहीं कहा–माँ-बाप दोनों ही उसका मुँह जोहते रहते हैं। उसने खुद ही लेन-देन की बात चलाई, नहीं उससे कौन कहता है कि तू माँ-बाप का देना चुका। माँ-बाप के लिए यही क्या कम सुख है कि वह इज्जत-आबरू के साथ भलेमानसों की तरह कमाता-खाता है। उससे कुछ हो सके, तो माँ-बाप की मदद कर दे। नहीं हो सकता, तो माँ-बाप उसका गला न दबाएंगे। झुनिया को ले जाना चाहता है, खुसी से ले जाए। धनिया

ने तो केवल उसकी भलाई के ख्याल से कहा था कि झुनिया को वहाँ ले जाने से उसे जितना आराम मिलेगा, उससे कहीं ज्यादा झंझट बढ़ जाएगा। इसमें ऐसी कौन-सी लगने वाली बात थी कि वह इतना बिगड़ उठा। हो न हो, यह आग झुनिया की लगाई है। वही बैठे-बैठे उसे यह मंतर पढ़ा रही है। यहाँ सौक-सिंगार करने को नहीं मिलता, घर का कुछ न कुछ काम भी करना ही पड़ता है। वहाँ रुपए-पैसे हाथ में आएंगे, मजे से चिकना खाएगी, चिकना पहनेगी और टांग फैला कर सोएगी। दो आदमियों की रोटी पकाने में क्या लगता है, वहाँ तो पैसा चाहिए। सुना, बाज़ार में पकी-पकाई रोटियां मिल जाती हैं। यह सारा उपद्रव उसी ने खड़ा किया है, सहर में कुछ दिन रह भी चुकी है। वहाँ का दाना-पानी मुँह लगा हुआ है। यहाँ कोई पूछता न था। यह भोंदू मिल गया। इसे फांस लिया। जब यहाँ पाँच महीने का पेट ले कर आई थी, तब कैसी म्यांव-म्यांव करती थी। तब यहाँ सरन न मिली होती, तो आज कहीं भीख मांगती होती। यह उसी नेकी का बदला है! इसी चुड़ैल के पीछे डांड़ देना पड़ा, बिरादरी में बदनामी हुई, खेती टूट गई, सारी दुर्गत हो गई। और आज यह चुड़ैल जिस पत्तल में खाती है, उसी में छेद कर रही है। पैसे देखे, तो आँख हो गई। तभी ऐंठी-ऐंठी फिरती है, मिजाज नहीं मिलता। आज लड़का चार पैसे कमाने लगा है न! इतने दिनों बात नहीं पूछी, तो सास का पांव दबाने के लिए तेल लिए दौड़ती थी। डाइन उसके जीवन की निधि को उसके हाथ से छीन लेना चाहती है।

दुखित स्वर में बोली–यह मंतर तुम्हें कौन दे रहा है बेटा, तुम तो ऐसे न थे। माँ-बाप तुम्हारे ही हैं, बहनें तुम्हारी ही हैं, घर तुम्हारा ही है। यहाँ बाहर का कौन है? और हम क्या बहुत दिन बैठे रहेंगे? घर की मरजाद बनाए रखोगे, तो तुम्हीं को सुख होगा। आदमी घरवालों ही के लिए धन कमाता है कि और किसी के लिए? अपना पेट तो सुअर भी पाल लेता है। मैं न जानती थी, झुनिया नागिन बन कर हमीं को डसेगी।

गोबर ने तिनक कर कहा–अम्मां, मैं नादान नहीं हूँ कि झुनिया मुझे मंतर पढ़ाएगी। तुम उसे नाहक कोस रही हो। तुम्हारी गिरस्ती का सारा बोझ मैं नहीं उठा सकता। मुझसे जो कुछ हो सकेगा, तुम्हारी मदद कर दूंगा, लेकिन अपने पांवों में बेड़ियां नहीं डाल सकता।

झुनिया भी कोठरी से निकल कर बोली–अम्मां, जुलाहे का गुस्सा डाढ़ी पर न उतारो। कोई बच्चा नहीं है कि मैं फोड़ लूंगी। अपना-अपना भला-बुरा सब समझते हैं। आदमी इसीलिए नहीं जनम लेता कि सारी उमर तपस्या करता रहे और एक दिन खाली हाथ मर जाए। सब जिंदगी का कुछ सुख चाहते हैं, सबकी लालसा होती है कि हाथ में चार पैसे हों।

धनिया ने दांत पीस कर कहा–अच्छा झुनिया, बहुत गियान न बघार। अब तू भी अपना भला-बुरा सोचने जोग हो गई है। जब यहाँ आ कर मेरे पैरों पर सिर रक्खे रो रही थी, तब अपना भला-बुरा नहीं सूझा था? उस घड़ी हम भी अपना भला-बुरा सोचने लगते, तो आज तेरा कहीं पता न होता।

इसके बाद संग्राम छिड़ गया। ताने-मेहने, गाली-गलौच, थुक्का-गजीहत, कोई बात न बची। गोबर भी बीच-बीच में डंक मारता जाता था। होरी बरौठे में बैठा सब कुछ सुन रहा था। सोना और रूपा आंगन में सिर झुकाए खड़ी थीं, दुलारी, पुनिया और कई स्त्रियां बीच-बचाव करने आ पहुंची थीं। गर्जन के बीच में कभी-कभी बूंदें भी गिर जाती थीं। दोनों ही अपने-अपने भाग्य को रो रही थीं। दोनों ही ईश्वर को कोस रही थीं, और दोनों अपनी-अपनी निर्दोषिता सिद्ध कर रही थीं। झुनिया गड़े मुर्दे उखाड़ रही थी। आज उसे हीरा और सोभा से विशेष सहानुभूति हो गई थी, जिन्हें धनिया ने कहीं का न रखा था। धनिया की आज तक किसी से न पटी थी, तो झुनिया से कैसे पट सकती है? धनिया अपनी सफाई देने की चेष्टा कर रही थी, लेकिन न जाने क्या बात थी कि जनमत झुनिया की ओर था। शायद इसलिए कि झुनिया संयम हाथ से न जाने देती थी और धनिया आपे से बाहर थी। शायद इसलिए भी कि झुनिया अब कमाऊ पुरुष की स्त्री थी और उसे प्रसन्न में रखने में ज्यादा मसलहत थी।

तब होरी ने आंगन में आ कर कहा–मैं तेरे पैरों पड़ता हूँ धनिया, चुप रह। मेरे मुँह में कालिख मत लगा। हां, अभी मन न भरा हो तो और सुन।

धनिया फुंकार मार कर उधर दौड़ी–तुम भी मोटी डाल पकड़ने चले। मैं ही दोसी हूँ। यह तो मेरे ऊपर फूल बरसा रही है?

संग्राम का क्षेत्र बदल गया।

"जो छोटों के मुँह लगे, वह छोटा।"

धनिया किस तर्क से झुनिया को छोटा मान ले?

होरी ने व्यथित कंठ से कहा–अच्छा, वह छोटी नहीं, बड़ी सही। जो आदमी नहीं रहना चाहता, क्या उसे बांध कर रखेगी? माँ-बाप का धरम है,

लड़के को पाल-पोस कर बड़ा कर देना। वह हम कर चुके। उनके हाथ-पांव हो गए। अब तू क्या चाहती है, वे दाना-चारा ला कर खिलाएं। माँ-बाप का धरम सोलहों आना लड़कों के साथ है। लड़कों का माँ-बाप के साथ एक आना भी धरम नहीं है। जो जाता है, उसे असीस दे कर विदा कर दे। हमारा भगवान मालिक है। जो कुछ भोगना बदा है, भोगेंगे, चालीस सात सैंतालीस साल इसी तरह रोते-धोते कट गए। दस-पांच साल हैं, वह भी यों ही कट जाएंगे।

उधर गोबर जाने की तैयारी कर रहा था। इस घर का पानी भी उसके लिए हराम है। माता हो कर जब उसे ऐसी-ऐसी बातें कहे, तो अब वह उसका मुँह भी न देखेगा।

देखते ही देखते उसका बिस्तर बंध गया। झुनिया ने भी चुंदरी पहन ली। चुन्नू भी टोप और फ्रॉक पहन कर राजा बन गया।

होरी ने आर्द्र कंठ से कहा-बेटा, तुमसे कुछ कहने का मुँह तो नहीं है, लेकिन कलेजा नहीं मानता। क्या जरा जा कर अपनी अभागिनी माता के पांव छू लोगे, तो कुछ बुरा होगा? जिस माता की कोख से जनम लिया और जिसका रकत पी कर पले हो, उसके साथ इतना भी नहीं कर सकते?

गोबर ने मुँह फेर कर कहा-मैं उसे अपनी माता नहीं समझता।

होरी ने आँखों में आँसू ला कर कहा-जैसी तुम्हारी इच्छा। जहाँ रहो, सुखी रहो।

झुनिया ने सास के पास जा कर उसके चरणों को आंचल से छुआ। धनिया के मुँह से आसीस का एक शब्द भी न निकला। उसने आँखें उठा कर देखा भी नहीं। गोबर बालक को गोद में लिए आगे-आगे था। झुनिया बिस्तर बगल में दबाए पीछे। एक चमार का लड़का संदूक लिए था। गाँव के कई स्त्री-पुरुष गोबर को पहुंचाने गाँव के बाहर तक आए।

और धनिया बैठी रो रही थी, जैसे कोई उसके हृदय को आरे से चीर रहा हो। उसका मातृत्व उस घर के समान हो रहा था, जिसमें आग लग गई हो और सब कुछ भस्म हो गया हो। बैठ कर रोने के लिए भी स्थान न बचा हो।

22

इधर कुछ दिनों से रायसाहब की कन्या के विवाह की बातचीत हो रही थी। उसके साथ ही एलेक्शन भी सिर पर आ पहुंचा था, मगर इन सबों से आवश्यक उन्हें दीवानी में एक मुकदमा दायर करना था, जिसकी कोर्ट-फीस ही पचास हज़ार होती थी, ऊपर के खर्च अलग। रायसाहब के साले जो अपनी

रियासत के एकमात्र स्वामी थे, ऐन जवानी में मोटर लड़ जाने के कारण गत हो गए थे, और रायसाहब अपने कुमार पुत्र की ओर से उस रियासत पर अधिकार पाने के लिए कानून की शरण लेना चाहते थे। उनके चचेरे सालों ने रियासत पर कब्जा जमा लिया था और रायसाहब को उसमें से कोई हिस्सा देने पर तैयार न थे। रायसाहब ने बहुत चाहा कि आपस में समझौता हो जाए और उनके चचेरे साले माकूल गुजारा ले कर हट जाएं, यहाँ तक कि वह उस रियासत की आधी आमदनी छोड़ने पर तैयार थे, मगर सालों ने किसी तरह का समझौता स्वीकार न किया, और केवल लाठी के जोर से रियासत में तहसील-वसूल शुरू कर दी। रायसाहब को अदालत की शरण में जाने के सिवा कोई मार्ग न रहा। मुकदमे में लाखों का खर्च था, मगर रियासत भी बीस लाख से कम की जायदाद न थी। वकीलों ने निश्चय रूप से कह दिया था कि आपकी शर्तिया डिगरी होगी। ऐसा मौका कौन छोड़ सकता था? मुश्किल यही थी कि यह तीनों काम एक साथ आ पड़े थे और उन्हें किसी तरह टाला न जा सकता था। कन्या की अवस्था अठारह वर्ष की हो गई थी और केवल हाथ में रुपए न रहने के कारण अब तक उसका विवाह टलता जाता था। खर्च का अनुमान एक लाख का था। जिसके पास जाते, वही बड़ा-सा मुँह खोलता, मगर हाल में एक बड़ा अच्छा अवसर हाथ में आ गया था। कुंवर दिग्विजय सिंह की पत्नी यक्ष्मा की भेंट हो चुकी थी, और कुंवर साहब अपने उजड़े घर को जल्द से जल्द बसा लेना चाहते थे। सौदा भी वारे से तय हो गया और कहीं शिकार हाथ से निकल न जाए, इसलिए इसी लग्न में विवाह होना परमावश्यक था।

कुंवर साहब दुर्वासनाओं के भंडार थे। शराब, गांजा, अफीम, मदक, चरस, ऐसा कोई नशा न था, जो वह न करते हों। और ऐयाशी तो रईस की शोभा ही है। वह रईस ही क्या, जो ऐयाश न हो। धन का उपभोग और किया ही कैसे जाए? मगर इन सब दुर्गुणों के होते हुए भी वह ऐसे प्रतिभावान थे कि अच्छे-अच्छे विद्वान उनका लोहा मानते थे। संगीत, नाट्यकला, हस्तरेखा, ज्योतिष, योग, लाठी, कुश्ती, निशानेबाजी आदि कलाओं में अपना जोड़ न रखते थे। इसके साथ ही बड़े दबंग और निर्भीक थे। राष्ट्रीय आंदोलन में दिल खोल कर सहयोग देते थे, हां गुप्त रूप से। अधिकारियों से यह बात छिपी न थी, फिर भी उनकी बड़ी प्रतिष्ठा थी और साल में एक-दो बार गर्वनर साहब भी उनके मेहमान हो जाते थे। और अभी अवस्था तीस-बत्तीस से अधिक न थी और स्वास्थ्य तो ऐसा था कि अकेले एक बकरा खा कर हजम कर डालते थे। रायसाहब ने समझा, बिल्ली के भागों छींका टूटा। अभी कुंवर साहब षोडशी से निवृत्त भी न हुए थे कि रायसाहब ने बातचीत शुरू कर दी। कुंवर साहब के लिए विवाह केवल अपना प्रभाव और शक्ति बढ़ाने का साधन

था। रायसाहब कौंसिल के मेंबर थे ही, यों भी प्रभावशाली थे। राष्ट्रीय संग्राम में अपने त्याग का परिचय दे कर श्रद्धा के पात्र भी बन चुके थे। शादी तय होने में कोई बाधा न हो सकती थी। और वह तय हो गई।

रहा एलेक्शन। यह सोने की हंसिया थी, जिसे न उगलते बनता था, न निगलते। अब तक वह दो बार निर्वाचित हो चुके थे और दोनों ही बार उन पर एक-एक लाख की चपत पड़ी थी, मगर अबकी एक राजा साहब उसी इलाके से खड़े हो गए थे और डंके की चोट ऐलान कर दिया था कि चाहे हर एक वोटर को एक-एक हज़ार ही क्यों न देना पड़े, चाहे पचास लाख की रियासत मिट्टी में मिल जाए, मगर राय अमरपालसिंह को कौंसिल में न जाने दूंगा। और उन्हें अधिकारियों ने अपने सहायता का आश्वासन भी दे दिया था। रायसाहब विचारशील थे, चतुर थे, अपना नफा-नुकसान समझते थे, मगर राजपूत थे और पोतड़ों के रईस थे। वह चुनौती पा कर मैदान से कैसे हट जाएं? यों इनसे राजा

सूर्यप्रताप सिंह ने आ कर कहा होता, भाई साहब, आप दो बार कौंसिल में जा चुके, अबकी मुझे जाने दीजिए, तो शायद रायसाहब ने उनका स्वागत किया होता। कौंसिल का मोह अब उन्हें न था, लेकिन इस चुनौती के सामने ताल ठोकने के सिवा और कोई राह ही न थी। एक मसलहत और भी थी। मिस्टर तंखा ने उन्हें विश्वास दिया था कि आप खड़े हो जाएं, पीछे राजा साहब से एक लाख की थैली ले कर बैठ जाइएगा। उन्होंने यहाँ तक कहा था कि राजा साहब बड़ी खुशी से एक लाख दे देंगे, मेरी उनसे बातचीत हो चुकी है, पर अब मालूम हुआ, राजा साहब रायसाहब को परास्त करने का गौरव नहीं छोड़ना चाहते और इसका मुख्य कारण था, रायसाहब की लड़की की शादी कुंवर साहब से ठीक होना। दो प्रभावशाली घरानों का संयोग वह अपनी प्रतिष्ठा के लिए हानिकारक समझते थे। उधर रायसाहब को ससुराली जायदाद मिलने की भी आशा थी। राजा साहब के पहलू में यह कांटा भी बुरी तरह खटक रहा था। कहीं वह जायदाद इन्हें मिल गई–और कानून रायसाहब के पक्ष में था ही–तब तो राजा साहब का एक प्रतिद्वंद्वी खड़ा हो जाएगा इसलिए उनका धर्म था कि रायसाहब को कुचल डालें और उनकी प्रतिष्ठा धूल में मिला दें।

बेचारे रायसाहब बड़े संकट में पड़ गए थे। उन्हें यह संदेह होने लगा था कि केवल अपना मतलब निकालने के लिए मिस्टर तंखा ने उन्हें धोखा दिया। यह खबर मिली थी कि अब वह राजा साहब के पैरोकार हो गए हैं। यह रायसाहब के घाव पर नमक था। उन्होंने कई बार तंखा को बुलाया था, मगर वह या तो घर पर मिलते ही न थे, या आने का वादा करके भूल जाते थे। आखिर खुद उनसे मिलने का इरादा करके वह उनके पास जा पहुंचे। संयोग से मिस्टर तंखा घर पर मिल गए, मगर रायसाहब को पूरे घंटे-भर उनकी

प्रतीक्षा करनी पड़ी। यह वही मिस्टर तंखा हैं, जो रायसाहब के द्वार पर एक बार रोज हाजिरी दिया करते थे। आज इतना मिजाज हो गया है। जले बैठे थे। ज्यों ही मिस्टर तंखा सजे-सजाए, मुँह में सिगार दबाए कमरे में आए और हाथ बढ़ाया कि रायसाहब ने बमगोला छोड़ दिया–मैं घंटे भर से यहाँ बैठा हुआ हूँ और आप निकलते-निकलते अब निकले हैं। मैं इसे अपने तौहीन समझता हूँ।

मिस्टर तंखा ने एक सोफे पर बैठ कर निश्चिंत भाव से धुआं उड़ाते हुए कहा–मुझे इसका खेद है। मैं एक जरूरी काम में लगा था। आपको फोन करके मुझसे समय ठीक कर लेना चाहिए था।

आग में घी पड़ गया, मगर रायसाहब ने क्रोध को दबाया। वह लड़ने न आए थे। इस अपमान को पी जाने का ही अवसर था। बोले–हां, यह गलती हुई। आजकल आपको बहुत कम फुरसत रहती है शायद।

"जी हां, बहुत कम, वरना मैं अवश्य आता।"

"मैं उसी मुआमले के बारे में आपसे पूछने आया था। समझौते की तो कोई आशा नहीं मालूम होती। उधर तो जंग की तैयारियां बड़े जोरों से हो रही हैं।"

"राजा साहब को तो आप जानते ही हैं, झक्कड़ आदमी हैं, पूरे सनकी। कोई न कोई धुन उन पर सवार रहती है। आजकल यही धुन है कि रायसाहब को नीचा दिखा कर रहेंगे। और उन्हें जब एक धुन सवार हो जाती है, तो फिर किसी की नहीं सुनते, चाहे कितना ही नुकसान उठाना पड़े। कोई चालीस लाख का बोझ सिर पर है, फिर भी वही दम-खम है, वही अलल्ले-तलल्ले खर्च हैं। पैसे को तो कुछ समझते ही नहीं। नौकरों का वेतन छः-छः महीने से बाकी पड़ा हुआ है, मगर हीरा-महल बन रहा है। संगमरमर का तो फर्श है। पच्चीकारी ऐसी हो रही है कि आँखें नहीं ठहरतीं। अफसरों के पास रोज डालियां जाती रहती हैं। सुना है, कोई अंग्रेज मैनेजर रखने वाले हैं।"

"फिर आपने कैसे कह दिया था कि आप कोई समझौता करा देंगे?"

"मुझसे जो कुछ हो सकता था, वह मैंने किया। इसके सिवा मैं और क्या कर सकता था? अगर कोई व्यक्ति अपने दो-चार लाख रुपए फंसाने ही पर तुला हुआ हो, तो मेरा क्या बस?"

रायसाहब अब क्रोध न संभाल सके–खास कर जब उन दो-चार लाख रुपए में से दस-बीस हज़ार आपके हत्थे चढ़ने की भी आशा हो।

मिस्टर तंखा अब क्यों दबते? बोले- रायसाहब, साफ-साफ न कहलवाइए। यहाँ न मैं संन्यासी हूँ, न आप। हम सभी कुछ न कुछ कमाने ही निकले हैं। आँख के अंधों और गांठ के पूरों की तलाश आपको भी उतनी ही है, जितनी मुझको। आपसे मैंने खड़े होने का प्रस्ताव किया। आप एक लाख के लोभ से खड़े हो गए, अगर गोटी लाल हो जाती, तो आज आप एक लाख के स्वामी

होते और बिना एक पाई कर्ज लिए कुंवर साहब से संबंध भी हो जाता और मुकदमा भी दायर हो जाता, मगर आपके दुर्भाग्य से वह चाल पट पड़ गई। जब आप ही ठाठ पर रह गए, तो मुझे क्या मिलता। आखिर मैंने झख मार कर उनकी पूंछ पकड़ी। किसी न किसी तरह यह वैतरणी तो पार करनी ही है।

रायसाहब को ऐसा आवेश आ रहा था कि इस दुष्ट को गोली मार दें। इसी बदमाश ने सब्ज बाग दिखा कर उन्हें खड़ा किया और अब अपनी सफाई दे रहा है। पीठ में धूल भी नहीं लगने देता, लेकिन परिस्थिति जबान बंद किए हुए थी।

"तो अब आपके किए कुछ नहीं हो सकता?"

"ऐसा ही समझिए।"

"मैं पचास हज़ार पर भी समझौता करने को तैयार हूँ।"

"राजा साहब किसी तरह न मानेंगे।"

"पच्चीस हज़ार पर तो मान जाएंगे?"

"कोई आशा नहीं। वह साफ कह चुके हैं।"

"वह कह चुके हैं या आप कह रहे हैं?"

"आप मुझे झूठा समझते हैं?"

रायसाहब ने विनम्र स्वर में कहा–"मैं आपको झूठा नहीं समझता, लेकिन इतना जरूर समझता हूँ कि आप चाहते, तो मुआमला हो जाता।"

"तो आपका ख्याल है, मैंने समझौता नहीं होने दिया?"

"नहीं, यह मेरा मतलब नहीं है। मैं इतना ही कहना चाहता हूँ कि आप चाहते तो काम हो जाता और मैं इस झमेले में न पड़ता।"

मिस्टर तंखा ने घड़ी की तरफ देख कर कहा–तो रायसाहब, अगर आप साफ कहलाना चाहते हैं, तो सुनिए–अगर आपने दस हज़ार का चौक मेरे हाथ पर रख दिया होता, तो आज निश्चय एक लाख के स्वामी होते। आप शायद चाहते होंगे, जब आपको राजा साहब से रुपए मिल जाते, तो आप मुझे हजार-दो-हजार दे देते। तो मैं ऐसी कच्ची गोली नहीं खेलता। आप राजा साहब से रुपए ले कर तिजोरी में रखते और मुझे अंगूठा दिखा देते। फिर मैं आपका क्या बना लेता बतलाइए? कहीं नालिश-फरियाद भी तो नहीं कर सकता था।

रायसाहब ने आहत नेत्रों से देखा–आप मुझे इतना बेईमान समझते हैं?

तंखा ने कुरसी से उठते हुए कहा–इसे बेईमानी कौन समझता है! आजकल यही चतुराई है। कैसे दूसरों को उल्लू बनाया जा सके, यही सफल नीति है, और आप इसके आचार्य हैं।

रायसाहब ने मुट्ठी बांध कर कहा–मैं?

"जी हां, आप! पहले चुनाव में मैंने जी-जान से आपकी पैरवी की। आपने बड़ी मुश्किल से रो-धो कर पाँच सौ रुपए दिए, दूसरे चुनाव में आपने एक

सड़ी-सी टूटी-फूटी कार दे कर अपना गला छुड़ाया। दूध का जला छाछ भी फूंक-फूंक कर पीता है।"

वह कमरे से निकल गए और कार लाने का हुक्म दिया।

रायसाहब का खून खौल रहा था। इस अशिष्टता की भी कोई हद है! एक तो घंटे-भर इंतजार कराया और अब इतनी बेमुरौवती से पेश आ कर उन्हें जबरदस्ती घर से निकाल रहा है। अगर उन्हें विश्वास होता कि वह मिस्टर तंखा को पटकनी दे सकते हैं, तो कभी न चूकते, मगर तंखा डील-डौल में उनसे सवाए थे। जब मिस्टर तंखा ने हॉर्न बजाया, तो वह भी आ कर अपनी कार पर बैठे और सीधे मिस्टर खन्ना के पास पहुंचे।

नौ बज रहे थे, मगर खन्ना साहब अभी मीठी नींद का आनंद ले रहे थे। वह दो बजे रात के पहले कभी न सोते थे और नौ बजे तक सोना स्वाभाविक ही था। यहाँ भी रायसाहब को आधा घंटा बैठना पड़ा, इसीलिए जब कोई साढ़े नौ बजे मिस्टर खन्ना मुस्कुराते हुए निकले तो रायसाहब ने डांट बताई-अच्छा! अब सरकार की नींद खुली है तो साढ़े नौ बजे। रुपए जमा कर लिए हैं न, जभी बेफिक्री है। मेरी तरह ताल्लुकेदार होते, तो अब तक आप भी किसी द्वार पर खड़े होते। बैठे-बैठे सिर में चक्कर आ जाता

मिस्टर खन्ना ने सिगरेट-केस उनकी तरफ बढ़ाते हुए प्रसन्न मुख से कहा–रात सोने में बड़ी देर हो गई। इस वक्त किधर से आ रहे हैं।

रायसाहब ने थोड़े शब्दों में अपनी सारी कठिनाइयां बयान कर दीं। दिल में खन्ना को गालियां देते थे, जो उनका सहपाठी हो कर भी सदैव उन्हें ठगने की फिक्र किया करता था, मगर मुँह पर उसकी खुशामद करते थे।

खन्ना ने ऐसा भाव बनाया, मानो उन्हें बड़ी चिंता हो गई है, बोले–मेरी तो सलाह है, आप एलेक्शन को गोली मारें, और अपने सालों पर मुकदमा दायर कर दें। रही शादी, वह तो तीन दिन का तमाशा है। उसके पीछे जेरबार होना मुनासिब नहीं। कुंवर साहब मेरे दोस्तों में हैं, लेन-देन का कोई सवाल न उठने पाएगा।

रायसाहब ने व्यंग्य करके कहा–आप यह भूल जाते हैं मिस्टर खन्ना कि मैं बैंकर नहीं, ताल्लुकेदार हूँ। कुंवर साहब दहेज नहीं मांगते, उन्हें ईश्वर ने सब कुछ दिया है, लेकिन आप जानते हैं, यह मेरी अकेली लड़की है और उसकी माँ मर चुकी है। वह आज जिंदा होती, तो शायद सारा घर लुटा कर भी उसे संतोष न होता। तब शायद मैं उसे हाथ रोक कर खर्च करने का आदेश देता, लेकिन अब तो मैं उसकी माँ भी हूँ और बाप भी हूँ। अगर मुझे अपने हृदय का रक्त निकाल कर भी देना पड़े, तो मैं खुशी से दे दूंगा। इस विधुर-जीवन में मैंने संतान-प्रेम से ही अपनी आत्मा की प्यास बुझाई है। दोनों बच्चों के प्यार में ही अपने पत्नीव्रत का पालन किया है। मेरे लिए

यह असंभव है कि इस शुभ अवसर पर अपने दिल के अरमान न निकालूं। मैं अपने मन को तो समझा सकता हूँ, पर जिसे मैं पत्नी का आदेश समझता हूँ, उसे नहीं समझाया जा सकता। और एलेक्शन के मैदान से भागना भी मेरे लिए संभव नहीं है। मैं जानता हूँ, मैं हारूंगा। राजा साहब से मेरा कोई मुकाबला नहीं, लेकिन राजा साहब को इतना जरूर दिखा देना चाहता हूँ कि अमरपालसिंह नर्म चारा नहीं है।

"और मुदकमा दायर करना तो आवश्यक ही है?"

"उसी पर तो सारा दारोमदार है। अब आप बतलाइए, आप मेरी क्या मदद कर सकते हैं!"

"मेरे डाइरेक्टरों का इस विषय में जो हुक्म है, वह आप जानते ही हैं। और राजा साहब भी हमारे डाइरेक्टर हैं, यह भी आपको मालूम है। पिछला वसूल करने के लिए बार-बार ताकीद हो रही है। कोई नया मुआमला तो शायद ही हो सके।"

रायसाहब ने मुँह लटका कर कहा–आप तो मेरा डोंगा ही डुबाए देते हैं मिस्टर खन्ना!

"मेरे पास जो कुछ निज का है, वह आपका है, लेकिन बैंक के मुआमले में तो मुझे स्वामियों के आदेशों को मानना ही पड़ेगा।"

"अगर यह जायदाद हाथ आ गई, और मुझे इसकी पूरी आशा है, तो पाई-पाई अदा कर दूंगा।"

"आप बतला सकते हैं, इस वक्त आप कितने पानी में हैं?"

रायसाहब ने हिचकते हुए कहा–पांच-छः लाख समझिए। कुछ कम ही होंगे।

खन्ना ने अविश्वास के भाव से कहा–या तो आपको याद नहीं है, या आप छिपा रहे हैं।

रायसाहब ने जोर दे कर कहा–जी नहीं, मैं न भूला हूँ, और न छिपा रहा हूँ। मेरी जायदाद इस वक्त कम-से-कम पचास लाख की है और ससुराल की जायदाद भी इससे कम नहीं है। इतनी जायदाद पर दस-पांच लाख का बोझ कुछ नहीं के बराबर है।

"लेकिन यह आप कैसे कह सकते हैं कि ससुराली जायदाद पर भी कर्ज नहीं है?"

"जहाँ तक मुझे मालूम है, वह जायदाद बे-दाग है।"

"और मुझे यह सूचना मिली है कि उस जायदाद पर दस लाख से कम का भार नहीं है। उस जायदाद पर तो अब कुछ मिलने से रहा, और आपकी जायदाद पर भी मेरे ख्याल में दस लाख से कम देना नहीं है। और यह जायदाद अब पचास लाख की नहीं, मुश्किल से पचीस लाख की है। इस दशा में कोई बैंक आपको कर्ज नहीं दे सकता। यों समझ लीजिए कि आप ज्वालामुखी के

मुख पर खड़े हैं। एक हल्की-सी ठोकर आपको पाताल में पहुंचा सकती है। आपको इस मौके पर बहुत संभल कर चलना चाहिए।"

रायसाहब ने उनका हाथ अपनी तरफ खींच कर कहा-यह सब मैं खूब समझता हूँ, मित्रवर! लेकिन जीवन की ट्रैजेडी और इसके सिवा क्या है कि आपकी आत्मा जो काम करना नहीं चाहती, वही आपको करना पड़े। आपको इस मौके पर मेरे लिए कम-से-कम दो लाख का इंतजाम करना पड़ेगा।

खन्ना ने लंबी सांस ले कर कहा-माई गॉड। दो लाख। असंभव, बिलकुल असंभव!

"मैं तुम्हारे द्वार पर सर पटक कर प्राण दे दूंगा खन्ना, इतना समझ लो। मैंने तुम्हारे ही भरोसे यह सारे प्रोग्राम बांधे हैं। अगर तुमने निराश कर दिया, तो शायद मुझे जहर खा लेना पड़े। मैं सूर्यप्रतापसिंह के सामने घुटने नहीं टेक सकता। कन्या का विवाह अभी दो-चार महीने टल सकता है। मुकदमा दायर करने के लिए अभी काफी वक्त है, लेकिन यह एलेक्शन सिर पर आ गया है, और मुझे सबसे बड़ी फिक्र यही है।"

खन्ना ने चकित हो कर कहा-तो आप एलेक्शन में दो लाख लगा देंगे?

"एलेक्शन का सवाल नहीं है भाई, यह इज्जत का सवाल है। क्या आपकी राय में मेरी इज्जत दो लाख की भी नहीं है! मेरी सारी रियासत बिक जाए, गम नहीं, मगर सूर्यप्रताप सिंह को मैं आसानी से विजय न पाने दूंगा।"

खन्ना ने एक मिनट तक धुआं निकालने के बाद कहा-बैंक की जो स्थिति है, वह मैंने आपके सामने रख दी। बैंक ने एक तरह से लेन-देन का काम बंद कर दिया है। मैं कोशिश करूंगा कि आपके साथ खास रिआयत की जाए, लेकिन ठनेपदमे पे ठनेपदमे यह आप जानते हैं। मेरा कमीशन क्या रहेगा? मुझे आपके लिए खास तौर पर सिफारिश करनी पड़ेगी। राजा साहब का अन्य डाइरेक्टरों पर कितना प्रभाव है, यह भी आप जानते हैं। मुझे उनके खिलाफ गुटबंदी करनी पड़ेगी। यों समझ लीजिए कि मेरी जिम्मेदारी पर ही मुआमला होगा।

रायसाहब का मुँह गिर गया। खन्ना उनके अंतरंग मित्रों में थे। साथ के पढ़े हुए, साथ के बैठने वाले। और वह उनसे कमीशन की आशा रखते हैं, इतनी बेमुरव्वती? आखिर वह जो इतने दिनों से खन्ना की खुशामद करते आते हैं, वह किस दिन के लिए? बाग में फल निकलें, शाक-भाजी पैदा हो, सबसे पहले खन्ना के पास डाली भेजते हैं। कोई उत्सव हो, कोई जलसा हो, सबसे पहले खन्ना को निमंत्रण देते हैं। उसका यह जवाब है? उदास मन से बोले-आपकी जो इच्छा हो, लेकिन मैं आपको भाई समझता था।

खन्ना ने कृतज्ञता के भाव से कहा-यह आपकी कृपा है। मैंने भी सदैव आपको अपना बड़ा भाई समझा है और अब भी समझता हूँ। कभी आपसे

कोई पर्दा नहीं रखा, लेकिन व्यापार एक दूसरा ही क्षेत्र है। यहाँ कोई किसी का दोस्त नहीं, कोई किसी का भाई नहीं। जिस तरह मैं भाई के नाते आपसे यह नहीं कह सकता कि मुझे दूसरों से ज्यादा कमीशन दीजिए, उसी तरह आपको भी मेरे कमीशन में रिआयत के लिए आग्रह न करना चाहिए। मैं आपको विश्वास दिलाता हूँ, कि मैं जितनी रिआयत आपके साथ कर सकता हूँ, उतनी करूंगा। कल आप दफ्तर के वक्त आएं और लिखा-पढ़ी कर लें। बस, बिसनेज खत्म। आपने कुछ और सुना। मेहता साहब आजकल मालती पर बे-तरह रीझे हुए हैं। सारी फिलासफी निकल गई। दिन में एक-दो बार जरूर हाजिरी दे आते हैं, और शाम को अक्सर दोनों साथ-साथ सैर करने निकलते हैं। यह तो मेरी ही शान थी कि कभी मालती के द्वार पर सलामी करने न गया। शायद अब उसी की कसर निकाल रही है। कहाँ तो यह हाल था कि जो कुछ हैं, मिस्टर खन्ना हैं। कोई काम होता, तो खन्ना के पास दौड़ी आतीं। जब रुपयों की जरूरत पड़ती, तो खन्ना के नाम पुरजा आती। और कहाँ अब मुझे देख कर मुँह फेर लेती हैं। मैंने खास उन्हीं के लिए फ्रांस से एक घड़ी मंगवाई थी। बड़े शौक से ले कर गया, मगर नहीं ली। अभी कल सेबों की डाली भेजी थी–काश्मीर से मंगवाए थे–वापस कर दी। मुझे तो आश्चर्य होता है कि आदमी कैसे इतनी जल्द बदल जाता है।

रायसाहब मन में तो उसकी बेकद्री पर खुश हुए, पर सहानुभूति दिखा कर बोले–अगर यह भी माने लें कि मेहता से उसका प्रेम हो गया है, तो भी व्यवहार तोड़ने का कोई कारण नहीं है।

खन्ना व्यथित स्वर में बोले–यही तो रंज है भाई साहब! यह तो मैं शुरू से जानता था, वह मेरे हाथ नहीं आ सकती। मैं आपसे सत्य कहता हूँ, मैं कभी इस धोखे में नहीं पड़ा कि मालती को मुझसे प्रेम है। प्रेम-जैसी चीज़ उनसे मिल सकती है, इसकी मैंने कभी आशा ही नहीं की। मैं तो केवल उनके रूप का पुजारी था। सांप में विष है, यह जानते हुए भी हम उसे दूध पिलाते हैं, तोते से ज्यादा निठुर जीव और कौन होगा, लेकिन केवल उसके रूप और वाणी पर मुग्ध हो कर लोग उसे पालते हैं। और सोने के पिंजरे में रखते हैं। मेरे लिए भी मालती उसी तोते के समान थी। अफसोस यही है कि मैं पहले क्यों न चेत गया? इसके पीछे मैंने अपने हजारों रुपए बरबाद कर दिए भाई साहब! जब उसका रूक्का पहुंचा, मैंने तुरंत रुपए भेजे। मेरी कार आज भी उसकी सवारी में है। उसके पीछे मैंने अपना घर चौपट कर दिया भाई साहब! हृदय में जितना रस था, वह ऊसर की ओर इतने वेग से दौड़ा कि दूसरी तरफ का उद्यान बिलकुल सूखा रह गया। बरसों हो गए, मैंने गोविंदी से दिल खोल कर बात भी नहीं की। उसकी सेवा और स्नेह और त्याग से मुझे उसी तरह अरुचि हो गई थी, जैसे अजीर्ण के रोगी को मोहनभोग से हो जाती

है। मालती मुझे उसी तरह नचाती थी, जैसे मदारी बंदर को नचाता है। और मैं खुशी से नाचता था। वह मेरा अपमान करती थी और मैं खुशी से हंसता था। वह मुझ पर शासन करती थी और मैं सिर झुकाता था। उसने मुझे कभी मुँह नहीं लगाया, यह मैं स्वीकार करता हूँ। उसने मुझे कभी प्रोत्साहन नहीं दिया, यह भी सत्य है, फिर भी मैं पतंगे की भांति उसके मुख-दीप पर प्राण देता था। और अब वह मुझसे शिष्टाचार का व्यवहार भी नहीं कर सकती। लेकिन भाई साहब! मैं कहे देता हूँ कि खन्ना चुप बैठने वाला आदमी नहीं है। उसके पुरजे मेरे पास सुरक्षित हैं, मैं उससे एक-एक पाई वसूल कर लूंगा, और डॉक्टर मेहता को तो मैं लखनऊ से निकाल कर दम लूंगा। उनका रहना यहाँ असंभव कर दूंगा....

उसी वक्त हॉर्न की आवाज आई और एक क्षण में मिस्टर मेहता आ कर खड़े हो गए। गोरा चिट्टा रंग, स्वास्थ्य की लालिमा गालों पर चमकती हुई, नीची अचकन, चूड़ीदार पाजामा, सुनहरी ऐनक। सौम्यता के देवता-से लगते थे।

खन्ना ने उठ कर हाथ मिलाया–आइए मिस्टर मेहता, आप ही का जिक्र हो रहा था।

मेहता ने दोनों सज्जनों से हाथ मिला कर कहा–बड़ी अच्छी साइत में घर से चला था कि आप दोनों साहबों से एक ही जगह भेंट हो गई। आपने शायद पत्रों में देखा होगा, यहाँ महिलाओं के लिए व्यायामशाला का आयोजन हो रहा है। मिस मालती उस कमेटी की सभानेत्री हैं। अनुमान किया गया है कि शाला में दो लाख रुपए लगेंगे। नगर में उसकी कितनी जरूरत है, यह आप लोग मुझसे ज्यादा जानते हैं। मैं चाहता हूँ, आप दोनों साहबों का नाम सबसे ऊपर हो। मिस मालती खुद आने वाली थीं, पर आज उनके फादर की तबियत अच्छी नहीं है, इसलिए न आ सकीं।

उन्होंने चंदे की सूची रायसाहब के हाथ में रख दी। पहला नाम राजा सूर्यप्रताप सिंह का था, जिसके सामने पाँच हज़ार रुपए की रकम थी। उसके बाद कुंवर दिग्विजय सिंह के तीन हज़ार रुपए थे। इसके बाद कई रकमें इतनी या इससे कुछ कम थीं। मालती ने पाँच सौ रुपए दिए थे और डॉक्टर मेहता ने एक हज़ार रुपए।

रायसाहब ने अप्रतिभ हो कर कहा–कोई चालीस हज़ार तो आप लोगों ने फटकार लिए। मेहता ने गर्व से कहा–यह सब आप लोगों की दया है। और यह केवल तीनेक घंटों का परिश्रम है। राजा सूर्यप्रताप सिंह ने शायद ही किसी सार्वजनिक कार्य में भाग लिया हो, पर आज तो उन्होंने बे-कहे-सुने चौक लिख दिया। देश में जागृति है। जनता किसी भी शुभ काम में सहयोग देने को तैयार है। केवल उसे विश्वास होना चाहिए कि उसके दान का सद्व्यय होगा। आपसे तो मुझे बड़ी आशा है, मिस्टर खन्ना!

खन्ना ने उपेक्षा-भाव से कहा—मैं ऐसे फजूल के कामों में नहीं पड़ता। न जाने आप लोग पच्छिम की गुलामी में कहाँ तक जाएंगे। यों ही महिलाओं को घर से अरुचि हो रही है। व्यायाम की धुन सवार हो गई, तो वह कहीं की न रहेंगी। जो औरत घर का काम करती है, उसके लिए किसी व्यायाम की जरूरत नहीं। और जो घर का कोई काम नहीं करती और केवल भोग-विलास में रत है, उसके व्यायाम के लिए चंदा देना मैं अधर्म समझता हूँ।

मेहता जरा भी निरुत्साह न हुए—ऐसी दशा में मैं आपसे कुछ मांगूगा भी नहीं। जिस आयोजन में हमें विश्वास न हो, उसमें किसी तरह की मदद देना वास्तव में अधर्म है। आप तो मिस्टर खन्ना से सहमत नहीं हैं रायसाहब?

रायसाहब गहरी चिंता में डूबे हुए थे। सूर्यप्रताप के पाँच हज़ार उन्हें हतोत्साह किए डालते थे। चौंक कर बोले—आपने मुझसे कुछ कहा?

"मैंने कहा—आप तो इस आयोजन में सहयोग देना अधर्म नहीं समझते?"

"जिस काम में आप शरीक हैं, वह धर्म है या अधर्म, इसकी मैं परवाह नहीं करता।"

"मैं चाहता हूँ, आप खुद विचार करें और अगर आप इस आयोजन को समाज के लिए उपयोगी समझें, तो उसमें सहयोग दें। मिस्टर खन्ना की नीति मुझे बहुत पसंद आई।"

खन्ना बोले—मैं तो साफ कहता हूँ और इसीलिए बदनाम हूँ।

रायसाहब ने दुर्बल मुस्कान के साथ कहा—मुझमें तो विचार करने की शक्ति ही नहीं। सज्जनों के पीछे चलना ही मैं अपना धर्म समझता हूँ।

"तो लिखिए कोई अच्छी रकम।"

"जो कहिए, वह लिख दूं।"

"जो आपकी इच्छा।"

"आप जो कहिए, वह लिख दूं।"

"तो दो हज़ार से कम क्या लिखिएगा?"

रायसाहब ने आहत स्वर में कहा—आपकी निगाह में मेरी यही हैसियत है?

उन्होंने कलम उठाया और अपना नाम लिख कर उसके सामने पाँच हज़ार लिख दिए। मेहता ने सूची उनके हाथ से ले ली, मगर उन्हें उतनी ग्लानि हुई कि रायसाहब को धन्यवाद देना भी भूल गए। रायसाहब को चंदे की सूची दिखा कर उन्होंने बड़ा अनर्थ किया, यह शूल उन्हें व्यथित करने लगा।

मिस्टर खन्ना ने रायसाहब को दया और उपहास की दृष्टि से देखा, मानो कह रहे हों, कितने बड़े गधे हो तुम!

सहसा मेहता रायसाहब के गले लिपट गए और उन्मुक्त कंठ से बोल—Three cheers for Rai sahib- Hip Hip Hurrah!

खन्ना ने खिसिया कर कहा–यह लोग राजे-महाराजे ठहरे, यह इन कामों में दान न दें, तो कौन दे?

मेहता बोले–मैं तो आपको राजाओं का राजा समझता हूँ। आप उन पर शासन करते हैं। उनकी चोटी आपके हाथ में है।

रायसाहब प्रसन्न हो गए–यह आपने बड़े मार्के की बात कही मेहता जी! हम नाम के राजा हैं। असली राजा तो हमारे बैंकर हैं।

मेहता ने खन्ना की खुशामद का पहलू अख्तियार किया–मुझे आपसे कोई शिकायत नहीं है खन्ना जी! आप अभी इस काम में नहीं शरीक होना चाहते, न सही, लेकिन कभी न कभी जरूर आएंगे। लक्ष्मीपतियों की बदौलत ही हमारी बड़ी-बड़ी संस्थाएं चलती हैं। राष्ट्रीय आंदोलन को दो-तीन साल तक किसने इतनी धूम-धाम से चलाया। इतनी धर्मशाले और पाठशाले कौन बनवा रहा है? आज संसार का शासन-सूत्र बैंकरों के हाथ में है। सरकारें उनके हाथ का खिलौना हैं। मैं भी आपसे निराश नहीं हूँ। जो व्यक्ति राष्ट्र के लिए जेल जा सकता है, उसके लिए दो-चार हज़ार खर्च कर देना कोई बड़ी बात नहीं है। हमने तय किया है, इस शाला का बुनियादी पत्थर गोविंदी देवी के हाथों रखा जाए। हम दोनों शीघ्र ही गवर्नर साहब से भी मिलेंगे और मुझे विश्वास है, हमें उनकी सहायता मिल जाएगी। लेडी विलसन को महिला-आंदोलन से कितना प्रेम है, आप जानते ही हैं। राजा साहब की और अन्य सज्जनों की भी राय थी कि लेडी विलसन से ही बुनियाद रखवाई जाए, लेकिन अंत में यह निश्चय हुआ कि यह शुभ कार्य किसी अपनी बहन के हाथों होना चाहिए। आप कम-से-कम उस अवसर पर आएंगे तो जरूर?

खन्ना ने उपहास किया–हां, जब लार्ड विलसन आएंगे तो मेरा पहुंचना जरूरी ही है। इस तरह आप बहुत-से रईसों को फांस लेंगे। आप लोगों को लटके खूब सूझते हैं। और हमारे रईस हैं भी इस लायक। उन्हें उल्लू बना कर ही मूंड़ा जा सकता है।

"जब धन जरूरत से ज्यादा हो जाता है, तो अपने लिए निकास का मार्ग खोजता है। यों न निकल पाएगा तो जुए में जाएगा, घुड़दौड़ में जाएगा ईंट-पत्थर में जाएगा या ऐयाशी में जाएगा।"

ग्यारह का अमल था। खन्ना साहब के दफ्तर का समय आ गया। मेहता चले गए। रायसाहब भी उठे कि खन्ना ने उनका हाथ पकड़ बैठा लिया–नहीं, आप जरा बैठिए। आप देख रहे हैं, मेहता ने मुझे इस बुरी तरह फूंका है कि निकलने को कोई रास्ता ही नहीं रहा। गोविंदी से बुनियाद का पत्थर रखवाएंगे। ऐसी दशा में मेरा अलग रहना हास्यास्पद है या नहीं? गोविंदी कैसे राजी हो गई, मेरी समझ में नहीं आता और मालती ने कैसे उसे सहन कर लिया, यह समझना और भी कठिन है। आपका क्या ख्याल है, इसमें कोई रहस्य है या नहीं?

रायसाहब ने आत्मीयता जताई–ऐसे मुआमले में स्त्री को हमेशा पुरुष से सलाह ले लेनी चाहिए!

खन्ना ने रायसाहब को धन्यवाद की आँखों से देखा–इन्हीं बातों पर गोविंदी से मेरा जी जलता है, और उस पर मुझी को लोग बुरा कहते हैं। आप ही सोचिए, मुझे इन झगड़ों से क्या मतलब? इनमें तो वह पड़े, जिसके पास फालतू रुपए हों फालतू समय हो और नाम की हवस हो। होना यही है कि दो-चार महाशय सेक्रेटरी और अंडर सेक्रेटरी और प्रधान और उपप्रधान बन कर अफसरों को दावतें देंगे, उनके कृपापात्र बनेंगे और यूनिवर्सिटी की छोकरियों को जमा करके विहार करेंगे। व्यायाम तो केवल दिखाने के दांत हैं। ऐसी संस्था में हमेशा यही होता है और यही होगा और उल्लू बनेंगे हम, और हमारे भाई, जो धनी कहलाते हैं और यह सब गोविंदी के कारण।

वह एक बार कुरसी से उठे, फिर बैठ गए। गोविंदी के प्रति उनका क्रोध प्रचंड होता जाता था। उन्होंने दोनों हाथ से सिर को संभाल कर कहा–मैं नहीं समझता, मुझे क्या करना चाहिए।

रायसाहब ने ठकुरसोहाती की–कुछ नहीं, आप गोविंदी देवी से साफ कह दें, तुम मेहता को इंकारी खत लिख दो, छुट्टी हुई। मैं तो लाग-डांट में फंस गया। आप क्यों फंसें?

खन्ना ने एक क्षण इस प्रस्ताव पर विचार करके कहा–लेकिन सोचिए, कितना मुश्किल काम है। लेडी विलसन से जिक्र आ चुका होगा, सारे शहर में खबर फैल गई होगी और शायद आज पत्रों में भी निकल जाए। यह सब मालती की शरारत है। उसी ने मुझे जिच करने का यह ढंग निकाला है।

"हां, मालूम तो यही होता है।"

"वह मुझे जलील करना चाहती है।"

"आप शिलान्यास के दिन बाहर चले जाइएगा।"

"मुश्किल है रायसाहब! कहीं मुँह दिखाने की जगह न रहेगी। उस दिन तो मुझे हैजा भी हो जाए तो वहाँ जाना पड़ेगा।"

रायसाहब आशा बांधे हुए कल आने का वादा करके ज्यों ही निकले कि खन्ना ने अंदर जा कर गोविंदी को आड़े हाथों लिया–तुमने इस व्यायामशाला की नींव रखना क्यों स्वीकार किया?

गोविंदी कैसे कहे कि यह सम्मान पा कर वह मन में कितनी प्रसन्न हो रही थी। उस अवसर के लिए कितने मनोयोग से अपना भाषण लिख रही थी और कितनी ओजभरी कविता रची थी। उसने दिल में समझा था, यह प्रस्ताव स्वीकार करके वह खन्ना को प्रसन्न कर देगी। उसका सम्मान तो उसके पति का ही सम्मान है। खन्ना को इसमें कोई आपत्ति हो सकती है, इसकी उसने कल्पना भी न की थी। इधर कई दिन से पति को कुछ सदय देख कर उसका

मन बढ़ने लगा था। वह अपने भाषण से, और अपनी कविता से लोगों को मुग्ध कर देने का स्वप्न देख रही थी।

यह प्रश्न सुना और खन्ना की मुद्रा देखी, तो उसकी छाती धक-धक करने लगी। अपराधी की भांति बोली—डॉक्टर मेहता ने आग्रह किया, तो मैंने स्वीकार कर लिया।

"डॉक्टर मेहता तुम्हें कुएं में गिरने को कहें, तो शायद इतनी खुशी से न तैयार होगी!"

गोविंदी की जबान बंद।

"तुम्हें जब ईश्वर ने बुद्धि नहीं दी, तो क्यों मुझसे नहीं पूछ लिया? मेहता और मालती दोनों यह चाल चल कर मुझसे दो-चार हज़ार ऐंठने की फिक्र में हैं। और मैंने ठान लिया है कि कौड़ी भी न दूंगा। तुम आज ही मेहता को इनकारी खत लिख दो।"

गोविंदी ने एक क्षण सोच कर कहा—तो तुम्हीं लिख दो न।

"मैं क्यों लिखूं? बात की तुमने, लिखूं मैं?"

"डॉक्टर साहब कारण पूछेंगे, तो क्या बताऊंगी?"

"बताना अपना सिर और क्या! मैं इस व्यभिचारशाला को एक धेला भी नहीं देना चाहता।"

"तो तुम्हें देने को कौन कहता है?"

खन्ना ने होंठ चबा कर कहा—कैसी बेसमझों की-सी बातें करती हो? तुम वहाँ नींव रखोगी और कुछ दोगी नहीं, तो संसार क्या कहेगा?

गोविंदी ने जैसे संगीन की नोक पर कहा—अच्छी बात है, लिख दूंगी।

"आज ही लिखना होगा।"

"कह तो दिया लिखूंगी।"

खन्ना बाहर आए और डाक देखने लगे। उन्हें दफ्तर जाने में देर हो जाती थी, तो चपरासी घर पर ही डाक दे जाता था। शक्कर तेज हो गई। खन्ना का चेहरा खिल उठा। दूसरी चिट्ठी खोली। ऊख की दर नियत करने के लिए जो कमेटी बैठी थी, उसने तय कर दिया कि ऐसा नियंत्रण नहीं किया जा सकता। धत तेरी की! वह पहले यही बात कर रहे थे, पर इस अग्निहोत्री ने गुल मचा कर जबरदस्ती कमेटी बैठाई। आखिर बचा के मुँह पर थप्पड़ लगा। यह मिल वालों और किसानों के बीच का मुआमला है। सरकार इसमें दखल देने वाली कौन?

सहसा मिस मालती कार से उतरीं। कमल की भांति खिली, दीपक की भांति दमकती, स्फूर्ति और उल्लास की प्रतिमा-सी-निश्शंक, निर्द्वंद्व मानो उसे विश्वास है कि संसार में उसके लिए आदर और सुख का द्वार खुला हुआ है। खन्ना ने बरामदे में आ कर अभिवादन किया।

मालती ने पूछा–क्या यहाँ मेहता आए थे?

"हां, आए तो थे।"

"कुछ कहा–कहाँ जा रहे हैं?"

"यह तो कुछ नहीं कहा।"

"जाने कहाँ डुबकी लगा गए। मैं चारों तरफ घूम आई। आपने व्यायामशाला के लिए कितना दिया?"

खन्ना ने अपराधी-स्वर में कहा–मैंने अभी इस मुआमले को समझा ही नहीं।

मालती ने बड़ी-बड़ी आँखों से उन्हें तरेरा, मानो सोच रही हो कि उन पर दया करे या रोष।

"इसमें समझने की क्या बात थी, और समझ लेते आगे-पीछे, इस वक्त तो कुछ देने की बात थी। मैंने मेहता को ठेल कर यहाँ भेजा था। बेचारे डर रहे थे कि आप न जाने क्या जवाब दें। आपकी इस कंजूसी का क्या फल होगा, आप जानते हैं? यहाँ के व्यापारी समाज से कुछ न मिलेगा। आपने शायद मुझे अपमानित करने का निश्चय कर लिया है। सबकी सलाह थी कि लेडी विलसन बुनियाद रखें। मैंने गोविंदी देवी का पक्ष लिया और लड़ कर सबको राजी किया और अब आप फरमाते हैं, आपने इस मुआमले को समझा ही नहीं। आप बैंकिंग की गुत्थियां समझते हैं, पर इतनी मोटी बात आपकी समझ में न आई। इसका अर्थ इसके सिवा और कुछ नहीं है, कि तुम मुझे लज्जित करना चाहते हो। अच्छी बात है, यही सही।"

मालती का मुख लाल हो गया। खन्ना घबराए, हेकड़ी जाती रही, पर इसके साथ ही उन्हें यह भी मालूम हुआ कि अगर वह कांटों में फंस गए हैं, तो मालती दलदल में फंस गई है, अगर उनकी थैलियों पर संकट आ पड़ा है तो मालती की प्रतिष्ठा पर संकट आ पड़ा है, जो थैलियों से ज्यादा मूल्यवान है। तब उनका मन मालती की दुरवस्था का आनंद क्यों न उठाए? उन्होंने मालती को अरदब में डाल दिया था और यद्यपि वह उसे रुष्ट कर देने का साहस खो चुके थे, पर दो-चार खरी-खरी बातें कह सुनाने का अवसर पा कर छोड़ना न चाहते थे। यह भी दिखा देना चाहते थे कि मैं निरा भोंदू नहीं हूँ। उसका रास्ता रोक कर बोले–तुम मुझ पर इतनी कृपालु हो गई हो, इस पर मुझे आश्चर्य हो रहा है मालती!

मालती ने भवें सिकोड़ कर कहा–मैं इसका आशय नहीं समझी!

"क्या अब मेरे साथ तुम्हारा वही बर्ताव है, जो कुछ दिन पहले था?"

"मैं तो उसमें कोई अंतर नहीं देखती।"

"लेकिन मैं तो आकाश-पाताल का अंतर देखता हूँ।"

"अच्छा मान लो, तुम्हारा अनुमान ठीक है, तो फिर? मैं तुमसे एक शुभ-कार्य में सहायता मांगने आई हूँ, अपने व्यवहार की परीक्षा देने नहीं आई

हूँ। और अगर तुम समझते हो, कुछ चंदा दे कर तुम यश और धन्यवाद के सिवा और कुछ पा सकते हो, तो तुम भ्रम में हो।"

खन्ना परास्त हो गए। वह एक ऐसे संकरे कोने में फंस गए थे, जहाँ इधर-उधर हिलने का भी स्थान न था। क्या वह उससे यह कहने का साहस रखते हैं कि मैंने अब तक तुम्हारे ऊपर हजारों रुपए लुटा दिए, क्या उसका यही पुरस्कार है? लज्जा से उनका मुँह छोटा-सा निकल आया, जैसे सिकुड़ गया हो। झेंपते हुए बोले–मेरा आशय यह न था मालती, तुम बिलकुल गलत समझीं।

मालती ने परिहास के स्वर में कहा–खुदा करे, मैंने गलत समझा हो, क्योंकि अगर मैं उसे सच समझ लूंगी तो तुम्हारे साए से भी भागूंगी। मैं रूपवती हूँ। तुम भी मेरे अनेक चाहने वालों में से एक हो। वह मेरी कृपा थी कि जहाँ मैं औरों के उपहार लौटा देती थी, तुम्हारी सामान्य-से-सामान्य चीजें भी धन्यवाद के साथ स्वीकार कर लेती थी, और जरूरत पड़ने पर तुमसे रुपए भी मांग लेती थी। अगर तुमने अपने धनोन्माद में इसका कोई दूसरा अर्थ निकाल लिया, तो मैं तुम्हें क्षमा करूंगी। यह पुरुष-प्रकृति है अपवाद नहीं, मगर यह समझ लो कि धन ने आज तक किसी नारी के हृदय पर विजय नहीं पाई, और न कभी पाएगा।

खन्ना एक-एक शब्द पर मानो गज-गज भर नीचे धंसते जाते थे। अब और ज्यादा चोट सहने का उनमें जीवट न था। लज्जित हो कर बोले–मालती, तुम्हारे पैरों पड़ता हूँ, अब और जलील न करो। और न सही तो मित्र-भाव तो बना रहने दो।

यह कहते हुए उन्होंने दराज से चेकबुक निकाली और एक हज़ार लिख कर डरते-डरते मालती की तरफ बढ़ाया।

मालती ने चेक ले कर निर्दय व्यंग किया–यह मेरे व्यवहार का मूल्य है या व्यायामशाला का चंदा?

खन्ना सजल आँखों से बोले–अब मेरी जान बख्शो मालती, क्यों मेरे मुँह में कालिख पोत रही हो।

मालती ने जोर से कहकहा मारा–देखो, डांट बताई और एक हज़ार रुपए भी वसूल किए। अब तो तुम कभी ऐसी शरारत न करोगे?

"कभी नहीं, जीते जी कभी नहीं।"

"कान पकड़ो।"

"कान पकड़ता हूँ, मगर अब तुम दया करके जाओ और मुझे एकांत में बैठ कर सोचने और रोने दो। तुमने आज मेरे जीवन का सारा आनंद......।"

मालती और जोर से हंसी–देखो, तुम मेरा बहुत अपमान कर रहे हो और तुम जानते हो, रूप अपमान नहीं सह सकता। मैंने तो तुम्हारे साथ भलाई की और तुम उसे बुराई समझ रहे हो।

खन्ना विद्रोह-भरी आँखों से देख कर बोले—तुमने मेरे साथ भलाई की है या उलटी छुरी से मेरा गला रेता है?

"क्यों, मैं तुम्हें लूट-लूट कर अपना घर भर रही थी। तुम उस लूट से बच गए।"

"क्यों घाव पर नमक छिड़क रही हो मालती! मैं भी आदमी हूँ।"

मालती ने इस तरह खन्ना की ओर देखा, मानो निश्चय करना चाहती थी कि वह आदमी है या नहीं?

"अभी तो मुझे इसका कोई लक्षण नहीं दिखाई देता।"

"तुम बिलकुल पहेली हो, आज यह साबित हो गया।"

"हां, तुम्हारे लिए पहेली हूँ और पहेली रहूंगी।"

यह कहती हुई वह पक्षी की भांति फुर्र से उड़ गई और खन्ना सिर पर हाथ रख कर सोचने लगे, यह लीला है या इसका सच्चा रूप।

23

गोबर और झुनिया के जाने के बाद घर सुनसान रहने लगा। धनिया को बार-बार चुन्नू की याद आती रहती है। बच्चे की माँ तो झुनिया थी, पर उसका पालन धनिया ही करती थी। वही उसे उबटन मलती, काजल लगाती, सुलाती और जब काम-काज से अवकाश मिलता, उसे प्यार करती। वात्सल्य का यह नशा ही उसकी विपत्ति को भुलाता रहता था। उसका भोला-भाला, मक्खन-सा मुँह देख कर वह अपनी सारी चिंता भूल जाती और स्नेहमय गर्व से उसका हृदय फूल उठता। वह जीवन का आधार अब न था। उसका सूना खटोला देख कर वह रो उठती। वह कवच, जो सारी चिंताओं और दुराशाओं से उसकी रक्षा करता था; उससे छिन गया था। वह बार-बार सोचती, उसने झुनिया के साथ ऐसी कौन-सी बुराई की थी, जिसका उसने यह दंड दिया। डाइन ने आ कर उसका सोने-सा घर मिट्टी में मिला दिया। गोबर ने तो कभी उसकी बात का जवाब भी न दिया था। इसी रांड़ ने उसे फोड़ा और वहाँ ले जा कर न जाने कौन-कौन-सा नाच नचाएगी। यहाँ ही वह बच्चे की कौन बहुत परवाह करती थी। उसे तो अपने मिस्सी-काजल, मांग-चोटी ही से छुट्टी नहीं मिलती। बच्चे की देखभाल क्या करेगी? बेचारा अकेला ज़मीन पर पड़ा रोता होगा। बेचारा एक दिन भी तो सुख से नहीं रहने पाता। कभी खांसी, कभी दस्त, कभी कुछ, कभी कुछ। यह सोच-सोच कर उसे झुनिया पर क्रोध आता। गोबर के लिए अब भी उसके मन में वही ममता थी। इसी

चुड़ैल ने उसे कुछ खिला-पिला कर अपने बस में कर लिया। ऐसी मायाविनी न होती, तो यह टोना ही कैसे करती? कोई बात न पूछता था। भौजाइयों की लातें खाती थी। यह भुग्गा मिल गया तो आज रानी हो गई।

होरी ने चिढ़ कर कहा–जब देखो तब झुनिया ही को दोस देती है। यह नहीं समझती कि अपना सोना खोटा तो सोनार का क्या दोष? गोबर उसे न ले जाता तो क्या आप-से-आप चली जाती? सहर का दाना-पानी लगने से लौंडे की आँखें बदल गईं, ऐसा क्यों नहीं समझ लेती।

धनिया गरज उठी–अच्छा, चुप रहो। तुम्हीं ने रांड़ को मूड़ पर चढ़ा रखा था, नहीं मैंने पहले ही दिन झाड़ू मार कर निकाल दिया होता।

खलिहान में डाठें जमा हो गई थीं। होरी बैलों को जुखर कर अनाज मांड़ने जा रहा था। पीछे मुँह फेर कर बोला–मान ले, बहू ने गोबर को फोड़ ही लिया, तो तू इतना कुढ़ती क्यों है? जो सारा जमाना करता है, वही गोबर ने भी किया। अब उसके बाल-बच्चे हुए। मेरे बाल-बच्चों के लिए क्यों अपनी सांसत कराए, क्यों हमारे सिर का बोझ अपने सिर रखे!

"तुम्हीं उपद्रव की जड़ हो।"

"तो मुझे भी निकाल दे। ले जा बैलों को, अनाज मांड़। मैं हुक्का पीता हूँ।"

"तुम चल कर चक्की पीसो, मैं अनाज मांड़ूगी।"

विनोद में दुःख उड़ गया। वही उसकी दवा है। धनिया प्रसन्न हो कर रूपा के बाल गूंधने बैठ गई, जो बिलकुल उलझ कर रह गए थे और होरी खलिहान चला। रसिक बसंत सुगंध और प्रमोद और जीवन की विभूति लुटा रहा था, दोनों हाथों से दिल खोल कर। कोयल आम की डालियों में छिपी अपने रसीली, मधुर, आत्मस्पर्शी कूक से आशाओं को जगाती फिरती थी। महुए की डालियों पर मैनों की बारात-सी लगी बैठी थी। नीम और सिरस और करौंदे अपनी महक में नशा-सा घोल देते थे। होरी आमों के बाग में पहुंचा तो वृक्षों के नीचे तारे-से खिले थे। उसका व्यथित, निराश मन भी इस व्यापक शोभा और स्फूर्ति में जैसे डूब गया। तरंग में आ कर गाने लगा–

"हिया जरत रहत दिन-रैन।
आम की डरिया कोयल बोले,
तनिक न आवत चैन।"

सामने से दुलारी सहुआइन, गुलाबी साड़ी पहने चली आ रही थी। पांव में मोटे चांदी के कड़े थे, गले में मोटे सोने की हंसली, चेहरा सूखा हुआ, पर दिल हरा। एक समय था, जब होरी खेत-खलिहान में उसे छेड़ा करता था। वह भाभी थी, होरी देवर था; इस नाते दोनों में विनोद होता रहता था। जब से साहजी मर गए, दुलारी ने घर से निकलना छोड़ दिया। सारे दिन दुकान पर बैठी रहती थी और वहीं से सारे गाँव की खबर लगाती रहती थी। कहीं

आपस में झगड़ा हो जाए, सहुआइन वहाँ बीच-बचाव करने के लिए अवश्य पहुंचेगी। आने रुपए सूद से कम पर रुपए उधार न देती थी। और यद्यपि सूद के लोभ में मूल भी हाथ न आता था–जो रुपए लेता, खा कर बैठ रहता–मगर उसके ब्याज का दर ज्यों-का-त्यों बना रहता था। बेचारी कैसे वसूल करे? नालिश-फरियाद करने से रही, थाना-पुलिस करने से रही, केवल जीभ का बल था, पर ज्यों-ज्यों उम्र के साथ जीभ की तेजी बढ़ती जाती थी, उसकी काट घटती जाती थी। अब उसकी गालियों पर लोग हंस देते थे और मजाक में कहते–क्या करेगी रुपए ले कर काकी, साथ तो एक कौड़ी भी न ले जा सकेगी। गरीब को खिला-पिला कर जितनी असीस मिल सके, ले-ले। यही परलोक में काम आएगा। और दुलारी परलोक के नाम से जलती थी।

होरी ने छेड़ा–आज तो भाभी, तुम सचमुच जवान लगती हो।

सहुआइन मगन हो कर बोली–आज मंगल का दिन है, नजर न लगा देना। इसी मारे मैं कुछ पहनती-ओढ़ती नहीं। घर से निकलो तो सभी घूरने लगते हैं, जैसे कभी कोई मेहरिया देखी ही न हो। पटेश्वरी लाला की पुरानी बान अभी तक नहीं छूटी।

होरी ठिठक गया, बड़ा मनोरंजक प्रसंग छिड़ गया था। बैल आगे निकल गए।

“वह तो आजकल बड़े भगत हो गए हैं। देखती नहीं हो, हर पूरनमासी को सत्यनारायन की कथा सुनते हैं और दोनों जून मंदिर में दर्सन करने जाते हैं।”

“ऐसे लंपट जितने होते हैं, सभी बूढ़े हो कर भगत बन जाते हैं! कुकर्म का परासचित तो करना ही पड़ता है। पूछो, मैं अब बुढ़िया हुई, मुझसे क्या हंसी।”

“तुम अभी बुढ़िया कैसे हो गईं भाभी? मुझे तो अब भी.....”

“अच्छा, चुप ही रहना, नहीं डेढ़ सौ गाली दूंगी। लड़का परदेस कमाने लगा, एक दिन नेवता भी न खिलाया, सेंत-मेंत में भाभी बनाने को तैयार।”

“मुझसे कसम ले लो भाभी, जो मैंने उसकी कमाई का एक पैसा भी छुआ हो। न जाने क्या लाया, कहाँ खरच किया, मुझे कुछ भी पता नहीं। बस, एक जोड़ा धोती और एक पगड़ी मेरे हाथ लगी।”

“अच्छा कमाने तो लगा, आज नहीं कल घर संभालेगा ही। भगवान उसे सुखी रखे। हमारे रुपए भी थोड़ा-थोड़ा देते चलो। सूद ही तो बढ़ रहा है।

“तुम्हारी एक-एक पाई दूंगा भाभी, हाथ में पैसे आने दो। और खा ही जाएंगे, तो कोई बाहर के तो नहीं हैं, हैं तो तुम्हारे ही।”

सहुआइन ऐसी विनोद-भरी चापलूसियों से निरस्त्र हो जाती थी। मुस्कुराती हुई अपनी राह चली गई। होरी लपक कर बैलों के पास पहुंच गया और उन्हें पौर में डाल कर चक्कर देने लगा। सारे गाँव का यही एक खलिहान था। कहीं मंड़ाई हो रही थी, कोई अनाज ओसा रहा था, कोई गल्ला तौल रहा था! नाई-बारी, बढ़ई, लोहार, पुरोहित, भाट, भिखारी, सभी अपने-अपने जेवरे लेने के लिए

जमा हो गए थे। एक पेड़ के नीचे झिंगुरीसिंह खाट पर बैठे अपने सवाई उगाह रहे थे। कई बनिए खड़े गल्ले का भाव-ताव कर रहे थे। सारे खलिहान में मंडी की सी रौनक थी। एक खटकिन बेर और मकोय बेच रही थी और एक खोंचे वाला तेल के सेब और जलेबियां लिए फिर रहा था। पंडित दातादीन भी होरी से अनाज बंटवाने के लिए आ पहुंचे थे और झिंगुरीसिंह के साथ खाट पर बैठे थे।

दातादीन ने सुरती मलते हुए कहा—कुछ सुना, सरकार भी महाजनों से कह रही है कि सूद का दर घटा दो, नहीं डिगरी न मिलेगी।

झिंगुरी तमाखू फांक कर बोले—पंडित, मैं तो एक बात जानता हूँ। तुम्हें गरज पड़ेगी तो सौ बार हमसे रुपए उधार लेने आओगे, और हम जो ब्याज चाहेंगे, लेंगे। सरकार अगर असामियों को रुपए उधार देने का कोई बंदोबस्त न करेगी, तो हमें इस कानून से कुछ न होगा। हम दर कम लिखाएंगे, लेकिन एक सौ में पचीस पहले ही काट लेंगे। इसमें सरकार क्या कर सकती है?

"यह तो ठीक है, लेकिन सरकार भी इन बातों को खूब समझती है। इसकी भी कोई रोक निकालेगी, देख लेना।"

"इसकी कोई रोक हो ही नहीं सकती।"

"अच्छा, अगर वह सर्त कर दे, जब तक स्टांप पर गाँव के मुखिया या कारिंदा के दसखत न होंगे, वह पक्का न होगा, तब क्या करोगे?"

"असामी को सौ बार गरज होगी, मुखिया को हाथ-पांव जोड़ के लाएगा और दसखत कराएगा। हम तो एक-चौथाई काट ही लेंगे।"

"और जो फंस जाओ। जाली हिसाब लिखा और गए चौदह साल को।"

झिंगुरीसिंह जोर से हंसा—तुम क्या कहते हो पंडित, क्या तब संसार बदल जाएगा? कानून और न्याय उसका है, जिसके पास पैसा है। कानून तो है कि महाजन किसी असामी के साथ कड़ाई न करे, कोई जमींदार किसी कास्तकार के साथ सख्ती न करे, मगर होता क्या है। रोज ही देखते हो। जमींदार मुसक बंधवा के पिटवाता है और महाजन लात और जूते से बात करता है। जो किसान पोढ़ा है, उससे न जमींदार बोलता है, न महाजन। ऐसे आदमियों से हम मिल जाते हैं और उनकी मदद से दूसरे आदमियों की गर्दन दबाते हैं। तुम्हारे ही ऊपर रायसाहब के पाँच सौ रुपए निकलते हैं, लेकिन नोखेराम में है इतनी हिम्मत कि तुमसे कुछ बोले? वह जानते हैं, तुमसे मेल करने ही में उनका हित है। किस असामी में इतना बूता है कि रोज अदालत दौड़े? सारा कारबार इसी तरह चला जाएगा जैसे चल रहा है। कचहरी अदालत उसी के साथ है, जिसके पास पैसा है। हम लोगों को घबड़ाने की कोई बात नहीं।

यह कह कर उन्होंने खलिहान का एक चक्कर लगाया और फिर आ कर खाट पर बैठते हुए बोले—हां, मतई के ब्याह का क्या हुआ? हमारी सलाह तो है कि उसका ब्याह कर डालो। अब तो बड़ी बदनामी हो रही है।

दातादीन को जैसे ततैया ने काट खाया। इस आलोचना का क्या आशय था, वह खूब समझते थे। गर्म हो कर बोले–पीठ पीछे आदमी जो चाहे बके, हमारे मुँह पर कोई कुछ कहे, तो उसकी मूंछें उखाड़ लूं। कोई हमारी तरह नेमी बन तो ले। कितनों को जानता हूँ, जो कभी संध्या-बंदन नहीं करते, न उन्हें धरम से मतलब, न करम से, न कथा से मतलब, न पुरान से। वह भी अपने को ब्राह्मण कहते हैं। हमारे ऊपर क्या हंसेगा कोई, जिसने अपने जीवन में एक एकादसी भी नागा नहीं की, कभी बिना स्नान-पूजन किए मुँह में पानी नहीं डाला। नेम का निभाना कठिन है। कोई बता दे कि हमने कभी बाज़ार की कोई चीज़ खाई हो, या किसी दूसरे के हाथ का पानी पिया हो, तो उसकी टांग की राह निकल जाऊं। सिलिया हमारी चौखट नहीं लांघने पाती, चौखट; बरतन-भांड़े छूना तो दूसरी बात है। मैं यह नहीं कहता कि मतई यह बहुत अच्छा काम कर रहा है, लेकिन जब एक बार बात हो गई तो यह पाजी का काम है कि औरत को छोड़ दे। मैं तो खुल्लमखुल्ला कहता हूँ, इसमें छिपाने की कोई बात नहीं। स्त्री-जाति पवित्र है।

दातादीन अपनी जवानी में स्वयं बड़े रसिया रह चुके थे, लेकिन अपने नेम-धर्म से कभी नहीं चूके। मातादीन भी सुयोग्य पुत्र की भांति उन्हीं के पद-चिन्हों पर चल रहा था। धर्म का मूल तत्व है पूजा-पाठ, कथा-व्रत और चौका-चूल्हा। जब पिता-पुत्र दोनों ही मूल तत्व को पकड़े हुए हैं, तो किसकी मजाल है कि उन्हें पथ-भ्रष्ट कह सके?

झिंगुरीसिंह ने कायल हो कर कहा–मैंने तो भाई, जो सुना था, वह तुमसे कह दिया।

दातादीन ने महाभारत और पुराणों से ब्राह्मणों द्वारा अन्य जातियों की कन्याओं के ग्रहण किए जाने की एक लंबी सूची पेश की और यह सिद्ध कर दिया कि उनसे जो संतान हुई, वह ब्राह्मण कहलाई और आजकल के जो ब्राह्मण हैं, वह उन्हीं संतानों की संतान हैं। यह प्रथा आदिकाल से चली आई है और इसमें कोई लज्जा की बात नहीं।

झिंगुरीसिंह उनके पांडित्य पर मुग्ध हो कर बोले–तब क्यों आजकल लोग वाजपेयी और सुकुल बने फिरते हैं?

"समय-समय की परथा है और क्या! किसी में उतना तेज तो हो। बिस खा कर उसे पचाना तो चाहिए। वह सतजुग की बात थी, सतजुग के साथ गई। अब तो अपना निबाह बिरादरी के साथ मिल कर रहने में है, मगर करूं क्या, कोई लड़की वाला आता ही नहीं। तुमसे भी कहा औरों से भी कहा कोई नहीं सुनता तो मैं क्या लड़की बनाऊं?"

झिंगुरीसिंह ने डांटा–झूठ मत बोलो पंडित, मैं दो आदमियों को फांस-फूंस कर लाया, मगर तुम मुँह फैलाने लगे, तो दोनों कान खड़े करके निकल भागे।

आखिर किस बिरते पर हजार-पांच सौ मांगते हो तुम? दस बीघे खेत और भीख के सिवा तुम्हारे पास और है क्या?

दातादीन के अभिमान को चोट लगी। दाढ़ी पर हाथ फेर कर बोले–पास कुछ न सही, मैं भीख ही मांगता हूँ, लेकिन मैंने अपने लड़कियों के ब्याह में पाँच-पांच सौ दिए हैं, फिर लड़के के लिए पाँच सौ क्यों न मांगूं? किसी ने सेंत-मेंत में मेरी लड़की ब्याह ली होती, तो मैं भी सेंत में लड़का ब्याह लेता। रही हैसियत की बात। तुम जजमानी को भीख समझो, मैं तो उसे जमींदारी समझता हूँ, बंकघर। जमींदार मिट जाए, बंकघर टूट जाए, लेकिन जजमानी अंत तक बनी रहेगी। जब तक हिंदू-जाति रहेगी तब तक बाम्हन भी रहेंगे और जजमानी भी रहेगी। सहालग में मजे से घर बैठे सौ-दो-सौ फटकार लेते हैं। कभी भाग लड़ गया, तो चार-पांच सौ मार लिया। कपड़े, बरतन, भोजन अलग। कहीं-न-कहीं नित ही कार-परोजन पड़ा ही रहता है। कुछ न मिले तब भी एक-दो थाल और दो-चार आने दक्षिणा के मिल ही जाते हैं। ऐसा चैन न जमींदारी में है, न साहूकारी में। और फिर मेरा तो सिलिया से जितना उबार होता है, उतना ब्राह्मण की कन्या से क्या होगा? वह तो बहुरिया बनी बैठी रहेगी। बहुत होगा, रोटियां पका देगी। यहाँ सिलिया अकेली तीन आदमियों का काम करती है। और मैं उसे रोटी के सिवा और क्या देता हूँ? बहुत हुआ, तो साल में एक धोती दे दी।

दूसरे पेड़ के नीचे दातादीन का निजी पैरा था। चार बैलों से मंड़ाई हो रही थी। धन्ना चमार बैलों को हांक रहा था, सिलिया पैरों से अनाज निकाल-निकाल कर ओसा रही थी और मातादीन दूसरी ओर बैठा अपनी लाठी में तेल मल रहा था।

सिलिया सांवली सलोनी, छरहरी बालिका थी, जो रूपवती न हो कर भी आकर्षक थी। उसके हास में, चितवन में, अंगों के विलास में हर्ष का उन्माद था, जिससे उसकी बोटी-बोटी नाचती रहती थी, सिर से पांव तक भूसे के अणुओं में सनी, पसीने से तर, सिर के बाल आधे खुले, वह दौड़-दौड़ कर अनाज ओसा रही थी, मानो तन-मन से कोई खेल खेल रही हो।

मातादीन ने कहा–आज सांझ तक अनाज बाकी न रहे सिलिया! तू थक गई हो तो मैं आऊं?

सिलिया प्रसन्न मुख बोली–तुम काहे को आओगे पंडित! मैं संझा तक सब ओसा दूंगी।

"अच्छा, तो मैं अनाज ढो-ढो कर रख आऊं। तू अकेली क्या-क्या कर लेगी?"

"तुम घबड़ाते क्यों हो, मैं ओसा दूंगी, ढो कर रख भी आऊंगी। पहर रात तक यहाँ दाना भी न रहेगा।"

दुलारी सहुआइन आज अपना लेहना वसूल करती फिरती थी। सिलिया उसकी दुकान से होली के दिन दो पैसे का गुलाबी रंग लाई थी। अभी तक पैसे न दिए थे। सिलिया के पास आ कर बोली–क्यों री सिलिया, महीना भर रंग लाए हो गया, अभी तक पैसे नहीं दिए? मांगती हूँ, तो मटक कर चली जाती है। आज मैं बिना पैसे लिए न जाऊंगी।

मातादीन चुपके-से सरक गया था। सिलिया का तन और मन दोनों ले कर भी बदले में कुछ न देना चाहता था। सिलिया अब उसकी निगाह में केवल काम करने की मशीन थी, और कुछ नहीं। उसकी ममता को वह बड़े कौशल से नचाता रहता था। सिलिया ने आँख उठा कर देखा तो मातादीन वहाँ न था। बोली–चिल्लाओ मत सहुआइन, यह ले लो, दो की जगह चार पैसे का अनाज। अब क्या जान लेगी? मैं मरी थोड़े ही जाती थी।

उसने अंदाज से कोई सेर-भर अनाज ढेर में से निकाल कर सहुआइन के फैले हुए आंचल में डाल दिया। उसी वक्त मातादीन पेड़ की आड़ से झल्लाया हुआ निकला और सहुआइन का आंचल पकड़ कर बोला–अनाज सीधे से रख दो सहुआइन, लूट नहीं है।

फिर उसने लाल आँखों से सिलिया को देख कर डांटा–तूने अनाज क्यों दे दिया? किससे पूछ कर दिया? तू कौन होती है मेरा अनाज देने वाली?

सहुआइन ने अनाज ढेर में डाल दिया और सिलिया हक्का-बक्का हो कर मातादीन का मुँह देखने लगी। ऐसा जान पड़ा, जिस डाल पर वह निश्चिंत बैठी हुई थी, वह टूट गई और अब वह निराधर नीचे गिरी जा रही है। खिसियाए हुए मुँह से, आँखों में आँसू भर कर सहुआइन से बोली–तुम्हारे पैसे मैं फिर दे दूंगी सहुआइन! आज मुझ पर दया करो।

सहुआइन ने उसे दयार्द्र नेत्रों से देखा और मातादीन को धिक्कार-भरी आँखों से देखती हुई चली गई।

तब सिलिया ने अनाज ओसाते हुए आहत गर्व से पूछा–तुम्हारी चीज़ में मेरा कुछ अख्तियार नहीं है?

मातादीन आँखें निकाल कर बोला–नहीं, तुझे कोई अख्तियार नहीं है। काम करती है, खाती है। जो तू चाहे कि खा भी, लुटा भी, तो यह यहाँ न होगा। अगर तुझे यहाँ न परता पड़ता हो, तो कहीं और जा कर काम कर, मजूरों की कमी नहीं है। सेंत में काम नहीं लेते, खाना-कपड़ा देते हैं।

सिलिया ने उस पक्षी की भांति, जिसे मालिक ने पर काट कर पिंजरे से निकाल दिया हो, मातादीन की ओर देखा। उस चितवन में वेदना अधिक थी या भर्त्सना, यह कहना कठिन है। पर उसी पक्षी की भांति उसका मन फड़फड़ा रहा था और ऊंची डाल पर उन्मुक्त वायुमंडल में उड़ने की शक्ति न पा कर उसी पिंजरे में जा बैठना चाहता था, चाहे उसे बेदाना, बेपानी,

पिंजरे की तीलियों से सिर टकरा कर मर ही क्यों न जाना पड़े। सिलिया सोच रही थी, अब उसके लिए दूसरा कौन-सा ठौर है। वह ब्याहता न हो कर भी संस्कार में और व्यवहार में और मनोभावना में ब्याहता थी, और अब मातादीन चाहे उसे मारे या काटे, उसे दूसरा आश्रय नहीं है, दूसरा अवलंब नहीं है। उसे वह दिन याद आए—और अभी दो साल भी तो नहीं हुए? जब यही मातादीन उसके तलवे सहलाता था, जब उसने जनेऊ हाथ में ले कर कहा था—सिलिया, जब तक दम में दम है, तुझे ब्याहता की तरह रखूंगा, जब वह प्रेमातुर हो कर हार में और बाग में और नदी के तट, पर उसके पीछे-पीछे पागलों की भांति फिरा करता था। और आज उसका यह निष्ठुर व्यवहार! मुट्ठी-भर अनाज के लिए उसका पानी उतार लिया।

उसने कोई जवाब न दिया। कंठ में नमक के एक डले का-सा अनुभव करती हुई आहत हृदय और शिथिल हाथों से फिर काम करने लगी।

उसी वक्त उसकी मां, बाप, दोनों भाई और कई अन्य चमारों ने न जाने किधर से आ कर मातादीन को घेर लिया। सिलिया की माँ ने आते ही उसके हाथ से अनाज की टोकरी छीन कर फेंक दी और गाली दे कर बोली—रांड़, जब तुझे मजूरी ही करनी थी, तो घर की मजूरी छोड़ कर यहाँ क्या करने आई। जब बांभन के साथ रहती है, तो बांभन की तरह रह। सारी बिरादरी की नाक कटवा कर भी चमारिन ही बनना था, तो यहाँ क्या घी का लोंदा लेने आई थी। चुल्लू-भर पानी में डूब नहीं मरती।

झिंगुरीसिंह और दातादीन दोनों दौड़े और चमारों के बदले तेवर देख कर उन्हें शांत करने की चेष्टा करने लगे। झिंगुरीसिंह ने सिलिया के बाप से पूछा—क्या बात है चौधरी, किस बात का झगड़ा है?

सिलिया का बाप हरखू साठ साल का बूढ़ा था, काला, दुबला, सूखी मिर्च की तरह पिचका हुआ, पर उतना ही तीक्ष्ण। बोला—झगड़ा कुछ नहीं है ठाकुर, हम आज या तो मातादीन को चमार बनाके छोड़ेंगे, या उनका और अपना रकत एक कर देंगे। सिलिया कन्या जात है, किसी-न-किसी के घर तो जाएगी ही। इस पर हमें कुछ नहीं कहना है, मगर उसे जो कोई भी रखे, हमारा हो कर रहे। तुम हमें बांभन नहीं बना सकते, मुदा हम तुम्हें चमार बना सकते हैं। हमें बांभन बना दो, हमारी सारी बिरादरी बनने को तैयार है। जब यह समरथ नहीं है, तो फिर तुम भी चमार बनो। हमारे साथ खाओ, पिओ, हमारे साथ उठो-बैठो। हमारी इज्जत लेते हो, तो अपना धरम हमें दो।

दातादीन ने लाठी फटकार कर कहा—मुंह संभाल कर बातें कर हरखुआ! तेरी बिटिया वह खड़ी है, ले जा जहाँ चाहे। हमने उसे बांध नहीं रक्खा है। काम करती थी, मजूरी लेती थी। यहाँ मजूरों की कमी नहीं है।

सिलिया की माँ उंगली चमका कर बोली—वाह-वाह पंडित! खूब नियाव करते हो। तुम्हारी लड़की किसी चमार के साथ निकल गई होती और तुम

इसी तरह की बातें करते, तो देखती। हम चमार हैं, इसलिए हमारी कोई इज्जत ही नहीं। हम सिलिया को अकेले न ले जाएंगे, उसके साथ मातादीन को भी ले जाएंगे, जिसने उसकी इज्जत बिगाड़ी है। तुम बड़े नेमी-धरमी हो। उसके साथ सोओगे, लेकिन उसके हाथ का पानी न पियोगे! वही चुड़ैल है कि यह सब सहती है। मैं तो ऐसे आदमी को माहुर दे देती।

हरखू ने अपने साथियों को ललकारा–सुन ली इन लोगों की बात कि नहीं! अब क्या खड़े मुँह ताकते हो।

इतना सुनना था कि दो चमारों ने लपक कर मातादीन के हाथ पकड़ लिए, तीसरे ने झपट कर उसका जनेऊ तोड़ डाला और इसके पहले कि दातादीन और झिंगुरीसिंह अपनी-अपनी लाठी संभाल सकें, दो चमारों ने मातादीन के मुँह में एक बड़ी-सी हड्डी का टुकड़ा डाल दिया। मातादीन ने दांत जकड़ लिए। फिर भी वह घिनौनी वस्तु उसके होंठों में तो लग ही गई। उन्हें मतली हुई और मुँह अपने-आप खुल गया और हड्डी कंठ तक जा पहुंची। इतने में खलिहान के सारे आदमी जमा हो गए, पर आश्चर्य यह कि कोई इन धर्म के लुटेरों से मुजाहिम न हुआ। मातादीन का व्यवहार सभी को नापसंद था। वह गाँव की बहू-बेटियों को घूरा करता था, इसलिए मन में सभी उसकी दुर्गति से प्रसन्न थे। हां, ऊपरी मन से लोग चमारों पर रोब जमा रहे थे।

होरी ने कहा–अच्छा, अब बहुत हुआ हरखू! भला चाहते हो, तो यहाँ से चले जाओ।

हरखू ने निडरता से उत्तर दिया–तुम्हारे घर में लड़कियां हैं होरी महतो, इतना समझ लो। इसी तरह गाँव की मरजाद बिगड़ने लगी, तो किसी की आबरू न बचेगी।

एक क्षण में शत्रु पर पूरी विजय पा कर आक्रमणकारियों ने वहाँ से टल जाना ही उचित समझा। जनमत बदलते देर नहीं लगती। उससे बचे रहना ही अच्छा है।

मातादीन कै कर रहा था। दातादीन ने उसकी पीठ सहलाते हुए कहा–एक-एक को पाँच-पांच साल के लिए न भेजवाया, तो कहना। पाँच-पांच साल तक चक्की पिसवाऊंगा।

हरखू ने हेकड़ी के साथ जवाब दिया–इसका यहाँ कोई गम नहीं। कौन तुम्हारी तरह बैठे मौज करते हैं? जहाँ काम करेंगे, वहीं आधा पेट दाना मिल जाएगा।

मातादीन कै कर चुकने के बाद निर्जीव-सा ज़मीन पर लेट गया, मानो कमर टूट गई हो, मानो डूब मरने के लिए चुल्लू-भर पानी खोज रहा हो। जिस मर्यादा के बल पर उसकी रसिकता और घमंड और पुरुषार्थ अकड़ता फिरता था, वह मिट चुकी थी। उस हड्डी के टुकड़े ने उसके मुँह को ही नहीं,

उसकी आत्मा को भी अपवित्र कर दिया था। उसका धर्म इसी खान-पान, छूत-विचार पर टिका हुआ था। आज उस धर्म की जड़ कट गई। अब वह लाख प्रायश्चित्त करे, लाख गोबर खाए और गंगाजल पिए, लाख दान-पुण्य और तीर्थ-व्रत करे, उसका मरा हुआ धर्म जी नहीं सकता। अगर अकेले की बात होती, तो छिपा ली जाती। यहाँ तो सबके सामने उसका धर्म लुटा। अब उसका सिर हमेशा के लिए नीचा हो गया। आज से वह अपने ही घर में अछूत समझा जाएगा। उसकी स्नेहमयी माता भी उससे घृणा करेगी। और संसार से धर्म का ऐसा लोप हो गया कि इतने आदमी केवल खड़े तमाशा देखते रहे। किसी ने चूं तक न की। एक क्षण पहले जो लोग उसे देखते ही पालागन करते थे, अब उसे देख कर मुँह फेर लेंगे। वह किसी मंदिर में भी न जा सकेगा, न किसी के बरतन-भांड़े छू सकेगा। और यह सब हुआ इस अभागिन सिलिया के कारण।

सिलिया जहाँ अनाज ओसा रही थी, वहीं सिर झुकाए खड़ी थी, मानो यह उसी की दुर्गति हो रही है। सहसा उसकी माँ ने आ कर डांटा–खड़ी ताकती क्या है? चल सीधे घर, नहीं बोटी-बोटी काट डालूंगी। बाप-दादा का नाम तो खूब उजागर कर चुकी, अब क्या करने पर लगी है?

सिलिया मूर्तिवत खड़ी रही। माता-पिता और भाइयों पर उसे क्रोध आ रहा था। यह लोग क्यों उसके बीच में बोलते हैं? वह जैसे चाहती है, रहती है, दूसरों से क्या मतलब? कहते हैं, यहाँ तेरा अपमान होता है, तब क्या कोई बांभन उसका पकाया खा लेगा? उसके हाथ का पानी पी लेगा? अभी जरा देर पहले उसका मन मातादीन के निठुर व्यवहार से खिन्न हो रहा था, पर अपने घर वालों और बिरादरी के इस अत्याचार ने उस विराग को प्रचंड अनुराग का रूप दे दिया।

विद्रोह-भरे मन से बोली–मैं कहीं नहीं जाऊंगी। तू क्या यहाँ भी मुझे जीने न देगी?

बुढ़िया कर्कश स्वर से बोली–तू न चलेगी?

"नहीं।"

"चल सीधे से।"

"नहीं जाती।"

तुरंत दोनों भाइयों ने उसके हाथ पकड़ लिए और उसे घसीटते हुए ले चले। सिलिया ज़मीन पर बैठ गई। भाइयों ने इस पर भी न छोड़ा। घसीटते ही रहे। उसकी साड़ी फट गई, पीठ और कमर की खाल छिल गई, पर वह जाने पर राजी न हुई।

तब हरखू ने लड़कों से कहा–अच्छा, अब इसे छोड़ दो। समझ लेंगे मर गई, मगर अब जो कभी मेरे द्वार पर आई तो लहू पी जाऊँगा।

सिलिया जान पर खेल कर बोली–हां, जब तुम्हारे द्वार पर आऊं, तो पी लेना।

बुढ़िया ने क्रोध के उन्माद में सिलिया को कई लातें जमाईं और हरखू ने उसे हटा न दिया होता, तो शायद प्राण ही ले कर छोड़ती।

बुढ़िया फिर झपटी, तो हरखू ने उसे धक्के दे कर पीछे हटाते हुए कहा–तू बड़ी हत्यारिन है कलिया! क्या उसे मार ही डालेगी?

सिलिया बाप के पैरों से लिपट कर बोली–मार डालो दादा, सब जने मिल कर मार डालो! हाय अम्मां, तुम इतनी निर्दयी हो, इसीलिए दूध पिला कर पाला था? सौर में ही क्यों न गला घोंट दिया? हाय! मेरे पीछे पंडित को भी तुमने भिरस्ट कर दिया। उसका धरम ले कर तुम्हें क्या मिला? अब तो वह भी मुझे न पूछेगा। लेकिन पूछे न पूछे, रहूंगी तो उसी के साथ। वह मुझे चाहे भूखों रखे, चाहे मार डाले, पर उसकी इतनी सांसत कराके कैसे छोड़ दूं? मर जाऊंगी, पर हरजाई न बनूंगी। एक बार जिसने बांह पकड़ ली, उसी की रहूंगी।

कलिया ने होठ चबा कर कहा–जाने दो रांड़ को। समझती है, वह इसका निबाह करेगा, मगर आज ही मार कर भगा न दे तो मुँह न दिखाऊं।

भाइयों को भी दया आ गई। सिलिया को वहीं छोड़ कर सब-के-सब चले गए। तब वह धीरे-से उठ कर लंगड़ाती, कराहती, खलिहान में आ कर बैठ गई और आंचल में मुँह ढांप कर रोने लगी। दातादीन ने जुलाहे का गुस्सा डाढ़ी पर उतारा–उनके साथ चली क्यों न गई सिलिया! अब क्या करवाने पर लगी हुई है? मेरा सत्यानास कराके भी न पेट नहीं भरा?

सिलिया ने आँसू-भरी आँखें ऊपर उठाईं। उनमें तेज की झलक थी।

"उनके साथ क्यों जाऊं? जिसने बांह पकड़ी है, उसके साथ रहूंगी।"

पंडितजी ने धमकी दी–मेरे घर में पांव रखा, तो लातों से बात करूंगा।

सिलिया ने उद्दंडता से कहा–मुझे जहाँ वह रखेंगे, वहाँ रहूंगी। पेड़ तले रखें, चाहे महल में रखें।

मातादीन संज्ञाहीन-सा बैठा था। दोपहर होने को आ रहा था। धूप पत्तियों से छन-छन कर उसके चेहरे पर पड़ रही थी। माथे से पसीना टपक रहा था। पर वह मौन, निस्पंद बैठा हुआ था।

सहसा जैसे उसने होश में आ कर कहा–मेरे लिए अब क्या कहते हो दादा?

दातादीन ने उसके सिर पर हाथ रख कर ढांढ़स देते हुए कहा–तुम्हारे लिए अभी मैं क्या कहूं बेटा? चल कर नहाओ, खाओ, फिर पंडितों की जैसी व्यवस्था होगी, वैसा किया जाएगा। हां, एक बात है, सिलिया को त्यागना पड़ेगा।

मातादीन ने सिलिया की ओर रक्त-भरे नेत्रों से देखा–मैं अब उसका कभी मुँह न देखूंगा, लेकिन परासचित हो जाने पर फिर तो कोई दोस न रहेगा?

"परासचित हो जाने पर कोई दोस-पाप नहीं रहता।"

"तो आज ही पंडितों के पास जाओ।"

"आज ही जाऊँगा बेटा!"

"लेकिन पंडित लोग कहें कि इसका परासचित नहीं हो सकता, तब?"

"उनकी जैसी इच्छा।"

"तो तुम मुझे घर से निकाल दोगे?"

दातादीन ने पुत्र-स्नेह से विह्वल हो कर कहा–ऐसा कहीं हो सकता है, बेटा! धन जाए, धरम जाए, लोक-मरजाद जाए, पर तुम्हें नहीं छोड़ सकता।

मातादीन ने लकड़ी उठाई और बाप के पीछे-पीछे घर चला। सिलिया भी उठी और लंगड़ाती हुई उसके पीछे हो ली।

मातादीन ने पीछे फिर कर निर्मम स्वर में कहा–मेरे साथ मत आ। मेरा तुझसे कोई वास्ता नहीं। इतनी सांसत करवा के भी तेरा पेट नहीं भरता।

सिलिया ने धृष्टता के साथ उसका हाथ पकड़ कर कहा–वास्ता कैसे नहीं है? इसी गाँव में तुमसे धनी, तुमसे सुंदर, तुमसे इज्जतदार लोग हैं। मैं उनका हाथ क्यों नहीं पकड़ती? तुम्हारी यह दुरदसा ही आज क्यों हुई? जो रस्सी तुम्हारे गले पड़ गई है, उसे तुम लाख चाहो, नहीं तोड़ सकते। और न मैं तुम्हें छोड़ कर कहीं जाऊंगी। मजूरी करूंगी, भीख मांगूंगी, लेकिन तुम्हें न छोड़ूंगी।

यह कहते हुए उसने मातादीन का हाथ छोड़ दिया और फिर खलिहान में जा कर अनाज ओसाने लगी। होरी अभी तक वहाँ अनाज मांड़ रहा था। धनिया उसे भोजन करने के लिए बुलाने आई थी। होरी ने बैलों को पैरे से बाहर निकाल कर एक पेड़ में बांध दिया और सिलिया से बोला–तू भी जा, खा-पी आ सिलिया! धनिया यहाँ बैठी है। तेरी पीठ पर की साड़ी तो लहू से रंग गई है रे! कहीं घाव पक न जाए। तेरे घर वाले बड़े निरदयी हैं।

सिलिया ने उसकी ओर करुण नेत्रों से देखा–यहां निरदयी कौन नहीं है, दादा! मैंने तो किसी को दयावान नहीं पाया।

"क्या कहा पंडित ने?"

"कहते हैं, मेरा तुमसे कोई वास्ता नहीं।"

"अच्छा! ऐसा कहते हैं!"

"समझते होंगे, इस तरह अपने मुँह की लाली रख लेंगे, लेकिन जिस बात को दुनिया जानती है, उसे कैसे छिपा लेंगे? मेरी रोटियां भारी हैं, न दें। मेरे लिए क्या? मजूरी अब भी करती हूँ, तब भी करूंगी। सोने को हाथ-भर जगह तुम्हीं से मागूंगी तो क्या तुम न दोगे?"

धनिया दयार्द्र हो कर बोली–जगह की कौन कमी है बेटी–तू चल मेरे घर रह।

होरी ने कातर स्वर में कहा—बुलाती तो है, लेकिन पंडित को जानती नहीं?

धनिया ने निर्भीक स्वर में कहा—बिगड़ेंगे तो एक रोटी बेसी खा लेंगे, और क्या करेंगे। कोई उसकी दबैल हूँ? उसकी इज्जत ली, बिरादरी से निकलवाया, अब कहते हैं, मेरा तुझसे कोई वास्ता नहीं। आदमी है कि कसाई! यह उसकी नीयत का आज फल मिला है। पहले नहीं सोच लिया था। तब तो विहार करते रहे। अब कहते हैं, मुझसे कोई वास्ता नहीं!"

होरी के विचार में धनिया गलत कर रही थी। सिलिया के घर वालों ने मतई को कितना बेधरम कर दिया, यह कोई अच्छा काम नहीं किया। सिलिया को चाहे मार कर ले जाते, चाहे दुलार कर ले जाते। वह उनकी लड़की है। मतई को क्यों बेधरम किया?

धनिया ने फटकार बताई—अच्छा रहने दो, बड़े न्यायी बनते हो। मरद-मरद सब एक होते हैं। इसको मतई ने बेधरम किया, तब तो किसी को बुरा न लगा। अब जो मतई बेधरम हो गए, तो क्यों बुरा लगता है! क्या सिलिया का धरम, धरम ही नहीं? रखी तो चमारिन, उस पर नेक-धरमी बनते हैं। बड़ा अच्छा किया हरखू चौधरी ने। ऐसे गुंडों की यही सजा है। तू चल सिलिया मेरे घर। न-जाने कैसे बेदरद माँ-बाप हैं कि बेचारी की सारी पीठ लहूलुहान कर दी। तुम जाके सोना को भेज दो। मैं इसे ले कर आती हूँ।

होरी घर चला गया और सिलिया धनिया के पैरों पर गिर कर रोने लगी।

24

सोना सत्रहवें साल में थी और इस साल उसका विवाह करना आवश्यक था। होरी तो दो साल से इसी फिक्र में था, पर हाथ खाली होने से कोई काबू न चलता था। मगर इस साल जैसे भी हो, उसका विवाह कर देना ही चाहिए, चाहे कर्ज लेना पड़े, चाहे खेत गिरों रखने पड़ें। और अकेले होरी की बात चलती, तो दो साल पहले ही विवाह हो गया होता। वह किफायत से काम करना चाहता था। पर धनिया कहती थी, कितना ही हाथ बांध कर खर्च करो, दो-ढाई सौ लग जाएंगे। झुनिया के आ जाने से बिरादरी में इन लोगों का स्थान कुछ हेठा हो गया था और बिना सौ-दो सौ दिए कोई कुलीन वर न मिल सकता था। पिछले साल चैती में कुछ मिला था तो पंडित दातादीन का आधा साझा, मगर पंडित जी ने बीज और मजूरी का कुछ ऐसा ब्यौरा बताया कि होरी के हाथ एक-चौथाई से ज्यादा अनाज न लगा। और लगान देना पड़ गया पूरा। ऊख और सन की फसल नष्ट हो गई, सन तो वर्षा अधिक होने

और ऊख दीमक लग जाने के कारण। हां, इस साल चैती अच्छी थी और ऊख भी खूब लगी हुई थी। विवाह के लिए गल्ला तो मौजूद था, दो सौ रुपए भी हाथ आ जाएं, तो कन्या-ऋण से उसका उद्धार हो जाए। अगर गोबर सौ रुपए की मदद कर दे, तो बाकी सौ रुपए होरी को आसानी से मिल जाएंगे। झिंगुरीसिंह और मंगरू साह दोनों ही अब कुछ नर्म पड़ गए थे। जब गोबर परदेश में कमा रहा है, तो उनके रुपए मारे न जा सकते थे।

एक दिन होरी ने गोबर के पास दो-तीन दिन के लिए जाने का प्रस्ताव किया।

मगर धनिया अभी तक गोबर के वह कठोर शब्द न भूली थी। वह गोबर से एक पैसा भी न लेना चाहती थी, किसी तरह नहीं।

होरी ने झुंझला कर कहा–लेकिन काम कैसे चलेगा, यह बता?

धनिया सिर हिला कर बोली–मान लो, गोबर परदेस न गया होता, तब तुम क्या करते? वही अब करो।

होरी की जबान बंद हो गई। एक क्षण बाद बोला–मैं तो तुझसे पूछता हूँ।

धनिया ने जान बचाई–यह सोचना मरदों का काम है।

होरी के पास जवाब तैयार था–मान ले, मैं न होता, तू ही अकेली रहती, तब तू क्या करती? वह कर।

धनिया ने तिरस्कार-भरी आँखों से देखा–तब मैं कुस-कन्या भी दे देती तो कोई हंसने वाला न था।

कुश-कन्या होरी भी दे सकता था। इसी में उसका मंगल था, लेकिन कुल-मर्यादा कैसे छोड़ दे? उसकी बहनों के विवाह में तीन-तीन सौ बराती द्वार पर आए थे। दहेज भी अच्छा ही दिया गया था। नाच-तमाशा, बाजा-गाजा, हाथी-घोड़े, सभी आए थे। आज भी बिरादरी में उसका नाम है। दस गाँव के आदमियों से उसका हेल-मेल है। कुश-कन्या दे कर वह किसे मुँह दिखाएगा? इससे तो मर जाना अच्छा है। और वह क्यों कुश-कन्या दे? पेड़-पालो हैं, ज़मीन है और थोड़ी-सी साख भी है, अगर वह एक बीघा भी बेच दे, तो सौ मिल जाएं, लेकिन किसान के लिए ज़मीन जान से भी प्यारी है, कुल-मर्यादा से भी प्यारी है। और कुल तीन ही बीघे तो उसके पास है, अगर एक बीघा बेच दे, तो फिर खेती कैसे करेगा?

कई दिन इसी हैस-बैस में गुजरे। होरी कुछ फैसला न कर सका।

दशहरे की छुट्टियों के दिन थे। झिंगुरीसिंह, पटेश्वरी और नोखेराम तीनों ही सज्जनों के लड़के छुट्टियों में घर आए थे। तीनों अंग्रेजी पढ़ते थे और यद्यपि तीनों बीस-बीस साल के हो गए थे, पर अभी तक यूनिवर्सिटी में जाने का नाम न लेते थे। एक-एक क्लास में दो-दो, तीन-तीन साल पड़े रहते। तीनों की शादियां हो चुकी थीं। पटेश्वरी के सपूत बिंदेसरी तो एक पुत्र के

पिता भी हो चुके थे। तीनों दिन भर ताश खेलते, भंग पीते और छैला बने घूमते। वे दिन में कई-कई बार होरी के द्वार की ओर ताकते हुए निकलते और कुछ ऐसा संयोग था कि जिस वक्त वे निकलते, उसी वक्त सोना भी किसी-न-किसी काम से द्वार पर आ खड़ी होती। इन दिनों वह वही साड़ी पहनती थी, जो गोबर उसके लिए लाया था। यह सब तमाशा देख-देख कर होरी का खून सूखता जाता था, मानो उसकी खेती चौपट करने के लिए आकाश में ओले वाले पीले बादल उठे चले आते हों।

एक दिन तीनों उसी कुएं पर नहाने जा पहुंचे, जहाँ होरी ऊख सींचने के लिए पुर चला रहा था। सोना मोट ले रही थी। होरी का खून खौल उठा।

उसी सांझ को वह दुलारी सहुआइन के पास गया। सोचा, औरतों में दया होती है, शायद इसका दिल पसीज जाए और कम सूद पर रुपए दे दे। मगर दुलारी अपना ही रोना ले बैठी। गाँव में ऐसा कोई घर न था, जिस पर उसके कुछ रुपए न आते हों, यहाँ तक कि झिंगुरीसिंह पर भी उसके बीस रुपए आते थे, लेकिन कोई देने का नाम न लेता था। बेचारी कहाँ से रुपए लाए?

होरी ने गिड़गिड़ा कर कहा—भाभी, बड़ा पुन्न होगा। तुम रुपए न दोगी, मेरे गले की फांसी खोल दोगी, झिंगुरी और पटेसरी मेरे खेतों पर दांत लगाए हुए हैं। मैं सोचता हूँ, बाप-दादा की यही तो निसानी है, यह निकल गई, तो जाऊँगा कहाँ? एक सपूत वह होता है कि घर की संपत बढ़ाता है, मैं ऐसा कपूत हो जाऊं कि बाप-दादों की कमाई पर झाड़ू फेर दूं?

दुलारी ने कसम खाई—होरी, मैं ठाकुरजी के चरन छू कर कहती हूँ कि इस समय मेरे पास कुछ नहीं है। जिसने लिया, वह देता नहीं, तो मैं क्या करूं? तुम कोई गैर तो नहीं हो। सोना भी मेरी ही लड़की है, लेकिन तुम्हीं बताओ, मैं क्या करूं? तुम्हारा ही भाई हीरा है। बैल के लिए पचास रुपए लिए। उसका तो कहीं पता-ठिकाना नहीं, उसकी घरवाली से मांगो तो लड़ने के लिए तैयार! सोभा भी देखने में बड़ा सीधा-सादा है, लेकिन पैसा देना नहीं जानता। और असल बात तो यह है कि किसी के पास है ही नहीं, दें कहाँ से! सबकी दशा देखती हूँ, इसी मारे सबर कर जाती हूँ। लोग किसी तरह पेट पाल रहे हैं, और क्या? खेती-बारी बेचने की मैं सलाह न दूंगी। कुछ नहीं है, मरजाद तो है।

फिर कनफुसकियों में बोली—पटेसरी लाला का लौंडा तुम्हारे घर की ओर बहुत चक्कर लगाया करता है। तीनों का वही हाल है। इनसे चौकस रहना। यह सहरी हो गए, गाँव का भाई-चारा क्या समझें? लड़के गाँव में भी हैं, मगर उनमें कुछ लिहाज है, कुछ अदब है, कुछ डर है। ये सब तो छूटे सांड़ हैं। मेरी कौसल्या ससुराल से आई थी, मैंने इन सबों के ढंग देख कर उसके ससुर को बुला कर विदा कर दिया। कोई कहाँ तक पहरा दे।

होरी को मुस्कुराते देख कर उसने सरस ताड़ना के भाव से कहा—हंसोगे होरी, तो मैं भी कुछ कह दूंगी। तुम क्या किसी से कम नटखट थे? दिन में पचीसों बार किसी-न-किसी बहाने मेरी दुकान पर आया करते थे, मगर मैंने कभी ताका तक नहीं।

होरी ने मीठे प्रतिवाद के साथ कहा—यह तो तुम झूठ बोलती हो भाभी! मैं बिना कुछ रस पाए थोड़े ही आता था। चिड़िया एक बार परच जाती है, तभी दूसरी बार आंगन में आती है।

"चल झूठे।"

"आंखों से न ताकती रही हो, लेकिन तुम्हारा मन तो ताकता ही था, बल्कि बुलाता था।"

"अच्छा रहने दो, बड़े आए अंतरजामी बनके। तुम्हें बार-बार मंड़राते देखके मुझे दया आ जाती थी, नहीं तुम कोई ऐसे बांके जवान न थे।"

हुसेनी एक पैसे का नमक लेने आ गया और यह परिहास बंद हो गया। हुसेनी नमक ले कर चला गया, तो दुलारी ने कहा—गोबर के पास क्यों नहीं चले जाते? देखते भी आओगे और साइत कुछ मिल भी जाए।

होरी निराश मन से बोला—वह कुछ न देगा। लड़के चार पैसे कमाने लगते हैं, तो उनकी आँखें फिर जाती हैं। मैं तो बेहयाई करने को तैयार था, लेकिन धनिया नहीं मानती। उसकी मरजी बिना चला जाऊं, तो घर में रहना अपाढ़ कर दे। उसका सुभाव तो जानती हो।

दुलारी ने कटाक्ष करके कहा—तुम तो मेहरिया के जैसे गुलाम हो गए।

"तुमने पूछा ही नहीं तो क्या करता?"

"मेरी गुलामी करने को कहते तो मैंने लिखा लिया होता, सच।"

"तो अब से क्या बिगड़ा है, लिखा लो न। दो सौ में लिखता हूँ, इन दामों महंगा नहीं हूँ।"

"तब धनिया से तो न बोलोगे?"

"नहीं, कहो कसम खाऊं।"

"और जो बोले?"

"तो मेरी जीभ काट लेना।"

"अच्छा तो जाओ, बर ठीक-ठाक करो, मैं रुपए दे दूंगी।"

होरी ने सजल नेत्रों से दुलारी के पांव पकड़ लिए। भावावेश से मुँह बंद हो गया।

सहुआइन ने पांव खींच कर कहा—अब यही सरारत मुझे अच्छी नहीं लगती। मैं साल-भर के भीतर अपने रुपए सूद-समेत कान पकड़ कर लूंगी। तुम तो व्यवहार के ऐसे सच्चे नहीं हो; लेकिन धनिया पर मुझे विश्वास है। सुना पंडित तुमसे बहुत बिगड़े हुए हैं। कहते हैं इसे गाँव से निकाल कर

नहीं छोड़ा तो बांभन नहीं। तुम सिलिया को निकाल बाहर क्यों नहीं करते? बैठे-बैठाए झगड़ा मोल ले लिया।

"धनिया उसे रखे हुए है, मैं क्या करूं?"

"सुना है, पंडित कासी गए थे। वहाँ एक बड़ा नामी विद्वान् पंडित है। वह पाँच सौ मांगता है। तब परासचित कराएगा। भला, पूछो ऐसा अंधेर कहीं हुआ है। जब धरम नष्ट हो गया तो एक नहीं, हज़ार परासचित करो, इससे क्या होता है! तुम्हारे हाथ का छुआ पानी कोई न पिएगा। चाहे जितना परासचित करो।"

होरी यहाँ से घर चला, तो उसका दिल उछल रहा था। जीवन में ऐसा सुखद अनुभव उसे न हुआ था। रास्ते में सोभा के घर गया और सगाई ले कर चलने के लिए नेवता दे आया। फिर दोनों दातादीन के पास सगाई की सायत पूछने गए। वहाँ से आ कर द्वार पर सगाई की तैयारियों की सलाह करने लगे।

धनिया ने बाहर आ कर कहा–पहर रात गई, अभी रोटी खाने की बेला नहीं आई? खा कर बैठो। गपड़चौथ करने को तो सारी रात पड़ी है।

होरी ने उसे भी परामर्श में शरीक होने का अनुरोध करते हुए कहा–इसी सहालग में लगन ठीक हुआ है। बता, क्या-क्या सामान लाना चाहिए? मुझे तो कुछ मालूम नहीं।

"जब कुछ मालूम ही नहीं, तो सलाह करने क्या बैठे हो? रुपए-पैसे का डौल भी हुआ कि मन में मिठाई खा रहे हो?"

होरी ने गर्व से कहा–तुझे इससे क्या मतलब? तू इतना बता दे, क्या-क्या सामान लाना होगा?

"तो मैं ऐसी मन की मिठाई नहीं खाती।"

"तू इतना बता दे कि हमारी बहनों के ब्याह में क्या-क्या सामान आया था?"

"पहले यह बता दो, रुपए मिल गए।"

"हां मिल गए, और नहीं क्या भंग खाई है!"

"तो पहले चल कर खा लो। फिर सलाह करेंगे।"

मगर जब उसने सुना कि दुलारी से बातचीत हुई है, तो नाक सिकोड़ कर बोली–उससे रुपए ले कर आज तक कोई उरिन हुआ है? चुड़ैल कितना कस कर सूद लेती है!

"लेकिन करता क्या? दूसरा देता कौन है?"

"यह क्यों नहीं कहते कि इसी बहाने दो गाल हंसने-बोलने गया था। बूढ़े हो गए, पर यह बान न गई।"

"तू तो धनिया, कभी-कभी बच्चों की-सी बातें करने लगती है। मेरे-जैसे फटे हालों से वह हंसे-बोलेगी? सीधे मुँह बात तो करती नहीं।"

"तुम-जैसों को छोड़ कर उसके पास और जाएगा ही कौन?"

"उसके द्वार पर अच्छे-अच्छे नाक रगड़ते हैं, धनिया, तू क्या जाने। उसके पास लच्छमी है।"

"उसने जरा-सी हामी भर दी, तुम चारों ओर खुसखबरी ले कर दौड़े।"

"हामी नहीं भर दी, पक्का वादा किया है।"

होरी रोटी खाने गया और सोभा अपने घर चला गया तो सोना सिलिया के साथ बाहर निकली। वह द्वार पर खड़ी सारी बातें सुन रही थी। उसकी सगाई के लिए दो सौ रुपए दुलारी से उधार लिए जा रहे हैं, यह बात उसके पेट में इस तरह खलबली मचा रही थी, जैसे ताजा चूना पानी में पड़ गया हो। द्वार पर एक कुप्पी जल रही थी, जिससे ताक के ऊपर की दीवार काली पड़ गई थी। दोनों बैल नांद में सानी खा रहे थे और कुत्ता ज़मीन पर टुकड़े के इंतजार में बैठा हुआ था। दोनों युवतियां बैलों की चरनी के पास आ कर खड़ी हो गईं।

सोना बोली—तूने कुछ सुना? दादा सहुआइन से मेरी सगाई के लिए दो सौ रुपए उधार ले रहे हैं।

सिलिया घर का रत्ती-रत्ती हाल जानती थी। बोली—घर में पैसा नहीं है, तो क्या करें?

सोना ने सामने के काले वृक्षों की ओर ताकते हुए कहा—मैं ऐसा ब्याह नहीं करना चाहती, जिससे माँ-बाप को कर्जा लेना पड़े। कहाँ से देंगे बेचारे, बता! पहले ही कर्ज के बोझ से दबे हुए हैं। दो सौ और ले लेंगे, तो बोझा और भारी होगा कि नहीं?

"बिना दान-दहेज के बड़े आदमियों का कहीं ब्याह होता है पगली? बिना दहेज के तो कोई बूढ़ा-ठेला ही मिलेगा। जाएगी बूढ़े के साथ?"

"बूढ़े के साथ क्यों जाऊं? भैया बूढ़े थे जो झुनिया को ले आए? उन्हें किसने कै पैसे दहेज में दिए थे?"

"उसमें बाप-दादा का नाम डूबता है।"

"मैं तो सोनारी वालों से कह दूंगी, अगर तुमने एक पैसा भी दहेज लिया, तो मैं तुमसे ब्याह न करूंगी।"

सोना का विवाह सोनारी के एक धनी किसान के लड़के से ठीक हुआ था।

"और जो वह कह दे, कि मैं क्या करूं, तुम्हारे बाप देते हैं, मेरे बाप लेते हैं, इसमें मेरा क्या अख्तियार है?"

सोना ने जिस अस्त्र को रामबाण समझा था, अब मालूम हुआ कि वह बांस की कैन है। हताश हो कर बोली—मैं एक बार उससे कहके देख लेना चाहती हूँ, अगर उसने कह दिया, मेरा कोई अख्तियार नहीं है, तो क्या गोमती

यहाँ से बहुत दूर है? डूब मरूंगी। माँ-बाप ने मर-मर के पाला-पोसा। उसका बदला क्या यही है कि उनके घर से जाने लगूं, तो उन्हें करजे से और लादती जाऊं? माँ-बाप को भगवान ने दिया हो, तो खुसी से जितना चाहें लड़की को दें, मैं मना नहीं करती, लेकिन जब वह पैसे-पैसे को तंग हो रहे हैं, आज महाजन नालिस करके लिल्लाम करा ले, तो कल मजूरी करनी पड़ेगी, तो कन्या का धरम यही है कि डूब मरे। घर की जमीन-जैजात तो बच जाएगी, रोटी का सहारा तो रह जाएगा। माँ-बाप चार दिन मेरे नाम को रो कर संतोष कर लेंगे। यह तो न होगा कि मेरा ब्याह करके उन्हें जनम-भर रोना पड़े। तीन-चार साल में दो सौ के दूने हो जाएंगे, दादा कहाँ से ला कर देंगे?

सिलिया को जान पड़ा, जैसे उसकी आँख में नई ज्योति आ गई है। आवेश में सोना को छाती से लगा कर बोली–तूने इतनी अक्कल कहाँ से सीख ली सोना? देखने में तो तू बड़ी भोली-भाली है।

"इसमें अक्कल की कौन बात है चुड़ैल! क्या मेरे आँखें नहीं हैं कि मैं पागल हूँ? दो सौ मेरे ब्याह में लें। तीन-चार साल में वह दूना हो जाए। तब रुपिया के ब्याह में दो सौ और लें। जो कुछ खेती-बारी है, सब लिलाम-तिलाम हो जाए, और द्वार-द्वार पर भीख मांगते फिरें। यही न? इससे तो कहीं अच्छा है कि मैं अपने जान दे दूं। मुँह अंधेरे सोनारी चली जाना और उसे बुला लाना। मगर नहीं, बुलाने का काम नहीं। मुझे उससे बोलते लाज आएगी! तू ही मेरा यह संदेसा कह देना। देख क्या जवाब देते हैं। कौन दूर है? नदी के उस पार ही तो है। कभी-कभी ढोर ले कर इधर आ जाता है। एक बार उसकी भैंस मेरे खेत में पड़ गई थी, तो मैंने उसे बहुत गालियां दी थीं, हाथ जोड़ने लगा। हां, यह तो बता, इधर मतई से तेरी भेंट नहीं हुई? सुना, बांभन लोग उन्हें बिरादरी में नहीं ले रहे हैं।

सिलिया ने हिकारत के साथ कहा–बिरादरी में क्यों न लेंगे, हां, बूढ़ा रुपए नहीं खरच करना चाहता। इसको पैसा मिल जाए, तो झूठी गंगा उठा ले। लड़का आजकल बाहर ओसारे में टिक्कड़ लगाता है।

"तू उसे छोड़ क्यों नहीं देती? अपनी बिरादरी में किसी के साथ बैठ जा और आराम से रह। वह तेरा अपमान तो न करेगा।"

"हां रे, क्यों नहीं, मेरे पीछे उस बेचारे की इतनी दुरदसा हुई, अब मैं उसे छोड़ दूं? अब वह चाहे पंडित बन जाए, चाहे देवता बन जाए, मेरे लिए तो वही मतई है, जो मेरे पैरों पर सिर रगड़ा करता था, और बांभन भी हो जाए और बांभनी से ब्याह भी कर ले, फिर भी जितनी उसकी सेवा मैंने की है, वह कोई बांभनी क्या करेगी! अभी मान-मरजाद के मोह में वह चाहे मुझे छोड़ दे, लेकिन देख लेना, फिर दौड़ा आएगा।"

"आ चुका अब। तुझे पा जाए तो कच्चा ही खा जाए।"

"तो उसे बुलाने ही कौन जाता है? अपना-अपना धरम अपने-अपने साथ है। वह अपना धरम तोड़ रहा है, तो मैं अपना धरम क्यों तोड़ूं?"

प्रातःकाल सिलिया सोनारी की ओर चली, लेकिन होरी ने रोक लिया। धनिया के सिर में दर्द था। उसकी जगह क्यारियों को बराना था। सिलिया इनकार न कर सकी। यहाँ से जब दोपहर को छुट्टी मिली तो वह सोनारी चली।

इधर तीसरे पहर होरी फिर कुएं पर चला तो सिलिया का पता न था। बिगड़ कर बोला-सिलिया कहाँ उड़ गई? रहती है, रहती है, न जाने किधर चल देती है, जैसे किसी काम में जी ही नहीं लगता। तू जानती है सोना, कहाँ गई है?

सोना ने बहाना किया-मुझे तो कुछ मालूम नहीं। कहती थी, धोबिन के घर कपड़े लेने जाना है, वहीं चली गई होगी।

धनिया ने खाट से उठ कर कहा-चलो, मैं क्यारी बराए देती हूँ। कौन उसे मजूरी देते हो जो बिगड़ रहे हो?

"हमारे घर में रहती नहीं है? उसके पीछे सारे गाँव में बदनाम नहीं हो रहे हैं?"

"अच्छा, रहने दो, एक कोने में पड़ी हुई है, तो उससे किराया लोगे?"

"एक कोने में नहीं पड़ी हुई है, एक पूरी कोठरी लिए हुए है।"

"तो उस कोठरी का किराया होगा कोई पचास रुपए महीना।"

"उसका किराया एक पैसा नहीं। हमारे घर में रहती है, जहाँ जाए पूछ कर जाए। आज आती है तो खबर लेता हूँ।"

पुर चलने लगा। धनिया को होरी ने न आने दिया। रूपा क्यारी बराती थी और सोना मोट ले रही थी। रूपा गीली मिट्टी के चूल्हे और बरतन बना रही थी, और सोना सशंक आँखों से सोनारी की ओर ताक रही थी। शंका भी थी, आशा भी थी; शंका अधिक थी, आशा कम। सोचती थी, उन लोगों को रुपए मिल रहे हैं, तो क्यों छोड़ने लगे? जिनके पास पैसे हैं, वे तो पैसे पर और भी जान देते हैं। और गौरी महतो तो एक ही लालची हैं। मथुरा में दया है, धरम है, लेकिन बाप की जो इच्छा होगी, वही उसे माननी पड़ेगी, मगर सोना भी बचा को ऐसा फटकारेगी कि याद करेंगे। वह साफ कहेगी, जा कर किसी धनी की लड़की से ब्याह कर, तुझ-जैसे पुरुष के साथ मेरा निबाह न होगा। कहीं गौरी महतो मान गए, तो वह उनके चरन धो-धो कर पिएगी। उनकी ऐसी सेवा करेगी कि अपने बाप की भी न की होगी। और सिलिया को भर-पेट मिठाई खिलाएगी। गोबर ने उसे जो रुपया दिया था, उसे वह अभी तक संचे हुए थी। इस मृदु कल्पना से उसकी आँखें चमक उठीं और कपोलों पर हल्की-सी लाली दौड़ गई।

मगर सिलिया अभी तक आई क्यों नहीं? कौन बड़ी दूर है। न आने दिया होगा उन लोगों ने। अहा! वह आ रही है, लेकिन बहुत धीरे-धीरे आती है। सोना का दिल बैठ गया। अभागे नहीं माने साइत, नहीं सिलिया दौड़ती आती। तो सोना से हो चुका ब्याह। मुँह धो रखो।

सिलिया आई जरूर, पर कुएं पर न आ कर खेत में क्यारी बराने लगी। डर रही थी, होरी पूछेंगे कहाँ थी अब तक, तो क्या जवाब देगी। सोना ने यह दो घंटे का समय बड़ी मुश्किल से काटा। पर छूटते ही वह भागी हुई सिलिया के पास पहुंची।

"वहां जा कर तू मर गई थी क्या! ताकते-ताकते आँखें फूट गईं।"

सिलिया को बुरा लगा–तो क्या मैं वहाँ सोती थी? इस तरह की बातचीत राह चलते थोड़े ही हो जाती है। अवसर देखना पड़ता है। मथुरा नदी की ओर ढोर चराने गए थे। खोजती-खोजती उसके पास गई और तेरा संदेसा कहा–ऐसा

परसन हुआ कि तुझसे क्या कहूं। मेरे पांव पर गिर पड़ा और बोला–सिल्लो, मैंने जब से सुना है कि सोना मेरे घर में आ रही है, तब से आँखों की नींद हर गई है। उसकी वह गालियां मुझे फल गईं, लेकिन काका को क्या करूं–वह किसी की नहीं सुनते।

सोना ने टोका–तो न सुनें। सोना भी जिद्दिन है। जो कहा है, वह कर दिखाएगी। फिर हाथ मलते रह जाएंगे।

"बस, उसी छन ढोरों को वहीं छोड़, मुझे लिए हुए गौरी महतो के पास गया। महतो के चार पुर चलते हैं। कुआं भी उन्हीं का है। दस बीघे का ऊख है। महतो को देखके मुझे हंसी आ गई, जैसे कोई घसियारा हो। हां, भाग का बली है। बाप-बेटे में खूब कहा-सुनी हुई। गौरी महतो कहते थे, तुझसे क्या मतलब, मैं चाहे कुछ लूं या न लूं, तू कौन होता है बोलने वाला? मथुरा कहता था, तुमको लेना-देना है, तो मेरा ब्याह मत करो, मैं अपना ब्याह जैसे चाहूंगा, कर लूंगा। बात बढ़ गई और गौरी महतो ने पनहियां उतार कर मथुरा को खूब पीटा। कोई दूसरा लड़का इतनी मार खा कर बिगड़ खड़ा होता। मथुरा एक घूंसा भी जमा देता, तो महतो फिर न उठते, मगर बेचारा पचासों जूते खा कर भी कुछ न बोला। आँखों में आँसू भरे, मेरी ओर गरीबों की तरह ताकता हुआ चला गया। तब महतो मुझ पर बिगड़ने लगे। सैकड़ों गालियां दीं, मगर मैं क्यों सुनने लगी थी? मुझे उनका क्या डर था? मैंने सफा कह दिया–महतो, दो-तीन सौ कोई भारी रकम नहीं है, और होरी महतो इतने में बिक न जाएंगे, न तुम्हीं धनवान हो जाओगे, वह सब धन नाच-तमासे में ही उड़ जाएगा। हां, ऐसी बहू न पाओगे।

सोना ने सजल नेत्रों से पूछा–महतो इतनी ही बात पर उन्हें मारने लगे?

सिलिया ने यह बात छिपा रक्खी थी। ऐसी अपमान की बात सोना के कानों में न डालना चाहती थी, पर यह प्रश्न सुन कर संयम न रख सकी। बोली–वही गोबर भैया वाली बात थी। महतो ने कहा–आदमी जूठा तभी खाता है, जब मीठा हो। कलंक चांदी से ही धुलता है। इस पर मथुरा बोला–काका, कौन घर कलंक से बचा हुआ है? हां, किसी का खुल गया, किसी का छिपा हुआ है। गौरी महतो भी पहले एक चमारिन से फंसे थे। उससे दो लड़के भी हैं। मथुरा के मुँह से इतना निकलना था कि डोकरे पर जैसे भूत सवार हो गया। जितना लालची है, उतना ही क्रोधी भी है। बिना लिए न मानेगा।

दोनों घर चलीं। सोना के सिर पर चरसा, रस्सा और जुए का भारी बोझ था, पर इस समय वह उसे फूल से भी हल्का लग रहा था। उसके अंतस्तल में जैसे आनंद और स्फूर्ति का सोता खुल गया हो। मथुरा की वह वीर मूर्ति सामने खड़ी थी, और वह जैसे उसे अपने हृदय में बैठा कर उसके चरण आँसुओं से पखार रही थी। जैसे आकाश की देवियां उसे गोद में उठाए, आकाश में छाई हुई लालिमा में लिए चली जा रही हों।

उसी रात को सोना को बड़े जोर का ज्वर चढ़ आया।

तीसरे दिन गौरी महतो ने नाई के हाथ एक पत्र भेजा–

"स्वस्ती श्री सर्वोपमा जोग श्री होरी महतो को गौरीराम का राम-राम बांचना। आगे जो हम लोगों में दहेज की बातचीत हुई थी, उस पर हमने सांत मन से विचार किया, समझ में आया कि लेन-देन से वर और कन्या दोनों ही के घरवाले जेरबार होते हैं। जब हमारा-तुम्हारा संबंध हो गया, तो हमें ऐसा व्यवहार करना चाहिए कि किसी को न अखरे! तुम दान-दहेज की कोई फिकर मत करना, हम तुमको सौगंध देते हैं। जो कुछ मोटा-महीन जुरे, बरातियों को खिला देना। हम वह भी न मांगेंगे। रसद का इंतजाम हमने कर लिया है। हां, तुम खुसी-खुर्रमी से हमारी जो खातिर करोगे। वह सिर झुका कर स्वीकार करेंगे।"

होरी ने पत्र पढ़ा और दौड़े हुए भीतर जा कर धनिया को सुनाया। हर्ष के मारे उछला पड़ता था, मगर धनिया किसी विचार में डूबी बैठी रही। एक क्षण के बाद बोली–यह गौरी महतो की भलमनसी है, लेकिन हमें भी तो अपने मरजाद का निबाह करना है। संसार क्या कहेगा! रुपया हाथ का मैल है। उसके लिए कुल-मरजाद नहीं छोड़ा जाता। जो कुछ हमसे हो सकेगा, देंगे और गौरी महतो को लेना पड़ेगा। तुम यही जवाब लिख दो। माँ-बाप की कमाई में क्या लड़की का कोई हक नहीं है? नहीं, लिखना क्या है, चलो, मैं नाई से संदेसा कहलाए देती हूँ।

होरी हतबुद्धि-सा आंगन में खड़ा था और धनिया उस उदारता की प्रतिक्रिया में, जो गौरी महतो की सज्जनता ने जगा दी थी, संदेशा कह रही थी। फिर उसने नाई को रस पिलाया और बिदाई दे कर विदा किया।

वह चला गया तो होरी ने कहा–यह तूने क्या कर डाला धनिया? तेरा मिजाज आज तक मेरी समझ में न आया। तू आगे भी चलती है, पीछे भी चलती है। पहले तो इस बात पर लड़ रही थी कि किसी से एक पैसा करज मत लो, कुछ देने-दिलाने का काम नहीं है और जब भगवान ने गौरी के भीतर बैठ कर यह पत्र लिखवाया, तो तूने कुल-मरजाद का राग छेड़ दिया। तेरा मरम भगवान ही जाने।

धनिया बोली–मुंह देख कर बीड़ा दिया जाता है, जानते हो कि नहीं? तब गौरी अपने सान दिखाते थे, अब वह भलमनसी दिखा रहे हैं। ईंट का जवाब चाहे पत्थर हो, लेकिन सलाम का जवाब तो गाली नहीं है।

होरी ने नाक सिकोड़ कर कहा–तो दिखा अपनी भलमनसी। देखें, कहाँ से रुपए लाती है।

धनिया आँखें चमका कर बोली–रुपए लाना मेरा काम नहीं, तुम्हारा काम है।

"मैं तो दुलारी से ही लूंगा।"

"ले लो उसी से। सूद तो सभी लेंगे। जब डूबना ही है, तो क्या तालाब और क्या गंगा?"

होरी बाहर आ कर चिलम पीने लगा। कितने मजे से गला छूटा जाता था, लेकिन धनिया जब जान छोड़े तब तो। जब देखो, उल्टी ही चलती है। इसे जैसे कोई भूत सवार हो जाता है। घर की दसा देख कर भी इसकी आँखें नहीं खुलतीं

25

भोला इधर दूसरी सगाई लाए थे। औरत के बगैर उनका जीवन नीरस था। जब तक झुनिया थी, उन्हें हुक्का-पानी दे देती थी। समय से खाने को बुला ले जाती थी। अब बेचारे अनाथ-से हो गए थे। बहुओं को घर के काम-धाम से छुट्टी न मिलती थी। उनकी क्या सेवा-सत्कार करतीं। इसलिए अब सगाई परमावश्यक हो गई थी। संयोग से एक जवान विधवा मिल गई, जिसके पति का देहांत हुए केवल तीन महीने हुए थे। एक लड़का भी था। भोला की लार टपक पड़ी। झटपट शिकार मार लाए। जब तक सगाई न हुई, उसका घर खोद डाला।

अभी तक उसके घर में जो कुछ था, बहुओं का था। जो चाहती थीं, करती थीं, जैसे चाहती थीं, रहती थीं। जंगी जब से अपनी स्त्री को ले कर लखनऊ चला गया था, कामता की बहू ही घर की स्वामिनी थी। पाँच-छः महीनों में ही उसने तीस-चालीस रुपए अपने हाथ में कर लिए थे। सेर-आधा सेर दूध-दही चोरी से बेच लेती थी। अब स्वामिनी हुई उसकी सौतेली सास। उसका नियंत्रण बहू को बुरा लगता था और आए दिन दोनों में तकरार होती रहती थी। यहाँ तक कि औरतों के पीछे भोला और कामता में भी कहा-सुनी हो गई। झगड़ा इतना बढ़ा कि अलग्योझे की नौबत आ गई और यह रीति सनातन से चली आई है कि अलग्योझे के समय मार-पीट अवश्य हो। यहाँ भी उस रीति का पालन किया गया।

कामता जवान आदमी था। भोला का उस पर जो कुछ दबाव था, वह पिता के नाते था, मगर नई स्त्री ला कर बेटे से आदर पाने का अब उसे कोई हक न रहा था। कम-से-कम कामता इसे स्वीकार न करता था। उसने भोला को पटक कर कई लातें जमाईं और घर से निकाल दिया। घर की चीजें न छूने दीं। गाँव वालों में भी किसी ने भोला का पक्ष न लिया। नई सगाई ने उन्हें नक्कू बना दिया था। रात तो उन्होंने किसी तरह एक पेड़ के नीचे काटी, सुबह होते ही नोखेराम के पास जा पहुंचे और अपनी फरियाद सुनाई। भोला का गाँव उन्हीं के इलाके में था और इलाके-भर के मालिक-मुखिया जो कुछ थे, वही थे। नोखेराम को भोला पर तो क्या दया आती, पर उनके साथ एक चटपटी, रंगीली स्त्री देखी तो चटपट आश्रय देने पर राजी हो गए। जहाँ उनकी गाएं बंधती थी, वहीं एक कोठरी रहने को दे दी। अपने जानवरों की देखभाल, सानी-भूसे के लिए उन्हें एकाएक एक जानकार आदमी की जरूरत महसूस होने लगी। भोला को तीन रुपया महीना और सेर-भर रोजाना अनाज पर नौकर रख लिया।

नोखेराम नाटे, मोटे, खल्वाट, लंबी नाक और छोटी-छोटी आँखों वाले सांवले आदमी थे। बड़ा-सा पग्गड़ बांधते, नीचा कुरता पहनते और जाड़ों में लिहाफ ओढ़ कर बाहर आते-जाते थे। उन्हें तेल की मालिश कराने में बड़ा आनंद आता था, इसलिए उनके कपड़े हमेशा मैले, चीकट रहते थे। उनका परिवार बहुत बड़ा था। सात भाई और उनके बाल-बच्चे सभी उन्हीं पर आश्रित थे। उस पर स्वयं उनका लड़का नवें दरजे में अंग्रेजी पढ़ता था और उसका बबुआई ठाठ निभाना कोई आसान काम न था। रायसाहब से उन्हें केवल बारह रुपए वेतन मिलता था, मगर खर्च सौ रुपए से कौड़ी कम न था। इसलिए असामी किसी तरह उनके चंगुल में फंस जाए, तो बिना उसे अच्छी तरह चूसे न छोड़ते थे। पहले छः रुपए वेतन मिलता था, तब असामियों से इतनी नोच-खसोट न करते थे, जब से बारह रुपए हो गए थे, तब से उनकी तृष्णा और भी बढ़ गई थी, इसलिए रायसाहब उनकी तरक्की न करते थे।

गाँव में और तो सभी किसी-न-किसी रूप में उनका दबाव मानते थे, यहाँ तक कि दातादीन और झिंगुरीसिंह भी उनकी खुशामद करते थे, केवल पटेश्वरी उनसे ताल ठोकने को हमेशा तैयार रहते थे। नोखेराम को अगर यह जोम था कि हम ब्राह्मण हैं और कायस्थों को उंगली पर नचाते हैं, तो पटेश्वरी को भी घमंड था कि हम कायस्थ हैं, कलम के बादशाह, इस मैदान में कोई हमसे क्या बाजी ले जाएगा? फिर वह जमींदार के नौकर नहीं, सरकार के नौकर हैं, जिसके राज में सूरज कभी नहीं डूबता। नोखेराम अगर एकादशी का व्रत रखते हैं और पाँच ब्राह्मणों को भोजन कराते हैं, तो पटेश्वरी हर पूर्णमासी को सत्यनारायण की कथा सुनेंगे और दस ब्राह्मणों को भोजन कराएंगे। जब से उनका जेठा लड़का सजावल हो गया था, नोखेराम इस ताक में रहते थे कि उनका लड़का किसी तरह दसवां पास कर ले, तो उसे भी कहीं नकलनवीसी दिला दें। इसलिए हुक्काम के पास फसली सौगातें ले कर बराबर सलामी करते रहते थे। एक और बात में पटेश्वरी उनसे बढ़े हुए थे। लोगों का ख्याल था कि वह अपनी विधवा कहारिन को रखे हुए हैं। अब नोखेराम को भी अपनी शान में यह कसर पूरी करने का अवसर मिलता हुआ जान पड़ा।

भोला को ढाढ़स देते हुए बोले-तुम यहाँ आराम से रहो भोला, किसी बात का खटका नहीं। जिस चीज़ की जरूरत हो, हमसे आ कर कहो। तुम्हारी घरवाली है, उसके लिए भी कोई न कोई काम निकल आएगा। बखारों में अनाज रखना, निकालना, पछोरना, फटकना क्या थोड़ा काम है?

भोला ने अरज की-सरकार, एक बार कामता को बुला कर पूछ लो, क्या बाप के साथ बेटे का यही सलूक होना चाहिए? घर हमने बनवाया, गाएं-भैंसें हमने लीं। अब उसने सब कुछ हथिया लिया और हमें निकाल बाहर किया। यह अन्याय नहीं तो क्या है? हमारे मालिक तो तुम्हीं हो। तुम्हारे दरबार में इसका फैसला होना चाहिए।

नोखेराम ने समझाया-भोला, तुम उससे लड़ कर पेश न पाओगे, उसने जैसा किया है, उसकी सजा उसे भगवान देंगे। बेईमानी करके कोई आज तक फलीभूत हुआ है? संसार में अन्याय न होता, तो इसे नरक क्यों कहा जाता? यहाँ न्याय और धर्म को कौन पूछता है? भगवान सब देखते हैं। संसार का रत्ती-रत्ती हाल जानते हैं। तुम्हारे मन में इस समय क्या बात है, यह उनसे क्या छिपा है? इसी से तो अंतरजामी कहलाते हैं। उनसे बच कर कोई कहाँ जाएगा? तुम चुप होके बैठो। भगवान की इच्छा हुई तो यहाँ तुम उससे बुरे न रहोगे।

यहां से उठ कर भोला ने होरी के पास जा कर अपना दुखड़ा रोया। होरी ने अपने बीती सुनाई-लड़कों की आजकल कुछ न पूछो भोला भाई। मर-मर कर पालो, जवान हों, तो दुसमन हो जाएं। मेरे ही गोबर को देखो। माँ से लड़ कर गया, और सालों हो गए। न चिट्ठी, न पत्तर। उसके लेखे तो माँ-बाप मर

गए। बिटिया का विवाह सिर पर है, लेकिन उससे कोई मतलब नहीं। खेत रेहन रख कर दो सौ रुपए लिए हैं। इज्जत-आबरू का निबाह तो करना ही होगा।

कामता ने बाप को निकाल बाहर तो किया, लेकिन अब उसे मालूम होने लगा कि बुड्ढा कितना कामकाजी आदमी था। सबेरे उठ कर सानी-पानी करना, दूध दुहना, फिर दूध ले कर बाज़ार जाना, वहाँ से आ कर फिर सानी-पानी करना, फिर दूध दुहना, एक पखवारे में उसका हुलिया बिगड़ गया। स्त्री-पुरुष में लड़ाई हुई। स्त्री ने कहा—मैं जान देने के लिए तुम्हारे घर नहीं आई हूँ। मेरी रोटी तुम्हें भारी हो, तो मैं अपने घर चली जाऊं। कामता डरा, यह कहीं चली जाए, तो रोटी का ठिकाना भी न रहे, अपने हाथ से ठोकना पड़े। आखिर एक नौकर रखा, लेकिन उससे काम न चला। नौकर खली-भूसा चुरा-चुरा कर बेचने लगा। उसे अलग किया। फिर स्त्री-पुरुष में लड़ाई हुई। स्त्री रूठ कर मैके चली गई। कामता के हाथ-पांव फूल गए। हार कर भोला के पास आया और चिरौरी करने लगा—दादा, मुझसे जो कुछ भूल-चूक हुई हो, क्षमा करो। अब चल कर घर संभालो, जैसे तुम रखोगे, वैसे ही रहूंगा।

भोला को यहाँ मजूरों की तरह रहना अखर रहा था। पहले महीने-दो-महीने उसकी जो खातिर हुई, वह अब न थी। नोखेराम कभी-कभी उससे चिलम भरने या चारपाई बिछाने को भी कहते थे। तब बेचारा भोला जहर का घूंट पी कर रह जाता था। अपने घर में लड़ाई-दंगा भी हो, तो किसी की टहल तो न करनी पड़ेगी।

उसकी स्त्री नोहरी ने यह प्रस्ताव सुना तो, ऐंठ कर बोली—जहाँ से लात खा कर आए, वहाँ फिर जाओगे? तुम्हें लाज नहीं आती।

भोला ने कहा—तो यहीं कौन सिंहासन पर बैठा हुआ हूँ?

नोहरी ने मटक कर कहा—तुम्हें जाना हो तो जाओ, मैं नहीं जाती।

भोला जानता था, नोहरी विरोध करेगी। इसका कारण भी वह कुछ-कुछ समझता था, कुछ देखता भी था, उसके यहाँ से भागने का एक कारण यह भी था। यहाँ उसकी कोई बात न पूछता था, पर नोहरी की बड़ी खातिर होती थी। प्यादे और शहने तक उसका दबाव मानते थे। उसका जवाब सुन कर भोला को क्रोध आया, लेकिन करता क्या? नोहरी को छोड़ कर चले जाने का साहस उसमें होता, तो नोहरी भी झख मार कर उसके पीछे-पीछे चली जाती। अकेले उसे यहाँ अपने आश्रय में रखने की हिम्मत नोखेराम में न थी। वह टट्टी की आड़ से शिकार खेलने वाले जीव थे, मगर नोहरी भोला के स्वभाव से परिचित हो चुकी थी।

भोला मिन्नत करके बोला—देख नोहरी, दिक मत कर। अब तो वहाँ बहुएं भी नहीं हैं। तेरे ही हाथ में सब कुछ रहेगा। यहाँ मजूरी करने से बिरादरी में कितनी बदनामी हो रही है, यह सोच!

नोहरी ने ठेंगा दिखा कर कहा–तुम्हें जाना है जाओ, मैं तुम्हें रोक तो नहीं रही हूँ। तुम्हें बेटे की लातें प्यारी लगती होंगी, मुझे नहीं लगतीं। मैं अपनी मजदूरी में मगन हूँ।

भोला को रहना पड़ा और कामता अपनी स्त्री की खुशामद करके उसे मना लाया। इधर नोहरी के विषय में कनबतियां होती रहीं–नोहरी ने आज गुलाबी साड़ी पहनी है। अब क्या पूछना है, चाहे रोज एक साड़ी पहने। सैयां भए कोतवाल, अब डर काहे का। भोला की आँखें फूट गईं हैं क्या?

सोभा बड़ा हंसोड़ था। सारे गाँव का विदूषक, बल्कि नारद। हर एक बात की टोह लगाता रहता था। एक दिन नोहरी उसे घर में मिल गई। कुछ हंसी कर बैठा। नोहरी ने नोखेराम से जड़ दिया। सोभा की चौपाल में तलबी हुई और ऐसी डांट पड़ी कि उम्र-भर न भूलेगा।

एक दिन लाला पटेश्वरीप्रसाद की शामत आ गई। गर्मियों के दिन थे। लाला बगीचे में आम तुड़वा रहे थे। नोहरी बनी-ठनी उधर से निकली। लाला ने पुकारा–नोहरी रानी, इधर आओ, थोड़े से आम लेती जाओ, बड़े मीठे हैं।

नोहरी को भ्रम हुआ, लाला मेरा उपहास कर रहे हैं। उसे अब घमंड होने लगा था। वह चाहती थी, लोग उसे जमींदारिन समझें और उसका सम्मान करें। घमंडी आदमी प्राय: शक्की हुआ करता है। और जब मन में चोर हो, तो शक्कीपन और भी बढ़ जाता है। वह मेरी ओर देख कर क्यों हंसा? सब लोग मुझे देख कर जलते क्यों हैं? मैं किसी से कुछ मांगने नहीं जाती। कौन बड़ी सतवंती है। जरा मेरे सामने आए, तो देखूं। इतने दिनों में नोहरी गाँव के गुप्त रहस्यों से परिचित हो चुकी थी। यही लाला कहारिन को रखे हुए हैं और मुझे हंसते हैं। इन्हें कोई कुछ नहीं कहता। बड़े आदमी हैं न! नोहरी गरीब है, जात की हेठी है, इसलिए सभी उसका उपहास करते हैं। और जैसा बाप है, वैसा ही बेटा। इन्हीं का रमेसरी तो सिलिया के पीछे पागल बना फिरता है। चमारियों पर तो गिद्ध की तरह टूटते हैं, उस पर दावा है कि हम ऊंचे हैं।

उसने वहीं खड़े हो कर कहा–तुम दानी कब से हो गए लाला! पाओ तो दूसरों की थाली की रोटी उड़ा जाओ। आज बड़े आमवाले हुए हैं। मुझसे छेड़ की तो अच्छा न होगा, कहे देती हूँ।

ओ हो! इस अहीरिन का इतना मिजाज। नोखेराम को क्या फांस लिया, समझती है, सारी दुनिया पर उसका राज है। बोले–तू तो ऐसी तिनक रही है नोहरी, जैसे अब किसी को गाँव में रहने न देगी। जरा जबान संभाल कर बातें किया कर, इतनी जल्द अपने को न भूल जा।

"तो क्या तुम्हारे द्वार कभी भीख मांगने आई थी?"

"नोखेराम ने छांह न दी होती, तो भीख भी मांगती।"

नोहरी को लाल मिर्च-सा लगा। जो कुछ मुँह में आया, बका–दाढ़ीजार, लंपट, मुंह-झौंसा और जाने क्या-क्या कहा और उसी क्रोध में भरी हुई कोठरी में गई और अपने बरतन-भांड़े निकाल-निकाल कर बाहर रखने लगी।

नोखेराम ने सुना तो घबराए हुए आए और पूछा–यह क्या कर रही है नोहरी, कपड़े-लत्ते क्यों निकाल रही है? किसी ने कुछ कहा है क्या?

नोहरी मर्दों को नचाने की कला जानती थी। अपने जीवन में उसने यही विद्या सीखी थी। नोखेराम पढ़े-लिखे आदमी थे। कानून भी जानते थे। धर्म की पुस्तकें भी बहुत पढ़ी थीं। बड़े-बड़े वकीलों, बैरिस्टरों की जूतियां सीधी की थीं, पर इस मूर्ख नोहरी के हाथ का खिलौना बने हुए थे। भौंहें सिकोड़ कर बोली–समय का फेर है, यहाँ आ गई, लेकिन अपनी आबरू न गवांऊंगी।

ब्राह्मण सतेज हो उठा। मूंछें खड़ी करके बोला–तेरी ओर जो ताके, उसकी आँखें निकाल लूं।

नोहरी ने लोहे को लाल करके घन जमाया–लाला पटेसरी जब देखो मुझसे बेबात की बात किया करते हैं। मैं हरजाई थोड़े ही हूँ कि कोई मुझे पैसे दिखाए। गांव-भर में सभी औरतें तो हैं, कोई उनसे नहीं बोलता। जिसे देखो, मुझी को छेड़ता है।

नोखेराम के सिर पर भूत सवार हो गया। अपना मोटा डंडा उठाया और आंधी की तरह हरहराते हुए बाग में पहुंच कर लगे ललकारने–आ जा बड़ा मर्द है तो। मूंछें उखाड़ लूंगा, खोद कर गाड़ दूंगा! निकल आ सामने। अगर फिर कभी नोहरी को छेड़ा तो खून पी जाऊँगा। सारी पटवारगिरी निकाल दूंगा। जैसा खुद है, वैसा ही दूसरों को समझता है। तू है किस घमंड में?

लाला पटेश्वरी सिर झुकाए, दम साधे जड़वत खड़े थे। जरा भी जबान खोली और शामत आ गई। उनका इतना अपमान जीवन में कभी न हुआ था। एक बार लोगों ने उन्हें ताल के किनारे रात को घेर कर खूब पीटा था, लेकिन गाँव में उसकी किसी को खबर न हुई थी। किसी के पास कोई प्रमाण न था। लेकिन आज तो सारे गाँव के सामने उनकी इज्जत उतर गई। कल जो औरत गाँव में आश्रय मांगती आई थी, आज सारे गाँव पर उसका आतंक था। अब किसकी हिम्मत है, जो उसे छेड़ सके? जब पटेश्वरी कुछ नहीं कर सके, तो दूसरों की बिसात ही क्या!

अब नोहरी गाँव की रानी थी। उसे आते देख कर किसान लोग उसके रास्ते से हट जाते थे। यह खुला हुआ रहस्य था कि उसकी थोड़ी-सी पूजा करके नोखेराम से बहुत काम निकल सकता है। किसी को बंटवारा कराना हो, लगान के लिए मुहलत मांगनी हो, मकान बनाने के लिए ज़मीन की जरूरत हो, नोहरी की पूजा किए बगैर उसका काम सिद्ध नहीं हो सकता। कभी-कभी

वह अच्छे-अच्छे असामियों को डांट देती थी। असामी ही नहीं अब कारकुन साहब पर भी रोब जमाने लगी थी।

भोला उसका आश्रित बन कर न रहना चाहता था। औरत की कमाई खाने से ज्यादा अधम उसकी दृष्टि में दूसरा न था। उसे कुल तीन रुपए माहवार मिलते थे, वह भी उसके हाथ न लगते। नोहरी ऊपर ही ऊपर उड़ा लेती। उसे तमाखू पीने को धेला मयस्सर नहीं, और नोहरी दो आने रोज के पान खा जाती थी। जिसे देखो, वही उन पर रोब जमाता था। प्यादे उससे चिलम भरवाते, लकड़ी कटवाते, बेचारा दिन-भर का हारा-थका आता और द्वार पर पेड़ के नीचे झिंलगे खाट पर पड़ा रहता। कोई एक लुटिया पानी देने वाला भी नहीं। दोपहर की बासी रोटियां रात को खानी पड़तीं और वह भी नमक या पानी के साथ।

आखिर हार कर उसने घर जा कर कामता के साथ रहने का निश्चय किया। कुछ न होगा, एक टुकड़ा रोटी तो मिल ही जाएगी, अपना घर तो है।

नोहरी बोली-मैं वहाँ किसी की गुलामी करने नहीं जाऊंगी।

भोला ने जी कड़ा करके कहा-तुम्हें जाने को तो मैं नहीं कहता। मैं तो अपने को कहता हूँ।

"तुम मुझे छोड़ कर चले जाओगे? कहते लाज नहीं आती?"

"लाज तो घोल कर पी गया।"

"लेकिन मैंने तो अपनी लाज नहीं पी। तुम मुझे छोड़ कर नहीं जा सकते।"

"तू अपने मन की है, तो मैं तेरी गुलामी क्यों करूं?"

"पंचायत करके मुँह में कालिख लगा दूंगी, इतना समझ लेना।"

"क्या अभी कुछ कम कालिख लगी है? क्या अब भी मुझे धोखे में रखना चाहती है?"

"तुम तो ऐसा ताव दिखा रहे हो, जैसे मुझे रोज गहने ही तो गढ़वाते हो। तो यहाँ नोहरी किसी का ताव सहने वाली नहीं है।"

भोला झल्ला कर उठे और सिरहाने से लकड़ी उठा कर चले कि नोहरी ने लपक कर उनका पहुंचा पकड़ लिया। उसके बलिष्ठ पंजों से निकलना भोला के लिए मुश्किल था। चुपके से कैदी की तरह बैठ गए। एक जमाना था, जब वह औरतों को अंगुलियों पर नचाया करते थे, आज वह एक औरत के करपाश में बंधे हुए हैं और किसी तरह निकल नहीं सकते। हाथ छुड़ाने की कोशिश करके वह परदा नहीं खोलना चाहते। अपने सीमा का अनुमान उन्हें हो गया है। मगर वह क्यों उससे निडर हो कर नहीं कह देते कि तू मेरे काम की नहीं है, मैं तुझे त्यागता हूँ। पंचायत की धमकी देती है! पंचायत क्या कोई हौवा है, अगर तुझे पंचायत का डर नहीं, तो मैं क्यों पंचायत से डरूं? लेकिन यह भाव शब्दों में आने का साहस न कर सकता था। नोहरी ने जैसे उन पर कोई वशीकरण डाल दिया हो।

26

लाला पटेश्वरी पटवारी-समुदाय के सद्‌गुणों के साक्षात अवतार थे। वह यह न देख सकते थे कि कोई असामी अपने दूसरे भाई की इंच भर भी ज़मीन दबा ले। न वह यही देख सकते थे कि असामी किसी महाजन के रुपए दबा ले। गाँव के समस्त प्राणियों के हितों की रक्षा करना उनका परम धर्म था। समझौते या मेल-जोल में उनका विश्वास न था, यह तो निर्जीविता के लक्षण हैं! वह तो संघर्ष के उपासक थे, जो जीवन का लक्षण है। आए दिन इस जीवन को उत्तेजना देने का प्रयास करते रहते थे। एक-न-एक गुलझड़ी छोड़ते रहते थे। मंगरू साह पर इन दिनों उनकी विशेष कृपा-दृष्टि थी। मंगरू साह गाँव का सबसे धनी आदमी था, पर स्थानीय राजनीति में बिलकुल भाग न लेता था। रोब या अधिकार की लालसा उसे न थी। मकान भी उसका गाँव के बाहर था, जहाँ उसने एक बाग, एक कुआं और एक छोटा-सा शिव-मंदिर बनवा लिया था। बाल-बच्चा कोई न था, इसलिए लेन-देन भी कम कर दिया था और अधिकतर पूजा-पाठ में ही लगा रहता था। कितने ही असामियों ने उसके रुपए हजम कर लिए थे, पर उसने किसी पर न नालिश-फरियाद न की। होरी पर भी उसके सूद-ब्याज मिला कर कोई डेढ़ सौ हो गए थे, मगर न होरी को ऋण चुकाने की कोई चिंता थी और न उसे वसूल करने की। दो-चार बार उसने तकाजा किया, घुड़का-डांटा भी, मगर होरी की दशा देख कर चुप हो बैठा। अबकी संयोग से होरी की ऊख गाँव भर के ऊपर थी। कुछ नहीं तो उसके दो-ढाई सौ सीधे हो जाएंगे, ऐसा लोगों का अनुमान था। पटेश्वरीप्रसाद ने मंगरू को सुझाया कि अगर इस वक्त होरी पर दावा कर दिया जाए, तो सब रुपए वसूल हो जाएं। मंगरू इतना दयालु नहीं, जितना आलसी था। झंझट में पड़ना न चाहता था, मगर जब पटेश्वरी ने जिम्मा लिया कि उसे एक दिन भी कचहरी न जाना पड़ेगा, न कोई दूसरा कष्ट होगा, बैठे-बिठाए उसकी डिगरी हो जाएगी, तो उसने नालिश करने की अनुमति दे दी, और अदालत-खर्च के लिए रुपए भी दे दिए।

होरी को खबर न थी कि क्या खिचड़ी पक रही है। कब दावा दायर हुआ, कब डिगरी हुई, उसे बिलकुल पता न चला। कुर्कअमीन उसकी ऊख नीलाम करने आया, तब उसे मालूम हुआ। सारा गाँव खेत के किनारे जमा हो गया। होरी मंगरू साह के पास दौड़ा और धनिया पटेश्वरी को गालियां देने लगी। उसकी सहज बुद्धि ने बता दिया कि पटेश्वरी ही की कारस्तानी है, मगर मंगरू साह पूजा पर थे, मिल न सके और धनिया गालियों की वर्षा करके

भी पटेश्वरी का कुछ बिगाड़ न सकी। उधर ऊख डेढ़ सौ रुपए में नीलाम हो गई और बोली भी हो गई मंगरू साह ही के नाम। कोई दूसरा आदमी न बोल सका। दातादीन में भी धनिया की गालियां सुनने का साहस न था।

धनिया ने होरी को उत्तेजित करके कहा–बैठे क्या हो, जा कर पटवारी से पूछते क्यों नहीं, यही धरम है तुम्हारा गांव-घर के आदमियों के साथ?

होरी ने दीनता से कहा–पूछने के लिए तूने मुँह भी रखा हो। तेरी गालियां क्या उन्होंने न सुनी होंगी?

"जो गाली खाने का काम करेगा, उसे गालियां मिलेंगी ही।"

"तू गालियां भी देगी और भाई-चारा भी निभाएगी।"

"देखूंगी, मेरे खेत के नगीच कौन जाता है?"

"मिल वाले आ कर काट ले जाएंगे, तू क्या करेगी, और मैं क्या करूंगा? गालियां दे कर अपने जीभ की खुजली चाहे मिटा ले।"

"मेरे जीते-जी कोई मेरा खेत काट ले जाएगा?"

"हां, तेरे और मेरे जीते-जी। सारा गाँव मिल कर भी उसे नहीं रोक सकता। अब वह चीज़ मेरी नहीं, मंगरू साह की है।"

"मंगरू साह ने मर-मर कर जेठ की दुपहरी में सिंचाई और गोड़ाई की थी?"

"वह सब तूने किया, मगर अब वह चीज, मंगरू साह की है। हम उनके करजदार नहीं हैं?"

ऊख तो गई, लेकिन उसके साथ ही एक नई समस्या आ पड़ी। दुलारी इसी ऊख पर रुपए देने को तैयार हुई थी। अब वह किस जमानत पर रुपए दे? अभी

उसके पहले ही के दो सौ रुपए पड़े हुए थे। सोचा था, ऊख से पुराने रुपए मिल जाएंगे, तो नया हिसाब चलने लगेगा। उसकी नजर में होरी की साख दो सौ तक थी। इससे ज्यादा देना जोखिम था। सहालग सिर पर था। तिथि निश्चित हो चुकी थी। गौरी महतो ने सारी तैयारियां कर ली होंगी। अब विवाह का टलना असंभव था। होरी को ऐसा क्रोध आता था कि जा कर दुलारी का गला दबा दे। जितनी चिरौरी-बिनती हो सकती थी, वह कर चुका, मगर वह पत्थर की देवी जरा भी न पसीजी। उसने चलते-चलते हाथ बांध कर कहा–दुलारी, मैं तुम्हारे रुपए ले कर भाग न जाऊँगा। न इतनी जल्द मरा ही जाता हूँ। खेत हैं, पेड़-पालो हैं, घर है, जवान बेटा है। तुम्हारे रुपए मारे न जाएंगे, मेरी इज्जत जा रही है, इसे संभालो। मगर दुलारी ने दया को व्यापार में मिलाना स्वीकार न किया। अगर व्यापार को वह दया का रूप दे सकती, तो उसे कोई आपत्ति न होती। पर दया को व्यापार का रूप देना उसने न सीखा था।

होरी ने घर आ कर धनिया से कहा–अब?

धनिया ने उसी पर दिल का गुबार निकाला–यही तो तुम चाहते थे!

होरी ने जख्मी आँखों से देखा–मेरा ही दोस है?

"किसी का दोस हो, हुई तुम्हारे मन की।"

"तेरी इच्छा है कि ज़मीन रेहन रख दूं?"

"ज़मीन रेहन रख दोगे, तो करोगे क्या?"

"मजूरी?"

मगर ज़मीन दोनों को एक-सी प्यारी थी। उसी पर तो उनकी इज्जत और आबरू अवलंबित थी। जिसके पास ज़मीन नहीं, वह गृहस्थ नहीं, मजूर है।

होरी ने कुछ जवाब न पा कर पूछा–तो क्या कहती है?

धनिया ने आहत कंठ से कहा–कहना क्या है। गौरी बारात ले कर आएंगे। एक जून खिला देना। सबेरे बेटी विदा कर देना। दुनिया हंसेगी, हंस ले। भगवान की यही इच्छा है, कि हमारी नाक कटे, मुँह में कालिख लगे तो हम क्या करेंगे!

सहसा नोहरी चुंदरी पहने सामने से जाती हुई दिखाई दी। होरी को देखते ही उसने जरा-सा घूंघट-सा निकाल लिया। उससे समधी का नाता मानती थी।

धनिया से उसका परिचय हो चुका था। उसने पुकारा–आज किधर चलीं समधिन? आओ, बैठो।

नोहरी ने दिग्विजय कर लिया था और अब जनमत को अपने पक्ष में बटोर लेने का प्रयास कर रही थी। आ कर खड़ी हो गई।

धनिया ने उसे सिर से पांव तक आलोचना की आँखों से देख कर कहा–आज इधर कैसे भूल पड़ीं?

नोहरी ने कातर स्वर में कहा–ऐसे ही तुम लोगों से मिलने चली आई। बिटिया का ब्याह कब तक है?

धनिया संदिग्ध भाव से बोली–भगवान के अधीन है, जब हो जाए।

"मैंने तो सुना, इसी सहालग में होगा। तिथि ठीक हो गई है?"

"हां, तिथि तो ठीक हो गई है।"

"मुझे भी नेवता देना।"

"तुम्हारी तो लड़की है, नेवता कैसा?"

"दहेज का सामान तो मंगवा लिया होगा? जरा मैं भी देखूं।"

धनिया असमंजस में पड़ी, क्या कहे। होरी ने उसे संभाला–अभी तो कोई सामान नहीं मंगवाया है, और सामान क्या करना है, कुस-कन्या तो देना है।

नोहरी ने अविश्वास-भरी आँखों से देखा–कुस-कन्या क्यों दोगे महतो, पहली बेटी है, दिल खोल कर करो।

होरी हंसा, मानो कह रहा हो, तुम्हें चारों ओर हरा दिखाई देता होगा, यहाँ तो सूखा ही पड़ा हुआ है।

"रुपए-पैसे की तंगी है, क्या दिल खोल कर करूं। तुमसे कौन परदा है?"

"बेटा कमाता है, तुम कमाते हो, फिर भी रुपए-पैसे की तंगी किसे बिस्वास आएगा?"

"बेटा ही लायक होता, तो फिर काहे का रोना था। चिट्ठी-पत्तर तक भेजता नहीं, रुपए क्या भेजेगा? यह दूसरा साल है, एक चिट्ठी नहीं।"

इतने में सोना बैलों के चारे के लिए हरियाली का एक गट्ठर सिर पर लिए, यौवन को अपने आंचल से चुराती, बालिका-सी सरल, आई और गट्ठा वहीं पटक कर अंदर चली गई।

नोहरी ने कहा-लड़की तो खूब सयानी हो गई है।

धनिया बोली-लड़की की बाढ़ रेंड़ की बाढ़ है। है अभी कै दिन की!

"बर तो ठीक हो गया है न?"

"हां, बर तो ठीक है। रुपए का बंदोबस्त हो गया, तो इसी महीने में ब्याह कर देंगे।"

नोहरी दिल की ओछी थी। इधर उसने जो थोड़े-से रुपए जोड़े थे, वे उसके पेट में उछल रहे थे। अगर वह सोना के ब्याह के लिए कुछ रुपए दे दे, तो कितना यश मिलेगा। सारे गाँव में उसकी चर्चा हो जाएगी। लोग चकित हो कर कहेंगे, नोहरी ने इतने रुपए दिए। बड़ी देवी है। होरी और धनिया दोनों घर-घर उसका बखान करते फिरेंगे। गाँव में उसका मान-सम्मान कितना बढ़ जाएगा। वह ऊंगली दिखाने वालों का मुँह सी देगी। फिर किसकी हिम्मत है, जो उस पर हंसे, या उस पर आवाज़ें कसे? अभी सारा गाँव उसका दुश्मन है। तब सारा गाँव उसका हितैषी हो जाएगा। इस कल्पना से उसकी मुद्रा खिल गई।

"थोड़े-बहुत से काम चलता हो, तो मुझसे ले लो, जब हाथ में रुपए आ जाएं तो दे देना।"

होरी और धनिया दोनों ही ने उसकी ओर देखा। नहीं, नोहरी दिल्लगी नहीं कर रही है। दोनों की आँखों में विस्मय था, कृतज्ञता थी, संदेह था और लज्जा थी। नोहरी उतनी बुरी नहीं है, जितना लोग समझते हैं।

नोहरी ने फिर कहा-तुम्हारी और हमारी इज्जत एक है। तुम्हारी हंसी हो तो क्या मेरी हंसी न होगी? कैसे भी हुआ हो, पर अब तो तुम हमारे समधी हो।

होरी ने सकुचाते हुए कहा-तुम्हारे रुपए तो घर में ही हैं, जब काम पड़ेगा, ले लेंगे। आदमी अपनों ही का भरोसा तो करता है, मगर ऊपर से इंतजाम हो जाए, तो घर के रुपए क्यों छुए।

धनिया ने अनुमोदन किया–हां, और क्या!

नोहरी ने अपनापन जताया–जब घर में रुपए हैं, तो बाहर वालों के सामने हाथ क्यों फैलाओ? सूद भी देना पड़ेगा, उस पर इस्टाम लिखो, गवाही कराओ, दस्तूरी दो, खुसामद करो। हां, मेरे रुपए में छूत लगी हो, तो दूसरी बात है।

होरी ने संभाला–नहीं, नहीं नोहरी, जब घर में काम चल जाएगा तो बाहर क्यों हाथ फैलाएंगे, लेकिन आपस वाली बात है। खेती-बारी का भरोसा नहीं। तुम्हें जल्दी कोई काम पड़ा और हम रुपए न जुटा सके, तो तुम्हें भी बुरा लगेगा और हमारी जान भी संकट में पड़ेगी। इससे कहता था। नहीं, लड़की तो तुम्हारी है।

"मुझे अभी रुपए की ऐसी जल्दी नहीं है।"

"तो तुम्हीं से ले लेंगे। कन्यादान का फल भी क्यों बाहर जाए?"

"कितने रुपए चाहिए?"

"तुम कितने दे सकोगी?"

"सौ में काम चल जाएगा?"

होरी को लालच आया। भगवान ने छप्पर फाड़ कर रुपए दिए हैं, तो जितना ले सके, उतना क्यों न ले।

"सौ में भी चल जाएगा। पाँच सौ में भी चल जाएगा। जैसा हौसला हो।"

"मेरे पास कुल दो सौ रुपए हैं, वह मैं दे दूंगी।"

"तो इतने में बड़ी खुसफेली से काम चल जाएगा। अनाज घर में है, मगर ठकुराइन, आज तुमसे कहता हूँ, मैं तुम्हें ऐसी लच्छमी न समझता था। इस जमाने में कौन किसकी मदद करता है, और किसके पास है। तुमने मुझे डूबने से बचा लिया।"

दिया-बत्ती का समय आ गया था। ठंडक पड़ने लगी थी। ज़मीन ने नीली चादर ओढ़ ली थी। धनिया अंदर जा कर अंगीठी लाई। सब तापने लगे। पुआल के प्रकाश में छबीली, रंगीली, कुलटा नोहरी उनके सामने वरदान-सी बैठी थी। इस समय उसकी उन आँखों में कितनी सहृदयता थी, कपोलों पर कितनी लज्जा, होंठों पर कितनी सत्प्रेरणा!

कुछ देर तक इधर-उधर की बातें करके नोहरी उठ खड़ी हुई और यह कहती हुई घर चली–अब देर हो रही है। कल तुम आ कर रुपए ले लेना महतो!

"चलो, मैं तुम्हें पहुंचा दूं।"

"नहीं-नहीं, तुम बैठो, मैं चली जाऊंगी।"

"जी तो चाहता है, तुम्हें कंधें पर बैठा कर पहुंचाऊं।"

नोखेराम की चौपाल गाँव के दूसरे सिरे पर थी, और बाहर-बाहर जाने का रास्ता साफ था। दोनों उसी रास्ते से चले। अब चारों ओर सन्नाटा था।

नोहरी ने कहा–तनिक समझा देते रावत को। क्यों सबसे लड़ाई किया करते हैं। जब इन्हीं लोगों के बीच में रहना है, तो ऐसे रहना चाहिए न कि चार आदमी अपने हो जाएं। और इनका हाल यह है कि सबसे लड़ाई, सबसे झगड़ा। जब तुम मुझे परदे में नहीं रख सकते, मुझे दूसरों की मजूरी करनी पड़ती है, तो यह कैसे निभ सकता है कि मैं न किसी से हंसूं, न बोलूं, न कोई मेरी ओर ताके, न हंसे। यह सब तो परदे में ही हो सकता है। पूछो, कोई मेरी ओर ताकता या घूरता है तो मैं क्या करूं? उसकी आँखें तो नहीं फोड़ सकती। फिर मेल-मुहब्बत से आदमी के सौ काम निकलते हैं। जैसा समय देखो, वैसा व्यवहार करो। तुम्हारे घर हाथी झूमता था, तो अब वह तुम्हारे किस काम का? अब तो तुम तीन रुपए के मजूर हो। मेरे घर सौ भैंसें लगती थीं, लेकिन अब तो मजूरिन हूँ, मगर उनकी समझ में कोई बात आती ही नहीं। कभी लड़कों के साथ रहने की सोचते हैं, कभी लखनऊ जा कर रहने की सोचते हैं। नाक में दम कर रखा है मेरे।

होरी ने ठकुरसुहाती की–यह भोला की सरासर नादानी है। बूढ़े हुए, अब तो उन्हें समझ आनी चाहिए। मैं समझा दूंगा।

"तो सबेरे आ जाना, रुपए दे दूंगी।"

"कुछ लिखा-पढ़ी.......।"

"तुम मेरे रुपए हजम न करोगे, मैं जानती हूँ।"

उसका घर आ गया था। वह अंदर चली गई। होरी घर लौटा।

27

गोबर को शहर आने पर मालूम हुआ कि जिस अड्डे पर वह अपना खोंचा ले कर बैठता था, वहाँ एक दूसरा खोंचे वाला बैठने लगा है और गाहक अब गोबर को भूल गए हैं। वह घर भी अब उसे पिंजरे-सा लगता था। झुनिया उसमें अकेली बैठी रोया करती। लड़का दिन-भर आंगन में या द्वार पर खेलने का आदी था। यहाँ उसके खेलने को कोई जगह न थी। कहाँ जाए? द्वार पर मुश्किल से एक गज का रास्ता था। दुर्गंध उड़ा करती थी। गरमी में कहीं बाहर लेटने-बैठने को जगह नहीं। लड़का माँ को एक क्षण के लिए न छोड़ता था। और जब कुछ खेलने को न हो, तो कुछ खाने और दूध पीने के सिवा वह और क्या करे? घर पर भी कभी धनिया खेलाती, कभी रूपा, कभी सोना, कभी होरी, कभी पुनिया। यहाँ अकेली झुनिया थी और उसे घर का सारा काम करना पड़ता था।

और गोबर जवानी के नशे में मस्त था। उसकी अतृप्त लालसाएं विषय-भोग के सफर में डूब जाना चाहती थीं। किसी काम में उसका मन न लगता। खोंचा ले कर जाता, तो घंटे-भर ही में लौट आता। मनोरंजन का कोई दूसरा सामान न था। पड़ोस के मजूर और इक्केवान रात-रात भर ताश और जुआ खेलते थे। पहले वह भी खूब खेलता था, मगर अब उसके लिए केवल मनोरंजन था, झुनिया के साथ हास-विलास। थोड़े ही दिनों में झुनिया इस जीवन से ऊब गई। वह चाहती थी, कहीं एकांत में जा कर बैठे, खूब निश्चिंत हो कर लेटे-सोए, मगर वह एकांत कहीं न मिलता। उसे अब गोबर पर गुस्सा आता। उसने शहर के जीवन का कितना मोहक चित्र खींचा था, और यहाँ इस काल-कोठरी के सिवा और कुछ नहीं। बालक से भी उसे चिढ़ होती थी। कभी-कभी वह उसे मार कर निकाल देती और अंदर से किवाड़ बंद कर लेती। बालक रोते-रोते बेदम हो जाता।

उस पर विपत्ति यह कि उसे दूसरा बच्चा पैदा होने वाला था। कोई आगे न पीछे। अक्सर सिर में दर्द हुआ करता। खाने से अरुचि हो गई थी। ऐसी तंद्रा होती थी कि कोने में चुपचाप पड़ी रहे। कोई उससे न बोले-चाले, मगर यहाँ गोबर का निष्ठुर प्रेम स्वागत के लिए द्वार खटखटाता रहता था। स्तन में दूध नाम को नहीं, लेकिन लल्लू छाती पर सवार रहता था। देह के साथ उसका मन भी दुर्बल हो गया। वह जो संकल्प करती, उसे थोड़े-से आग्रह पर तोड़ देती। वह लेटी रहती और लल्लू आ कर जबरदस्ती उसकी छाती पर बैठ जाता और स्तन मुँह में ले कर चबाने लगता। वह अब दो साल का हो गया था। बड़े तेज दांत निकल आए थे। मुँह में दूध न जाता, तो वह क्रोध में आ कर स्तन में दांत काट लेता, लेकिन झुनिया में अब इतनी शक्ति भी न थी कि उसे छाती पर से ढकेल दे। उसे हरदम मौत सामने खड़ी नजर आती। पति और पुत्र किसी से भी उसे स्नेह न था। सभी अपने मतलब के यार हैं। बरसात के दिनों में जब लल्लू को दस्त आने लगे तो उसने दूध पीना छोड़ दिया, तो झुनिया को सिर से एक विपत्ति टल जाने का अनुभव हुआ, लेकिन जब एक सप्ताह के बाद बालक मर गया, तो उसकी स्मृति पुत्र-स्नेह से सजीव हो कर उसे रुलाने लगी।

और जब गोबर बालक के मरने के एक ही सप्ताह बाद फिर आग्रह करने लगा, तो उसने क्रोध में जल कर कहा—तुम कितने पशु हो!

झुनिया को अब लल्लू की स्मृति लल्लू से भी कहीं प्रिय थी। लल्लू जब तक सामने था, वह उससे जितना सुख पाती थी, उससे कहीं ज्यादा कष्ट पाती थी। अब लल्लू उसके मन में आ बैठा था, शांत, स्थिर, सुशील, सुहास। उसकी कल्पना में अब वेदनामय आनंद था, जिसमें प्रत्यक्ष की काली छाया न थी। बाहर वाला लल्लू उसके भीतर वाले लल्लू का प्रतिबिंब मात्र

था। प्रतिबिंब सामने न था, जो असत्य था, अस्थिर था। सत्य रूप तो उसके भीतर था, उसकी आशाओं और शुभेच्छाओं से सजीव। दूध की जगह वह उसे अपना रक्त पिला-पिला कर पाल रही थी। उसे अब वह बंद कोठरी, और वह दुर्गंधमयी वायु और वह दोनों जून धुएं में जलना, इन बातों का मानो ज्ञान ही न रहा। वह स्मृति उसके भीतर बैठी हुई जैसे उसे शक्ति प्रदान करती रहती। जीते-जी जो उसके जीवन का भार था, मर कर उसके प्राणों में समा गया था। उसकी सारी ममता अंदर जा कर बाहर से उदासीन हो गई। गोबर देर में आता है या जल्द, रुचि से भोजन करता है या नहीं, प्रसन्न है या उदास, इसकी अब उसे बिलकुल चिंता न थी। गोबर क्या कमाता है और कैसे खर्च करता है, इसकी भी उसे परवा न थी। उसका जीवन जो कुछ था, भीतर था, बाहर वह केवल निर्जीव थी।

उसके शोक में भाग ले कर, उसके अंतर्जीवन में पैठ कर, गोबर उसके समीप जा सकता था, उसके जीवन का अंग बन सकता था, पर वह उसके बाह्य जीवन के सूखे तट पर आ कर ही प्यासा लौट जाता था।

एक दिन उसने रूखे स्वर में कहा-तो लल्लू के नाम को कब तक रोए जाएगी! चार-पांच महीने तो हो गए।

झुनिया ने ठंडी सांस ले कर कहा-तुम मेरा दुःख नहीं समझ सकते। अपना काम देखो। मैं जैसी हूँ, वैसी पड़ी रहने दो।

"तेरे रोते रहने से लल्लू लौट आएगा?"

झुनिया के पास कोई जवाब न था। वह उठ कर पतीली में कचालू के लिए आलू उबालने लगी। गोबर को ऐसा पाषाण-हृदय उसने न समझा था।

इस बेदर्दी ने उसके लल्लू को उसके मन में और भी सजग कर दिया। लल्लू उसी का है, उसमें किसी का साझा नहीं, किसी का हिस्सा नहीं। अभी तक लल्लू किसी अंश में उसके हृदय के बाहर भी था, गोबर के हृदय में भी उसकी कुछ ज्योति थी। अब वह संपूर्ण रूप से उसका था।

गोबर ने खोंचे से निराश हो कर शक्कर के मिल में नौकरी कर ली थी। मिस्टर खन्ना ने पहले मिल से प्रोत्साहित हो कर हाल में यह दूसरा मिल

खोल दिया था। गोबर को वहाँ बड़े सबेरे जाना पड़ता, और दिन-भर के बाद जब वह दिया-जले घर लौटता, तो उसकी देह में जरा भी जान न रहती थी। घर पर भी उसे इससे कम मेहनत न करनी पड़ती थी, लेकिन वहाँ उसे जरा भी थकन न होती थी। बीच-बीच में वह हंस-बोल भी लेता था। फिर उस खुले मैदान में, उन्मुक्त आकाश के नीचे, जैसे उसकी क्षति पूरी हो जाती थी। वहाँ उसकी देह चाहे जितना काम करे, मन स्वच्छंद रहता था। यहाँ देह की उतनी मेहनत न होने पर भी जैसे उस कोलाहल, उस गति और तूफानी

शोर का उस पर बोझ-सा लदा रहता था। यह शंका भी बनी रहती थी कि न जाने कब डांट पड़ जाए। सभी श्रमिकों की यही दशा थी। सभी ताड़ी या शराब में अपने दैहिक थकन और मानसिक अवसाद को डुबाया करते थे। गोबर को भी शराब का चस्का पड़ा। घर आता तो नशे में चूर, और पहर रात गए। और आ कर कोई-न-कोई बहाना खोज कर झुनिया को गालियां देता, घर से निकालने लगता और कभी-कभी पीट भी देता।

झुनिया को अब यह शंका होने लगी कि वह रखेली है, इसी से उसका यह अपमान हो रहा है। ब्याहता होती, तो गोबर की मजाल थी कि उसके साथ यह बर्ताव करता। बिरादरी उसे दंड देती, हुक्का-पानी बंद कर देती। उसने कितनी बड़ी भूल की कि इस कपटी के साथ घर से निकल भागी। सारी दुनिया में हंसी भी हुई और हाथ कुछ न आया। वह गोबर को अपना दुश्मन समझने लगी। न उसके खाने-पीने की परवा करती, न अपने खाने-पीने की। जब गोबर उसे मारता, तो उसे ऐसा क्रोध आता कि गोबर का गला छुरे से रेत डाले। गर्भ ज्यों-ज्यों पूरा होता जाता है, उसकी चिंता बढ़ती जाती है। इस घर में तो उसकी मरन हो जाएगी। कौन उसकी देखभाल करेगा, कौन उसे संभालेगा? और जो गोबर इसी तरह मारता-पीटता रहा, तब तो उसका जीवन नरक ही हो जाएगा।

एक दिन वह बंबे पर पानी भरने गई, तो पड़ोस की एक स्त्री ने पूछा-कै महीने है रे?

झुनिया ने लजा कर कहा-क्या जाने दीदी, मैंने तो गिना-गिनाया नहीं है।

दोहरी देह की, काली-कलूटी, नाटी, कुरूपा, बड़े-बड़े स्तनों वाली स्त्री थी। उसका पति एक्का हांकता था और वह खुद लकड़ी की दुकान करती थी। झुनिया कई बार उसकी दुकान से लकड़ी लाई थी। इतना ही परिचय था।

मुस्करा कर बोली-मुझे तो जान पड़ता है, दिन पूरे हो गए हैं। आज ही कल में होगा। कोई दाई-वाई ठीक कर ली है?

झुनिया ने भयातुर स्वर में कहा-मैं तो यहाँ किसी को नहीं जानती।

"तेरा मर्दुआ कैसा है, जो कान में तेल डाले बैठा है?"

"उन्हें मेरी क्या फिकर!"

"हां, देख तो रही हूँ। तुम तो सौर में बैठोगी, कोई करने-धरने वाला चाहिए कि नहीं? सास-ननद, देवरानी-जेठानी, कोई है कि नहीं? किसी को बुला लेना था।"

"मेरे लिए सब मर गए।"

वह पानी ला कर जूठे बरतन मांजने लगी, तो प्रसव की शंका से हृदय में धड़कनें हो रही थीं। सोचने लगी-कैसे क्या होगा भगवान? उंह! यही तो होगा, मर जाऊंगी, अच्छा है, जंजाल से छूट जाऊंगी।

शाम को उसके पेट में दर्द होने लगा। समझ गई विपत्ति की घड़ी आ पहुंची। पेट को एक हाथ से पकड़े हुए पसीने से तर उसने चूल्हा जलाया, खिचड़ी डाली और दर्द से व्याकुल हो कर वहीं ज़मीन पर लेट रही। कोई दस बजे रात को गोबर आया, ताड़ी की दुर्गंध उड़ाता हुआ। लटपटाती हुई जबान से ऊटपटांग बक रहा था–मुझे किसी की परवा नहीं है। जिसे सौ दफे गरज हो, रहे, नहीं चला जाए। मैं किसी का ताव नहीं सह सकता। अपने माँ–बाप का ताव नहीं सहा, जिनने जनम दिया। तब दूसरों का ताव क्यों सहूं? जमादार आँखें दिखाता है। यहाँ किसी की धौंस सहने वाले नहीं हैं। लोगों ने पकड़ न लिया होता, तो खून पी जाता, खून! कल देखूंगा बच्चा को। फांसी ही तो होगी। दिखा दूंगा कि मर्द कैसे मरते हैं। हंसता हुआ, अकड़ता हुआ, मूंछों पर ताव देता हुआ फांसी के तख्ते पर जाऊं, तो सही। औरत की जात! कितनी बेवफा होती है। खिचड़ी डाल दी और टांग पसार कर सो रही। कोई खाए या न खाए, उसकी बला से। आप मजे से फुलके उड़ाती है, मेरे लिए खिचड़ी! अच्छा सता ले जितना सताते बने, तुझे भगवान सताएंगे। जो न्याय करते हैं।

उसने झुनिया को जगाया नहीं। कुछ बोला भी नहीं। चुपके से खिचड़ी थाली में निकाली और दो–चार कौर निगल कर बरामदे में लेट रहा। पिछले पहर उसे सर्दी लगी। कोठरी से कंबल लेने गया तो झुनिया के कराहने की आवाज सुनी। नशा उतर चुका था। पूछा–कैसा जी है झुनिया! कहीं दरद है क्या।

"हां, पेट में जोर से दरद हो रहा है?"

"तूने पहले क्यों नहीं कहा अब इस बखत कहाँ जाऊं?"

"किससे कहती?"

"मैं मर गया था क्या?"

"तुम्हें मेरे मरने–जीने की क्या चिंता?"

गोबर घबराया, कहाँ दाई खोजने जाए? इस वक्त वह आने ही क्यों लगी? घर में कुछ है भी तो नहीं। चुड़ैल ने पहले बता दिया होता तो किसी से दो–चार रुपए मांग लाता। इन्हीं हाथों में सौ–पचास रुपए हरदम पड़े रहते थे, चार आदमी खुसामद करते थे। इस कुलच्छनी के आते ही जैसे लच्छमी रूठ गई। टके–टके को मुहताज हो गया।

सहसा किसी ने पुकारा–यह क्या तुम्हारी घरवाली कराह रही है? दरद तो नहीं हो रहा है?

यह वही मोटी औरत थी, जिससे आज झुनिया की बातचीत हुई थी। घोड़े को दाना खिलाने उठी थी। झुनिया का कराहना सुन कर पूछने आ गई थी।

गोबर ने बरामदे में जा कर कहा–पेट में दरद है। छटपटा रही है। यहाँ कोई दाई मिलेगी?

"वह तो मैं आज उसे देख कर ही समझ गई थी। दाई कच्ची सराय में रहती है। लपक कर बुला लाओ। कहना, जल्दी चल। तब तक मैं यहीं बैठी हूँ।"

"मैंने तो कच्ची सराय नहीं देखी, किधर है?"

"अच्छा, तुम उसे पंखा झलते रहो, मैं बुलाए लाती हूँ। यही कहते हैं, अनाड़ी आदमी किसी काम का नहीं। पूरा पेट और दाई की खबर नहीं।"

यह कहती हुई वह चल दी। इसके मुँह पर तो लोग इसे चुहिया कहते हैं, यही इसका नाम था, लेकिन पीठ पीछे मोटल्ली कहा-करते थे। किसी को मोटल्ली कहते सुन लेती थी, तो उसके सात पुरखों तक चढ़ जाती थी।

गोबर को बैठे दस मिनट भी न हुए होंगे कि वह लौट आई और बोली–अब संसार में गरीबों का कैसे निबाह होगा। रांड़ कहती है, पाँच रुपए लूंगी? तब चलूंगी। और आठ आने रोज। बारहवें दिन एक साड़ी। मैंने कहा–तेरा मुँह झुलस दूं। तू जा चूल्हे में! मैं देख लूंगी। बारह बच्चों की माँ यों ही नहीं हो गई हूँ। तुम बाहर आ जाओ गोबरधन, मैं सब कर लूंगी। बखत पड़ने पर आदमी ही आदमी के काम आता है। चार बच्चे जना लिए तो दाई बन बैठी!

वह झुनिया के पास जा बैठी और उसका सिर अपनी जांघ पर रख कर उसका पेट सहलाती हुई बोली–मैं तो आज तुझे देखते ही समझ गई थी। सच पूछो, तो इसी धड़के में आज मुझे नींद नहीं आई। यहाँ तेरा कौन सगा बैठा है?

झुनिया ने दर्द से दांत जमा कर सी करते हुए कहा–अब न बचूंगी! दीदी! हाय मैं तो भगवान से मांगने न गई थी। एक को पाला-पोसा। उसे तुमने छीन लिया, तो फिर इसका कौन काम था? मैं मर जाऊं माता, तो तुम बच्चे पर दया करना। उसे पाल-पोस देना। भगवान तुम्हारा भला करेंगे।

चुहिया स्नेह से उसके केश सुलझाती हुई बोली–धीरज धर बेटी, धीरज धर। अभी छन-भर में कष्ट कटा जाता है। तूने भी तो जैसे चुप्पी साध ली थी। इसमें किस बात की लाज! मुझे बता दिया होता, तो मैं मौलवी साहब के पास से ताबीज ला देती। वही मिर्जा जी जो इस हाते में रहते हैं।

इसके बाद झुनिया को कुछ होश न रहा। नौ बजे सुबह उसे होश आया, तो उसने देखा, चुहिया शिशु को लिए बैठी है और वह साफ साड़ी पहने लेटी हुई है। ऐसी कमजोरी थी, मानो देह में रक्त का नाम न हो।

चुहिया रोज सबेरे आ कर झुनिया के लिए हरीरा और हलवा पका जाती और दिन में भी कई बार आ कर बच्चे को उबटन मल जाती और ऊपर का दूध पिला जाती। आज चौथा दिन था, पर झुनिया के स्तनों में दूध न उतरता था। शिशु रो-रो कर गला गाड़े लेता था, क्योंकि ऊपर का दूध उसे पचता न था। एक छन को भी चुप न होता था। चुहिया अपना स्तन उसके मुँह में

देती। बच्चा एक क्षण चूसता, पर जब दूध न निकलता, तो फिर चीखने लगता। जब चौथे दिन सांझ तक झुनिया के दूध न उतरा, तो चुहिया घबराई। बच्चा सूखता चला जाता था। नखास में एक पेंशनर डॉक्टर रहते थे। चुहिया उन्हें ले आई। डॉक्टर ने देख-भाल कर कहा–इसकी देह में खून तो है ही नहीं, दूध कहाँ से आए? समस्या जटिल हो गई। देह में खून लाने के लिए महीनों पुष्टिकारक दवाएं खानी पड़ेंगी, तब कहीं दूध उतरेगा। तब तक तो इस मांस के लोथड़े का ही काम तमाम हो जाएगा।

पहर रात हो गई थी। गोबर ताड़ी पिए ओसारे में पड़ा हुआ था। चुहिया बच्चे को चुप कराने के लिए उसके मुँह में अपने छाती डाले हुए थी कि सहसा उसे ऐसा मालूम हुआ कि उसकी छाती में दूध आ गया है। प्रसन्न हो कर बोली–ले झुनिया, अब तेरा बच्चा जी जाएगा, मेरे दूध आ गया।

झुनिया ने चकित हो कर कहा–तुम्हें दूध आ गया?

"नहीं री, सच।"

"मैं तो नहीं पतियाती।"

"देख ले!"

उसने अपना स्तन दबा कर दिखाया। दूध की धार फूट निकली।

झुनिया ने पूछा– तुम्हारी छोटी बिटिया तो आठ साल से कम की नहीं है।

"हां आठवां है, लेकिन मुझे दूध बहुत होता था।"

"इधर तो तुम्हें कोई बाल-बच्चा नहीं हुआ।"

"वही लड़की पेट-पोछनी थी। छाती बिलकुल सूख गई थी, लेकिन भगवान की लीला है, और क्या!"

अब से चुहिया चार-पांच बार आ कर बच्चे को दूध पिला जाती। बच्चा पैदा तो हुआ था दुर्बल, लेकिन चुहिया का स्वस्थ दूध पी कर गदराया जाता था। एक दिन चुहिया नदी स्नान करने चली गई। बच्चा भूख के मारे छटपटाने लगा। चुहिया दस बजे लौटी, तो झुनिया बच्चे को कंधों से लगाए झुला रही थी और बच्चा रोए जाता था। चुहिया ने बच्चे को उसकी गोद से ले कर दूध पिला देना चाहा, पर झुनिया ने उसे झिड़क कर कहा–रहने दो। अभागा मर जाए, वही अच्छा। किसी का एहसान तो न लेना पड़े।

चुहिया गिड़गिड़ाने लगी। झुनिया ने बड़े अदरावन के बाद बच्चा उसकी गोद में दिया।

लेकिन झुनिया और गोबर में अब भी न पटती थी। झुनिया के मन में बैठ गया था कि यह पक्का मतलबी, बेदर्द आदमी है, मुझे केवल भोग की वस्तु समझता है। चाहे मैं मरूं या जिऊं, उसकी इच्छा पूरी किए जाऊं, उसे बिलकुल गम नहीं। सोचता होगा, यह मर जाएगी तो दूसरी लाऊंगा, लेकिन मुँह धो रखें बच्चू! मैं ही ऐसी अल्हड़ थी कि तुम्हारे फंदे में आ गई। तब

तो पैरों पर सिर रखे देता था। यहाँ आते ही न जाने क्यों जैसे इसका मिजाज ही बदल गया। जाड़ा आ गया था, पर न ओढ़न, न बिछावन। रोटी-दाल से जो दो-चार रुपए बचते, ताड़ी में उड़ जाते। एक पुराना लिहाफ था। दोनों उसी में सोते थे, लेकिन फिर भी उनमें सौ कोस का अंतर था। दोनों एक ही करवट में रात काट देते।

गोबर का जी शिशु को गोद में ले कर खेलाने के लिए तरस कर रह जाता था। कभी-कभी वह रात को उठ कर उसका प्यारा मुखड़ा देख लिया करता था, लेकिन झुनिया की ओर से उसका मन खिंचता था। झुनिया भी उससे बात न करती, न उसकी कुछ सेवा ही करती और दोनों के बीच में यह मालिन्य समय के साथ लोहे के मोर्चे की भांति गहरा, दृढ़ और कठोर होता जाता था। दोनों एक-दूसरे की बातों का उल्टा ही अर्थ निकालते, वही जिससे आपस का द्वेष और भड़के। और कई दिनों तक एक-एक वाक्य को मन में पाले रहते और उसे अपना रक्त पिला-पिला कर एक-दूसरे पर झपट पड़ने के लिए तैयार रहते, जैसे शिकारी कुत्ते हों।

उधर गोबर के कारखाने में भी आए दिन एक-न-एक हंगामा उठता रहता था। अबकी बजट में शक्कर पर ड्यूटी लगी थी। मिल के मालिकों को मजूरी घटाने का अच्छा बहाना मिल गया। ड्यूटी से अगर पाँच की हानि थी, तो मजूरी घटा देने से दस का लाभ था। इधर महीनों से इस मिल में भी यही मसला छिड़ा हुआ था। मजूरों का संघ हड़ताल करने को तैयार बैठा हुआ था। इधर मजूरी घटी और उधर हड़ताल हुई। उसे मजूरी में धेले की कटौती भी स्वीकार न थी। जब उस तेजी के दिनों में मजूरी में एक धेले की भी बढ़ती नहीं हुई, तो अब वह घाटे में क्यों साथ दे।

मिर्जा खुर्शेद संघ के सभापति और पंडित ओंकारनाथ 'बिजली' संपादक, मंत्री थे। दोनों ऐसी हड़ताल कराने पर तुले हुए थे कि मिल-मालिकों को कुछ दिन याद रहे। मजूरों को भी ऐसी हड़ताल से क्षति पहुंचेगी, यहाँ तक कि हजारों आदमी रोटियों को भी मोहताज हो जाएंगे, इस पहलू की ओर उनकी निगाह बिलकुल न थी। और गोबर हड़तालियों में सबसे आगे था। उद्दंड स्वभाव का था ही, ललकारने की जरूरत थी। फिर वह मारने-मरने को न डरता था। एक दिन झुनिया ने उसे जी कड़ा करके समझाया भी–तुम बाल-बच्चे वाले आदमी हो, तुम्हारा इस तरह आग में कूदना अच्छा नहीं। इस पर गोबर बिगड़ उठा–तू कौन होती है मेरे बीच में बोलने वाली? मैं तुझसे सलाह नहीं पूछता। बात बढ़ गई और गोबर ने झुनिया को खूब पीटा। चुहिया ने आ कर झुनिया को छुड़ाया और गोबर को डांटने लगी। गोबर के सिर पर शैतान सवार था। लाल-लाल आँखें निकाल कर बोला–तुम मेरे घर में मत आया करो चुहिया, तुम्हारे आने का कुछ काम नहीं।

चुहिया ने व्यंग के साथ कहा–तुम्हारे घर में न आऊंगी, तो मेरी रोटियां कैसे चलेंगी! यहीं से मांग-जांच कर ले जाती हूँ, तब तवा गर्म होता है! मैं न होती लाला, तो यह बीबी आज तुम्हारी लातें खाने के लिए बैठी न होती।

गोबर घूंसा तान कर बोला–मैंने कह दिया, मेरे घर में न आया करो। तुम्हीं ने इस चुड़ैल का मिजाज आसमान पर चढ़ा दिया है।

चुहिया वहीं डटी हुई निःशंक खड़ी थी, बोली–अच्छा, अब चुप रहना गोबर! बेचारी अधमरी लड़कोरी औरत को मार कर तुमने कोई बड़ी जवांमर्दी का काम नहीं किया है। तुम उसके लिए क्या करते हो कि तुम्हारी मार सहे? एक रोटी खिला देते हो इसलिए? अपने भाग बखानो कि ऐसी गऊ औरत पा गए हो। दूसरी होती, तो तुम्हारे मुँह में झाड़ू मार कर निकल गई होती।

मुहल्ले के लोग जमा हो गए और चारों ओर से गोबर पर फटकारें पड़ने लगीं। वही लोग, जो अपने घरों में अपनी स्त्रियों को रोज पीटते थे, इस वक्त न्याय और दया के पुतले बने हुए थे। चुहिया और शेर हो गई और फरियाद करने लगी–डाढ़ीजार कहता है, मेरे घर न आया करो। बीबी-बच्चा रखने चला है, यह नहीं जानता कि बीबी-बच्चों को पालना बड़े गुर्दे का काम है। इससे पूछो, मैं न होती तो आज यह बच्चा, जो बछड़े की तरह कुलेलें कर रहा है, कहाँ होता? औरत को मार कर जवानी दिखाता है। मैं न हुई तेरी बीबी, नहीं यही जूती उठा कर मुँह पर तड़ातड़ जमाती और कोठरी में ढकेल कर बाहर से किवाड़ बंद कर देती। दाने को तरस जाते।

गोबर झल्लाया हुआ अपने काम पर चला गया। चुहिया औरत न हो कर मर्द होती, तो मजा चखा देता। औरत के मुँह क्या लगे।

मिल में असंतोष के बादल घने होते जा रहे थे। मजदूर 'बिजली' की प्रतियां जेब में लिए फिरते और जरा भी अवकाश पाते, तो दो-तीन मजदूर मिल कर उसे पढ़ने लगते। पत्र की बिक्री खूब बढ़ रही थी। मजदूरों के नेता 'बिजली' कार्यालय में आधी रात तक बैठे हड़ताल की स्कीमें बनाया करते और प्रातःकाल जब पत्र में यह समाचार मोटे-मोटे अक्षरों में छपता, तो जनता टूट पड़ती और पत्र की कापियां दूने-तिगुने दाम पर बिक जातीं। उधर कंपनी के डायरेक्टर भी अपने घात में बैठे हुए थे। हड़ताल हो जाने में ही उनका हित था। आदमियों की कमी तो है नहीं। बेकारी बढ़ी हुई है, इसके आधे वेतन पर ऐसे आदमी आसानी से मिल सकते हैं। माल की तैयारी में एकदम आधी बचत हो जाएगी। दस-पांच दिन काम का हरज होगा, कुछ परवाह नहीं। आखिर यही निश्चय हो गया कि मजूरी में कमी का ऐलान कर दिया जाए। दिन और समय नियत कर लिया गया, पुलिस को सूचना दे दी गई। मजूरों को कानोंकान खबर न थी। वे अपने घात में थे। उसी वक्त हड़ताल करना चाहते थे, जब गोदाम में बहुत थोड़ा माल रह जाए और मांग की तेजी हो।

एकाएक एक दिन जब मजूर लोग शाम को छुट्टी पा कर चलने लगे, तो डायरेक्टरों का ऐलान सुना दिया गया। उसी वक्त पुलिस आ गई। मजूरों को अपनी इच्छा के विरुद्ध उसी वक्त हड़ताल करनी पड़ी, जब गोदाम में इतना माल भरा हुआ था कि बहुत तेज मांग होने पर भी छः महीने से पहले न उठ सकता था।

मिर्जा खुर्शेद ने यह बात सुनी, तो मुस्कराए, जैसे कोई मनस्वी योद्धा अपने शत्रु के रण-कौशल पर मुग्ध हो गया हो। एक क्षण विचारों में डूबे रहने के बाद बोले–अच्छी बात है। अगर डायरेक्टरों की यही इच्छा है, तो यही सही। हालतें उनके मुआफिक हैं, लेकिन हमें न्याय का बल है। वह लोग नए आदमी रख कर अपना काम चलाना चाहते हैं। हमारी कोशिश यह होनी चाहिए कि उन्हें एक भी नया आदमी न मिले। यही हमारी फतह होगी।

'बिजली' कार्यालय में उसी वक्त खतरे की मीटिंग हुई, कार्यकारिणी समिति का भी संगठन हुआ, पदाधिकारियों का चुनाव हुआ और आठ बजे रात को मजूरों का लंबा जुलूस निकला। दस बजे रात को कल का सारा प्रोग्राम तय किया गया और यह ताकीद कर दी गई कि किसी तरह का दंगा-फसाद न होने पाए।

मगर सारी कोशिश बेकार हुईं। हड़तालियों ने नए मजूरों का टिड्डी-दल मिल के द्वार पर खड़ा देखा, तो इनकी हिंसा-वृत्ति काबू से बाहर हो गई। सोचा था, सौ-सौ, पचास-पचास आदमी रोज भर्ती के लिए आएंगे। उन्हें समझा-बुझा कर या धमका कर भगा देंगे। हड़तालियों की संख्या देख कर नए लोग आप ही भयभीत हो जाएंगे, मगर यहाँ तो नक्शा ही कुछ और था, अगर यह सारे आदमी भर्ती हो गए, तो हड़तालियों के लिए समझौते की कोई आशा ही न थी। तय हुआ कि नए आदमियों को मिल में जाने ही न दिया जाए। बल-प्रयोग के सिवा और कोई उपाय न था। नया दल भी लड़ने-मरने पर तैयार था। उनमें अधिकांश ऐसे भुखमरे थे, जो इस अवसर को किसी तरह भी न छोड़ना चाहते थे। भूखों मर जाने से या अपने बाल-बच्चों को भूखों मरते देखने से तो यह कहीं अच्छा था कि इस परिस्थिति में लड़ कर मरें। दोनों दलों में फौजदारी हो गई। 'बिजली' संपादक तो भाग खड़े हुए। बेचारे मिर्जा जी पिट गए और उनकी रक्षा करते हुए गोबर भी बुरी तरह घायल हो गया। मिर्जा जी पहलवान आदमी थे और मंजे हुए फिकैत, अपने ऊपर कोई गहरा वार न पड़ने दिया। गोबर गंवार था। पूरा लट्ठ मारना जानता था, पर अपनी रक्षा करना न जानता था, जो लड़ाई में मारने से ज्यादा महत्व की बात है। उसके एक हाथ की हड्डी टूट गई, सिर खुल गया और अंत में वह वहीं ढेर हो गया। कंधों पर अनगिनती लाठियां पड़ी थीं, जिससे उसका एक-एक अंग चूर हो गया था। हड़तालियों ने उसे गिरते देखा, तो भाग खड़े

हुए। केवल दस-बारह जंचे हुए आदमी मिर्जा को घेर कर खड़े रहे। नए आदमी विजय-पताका उड़ाते हुए मिल में दाखिल हुए और पराजित हड़ताली अपने हताहतों को उठा-उठा कर अस्पताल पहुंचाने लगे, मगर अस्पताल में इतने आदमियों के लिए जगह न थी। मिर्जा जी तो ले लिए गए। गोबर की मरहम-पट्टी करके उसके घर पहुंचा दिया गया।

झुनिया ने गोबर की वह चेष्टाहीन लोथ देखी, तो उसका नारीत्व जाग उठा। अब तक उसने उसे सबल के रूप में देखा था, जो उस पर शासन करता था, डांटता था, मारता था। आज वह अपंग था, निस्सहाय था, दयनीय था। झुनिया ने खाट पर झुक कर आँसू-भरी आँखों से गोबर को देखा और घर की दशा का ख्याल करके उसे गोबर पर एक ईर्ष्यामय क्रोध आया। गोबर जानता था कि घर में एक पैसा नहीं है। वह यह भी जानता था कि कहीं से एक पैसा मिलने की आशा नहीं है। यह जानते हुए भी उसके बार-बार समझाने पर भी, उसने यह विपत्ति अपने ऊपर ली। उसने कितनी बार कहा था तुम इस झगड़े में न पड़ो। आग लगाने वाले आग लगा कर अलग हो जाएंगे, जाएगी गरीबो के सिर; लेकिन वह कब उसकी सुनने लगा था! वह तो उसकी बैरिन थी। मित्र तो वह लोग थे, जो अब मजे से मोटरों में घूम रहे हैं। उस क्रोध में एक प्रकार की तुष्टि थी, जैसे हम उन बच्चों को कुरसी से गिर पड़ते देख कर, जो बार-बार मना करने पर खड़े होने से बाज न आते थे, चिल्ला उठते हैं। अच्छा हुआ, बहुत अच्छा, तुम्हारा सिर क्यों न दो हो गया!

लेकिन एक ही क्षण में गोबर का करुण क्रंदन सुन कर उसकी सारी संज्ञा सिहर उठी। व्यथा में डूबे हुए यह शब्द उसके मुँह से निकले-हाय-हाय! सारी देह भुरकुस हो गई। सबों को तनिक भी दया न आई।

वह उसी तरह बड़ी देर तक गोबर का मुँह देखती रही। वह क्षीण होती हुई आशा से जीवन का कोई लक्षण पा लेना चाहती थी। और प्रतिक्षण उसका धैर्य अस्त होने वाले सूर्य की भांति डूबता जाता था, और भविष्य में अंधकार उसे अपने अंदर समेटे लेता था।

सहसा चुहिया ने आ कर पुकारा-गोबर का क्या हाल है, बहू! मैंने तो अभी सुना। दुकान से दौड़ी आई हूँ।

झुनिया के रुके हुए आँसू उबल पड़े, कुछ बोल न सकी। भयभीत आँखों से चुहिया की ओर देखा।

चुहिया ने गोबर का मुँह देखा, उसकी छाती पर हाथ रखा, और आश्वासन-भरे स्वर में बोली-यह चार दिन में अच्छे हो जाएंगे। घबड़ा मत। कुशल हुई। तेरा सोहाग बलवान था। कई आदमी उसी दंगे में मर गए। घर में कुछ रुपए-पैसे हैं?

झुनिया ने लज्जा से सिर हिला दिया।

"मैं लाए देती हूँ। थोड़ा-सा दूध ला कर गरम कर ले।"

झुनिया ने उसके पांव पकड़ कर कहा-दीदी, तुम्हीं मेरी माता हो। मेरा दूसरा कोई नहीं है।

जाड़ों की उदास संध्या आज और भी उदास मालूम हो रही थी। झुनिया ने चूल्हा जलाया और दूध उबालने लगी। चुहिया बरामदे में बच्चे को लिए खिला रही थी।

सहसा झुनिया भारी कंठ से बोली-मैं बड़ी अभागिन हूँ दीदी! मेरे मन में ऐसा आ रहा है, जैसे मेरे ही कारण इनकी यह दसा हुई है। जी कुढ़ता है तब मन दु:खी होता ही है, फिर गालियां भी निकलती हैं, सराप भी निकलता है। कौन जाने मेरी गालियों.........

इसके आगे वह कुछ न कह सकी। आवाज आँसुओं के रेले में बह गई। चुहिया ने आंचल से उसके आँसू पोंछते हुए कहा-कैसी बातें सोचती है बेटी! यह तेरे सिंदूर का भाग है कि यह बच गए। मगर हां, इतना है कि आपस में लड़ाई हो, तो मुँह से चाहे जितना बक ले, मन में कीना न पाले। बीज अंदर पड़ा, तो अंखुआ निकले बिना नहीं रहता।

झुनिया ने कंपन-भरे स्वर में पूछा-अब मैं क्या करूं दीदी?

चुहिया ने ढाढ़स दिया-कुछ नहीं बेटी! भगवान का नाम ले। वही गरीबों की रक्षा करते हैं।

उसी समय गोबर ने आँखें खोली और झुनिया को सामने देख कर याचना भाव से क्षीण स्वर में बोला-आज बहुत चोट खा गया झुनिया! मैं किसी से कुछ नहीं बोला। सबों ने अनायास मुझे मारा। कहा-सुना माफ कर! तुझे सताया था, उसी का यह फल मिला। थोड़ी देर का और मेहमान हूँ। अब न बचूंगा। मारे दरद के सारी देह फटी जाती है।

चुहिया ने अंदर आ कर कहा-चुपचाप पड़े रहो। बोलो-चालो नहीं। मरोगे नहीं, इसका मेरा जुम्मा।

गोबर के मुख पर आशा की रेखा झलक पड़ी। बोला-सच कहती हो, मैं मरूंगा नहीं?

"हां, नहीं मरोगे। तुम्हें हुआ क्या है? जरा सिर में चोट आ गई है और हाथ की हड्डी उतर गई है। ऐसी चोटें मरदों को रोज ही लगा करती हैं। इन चोटों से कोई नहीं मरता।"

"अब मैं झुनिया को कभी न मारूंगा।"

"डरते होगे कि कहीं झुनिया तुम्हें न मारे।"

"वह मारेगी भी, तो कुछ न बोलूंगा।"

"अच्छे होने पर भूल जाओगे।"

"नहीं दीदी, कभी न भूलूंगा।"

गोबर इस समय बच्चों-सी बातें किया करता। दस-पांच मिनट अचेत-सा पड़ा रहता। उसका मन न जाने कहाँ-कहाँ उड़ता फिरता। कभी देखता, वह नदी में डूबा जा रहा है, और झुनिया उसे बचाने के लिए नदी में चली आ रही है। कभी देखता, कोई दैत्य उसकी छाती पर सवार है और झुनिया की शक्ल में कोई देवी उसकी रक्षा कर रही है। और बार-बार चौंक कर पूछता—मैं मरूंगा तो नहीं झुनिया?

तीन दिन उसकी यही दशा रही और झुनिया ने रात को जाग कर और दिन को उसके सामने खड़े रह कर जैसे मौत से उसकी रक्षा की। बच्चे को चुहिया संभाले रहती। चौथे दिन झुनिया एक्का लाई और सबों ने गोबर को उस पर लाद कर अस्पताल पहुंचाया। वहाँ से लौट कर गोबर को मालूम हुआ कि अब वह सचमुच बच जाएगा। उसने आँखों में आँसू भर कर कहा—मुझे क्षमा कर दो झुन्ना!

इन तीन-चार दिनों में चुहिया के तीन-चार रुपए खर्च हो गए थे, और अब झुनिया को उससे कुछ लेते संकोच होता था। वह भी कोई मालदार तो थी नहीं। लकड़ी की बिक्री के रुपए झुनिया को दे देती। आखिर झुनिया ने कुछ काम करने का विचार किया। अभी गोबर को अच्छे होने में महीनों लगेंगे। खाने-पीने को भी चाहिए, दवा-दारू को भी चाहिए। वह कुछ काम करके खाने-भर को तो ले ही आएगी। बचपन से उसने गऊओं का पालना और घास छीलना सीखा था। यहाँ गउएं कहाँ थीं? हां, वह घास छील सकती थी। मुहल्ले के कितने ही स्त्री-पुरुष बराबर शहर के बाहर घास छीलने जाते थे और आठ-दस आने कमा लेते थे। वह प्रातःकाल गोबर का हाथ-मुंह धुला कर और बच्चे को उसे सौंप कर घास छीलने निकल जाती और तीसरे पहर तक भूखी-प्यासी घास छीलती रहती। फिर उसे मंडी में ले जा कर बेचती और शाम को घर आती। रात को भी वह गोबर की नींद सोती और गोबर की नींद जागती, मगर इतना कठोर श्रम करने पर भी उसका मन ऐसा प्रसन्न रहता, मानो झूले पर बैठी गा रही है, रास्ते-भर साथ की स्त्रियों और पुरुषों से चुहल और विनोद करती जाती। घास छीलते समय भी सबों में हंसी-दिल्लगी होती रहती। न किस्मत का रोना, न मुसीबत का गिला। जीवन की सार्थकता में, अपनों के लिए कठिन से कठिन त्याग में, और स्वाधीन सेवा में जो उल्लास है, उसकी ज्योति एक-एक अंग पर चमकती रहती। बच्चा अपने पैरों पर खड़ा हो कर जैसे तालियां बजा-बजा कर खुश होता है, उसी आनंद का वह अनुभव कर रही थी, मानो उसके प्राणों में आनंद का कोई सोता खुल गया हो। और मन स्वस्थ हो, तो देह कैसे अस्वस्थ रहे! उस एक महीने में जैसे उसका कायाकल्प हो गया हो। उसके अंगों में अब शिथिलता नहीं, चपलता है, लचक है, सुकुमारता है। मुख पर पीलापन नहीं रहा, खून की गुलाबी

चमक है। उसका यौवन जो इस बंद कोठरी में पड़े-पड़े अपमान और कलह से कुंठित हो गया था, वह मानो ताजी हवा और प्रकाश पा कर लहलहा उठा है। अब उसे किसी बात पर क्रोध नहीं आता। बच्चे के जरा-सा रोने पर जो वह झुंझला उठती थी, अब जैसे उसके धैर्य और प्रेम का अंत ही न था।

इसके खिलाफ गोबर अच्छा होते जाने पर भी कुछ उदास रहता था। जब हम अपने किसी प्रियजन पर अत्याचार करते हैं, और जब विपत्ति आ पड़ने पर हममें इतनी शक्ति आ जाती है कि उसकी तीव्र व्यथा का अनुभव करें, तो इससे हमारी आत्मा में जागृति का उदय हो जाता है, और हम उस बेजा व्यवहार का प्रायश्चित करने के लिए तैयार हो जाते हैं। गोबर उसी प्रायश्चित के लिए व्याकुल हो रहा था। अब उसके जीवन का रूप बिलकुल दूसरा होगा, जिसमें कटुता की जगह मृदुता होगी, अभिमान की जगह नम्रता। उसे अब ज्ञात हुआ कि सेवा करने का अवसर बड़े सौभाग्य से मिलता है, और वह इस अवसर को कभी न भूलेगा।

28

मिस्टर खन्ना को मजूरों की यह हड़ताल बिलकुल बेजा मालूम होती थी। उन्होंने हमेशा जनता के साथ मिले रहने की कोशिश की थी। वह अपने को जनता का ही आदमी समझते थे। पिछले कौमी आंदोलन में उन्होंने बड़ा जोश दिखाया था। जिले के प्रमुख नेता रहे थे, दो बार जेल गए थे और कई हज़ार का नुकसान उठाया था। अब भी वह मजूरों की शिकायतें सुनने को तैयार रहते थे, लेकिन यह तो नहीं हो सकता कि वह शक्कर मिल के हिस्सेदारों के हित का विचार न करें। अपना स्वार्थ त्यागने को वह तैयार हो सकते थे, अगर उनकी ऊंची मनोवृत्तियों को स्पर्श किया जाता, लेकिन हिस्सेदारों के स्वार्थ की रक्षा न करना, यह तो अधर्म था। यह तो व्यापार है, कोई सदाव्रत नहीं कि सब कुछ मजूरों को ही बांट दिया जाए। हिस्सेदारों को यह विश्वास दिला कर रुपए लिए गए थे कि इस काम में पंद्रह-बीस सैकड़े का लाभ है। अगर उन्हें दस सैकड़ा भी न मिले, तो वे डायरेक्टरों को और विशेषकर मिस्टर खन्ना को धोखेबाज ही तो समझेंगे और फिर अपना वेतन वह कैसे कम कर सकते थे? और कंपनियों को देखते उन्होंने अपना वेतन कम रखा था। केवल एक हज़ार रुपया महीना लेते थे। कुछ कमीशन भी मिल जाता था, मगर वह इतना लेते थे, तो मिल का संचालन भी करते थे। मजूर केवल हाथ से काम करते हैं। डायरेक्टर अपनी बुद्धि से, विद्या से, प्रतिभा से, प्रभाव

से काम करता है। दोनों शक्तियों का मोल बराबर तो नहीं हो सकता। मजूरों को यह संतोष क्यों नहीं होता कि मंदी का समय है और चारों तरफ बेकारी फैली रहने के कारण आदमी सस्ते हो गए हैं। उन्हें तो एक की जगह पौन भी मिले, तो संतुष्ट रहना चाहिए था। और सच पूछो तो वे संतुष्ट हैं। उनका कोई कसूर नहीं। वे तो मूर्ख हैं, बछिया के ताऊ! शरारत तो ओंकारनाथ और मिर्जा खुर्शेद की है। यही लोग उन बेचारों को कठपुतली की तरह नचा रहे हैं, केवल थोड़े-से पैसे और यश के लोभ में पड़ कर। यह नहीं सोचते कि उनकी दिल्लगी से कितने घर तबाह हो जाएंगे। ओंकारनाथ का पत्र नहीं चलता तो बेचारे खन्ना क्या करें! और आज उनके पत्र के एक लाख ग्राहक हो जाएं, और उससे उन्हें पाँच लाख का लाभ होने लगे, तो क्या वह केवल अपने गुजारे-भर को ले कर शेष कार्यकर्ताओं में बांट देंगे? कहाँ की बात! और वह त्यागी मिर्जा खुर्शेद भी तो एक दिन लखपति थे। हजारों मजूर उनके नौकर थे। तो क्या वह अपने गुजारे-भर को ले कर सब कुछ मजूरों में बांट देते थे? वह उसी गुजारे की रकम में यूरोपियन छोकरियों के साथ विहार करते थे। बड़े-बड़े अफसरों के साथ दावतें उड़ाते थे, हजारों रुपए महीने की शराब पी जाते थे और हर साल फ्रांस और स्विटजरलैंड की सैर करते थे। आज मजूरों की दशा पर उनका कलेजा फटता है।

इन दोनों नेताओं की तो खन्ना को परवाह न थी। उनकी नियत की सफाई में पूरा संदेह था। न रायसाहब की ही उन्हें परवाह थी, जो हमेशा खन्ना की हां-में-हां मिलाया करते थे और उनके हर एक कदम का समर्थन कर दिया करते थे। अपने परिचितों में केवल एक ही ऐसा व्यक्ति था, जिसके निष्पक्ष विचार पर खन्ना जी को पूरा भरोसा था और वह डॉक्टर मेहता थे। जब से उन्होंने मालती से घनिष्ठता बढ़ानी शुरू की थी, खन्ना की नजरों में उनकी इज्जत बहुत कम हो गई थी। मालती बरसों खन्ना की हृदयेश्वरी रह चुकी थी, पर उसे उन्होंने सदैव खिलौना समझा था। इसमें संदेह नहीं कि वह खिलौना उन्हें बहुत प्रिय था। उसके खो जाने, या टूट जाने, या छिन जाने पर वह खूब रोते और वह रोए थे, लेकिन थी वह खिलौना ही। उन्हें कभी मालती पर विश्वास न हुआ। वह कभी उनके ऊपरी विलास-आवरण को छेद कर उनके अंतःकरण तक न पहुंच सकी थी। वह अगर खुद खन्ना से विवाह का प्रस्ताव करती, तो वह स्वीकार न करते। कोई बहाना करके टाल देते। अन्य कितने ही प्राणियों की भांति खन्ना का जीवन भी दोहरा या दो-रुखी था। एक ओर वह त्याग और जन-सेवा और उपकार के भक्त थे, तो दूसरी ओर स्वार्थ और विलास और प्रभुता के। कौन उनका असली रुख था, यह कहना कठिन है। कदाचित उनकी आत्मा का उत्तम आधा सेवा और सहृदयता से बना हुआ था, मद्धिम आधा स्वार्थ और विलास से। पर इस उत्तम और मद्धिम में बराबर

संघर्ष होता रहता था। और मद्धिम ही अपने उद्दंडता और हठ के कारण सौम्य और शांत उत्तम पर गालिब आता था। उसे मद्धिम मालती की ओर झुकता था, उत्तम मेहता की ओर, लेकिन वह उत्तम अब मद्धिम के साथ एक हो गया था। उनकी समझ में न आता था कि मेहता-जैसा आदर्शवादी व्यक्ति मालती-जैसी चंचल, विलासिनी रमणी पर कैसे आसक्त हो गया! वह बहुत प्रयास करने पर भी मेहता को वासनाओं का शिकार न स्थिर कर सकते थे और कभी-कभी उन्हें यह संदेह भी होने लगता था कि मालती का कोई दूसरा रूप भी है, जिसे वह न देख सके या जिसे देखने की उनमें क्षमता न थी।

पक्ष और विपक्ष के सभी पहलुओं पर विचार करके उन्होंने यही नतीजा निकाला कि इस परिस्थिति में मेहता ही से उन्हें प्रकाश मिल सकता है।

डॉक्टर मेहता को काम करने का नशा था। आधी रात को सोते थे और घड़ी रात रहे उठ जाते थे। कैसा भी काम हो, उसके लिए वह कहीं-न-कहीं से समय निकाल लेते थे। हॉकी खेलना हो या यूनिवर्सिटी डिबेट, ग्राम्य संगठन हो या किसी शादी का नवेद, सभी कामों के लिए उनके पास लगन थी और समय था। वह पत्रों में लेख भी लिखते थे और कई साल से एक वृहद् दर्शन-ग्रंथ लिख रहे थे, जो अब समाप्त होने वाला था। इस वक्त भी वह एक वैज्ञानिक खेल ही खेल रहे थे। अपने बगीचे में बैठे हुए पौधों पर विद्युत-संचार क्रिया की परीक्षा कर रहे थे। उन्होंने हाल में एक विद्वान-परिषद में यह सिद्ध किया था कि फसलें बिजली के जोर से बहुत थोड़े समय में पैदा की जा सकती हैं, उनकी पैदावार बढ़ाई जा सकती है और बेफसल की चीजें भी उपजाई जा सकती हैं। आजकल सबेरे के दो-तीन घंटे वह इन्हीं परीक्षाओं में लगाया करते थे।

मिस्टर खन्ना की कथा सुन कर उन्होंने कठोर मुद्रा से उनकी ओर देख कर कहा—क्या यह जरूरी था कि ड्यूटी लग जाने से मजूरों का वेतन घटा दिया जाए? आपको सरकार से शिकायत करनी चाहिए थी। अगर सरकार ने नहीं सुना, तो उसका दंड मजूरों को क्यों दिया जाए? क्या आपका विचार है कि मजूरों को इतनी मजूरी दी जाती है कि उसमें चौथाई कम कर देने से मजूरों को कष्ट नहीं होगा? आपके मजूर बिलों में रहते हैं—गंदे बदबूदार बिलों में—जहाँ आप एक मिनट भी रह जाएं, तो आपको कै हो जाए। कपड़े जो पहनते हैं, उनसे आप अपने जूते भी न पोछेंगे। खाना जो वह खाते हैं, वह आपका कुत्ता भी न खाएगा। मैंने उनके जीवन में भाग लिया है। आप उनकी रोटियां छीन कर अपने हिस्सेदारों का पेट भरना चाहते हैं?

खन्ना ने अधीर हो कर कहा—लेकिन हमारे सभी हिस्सेदार तो धनी नहीं हैं। कितनों ही ने अपना सर्वस्व इसी मिल की भेंट कर दिया है और इसके नफे के सिवा उनके जीवन का कोई आधार नहीं है।

मेहता ने इस भाव से जवाब दिया, जैसे इस दलील का उनकी नजरों में कोई मूल्य नहीं है–जो आदमी किसी व्यापार में हिस्सा लेता है, वह इतना दरिद्र नहीं होता कि उसके नफे ही को जीवन का आधार समझे। हो सकता है कि नफा कम मिलने पर उसे अपना एक नौकर कम कर देना पड़े या उसके मक्खन और फलों का बिल कम हो जाए, लेकिन वह नंगा या भूखा न रहेगा। जो अपनी जान खपाते हैं, उनका हक उन लोगों से ज्यादा है, जो केवल रुपया लगाते हैं।

यही बात पंडित ओंकारनाथ ने कही थी। मिर्जा खुर्शेद ने भी यही सलाह दी थी। यहाँ तक कि गोविंदी ने भी मजूरों ही का पक्ष लिया था, पर खन्ना जी ने उन लोगों की परवा न की थी, लेकिन मेहता के मुँह से वही बात सुन कर वह प्रभावित हो गए। ओंकारनाथ को वह स्वार्थी समझते थे, मिर्जा खुर्शेद को गैरजिम्मेदार और गोविंदी को अयोग्य। मेहता की बात में चरित्र, अध्ययन और सद्भाव की शक्ति थी।

सहसा मेहता ने पूछा–आपने अपनी देवी जी से भी इस विषय में राय ली?

खन्ना ने सकुचाते हुए कहा–हां पूछा था।

"उनकी क्या राय थी?"

"वही जो आपकी है।"

"मुझे यही आशा थी। और आप उस विदुषी को अयोग्य समझते हैं।"

उसी वक्त मालती आ पहुंची और खन्ना को देख कर बोली–अच्छा, आप विराज रहे हैं–मैंने मेहता जी की आज दावत की है। सभी चीजें अपने हाथ से पकाई हैं। आपको भी नेवता देती हूँ। गोविंदी देवी से आपका यह अपराध क्षमा करा दूंगी।

खन्ना को कौतूहल हुआ। अब मालती अपने हाथों से खाना पकाने लगी है? मालती, वही मालती, जो खुद कभी अपने जूते न पहनती थी, जो खुद कभी बिजली का बटन तक न दबाती थी, विलास और विनोद ही जिसका जीवन था!

मुस्कराकर कहा–अगर आपने पकाया है तो जरूर आऊँगा। मैं तो कभी सोच ही न सकता था कि आप पाक-कला में भी निपुण हैं।

मालती निःसंकोच भाव से बोली–इन्होंने मार-मार कर वैद्य बना दिया। इनका हुक्म कैसे टाल देती? पुरुष देवता ठहरे!

खन्ना ने इस व्यंग्य का आनंद ले कर मेहता की ओर आँखें मारते हुए कहा–पुरुष तो आपके लिए इतने सम्मान की वस्तु न थी।

मालती झेंपी नहीं। इस संकेत का आशय समझ कर जोश-भरे स्वर में बोली–लेकिन अब हो गई हूँ, इसलिए कि मैंने पुरुष का जो रूप अपने

परिचितों की परिधि में देखा था, उससे यह कहीं सुंदर है। पुरुष इतना सुंदर, इतना कोमल हृदय....

मेहता ने मालती की ओर दीन-भाव से देखा और बोले–नहीं मालती, मुझ पर दया करो, नहीं मैं यहाँ से भाग जाऊँगा।

इन दिनों जो कोई मालती से मिलता वह उससे मेहता की तारीफों के पुल बांध देती, जैसे कोई नवदीक्षित अपने नए विश्वासों का ढिंढोरा पीटता फिरे। सुरुचि का ध्यान भी उसे न रहता। और बेचारे मेहता दिल में कट कर रह जाते थे। वह कड़ी और कड़वी आलोचना तो बड़े शौक से सुनते थे, लेकिन अपनी तारीफ सुन कर जैसे बेवकूफ बन जाते थे, मुँह जरा-सा निकल आता था, जैसे कोई फबती कसी गई हो। और मालती उन औरतों में न थी, जो भीतर रह सके। वह बाहर ही रह सकती थी, पहले भी और अब भी, व्यवहार में भी, विचार में भी। मन में कुछ रखना वह न जानती थी। जैसे एक अच्छी साड़ी पा कर वह उसे पहनने के लिए अधीर हो जाती थी, उसी तरह मन में कोई सुंदर भाव आए, तो वह उसे प्रकट किए बिना चैन न पाती थी।

मालती ने और समीप आ कर उनकी पीठ पर हाथ रख कर मानो उनकी रक्षा करते हुए कहा–अच्छा भागो नहीं, अब कुछ न कहूंगी। मालूम होता है, तुम्हें अपने निंदा ज्यादा पसंद है। तो निंदा ही सुनो–खन्ना जी, यह महाशय मुझ पर अपने प्रेम का जाल......

शक्कर-मिल की चिमनी यहाँ से साफ नजर आती थी। खन्ना ने उसकी तरफ देखा। वह चिमनी खन्ना के कीर्ति स्तंभ की भांति आकाश में सिर उठाए खड़ी थी। खन्ना की आँखों में अभिमान चमक उठा। इसी वक्त उन्हें मिल के दफ्तर में जाना है। वहाँ डायरेक्टरों की एक अर्जेंट मीटिंग करनी होगी और इस परिस्थिति को उन्हें समझाना होगा और इस समस्या को हल करने का उपाय भी बतलाना होगा।

मगर चिमनी के पास यह धुआं कहाँ से उठ रहा है? देखते-देखते सारा आकाश बैलून की भांति धुएं से भर गया। सबों ने सशंक हो कर उधर देखा। कहीं आग तो नहीं लग गई? आग ही मालूम होती है।

सहसा सामने सड़क पर हजारों आदमी मिल की तरफ दौड़े जाते नजर आए। खन्ना ने खड़े हो कर जोर से पूछा–तुम लोग कहाँ दौड़े जा रहे हो?

एक आदमी ने रुक कर कहा–अजी, शक्कर-मिल में आग लग गई। आप देख नहीं रहे हैं?

खन्ना ने मेहता की ओर देखा और मेहता ने खन्ना की ओर। मालती दौड़ी हुई बंगले में गई और अपने जूते पहन आई। अफसोस और शिकायत करने का अवसर न था। किसी के मुँह से एक बात न निकली। खतरे में हमारी चेतना अंतर्मुखी हो जाती है। खन्ना की कार खड़ी ही थी। तीनों आदमी घबराए

हुए आ कर बैठे और मिल की तरफ भागे। चौरास्ते पर पहुंचे तो देखा, सारा शहर मिल की ओर उमड़ा चला आ रहा है। आग में आदमियों को खींचने का जादू है, कार आगे न बढ़ सकी।

मेहता ने पूछा–आग-बीमा तो करा लिया था न?

खन्ना ने लंबी सांस खींच कर कहा–कहाँ भाई, अभी तो लिखा-पढ़ी हो रही थी। क्या जानता था, यह आफत आने वाली है।

कार वहीं राम-आसरे छोड़ दी गई और तीनों आदमी भीड़ चीरते हुए मिल के सामने जा पहुंचे। देखा तो अग्नि का एक सागर आकाश में उमड़ रहा था। अग्नि की उन्मत्त लहरें एक-पर-एक, दांत पीसती थीं, जीभ लपलपाती थीं, जैसे आकाश को भी निगल जाएंगी। उस अग्नि समुद्र के नीचे ऐसा धुआं छाया था, मानो सावन की घटा कालिख में नहा कर नीचे उतर आई हो। उसके ऊपर जैसे आग का थरथराता हुआ, उबलता हुआ हिमाचल खड़ा था। हाते में लाखों आदमियों की भीड़ थी, पुलिस भी थी, फायर ब्रिगेड भी, सेवा समितियों के सेवक भी, पर सब-के-सब आग की भीषणता से मानो शिथिल हो गए हों। फायर ब्रिगेड के छींटे उस अग्नि-सफर में जा कर जैसे बुझ जाते थे। ईंटें जल रही थीं, लोहे के गार्डर जल रहे थे और पिघली हुई शक्कर के परनाले चारों तरफ बह रहे थे। और तो और, ज़मीन से भी ज्वाला निकल रही थी।

दूर से तो मेहता और खन्ना को यह आश्चर्य हो रहा था कि इतने आदमी खड़े तमाशा क्यों देख रहे हैं, आग बुझाने में मदद क्यों नहीं करते, मगर अब इन्हें भी ज्ञात हुआ कि तमाशा देखने के सिवा और कुछ करना अपने वश से बाहर है। मिल की दीवारों से पचास गज के अंदर जाना जान-जोखिम था। ईंट और पत्थर के टुकड़े चटाक-चटाक टूट कर उछल रहे थे। कभी-कभी हवा का रुख इधर हो जाता था, तो भगदड़ पड़ जाती थी।

ये तीनों आदमी भीड़ के पीछे खड़े थे। कुछ समझ में न आता था, क्या करें। आखिर आग लगी कैसे! और इतनी जल्द फैल कैसे गई? क्या पहले किसी ने देखा ही नहीं? या देख कर भी बुझाने का प्रयास न किया? इस तरह के प्रश्न सभी के मन में उठ रहे थे, मगर वहाँ पूछे किससे, मिल के कर्मचारी होंगे तो जरूर, लेकिन उस भीड़ में उनका पता मिलना कठिन था।

सहसा हवा का इतना तेज झोंका आया कि आग की लपटें नीची हो कर इधर लपकीं, जैसे समुद्र में ज्वार आ गया हो। लोग सिर पर पांव रख कर भागे। एक-दूसरे पर गिरते, रेलते, जैसे कोई शेर झपटा आता हो। अग्नि-ज्वालाएं जैसे सजीव हो गई थीं, सचेष्ट भी, जैसे कोई शेषनाग अपने सहस्र मुख से आग फुंकार रहा हो। कितने ही आदमी तो इस रेले में कुचल गए। खन्ना मुँह के बल गिर पड़े, मालती को मेहता जी दोनों हाथों से पकड़े

हुए थे, नहीं जरूर कुचल गई होती? तीनों आदमी हाते की दीवार के पास एक इमली के पेड़ के नीचे आ कर रुके। खन्ना एक प्रकार की चेतना-शून्य तन्मयता से मिल की चिमनी की ओर टकटकी लगाए खड़े थे।

मेहता ने पूछा—आपको ज्यादा चोट तो नहीं आई?

खन्ना ने कोई जवाब न दिया। उसी तरफ ताकते रहे। उनकी आँखों में वह शून्यता थी, जो विक्षिप्तता का लक्षण है।

मेहता ने उनका हाथ पकड़ कर फिर पूछा—हम लोग यहाँ व्यर्थ खड़े हैं। मुझे भय होता है, आपको चोट ज्यादा आ गई है। आइए, लौट चलें।

खन्ना ने उनकी तरफ देखा और जैसे सनक कर बोले—जिनकी यह हरकत है, उन्हें मैं खूब जानता हूँ। अगर उन्हें इसी में संतोष मिलता है, तो भगवान उनका भला करें। मुझे कुछ परवा नहीं, कुछ परवा नहीं, कुछ परवा नहीं! मैं आज चाहूं, तो ऐसी नई मिल खड़ी कर सकता हूँ। जी हां, बिलकुल नई मिल खड़ी कर सकता हूँ। ये लोग मुझे क्या समझते हैं? मिल ने मुझे नहीं बनाया, मैंने मिल को बनाया। और मैं फिर बना सकता हूँ, मगर जिनकी यह हरकत है, उन्हें मैं खाक में मिला दूंगा। मुझे सब मालूम है, रत्ती-रत्ती मालूम है।

मेहता ने उनका चेहरा और उनकी चेष्टा देखी और घबरा कर बोले—चलिए, आपको घर पहुंचा दूं। आपकी तबीयत अच्छी नहीं है।

खन्ना ने कहकहा मार कर कहा—मेरी तबीयत अच्छी नहीं है। इसलिए कि मिल जल गई। ऐसी मिलें मैं चुटकियों में खोल सकता हूँ। मेरा नाम खन्ना है, चंद्रप्रकाश खन्ना! मैंने अपना सब कुछ इस मिल में लगा दिया। पहली मिल में हमने बीस प्रतिशत नफा दिया। मैंने प्रोत्साहित हो कर यह मिल खोली। इसमें आधे रुपए मेरे हैं। मैंने बैंक के दो लाख इस मिल में लगा दिए। मैं एक घंटा नहीं, आधा घंटा पहले दस लाख का आदमी था। जी हां, दस, मगर इस वक्त फाकेमस्त हूँ—नहीं दिवालिया हूँ! मुझे बैंक को दो लाख देना है। जिस मकान में रहता हूँ, वह अब मेरा नहीं है। जिस बर्तन में खाता हूँ, वह भी अब मेरा नहीं! बैंक से मैं निकाल दिया जाऊँगा। जिस खन्ना को देख कर लोग जलते थे, वह खन्ना अब धूल में मिल गया है। समाज में अब मेरा कोई स्थान नहीं है, मेरे मित्र मुझे अपने विश्वास का पात्र नहीं, दया का पात्र समझेंगे। मेरे शत्रु मुझसे जलेंगे नहीं, मुझ पर हंसेंगे। आप नहीं जानते मिस्टर मेहता, मैंने अपने सिद्धांतों की कितनी हत्या की है। कितनी रिश्वतें दी हैं, कितनी रिश्वतें ली हैं। किसानों की ऊख तौलने के लिए कैसे आदमी रखे, कैसे नकली बाट रखे। क्या कीजिएगा, यह सब सुन कर, लेकिन खन्ना अपनी यह दुर्दशा कराने के लिए क्यों जिंदा रहे? जो कुछ होना है हो, दुनिया जितना चाहे हंसे, मित्र लोग जितना चाहें अफसोस करें, लोग जितनी गालियां

देना चाहें, दें। खन्ना अपनी आँखों से देखने और अपने कानों से सुनने के लिए जीता न रहेगा। वह बेहया नहीं है, बेगैरत नहीं है!

यह कहते-कहते खन्ना दोनों हाथों से सिर पीट कर ज़ोर-जोर से रोने लगे।

मेहता ने उन्हें छाती से लगा कर दुखित स्वर में कहा—खन्ना जी, जरा धीरज से काम लीजिए। आप समझदार हो कर दिल इतना छोटा करते हैं। दौलत से आदमी को जो सम्मान मिलता है, वह उसका सम्मान नहीं, उसकी दौलत का सम्मान है। आप निर्धन रह कर भी मित्रों के विश्वासपात्र रह सकते हैं और शत्रुओं के भी, बल्कि तब कोई आपका शत्रु रहेगा ही नहीं। आइए, घर चलें। जरा आराम कर लेने से आपका चित्त शांत हो जाएगा।

खन्ना ने कोई जवाब न दिया। तीनों आदमी चौरास्ते पर आए। कार खड़ी थी। दस मिनट में खन्ना की कोठी पर पहुंच गए।

खन्ना ने उतर कर शांत स्वर में कहा—कार आप ले जाएं। अब मुझे इसकी जरूरत नहीं है।

मालती और मेहता भी उतर पड़े। मालती ने कहा—तुम चल कर आराम से लेटो, हम बैठे गप-शप करेंगे। घर जाने की तो ऐसी कोई जल्दी नहीं है।

खन्ना ने कृतज्ञता से उसकी ओर देखा और करुण-कंठ से बोले—मुझसे जो अपराध, हुए हैं, उन्हें क्षमा कर देना मालती! तुम और मेहता, बस तुम्हारे सिवा संसार में मेरा कोई नहीं है। मुझे आशा है, तुम मुझे अपनी नजरों से न गिराओगी। शायद दस-पांच दिन में यह कोठी भी छोड़नी पडे। किस्मत ने कैसा धोखा दिया!

मेहता ने कहा—मैं आपसे सच कहता हूँ खन्ना जी, आज मेरी नजरों में आपकी जो इज्जत है, वह कभी न थी।

तीनों आदमी कमरे में दाखिल हुए। द्वार खुलने की आहट पाते ही गोविंदी भीतर से आ कर बोली—क्या आप लोग वहीं से आ रहे हैं? महराज तो बड़ी बुरी खबर लाया है।

खन्ना के मन में ऐसा प्रबल, न रुकने वाला, तूफानी आवेग उठा कि गोविंदी के चरणों पर गिर पड़ें और उन्हें आँसुओं से धो दें। भारी गले से बोले—हां प्रिए, हम तबाह हो गए।

उनकी निर्जीव, निराश आहत आत्मा सांत्वना के लिए विकल हो रही थी, सच्ची स्नेह में डूबी हुई सांत्वना के लिए—उस रोगी की भांति, जो जीवन-सूत्र क्षीण हो जाने पर भी वैद्य के मुख की ओर आशा-भरी आँखों से ताक रहा हो। वही गोविंदी जिस पर उन्होंने हमेशा जुल्म किया, जिसका हमेशा अपमान किया, जिससे हमेशा बेवफाई की, जिसे सदैव जीवन का भार समझा, जिसकी मृत्यु की सदैव कामना करते रहे, वही इस समय जैसे

आंचल में आशीर्वाद और मंगल और अभय लिए उन पर वार रही थी, जैसे उन चरणों में ही उसके जीवन का स्वर्ग हो, जैसे वह उनके अभागे मस्तक पर हाथ रख कर ही उनकी प्राणहीन धमनियों में फिर रक्त का संचार कर देगी। मन की इस दुर्बल दशा

में, घोर विपत्ति में, मानो वह उन्हें कंठ से लगा लेने के लिए खड़ी थी। नौका पर बैठे हुए जल-विहार करते समय हम जिन चट्टानों को घातक समझते हैं, और चाहते हैं कि कोई इन्हें खोद कर फेंक देता, उन्हीं से, नौका टूट जाने पर, हम चिमट जाते हैं।

गोविंदी ने उन्हें एक सोफा पर बैठा दिया और स्नेह-कोमल स्वर में बोली—तो तुम इतना दिल छोटा क्यों करते हो? धन के लिए, जो सारे पापों की जड़ है! उस धन से हमें क्या सुख था? सबेरे से आधी रात तक एक-न-एक झंझट-आत्मा का सर्वनाश! लड़के तुमसे बात करने को तरस जाते थे, तुम्हें संबंधियों को पत्र लिखने तक की फुर्सत न मिलती थी। क्या बड़ी इज्जत थी? हां, थी, क्योंकि दुनिया आजकल धन की पूजा करती है और हमेशा करती चली आई है। उसे तुमसे कोई प्रयोजन नहीं। जब तक तुम्हारे पास लक्ष्मी है, तुम्हारे सामने पूंछ हिलाएगी। कल उतनी ही भक्ति से दूसरों के द्वार पर सिजदे करेगी। तुम्हारी तरफ ताकेगी भी नहीं। सत्पुरुष धन के आगे सिर नहीं झुकाते। वह देखते हैं, तुम क्या हो, अगर तुममें सच्चाई है, न्याय है, त्याग है, पुरुषार्थ है, तो वे तुम्हारी पूजा करेंगे। नहीं तुम्हें समाज का लुटेरा समझ कर मुँह फेर लेंगे, बल्कि तुम्हारे दुश्मन हो जाएंगे। मैं गलत तो नहीं कहती मेहता जी?

मेहता ने मानों स्वर्ग-स्वप्न से चौंक कर कहा—गलत? आप वही कह रही हैं, जो संसार के महान पुरुषों ने जीवन का तात्विक अनुभव करने के बाद कहा है। जीवन का सच्चा आधार यही है।

गोविंदी ने मेहता को संबोधित करके कहा—धनी कौन होता है, इसका कोई विचार नहीं करता। वही जो अपने कौशल से दूसरों को बेवकूफ बना सकता है?

खन्ना ने बात काट कर कहा—नहीं गोविंदी, धन कमाने के लिए अपने में संस्कार चाहिए। केवल कौशल से धन नहीं मिलता। इसके लिए भी त्याग और तपस्या करनी पड़ती है। शायद इतनी साधना में ईश्वर भी मिल जाए। हमारी सारी आत्मिक और बौद्धिक और शारीरिक शक्तियों के सामंजस्य का नाम धन है।

गोविंदी ने विपक्षी न बन कर मध्यस्थ भाव से कहा—मैं मानती हूँ कि धन के लिए थोड़ी तपस्या नहीं करनी पड़ती, लेकिन फिर भी हमने उसे जीवन में जितने महत्व की वस्तु समझ रखा है, उतना महत्व उसमें नहीं है। मैं तो खुश हूँ कि तुम्हारे सिर से यह बोझ टला। अब तुम्हारे लड़के आदमी होंगे,

स्वार्थ और अभिमान के पुतले नहीं। जीवन का सुख दूसरों को सुखी करने में हैं, उनको लूटने में नहीं। बुरा न मानना, अब तक तुम्हारे जीवन का अर्थ था आत्मसेवा, भोग और विलास। दैव ने तुम्हें उस साधन से वंचित करके तुम्हारे ज्यादा ऊंचे और पवित्र जीवन का रास्ता खोल दिया है। यह सिद्धि प्राप्त करने में अगर कुछ कष्ट भी हो, तो उसका स्वागत करो। तुम इसे विपत्ति समझते ही क्यों हो? क्यों नहीं समझते, तुम्हें अन्याय से लड़ने का अवसर मिला है। मेरे विचार में तो पीड़क होने से पीड़ित होना कहीं श्रेष्ठ है। धन खो कर अगर हम अपने आत्मा को पा सकें, तो यह कोई महंगा सौदा नहीं है। न्याय के सैनिक बन कर लड़ने में जो गौरव, जो उल्लास है, क्या उसे इतनी जल्द भूल गए?

गोविंदी के पीले, सूखे मुख पर तेज की ऐसी चमक थी, मानो उसमें कोई विलक्षण शक्ति आ गई हो, मानो उसकी सारी मूक साधना प्रगल्भ हो उठी हो।

मेहता उसकी ओर भक्तिपूर्ण नेत्रों से ताक रहे थे, खन्ना सिर झुकाए इसे दैवी प्रेरणा समझने की चेष्टा कर रहे थे और मालती मन में लज्जित थी। गोविंदी के विचार इतने ऊंचे, उसका हृदय इतना विशाल और उसका जीवन इतना उज्ज्वल है।

29

नोहरी उन औरतों में न थी, जो नेकी करके दरिया में डाल देती हैं। उसने नेकी की है, तो उसका खूब ढिंढोरा पीटेगी और उससे जितना यश मिल सकता है, उससे कुछ ज्यादा ही पाने के लिए हाथ-पांव मारेगी। ऐसे आदमी को यश के बदले अपयश और बदनामी ही मिलती है। नेकी न करना बदनामी की बात नहीं। अपनी इच्छा नहीं है, या सामर्थ्य नहीं है। इसके लिए कोई हमें बुरा नहीं कह सकता। मगर जब हम नेकी करके उसका एहसान जताने लगते हैं, तो वही जिसके साथ हमने नेकी की थी, हमारा शत्रु हो जाता है, और हमारे एहसान को मिटा देना चाहता है। वही नेकी अगर करने वाले के दिल में रहे, तो नेकी है, बाहर निकल आए तो बदी है। नोहरी चारों ओर कहती फिरती थी—बेचारा होरी बड़ी मुसीबत में था। बेटी के ब्याह के लिए ज़मीन रेहन रख रहा था। मैंने उसकी यह दसा देखी, तो मुझे दया आई। धनिया से तो जी जलता था, वह रांड़ तो मारे घमंड के धरती पर पांव ही नहीं रखती। बेचारा होरी चिंता से घुला जाता था। मैंने सोचा, इस संकट में इसकी कुछ मदद कर दूं। आखिर आदमी ही तो आदमी के काम आता है। और होरी तो

अब कोई गैर नहीं है, मानो चाहे न मानो, वह हमारे नातेदार हो चुके। रुपए निकाल कर दे दिए, नहीं लड़की अब तक बैठी रहती।

धनिया भला यह जीट कब सुनने लगी थी। रुपए खैरात दिए थे? बड़ी खैरात देने वाली। सूद महाजन भी लेगा, तुम भी लोगी। एहसान काहे का! दूसरों को देती, सूद की जगह मूल भी गायब हो जाता, हमने लिया है, तो हाथ में रुपए आते ही नाक पर रख देंगे। हमीं थे कि तुम्हारे घर का बिस उठाके पी गए, और कभी मुँह पर नहीं लाए। कोई यहाँ द्वार पर नहीं खड़ा होने देता था। हमने तुम्हारा मरजाद बना लिया, तुम्हारे मुँह की लाली रख ली।

रात के दस बज गए थे। सावन की अंधेरी घटा छाई थी। सारे गाँव में अंधकार था। होरी ने भोजन करके तमाखू पिया और सोने जा रहा था कि भोला आ कर खड़ा हो गया।

होरी ने पूछा–कैसे चले भोला महतो! जब इसी गाँव में रहना है तो क्यों अलग छोटा-सा घर नहीं बना लेते? गाँव में लोग कैसी-कैसी कुत्सा उड़ाया करते हैं, क्या यह तुम्हें अच्छा लगता है? बुरा न मानना, तुमसे संबंध हो गया है, इसलिए तुम्हारी बदनामी नहीं सुनी जाती, नहीं मुझे क्या करना था।

धनिया उसी समय लोटे में पानी ले कर होरी के सिरहाने रखने आई। सुन कर बोली–दूसरा मरद होता, तो ऐसी औरत का सिर काट लेता।

होरी ने डांटा–क्यों बे-बात की बात करती है। पानी रख दे और जा सो। आज तू ही कुराह चलने लगे, तो मैं तेरा सिर काट लूंगा? काटने देगी?

धनिया उसे पानी का एक छींटा मार कर बोली–कुराह चले तुम्हारी बहन, मैं क्यों कुराह चलने लगी। मैं तो दुनिया की बात कहती हूँ, तुम मुझे गालियां देने लगे। अब मुँह मीठा हो गया होगा। औरत चाहे जिस रास्ते जाए, मरद टुकुर-टुकुर देखता रहे। ऐसे मरद को मैं मरद नहीं कहती।

होरी दिल में कटा जाता था। भोला उससे अपना दुख-दर्द कहने आया होगा। वह उल्टे उसी पर टूट पड़ी। जरा गर्म हो कर बोला–तू जो सारे दिन अपने ही मन की किया करती है, तो मैं तेरा क्या बिगाड़ लेता हूँ? कुछ कहता हूँ तो काटने दौड़ती है। यही सोच।

धनिया ने लल्लो-चप्पो करना न सीखा था, बोली–औरत घी का घड़ा लुढ़का दे, घर में आग लगा दे, मरद सह लेगा, लेकिन उसका कुराह चलना कोई मरद न सहेगा।

भोला दुखित स्वर में बोला–तू बहुत ठीक कहती है धनिया। बेसक मुझे उसका सिर काट लेना चाहिए था, लेकिन अब उतना पौरुख तो नहीं रहा। तू चल कर समझा दे, मैं सब कुछ करके हार गया।

"जब औरत को बस में रखने का बूता न था, तो सगाई क्यों की थी? इसी छीछालेदर के लिए? क्या सोचते थे, वह आ कर तुम्हारे पैर दबाएगी,

तुम्हें चिलम भर-भर पिलाएगी और जब तुम बीमार पड़ोगे, तो तुम्हारी सेवा करेगी? तो ऐसा वही औरत कर सकती है, जिसने तुम्हारे साथ जवानी का सुख उठाया हो। मेरी समझ में यही नहीं आता कि तुम उसे देख कर लट्टू कैसे हो गए! कुछ देखभाल तो कर लिया होता कि किस स्वभाव की है, किस रंग-ढंग की है। तुम तो भूखे सियार की तरह टूट पड़े। अब तो तुम्हारा धरम यही है कि गंड़ासे से उसका सिर काट लो। फांसी ही तो पाओगे। फांसी इस छीछालेदर से अच्छी।"

भोला के खून में कुछ स्फूर्ति आई। बोला-तो तुम्हारी यही सलाह है?

धनिया बोली-हां, मेरी यही सलाह है। अब सौ-पचास बरस तो जीओगे नहीं। समझ लेना, इतनी ही उमिर थी।

होरी ने अब की जोर से फटकारा-चुप रह, बड़ी आई है वहाँ से सतवंती बनके। जबरदस्ती चिड़िया तक तो पिंजड़े में रहती नहीं, आदमी क्या रहेगा? तुम उसे छोड़ दो भोला और समझ लो, मर गई, और जा कर अपने बाल-बच्चों में आराम से रहो। दो रोटी खाओ और राम का नाम लो। जवानी के सुख अब गए। वह औरत चंचल है, बदनामी और जलन के सिवा तुम उससे कोई सुख न पाओगे।

भोला नोहरी को छोड़ दे, असंभव! नोहरी इस समय भी उसकी ओर रोष-भरी आँखों से तरेरती हुई जान पड़ती थी, लेकिन नहीं, भोला अब उसे छोड़ ही देगा। जैसा कर रही है, उसका फल भोगे।

आंखों में आँसू आ गए। बोला-होरी भैया, इस औरत के पीछे मेरी जितनी सांसत हो रही है, मैं ही जानता हूँ। इसी के पीछे कामता से मेरी लड़ाई हुई। बुढ़ापे में यह दाग भी लगना था, वह लग गया। मुझे रोज ताना देती है कि तुम्हारी तो लड़की निकल गई। मेरी लड़की निकल गई, चाहे भाग गई, लेकिन अपने आदमी के साथ पड़ी तो है, उसके सुख-दुःख की साथिन तो है। इसकी तरह तो मैंने औरत ही नहीं देखी। दूसरों के साथ तो हंसती है, मुझे देखा तो कुप्पे-सा मुँह फुला लिया। मैं गरीब आदमी ठहरा, तीन-चार आने रोज की मजूरी करता हूँ। दूध-दही, मांस-मछली, रबड़ी-मलाई कहाँ से लाऊं!

भोला यहाँ से प्रतिज्ञा करके अपने घर गए। अब बेटों के साथ रहेंगे, बहुत धक्के खा चुके, लेकिन दूसरे दिन प्रातःकाल होरी ने देखा, तो भोला दुलारी सहुआइन की दुकान से तमाखू लिए जा रहे थे।

होरी ने पुकारना उचित न समझा। आसक्ति में आदमी अपने बस में नहीं रहता! वहाँ से आ कर धनिया से बोला-भोला तो अभी वहीं है। नोहरी ने सचमुच इन पर कोई जादू कर दिया है।

धनिया ने नाक सिकोड़ कर कहा-जैसी बेहया वह है, वैसा ही बेहया यह। ऐसे मरद को तो चुल्लू-भर पानी में डूब मरना चाहिए। अब वह सेखी

न जाने कहाँ गई। झुनिया यहाँ आई, तो उसके पीछे डंडा लिए फिर रहे थे। इज्जत बिगड़ी जाती थी। अब इज्जत नहीं बिगड़ती!

होरी को भोला पर दया आ रही थी। बेचारा इस कुलटा के फेर में पड़ कर अपनी जिंदगी बरबाद किए डालता है। छोड़ कर जाए भी, तो कैसे? स्त्री को इस तरह छोड़ कर जाना क्या सहज है? यह चुड़ैल उसे वहाँ भी तो चैन से न बैठने देगी! कहीं पंचायत करेगी, कहीं रोटी-कपड़े का दावा करेगी। अभी तो गाँव ही के लोग जानते हैं। किसी को कुछ कहते संकोच होता है। कनफुसकियां करके ही रह जाते हैं। तब तो दुनिया भी भोला ही को बुरा कहेगी। लोग यही तो कहेंगे, कि जब मर्द ने छोड़ दिया, तो बेचारी अबला क्या करे? मर्द बुरा हो, तो औरत की गर्दन काट लेगा। औरत बुरी हो, तो मर्द के मुँह में कालिख लगा देगी।

इसके दो महीने बाद एक दिन गाँव में यह खबर फैली कि नोहरी ने मारे जूतों के भोला की चांद गंजी कर दी।

वर्षा समाप्त हो गई थी और रबी बोने की तैयारियां हो रही थीं। होरी की ऊख तो नीलाम हो गई थी। ऊख के बीज के लिए उसे रुपए न मिले और ऊख न बोई गई। उधर दाहिना बैल भी बैठाऊ हो गया था और एक नए बैल के बिना काम न चल सकता था। पुनिया का एक बैल नाले में गिर कर मर गया था, तब से और भी अड़चन पड़ गई थी। एक दिन पुनिया के खेत में हल जाता, एक दिन होरी के खेत में। खेतों की जुताई जैसी होनी चाहिए, वैसी न हो पाती थी।

होरी हल ले कर खेत में गया, मगर भोला की चिंता बनी हुई थी। उसने अपने जीवन में कभी यह न सुना था कि किसी स्त्री ने अपने पति को जूते से मारा हो। जूतों से क्या, थप्पड़ या घूंसे से मारने की भी कोई घटना उसे याद न आती थी, और आज नोहरी ने भोला को जूतों से पीटा और सब लोग तमाशा देखते रहे। इस औरत से कैसे उस अभागे का गला छूटे! अब तो भोला को कहीं डूब ही मरना चाहिए। जब जिंदगी में बदनामी और दुरदसा के सिवा और कुछ न हो, तो आदमी का मर जाना ही अच्छा। कौन भोला के नाम को रोने वाला बैठा है! बेटे चाहे किरिया-करम कर दें, लेकिन लोक-लाज के बस, आँसू किसी की आँख में न आएगा। तिरसना के बस में पड़ कर आदमी इस तरह अपनी जिंदगी चौपट करता है। जब कोई रोने वाला ही नहीं, तो फिर जिंदगी का क्या मोह और मरने से क्या डरना!

एक यह नोहरी है और यह एक चमारिन है सिलिया! देखने-सुनने में उससे लाख दरजे अच्छी। चाहे दो को खिला कर खाए और राधिका बनी घूमे, लेकिन मजूरी करती है, भूखों मरती है और मतई के नाम पर बैठी है, और वह निर्दयी बात भी नहीं पूछता। कौन जाने, धनिया मर गई होती, तो

आज होरी की भी यही दशा होती। उसकी मौत की कल्पना ही से होरी को रोमांच हो उठा। धनिया की मूर्ति मानसिक नेत्रों के सामने आ कर खड़ी हो गई! सेवा और त्याग की देवी! जबान की तेज, पर मोम-जैसा हृदय, पैसे-पैसे के पीछे प्राण देने वाली, पर मर्यादा-रक्षा के लिए अपना सर्वस्व होम कर देने को तैयार। जवानी में वह कम रूपवती न थी। नोहरी उसके सामने क्या है? चलती थी, तो रानी-सी लगती थी। जो देखता था, देखता ही रह जाता था। यही पटेश्वरी और झिंगुरी तब जवान थे। दोनों धनिया को देख कर छाती पर हाथ रख लेते थे। द्वार के सौ-सौ चक्कर लगाते थे। होरी उनकी ताक में रहता था, मगर छेड़ने का कोई बहाना न पाता था, उन दिनों घर में खाने-पीने की बड़ी तंगी थी। पाला पड़ गया था और खेतों में भूसा तक न हुआ था। लोग झड़बेरियां खा-खा कर दिन काटते थे। होरी को क़हत के कैंप में काम करने जाना पड़ता था। छः पैसे रोज मिलते थे। धनिया घर में अकेली ही रहती थी, कभी किसी ने उसे किसी छैला की ओर ताकते नहीं देखा। पटेश्वरी ने एक बार कुछ छेड़ की थी। उसका ऐसा मुंहतोड़ जवाब दिया कि अब तक नहीं भूले।

सहसा उसने मातादीन को अपनी ओर आते देखा। कसाई कहीं का, कैसा तिलक लगाए है, मानो भगवान का असली भगत है। रंगा हुआ सियार। ऐसे ब्राह्मन को पालागन कौन करे।

मातादीन ने समीप आ कर कहा—तुम्हारा दाहिना तो बूढ़ा हो गया होरी, अबकी सिंचाई में न ठहरेगा। कोई पाँच साल हुए होंगे इसे लाए?

होरी ने दाएं बैल की पीठ पर हाथ रख कर कहा—कैसा पाँचवां, यह आठवां चल रहा है भाई! जी तो चाहता है, इसे पिंसिन दे दूं, लेकिन किसान और किसान के बैल इनको जमराज ही पिंसिन दें, तो मिले। इसकी गर्दन पर जुआ रखते मेरा मन कचोटता है। बेचारा सोचता होगा, अब भी छुट्टी नहीं, अब क्या मेरा हाड़ जोतेगा? लेकिन अपना कोई काबू नहीं। तुम कैसे चले? अब तो जी अच्छा है?

मातादीन इधर एक महीने से मलेरिया ज्वर में पड़ा रहा था। एक दिन तो उसकी नाड़ी छूट गई थी। चारपाई से नीचे उतार दिया गया था। तब से उसके मन में यह प्रेरणा हुई थी कि सिलिया के साथ अत्याचार करने का उसे यह दंड मिला है। जब उसने सिलिया को घर से निकाला, तब वह गर्भवती थी। उसे तनिक भी दया न आई। पूरा गर्भ ले कर भी वह मजूरी करती रही। अगर धनिया ने उस पर दया न की होती तो मर गई होती। कैसी-कैसी मुसीबतें झेल कर जी रही है! मजूरी भी तो इस दशा में नहीं कर सकती। अब लज्जित और द्रवित हो कर वह सिलिया को होरी के हस्ते दो रुपए देने आया है, अगर होरी उसे वह रुपए दे दे, तो वह उसका बहुत उपकार मानेगा।

होरी ने कहा–तुम्हीं जा कर क्यों नहीं दे देते?

मातादीन ने दीन भाव से कहा–मुझे उसके पास मत भेजो होरी महतो! कौन-सा मुँह ले कर जाऊं? डर भी लग रहा है कि मुझे देख कर कहीं फटकार न सुनाने लगे। तुम मुझ पर इतनी दया करो। अभी मुझसे चला नहीं जाता, लेकिन इसी रुपए के लिए एक जजमान के पास कोस-भर दौड़ा गया था। अपनी करनी का फल बहुत भोग चुका। इस बम्हनई का बोझ अब नहीं उठाए उठता। लुक-छिप कर चाहे जितने कुकरम करो, कोई नहीं बोलता। परतच्छ कुछ नहीं कर सकते, नहीं कुल में कलंक लग जाएगा। तुम उसे समझा देना दादा, कि मेरा अपराध क्षमा कर दे। यह धरम का बंधन बड़ा कड़ा होता है। जिस समाज में जनमे और पले, उसकी मरजादा का पालन तो करना ही पड़ता है। और किसी जाति का धरम बिगड़ जाए, उसे कोई विशेष हानि नहीं होती, ब्राह्मन का धरम बिगड़ जाए, तो वह कहीं का नहीं रहता। उसका धरम ही उसके पूरवजों की कमाई है। उसी की वह रोटी खाता है। इस परासचित के पीछे हमारे तीन सौ बिगड़ गए। तो जब बेधरम हो कर ही रहना है, तो फिर जो कुछ करना है, परतच्छ करूंगा। समाज के नाते आदमी का अगर कुछ धरम है, तो मनुष्य के नाते भी तो उसका कुछ धरम है। समाज-धरम पालने से समाज आदर करता है, मगर मनुष्य-धरम पालने से तो ईश्वर प्रसन्न होता है।

संध्या समय जब होरी ने सिलिया को डरते-डरते रुपए दिए, तो वह जैसे अपनी तपस्या का वरदान पा गई। दुःख का भार तो वह अकेली उठा सकती थी। सुख का भार तो अकेले नहीं उठता। किसे यह खुशखबरी सुनाए? धनिया से वह अपने दिल की बातें नहीं कह सकती। गाँव में और कोई प्राणी नहीं, जिससे उसकी घनिष्ठता हो। उसके पेट में चूहे दौड़ रहे थे। सोना ही उसकी सहेली थी। सिलिया उससे मिलने के लिए आतुर हो गई। रात-भर कैसे सब्र करे? मन में एक आंधी-सी उठ रही थी। अब वह अनाथ नहीं है। मातादीन ने उसकी बांह फिर पकड़ ली। जीवन-पथ में उसके सामने अब अंधेरी, विकराल मुख वाली खाई नहीं है, लहलहाता हुआ हरा-भरा मैदान है, जिसमें झरने गा रहे हैं और हिरन कुलेलें कर रहे हैं। उसका रूठा हुआ स्नेह आज उन्मत्त हो गया है। मातादीन को उसने मन में कितना पानी पी-पी कर कोसा था। अब वह उनसे क्षमादान मांगेगी। उससे सचमुच बड़ी भूल हुई कि उसने उनको सारे गाँव के सामने अपमानित किया। वह तो चमारिन है जाति की हेठी, उसका क्या बिगड़ा। आज दस-बीस लगा कर बिरादरी को रोटी दे दे, फिर बिरादरी में ले ली जाएगी। उस बेचारे का तो सदा के लिए धरम नास हो गया। वह मरजाद अब उन्हें फिर नहीं मिल सकता। वह क्रोध में कितनी अंधी हो गई थी कि सबसे उनके प्रेम का ढिंढोरा पीटती फिरी। उनका तो

धरम भिरष्ट हो गया था, उन्हें तो क्रोध था ही, उसके सिर पर क्यों भूत सवार हो गया? वह अपने ही घर चली जाती, तो कौन बुराई हो जाती? घर में उसे कोई बांध तो न लेता। देस मातादीन की पूजा इसीलिए तो करता है कि वह नेम-धरम से रहते हैं। वही धरम नष्ट हो गया, तो वह क्यों न उसके खून के प्यासे हो जाते?

जरा देर पहले तक उसकी नजर में सारा दोष मातादीन का था और अब सारा दोष अपना था। सहृदयता ने सहृदयता पैदा की। उसने बच्चे को छाती से लगा कर खूब प्यार किया। अब उसे देख कर लज्जा और ग्लानि नहीं होती। वह अब केवल उसकी दया का पात्र नहीं। वह अब उसके संपूर्ण मातृस्नेह और गर्व का अधिकारी है।

कातिक की रूपहली चांदनी प्रकृति पर मधुर संगीत की भांति छाई थी। सिलिया घर से निकली। वह सोना के पास जा कर यह सुख-संवाद सुनाएगी। अब उससे नहीं रहा जाता। अभी तो सांझ हुई है। डोंगी मिल जाएगी। वह कदम बढ़ाती हुई चली। नदी पर आ कर देखा, तो डोंगी उस पार थी। और मांझी का कहीं पता नहीं। चांद घुल कर जैसे नदी में बहा जा रहा था। वह एक क्षण खड़ी सोचती रही। फिर नदी में घुस पड़ी। नदी में कुछ ऐसा ज्यादा पानी तो क्या होगा! उस उल्लास के सागर के सामने वह नदी क्या चीज़ थी? पानी पहले तो घुटनों तक था, फिर कमर तक आया और फिर अंत में गर्दन तक पहुंच गया। सिलिया डरी, कहीं डूब न जाए। कहीं कोई गढ़ा न पड़ जाए, पर उसने जान पर खेल कर पांव आगे बढ़ाया। अब वह मझधार में है। मौत उसके सामने नाच रही है, मगर वह घबड़ाई नहीं है। उसे तैरना आता है। लड़कपन में इसी नदी में वह कितनी बार तैर चुकी है। खड़े-खड़े नदी को पार भी कर चुकी है। फिर भी उसका कलेजा धक-धक कर रहा है, मगर पानी कम होने लगा। अब कोई भय नहीं। उसने जल्दी-जल्दी नदी पार की और किनारे पहुंच कर अपने कपड़े का पानी निचोड़ा और शीत से कांपती आगे बढ़ी। चारों तरफ सन्नाटा था। गीदड़ों की आवाज भी न सुनाई पड़ती थी, और सोना से मिलने की मधुर कल्पना उसे उड़ाए लिए जाती थी।

मगर उस गाँव में पहुंच कर उसे सोना के घर जाते संकोच होने लगा। मथुरा क्या कहेगा? उसके घरवाले क्या कहेंगे? सोना भी बिगड़ेगी कि इतनी रात गए तू क्यों आई। देहातों में दिन-भर के थके-मांदे किसान सरेशाम ही से सो जाते हैं। सारे गाँव में सोता पड़ गया था। मथुरा के घर के द्वार बंद थे। सिलिया किवाड़ न खुलवा सकी। लोग उसे इस भेष में देख कर क्या कहेंगे? वहीं द्वार पर अलाव में अभी आग चमक रही थी। सिलिया अपने कपड़े सेंकने लगी। सहसा किवाड़ खुला और मथुरा ने बाहर निकल कर पुकारा—अरे! कौन बैठा है अलाव के पास?

सिलिया ने जल्दी से आंचल सिर पर खींच लिया और समीप आ कर बोली–मैं हूँ, सिलिया।

सिलिया! इतनी रात गए कैसे आई? वहाँ तो सब कुसल है?"

"हां, सब कुसल है। जी घबड़ा रहा था। सोचा, चलूं, सबसे भेंट करती आऊं। दिन को तो छुट्टी ही नहीं मिलती।"

"तो क्या नदी थहा कर आई है?"

"और कैसे आती! पानी कम था।"

मथुरा उसे अंदर ले गया। बरोठे में अंधेरा था। उसने सिलिया का हाथ पकड़ कर अपने ओर खींचा। सिलिया ने झटके से हाथ छुड़ा लिया। और रोब से बोली–देखो मथुरा, छेड़ोगे तो मैं सोना से कह दूंगी। तुम मेरे छोटे बहनोई हो, यह समझ लो। मालूम होता है, सोना से मन नहीं पटता।

मथुरा ने उसकी कमर में हाथ डाल कर कहा–तुम बहुत निठुर हो सिल्लो? इस बखत कौन देखता है?

क्या मैं सोना से सुंदर हूँ? अपने भाग नहीं बखानते कि ऐसी इंदर की परी पा गए। अब भौंरा बनने का मन चला है। उससे कह दूं तो तुम्हारा मुँह न देखे।"

मथुरा लंपट नहीं था, सोना से उसे प्रेम भी था। इस वक्त अंधेरा और एकांत और सिलिया का यौवन देख कर उसका मन चंचल हो उठा था। यह तंबीह पा कर होश में आ गया। सिलिया को छोड़ता हुए बोला–तुम्हारे पैरों में पड़ता हूँ सिल्लो, उससे न कहना। अभी जो सजा चाहो, दे लो।

सिल्लो को उस पर दया आ गई। धीरे से उसके मुँह पर चपत जमा कर बोली–इसकी सजा यही है कि फिर मुझसे ऐसी सरारत न करना, न और किसी से करना, नहीं सोना तुम्हारे हाथ से निकल जाएगी।

"मैं कसम खाता हूँ सिल्लो, अब कभी ऐसा न होगा।"

उसकी आवाज में याचना थी। सिल्लो का मन आंदोलित होने लगा। उसकी दया सरस होने लगी।

"और जो करो?"

"तो तुम जो चाहना करना।"

सिल्लो का मुँह उसके मुँह के पास आ गया था, और दोनों की सांस और आवाज और देह में कंपन हो रहा था। सहसा सोना ने पुकारा–किससे बातें करते हो वहां?

सिल्लो पीछे हट गई। मथुरा आगे बढ़ कर आंगन में आ गया और बोला–सिल्लो तुम्हारे गाँव से आई है।

सिल्लो भी पीछे-पीछे आ कर आंगन में खड़ी हो गई। उसने देखा, सोना यहाँ कितने आराम से रहती है। ओसारी में खाट है। उस पर सुजनी का नर्म

बिस्तर बिछा हुआ है, बिलकुल वैसा ही, जैसा मातादीन की चारपाई पर बिछा रहता था। तकिया भी है, लिहाफ भी है। खाट के नीचे लोटे में पानी रखा हुआ है। आंगन में ज्योत्स्ना ने आइना-सा बिछा रखा है। एक कोने में तुलसी का चबूतरा है, दूसरी ओर जुआर के ठेठों के कई बोझ दीवार से लगा कर रखे हैं। बीच में पुआलों के गट्ठे हैं। समीप ही ओखल है, जिसके पास कुटा हुआ धान पड़ा हुआ है। खपरैल पर लौकी की बेल चढ़ी हुई है और कई लौकियां ऊपर चमक रही हैं। दूसरी ओर की ओसारी में एक गाय बंधी हुई है। इस खंड में मथुरा और सोना सोते हैं। और लोग दूसरे खंड में होंगे। सिलिया ने सोचा, सोना का जीवन कितना सुखी है।

सोना उठ कर आंगन में आ गई थी, मगर सिल्लो से टूट कर गले नहीं मिली। सिल्लो ने समझा, शायद मथुरा के खड़े रहने के कारण सोना संकोच कर रही है। या कौन जाने, उसे अब अभिमान हो गया हो? सिल्लो चमारिन से गले मिलने में अपना अपमान समझती हो। उसका सारा उत्साह ठंडा हो गया। इस मिलन से हर्ष के बदले उसे ईर्ष्या हुई। सोना का रंग कितना खुल गया है, और देह कैसी कंचन की तरह निखर आई है। गठन भी सुडौल हो गया है। मुख पर गृहिणीत्व की गरिमा के साथ युवती की सहास छवि भी है। सिल्लो एक क्षण के लिए जैसे मंत्र-मुग्ध-सी खड़ी ताकती रह गई। यह वही सोना है, जो सूखी-सी देह लिए, झोंटे खोले इधर-उधर दौड़ा करती थी। महीनों सिर में तेल न पड़ता था। फटे चिथड़े लपेटे फिरती थी। आज अपने घर की रानी है। गले में हंसुली और हुमेल है, कानों में करनफूल और सोने की बालियां, हाथों में चांदी के चूड़े और कंगन। आँखों में काजल है, मांग में सेंदुर। सिलिया के जीवन का स्वर्ग यहीं था, और सोना को वहाँ देख कर वह प्रसन्न न हुई। इसे कितना घमंड हो गया है! कहाँ सिलिया के गले में बांहे डाल घास छीलने जाती थी, और आज सीधे ताकती भी नहीं। उसने सोचा था, सोना उसके गले लिपट कर जरा-सा रोएगी, उसे आदर से बैठाएगी, उसे खाना खिलाएगी, और गाँव और घर की सैकड़ों बातें पूछेगी और अपने नए जीवन के अनुभव बयान करेगी–सोहागरात और मधुर मिलन की बातें होंगी। और सोना के मुँह में दही जमा हुआ है। वह यहाँ आ कर पछताई।

आखिर सोना ने रूखे स्वर में पूछा–इतनी रात को कैसे चलीं, सिल्लो?

सिल्लो ने आँसुओं को रोकने की चेष्टा करके कहा–तुमसे मिलने को बहुत जी चाहता था। इतने दिन हो गए, भेंट करने चली आई।

सोना का स्वर और कठोर हुआ–लेकिन आदमी किसी के घर जाता है, तो दिन को कि इतनी रात गए?

वास्तव में सोना को उसका आना बुरा लग रहा था। वह समय उसकी

प्रेम-क्रीड़ा और हास-विलास का था, सिल्लो ने उसमें बाधक हो कर जैसे उसके सामने से परोसी हुई थाली खींच ली थी।

सिल्लो निःसंज्ञ-सी भूमि की ओर ताक रही थी। धरती क्यों नहीं फट जाती कि वह उसमें समा जाए। इतना अपमान! उसने अपने इतने ही जीवन में बहुत अपमान सहा था, बहुत दुर्दशा देखी थी, लेकिन आज यह फांस जिस तरह उसके अंतःकरण में चुभ गई, वैसी कभी कोई बात न चुभी थी। गुड़ घर के अंदर मटकों में बंद रखा हो, तो कितना ही मूसलाधर पानी बरसे, कोई हानि नहीं होती, पर जिस वक्त वह धूप में सूखने के लिए बाहर फैलाया गया हो, उस वक्त तो पानी का एक छींटा भी उसका सर्वनाश कर देगा। सिलिया के अंतःकरण की सारी कोमल भावनाएं इस वक्त मुँह खोले बैठी थीं कि आकाश से अमृत-वर्षा होगी। बरसा क्या, अमृत के बदले विष, और सिलिया के रोम-रोम में दौड़ गया। सर्प-दंश के समान लहरें आईं। घर में उपवास करे सो रहना और बात है, लेकिन पंगत से उठा दिया जाना तो डूब मरने की बात है। सिलिया को यहाँ एक क्षण ठहरना भी असहाय हो गया, जैसे कोई उसका गला दबाए हुए हो। वह कुछ न पूछ सकी। सोना के मन में क्या है, यह वह भांप रही थी। वह बांबी में बैठा हुआ सांप कहीं बाहर न निकल आए, इसके पहले ही वह वहाँ से भाग जाना चाहती थी। कैसे भागे, क्या बहाना करे? उसके प्राण क्यों नहीं निकल जाते!

मथुरा ने भंडारे की कुंजी उठा ली थी कि सिलिया के जलपान के लिए कुछ निकाल लाए, कर्तव्यविमूढ़-सा खड़ा था। इधर सिल्लो की सांस टंगी हुई थी, मानो सिर पर तलवार लटक रही हो।

सोना की दृष्टि में सबसे बड़ा पाप किसी पुरुष का पर-स्त्री और स्त्री का पर-पुरुष की ओर ताकना था। इस अपराध के लिए उसके यहाँ कोई क्षमा न थी। चोरी, हत्या, जाल, कोई अपराध इतना भीषण न था। हंसी-दिल्लगी को वह बुरा न समझती थी, अगर खुले हुए रूप में हो, लुके-छिपे की हंसी-दिल्लगी को भी वह हेय समझती थी, छुटपन से ही वह बहुत-सी रीति की बातें जानने और समझने लगी थी। होरी को जब कभी हाट से घर आने में देर हो जाती थी और धनिया को पता लग जाता था कि वह दुलारी सहुआइन की दुकान पर गया था, चाहे तंबाखू लेने ही क्यों न गया हो, तो वह कई-कई दिन तक होरी से बोलती न थी और न घर का काम करती थी। एक बार इसी बात पर वह अपने नैहर भाग गई थी। यह भावना सोना में और तीव्र हो गई थी। जब तक उसका विवाह न हुआ था, यह भावना उतनी बलवान न थी, पर विवाह हो जाने के बाद तो उसने व्रत का रूप धारण कर लिया था। ऐसे स्त्री-पुरुषों की अगर खाल भी खींच ली जाती, तो उसे दया न आती। प्रेम के लिए दांपत्य के बाहर उसकी दृष्टि में कोई स्थान न था।

स्त्री-पुरुष का एक-दूसरे के साथ जो कर्तव्य है, इसी को वह प्रेम समझती थी। फिर सिल्लो से उसका बहन का नाता था। सिल्लो को वह प्यार करती थी, उस पर विश्वास करती थी। वही सिल्लो आज उससे विश्वासघात कर रही है। मथुरा और सिल्लो में अवश्य ही पहले से सांठ-गांठ होगी। मथुरा उससे नदी के किनारे खेतों में मिलता होगा। और आज वह इतनी रात गए नदी पार करके इसीलिए आई है। अगर उसने इन दोनों की बातें न सुन ली होतीं, तो उसे ख़बर तक न होती। मथुरा ने प्रेम-मिलन के लिए यही अवसर सबसे अच्छा समझा होगा। घर में सन्नाटा जो है। उसका हृदय सब कुछ जानने के लिए विकल हो रहा था। वह सारा रहस्य जान लेना चाहती थी, जिससे अपनी रक्षा के लिए कोई विधान सोच सके। और यह मथुरा यहाँ क्यों खड़ा है? क्या वह उसे कुछ बोलने भी न देगा?

उसने रोष से कहा—तुम बाहर क्यों नहीं जाते, या यहीं पहरा देते रहोगे?

मथुरा बिना कुछ कहे बाहर चला गया। उसके प्राण सूखे जाते थे कि कहीं सिल्लो सब कुछ न कह डाले।

और सिल्लो के प्राण सूखे जाते थे कि अब वह लटकती हुई तलवार सिर पर गिरा चाहती है।

तब सोना ने बड़े गंभीर स्वर में सिल्लो से पूछा—देखो सिल्लो, मुझसे साफ-साफ बता दो, नहीं मैं तुम्हारे सामने, यहीं अपने गर्दन पर गंड़ासा मार लूंगी। फिर तुम मेरी सौत बन कर राज करना। देखो, गंड़ासा वह सामने पड़ा है। एक म्यान में दो तलवारें नहीं रह सकती।

उसने लपक कर सामने आंगन में से गंड़ासा उठा लिया और उसे हाथ में लिए, फिर बोली—यह मत समझना कि मैं खाली धमकी दे रही हूँ। क्रोध में मैं क्या कर बैठूं, नहीं कह सकती। साफ-साफ बता दो।

सिलिया कांप उठी। एक-एक शब्द उसके मुँह से निकल पड़ा, मानो ग्रामोगोन में भरी हुई आवाज हो। वह एक शब्द भी न छिपा सकी, सोना के चेहरे पर भीषण संकल्प खेल रहा था, मानो खून सवार हो।

सोना ने उसकी ओर बरछी की-सी चुभने वाली आँखों से देखा और मानो कटार का आघात करती हुई बोली—ठीक-ठीक कहती हो?

"बिलकुल ठीक। अपने बच्चे की कसम।"

"कुछ छिपाया तो नहीं?"

"अगर मैंने रत्ती-भर छिपाया हो तो आँखें फूट जाएं।"

"तुमने उस पापी को लात क्यों नहीं मारी? उसे दांत क्यों नहीं काट लिया? उसका खून क्यों नहीं पी लिया, चिल्लाई क्यों नहीं?"

सिल्लो क्या जवाब दे।

सोना ने उन्मादिनी की भांति अंगारे की-सी आँखें निकाल कर कहा-बोलती क्यों नहीं? क्यों तूने उसकी नाक दांतों से नहीं काट ली? क्यों नहीं दोनों हाथों से उसका गला दबा दिया? तब मैं तेरे चरणों पर सिर झुकाती। अब तो तुम मेरी आँखों में हरजाई हो, निरी बेसवा! अगर यही करना था, तो मातादीन का नाम क्यों कलंकित कर रही है, क्यों किसी को ले कर बैठ नहीं जाती, क्यों अपने घर नहीं चली गई? यही तो तेरे घर वाले चाहते थे। तू उपले और घास ले कर बाज़ार जाती, वहाँ से रुपए लाती और तेरा बाप बैठा, उसी रुपए की ताड़ी पीता। फिर क्यों उस ब्राह्मन का अपमान कराया? क्यों उसकी आबरू में बट्टा लगाया? क्यों सतवंती बनी बैठो हो? जब अकेले नहीं रहा जाता, तो किसी से सगाई क्यों नहीं कर लेती! क्यों नदी-तालाब में डूब नहीं मरती? क्यों दूसरों के जीवन में बिस घोलती है? आज मैं तुझसे कह देती हूँ कि अगर इस तरह की बात फिर हुई और मुझे पता लगा, तो तीनों में से एक भी जीते न रहेंगे। बस, अब मुँह में कालिख लगा कर जाओ। आज से मेरे और तुम्हारे बीच में कोई नाता नहीं रहा।

सिल्लो धीरे से उठी और संभल कर खड़ी हुई। जान पड़ा, उसकी कमर टूट गई है। एक क्षण साहस बटोरती रही, किंतु अपनी सफाई में कुछ सूझ न पड़ा। आँखों के सामने अंधेरा था, सिर में चक्कर, कंठ सूख रहा था, और सारी देह सुन्न हो गई थी, मानो रोम-छिद्रों से प्राण उड़े जा रहे हों। एक-एक पग इस तरह रखती हुई, मानो सामने गड्ढा है, तब बाहर आई और नदी की ओर चली।

द्वार पर मथुरा खड़ा था। बोला-इस वक्त कहाँ जाती हो सिल्लो?

सिल्लो ने कोई जवाब न दिया। मथुरा ने भी फिर कुछ न पूछा।

वही रुपहली चांदनी अब भी छाई हुई थी। नदी की लहरें अब भी चांद की किरणों में नहा रही थीं। और सिल्लो विक्षिप्त-सी स्वप्न-छाया की भांति नदी में चली जा रही थी।

30

मिल करीब-करीब पूरी जल चुकी है, लेकिन उसी मिल को फिर से खड़ा करना होगा। मिस्टर खन्ना ने अपनी सारी कोशिशें इसके लिए लगा दी हैं। मजदूरों की हड़ताल जारी है, मगर अब उससे मिल-मालिकों को कोई विशेष हानि नहीं है। नए आदमी कम वेतन पर मिल गए हैं और जी तोड़ कर काम करते हैं, क्योंकि उनमें सभी ऐसे हैं, जिन्होंने बेकारी के कष्ट भोग लिए हैं

और अब अपना बस चलते ऐसा कोई काम करना नहीं चाहते जिससे उनकी जीविका में बाधा पड़े। चाहे जितना काम लो, चाहे जितनी कम छुट्टियां दो, उन्हें कोई शिकायत नहीं। सिर झुकाए बैलों की तरह काम में लगे रहते हैं। घुड़कियां, गालियां, यहाँ तक कि डंडों की मार भी उनमें ग्लानि नहीं पैदा करती, और अब पुराने मजदूरों के लिए इसके सिवा कोई मार्ग नहीं रह गया है कि वह इसी घटी हुई मजूरी पर काम करने आएं और खन्ना साहब की खुशामद करें। पंडित ओंकारनाथ पर तो उन्हें अब रत्ती-भर भी विश्वास नहीं है। उन्हें वे अकेले-दुकेले पाएं तो शायद उनकी बुरी गत बनाएं, पर पंडितजी बहुत बचे हुए रहते हैं। चिराग जलने के बाद अपने कार्यालय से बाहर नहीं निकलते और अफसरों की खुशामद करने लगे हैं। मिर्जा खुर्शेद की धक अब भी ज्यों-की-त्यों हैं, लेकिन मिर्जा जी इन बेचारों का कष्ट और उसके निवारण का अपने पास कोई उपाय न देख कर दिल से चाहते हैं कि सब-के-सब बहाल हो जाएं, मगर इसके साथ ही नए आदमियों के कष्ट का ख्याल करके जिज्ञासुओं से यही कह दिया करते हैं कि जैसी इच्छा हो, वैसा करो।

मिस्टर खन्ना ने पुराने आदमियों को फिर नौकरी के लिए इच्छुक देखा, तो और भी अकड़ गए, हालांकि वह मन से चाहते थे कि इस वेतन पर पुराने आदमी नयों से कहीं अच्छे हैं। नए आदमी अपना सारा जोर लगा कर भी पुराने आदमियों के बराबर काम न कर सकते थे। पुराने आदमियों में अधिकांश तो बचपन से ही मिल में काम करने के अभ्यस्त थे और खूब मंजे हुए। नए आदमियों में अधिकतर देहातों के दुःखी किसान थे, जिन्हें खुली हवा और मैदान में पुराने जमाने के लकड़ी के औजारों से काम करने की आदत थी। मिल के अंदर उनका दम घुटता था और मशीनरी के तेज चलने वाले पुर्जों से उन्हें भय लगता था।

आखिर जब पुराने आदमी खूब परास्त हो गए, तब खन्ना उन्हें बहाल करने पर राजी हुए, मगर नए आदमी इससे भी कम वेतन पर भी काम करने के लिए तैयार थे और अब डायरेक्टरों के सामने यह सवाल आया कि वह पुरानों को बहाल करें या नयों को रहने दें। डायरेक्टरों में आधे तो नए आदमियों का वेतन घटा कर रखने के पक्ष में थे, आधों की यह धारणा थी कि पुराने आदमियों को हाल के वेतन पर रख लिया जाए। थोड़े-से रुपए ज्यादा खर्च होंगे जरूर, मगर काम उससे कहीं ज्यादा होगा। खन्ना मिल के प्राण थे, एक तरह से सर्वेसर्वा। डायरेक्टर तो उनके हाथ की कठपुतलियां थे। निश्चय खन्ना ही के हाथों में था और वह अपने मित्रों से नहीं, शत्रुओं से भी इस विषय में सलाह ले रहे थे। सबसे पहले तो उन्होने गोविंदी की सलाह ली। जब से मालती की ओर से उन्हें निराशा हो गई थी और गोविंदी को

मालूम हो गया था कि मेहता जैसा विद्वान और अनुभवी और ज्ञानी आदमी मेरा कितना सम्मान करता है और मुझसे किस प्रकार की साधना की आशा रखता है, तब से दंपति में स्नेह फिर जाग उठा था। स्नेह न कहो, मगर साहचर्य तो था ही। आपस में वह जलन और अशांति न थी। बीच की दीवार टूट गई थी।

मालती के रंग-ढंग की भी कायापलट होती जाती थी। मेहता का जीवन अब तक स्वाध्याय और चिंतन में गुजरा था, और सब कुछ पढ़ चुकने के बाद और आत्मवाद और अनात्मवाद की खूब छान-बीन कर लेने पर वह इसी तत्व पर पहुंच जाते थे कि प्रवृत्ति और निवृत्ति दोनों के बीच में जो सेवा-मार्ग है, चाहे उसे कर्मयोग ही कहो, वही जीवन को सार्थक कर सकता है, वही जीवन को ऊंचा और पवित्र बना सकता है। किसी सर्वज्ञ ईश्वर में उनका विश्वास न था। यद्यपि वह अपनी नास्तिकता को प्रकट न करते थे, इसलिए कि इस विषय में निश्चित रूप से कोई मत स्थिर करना वह अपने लिए असंभव समझते थे, पर यह धारणा उनके मन में दृढ़ हो गई थी कि प्राणियों के जन्म-मरण, सुख-दुःख, पाप-पुण्य में कोई ईश्वरीय विधान नहीं है। उनका ख्याल था कि मनुष्य ने अपने अहंकार में अपने को इतना महान बना लिया है कि उसके हर एक काम की प्रेरणा ईश्वर की ओर से होती है। इसी तरह वह टिड्डियां भी ईश्वर को उत्तरदायी ठहराती होंगी, जो अपने मार्ग में समुद्र आ जाने पर अरबों की संख्या में नष्ट हो जाती हैं। मगर ईश्वर के यह विधान इतने अज्ञेय हैं कि मनुष्य की समझ में नहीं आते, तो उन्हें मानने से ही मनुष्य को क्या संतोष मिल सकता है। ईश्वर की कल्पना का एक ही उद्देश्य उनकी समझ में आता था और वह था मानव-जीवन की एकता। एकात्मवाद या सर्वात्मवाद या अहिंसा-तत्व को वह आध्यात्मिक दृष्टि से नहीं, भौतिक दृष्टि से ही देखते थे, यद्यपि इन तत्वों का इतिहास के किसी काल में भी आधिपत्य नहीं रहा, फिर भी मनुष्य-जाति के सांस्कृतिक विकास में उनका स्थान बड़े महत्व का है। मानव-समाज की एकता में मेहता का दृढ़ विश्वास था, मगर इस विश्वास के लिए उन्हें ईश्वर-तत्व के मानने की जरूरत न मालूम होती थी। उनका मानव-प्रेम इस आधर पर अवलंबित न था कि प्राणि-मात्र में एक आत्मा का निवास है। द्वैत और अद्वैत व्यावहारिक महत्व के सिवा वह और कोई उपयोग न समझते थे, और वह व्यावहारिक महत्व उनके लिए मानव-जाति को एक दूसरे के समीप लाना, आपस के भेद-भाव को मिटाना और भ्रातृ-भाव को दृढ़ करना ही था। यह एकता, यह अभिन्नता उनकी आत्मा में इस तरह जम गई थी कि उनके लिए किसी आध्यात्मिक आधार की सृष्टि उनकी दृष्टि में व्यर्थ थी और एक बार इस तत्व को पा कर वह शांत न बैठ सकते थे। स्वार्थ से अलग अधिक-से-अधिक काम करना उनके लिए आवश्यक हो गया था। इसके बगैर उनका चित्त शांत

न हो सकता था। यश, लाभ या कर्तव्य पालन के भाव उनके मन में आते ही न थे। इनकी तुच्छता ही उन्हें इनसे बचाने के लिए काफी थी। सेवा ही अब उनका स्वार्थ होती जाती थी। और उनकी इस उदार वृत्ति का असर अज्ञात रूप से मालती पर भी पड़ता जाता था। अब तक जितने मर्द उसे मिले, सभी ने उसकी विलास वृत्ति को ही उकसाया। उसकी त्याग वृत्ति दिन-दिन क्षीण होती जाती थी, पर मेहता के संसर्ग में आ कर उसकी त्याग-भावना सजग हो उठी थी। सभी मनस्वी प्राणियों में यह भावना छिपी रहती है और प्रकाश पा कर चमक उठती है। आदमी अगर धन या नाम के पीछे पड़ा है, तो समझ लो कि अभी तक वह किसी परिष्कृत आत्मा के संपर्क में नहीं आया। मालती अब अक्सर गरीबों के घर बिना फीस लिए ही मरीजों को देखने चली जाती थी। मरीजों के साथ उसके व्यवहार में मृदुता आ गई थी। हां, अभी तक वह शौक-सिंगार से अपना मन न हटा सकती थी। रंग और पाउडर का त्याग उसे अपने आंतरिक परिवर्तनों से भी कहीं ज्यादा कठिन जान पड़ता था।

इधर कभी-कभी दोनों देहातों की ओर चले जाते थे और किसानों के साथ दो-चार घंटे रह कर, कभी-कभी उनके झोंपड़ों में रात काटकर, और उन्हीं का-सा भोजन करके, अपने को धन्य समझते थे। एक दिन वह सेमरी तक पहुंच गए और घूमते-घामते बेलारी जा निकले। होरी द्वार पर बैठा चिलम पी रहा था कि मालती और मेहता आ कर खड़े हो गए। मेहता ने होरी को देखते ही पहचान लिया और बोला–यही तुम्हारा गाँव है? याद है, हम लोग रायसाहब के यहाँ आए थे और तुम धनुषयज्ञ की लीला में माली बने थे।

होरी की स्मृति जाग उठी। पहचाना और पटेश्वरी के घर की ओर कुरसियां लाने चला।

मेहता ने कहा–कुरसियों का कोई काम नहीं। हम लोग इसी खाट पर बैठे जाते हैं। यहाँ कुरसी पर बैठने नहीं, तुमसे कुछ सीखने आए हैं।

दोनों खाट पर बैठे। होरी हतबुद्धि-सा खड़ा था। इन लोगों की क्या खातिर करे! बड़े-बड़े आदमी हैं। उनकी खातिर करने लायक उसके पास है ही क्या?

आखिर उसने पूछा–पानी लाऊं?

मेहता ने कहा–हां, प्यास तो लगी है।

"कुछ मीठा भी लेता आऊं?"

"लाओ, अगर घर में हो।"

होरी घर में मीठा और पानी लेने गया। तब तक गाँव के बालकों ने आ कर इन दोनों आदमियों को घेर लिया और लगे निरखने, मानो चिड़ियाघर के अनोखे जंतु आ गए हों।

सिल्लो बच्चे को लिए किसी काम से चली जा रही थी। इन दोनों आदमियों को देख कर कौतूहलवश ठिठक गई।

मालती ने आ कर उसके बच्चे को गोद में ले लिया और प्यार करती हुई बोली–कितने दिनों का है?

सिल्लो को ठीक न मालूम था। एक दूसरी औरत ने बताया–कोई साल-भर का होगा, क्यों री?

सिल्लो ने समर्थन किया।

मालती ने विनोद किया, प्यारा बच्चा है। इसे हमें दे दो।

सिल्लो ने गर्व से फूल कर कहा–आप ही का तो है।

"लो मैं इसे ले जाऊं?"

"ले जाइए। आपके साथ रह कर आदमी हो जाएगा।"

गाँव की और महिलाएं आ गईं और मालती को होरी के घर में ले गईं। यहाँ मरदों के सामने मालती से वार्तालाप करने का अवसर उन्हें न मिलता। मालती ने देखा, खाट बिछी है, और उस पर एक दरी पड़ी हुई है, जो पटेश्वरी के घर से मांग कर आई थी, मालती जा कर बैठी। संतान-रक्षा और शिशु-पालन की बातें होने लगीं। औरतें मन लगा कर सुनती रहीं।

धनिया ने कहा–यहां यह सब सफाई और संजम कैसे होगा सरकार! भोजन तक का ठिकाना तो है नहीं।

मालती ने समझाया–सफाई में कुछ खर्च नहीं। केवल थोड़ी-सी मेहनत और होशियारी से काम चल सकता है।

दुलारी सहुआइन ने पूछा–यह सारी बातें तुम्हें कैसे मालूम हुईं सरकार, आपका तो अभी ब्याह ही नहीं हुआ?

मालती ने मुस्करा कर पूछा–"तुम्हें कैसे मालूम हुआ कि मेरा ब्याह नहीं हुआ है।"

सभी स्त्रियां मुँह फेर कर मुस्कराईं। पुनिया बोली–भला, यह भी छिपा रहता है, मिस साहब, मुँह देखते ही पता चल जाता है।

मालती ने झेंपते हुए कहा–इसलिए ब्याह नहीं किया कि आप लोगों की सेवा कैसे करती!

सबने एक स्वर में कहा–धन्य हो सरकार, धन्य हो।

सिलिया मालती के पांव दबाने लगी–सरकार कितनी दूर से आई हैं, थक गई होंगी।

मालती ने पांव खींच कर कहा–नहीं-नहीं, मैं थकी नहीं हूँ। मैं तो हवागाड़ी पर आई हूँ। मैं चाहती हूँ, आप लोग अपने बच्चे लाएं, तो मैं उन्हें देख कर आप लोगों को बताऊं कि आप इन्हें कैसे तंदुरुस्त और नीरोग रख सकती हैं।

जरा देर में बीस-पच्चीस बच्चे आ गए। मालती उनकी परीक्षा करने लगी। कई बच्चों की आँखें उठी थीं, उनकी आँखों में दवा डाली। अधिकतर बच्चे

दुर्बल थे, जिसका कारण था, माता-पिता को भोजन अच्छा न मिलना। मालती को यह जान कर आश्चर्य हुआ कि बहुत कम घरों में दूध होता था। घी के तो सालों दर्शन नहीं होते।

मालती ने यहाँ भी उन्हें भोजन करने का महत्व समझाया, जैसा वह सभी गांवों में किया करती थी। उसका जी इसलिए जलता था कि ये लोग अच्छा भोजन क्यों नहीं करते? उसे ग्रामीणों पर क्रोध आ जाता था। क्या तुम्हारा जन्म इसलिए हुआ है कि तुम मर-मर कर कमाओ और जो कुछ पैदा हो, उसे खा न सको? जहाँ दो-चार बैलों के लिए भोजन है, एक-दो गाय-भैसों के लिए चारा नहीं है? क्यों ये लोग भोजन को जीवन की मुख्य वस्तु न समझ कर उसे केवल प्राण-रक्षा की वस्तु समझते हैं? क्यों सरकार से नहीं कहते कि नाम-मात्र के ब्याज पर रुपए दे कर उन्हें सूदखोर महाजनों के पंजे से बचाए? उसने जिस किसी से पूछा, यही मालूम हुआ कि उनकी कमाई का बड़ा भाग महाजनों का कर्ज चुकाने में खर्च हो जाता है। बंटवारे का मरज भी बढ़ता जाता था। आपस में इतना वैमनस्य था कि शायद ही कोई दो भाई एक साथ रहते हों। उनकी इस दुर्दशा का कारण बहुत कुछ उनकी संकीर्णता और स्वार्थपरता थी। मालती इन्हीं विषयों पर महिलाओं से बातें करती रही। उनकी श्रद्धा देख-देख कर उसके मन में सेवा की प्रेरणा और भी प्रबल हो रही थी। इस त्यागमय जीवन के सामने वह विलासी जीवन कितना तुच्छ और बनावटी था! आज उसके वह रेशमी कपड़े, जिन पर जरी का काम था, और वह गंध से महकता हुआ शरीर, और वह पाउडर से अलंकृत मुख-मंडल, उसे लज्जित करने लगा। उसकी कलाई पर बंधी सोने की घड़ी जैसे अपने अपलक नेत्रों से उसे घूर रही थी। उसके गले में चमकता हुआ जड़ाऊ नेकलेस मानो उसका गला घोंट रहा था। इन त्याग और श्रद्धा की देवियों के सामने वह अपनी दृष्टि में नीची लग रही थी। वह इन ग्रामीणों से बहुत-सी बातें ज्यादा जानती थी, समय की गति ज्यादा पहचानती थी, लेकिन जिन परिस्थितियों में ये गरीबिनें जीवन को सार्थक कर रही हैं, उनमें क्या वह एक दिन भी रह सकती है? जिनमें अहंकार का नाम नहीं, दिन-भर काम करती हैं, उपवास करती हैं, रोती हैं, फिर भी इतनी प्रसन्न-मुख! दूसरे उनके लिए इतने अपने हो गए हैं कि अपना अस्तित्व ही नहीं रहा। उनका अपनापन अपने लड़कों में, अपने पति में, अपने संबंधियों में है। इस भावना की रक्षा करते हुए इसी भावना का क्षेत्र और बढ़ा कर भावी नारीत्व का आदर्श निर्माण होगा। जागृत देवियों में इसकी जगह आत्म-सेवन का जो भाव आ बैठा है सब कुछ अपने लिए, अपने भोग-विलास के लिए उससे तो यह सुषुप्तावस्था ही अच्छी। पुरुष निर्दयी है, माना, लेकिन है तो इन्हीं माताओं का बेटा। क्यों माता ने पुत्र को ऐसी शिक्षा नहीं दी कि वह माता की, स्त्री-जाति की पूजा करता? इसीलिए

कि माता को यह शिक्षा देनी नहीं आती, इसीलिए कि उसने अपने को इतना मिटाया कि उसका रूप ही बिगड़ गया, उसका व्यक्तित्व ही नष्ट हो गया।

नहीं, अपने को मिटाने से काम न चलेगा। नारी को समाज-कल्याण के लिए अपने अधिकारों की रक्षा करनी पड़ेगी, उसी तरह जैसे इन किसानों को अपनी रक्षा के लिए इस देवत्व का कुछ त्याग करना पड़ेगा।

संध्या हो गई थी। मालती को औरतें अब तक घेरे हुए थीं। उसकी बातों से जैसे उन्हें तृप्ति ही न होती थी। कई औरतों ने उससे रात को यहीं रहने का आग्रह किया। मालती को भी उसका सरल स्नेह ऐसा प्यारा लगा कि उसने उनका निमंत्रण स्वीकार कर लिया। रात को औरतें उसे अपना गाना सुनाएंगी। मालती ने भी प्रत्येक घर में जा-जा कर उनकी दशा से परिचय प्राप्त करने में अपने समय का सदुपयोग किया। उसकी निष्कपट सद्भावना और सहानुभूति उन गंवारिनों के लिए देवी के वरदान से कम न थी।

उधर मेहता साहब खाट पर आसन जमाए किसानों की कुश्ती देख रहे थे। पछता रहे थे, मिर्जा जी को क्यों न साथ ले लिया, नहीं उनका भी एक जोड़ हो जाता। उन्हें आश्चर्य हो रहा था, ऐसे प्रौढ़ और निरीह बालकों के साथ शिक्षित कहलाने वाले लोग कैसे निर्दयी हो जाते हैं। अज्ञान की भांति ज्ञान भी सरल, निष्कपट और सुनहले स्वप्न देखने वाला होता है। मानवता में उसका विश्वास इतना दृढ़, इतना सजीव होता है कि वह इसके विरुद्ध व्यवहार को अमानुषिक समझने लगता है। वह यह भूल जाता है कि भेड़ियों ने भेड़ों की निरीहता का जवाब सदैव पंजे और दांतों से दिया है। वह अपना एक आदर्श-संसार बना कर उसको आदर्श मानवता से आबाद करता है और उसी में मगन रहता है। यथार्थता कितनी अगम्य, कितनी दुर्बोध, कितनी अप्राकृतिक है, उसकी ओर विचार करना उसके लिए मुश्किल हो जाता है। मेहता जी इस समय इन गंवारों के बीच में बैठे हुए इसी प्रश्न को हल कर रहे थे कि इनकी दशा इतनी दयनीय क्यों है? वह इस सत्य से आँखें मिलाने का साहस न कर सकते थे कि इनका देवत्व ही इनकी दुर्दशा का कारण है। काश, ये आदमी ज्यादा और देवता कम होते, तो यों न ठुकराए जाते। देश में कुछ भी हो, क्रांति ही क्यों न आ जाए, इनसे कोई मतलब नहीं। कोई दल उनके सामने सबल के रूप में आए उसके सामने सिर झुकाने को तैयार। उनकी निरीहता जड़ता की हद तक पहुंच गई है, जिसे कठोर आघात ही कर्मण्य बना सकता है। उनकी आत्मा जैसे चारों ओर से निराश हो कर अब अपने अंदर ही टांगे तोड़ कर बैठ गई है। उनमें अपने जीवन की चेतना ही जैसे लुप्त हो गई है।

संध्या हो गई थी। जो लोग अब तक खेतों में काम कर रहे थे, वे दौड़े चले आ रहे थे। उसी समय मेहता ने मालती को गाँव की कई औरतों के

साथ इस तरह तल्लीन हो कर एक बच्चे को गोद में लिए देखा, मानो वह भी उन्हीं में से एक है। मेहता का हृदय आनंद से गद्‌गद हो उठा। मालती ने एक प्रकार से अपने को मेहता पर अर्पण कर दिया था। इस विषय में मेहता को अब कोई संदेह न था, मगर अभी तक उनके हृदय में मालती के प्रति वह उत्कट भावना जागृत न हुई थी, जिसके बिना विवाह का प्रस्ताव करना उनके लिए हास्यजनक था। मालती बिना बुलाए मेहमान की भांति उनके द्वार पर आ कर खड़ी हो गई थी, और मेहता ने उसका स्वागत किया था। इसमें प्रेम का भाव न था, केवल पुरुषत्व का भाव था। अगर मालती उन्हें इस योग्य समझती है कि उन पर अपनी कृपा-दृष्टि फेरे, तो मेहता उसकी इस कृपा को अस्वीकार न कर सकते थे। इसके साथ ही वह मालती को गोविंदी के रास्ते से हटा देना चाहते थे और वह जानते थे, मालती जब तक आगे पांव न जमा लेगी, वह पिछला पांव न उठाएगी। वह जानते थे, मालती के साथ छल करके वह अपनी नीचता का परिचय दे रहे हैं। इसके लिए उनकी आत्मा उन्हें बराबर धिक्कारती रही थी, मगर ज्यों-ज्यों वह मालती को निकट से देखते थे, उनके मन में आकर्षण बढ़ता जाता था। रूप का आकर्षण तो उन पर कोई असर न कर सकता था। यह गुण का आकर्षण था। वह यह जानते थे, जिसे सच्चा प्रेम कह सकते हैं, केवल एक बंधन में बंध जाने के बाद ही पैदा हो सकता

है। इसके पहले जो प्रेम होता है, वह तो रूप की आसक्ति-मात्र है, जिसका कोई टिकाव नहीं, मगर इसके पहले यह निश्चय तो कर लेना ही था कि जो पत्थर साहचर्य के खराद पर चढ़ेगा, उसमें खरादे जाने की क्षमता है भी या नहीं। सभी पत्थर तो खराद पर चढ़ कर सुंदर मूर्तियां नहीं बन जाते। इतने दिनों में मालती ने उनके हृदय के भिन्न-भिन्न भागों में अपनी रश्मियां डाली थीं, पर अभी तक वे केंद्रित हो कर उस ज्वाला के रूप में न फूट पड़ी थीं, जिससे उनका सारा अंतस्तल प्रज्वलित हो जाता। आज मालती ने ग्रामीणों में मिल कर और सारे भेद-भाव मिटा कर इन रश्मियों को मानो केंद्रित कर दिया। और आज पहली बार मेहता को मालती से एकात्मता का अनुभव हुआ। ज्यों ही मालती गाँव का चक्कर लगा कर लौटी, उन्होंने उसे साथ ले कर नदी की ओर प्रस्थान किया। रात यहीं काटने का निश्चय हो गया। मालती का कलेजा आज न जाने क्यों धक-धक करने लगा। मेहता के मुख पर आज उसे एक विचित्र ज्योति और इच्छा झलकती हुई नजर आई।

नदी के किनारे चांदी का फर्श बिछा हुआ था और नदी रत्न-जटित आभूषण पहने मीठे स्वरों में गाती, चांद को और तारों को और सिर झुकाए नींद में माते वृक्षों को अपना नृत्य दिखा रही थी। मेहता प्रकृति की उस मादक शोभा से जैसे मस्त हो गए। जैसे उनका बालपन अपने सारी क्रीड़ाओं के साथ

लौट आया हो। बालू पर कई कुलाटें मारीं। फिर दौड़े हुए नदी में जा कर घुटनों तक पानी में खड़े हो गए।

मालती ने कहा–पानी में न खड़े हो। कहीं ठंड न लग जाए।

मेहता ने पानी उछाल कर कहा–मेरा तो जी चाहता है, नदी के उस पार तैर कर चला जाऊं।

"नहीं-नहीं, पानी से निकल आओ। मैं न जाने दूंगी।"

"तुम मेरे साथ न चलोगी उस सूनी बस्ती में, जहाँ स्वप्नों का राज्य है?"

"मुझे तो तैरना नहीं आता।"

"अच्छा, आओ, एक नाव बनाएं, और उस पर बैठ कर चलें।"

वह बाहर निकल आए। आस-पास बड़ी दूर तक झाऊ का जंगल खड़ा था। मेहता ने जेब से चाकू निकाला और बहुत-सी टहनियां काट कर जमा कीं। कगार पर सरपत के जूटे खड़े थे। ऊपर चढ़ कर सरपत का एक गट्ठा काट लाए और वहीं बालू के फर्श पर बैठ कर सरपत की रस्सी बटने लगे। ऐसे प्रसन्न थे, मानो स्वर्गारोहण की तैयारी कर रहे हैं। कई बार उंगलियां चिर गईं, खून निकला। मालती बिगड़ रही थी, बार-बार गाँव लौट चलने के लिए आग्रह कर रही थी, पर उन्हें कोई परवाह न थी। वही बालकों का-सा उल्लास था, वही अल्हड़पन, वही हठ। दर्शन और विज्ञान सभी इस प्रवाह में बह गए थे।

रस्सी तैयार हो गई। झाऊ का बड़ा-सा तख्ता बन गया, टहनियां दोनों सिरों पर रस्सी से जोड़ दी गई थीं। उसके छिद्रों में झाऊ की टहनियां भर दी गईं, जिससे पानी ऊपर न आए। नौका तैयार हो गई। रात और भी स्वप्निल हो गई थी।

मेहता ने नौका को पानी में डाल कर मालती का हाथ पकड़ कर कहा–आओ, बैठो।

मालती ने सशंक हो कर कहा–दो आदमियों का बोझ संभाल लेगी?

मेहता ने दार्शनिक मुस्कान के साथ कहा–जिस तरी पर बैठे हम लोग जीवन-यात्रा कर रहे हैं, वह तो इससे कहीं निस्सार है मालती? क्या डर रही हो?

"डर किस बात का, जब तुम साथ हो।"

"सच कहती हो?"

"अब तक मैंने बगैर किसी की सहायता के बाधाओं को जीता है। अब तो तुम्हारे संग हूँ।"

दोनों उस झाऊ के तख्ते पर बैठे और मेहता ने झाऊ के एक डंडे से ही उसे खेना शुरू किया। तख्ता डगमगाता हुआ पानी में चला।

मालती ने मन को इस तख्ते से हटाने के लिए पूछा–तुम तो हमेशा शहरों में रहे, गाँव के जीवन का तुम्हें कैसे अभ्यास हो गया? मैं तो ऐसा तख्ता कभी न बना सकती।

मेहता ने उसे अनुरक्त नेत्रों से देख कर कहा–शायद यह मेरे पिछले जन्म का संस्कार है। प्रकृति से स्पर्श होते ही जैसे मुझमें नया जीवन-सा आ जाता है, नस-नस में स्फूर्ति दौड़ने लगती है। एक-एक पक्षी, एक-एक पशु, जैसे मुझे आनंद का निमंत्रण देता हुआ जान पड़ता है, मानो भूले हुए सुखों की याद दिला रहा हो। यह आनंद मुझे और कहीं नहीं मिलता मालती, संगीत के रुलानेवाले स्वरों में भी नहीं, दर्शन की ऊंची उड़ानों में भी नहीं। जैसे ये सब मेरे अपने सगे हों। प्रकृति के बीच आ कर मैं जैसे अपने-आपको पा जाता हूँ, जैसे पक्षी अपने घोंसले में आ जाए।

तख्ता डगमगाता, कभी तिरछा, कभी सीधा, कभी चक्कर खाता हुआ चला जा रहा था।

सहसा मालती ने कातर-कंठ से पूछा–और मैं तुम्हारे जीवन में कभी नहीं आती?

मेहता ने उसका हाथ पकड़ कर कहा–आती हो, बार-बार आती हो, सुगंध के एक झोंके की तरह, कल्पना की एक छाया की तरह और फिर अदृश्य हो जाती हो। दौड़ता हूँ कि तुम्हें करपाश में बांध लूं, पर हाथ खुले रह जाते हैं। और तुम गायब हो जाती हो।

मालती ने उन्माद की दशा में कहा–लेकिन तुमने इसका कारण भी सोचा? समझना चाहा?

"हां मालती, बहुत सोचा, बार-बार सोचा।"

"तो क्या मालूम हुआ?"

"यही कि मैं जिस आधार पर जीवन का भवन खड़ा करना चाहता हूँ, वह अस्थिर है। यह कोई विशाल भवन नहीं है, केवल एक छोटी-सी शांत कुटिया है, लेकिन उसके लिए भी तो कोई स्थिर आधार चाहिए।"

मालती ने अपना हाथ छुड़ा कर जैसे मान करते हुए कहा–यह झूठा आक्षेप है। तुमने सदैव मुझे परीक्षा की आँखों से देखा, कभी प्रेम की आँखों से नहीं। क्या तुम इतना भी नहीं जानते कि नारी परीक्षा नहीं चाहती, प्रेम चाहती है। परीक्षा गुणों को अवगुण, सुंदर को असुंदर बनाने वाली चीज़ है, प्रेम अवगुणों को गुण बनाता है, असुंदर को सुंदर! मैंने तुमसे प्रेम किया, मैं कल्पना ही नहीं कर सकती कि तुममें कोई बुराई भी है, मगर तुमने मेरी परीक्षा की और तुम मुझे अस्थिर, चंचल और जाने क्या-क्या समझ कर मुझसे हमेशा दूर भागते रहे। नहीं, मैं जो कुछ कहना चाहती हूँ, वह मुझे कह लेने दो। मैं क्यों अस्थिर और चंचल हूँ? इसलिए कि मुझे वह प्रेम नहीं

मिला, जो मुझे स्थिर और अचंचल बनाता। अगर तुमने मेरे सामने उसी तरह आत्मसमर्पण किया होता, जैसे मैंने तुम्हारे सामने किया है, तो तुम आज मुझ पर यह आक्षेप न रखते।

मेहता ने मालती के मान का आनंद उठाते हुए कहा–तुमने मेरी परीक्षा कभी नहीं की? सच कहती हो?

"कभी नहीं।"

"तो तुमने गलती की।"

"मैं इसकी परवा नहीं करती।"

"भावुकता में न आओ मालती! प्रेम देने के पहले हम सब परीक्षा करते हैं और तुमने की, चाहे अप्रत्यक्ष रूप से ही की हो। मैं आज तुमसे स्पष्ट कहता हूँ कि पहले मैंने तुम्हें उसी तरह देखा, जैसे रोज ही हजारों देवियों को देखा करता हूँ, केवल विनोद के भाव से। अगर मैं गलती नहीं करता, तो तुमने भी मुझे मनोरंजन के लिए एक नया खिलौना समझा।"

मालती ने टोका–गलत कहते हो। मैंने कभी तुम्हें इस नजर से नहीं देखा। मैंने पहले ही दिन तुम्हें अपना देव बना कर अपने हृदय.......

मेहता बात काट कर बोले–फिर वही भावुकता। मुझे ऐसे महत्व के विषय में भावुकता पसंद नहीं, अगर तुमने पहले ही दिन से मुझे इस कृपा के योग्य समझा तो इसका यही कारण हो सकता है, कि मैं रूप भरने में तुमसे ज्यादा कुशल हूँ, वरना जहाँ तक मैंने नारियों का स्वभाव देखा है, वह प्रेम के विषय में काफी छान-बीन करती हैं। पहले भी तो स्वयंवर से पुरुषों की परीक्षा होती थी? वह मनोवृत्ति अब भी मौजूद है, चाहे उसका रूप कुछ बदल गया हो। मैंने तब से बराबर यही कोशिश की है कि अपने को संपूर्ण रूप से तुम्हारे सामने रख दूं और उसके साथ ही तुम्हारी आत्मा तक भी पहुंच जाऊं। और मैं ज्यों-ज्यों तुम्हारे अंतस्तल की गहराई में उतरा हूँ, मुझे रत्न ही मिले हैं। मैं विनोद के लिए आया और आज उपासक बना हुआ हूँ। तुमने मेरे भीतर क्या पाया, यह मुझे मालूम नहीं।

नदी का दूसरा किनारा आ गया। दोनों उतर कर उसी बालू के फर्श पर जा बैठे और मेहता फिर उसी प्रवाह में बोले–और आज मैं यहाँ वही पूछने के लिए तुम्हें लाया हूँ?

मालती ने कांपते हुए स्वर में कहा–क्या अभी तुम्हें मुझसे यह पूछने की जरूरत बाकी है?

"हां, इसलिए कि मैं आज तुम्हें अपना वह रूप दिखाऊंगा, जो शायद अभी तक तुमने नहीं देखा और जिसे मैंने भी छिपाया है। अच्छा, मान लो, मैं तुमसे विवाह करके कल तुमसे बेवफाई करूं तो तुम मुझे क्या सजा दोगी?"

मालती ने उनकी ओर चकित हो कर देखा। इसका आशय उसकी समझ में न आया।

"ऐसा प्रश्न क्यों करते हो?"

"मेरे लिए यह बड़े महत्व की बात है।"

"मैं इसकी संभावना नहीं समझती।"

"संसार में कुछ भी असंभव नहीं है। बड़े-से-बड़ा महात्मा भी एक क्षण में पतित हो सकता है।"

"मैं उसका कारण खोजूंगी और उसे दूर करूंगी।"

"मान लो, मेरी आदत न छूटे।"

"फिर मैं नहीं कह सकती, क्या करूंगी। शायद विष खा कर सो रहूं।"

"लेकिन यदि तुम मुझसे ही प्रश्न करो, तो मैं उसका दूसरा जवाब दूंगा।"

मालती ने सशंक हो कर पूछा–बतलाओ!

मेहता ने दृढ़ता के साथ कहा–मैं पहले तुम्हारा प्राणांत कर दूंगा, फिर अपना।

मालती ने जोर से कहकहा मारा और सिर से पांव तक सिहर उठी। उसकी हंसी केवल उसकी सिहरन को छिपाने का आवरण थी।

मेहता ने पूछा–तुम हंसी क्यों?

"इसीलिए कि तुम तो ऐसे हिंसावादी नहीं जान पड़ते।"

"नहीं मालती, इस विषय में मैं पूरा पशु हूँ और उस पर लज्जित होने का कोई कारण नहीं देखता। आध्यात्मिक प्रेम और त्यागमय प्रेम और निःस्वार्थ प्रेम, जिसमें आदमी अपने को मिटा कर केवल प्रेमिका के लिए जीता है, उसके आनंद से आनंदित होता है और उसके चरणों पर अपना आत्मसमर्पण कर देता है, ये मेरे लिए निरर्थक शब्द हैं। मैंने पुस्तकों में ऐसी प्रेम-कथाएं पढ़ी हैं, जहाँ प्रेमी ने प्रेमिका के नए प्रेमियों के लिए अपनी जान दे दी है, मगर उस भावना को मैं श्रद्धा कह सकता हूँ, सेवा कह सकता हूँ, प्रेम कभी नहीं। प्रेम सीधी-सादी गऊ नहीं, खूंख्वार शेर है, जो अपने शिकार पर किसी की आँख भी नहीं पड़ने देता।"

मालती ने उनकी आँखों में आँखें डाल कर कहा–अगर प्रेम खूंख्वार शेर है तो मैं उससे दूर ही रहूंगी। मैंने तो उसे गाय ही समझ रखा था। मैं प्रेम को संदेह से ऊपर समझती हूँ। वह देह की वस्तु नहीं, आत्मा की वस्तु है। संदेह का वहाँ जरा भी स्थान नहीं और हिंसा तो संदेह का ही परिणाम है। वह संपूर्ण आत्म-समर्पण है। उसके मंदिर में तुम परीक्षक बन कर नहीं, उपासक बन कर ही वरदान पा सकते हो।

वह उठ कर खड़ी हो गई और तेजी से नदी की तरफ चली, मानो उसने अपना खोया हुआ मार्ग पा लिया हो। ऐसी स्फूर्ति का उसे कभी अनुभव न हुआ। उसने स्वतंत्र जीवन में भी अपने में एक दुर्बलता पाई थी, जो उसे सदैव

आंदोलित करती रहती थी, सदैव अस्थिर रखती थी। उसका मन जैसे कोई आश्रय खोजा करता था, जिसके बल पर टिक सके, संसार का सामना कर सके। अपने में उसे यह शक्ति न मिलती थी। बुद्धि और चरित्र की शक्ति देख कर वह उसकी ओर लालायित हो कर जाती थी। पानी की भांति हर एक पात्र का रूप धारण कर लेती थी। उसका अपना कोई रूप न था।

उसकी मनोवृत्ति अभी तक किसी परीक्षार्थी छात्र की-सी थी। छात्र को पुस्तकों से प्रेम हो सकता है और हो जाता है, लेकिन वह पुस्तक के उन्हीं भागों पर ज्यादा ध्यान देता है, जो परीक्षा में आ सकते हैं। उसकी पहली गरज परीक्षा में सफल होना है। ज्ञानार्जन इसके बाद है। अगर उसे मालूम हो जाए कि परीक्षक बड़ा दयालु है या अंधा है और छात्रों को यों ही पास कर दिया करता है, तो शायद वह पुस्तकों की ओर आँख उठा कर भी न देखे। मालती जो कुछ करती थी, मेहता को प्रसन्न करने के लिए। उसका मतलब था, मेहता का प्रेम और विश्वास प्राप्त करना, उसके मनोराज्य की रानी बन जाना, लेकिन उसी छात्र की तरह अपनी योग्यता का विश्वास जमा कर। लियाकत आ जाने से परीक्षक आप-ही-आप उससे संतुष्ट हो जाएगा, इतना धैर्य उसे न था।

मगर आज मेहता ने जैसे उसे ठुकरा कर उसकी आत्म-शक्ति को जगा दिया। मेहता को जब से उसने पहली बार देखा था, तभी से उसका मन उनकी ओर झुका था। उसे वह अपने परिचितों में सबसे समर्थ जान पड़े। उसके परिष्कृत जीवन में बुद्धि की प्रखरता और विचारों की दृढ़ता ही सबसे ऊंची वस्तु थी। धन और ऐश्वर्य को तो वह केवल खिलौना समझती थी, जिसे खेल कर लड़के तोड़-फोड़ डालते हैं। रूप में भी अब उसके लिए विशेष आकर्षण न था। यद्यपि कुरूपता के लिए घृणा थी। उसको तो अब बुद्धि-शक्ति ही अपने ओर झुका सकती थी, जिसके आश्रय में उसमें आत्म-विश्वास जगे, अपने विकास की प्रेरणा मिले, अपने में शक्ति का संचार हो, अपने जीवन की सार्थकता का ज्ञान हो। मेहता के बुद्धिबल और तेजस्विता ने उसके ऊपर अपने मुहर लगा दी और तब से वह अपना संस्कार करती चली जाती थी। जिस प्रेरक-शक्ति की उसे जरूरत थी, वह मिल गई थी और अज्ञात रूप से उसे गति और शक्ति दे रही थी। जीवन का नया आदर्श जो उसके सामने आ गया था, वह अपने को उसके समीप पहुंचाने की चेष्टा करती हुई और सफलता का अनुभव करती हुई उस दिन की कल्पना कर रही थी, जब वह और मेहता एकात्म हो जाएंगे और यह कल्पना उसे और भी दृढ़ और निष्ठावान बना रही थी।

मगर आज जब मेहता ने उसकी आशाओं को द्वार तक ला कर प्रेम का वह आदर्श उसके सामने रखा, जिसमें प्रेम को आत्मा और समर्पण के क्षेत्र

से गिरा कर भौतिक धरातल तक पहुंचा दिया गया था, जहाँ संदेह और ईर्ष्या और भोग का राज है, तब उसकी परिष्कृत बुद्धि आहत हो उठी। और मेहता से जो उसे श्रद्धा थी, उसे एक धक्का-सा लगा, मानो कोई शिष्य अपने गुरू को कोई नीच कर्म करते देख ले। उसने देखा, मेहता की बुद्धि-प्रखरता प्रेम-तत्व को पशुता की ओर खींचे लिए जाती है और उसके देवत्व की ओर से आँखें बंद किए लेती है, और यह देख कर उसका दिल बैठ गया।

मेहता ने कुछ लज्जित हो कर कहा—आओ, कुछ देर और बैठें।

मालती बोली—नहीं, अब लौटना चाहिए। देर हो रही है।

31

रायसाहब का सितारा बुलंद था। उनके तीनों मंसूबे पूरे हो गए थे। कन्या की शादी धूम-धाम से हो गई थी, मुकदमा जीत गए थे और निर्वाचन में सफल ही न हुए थे, होम मेंबर भी हो गए थे। चारों ओर से बधाइयां मिल रही थीं। तारों का तांता लगा हुआ था। इस मुकदमे को जीत कर उन्होंने ताल्लुकेदारों की प्रथम श्रेणी में स्थान प्राप्त कर लिया था। सम्मान तो उनका पहले भी किसी से कम न था, मगर अब तो उसकी जड़ और भी गहरी और मजबूत हो गई थी। सामयिक पत्रों में उनके चित्र और चरित्र दनादन निकल रहे थे। कर्ज की मात्रा बहुत बढ़ गई थी। मगर अब रायसाहब को इसकी परवाह न थी। वह इस नई मिलकियत का एक छोटा-सा टुकड़ा बेच कर कर्ज से मुक्त हो सकते थे। सुख की जो ऊंची-से-ऊंची कल्पना उन्होंने की थी, उससे कहीं ऊंचे जा पहुंचे थे। अभी तक उनका बंगला केवल लखनऊ में था। अब नैनीताल, मंसूरी और शिमला—तीनों स्थानों में एक-एक बंगला बनवाना लाजिम हो गया। अब उन्हें यह शोभा नहीं देता कि इन स्थानों में जाएं, तो होटलों में या किसी दूसरे राजा के बंगले में ठहरें। जब सूर्यप्रताप सिंह के बंगले इन सभी स्थानों में थे, तो रायसाहब के लिए यह बड़ी लज्जा की बात थी कि उनके बंगले न हों। संयोग से बंगले बनवाने की जहमत न उठानी पड़ी। बने-बनाए बंगले सस्ते दामों में मिल गए। हर एक बंगले के लिए माली, चौकीदार, कारिंदा, खानसामा आदि भी रख लिए गए थे। और सबसे बड़े सौभाग्य की बात यह थी कि अबकी हिज मैजेस्टी के जन्मदिन के अवसर पर उन्हें राजा की पदवी भी मिल गई। अब उनकी महत्वाकांक्षा संपूर्ण रूप से संतुष्ट हो गई। उस दिन खूब जश्न मनाया गया और इतनी शानदार दावत हुई कि पिछले सारे रेकार्ड टूट गए। जिस वक्त हिज एक्सेलेन्सी गवर्नर ने

उन्हें पदवी प्रदान की, गर्व के साथ राज-भक्ति की ऐसी तरंग उनके मन में उठी कि उनका एक-एक रोम उससे प्लावित हो उठा। यह है जीवन! नहीं, विद्रोहियों के फेर में पड़ कर व्यर्थ बदनामी ली, जेल गए और अफसरों की नजरों से गिर गए। जिस डी.एस.पी. ने उन्हें पिछली बार गिरफ्तार किया था, इस वक्त वह उनके सामने हाथ बांधे खड़ा था और शायद अपने अपराध के लिए क्षमा मांग रहा था।

मगर जीवन की सबसे बड़ी विजय उन्हें उस वक्त हुई, जब उनके पुराने, परास्त शत्रु सूर्यप्रताप सिंह ने उनके बड़े लड़के रुद्रपालसिंह से अपनी कन्या से विवाह का संदेशा भेजा। रायसाहब को न मुकदमा जीतने की इतनी खुशी हुई थी, न मिनिस्टर होने की। वह सारी बातें कल्पना में आती थीं, मगर यह बात तो आशातीत ही नहीं, कल्पनातीत थी। वही सूर्यप्रताप सिंह जो अभी कई महीने तक उन्हें अपने कुत्ते से भी नीचा समझता था, वह आज उनके लड़के से अपनी लड़की का विवाह करना चाहता था! कितनी असंभव बात! रुद्रपाल इस समय एम.ए में पढ़ता था, बड़ा निर्भीक, पक्का आदर्शवादी, अपने ऊपर भरोसा रखने वाला, अभिमानी, रसिक और आलसी युवक था, जिसे अपने पिता की यह धन और मानलिप्सा बुरी लगती थी।

रायसाहब इस समय नैनीताल में थे। यह संदेशा पा कर फूल उठे। यद्यपि वह विवाह के विषय में लड़के पर किसी तरह का दबाव डालना न चाहते थे, पर इसका उन्हें विश्वास था कि वह जो कुछ निश्चय कर लेंगे, उसमें रुद्रपाल को कोई आपत्ति न होगी और राजा सूर्यप्रताप सिंह से नाता हो जाना एक ऐसे सौभाग्य की बात थी कि रुद्रपाल का सहमत न होना ख्याल में भी न आ सकता था। उन्होंने तुरंत राजा साहब को बात दे दी और उसी वक्त रुद्रपाल को फोन किया।

रुद्रपाल ने जवाब दिया—मुझे स्वीकार नहीं।

रायसाहब को अपने जीवन में न कभी इतनी निराशा हुई थी, न इतना क्रोध आया था, पूछा—कोई वजह?

"समय आने पर मालूम हो जाएगा।"

"मैं अभी जानना चाहता हूँ।"

"मैं नहीं बतलाना चाहता।"

"तुम्हें मेरा हुक्म मानना पड़ेगा।"

"जिस बात को मेरी आत्मा स्वीकार नहीं करती, उसे मैं आपके हुक्म से नहीं मान सकता।"

रायसाहब ने बड़ी नम्रता से समझाया—बेटा, तुम आदर्शवाद के पीछे अपने पैरों में कुल्हाड़ी मार रहे हो। यह संबंध समाज में तुम्हारा स्थान कितना ऊंचा कर देगा, कुछ तुमने सोचा है? इसे ईश्वर की प्रेरणा समझो। उस कुल की

कोई दरिद्र कन्या भी मुझे मिलती, तो मैं अपने भाग्य को सराहता, यह तो राजा सूर्यप्रताप की कन्या है, जो हमारे सिरमौर हैं। मैं उसे रोज देखता हूँ। तुमने भी देखा होगा। रूप, गुण, शील, स्वभाव में ऐसी युवती मैंने आज तक नहीं देखी। मैं तो चार दिन का और मेहमान हूँ। तुम्हारे सामने जीवन पड़ा है। मैं तुम्हारे ऊपर दबाव नहीं डालना चाहता। तुम जानते हो, विवाह के विषय में मेरे विचार कितने उदार हैं, लेकिन मेरा यह भी तो धर्म है कि अगर तुम्हें गलती करते देखूं, तो चेतावनी दे दूं।

रुद्रपाल ने इसका जवाब दिया–मैं इस विषय में बहुत पहले निश्चय कर चुका हूँ। अब कोई परिवर्तन नहीं हो सकता।

रायसाहब को लड़के की जड़ता पर फिर क्रोध आ गया। गरज कर बोले–मालूम होता है, तुम्हारा सिर फिर गया है। आ कर मुझसे मिलो। विलंब न करना। मैं राजा साहब को जबान दे चुका हूँ।

रुद्रपाल ने जवाब दिया–खेद है, अभी मुझे अवकाश नहीं है।

दूसरे दिन रायसाहब खुद आ गए। दोनों अपने-अपने शस्त्रों से सजे हुए तैयार खड़े थे। एक ओर संपूर्ण जीवन का मंजा हुआ अनुभव था, समझौतों से भरा हुआ, दूसरी ओर कच्चा आदर्शवाद था, जिद्दी, उद्धंदड और निर्मम।

रायसाहब ने सीधे मर्म पर आघात किया–मैं जानना चाहता हूँ, वह कौन लड़की है।

रुद्रपाल ने अचल भाव से कहा–अगर आप इतने उत्सुक हैं, तो सुनिए। वह मालती देवी की बहन सरोज है।

रायसाहब आहत हो कर गिर पड़े–अच्छा, वह!

"आपने तो सरोज को देखा होगा?"

"खूब देखा है। तुमने राजकुमारी को देखा है या नहीं?"

"जी हां, खूब देखा है।"

"फिर भी?"

"मैं रूप को कोई चीज़ नहीं समझता।"

"तुम्हारी अक्ल पर मुझे अफसोस आता है। मालती को जानते हो, कैसी औरत है? उसकी बहन क्या कुछ और होगी?"

रुद्रपाल ने त्योरी चढ़ा कर कहा–मैं इस विषय में आपसे और कुछ नहीं कहना चाहता, मगर मेरी शादी होगी, तो सरोज से।"

"मेरे जीते जी कभी नहीं हो सकती।"

"तो आपके बाद होगी।"

"अच्छा, तुम्हारे यह इरादे हैं।"

और रायसाहब की आँखें सजल हो गईं। जैसे सारा जीवन उजड़ गया हो। मिनिस्ट्री और इलाका और पदवी, सब जैसे बासी फूलों की तरह नीरस,

निरानंद हो गए हों। जीवन की सारी साधना व्यर्थ हो गई। उनकी स्त्री का जब देहांत हुआ था, तो उनकी उम्र छत्तीस साल से ज्यादा न थी। वह विवाह कर सकते थे, और भोग-विलास का आनंद उठा सकते थे। सभी उनसे विवाह करने के लिए आग्रह कर रहे थे, मगर उन्होंने इन बालकों का मुँह देखा और विधुर जीवन की साधना स्वीकार कर ली। इन्हीं लड़कों पर अपने जीवन का सारा भोग-विलास न्योछावर कर दिया। आज तक अपने हृदय का सारा स्नेह इन्हीं लड़कों को देते चले आए हैं, और आज यह लड़का इतनी निष्ठुरता से बातें कर रहा है, मानो उनसे कोई नाता नहीं। फिर वह क्यों जायदाद और सम्मान और अधिकार के लिए जान दें? इन्हीं लड़कों ही के लिए तो वह सब कुछ कर रहे थे, जब लड़कों को उनका जरा भी लिहाज नहीं, तो वह क्यों यह तपस्या करें? उन्हें कौन संसार में बहुत दिन रहना है। उन्हें भी आराम से पड़े रहना आता है। उनके और हजारों भाई मूंछों पर ताव दे कर जीवन का भोग करते हैं और मस्त घूमते हैं। फिर वह भी क्यों न भोग-विलास में पड़े रहें? उन्हें इस वक्त याद न रहा कि वह जो तपस्या कर रहे हैं, वह लड़कों के लिए नहीं, बल्कि अपने लिए, केवल यश के लिए नहीं, बल्कि इसलिए कि वह कर्मशील हैं और उन्हें जीवित रहने के लिए इसकी जरूरत है। वह विलासी और अकर्मण्य बन कर अपनी आत्मा को संतुष्ट नहीं रख सकते। उन्हें मालूम नहीं, कि कुछ लोगों की प्रकृति ही ऐसी होती है कि वे विलास का अपाहिजपन स्वीकार ही नहीं कर सकते। वे अपने जिगर का खून पीने ही के लिए बने हैं और मरते दम तक पिए जाएंगे।

मगर इस चोट की प्रतिक्रिया भी तुरंत हुई। हम जिनके लिए त्याग करते हैं, उनसे किसी बदले की आशा न रख कर भी उनके मन पर शासन करना चाहते हैं, चाहे वह शासन उन्हीं के हित के लिए हो, यद्यपि उस हित को हम इतना अपना लेते हैं कि वह उनका न हो कर हमारा हो जाता है। त्याग की मात्रा जितनी ही ज्यादा होती है, यह शासन-भावना भी उतनी ही प्रबल होती है और जब सहसा हमें विद्रोह का सामना करना पड़ता है, तो हम क्षुब्ध हो उठते हैं, और वह त्याग जैसे प्रतिहिंसा का रूप ले लेता है। रायसाहब को यह जिद पड़ गई कि रुद्रपाल का विवाह सरोज के साथ न होने पाए, चाहे इसके लिए उन्हें पुलिस की मदद क्यों न लेनी पड़े, नीति की हत्या क्यों न करनी पड़े।

उन्होंने जैसे तलवार खींच कर कहा–हां, मेरे बाद ही होगी और अभी उसे बहुत दिन हैं।

रुद्रपाल ने जैसे गोली चला दी–ईश्वर करे, आप अमर हों! सरोज से मेरा विवाह हो चुका।

"झूठ।"

"बिलकुल नहीं, प्रमाण-पत्र मौजूद है।"

रायसाहब आहत हो कर गिर पड़े। इतनी सतृष्ण हिंसा की आँखों से उन्होंने कभी किसी शत्रु को न देखा था। शत्रु अधिक-से-अधिक उनके स्वार्थ पर आघात कर सकता था या देह पर या सम्मान पर, पर यह आघात तो उस मर्मस्थल पर था, जहाँ जीवन की संपूर्ण प्रेरणा संचित थी। एक आंधी थी, जिसने उनका जीवन जड़ से उखाड़ दिया। अब वह सर्वथा अपंग है। पुलिस की सारी शक्ति हाथ में रहते हुए भी अपंग है। बल प्रयोग उनका अंतिम शस्त्र था। वह शस्त्र उनके हाथ से निकल चुका था। रुद्रपाल बालिग है, सरोज भी बालिग है और रुद्रपाल अपनी रियासत का मालिक है। उनका उस पर कोई दबाव नहीं। आह! अगर जानते, यह लौंडा यों विद्रोह करेगा, तो इस रियासत के लिए लड़ते ही क्यों? इस मुकदमेबाजी के पीछे दो-ढाई लाख बिगड़ गए। जीवन ही नष्ट हो गया। अब तो उनकी लाज इसी तरह बचेगी कि इस लौंडे की खुशामद करते रहें, उन्होंने जरा बाधा दी और इज्जत धूल में मिली। वह अपने जीवन का बलिदान करके भी अब स्वामी नहीं हैं। ओह! सारा जीवन नष्ट हो गया। सारा जीवन!

रुद्रपाल चला गया था। रायसाहब ने कार मंगवाई और मेहता से मिलने चले। मेहता अगर चाहें तो मालती को समझा सकते हैं। सरोज भी उनकी अवहेलना न करेगी, अगर दस-बीस हज़ार रुपए बल खाने से भी विवाह रुक जाए, तो वह देने को तैयार थे। उन्हें उस स्वार्थ के नशे में यह बिलकुल ख्याल न रहा कि वह मेहता के पास ऐसा प्रस्ताव ले कर जा रहे हैं, जिस पर मेहता की हमदर्दी कभी उनके साथ न होगी।

मेहता ने सारा वृत्तांत सुन कर उन्हें बनाना शुरू किया। गंभीर मुँह बना कर बोले–यह तो आपकी प्रतिष्ठा का सवाल है।

रायसाहब भांप न सके। उछल कर बोले–जी हां, केवल प्रतिष्ठा का। राजा सूर्यप्रताप सिंह को तो आप जानते हैं।

"मैंने उनकी लड़की को भी देखा है। सरोज उसके पांव की धूल भी नहीं है।"

"मगर इस लौंडे की अक्ल पर पत्थर पड़ गया है।"

"तो मारिए गोली, आपको क्या करना है। वही पछताएगा।"

"ओह! यही तो नहीं देखा जाता मेहता जी! मिलती हुई प्रतिष्ठा नहीं छोड़ी जाती। मैं इस प्रतिष्ठा पर अपनी आधी रियासत कुर्बान करने को तैयार हूँ। आप मालतीदेवी को समझा दें, तो काम बन जाए। इधर से इनकार हो जाए, तो रुद्रपाल सिर पीट कर रह जाएगा और यह नशा दस-पांच दिन में आप उतर जाएगा। यह प्रेम-व्रेम कुछ नहीं, केवल सनक है।

"लेकिन मालती बिना कुछ रिश्वत लिए मानेगी नहीं।"

"आप जो कुछ कहिए, मैं उसे दूंगा। वह चाहे तो मैं उसे यहीं के डफरिन हास्पिटल का इंचार्ज बना दूं।"

"मान लीजिए, वह आपको चाहे तो आप राजी होंगे। जब से आपको मिनिस्ट्री मिली है, आपके विषय में उसकी राय जरूर बदल गई होगी।"

रायसाहब ने मेहता के चेहरे की तरफ देखा। उस पर मुस्कुराहट की रेखा नजर आई। समझ गए। व्यथित स्वर में बोले–आपको भी मुझसे मजाक करने का यही अवसर मिला। मैं आपके पास इसलिए आया था कि मुझे यकीन था कि आप मेरी हालत पर विचार करेंगे, मुझे उचित राय देंगे। और आप मुझे बनाने लगे। जिसके दांत नहीं दुखे, वह दांतों का दर्द क्या जाने!

मेहता ने गंभीर स्वर में कहा–क्षमा कीजिएगा, आप ऐसा प्रश्न ही ले कर आए कि उस पर गंभीर विचार करना मैं हास्यास्पद समझता हूँ। आप अपनी शादी के जिम्मेदार हो सकते हैं। लड़के की शादी का दायित्व आप क्यों अपने ऊपर लेते हैं, खास कर जब आपका लड़का बालिग है और अपना नफा-नुकसान समझता है। कम-से-कम मैं तो शादी जैसे महत्व के मुआमले में प्रतिष्ठा का कोई स्थान नहीं समझता। प्रतिष्ठा धन से होती तो राजा साहब उस नंगे बाबा के सामने घंटों गुलामों की तरह हाथ बांधे खड़े न रहते। मालूम नहीं कहाँ तक सही है, पर राजा साहब अपने इलाके के दारोगा तक को सलाम करते हैं, इसे आप प्रतिष्ठा कहते हैं? लखनऊ में आप किसी दुकानदार, किसी अहलकार, किसी राहगीर से पूछिए, उनका नाम सुन कर गालियां ही देगा। इसी को आप प्रतिष्ठा कहते हैं? जा कर आराम से बैठिए। सरोज से अच्छी वधू आपको बड़ी मुश्किल से मिलेगी।

रायसाहब ने आपत्ति के भाव से कहा–बहन तो मालती ही की है।

मेहता ने गर्म हो कर कहा–मालती की बहन होना क्या अपमान की बात है? मालती को आपने जाना नहीं, और न जानने की परवा की। मैंने भी यही समझा था, लेकिन अब मालूम हुआ कि वह आग में पड़ कर चमकने वाली सच्ची धातु है। वह उन वीरों में है, जो अवसर पड़ने पर अपने जौहर दिखाते हैं, तलवार घुमाते नहीं चलते। आपको मालूम है, खन्ना की आजकल क्या दशा है?

रायसाहब ने सहानुभूति के भाव से सिर हिला कर कहा–सुन चुका हूँ, और बार-बार इच्छा हुई कि उससे मिलूं, लेकिन फुरसत न मिली। उस मिल में आग लगना उनके सर्वनाश का कारण हो गया।

"जी हां। अब वह एक तरह से दोस्तों की दया पर अपना निर्वाह कर रहे हैं। उस पर गोविंदी महीनों से बीमार है। उसने खन्ना पर अपने को बलिदान कर दिया, उस पशु पर जिसने हमेशा उसे जलाया। अब वह मर रही है। और मालती रात की रात उसके सिरहाने बैठी रह जाती है–वही मालती, जो किसी

राजा-रईस से पाँच सौ फीस पा कर भी रात-भर न बैठेगी। खन्ना के छोटे बच्चों को पालने का भार भी मालती पर है। यह मातृत्व उसमें कहाँ सोया हुआ था, मालूम नहीं। मुझे तो मालती का यह स्वरूप देख कर अपने भीतर श्रद्धा का अनुभव होने लगा, हालांकि आप जानते हैं, मैं घोर जड़वादी हूँ। और भीतर के परिष्कार के साथ उसकी छवि में भी देवत्व की झलक आने लगी है। मानवता इतनी बहुरंगी और इतनी समर्थ है, इसका मुझे प्रत्यक्ष अनुभव हो रहा है। आप उनसे मिलना चाहें तो चलिए, इसी बहाने मैं भी चला चलूंगा"

रायसाहब ने संदिग्ध भाव से कहा–जब आप ही मेरे दर्द को नहीं समझ सके, तो मालती देवी क्या समझेंगी, मुफ्त में शर्मिंदगी होगी, मगर आपको पास जाने के लिए किसी बहाने की जरूरत क्यों! मैं तो समझता था, आपने उनके ऊपर अपना जादू डाल दिया है।

मेहता ने हसरत-भरी मुस्कुराहट के साथ जवाब दिया–वह बातें अब स्वप्न हो गई। अब तो कभी उनके दर्शन भी नहीं होते। उन्हें अब फुरसत भी नहीं रहती। दो-चार बार गया, मगर मुझे मालूम हुआ, मुझसे मिल कर वह कुछ खुश नहीं हुई, तब से जाते झेंपता हूँ। हां, खूब याद आया, आज महिला-व्यायामशाला का जलसा है, आप चलेंगे?

रायसाहब ने बेदिली के साथ कहा–जी नहीं, मुझे फुर्सत नहीं है। मुझे तो यह चिंता सवार है कि राजा साहब को क्या जवाब दूंगा। मैं उन्हें वचन दे चुका हूँ।

यह कहते हुए वह उठ खड़े हुए और मंद गति से द्वार की ओर चले। जिस गुत्थी को सुलझाने आए थे, वह और भी जटिल हो गई। अंधकार और भी असूझ हो गया। मेहता ने कार तक आ कर उन्हें विदा किया।

रायसाहब सीधे अपने बंगले पर आए और दैनिक पत्र उठाया था कि मिस्टर तंखा का कार्ड मिला। तंखा से उन्हें घृणा थी और उनका मुँह भी न देखना चाहते थे, लेकिन इस वक्त मन की दुर्बल दशा में उन्हें किसी हमदर्द की तलाश थी, जो और कुछ न कर सके, पर उनके मनोभावों से सहानुभूति तो करे। तुरंत बुला लिया।

तंखा पांव दबाते हुए, रोनी सूरत लिए कमरे में दाखिल हुए और ज़मीन पर झुक कर सलाम करते हुए बोले–मैं तो हुजूर के दर्शन करने नैनीताल जा रहा था। सौभाग्य से यहीं दर्शन हो गए! हुजूर का मिजाज तो अच्छा है।

इसके बाद उन्होंने बड़ी लच्छेदार भाषा में, और अपने पिछले व्यवहार को बिलकुल भूलकर, रायसाहब का यशोगान आरंभ किया–ऐसी होम-मेंबरी कोई क्या करेगा, जिधर देखिए हुजूर ही के चर्चे हैं। यह पद हुजूर ही को शोभा देता है।

रायसाहब मन में सोच रहे थे, यह आदमी भी कितना बड़ा धूर्त है, अपनी गरज पड़ने पर गधे को दादा कहने वाला, परले सिरे का बेवफा और निर्लज्ज, मगर उन्हें उन पर क्रोध न आया, दया आई। पूछा–आजकल आप क्या कर रहे हैं?

"कुछ नहीं हुजूर, बेकार बैठा हूँ। इसी उम्मीद से आपकी खिदमत में हाजिर होने जा रहा था कि अपने पुराने खादिमों पर निगाह रहे। आजकल बड़ी मुसीबत में पड़ा हुआ हूँ हुजूर! राजा सूर्यप्रताप सिंह को तो हुजूर जानते हैं, अपने सामने किसी को नहीं समझते। एक दिन आपकी निंदा करने लगे। मुझसे न सुना गया। मैंने कहा–बस कीजिए महाराज, रायसाहब मेरे स्वामी हैं और मैं उनकी निंदा नहीं सुन सकता। बस इसी बात पर बिगड़ गए। मैंने भी सलाम किया और घर चला आया। साफ कह दिया, आप कितना ही ठाठ-बाट दिखाएं, पर रायसाहब की जो इज्जत है, वह आपको नसीब नहीं हो सकती। इज्जत ठाठ से नहीं होती, लियाकत से होती है। आपमें जो लियाकत है, वह तो दुनिया जानती है।

रायसाहब ने अभिनय किया–आपने तो सीधे घर में आग लगा दी।

तंखा ने अकड़ कर कहा–मैं तो हुजूर साफ कहता हूँ, किसी को अच्छा लगे या बुरा। जब हुजूर के कदमों को पकड़े हुए हूँ, तो किसी से क्यों डरूं। हुजूर के तो नाम से जलते हैं। जब देखिए, हुजूर की बदगोई। जब से आप मिनिस्टर हुए हैं, उनकी छाती पर सांप लोट रहा है। मेरी सारी-की-सारी मजदूरी साफ डकार गए। देना तो जानते ही नहीं हुजूर। असामियों पर इतना अत्याचार करते हैं कि कुछ न पूछिए किसी की आबरू सलामत नहीं। दिन-दहाड़े औरतों को.......

कार की आवाज आई और राजा सूर्यप्रताप सिंह उतरे। रायसाहब ने कमरे से निकल कर उनका स्वागत किया और सम्मान के बोझ से नत हो कर बोले–मैं तो आपकी सेवा में आने वाला ही था।

यह पहला अवसर था कि राजा सूर्यप्रताप सिंह ने इस घर को अपने चरणों से पवित्र किया। यह सौभाग्य!

मिस्टर तंखा भीगी बिल्ली बने बैठे हुए थे। राजा साहब यहां! क्या इधर इन दोनों महोदयों में दोस्ती हो गई है? उन्होंने रायसाहब की ईर्ष्याग्नि को उत्तेजित करके अपना हाथ सेंकना चाहा था, मगर नहीं, राजा साहब यहाँ मिलने के लिए आ भले ही गए हों, मगर दिलों में जो जलन है, वह तो कुम्हार के आंवे की तरह इस ऊपर की लेप-थोप से बुझने वाली नहीं।

राजा साहब ने सिगार जलाते हुए तंखा की ओर कठोर आँखों से देख कर कहा–तुमने तो सूरत ही नहीं दिखाई मिस्टर तंखा! मुझसे उस दावत के सारे रुपए वसूल कर लिए और होटल वालों को एक पाई न दी, वह मेरा

सिर खा रहे हैं। मैं इसे विश्वासघात समझता हूँ। मैं चाहूं तो अभी तुम्हें पुलिस में दे सकता हूँ।

यह कहते हुए उन्होंने रायसाहब को संबोधित करके कहा–ऐसा बेईमान आदमी मैंने नहीं देखा रायसाहब! मैं सत्य कहता हूँ, मैं भी आपके मुकाबले में न खड़ा होता। मगर इसी शैतान ने मुझे बहकाया और मेरे एक लाख रुपए बरबाद कर दिए। बंगला खरीद लिया साहब, कार रख ली। एक वेश्या से आशनाई भी कर रखी है। पूरे रईस बन गए और अब दगाबाजी शुरू की है। रईसों की शान निभाने के लिए रियासत चाहिए। आपकी सियासत अपने दोस्तों की आँखों में धूल झोंकना है।

रायसाहब ने तंखा की ओर तिरस्कार की आँखों से देखा और बोले–आप चुप क्यों हैं मिस्टर तंखा, कुछ जवाब दीजिए। राजा साहब ने तो आपका सारा मेहनताना दबा लिया था। है इसका कोई जवाब आपके पास? अब कृपा करके यहाँ से चले जाइए और खबरदार, फिर अपनी सूरत न दिखाइएगा। दो भले आदमियों में लड़ाई लगा कर अपना उल्लू सीधा करना बेपूंजी का रोजगार है, मगर इसका घाटा और नफा दोनों ही जान-जोखिम है, समझ लीजिए।

तंखा ने ऐसा सिर गड़ाया कि फिर न उठाया। धीरे से चले गए। जैसे कोई चोर कुत्ता मालिक के अंदर आ जाने पर दबकर निकल जाए।

जब वह चले गए, तो राजा साहब ने पूछा–मेरी बुराई करता होगा?

"जी हां, मगर मैंने भी खूब बनाया।"

"शैतान है।"

"पूरा।"

"बाप-बेटे में लड़ाई करवा दे, मियां-बीबी में लड़ाई करवा दे। इस फन में उस्ताद है। खैर, आज बेचारे को अच्छा सबक मिल गया।"

इसके बाद रुद्रपाल के विवाह के बातचीत शुरू हुई। रायसाहब के प्राण सूखे जा रहे थे। मानो उन पर कोई निशाना बांधा जा रहा हो। कहाँ छिप जाएं। कैसे कहें कि रुद्रपाल पर उनका कोई अधिकार नहीं रहा, मगर राजा साहब को परिस्थिति का ज्ञान हो चुका था। रायसाहब को अपने तरफ से कुछ न कहना पड़ा। जान बच गई।

उन्होंने पूछा–आपको इसकी क्यों कर खबर हुई?

"अभी-अभी रुद्रपाल ने लड़की के नाम एक पत्र भेजा है, जो उसने मुझे दे दिया।"

"आजकल के लड़कों में और तो कोई खूबी नजर नहीं आती, बस स्वच्छंदता की सनक सवार है।"

"सनक तो है ही, मगर इसकी दवा मेरे पास है। मैं उस छोकरी को ऐसा गायब कर दूंगा कि कहीं पता न लगेगा। दस-पांच दिन में यह सनक ठंडी हो जाएगी। समझाने से कोई नतीजा नहीं!"

रायसाहब कांप उठे। उनके मन में भी इस तरह की बात आई थी, लेकिन उन्होंने उसे आकार न लेने दिया था। संस्कार दोनों व्यक्तियों के एक-से थे। गुफावासी मनुष्य दोनों ही व्यक्तियों में जीवित था। रायसाहब ने उसे ऊपरी वस्त्रों से ढंक दिया था। राजा साहब में वह नग्न था। अपना बड़प्पन सिद्ध करने के उस अवसर को रायसाहब छोड़ न सके।

जैसे लज्जित हो कर बोले–लेकिन यह बीसवीं सदी है, बारहवीं नहीं। रुद्रपाल के ऊपर इसकी क्या प्रतिक्रिया होगी, मैं नहीं कह सकता, लेकिन मानवता की दृष्टि से.......

राजा साहब ने बात काट कर कहा–आप मानवता लिए फिरते हैं और यह नहीं देखते कि संसार में आज भी मनुष्य की पशुता ही उसकी मानवता पर विजय पा रही है। नहीं, राष्ट्रों में लड़ाइयां क्यों होतीं? पंचायतों से झगड़े न तय हो जाते? जब तक मनुष्य रहेगा, उसकी पशुता भी रहेगी।

छोटी-मोटी बहस छिड़ गई और वह विवाद के रूप में आ कर अंत में वितंडा बन गई और राजा साहब नाराज हो कर चले गए। दूसरे दिन रायसाहब ने भी नैनीताल को प्रस्थान किया। और उसके एक दिन बाद रुद्रपाल ने सरोज के साथ इंग्लैंड की राह ली। अब उनमें पिता-पुत्र का नाता न था, प्रतिद्वंद्वी हो गए थे। मिस्टर तंखा अब रुद्रपाल के सलाहकार और पैरोकार थे। उन्होंने रुद्रपाल की तरफ से रायसाहब पर हिसाब-फहमी का दावा किया। रायसाहब पर दस लाख की डिगरी हो गई। उन्हें डिगरी का इतना दुःख न हुआ, जितना अपने अपमान का। अपमान से भी बढ़ कर दुःख था, जीवन की संचित अभिलाषाओं के धूल में मिल जाने का और सबसे बड़ा दुःख था इस बात का कि अपने बेटे ने ही दगा दी। आज्ञाकारी पुत्र के पिता बनने का गौरव बड़ी निर्दयता के साथ उनके हाथ से छीन लिया गया था।

मगर अभी शायद उनके दुःख का प्याला भरा न था। जो कुछ कसर थी, वह लड़की और दामाद के संबंध-विच्छेद ने पूरी कर दी। साधारण हिंदू बालिकाओं की तरह मीनाक्षी भी बेजबान थी। बाप ने जिसके साथ ब्याह कर दिया, उसके साथ चली गई, लेकिन स्त्री-पुरुष में प्रेम न था। दिग्विजय सिंह ऐयाश भी थे, शराबी भी। मीनाक्षी भीतर ही भीतर कुढ़ती रहती थी। पुस्तकों और पत्रिकाओं से मन बहलाया करती थी। दिग्विजय की अवस्था तो तीस से अधिक न थी। पढ़ा-लिखा भी था, मगर बड़ा मगरूर, अपने कुल-प्रतिष्ठा की डींग मारने वाला, स्वभाव का निर्दयी और कृपण। गाँव की नीच जाति की बहू-बेटियों पर डोरे डाला करता था। सोहबत भी नीचों की थी, जिनकी खुशामदों ने उसे और भी खुशामदपसंद बना दिया था। मीनाक्षी ऐसे व्यक्ति का सम्मान दिल से न कर सकती थी। फिर पत्रों में स्त्रियों के अधिकारों की चर्चा पढ़-पढ़ कर उसकी आँखें खुलने लगी थीं। वह जनाना क्लब में आने-जाने

लगी। वहाँ कितनी ही शिक्षित ऊंचे कुल की महिलाएं आती थीं। उनमें वोट और अधिकार और स्वाधीनता और नारी-जागृति की खूब चर्चा होती थी, जैसे पुरुषों के विरुद्ध कोई षड्यंत्र रचा जा रहा हो। अधिकतर वही देवियां थीं, जिनकी अपने पुरुषों से न पटती थी, जो नई शिक्षा पाने के कारण पुरानी मर्यादाओं को तोड़ डालना चाहती थीं। कई युवतियां भी थीं, जो डिग्रियां ले चुकी थीं और विवाहित जीवन को आत्मसम्मान के लिए घातक समझ कर नौकरियों की तलाश में थीं। उन्हीं में एक मिस सुलताना थीं, जो विलायत से बार-एट-ला हो कर आई थीं और यहाँ परदानशीन महिलाओं को कानूनी सलाह देने का व्यवसाय करती थीं। उन्हीं की सलाह से मीनाक्षी ने पति पर गुजारे का दावा किया। वह अब उसके घर में न रहना चाहती थी। गुजारे की मीनाक्षी को जरूरत न थी। मैके में वह बड़े आराम से रह सकती थीं; मगर वह दिग्विजय सिंह के मुख में कालिख लगा कर यहाँ से जाना चाहती थी। दिग्विजय सिंह ने उस पर उल्टा बदचलनी का आक्षेप लगाया। रायसाहब ने इस कलह को शांत करने की भरसक बहुत चेष्टा की, पर मीनाक्षी अब पति की सूरत भी नहीं देखना चाहती थी। यद्यपि दिग्विजय सिंह का दावा खारिज हो गया और मीनाक्षी ने उस पर गुजारे की डिगरी पाई, मगर यह अपमान उसके जिगर में चुभता रहा। वह अलग एक कोठी में रहती थी, और समष्टिवादी आंदोलन में प्रमुख भाग लेती थी, पर वह जलन शांत न होती थी।

एक दिन वह क्रोध में आ कर हंटर लिए दिग्विजय सिंह के बंगले पर पहुंची। शोहदे जमा थे और वेश्या का नाच हो रहा था। उसने रणचंडी की भांति पिशाचों की इस चंडाल चौकड़ी में पहुंच कर तहलका मचा दिया। हंटर खा-खा कर लोग इधर-उधर भागने लगे। उसके तेज के सामने वह नीच शोहदे क्या टिकते–जब दिग्विजय सिंह अकेले रह गए, तो उसने उन पर सड़ासड़ हंटर जमाने शुरू किए और इतना मारा कि कुंवर साहब बेदम हो गए। वेश्या अभी तक कोने में दुबकी खड़ी थी। अब उसका नंबर आया। मीनाक्षी हंटर तान कर जमाना ही चाहती थी कि वेश्या उनके पैरों पर गिर पड़ी और रो कर बोली–दुलहिन जी, आज आप मेरी जान बख्श दें। मैं फिर कभी यहाँ न आऊंगी। मैं निरपराध हूँ।

मीनाक्षी ने उसकी ओर घृणा से देख कर कहा–हां, तू निरपराध है। जानती है न, मैं कौन हूँ। चली जा, अब कभी यहाँ न आना। हम स्त्रियां भोग-विलास की चीजें हैं ही, तेरा कोई दोष नहीं।

वेश्या ने उसके चरणों पर सिर रख कर आवेश में कहा–परमात्मा आपको सुखी रखे। जैसा आपका नाम सुनती थी, वैसा ही पाया।

"सुखी रहने से तुम्हारा क्या आशय है?"

"आप जो समझें महारानी जी।"

"नहीं, तुम बताओ।"

वेश्या के प्राण नखों में समा गए। कहाँ से कहाँ आशीर्वाद देने चली। जान बच गई थी, चुपके अपनी राह लेनी चाहिए थी, दुआ देने की सनक सवार हुई। अब कैसे जान बचे?

डरती-डरती बोली—हुजूर का एकबाल बढ़े, मरतबा बढ़े, नाम बढ़े।

मीनाक्षी मुस्कराई—हां, ठीक है।

वह आ कर अपनी कार में बैठी, हाकिम-जिला के बंगले पर पहुंच कर इस कांड की सूचना दी और अपनी कोठी में चली आई। तब से स्त्री-पुरुष दोनों एक-दूसरे के खून के प्यासे थे। दिग्विजय सिंह रिवॉल्वर लिए उसकी ताक में फिरा करते थे और वह भी अपनी रक्षा के लिए दो पहलवान ठाकुरों को अपने साथ लिए रहती थी। और रायसाहब ने सुख का जो स्वर्ग बनाया था, उसे अपनी जिंदगी में ही ध्वंस होते देख रहे थे। और अब संसार से निराश हो कर उनकी आत्मा अंतर्मुखी होती जाती थी। अब तक अभिलाषाओं से जीवन के लिए प्रेरणा मिलती रहती थी। उधर का रास्ता बंद हो जाने पर उनका मन आप ही आप भक्ति की ओर झुका, जो अभिलाषाओं से कहीं बढ़ कर सत्य था। जिस नई जायदाद के आसरे पर कर्ज लिए थे, वह जायदाद कर्ज की पुरौती किए बिना ही हाथ से निकल गई थी और वह बोझ सिर पर लदा हुआ था। मिनिस्ट्री से जरूर अच्छी रकम मिलती थी, मगर वह सारी की सारी उस पद की मर्यादा का पालन करने में ही उड़ जाती थी और रायसाहब को अपना राजसी ठाठ निभाने के लिए वही आसामियों पर इजाफा और बेदखली और नजराना लेना पड़ता था, जिससे उन्हें घृणा थी। वह प्रजा को कष्ट न देना चाहते थे। उनकी दशा पर उन्हें दया आती थी, लेकिन अपनी जरूरतों से हैरान थे। मुश्किल यह थी कि उपासना और भक्ति में भी उन्हें शांति न मिलती थी। वह मोह को छोड़ना चाहते थे, पर मोह उन्हें न छोड़ता था और इस खींच-तान में उन्हें अपमान, ग्लानि और अशांति से छुटकारा न मिलता था। और जब आत्मा में शांति नहीं, तो देह कैसे स्वस्थ रहती? निरोग रहने का सब उपाय करने पर भी एक न एक बाधा गले पड़ी रहती थी। रसोई में सभी तरह के पकवान बनते थे, पर उनके लिए वही मूंग की दाल और फुलके थे। अपने और भाइयों को देखते थे, जो उनसे भी ज्यादा मकरूज अपमानित और शोकग्रस्त थे, जिनके भोग-विलास में, ठाठ-बाट में किसी तरह की कमी न थी। मगर इस तरह की बेहयाई उनके बस में न थी। उनके मन के ऊंचे संस्कारों का ध्वंस न हुआ था। परपीड़ा, मक्कारी, निर्लज्जता और अत्याचार को वह ताल्लुकेदारी की शोभा और रोब-दाब का नाम दे कर अपनी आत्मा को संतुष्ट कर सकते थे, और यही उनकी सबसे बड़ी हार थी।

32

मिर्जा खुर्शेद ने अस्पताल से निकल कर एक नया काम शुरू कर दिया था। निश्चिंत बैठना उनके स्वभाव में न था। यह काम क्या था? नगर की वेश्याओं की एक नाटक-मंडली बनाना। अपने अच्छे दिनों में उन्होंने खूब ऐयाशी की थी और इन दिनों अस्पताल के एकांत में घावों की पीड़ाएं सहते-सहते उनकी आत्मा निष्ठावान हो गई थी। उस जीवन की याद करके उन्हें गहरी मनोव्यथा होती थी, उस वक्त अगर उन्हें समझ होती, तो वह प्राणियों का कितना उपकार कर सकते थे, कितनों के शोक और दरिद्रता का भार हल्का कर सकते थे, मगर वह धन उन्होंने ऐयाशी में उड़ाया। यह कोई नया आविष्कार नहीं है कि संकटों में ही हमारी आत्मा को जागृति मिलती है। बुढ़ापे में कौन अपनी जवानी की भूलों पर दुःखी नहीं होता? काश, वह समय ज्ञान या शक्ति के संचय में लगाया होता, सकृतियों का कोष भर लिया होता, तो आज चित्त को कितनी शांति मिलती। वहीं उन्हें इसका वेदनामय अनुभव हुआ कि संसार में कोई अपना नहीं, कोई उनकी मौत पर आँसू बहाने वाला नहीं। उन्हें रह-रह कर जीवन की एक पुरानी घटना याद आती थी। बसरे के गाँव में जब वह कैंप में मलेरिया से ग्रस्त पड़े थे, एक ग्रामीण बाला ने उनकी तीमारदारी कितने आत्म-समर्पण से की थी। अच्छे हो जाने पर जब उन्होंने रुपए और आभूषणों से उसके एहसानों का बदला देना चाहा था, तो उसने किस तरह आँखों में आँसू भर कर सिर नीचा कर लिया था और उन उपहारों को लेने से इनकार कर दिया था। इन नर्सों की शुश्रूषा में नियम है, व्यवस्था है, सच्चाई है, मगर वह प्रेम कहाँ, वह तन्मयता कहाँ, जो उस बाला की अभ्यासहीन, अल्हड़ सेवाओं में थी? वह अनुरागमूर्ति कब की उनके दिल से मिट चुकी थी। वह उससे फिर आने का वादा करके कभी उसके पास न गए। विलास के उन्माद में कभी उसकी याद ही न आई। आई भी तो उसमें केवल दया थी, प्रेम न था। मालूम नहीं, उस बाला पर क्या गुजरी? मगर आजकल उसकी वह आतुर, नम्र, शांत, सरल मुद्रा बराबर उनकी आँखों के सामने फिरा करती थी। काश, उससे विवाह कर लिया होता तो आज जीवन में कितना रस होता! और उसके प्रति अन्याय के दुःख ने उस संपूर्ण वर्ग को उनकी सेवा और सहानुभूति का पात्र बना दिया। जब तक नदी बाढ़ पर थी, उसके गंदले, तेज, फेनिल प्रवाह में प्रकाश की किरणें बिखर कर रह जाती थीं। अब प्रवाह स्थिर और शांत हो गया था और रश्मियां उसकी तह तक पहुंच रही थीं।

मिर्जा साहब बसंत की इस शीतल संध्या में अपने झोंपड़े के बरामदे में दो वारांगनाओं के साथ बैठे कुछ बातचीत कर रहे थे कि मिस्टर मेहता पहुंचे। मिर्जा ने बड़े तपाक से हाथ मिलाया और बोले–मैं तो आपकी खातिरदारी का सामान लिए आपकी राह देख रहा हूँ।

दोनों सुंदरियां मुस्कराईं। मेहता कट गए।

मिर्जा ने दोनों औरतों को वहाँ से चले जाने का संकेत किया और मेहता को मसनद पर बैठाते हुए बोले–मैं तो खुद आपके पास आने वाला था। मुझे ऐसा मालूम हो रहा है कि मैं जो काम करने जा रहा हूँ, वह आपकी मदद के बगैर पूरा न होगा। आप सिर्फ मेरी पीठ पर हाथ रख दीजिए और ललकारते जाइए–हां मिर्जा, बढ़े चल पत्ते!

मेहता ने हंस कर कहा–आप जिस काम में हाथ लगाएंगे, उसमें हम जैसे किताबी कीड़ों की जरूरत न होगी। आपकी उम्र मुझसे ज्यादा है। दुनिया भी आपने खूब देखी है और छोटे-छोटे आदमियों पर अपना असर डाल सकने की जो शक्ति आप में है, वह मुझमें होती, तो मैंने खुदा जाने क्या किया होता।

मिर्जा साहब ने थोड़े-से शब्दों में अपनी नई स्कीम उनसे बयान की। उनकी धारणा थी कि रूप के बाज़ार में वही स्त्रियां आती हैं, जिन्हें या तो अपने घर में किसी कारण से सम्मानपूर्ण आश्रय नहीं मिलता, या जो आर्थिक कष्टों से मजबूर हो जाती हैं और अगर यह दोनों प्रश्न हल कर दिए जाएं, तो बहुत कम औरतें इस भांति पतित हों।

मेहता ने अन्य विचारवान सज्जनों की भांति इस प्रश्न पर काफी विचार किया था और उनका ख्याल था कि मुख्यतः मन के संस्कार और भोग-लालसा ही औरतों को इस ओर खींचती है। इसी बात पर दोनों मित्रों में बहस छिड़ गई। दोनों अपने-अपने पक्ष पर अड़ गए।

मेहता ने मुट्ठी बांध कर हवा में पटकते हुए कहा–आपने इस प्रश्न पर ठंडे दिल से गौर नहीं किया। रोजी के लिए और बहुत से जरिए हैं। मगर ऐश की भूख रोटियों से नहीं जाती। उसके लिए दुनिया के अच्छे-से-अच्छे पदार्थ चाहिए। जब तक समाज की व्यवस्था ऊपर से नीचे तक बदल न डाली जाए, इस तरह की मंडली से कोई फायदा न होगा।

मिर्जा ने मूंछें खड़ी की–और मैं कहता हूँ कि यह महज रोजी का सवाल हैं। हां, यह सवाल सभी आदमियों के लिए एक-सा नहीं है। मजदूर के लिए वह महज आटे-दाल और एक फूस की झोपड़ी का सवाल है। एक वकील के लिए वह एक कार और बंगले और खिदमतगारों का सवाल है। आदमी महज रोटी नहीं चाहता और भी बहुत-सी चीजें चाहता है। अगर औरतों के सामने भी वह प्रश्न तरह-तरह की सूरतों में आता है तो उनका क्या कसूर है?

डॉक्टर मेहता अगर जरा गौर करते, तो उन्हें मालूम होता कि उनमें और मिर्जा में कोई भेद नहीं, केवल शब्दों का हेर-फेर है, पर बहस की गरमी में गौर करने का धैर्य कहा? गर्म हो कर बोले–मुआफ कीजिए, मिर्जा साहब, जब तक दुनिया में दौलत वाले रहेंगे, वेश्याएं भी रहेंगी। आपकी मंडली अगर सफल भी हो जाए, हालांकि मुझे उसमें बहुत संदेह है, तो आप दस-पांच औरतों से ज्यादा उनमें कभी न ले सकेंगे, और वह भी थोड़े दिनों के लिए। सभी औरतों में नाट्य करने की शक्ति नहीं होती, उसी तरह जैसे सभी आदमी कवि नहीं हो सकते। और यह भी मान लें कि वेश्याएं आपकी मंडली में स्थायी रूप से टिक जाएंगी, तो भी बाज़ार में उनकी जगह खाली न रहेगी। जड़ पर जब तक कुल्हाड़े न चलेंगे, पत्तियां तोड़ने से कोई नतीजा नहीं। दौलत वालों में कभी-कभी ऐसे लोगों निकल आते हैं, जो सब कुछ त्याग कर खुदा की याद में जा बैठते हैं, मगर दौलत का राज्य बदस्तूर कायम है। उसमें जरा भी कमजोरी नहीं आने पाई।

मिर्जा को मेहता की हठधर्मी पर दुःख हुआ। इतना पढ़ा-लिखा विचारवान आदमी इस तरह की बातें करे! समाज की व्यवस्था क्या आसानी से बदल जाएगी? वह तो सदियों का मुआमला है। तब तक क्या यह अनर्थ होने दिया जाए? उसकी रोकथाम न की जाए, इन अबलाओं को मर्दों की लिप्सा का शिकार होने दिया जाए? क्यों न शेर को पिंजरे में बंद कर दिया जाए कि वह दांत और नाखून होते हुए भी किसी को हानि न पहुंचा सके। क्या उस वक्त तक चुपचाप बैठा रहा जाए, जब तक शेर अहिंसा का व्रत न ले ले? दौलत वाले और जिस तरह चाहें अपनी दौलत उड़ाएं मिर्जा जी को गम नहीं। शराब में डूब जाएं, कारों की माला गले में डाल लें, किले बनवाएं, धर्मशाले और मस्जिदें खड़ी करें, उन्हें कोई परवा नहीं। अबलाओं की जिंदगी न खराब करें। यह मिर्जा जी नहीं देख सकते। वह रूप के बाज़ार को ऐसा खाली कर देंगे कि दौलत वालों की अशर्फियों पर कोई थूकनेवाला भी न मिले। क्या जिन दिनों शराब की दूकानों की पिकेटिंग होती थी, अच्छे-अच्छे शराबी पानी पी-पी कर दिल की आग नहीं बुझाते थे?

मेहता ने मिर्जा की बेवकूफी पर हंस कर कहा–आपको मालूम होना चाहिए कि दुनिया में ऐसे मुल्क भी हैं, जहाँ वेश्याएं नहीं हैं। मगर अमीरों की दौलत वहाँ भी दिलचस्पियों के सामान पैदा कर लेती है।

मिर्जा जी भी मेहता की जड़ता पर हंसे–जानता हूँ मेहरबान, जानता हूँ। आपकी दुआ से दुनिया देख चुका हूँ, मगर यह हिंदुस्तान है, यूरोप नहीं है।

"इंसान का स्वभाव सारी दुनिया में एक-सा है।"

"मगर यह भी मालूम रहे कि हर एक कौम में एक ऐसी चीज़ है

जिसे उसकी आत्मा कह सकते हैं। असमत (सतीत्व) हिंदुस्तानी तहजीब की आत्मा है।"

"अपने मुँह मियां-मिट्ठू बन लीजिए।"

"दौलत की आप इतनी बुराई करते हैं, फिर भी खन्ना की हिमायत करते नहीं थकते। कहिएगा!"

मेहता का तेज विदा हो गया। नम्र भाव से बोले–मैंने खन्ना की हिमायत उस वक्त की है, जब वह दौलत के पंजे से छूट गए हैं, और आजकल आप उनकी हालत देखें तो आपको दया आएगी। और मैं क्या हिमायत करूंगा, जिसे अपनी किताबों और विद्यालय से छुट्टी नहीं, ज्यादा-से-ज्यादा सूखी हमदर्दी ही तो कर सकता हूँ। हिमायत की है मिस मालती ने कि खन्ना को बचा लिया। इंसान के दिल की गहराइयों में त्याग और कुर्बानी में कितनी ताकत छिपी होती है, इसका मुझे अब तक तजरबा न हुआ था। आप भी एक दिन खन्ना से मिल आइए। फूला न समाएगा। इस वक्त उन्हें जिस चीज़ की सबसे ज्यादा जरूरत है, वह हमदर्दी है।

मिर्जा ने जैसे अपनी इच्छा के विरुद्ध कहा–आप कहते हैं, तो जाऊँगा। आपके साथ जहन्नुम में जाने में भी मुझे उज्र नहीं, मगर मिस मालती से तो आपकी शादी होने वाली थी। बड़ी गर्म खबर थी।

मेहता ने झेंपते हुए कहा–तपस्या कर रहा हूँ। देखिए, कब वरदान मिले।

"अजी, वह तो आप पर मरती थी।"

"मुझे भी यही वहम हुआ था, मगर जब मैंने हाथ बढ़ा कर उसे पकड़ना चाहा तो देखा, वह आसमान पर जा बैठी है। उस ऊंचाई तक तो क्या मैं पहुंचूंगा, आरजू-मिन्नत कर रहा हूँ कि नीचे आ जाए। आजकल तो वह मुझसे बोलती भी नहीं।"

यह कहते हुए मेहता जोर से रोती हुई हंसी हंसे और उठ खड़े हुए।

मिर्जा ने पूछा–अब फिर कब मुलाकात होगी?

"अबकी आपको तकलीफ करनी पड़ेगी। खन्ना के पास जाइएगा जरूर।"

"जाऊंगा।"

मिर्जा ने खिड़की से मेहता को जाते देखा। चाल में वह तेजी न थी, जैसे किसी चिंता में डूबे हों।

33

डॉक्टर मेहता परीक्षक से परीक्षार्थी हो गए हैं। मालती से दूर-दूर रह कर उन्हें ऐसी शंका होने लगी है कि उसे खो न बैठें। कई महीनों से मालती उनके

पास न आई थी और जब वह विकल हो कर उसके घर गए, तो मुलाकात न हुई। जिन दिनों रुद्रपाल और सरोज का प्रेमकांड चलता रहा, तब तो मालती उनकी सलाह लेने प्रायः एक-दो बार रोज आती थी, पर जब से दोनों इंग्लैंड चले गए थे, उसका आना-जाना बंद हो गया था। घर पर भी वह मुश्किल से मिलती। ऐसा मालूम होता था, जैसे वह उनसे बचती है, जैसे बलपूर्वक अपने मन को उनकी ओर से हटा लेना चाहती है। जिस पुस्तक में वह इन दिनों लगे हुए थे, वह आगे बढ़ने से इनकार कर रही थी, जैसे उनका मनोयोग लुप्त हो गया हो। गृह-प्रबंध में तो वह कभी बहुत कुशल न थे। सब मिला कर एक हज़ार रुपए से अधिक महीने में कमा लेते थे, मगर बचत एक धेले की भी न होती थी। रोटी-दाल खाने के सिवा और उनके हाथ कुछ न था। तकल्लुफ अगर कुछ था तो वह उनकी कार थी, जिसे वह खुद ड्राइव करते थे। कुछ रुपए किताबों में उड़ जाते थे, कुछ चंदों में, कुछ गरीब छात्रों की परवरिश में और अपने बाग की सजावट में, जिससे उन्हें इश्क-सा था। तरह-तरह के पौधे और वनस्पतियां विदेशों से महंगे दामों मंगाना और उनको पालना, यही उनका मानसिक चटोरापन था या इसे दिमागी ऐयाशी कहें, मगर इधर कई महीनों से उस बगीचे की ओर से भी वह कुछ विरक्त-से हो रहे थे और घर का इंतजाम और भी बदतर हो गया था। खाते दो फुलके और खर्च हो जाते सौ से ऊपर! अचकन पुरानी हो गई थी, मगर इसी पर उन्होंने कड़ाके का जाड़ा काट दिया। नई अचकन सिलवाने की तौफीक न हुई। कभी-कभी बिना घी की दाल खा कर उठना पड़ता। कब घी का कनस्तर मंगाया था, इसकी उन्हें याद ही न थी, और महाराज से पूछें भी तो कैसे? वह समझेगा नहीं कि उस पर अविश्वास किया जा रहा है? आखिर एक दिन जब तीन निराशाओं के बाद चौथी बार मालती से मुलाकात हुई और उसने इनकी यह हालत देखी, तो उससे न रहा गया। बोली-तुम क्या अबकी जाड़ा यों ही काट दोगे? यह अचकन पहनते तुम्हें शर्म नहीं आती?

मालती उनकी पत्नी न हो कर भी उनके इतने समीप थी कि यह प्रश्न उसने उसी सहज भाव से किया, जैसे अपने किसी आत्मीय से करती।

मेहता ने बिना झेंपे हुए कहा-क्या करूं मालती, पैसा तो बचता ही नहीं।

मालती को अचरज हुआ-तुम एक हज़ार से ज्यादा कमाते हो, और तुम्हारे पास अपने कपड़े बनवाने को भी पैसे नहीं? मेरी आमदनी कभी चार सौ से ज्यादा न थी, लेकिन मैं उसी में सारी गृहस्थी चलाती हूँ और बचा लेती हूँ। आखिर तुम क्या करते हो?

"मैं एक पैसा भी फालतू नहीं खर्च करता। मुझे कोई ऐसा शौक भी नहीं है।"

"अच्छा, मुझसे रुपए ले जाओ और एक जोड़ी अचकन बनवा लो।"

"मेहता ने लज्जित हो कर कहा–अबकी बनवा लूंगा। सच कहता हूँ!"

"अब आप यहाँ आएं तो आदमी बन कर आएं।"

"यह तो बड़ी कड़ी शर्त है।"

"कड़ी सही। तुम जैसों के साथ बिना कड़ाई किए काम नहीं चलता।"

मगर वहाँ तो संदूक खाली था और किसी दुकान पर बे-पैसे जाने का साहस न पड़ता था। मालती के घर जाएं तो कौन मुँह ले कर? दिल में तड़प-तड़प कर रह जाते थे। एक दिन नई विपत्ति आ पड़ी। इधर कई महीने से मकान का किराया नहीं दिया था। पचहत्तर रुपए माहवार बढ़ते जाते थे। मकानदार ने, जब बहुत तकाजे करने पर भी रुपए वसूल न कर पाए, तो नोटिस दे दी, मगर नोटिस रुपए गढ़ने का कोई जंतर तो है नहीं। नोटिस की तारीख निकल गई और रुपए न पहुंचे। तब मकानदार ने मजबूर हो कर नालिश कर दी। वह जानता था, मेहता जी बड़े सज्जन और परोपकारी पुरुष हैं लेकिन इससे ज्यादा भलमनसी वह क्या करता कि छः महीने सब्र किए बैठा रहा। मेहता ने किसी तरह की पैरवी न की, एकतरफा डिगरी हो गई, मकानदार ने तुरंत डिगरी जारी कराई और कुर्क अमीन मेहता साहब के पास पूर्व सूचना देने आया, क्योंकि उसका लड़का यूनिवर्सिटी में पढ़ता था और उसे मेहता कुछ वजीफा भी देते थे। संयोग से उस वक्त मालती भी बैठी थी।

बोली–कैसी कुर्की है? किस बात की?

अमीन ने कहा–वही किराए की डिगरी जो हुई थी, मैंने कहा–हुजूर को इत्तला दे दूं। चार-पांच सौ का मामला है, कौन-सी बड़ी रकम है। दस दिन में भी रुपए दे दीजिए, तो कोई हरज नहीं। मैं महाजन को दस दिन तक उलझाए रहूंगा।

जब अमीन चला गया तो मालती ने तिरस्कार-भरे स्वर में पूछा–अब यहाँ तक नौबत पहुंच गई। मुझे आश्चर्य होता है कि तुम इतने मोटे-मोटे ग्रंथ कैसे लिखते हो! मकान का किराया छः-छः महीने से बाकी पड़ा है और तुम्हें खबर नहीं?

मेहता लज्जा से सिर झुका कर बोले–खबर क्यों नहीं है, लेकिन रुपए बचते ही नहीं। मैं एक पैसा भी व्यर्थ नहीं खर्च करता।

"कोई हिसाब-किताब भी लिखते हो?"

"हिसाब क्यों नहीं रखता। जो कुछ पाता हूँ, वह सब दर्ज करता जाता हूँ, नहीं इनकमटैक्स वाले जिंदा न छोड़ें।"

"और जो कुछ खर्च करते हो वह?"

"उसका तो कोई हिसाब नहीं रखता।"

"क्यों?"

"कौन लिखे, बोझ-सा लगता है।"

"और यह पोथे कैसे लिख डालते हो?"

"उसमें तो विशेष कुछ नहीं करना पड़ता। कलम ले कर बैठ जाता हूँ। हर वक्त खर्च का खाता तो खोल कर नहीं बैठता।"

"तो रुपए कैसे अदा करोगे?"

"किसी से कर्ज ले लूंगा। तुम्हारे पास हो तो दे दो।"

"मैं तो एक शर्त पर दे सकती हूँ। तुम्हारी आमदनी सब मेरे हाथों में आए और खर्च भी मेरे हाथों से हो।"

मेहता प्रसन्न हो कर बोले–वाह, अगर यह भार ले लो, तो क्या कहना, मूसलों ढोल बजाऊं।

मालती ने डिगरी के रुपए चुका दिए और दूसरे ही दिन मेहता को वह बंगला खाली करने पर मजबूर किया। अपने बंगले में उसने उनके लिए दो बड़े-बड़े कमरे दे दिए। उनके भोजन आदि का प्रबंध भी अपने ही गृहस्थी में कर दिया। मेहता के पास सामान तो ज्यादा न था, मगर किताबें कई गाड़ी थीं। उनके दोनों कमरे पुस्तकों से भर गए। अपना बगीचा छोड़ने का उन्हें जरूर कलक हुआ, लेकिन मालती ने अपना पूरा अहाता उनके लिए छोड़ दिया कि जो फूल-पत्तियां चाहें लगाएं।

मेहता तो निश्चिंत हो गए; लेकिन मालती को उनकी आय-व्यय पर नियंत्रण करने में बड़ी मुश्किल का सामना करना पड़ा। उसने देखा, आय तो एक हज़ार से ज्यादा है; मगर वह सारी की सारी गुप्तदान में उड़ जाती है। बीस-पच्चीस लड़के उन्हीं से वजीफा पा कर विद्यालय में पढ़ रहे थे। विधवाओं की तादाद भी इससे कम न थी। इस खर्च में कैसे कमी करे, यह उसे न सूझता था। सारा दोष उसी के सिर मढ़ा जाएगा, सारा अपयश उसी के हिस्से पड़ेगा। कभी मेहता पर झुंझलाती, कभी अपने ऊपर, कभी प्रार्थियों के ऊपर जो एक सरल, उदार प्राणी पर अपना भार रखते जरा भी न सकुचाते थे। यह देख कर और झुंझलाहट होती थी कि इन दान लेने वालों में कुछ तो इसके पात्र ही न थे। एक दिन उसने मेहता को आड़े हाथों लिया।

मेहता ने उसका आक्षेप सुन कर निश्चिंत भाव से कहा–तुम्हें अख्तियार है, जिसे चाहे दो, चाहे न दो। मुझसे पूछने की कोई जरूरत नहीं। हां, जवाब भी तुम्हीं को देना पड़ेगा।

मालती ने चिढ़ कर कहा–हां, और क्या, यश तो तुम लो, अपयश मेरे सिर मढ़ो। मैं नहीं समझती, तुम किस तर्क से इस दान-प्रथा का समर्थन कर सकते हो। मनुष्य-जाति को इस प्रथा ने जितना आलसी और मुफ्तखोर बनाया है और उसके आत्मगौरव पर जैसा आघात किया है, उतना अन्याय ने भी न किया होगा, बल्कि मेरे ख्याल में अन्याय ने मनुष्य-जाति में विद्रोह की भावना उत्पन्न करके समाज का बड़ा उपकार किया है।

मेहता ने स्वीकार किया—मेरा भी यही ख्याल है।

"तुम्हारा यह ख्याल नहीं है।"

"नहीं मालती, मैं सच कहता हूँ।"

"तो विचार और व्यवहार में इतना भेद क्यों?"

मालती ने तीसरे महीने बहुतों को निराश किया। किसी को साफ जवाब दिया, किसी से मजबूरी जताई, किसी की फजीहत की।

मिस्टर मेहता का बजट तो धीरे-धीरे ठीक हो गया, मगर इससे उनको एक प्रकार की ग्लानि हुई। मालती ने जब तीसरे महीने में तीन सौ बचत दिखाई, तब वह उससे कुछ बोले नहीं, मगर उनकी दृष्टि में उसका गौरव कुछ कम अवश्य हो गया। नारी में दान और त्याग होना चाहिए। उसकी यही सबसे बड़ी विभूति है। इसी आधार पर समाज का भवन खड़ा है। वणिक-बुद्धि को वह आवश्यक बुराई ही समझते थे।

जिस दिन मेहता की अचकनें बन कर आईं और नई घड़ी आई, वह संकोच के मारे कई दिन बाहर न निकले। आत्म-सेवा से बड़ा उनकी नजर में दूसरा अपराध न था।

मगर रहस्य की बात यह थी कि मालती उनको तो लेखे-ड्योढ़े में कस कर बांधना चाहती थी। उनके धन-दान के द्वार बंद कर देना चाहती थी, पर खुद जीवन-दान देने में अपने समय और सदाश्यता को दोनों हाथों से लुटाती थी। अमीरों के घर तो वह बिना फीस लिए न जाती थी, लेकिन गरीबों को मुत देखती थी, मुफ्त दवा भी देती थी। दोनों में अंतर इतना ही था, कि मालती घर की भी थी और बाहर की भी, मेहता केवल बाहर के थे, घर उनके लिए न था। निजत्व दोनों मिटाना चाहते थे। मेहता का रास्ता साफ था। उन पर अपनी

जात के सिवा और कोई जिम्मेदारी न थी। मालती का रास्ता कठिन था, उस पर दायित्व था, बंधन था, जिसे वह तोड़ न सकती थी, न तोड़ना चाहती थी। उस बंधन में ही उसे जीवन की प्रेरणा मिलती थी। उसे अब मेहता को समीप से देख कर यह अनुभव हो रहा था कि वह खुले जंगल में विचरने वाले जीव को पिंजरे में बंद नहीं कर सकती। और बंद कर देगी, तो वह काटने और नोचने दौड़ेगा। पिंजरे में सब तरह का सुख मिलने पर भी उसके प्राण सदैव जंगल के लिए ही तड़पते रहेंगे। मेहता के लिए घरबारी दुनिया एक अनजानी दुनिया थी, जिसकी रीति-नीति से वह परिचित न थे।

उन्होंने संसार को बाहर से देखा था और उसे मक्र और फरेब से ही भरा समझते थे। जिधर देखते थे, उधर ही बुराइयां नजर आती थीं, मगर समाज में जब गहराई में जा कर देखा, तो उन्हें मालूम हुआ कि इन बुराइयों के नीचे त्याग भी है, प्रेम भी है, साहस भी है, धैर्य भी है, मगर यह भी देखा

कि वह विभूतियां हैं तो जरूर, पर दुर्लभ हैं, और इस शंका और संदेह में जब मालती का अंधकार से निकलता हुआ देवी-रूप उन्हें नजर आया, तब वह उसकी ओर उतावलेपन के साथ, सारा धैर्य खो कर टूटे और चाहा कि उसे ऐसे जतन से छिपा कर रखें कि किसी दूसरे की आँख भी उस पर न पड़े। यह ध्यान न रहा कि यह मोह ही विनाश की जड़ है। प्रेम जैसी निर्मम वस्तु क्या भय से बांध कर रखी जा सकती है? वह तो पूरा विश्वास चाहती है, पूरी स्वाधीनता चाहती है, पूरी जिम्मेदारी चाहती है। उसके पल्लवित होने की शक्ति उसके अंदर है। उसे प्रकाश और क्षेत्र मिलना चाहिए। वह कोई दीवार नहीं है, जिस पर ऊपर से ईंटें रखी जाती हैं। उसमें तो प्राण हैं, फैलने की असीम शक्ति है।

जब से मेहता इस बंगले में आए हैं, उन्हें मालती से दिन में कई बार मिलने का अवसर मिलता है। उनके मित्र समझते हैं, यह उनके विवाह की तैयारी है। केवल रस्म अदा करने की देर है। मेहता भी यही स्वप्न देखते रहते हैं। अगर मालती ने उन्हें सदा के लिए ठुकरा दिया होता, तो क्यों उन पर इतना स्नेह रखती? शायद वह उन्हें सोचने का अवसर दे रही है, और वह खूब सोच कर इसी निश्चय पर पहुंचे हैं कि मालती के बिना वह आधे हैं। वही उन्हें पूर्णता की ओर ले जा सकती है। बाहर से वह विलासिनी है, भीतर से वही मनोवृत्ति शक्ति का केंद्र है, मगर परिस्थिति बदल गई है। तब मालती प्यासी थी, अब मेहता प्यास से विकल हैं। और एक बार जवाब पा जाने के बाद उन्हें उस प्रश्न पर मालती से कुछ कहने का साहस नहीं होता, यद्यपि उनके मन में अब संदेह का लेश नहीं रहा। मालती को समीप से देख कर उनका आकर्षण बढ़ता ही जाता है। दूर से पुस्तक के जो अक्षर लिपे-पुते लगते थे, समीप से वह स्पष्ट हो गए हैं, उनमें अर्थ है, संदेश है।

इधर मालती ने अपने बाग के लिए गोबर को माली रख लिया था। एक दिन वह किसी मरीज को देख कर आ रही थी कि रास्ते में पैट्रोल न रहा। वह खुद ड्राइव कर रही थी। फिक्र हुई पैट्रोल कहाँ से आए? रात के नौ बज गए थे और माघ का जाड़ा पड़ रहा था। सड़कों पर सन्नाटा हो गया था। कोई ऐसा आदमी नजर न आता था, जो कार को ढकेल कर पैट्रोल की दुकान तक ले जाए। बार-बार नौकर पर झुंझला रही थी। हरामखोर कहीं का, बेखबर पड़ा रहता है।

संयोग से गोबर उधर से आ निकला। मालती को देख कर उसने हालत समझ ली और गाड़ी को दो फरलांग ठेल कर पैट्रोल की दुकान तक लाया।

मालती ने प्रसन्न हो कर पूछा—नौकरी करोगे?

गोबर ने धन्यवाद के साथ स्वीकार किया। पंद्रह रुपए वेतन तय हुआ। माली का काम उसे पसंद था। यही काम उसने किया था और उसमें मंजा

हुआ था। मिल की मजदूरी में वेतन ज्यादा मिलता था, पर उस काम से उसे उलझन होती थी।

दूसरे दिन गोबर ने मालती के यहाँ काम करना शुरू कर दिया। उसे रहने को एक कोठरी भी मिल गई। झुनिया भी आ गई। मालती बाग में आती तो झुनिया का बालक धूल-मिट्टी में खेलता फिरता। एक दिन मालती ने उसे एक मिठाई दे दी। बच्चा उस दिन से परच गया। उसे देखते ही उसके पीछे लग जाता और जब तक मिठाई न ले लेता, उसका पीछा न छोड़ता।

एक दिन मालती बाग में आई तो बालक न दिखाई दिया। झुनिया से पूछा तो मालूम हुआ बच्चे को ज्वर आ गया है।

मालती ने घबरा कर कहा–ज्वर आ गया। तो मेरे पास क्यों नहीं लाई? चल देखूं।

बालक खटोले पर ज्वर में अचेत पड़ा था। खपरैल की उस कोठरी में इतनी सीलन, इतना अंधेरा, और इस ठंड के दिनों में भी इतने मच्छर कि मालती एक मिनट भी वहाँ न ठहर सकी, तुरंत आ कर थर्मामीटर लिया और फिर जा कर देखा, एक सौ चार था! मालती को भय हुआ, कहीं चेचक न हो। बच्चे को अभी तक टीका नहीं लगा था। और अगर इस सीली कोठरी में रहा, तो भय था, कहीं ज्वर और न बढ़ जाए।

सहसा बालक ने आँखें खोल दीं और मालती को खड़ी पा कर करुण नेत्रों से उसकी ओर देखा और उसकी गोद के लिए हाथ फैलाए। मालती ने उसे गोद में उठा लिया और थपकियां देने लगी।

बालक मालती की गोद में आ कर जैसे किसी बड़े सुख का अनुभव करने लगा। अपनी जलती हुई उंगलियों से उसके गले की मोतियों की माला पकड़ कर अपनी ओर खींचने लगा। मालती ने नेकलेस उतार कर उसके गले में डाल दी। बालक की स्वार्थी प्रकृति इस दशा में भी सजग थी। नेकलेस पा कर अब उसे मालती की गोद में रहने की कोई ऐसी जरूरत न रही। यहाँ उसके छिन जाने का भय था। झुनिया की गोद इस समय ज्यादा सुरक्षित थी।

मालती ने खिले हुए मन से कहा–बड़ा चालाक है। चीज़ ले कर कैसा भागा!

झुनिया ने कहा–दे दो बेटा, मेम साहब का है।

बालक ने हार को दोनों हाथों से पकड़ लिया और माँ की ओर रोष से देखा।

मालती बोली–तुम पहने रहो बच्चा, मैं मांगती नहीं हूँ।

उसी वक्त बंगले में आ कर उसने अपना बैठक का कमरा खाली कर दिया और उसी वक्त झुनिया उस नए कमरे में डट गई।

मंगल ने उस स्वर्ग को कौतूहल-भरी आँखों से देखा। छत में पंखा था, रंगीन बल्ब थे, दीवारो पर तस्वीरें थीं। देर तक उन चीजों को टकटकी लगाए देखता रहा। मालती ने बड़े प्यार से पुकारा–मंगल!

मंगल ने मुस्करा कर उसकी ओर देखा, जैसे कह रहा हो–आज तो हंसा नहीं जाता मेम साहब! क्या करूं। आपसे कुछ हो सके तो कीजिए।

मालती ने झुनिया को बहुत-सी बातें समझाईं और चलते-चलते पूछा–तेरे घर में कोई दूसरी औरत हो, तो गोबर से कह दे, दो-चार दिन के लिए बुला लावे। मुझे चेचक का डर है। कितनी दूर है तेरा घर?

झुनिया ने अपने गाँव का नाम और घर का पता बताया। अंदाज से अट्ठारह-बीस कोस होंगे।

मालती को बेलारी याद था। बोली–वही गाँव तो नहीं, जिसके पच्छिम तरफ आधा मील पर नदी है?

"हां-हां मेम साहब, वही गाँव है। आपको कैसे मालूम?"

"एक बार हम लोग उस गाँव में गए थे। होरी के घर ठहरे थे। तू उसे जानती है?"

"वह तो मेरे ससुर हैं मेम साहब! मेरी सास भी मिली होंगी?"

"हां-हां, बड़ी समझदार औरत मालूम होती थी। मुझसे खूब बातें करती रही। तो गोबर को भेज दे, अपने माँ को बुला लाए।"

"वह उन्हें बुलाने नहीं जाएंगे।"

"क्यों?"

"कुछ ऐसा ही कारन है।"

झुनिया को अपने घर का चौका-बरतन, झाड़ू-बुहाई, रोटी-पानी सभी कुछ करना पड़ता। दिन को तो दोनों चना-चबेना खा कर रह जाते। रात को जब मालती आ जाती, तो झुनिया अपना खाना पकाती और मालती बच्चे के पास बैठती। वह बार-बार चाहती कि बच्चे के पास बैठे, लेकिन मालती उसे न आने देती। रात को बच्चे का ज्वर तेज हो जाता और वह बेचैन हो कर दोनों हाथ ऊपर उठा लेता। मालती उसे गोद में ले कर घंटों कमरे में टहलती। चौथे दिन उसे चेचक निकल आई। मालती ने सारे घर को टीका लगाया, खुद को टीका लगवाया, मेहता को भी लगाया। गोबर, झुनिया, महराज, कोई न बचा। पहले दिन तो दाने छोटे थे और अलग-अलग थे। जान पड़ता था, छोटी माता है। दूसरे दिन दाने जैसे खिल उठे और अंगूर के दानों के बराबर हो गए और फिर कई-कई दाने मिल कर बड़े-बड़े आंवले जैसे हो गए। मंगल जलन और खुजली और पीड़ा से बेचैन हो कर करुण स्वर में कराहता और दीन, असहाय नेत्रों से मालती की ओर देखता। उसका कराहना भी प्रौढ़ों का-सा था, और दृष्टि में भी प्रौढ़ता थी, जैसे

वह एकाएक जवान हो गया हो। इस असहाय वेदना ने मानो उसके अबोध शिशुपन को मिटा डाला हो। उसकी शिशु-बुद्धि मानो सज्ञान हो कर समझ रही थी कि मालती ही के जतन से वह अच्छा हो सकता है। मालती ज्यों ही किसी काम से चली जाती, वह रोने लगता। मालती के आते ही चुप हो जाता। रात को उसकी बेचैनी बढ़ जाती और मालती को प्रायः सारी रात बैठना पड़ जाता, मगर वह न कभी झुंझलाती, न चिढ़ती। हां, झुनिया पर उसे कभी-कभी अवश्य क्रोध आता, क्योंकि वह अज्ञान के कारण जो न करना चाहिए, वह कर बैठती। गोबर और झुनिया दोनों की आस्था झाड़-फूंक में अधिक थी, पर यहाँ उसको कोई अवसर न मिलता। उस पर झुनिया दो बच्चे की माँ हो कर बच्चे का पालन करना न जानती थी। मंगल दिक करता, तो उसे डांटती-कोसती। जरा-सा भी अवकाश पाती, तो ज़मीन पर सो जाती और सबेरे से पहले न उठती, और गोबर तो उस कमरे में आते जैसे डरता था। मालती वहाँ बैठी है, कैसे जाए? झुनिया से बच्चे का हाल-हवाल पूछ लेता और खा कर पड़ रहता। उस चोट के बाद वह पूरा स्वस्थ न हो पाया था। थोड़ा-सा काम करके भी थक जाता था। उन दिनों जब झुनिया घास बेचती थी और वह आराम से पड़ा रहता था, तो वह कुछ हरा हो गया था, मगर इधर कई महीने बोझ ढोने और चूने-गारे का काम करने से उसकी दशा गिर गई थी। उस पर यहाँ काम बहुत था। सारे बाग को पानी निकाल कर सींचना, क्यारियों को गोड़ना, घास छीलना, गायों को चारा-पानी देना और दुहना। और जो मालिक इतना दयालु हो, उसके काम में काम-चोरी कैसे करे? यह एहसान उसे एक क्षण भी आराम से न बैठने देता, और तब मेहता खुद खुरपी ले कर घंटों बाग में काम करते तो वह कैसे आराम करता? वह खुद सूखता जाता था, पर बाग हरा हो रहा था।

मिस्टर मेहता को भी बालक से स्नेह हो गया था। एक दिन मालती ने उसे गोद में ले कर उनकी मूंछें उखड़वा दी थीं। दुष्ट ने मूंछों को ऐसा पकड़ा था कि समूल ही उखाड़ लेगा। मेहता की आँखों में आँसू भर आए थे।

मेहता ने बिगड़ कर कहा था-बड़ा शैतान लौंडा है।

मालती ने उन्हें डांटा था-तुम मूंछें साफ क्यों नहीं कर लेते?

"मेरी मूंछें मुझे प्राणों से प्रिय हैं।"

"अबकी पकड़ लेगा, तो उखाड़ कर ही छोड़ेगा।"

"तो मैं इसके कान भी उखाड़ लूंगा।"

मंगल को उनकी मूंछें उखाड़ने में कोई खास मजा आया था। वह खूब खिल-खिला कर हंस रहा था और मूंछों को और जोर से खींचा था, मगर मेहता को भी शायद मूंछें उखड़वाने में मजा आया था, क्योंकि वह प्रायः दो-तीन बार रोज उससे अपने मूंछों की रस्साकशी करा लिया करते थे।

इधर जब से मंगल को चेचक निकल आई थी, मेहता को भी बड़ी चिंता हो गई थी। अक्सर कमरे में जा कर मंगल को व्यथित आँखों से देखा करते। उसके कष्टों की कल्पना करके उनका कोमल हृदय हिल जाता था। उनके दौड़-धूप से वह अच्छा हो जाता, तो पृथ्वी के उस छोर तक दौड़ लगाते, रुपए खर्च करने से अच्छा होता, तो चाहे भीख ही मांगना पड़ता, वह उसे अच्छा करके ही रहते, लेकिन यहाँ कोई बस न था। उसे छूते भी उनके हाथ कांपते थे। कहीं उसके आंवले न फूट जाए। मालती कितने कोमल हाथों से उसे उठाती है, कंधों पर उठा कर कमरे में टहलाती है और कितने स्नेह से उसे बहला कर दूध पिलाती है। यह वात्सल्य मालती को उनकी दृष्टि में न जाने कितना ऊंचा उठा देता है। मालती केवल रमणी नहीं है, माता भी है और ऐसी-वैसी माता भी नहीं, सच्चे अर्थो में देवी और माता और जीवन देने वाली, जो पराए बालक को भी अपना सकती है, जैसे उसने मातापन का सदैव संचय किया हो और आज दोनों हाथों से उसे लुटा रही हो। उसके अंग-अंग से मातापन फूटा पड़ता था, मानो यही उसका यथार्थ रूप हो। यह हाव-भाव, यह शौक-सिंगार उसके मातापन के आवरण-मात्र हों, जिसमें उस विभूति की रक्षा होती रहे।

रात का एक बज गया था। मंगल का रोना सुन कर मेहता चौंक पड़े। सोचा, बेचारी मालती आधी रात तक तो जागती रही होगी, इस वक्त उसे उठने में कितना कष्ट होगा, अगर द्वार खुला हो तो मैं ही बच्चे को चुप करा दूं। तुरंत उठ कर उस कमरे के द्वार पर आए और शीशे से अंदर झांका। मालती बच्चे को गोद में लिए बैठी थी और बच्चा अनायास ही रो रहा था। शायद उसने कोई स्वप्न देखा था, या और किसी वजह से डर गया था। मालती चुमकारती थी, थपकती थी, तस्वीरें दिखाती थी, गोद में ले कर टहलती थी, पर बच्चा चुप होने का नाम न लेता था। मालती का यह अटूट वात्सल्य, यह अदम्य मातृ-भाव देख कर उनकी आँखें सजल हो गईं। मन में ऐसा पुलक उठा कि अंदर जा कर मालती के चरणों को हृदय से लगा लें। अंतस्तल से अनुराग में डूबे हुए शब्दों का एक समूह मचल पड़ा–प्रिए, मेरे स्वर्ग की देवी, मेरी रानी, डार्लिंग.....

और उसी प्रेमोन्माद में उन्होंने पुकारा–मालती, जरा द्वार खोल दो।

मालती ने आ कर द्वार खोल दिया और उनकी ओर जिज्ञासा की आँखों से देखा।

मेहता ने पूछा–क्या झुनिया नहीं उठी? यह तो बहुत रो रहा है।

मेहता ने संवेदना-भरे स्वर में कहा–आज आठवां दिन है, पीड़ा अधिक होगी। इसी से।

"तो लाओ, मैं कुछ देर टहला दूं, तुम थक गई होगी।"

मालती ने मुस्करा कर कहा–तुम्हें जरा ही देर में गुस्सा आ जाएगा।

बात सच थी, मगर अपनी कमजोरी को कौन स्वीकार करता है? मेहता ने जिद करके कहा–तुमने मुझे इतना हल्का समझ लिया है?

मालती ने बच्चे को उनकी गोद में दे दिया। उनकी गोद में जाते ही वह एकदम चुप हो गया। बालकों में जो एक अंतर्ज्ञान होता है, उसने उसे बता दिया, अब रोने में तुम्हारा कोई फायदा नहीं। यह नया आदमी स्त्री नहीं, पुरुष है और पुरुष गुस्सेवर होता है और निर्दयी भी होता है और चारपाई पर लेटा कर, या बाहर अंधेरे में सुला कर दूर चला जा सकता है और किसी को पास आने भी न देगा।

मेहता ने विजय-गर्व से कहा–देखा, कैसा चुप कर दिया!

मालती ने विनोद किया–हां, तुम इस कला में भी कुशल हो। कहाँ सीखी?

"तुमसे।"

"मैं स्त्री हूँ और मुझ पर विश्वास नहीं किया जा सकता।"

मेहता ने लज्जित हो कर कहा–मालती, मैं तुमसे हाथ जोड़ कर कहता हूँ, मेरे उन शब्दों को भूल जाओ। इन कई महीनों में कितना पछताया हूँ, कितना लज्जित हुआ हूँ, कितना दुःखी हुआ हूँ, शायद तुम इसका अंदाज न कर सको।

मालती ने सरल भाव से कहा–मैं तो भूल गई, सच कहती हूँ।

"मुझे कैसे विश्वास आए?"

"उसका प्रमाण यही है कि हम दोनों एक ही घर में रहते हैं, एक साथ खाते हैं, हंसते हैं, बोलते हैं।"

"क्या मुझे कुछ याचना करने की अनुमति न दोगी?"

उन्होंने मंगल को खाट पर लिटा दिया, जहाँ वह दुबक कर सो रहा। और मालती की ओर प्रार्थी आँखों से देखा, जैसे उसकी अनुमति पर उनका सब कुछ टिका हुआ हो।

मालती ने आर्द्र हो कर कहा–तुम जानते हो, तुमसे ज्यादा निकट संसार में मेरा कोई दूसरा नहीं है। मैंने बहुत दिन हुए, अपने को तुम्हारे चरणों पर समर्पित कर दिया। तुम मेरे पथ-प्रदर्शक हो, मेरे देवता हो, मेरे गुरु हो। तुम्हें मुझसे कुछ याचना करने की जरूरत नहीं, मुझे केवल संकेत कर देने की जरूरत है। जब तक मुझे तुम्हारे दर्शन न हुए थे और मैंने तुम्हें पहचाना न था, भोग और आत्म-सेवा ही मेरे जीवन का इष्ट था। तुमने आ कर उसे प्रेरणा दी, स्थिरता दी। मैं तुम्हारे एहसान कभी नहीं भूल सकती। मैंने नदी की तट वाली तुम्हारी बातें गांठ बांध लीं। दुःख यही हुआ कि तुमने भी मुझे वही समझा, जो कोई दूसरा पुरुष समझता, जिसकी मुझे तुमसे आशा न

थी। उसका दायित्व मेरे ऊपर है, यह मैं जानती हूँ, लेकिन तुम्हारा अमूल्य प्रेम पा कर भी मैं वही बनी रहूंगी, ऐसा समझ कर तुमने मेरे साथ अन्याय किया। मैं इस समय कितने गर्व का अनुभव कर रही हूँ, यह तुम नहीं समझ सकते। तुम्हारा प्रेम और विश्वास पा कर अब मेरे लिए कुछ भी शेष नहीं रह गया है। यह वरदान मेरे जीवन को सार्थक कर देने के लिए काफी है। यह मेरी पूर्णता है।

यह कहते-कहते मालती के मन में ऐसा अनुराग उठा कि मेहता के सीने से लिपट जाए। भीतर की भावनाएं बाहर आ कर मानो सत्य हो गई थीं। उसका रोम-रोम पुलकित हो उठा। जिस आनंद को उसने दुर्लभ समझ रखा था, वह इतना सुलभ, इतना समीप है! और हृदय का वह आह्लाद मुख पर आ कर उसे ऐसी शोभा देने लगा कि मेहता को उसमें देवत्व की आभा दिखी। यह नारी है, या मंगल की, पवित्रता की और त्याग की प्रतिमा!

उसी वक्त झुनिया जाग कर उठ बैठी और मेहता अपने कमरे में चले गए और फिर दो सप्ताह तक मालती से कुछ बातचीत करने का अवसर उन्हें न मिला। मालती कभी उनसे एकांत में न मिलती। मालती के वह शब्द उनके हृदय में गूंजते रहते। उनमें कितनी सांत्वना थी, कितनी विनय थी, कितना नशा था!

दो सप्ताह में मंगल अच्छा हो गया। हां, मुँह पर चेचक के दाग न भर सके। उस दिन मालती ने आस-पास के लड़कों को भरपेट मिठाई खिलाई और जो मनौतियां कर रखी थीं, वह भी पूरी की। इस त्याग के जीवन में कितना आनंद है, इसका अब उसे अनुभव हो रहा था। झुनिया और गोबर का हर्ष मानो उसके भीतर प्रतिबिंबित हो रहा था। दूसरों के कष्ट निवारण में उसने जिस सुख और उल्लास का अनुभव किया, वह कभी भोग-विलास के जीवन में न किया था। वह लालसा अब उन फूलों की भांति क्षीण हो गई थी, जिसमें फल लग रहे हों। अब वह उस दर्जे से आगे निकल चुकी थी, जब मनुष्य स्थूल आनंद को परम सुख मानता है। यह आनंद अब उसे तुच्छ पतन की ओर ले जाने वाला, कुछ हल्का, बल्कि वीभत्स-सा लगता था। उसे बड़े बंगले में रहने का क्या आनंद, जब उसके आस-पास मिट्टी के झोंपड़े मानो विलाप कर रहे हों। कार पर चढ़ कर अब उसे गर्व नहीं होता। मंगल जैसे अबोध बालक ने उसके जीवन में कितना प्रकाश डाल दिया, उसके सामने सच्चे आनंद का द्वार-सा खोल दिया।

एक दिन मेहता के सिर में जोर का दर्द हो रहा था। वह आँखें बंद किए चारपाई पर पड़े तड़प रहे थे कि मालती ने आ कर उनके सिर पर हाथ रख कर पूछा—कब से यह दर्द हो रहा है?

मेहता को ऐसा जान पड़ा, उन कोमल हाथों ने जैसे सारा दर्द खींच लिया। उठ कर बैठ गए और बोले–दर्द तो दोपहर से ही हो रहा था और ऐसा सिर-दर्द मुझे आज तक नहीं हुआ था, मगर तुम्हारे हाथ रखते ही सिर ऐसा हल्का हो गया है, मानो दर्द था ही नहीं। तुम्हारे हाथों में यह सिद्धि है।

मालती ने उन्हें कोई दवा ला कर खाने को दे दी और आराम से लेट रहने की ताकीद करके तुरंत कमरे से निकल जाने को हुई।

मेहता ने आग्रह करके कहा–जरा दो मिनट बैठोगी नहीं?

मालती ने द्वार पर से पीछे फिर कर कहा–इस वक्त बातें करोगे तो शायद फिर दर्द होने लगे। आराम से लेटे रहो। आजकल मैं तुम्हें हमेशा कुछ-न-कुछ पढ़ते या लिखते देखती हूँ। दो-चार दिन लिखना-पढ़ना छोड़ दो।

"तुम एक मिनट बैठोगी नहीं?"

"मुझे एक मरीज को देखने जाना है।"

"अच्छी बात है, जाओ।"

मेहता के मुख पर कुछ ऐसी उदासी छा गई कि मालती लौट पड़ी और सामने आ कर बोली–अच्छा, कहो क्या कहते हो?

मेहता ने विमन हो कर कहा–कोई खास बात नहीं है। यही कह रहा था कि इतनी रात गए किस मरीज को देखने जाओगी?

"वही रायसाहब की लड़की है। उसकी हालत बहुत खराब हो गई थी। अब कुछ संभल गई है।"

उसके जाते ही मेहता फिर लेट रहे। कुछ समझ में नहीं आया कि मालती के हाथ रखते ही दर्द क्यों शांत हो गया। अवश्य ही उसमें कोई सिद्धि है और यह उसकी तपस्या का, उसकी कर्मण्य मानवता का ही वरदान है। मालती नारीत्व के उस ऊंचे आदर्श पर पहुंच गई थी, जहाँ वह प्रकाश के एक नक्षत्र-सी नजर आती थी। अब वह प्रेम की वस्तु नहीं, श्रद्धा की वस्तु थी। अब वह दुर्लभ हो गई थी और दुर्लभता मनस्वी आत्माओं के लिए उद्योग का मंत्र है। मेहता प्रेम में जिस सुख की कल्पना कर रहे थे, उसे श्रद्धा ने और भी गहरा, और भी स्फूर्तिय बना दिया। प्रेम में कुछ मान भी होता है, कुछ ममत्व भी। श्रद्धा तो अपने को मिटा डालती है और अपने मिट जाने को ही अपना इष्ट बना लेती है। प्रेम अधिकार करना चाहता है, जो कुछ देता है, उसके बदले में कुछ चाहता भी है। श्रद्धा का चरम आनंद अपना समर्पण है, जिसमें अहम्मन्यता का ध्वंस हो जाता है।

मेहता का वृहत् ग्रंथ समाप्त हो गया था, जिसे वह तीन साल से लिख रहे थे और जिसमें उन्होंने संसार के सभी दर्शन-तत्वों का समन्वय किया था। यह ग्रंथ उन्होंने मालती को समर्पित किया, और जिस दिन उसकी प्रतियां

इंग्लैंड से आईं और उन्होंने एक प्रति मालती को भेंट की, वह उसे अपने नाम से समर्पित देख कर विस्मित भी हुई और दुःखी भी।

उसने कहा–यह तुमने क्या किया? मैं तो अपने को इस योग्य नहीं समझती।

मेहता ने गर्व के साथ कहा–लेकिन मैं तो समझता हूँ। यह तो कोई चीज़ नहीं। मेरे तो अगर सौ प्राण होते, तो वह तुम्हारे चरणों में न्योछावर कर देता।

"मुझ पर! जिसने स्वार्थ-सेवा के सिवा कुछ जाना ही नहीं।"

"तुम्हारे त्याग का टुकड़ा भी मैं पा जाता, तो अपने को धन्य समझता। तुम देवी हो।"

"पत्थर की, इतना और क्यों नहीं कहते?"

"त्याग की, मंगल की, पवित्रता की।"

"तब तुमने मुझे खूब समझा! मैं और त्याग! मैं तुमसे सच कहती हूँ, सेवा या त्याग का भाव कभी मेरे मन में नहीं आया। जो कुछ करती हूँ, प्रत्यक्ष या अप्रत्यक्ष स्वार्थ के लिए करती हूँ। मैं गाती इसलिए नहीं कि त्याग करती हूँ, या अपने गीतों से दुखी आत्माओं को सांत्वना देती हूँ, बल्कि केवल इसलिए कि उससे मेरा मन प्रसन्न होता है। इसी तरह दवा-दारू भी गरीबों को दे देती हूँ, केवल अपने मन को प्रसन्न करने के लिए। शायद मन का अहंकार इसमें सुख मानता है। तुम मुझे ख्वाहमख्वाह देवी बनाए डालते हो। अब तो इतनी कसर रह गई है कि धूप-दीप ले कर मेरी पूजा करो!"

मेहता ने कातर स्वर में कहा–वह तो मैं बरसों से कर रहा हूँ मालती, और उस वक्त तक करता जाऊँगा, जब तक वरदान न मिलेगा।

मालती ने चुटकी ली–तो वरदान पा जाने के बाद शायद देवी को मंदिर से निकाल फेंको।

मेहता संभल कर बोले–तब तो मेरी अलग सत्ता ही न रहेगी, उपासक उपास्य में लय हो जाएगा।

मालती ने गंभीर हो कर कहा–नहीं मेहता, मैं महीनों से इस प्रश्न पर विचार कर रही हूँ और अंत में मैंने यह तय किया है कि मित्र बन कर रहना स्त्री-पुरुष बन कर रहने से कहीं सुख कर है। तुम मुझसे प्रेम करते हो, मुझ पर विश्वास करते हो, और मुझे भरोसा है कि आज अवसर आ पड़े तो तुम मेरी रक्षा प्राणों से करोगे। तुममें मैंने अपना पथ-प्रदर्शक ही नहीं, अपना रक्षक भी पाया है। मैं भी तुमसे प्रेम करती हूँ, तुम पर विश्वास करती हूँ, और तुम्हारे लिए कोई ऐसा त्याग नहीं है, जो मैं न कर सकूं। और परमात्मा से मेरी यही विनय है कि वह जीवन-पर्यंत मुझे इसी मार्ग पर दृढ़ रखे। हमारी पूर्णता के लिए, हमारी आत्मा के विकास के लिए, और क्या चाहिए? अपनी छोटी-सी गृहस्थी बना कर, हमारी आत्माओं को

छोटे-से पिजड़े में बंद करके, अपने दुःख-सुख को अपने ही तक रख कर, क्या हम असीम के निकट पहुंच सकते हैं? वह तो हमारे मार्ग में बाधा ही डालेगा। कुछ विरले प्राणी ऐसे भी हैं, जो पैरों में यह बेड़ियां डाल कर भी विकास के पथ पर चल सकते हैं और चल रहे हैं। यह भी जानती हूँ कि पूर्णता के लिए पारिवारिक प्रेम और त्याग और बलिदान का बहुत बड़ा महत्व है, लेकिन मैं अपनी आत्मा को उतना दृढ़ नहीं पाती। जब तक ममत्व नहीं है, अपनापन नहीं है, तब तक जीवन का मोह नहीं है, स्वार्थ का जोर नहीं है। जिस दिन मन में मोह आसक्त हुआ और हम बंधन में पड़े, उस क्षण हमारा मानवता का क्षेत्र सिकुड़ जाएगा नई-नई जिम्मेदारियां आ जाएंगी और हमारी सारी शक्ति उन्हीं को पूरा करने में लगने लगेंगी। तुम्हारे जैसे विचारवान, प्रतिभाशाली मनुष्य की आत्मा को मैं इस कारागार में बंद नहीं करना चाहती। अभी तक तुम्हारा जीवन यज्ञ था, जिसमें स्वार्थ के लिए बहुत थोड़ा स्थान था। मैं उसको नीचे की ओर न ले जाऊंगी। संसार को तुम जैसे साधकों की जरूरत है, जो अपनेपन को इतना फैला दें कि सारा संसार अपना हो जाए। संसार में अन्याय की, आतंक की, भय की दुहाई मची हुई है। अंधविश्वास का, कपट-धर्म का, स्वार्थ का प्रकोप छाया हुआ है। तुमने वह आर्त पुकार सुनी है। तुम भी न सुनोगे, तो सुनने वाले कहाँ से आएंगे? और असत्य प्राणियों की तरह तुम भी उसकी ओर से अपने कान नहीं बंद कर सकते। तुम्हें वह जीवन भार हो जाएगा। अपनी विद्या और बुद्धि को, अपनी जागी हुई मानवता को और भी उत्साह और जोर के साथ उसी रास्ते पर ले जाओ। मैं भी तुम्हारे पीछे-पीछे चलूंगी। अपने जीवन के साथ मेरा जीवन भी सार्थक कर दो। मेरा तुमसे यही आग्रह है। अगर तुम्हारा मन सांसारिकता की ओर लपकता है, तब भी मैं अपना काबू चलते तुम्हें उधर से हटाऊंगी और ईश्वर न करे कि मैं असफल हो जाऊं, लेकिन तब मैं तुम्हारा साथ दो बूंद आँसू गिरा कर छोड़ दूंगी, और कह नहीं सकती, मेरा क्या अंत होगा, किस घाट लगूंगी, पर चाहे वह कोई घाट हो, इस बंधन का घाट न होगा। बोलो, मुझे क्या आदेश देते हो?

मेहता सिर झुकाए सुनते रहे। एक-एक शब्द मानो उनके भीतर की आँखें इस तरह खोले देता था, जैसी अब तक कभी न खुली थीं। वह भावनाएं जो अब तक उनके सामने स्वप्न-चित्रों की तरह आईं थीं, अब जीवन सत्य बन कर स्पंदित हो गई थीं। वह अपने रोम-रोम में प्रकाश और उत्कर्ष का अनुभव कर रहे थे। जीवन के महान संकल्पों के सम्मुख हमारा बालपन हमारी आँखों में फिर जाता है। मेहता की आँखों में मधुर बाल-स्मृतियां सजीव हो उठी, जब वह अपने विधवा माता की गोद में बैठ कर महान सुख का अनुभव किया करते थे। कहाँ है वह माता, आए और

देखे अपने बालक की इस सुकीर्ति को। मुझे आशीर्वाद दो। तुम्हारा वह जिद्दी बालक आज एक नया जन्म ले रहा है।

उन्होंने मालती के चरण दोनों हाथों से पकड़ लिए और कांपते हुए स्वर में बोले—तुम्हारा आदेश स्वीकार है मालती!

और दोनों एकांत हो कर प्रगाढ़ आलिंगन में बंध गए। दोनों की आँखों से आँसुओं की धारा बह रही थी।

34

सिलिया का बालक अब दो साल का हो रहा था और सारे गाँव में दौड़ लगाता था। अपने साथ वह एक विचित्र भाषा लाया था, और उसी में बोलता था, चाहे कोई समझे या न समझे। उसकी भाषा में ट, ल और घ की कसरत थी और स, र आदि वर्ण गायब थे। उस भाषा में रोटी का नाम था ओटी, दूध का तूत, साफ का छाग और कौड़ी का तौली। जानवरों की बोलियों की ऐसी नकल करता है कि हंसते-हंसते लोगों के पेट में बल पड़ जाता है। किसी ने पूछा—रामू, कुत्ता कैसे बोलता है? रामू गंभीर भाव से कहता—भों-भों, और काटने दौड़ता। बिल्ली कैसे बोले—और रामू म्यांव-म्यांव करके आँखें निकाल कर ताकता और पंजों से नोचता। बड़ा मस्त लड़का था। जब देखो खेलने में मगन रहता, न खाने की सुधि थी, न पीने की। गोद से उसे चिढ़ थी। उसके सबसे सुख के क्षण वह होते, जब द्वार पर नीम के नीचे मनों धूल बटोर कर उसमें लोटता, सिर पर चढ़ाता, उसकी ढेरियां लगाता, घरौंदे बनाता। अपनी उम्र के लड़कों से उसकी एक क्षण न पटती। शायद उन्हें अपने साथ खेलने के योग्य न समझता था।

कोई पूछता—तुम्हारा नाम क्या है?

चटपट कहता—लामू।

"तुम्हारे बाप का क्या नाम है?"

"मातादीन।"

"और तुम्हारी माँ का?"

"छिलिया।"

"और दातादीन कौन है?"

"वह अमाला छाला है।"

न जाने किसने दातादीन से उसका यह नाता बता दिया था।

रामू और रूपा में खूब पटती थी। वह रूपा का खिलौना था। उसे उबटन मलती, काजल लगाती, नहलाती, बाल संवारती, अपने हाथों कौर

बना-बना कर खिलाती, और कभी-कभी उसे गोद में लिए रात को सो जाती। धनिया डांटती, तू सब कुछ छुआछूत किए देती है, मगर वह किसी की न सुनती। चीथड़े की गुड़ियों ने उसे माता बनना सिखाया था। वह मातृ-भावना जीता-जागता बालक पा कर अब गुड़ियों से संतुष्ट न हो सकती थी।

होरी के घर के पिछवाड़े जहाँ किसी जमाने में उसकी बरदौर थी, उसी के खंडहर में सिलिया अपना एक फूस का झोंपड़ा डाल कर रहने लगी थी। होरी के घर में उम्र तो नहीं कट सकती थी।

मातादीन को कई सौ रुपए खर्च करने के बाद अंत में काशी के पंडितों ने फिर से ब्राह्मण बना दिया था। उस दिन बड़ा भारी होम हुआ, बहुत-से ब्राह्मणों ने भोजन किया और बहुत से मंत्र और श्लोक पढ़े गए। मातादीन को शुद्ध गोबर और गोमूत्र खाना-पीना पड़ा। गोबर से उसका मन पवित्र हो गया। मूत्र से उसकी आत्मा में अशुचिता के कीटाणु मर गए।

लेकिन एक तरह से इस प्रायश्चित ने उसे सचमुच पवित्र कर दिया। होम के प्रचंड अग्निकुंड में उसकी मानवता निखर गई और होम की ज्वाला के प्रकाश से उसने धर्म-स्तंभों को अच्छी तरह परख लिया। उस दिन से उसे धर्म के नाम से चिढ़ हो गई। उसने जनेऊ उतार फेंका और पुरोहिती को गंगा में डुबा आया। अब वह पक्का खेतिहर था। उसने यह भी देखा कि यद्यपि विद्वानों ने उसका ब्राह्मणत्व स्वीकार कर लिया, लेकिन जनता अब भी उसके हाथ का पानी नहीं पीती, उससे मुहूर्त पूछती है, साइत और लग्न का विचार करवाती है, उसे पर्व के दिन दान भी दे देती है, पर उससे अपने बरतन नहीं छुलाती।

जिस दिन सिलिया के बालक का जन्म हुआ, उसने दूनी मात्र में भंग पी, और गर्व से जैसे उसकी छाती तन गई और उंगलियां बार-बार मूंछों पर पड़ने लगीं। बच्चा कैसा होगा? उसी के जैसा? कैसे देखे? उसका मन मसोस कर रह गया।

तीसरे दिन उसे रूपा खेत में मिली। उसने पूछा–रुपिया, तूने सिलिया का लड़का देखा?

रुपिया बोली–देखा क्यों नहीं! लाल-लाल है, खूब मोटा, बड़ी-बड़ी आँखें हैं, सिर में झबराले बाल हैं, टुकुर-टुकुर ताकता है।

मातादीन के हृदय में जैसे वह बालक आ बैठा था, और हाथ-पांव फेंक रहा था। उसकी आँखों में नशा-सा छा गया। उसने उस किशोरी रूपा को गोद में उठा लिया, फिर कंधों पर बिठा लिया, फिर उतार कर उसके कपोलों को चूम लिया।

रूपा बाल संभालती हुई ढीठ हो कर बोली–चलो, मैं तुमको दूर से दिखा दूं। ओसारे में ही तो है। सिलिया बहन न जाने क्यों हरदम रोती रहती है।

मातादीन ने मुँह फेर लिया। उसकी आँखें सजल हो आई थीं और होंठ कांप रहे थे।

उस रात को जब सारा गाँव सो गया और पेड़ अंधकार में डूब गए, तो वह सिलिया के द्वार पर आया और संपूर्ण प्राणों से बालक का रोना सुना, जिसमें सारी दुनिया का संगीत, आनंद और माधुर्य भरा हुआ था।

सिलिया बच्चे को होरी के घर में खटोले पर सुला कर मजूरी करने चली जाती। मातादीन किसी-न-किसी बहाने से होरी के घर आता और कनखियों से बच्चे को देख कर अपना कलेजा और आँखें और प्राण शीतल करता।

धनिया मुस्करा कर कहती–लजाते क्यों हो, गोद में ले लो, प्यार करो, कैसा काठ का कलेजा है तुम्हारा! बिलकुल तुमको पड़ा है।

मातादीन एक-दो रुपए सिलिया के लिए फेंक कर बाहर निकल आता। बालक के साथ उसकी आत्मा भी बढ़ रही थी, खिल रही थी, चमक रही थी। अब उसके जीवन का भी एक उद्देश्य था, एक व्रत था। उसमें संयम आ गया, गंभीरता आ गई, दायित्व आ गया।

एक दिन रामू खटोले पर लेटा हुआ था। धनिया कहीं गई थी। रूपा भी लड़कों का शोर सुन कर खेलने चली गई। घर अकेला था। उसी वक्त मातादीन पहुंचा। बालक नीले आकाश की ओर देख-देख हाथ-पांव फेंक रहा था, हुमक रहा था-जीवन के उस उल्लास के साथ जो अभी उसमें ताजा था। मातादीन को देख कर वह हंस पड़ा। मातादीन स्नेह-विह्वल हो गया। उसने बालक को उठा कर छाती से लगा लिया। उसकी सारी देह और हृदय और प्राण रोमांचित हो उठे, मानो पानी की लहरों में प्रकाश की रेखाएं कांप रही हों। बच्चे की गहरी, निर्मल, अथाह, मोद-भरी आँखों में जैसे उसको जीवन का सत्य मिल गया। उसे एक प्रकार का भय-सा लगा, मानो वह दृष्टि उसके हृदय में चुभी जाती हो–वह कितना अपवित्र है, ईश्वर का वह प्रसाद कैसे छू सकता है? उसने बालक को सशंक मन के साथ फिर लिटा दिया। उसी वक्त रूपा बाहर से आ गई और वह बाहर निकल गया।

एक दिन खूब ओले गिरे। सिलिया घास ले कर बाज़ार गई हुई थी। रूपा अपने खेल में मगन थी। रामू अब बैठने लगा था। कुछ-कुछ बकवां चलने भी लगा था। उसने जो आंगन में बिनौले बिछे देखे, तो समझा बताशे फैले हुए हैं। कई उठा कर खाए और आंगन में खूब खेला। रात को उसे ज्वर आ गया। दूसरे दिन निमोनिया हो गया। तीसरे दिन संध्या समय सिलिया की गोद में ही बालक के प्राण निकल गए।

लेकिन बालक मर कर भी सिलिया के जीवन का केंद्र बना रहा। उसकी छाती में दूध का उबाल-सा आता और आंचल भीग जाता। उसी क्षण आँखों से आँसू भी निकल पड़ते। पहले सब कामों से छुट्टी पा कर रात को जब वह

रामू को हिए से लगा कर स्तन उसके मुँह में दे देती, तो मानो उसके प्राणों में बालक की स्फूर्ति भर जाती। तब वह प्यारे-प्यारे गीत गाती, मीठे-मीठे स्वप्न देखती और नए-नए संसार रचती, जिसका राजा रामू होता। अब सब कामों से छुट्टी पा कर वह अपनी सूनी झोपड़ी में रोती थी और उसके प्राण तड़पते थे, उड़ जाने के लिए उस लोक में, जहाँ उसका लाल इस समय भी खेल रहा होगा। सारा गाँव उसके दुःख में शरीक था। रामू कितना चोंचाल था, जो कोई बुलाता, उसी की गोद में चला जाता। मर कर और पहुंच से बाहर हो कर वह और भी प्रिय हो गया था, उसकी छाया उससे कहीं सुंदर, कहीं चोंचाल, कहीं लुभावनी थी।

मातादीन उस दिन खुल पड़ा। परदा होता है हवा के लिए। आंधी में परदे उठाके रख दिए जाते हैं कि आंधी के साथ उड़ न जाएं। उसने शव को दोनों हथेलियों पर उठा लिया और अकेला नदी के किनारे तक ले गया, जो एक मील का पाट छोड़ कर पतली-सी धार में समा गई थी। आठ दिन तक उसके हाथ सीधे न हो सके। उस दिन वह जरा भी नहीं लजाया, जरा भी नहीं झिझका।

और किसी ने कुछ कहा भी नहीं, बल्कि सभी ने उसके साहस और दृढ़ता की तारीफ की।

होरी ने कहा–यही मरद का धरम है। जिसकी बांह पकड़ी, उसे क्या छोड़ना!

धनिया ने आँखें नचा कर कहा–मत बखान करो, जी जलता है। यह मरद है? मैं ऐसे मरद को नामरद कहती हूँ। जब बांह पकड़ी थी, तब क्या दूध पीता था कि सिलिया बांभनी हो गई थी?

एक महीना बीत गया। सिलिया फिर मजूरी करने लगी थी। संध्या हो गई थी। पूर्णमासी का चांद विहंसता-सा निकल आया था। सिलिया ने कटे हुए खेत में से गिरे हुए जौ के बाल चुन कर टोकरी में रख लिए थे और घर जाना चाहती थी कि चांद पर निगाह पड़ गई और दर्द-भरी स्मृतियों का मानो स्रोत खुल गया। आंचल दूध से भीग गया और मुख आँसुओं से। उसने सिर लटका लिया और जैसे रुदन का आनंद लेने लगी।

सहसा किसी की आहट पा कर वह चौंक पड़ी। मातादीन पीछे से आ कर सामने खड़ा हो गया और बोला–कब तक रोए जाएगी सिलिया? रोने से वह फिर तो न आ जाएगा।

और यह कहते-कहते वह खुद रो पड़ा।

सिलिया के कंठ में आए हुए भर्त्सना के शब्द पिघल गए। आवाज संभाल कर बोली–तुम आज इधर कैसे आ गए?

मातादीन कातर हो कर बोला–इधर से जा रहा था। तुझे बैठा देखा, चला आया।

"तुम तो उसे खेला भी न पाए।"

"नहीं सिलिया, एक दिन खेलाया था।"

"सच?"

"सच!"

"मैं कहाँ थी?"

"तू बाज़ार गई थी?"

"तुम्हारी गोद में रोया नहीं?"

"नहीं सिलिया, हंसता था।"

"सच?"

"सच!"

"बस, एक ही दिन खेलाया?"

"हां, एक ही दिन, मगर देखने रोज आता था। उसे खटोले पर खेलते देखता था और दिल थामकर चला जाता था।"

"तुम्हीं को पड़ा था।"

"मुझे तो पछतावा होता है कि नाहक उस दिन उसे गोद में लिया। यह मेरे पापों का दंड है।"

सिलिया की आँखों में क्षमा झलक रही थी। उसने टोकरी सिर पर रख ली और घर चली। मातादीन भी उसके साथ-साथ चला।

सिलिया ने कहा–मैं तो अब धनिया काकी के बरौठे में सोती हूँ। अपने घर में अच्छा नहीं लगता।

"धनिया मुझे बराबर समझाती रहती थी।"

"सच?"

"हां सच। जब मिलती थी, समझाने लगती थी।"

गाँव के समीप आ कर सिलिया ने कहा–अच्छा, अब इधर से अपने घर जाओ। कहीं पंडित देख न लें।

मातादीन ने गर्दन उठा कर कहा–मैं अब किसी से नहीं डरता।

"घर से निकाल देंगे तो कहाँ जाओगे?"

"मैंने अपना घर बना लिया है।"

"सच?"

"हां, सच।"

"कहां, मैंने तो नहीं देखा।"

"चल तो दिखाता हूँ।"

दोनों और आगे बढ़े। मातादीन आगे था। सिलिया पीछे। होरी का घर आ गया। मातादीन उसके पिछवाड़े जा कर सिलिया की झोपड़ी के द्वार पर खड़ा हो गया और बोला–यही मेरा घर है।

सिलिया ने अविश्वास, क्षमा, व्यंग और दुःख भरे स्वर में कहा–यह तो सिलिया चमारिन का घर है।

मातादीन ने द्वार की टाटी खोलते हुए कहा–यह मेरी देवी का मंदिर है।

सिलिया की आँखें चमकने लगीं। बोली–मंदिर है तो एक लोटा पानी उंड़ेल कर चले जाओगे!

मातादीन ने उसके सिर की टोकरी उतारते हुए कंपित स्वर में कहा–नहीं सिलिया, जब तक प्राण है, तेरी शरण में रहूंगा। तेरी ही पूजा करूंगा!

"झूठ कहते हो।"

"नहीं, मैं तेरे चरण छू कर कहता हूँ। सुना, पटवारी का लौंडा भुनेसरी तेरे पीछे बहुत पड़ा था। तूने उसे खूब डांटा।"

"तुमसे किसने कहा?"

"भुनेसरी आप ही कहता था।"

"सच?"

"हां, सच।"

सिलिया ने दियासलाई से कुप्पी जलाई। एक किनारे मिट्टी का घड़ा था, दूसरी ओर चूल्हा था, जहाँ दो-तीन पीतल और लोहे के बासन मंजे-धुले रखे थे। बीच में पुआल बिछा था। वहीं सिलिया का बिस्तर था। इस बिस्तर के सिरहाने की ओर रामू की छोटी-सी खटोली जैसे रो रही थी, और उसी के पास दो-तीन मिट्टी के हाथी-घोड़े अंग-भंग दशा में पड़े हुए थे। जब स्वामी ही न रहा तो कौन उनकी देखभाल करता? मातादीन पुआल पर बैठ गया। कलेजे में हूक-सी उठ रही थी, जी चाहता था, खूब रोए।

सिलिया ने उसकी पीठ पर हाथ रख कर पूछा–तुम्हें कभी मेरी याद आती थी?

मातादीन ने उसका हाथ पकड़ कर हृदय से लगा कर कहा–तू हरदम मेरी आँखों के सामने फिरती रहती थी। तू भी कभी मुझे याद करती थी।

"मेरा तो तुमसे जी जलता था।"

"और दया नहीं आती थी?"

"कभी नहीं।"

"तो भुनेसरी?"

"अच्छा, गाली मत दो। मैं डर रही हूँ, कि गाँव वाले क्या कहेंगे।"

"जो भले आदमी हैं, वह कहेंगे, यही इसका धरम था। जो बुरे हैं, उनकी मैं परवा नहीं करता।"

"और तुम्हारा खाना कौन पकाएगा?"

"मेरी रानी, सिलिया।"

"तो बाभन कैसे रहोगे?"

"मैं बाभन नहीं, चमार ही रहना चाहता हूँ। जो अपना धरम पाले, वही बाभन है, जो धरम से मुँह मोड़े, वही चमार है।"

सिलिया ने उसके गले में बांहें डाल दीं।

35

होरी की दशा दिन-दिन गिरती ही जाती थी। जीवन के संघर्ष में उसे सदैव हार हुई, पर उसने कभी हिम्मत नहीं हारी। प्रत्येक हार जैसे उसे भाग्य से लड़ने की शक्ति दे देती थी, मगर अब वह उस अंतिम दशा को पहुंच गया था, जब उसमें आत्मविश्वास भी न रहा था। अगर वह अपने धर्म पर अटल रह सकता, तो भी कुछ आँसू पोंछते, मगर वह बात न थी। उसने नीयत भी बिगाड़ी, अधर्म भी कमाया, कोई ऐसी बुराई न थी, जिसमें वह पड़ा न हो, पर जीवन की कोई अभिलाषा न पूरी हुई, और भले दिन मृगतृष्णा की भांति दूर ही होते चले गए, यहाँ तक कि अब उसे धोखा भी न रह गया था, झूठी आशा की हरियाली और चमक भी अब नजर न आती थी।

हारे हुए महीप की भांति उसने अपने को इस तीन बीघे के किले में बंद कर लिया था और उसे प्राणों की तरह बचा रहा था। फाके सहे, बदनाम हुआ, मजूरी की, पर किले को हाथ से न जाने दिया, मगर अब वह किला भी हाथ से निकला जाता था। तीन साल से लगान बाकी पड़ा हुआ था और अब पंडित नोखेराम ने उस पर बेदखली का दावा कर दिया था। कहीं से रुपए मिलने की आशा न थी। ज़मीन उसके हाथ से निकल जाएगी और उसके जीवन के बाकी दिन मजूरी करने में कटेंगे। भगवान की इच्छा! रायसाहब को क्या दोष दे? असामियों ही से उनका भी गुजर है। इसी गाँव पर आधे से ज्यादा घरों पर बेदखली आ रही है, आवे। औरों की जो दशा होगी, वही उसकी भी होगी। भाग्य में सुख बदा होता, तो लड़का यों हाथ से निकल जाता?

सांझ हो गई थी। वह इसी चिंता में डूबा बैठा था कि पंडित दातादीन ने आ कर कहा—क्या हुआ होरी, तुम्हारी बेदखली के बारे में? इन दिनों नोखेराम से मेरी बोलचाल बंद है। कुछ पता नहीं। सुना, तारीख को पंद्रह दिन और रह गए हैं।

होरी ने उनके लिए खाट डाल कर कहा—वह मालिक हैं, जो चाहे करें, मेरे पास रुपए होते तो यह दुर्दसा क्यों होती। खाया नहीं, उड़ाया नहीं, लेकिन उपज ही न हो और जो हो भी, वह कौड़ियों के मोल बिके, तो किसान क्या करे?

"लेकिन जैजात तो बचानी ही पड़ेगी। निबाह कैसे होगा? बाप-दादों की इतनी ही निसानी बच रही है। वह निकल गई, तो कहाँ रहोगे?"

"भगवान की मरजी है, मेरा क्या बस?"

"एक उपाय है, जो तुम करो।"

होरी को जैसे अभय-दान मिल गया। उनके पांव पकड़ कर बोला–बड़ा धरम होगा महराज, तुम्हारे सिवा मेरा कौन है? मैं तो निरास हो गया था।

"निरास होने की कोई बात नहीं। बस, इतना ही समझ लो कि सुख में आदमी का धरम कुछ और होता है, दुःख में कुछ और। सुख में आदमी दान देता है, मगर दुःख में भीख तक मांगता है। उस समय आदमी का यही धरम हो जाता है। सरीर अच्छा रहता है, तो हम बिना असनान-पूजा किए मुँह में पानी भी नहीं डालते, लेकिन बीमार हो जाते हैं, तो बिना नहाए-धोए, कपड़े पहने, खाट पर बैठे पथ्य लेते हैं। उस समय का यही धरम है। यहाँ हममें-तुममें कितना भेद है, लेकिन जगन्नाथपुरी में कोई भेद नहीं रहता। ऊंचे-नीचे सभी एक पंगत में बैठ कर खाते हैं। आपत्काल में श्रीरामचंद्र ने सबरी के जूठे फल खाए थे, बालि का छिप कर बध किया था। जब संकट में बड़े-बड़ों की मर्जादा टूट जाती है, तो हमारी-तुम्हारी कौन बात है? रामसेवक महतो को तो जानते हों न?"

होरी ने निरुत्साह हो कर कहा–हां, जानता क्यों नहीं।

"मेरा जजमान है। बड़ा अच्छा जमाना है उसका। खेती अलग, लेन-देन अलग। ऐसे रोबदाब का आदमी ही नहीं देखा! कई महीने हुए उनकी औरत मर गई है। संतान कोई नहीं। अगर रुपिया का ब्याह उससे करना चाहो, तो मैं उसे राजी कर लूं। मेरी बात वह कभी न टालेगा। लड़की सयानी हो गई है और जमाना बुरा है। कहीं कोई बात हो जाए, तो मुँह में कालिख लग जाए। यह बड़ा अच्छा औसर है। लड़की का ब्याह भी हो जाएगा और तुम्हारे खेत भी बच जाएंगे। सारे खरच-बरच से बचे जाते हो।"

रामसेवक होरी से दो ही चार साल छोटा था। ऐसे आदमी से रूपा के ब्याह करने का प्रस्ताव ही अपमानजनक था। कहाँ फूल-सी रूपा और कहाँ वह बूढ़ा ठूंठ! जीवन में होरी ने बड़ी-बड़ी चोट सही थीं, मगर यह चोट सबसे गहरी थी। आज उसके ऐसे दिन आ गए हैं कि उससे लड़की बेचने की बात कही जाती है और उसमें इनकार करने का साहस नहीं है। ग्लानि से उसका सिर झुक गया।

दातादीन ने एक मिनट के बाद पूछा–तो क्या कहते हो?

होरी ने साफ जवाब न दिया। बोला–सोच कर कहूंगा।

"इसमें सोचने की क्या बात है?"

"धनिया से भी तो पूछ लूं।"

"तुम राजी हो कि नहीं?"

"जरा सोच लेने दो महाराज! आज तक कुल में कभी ऐसा नहीं हुआ। उसकी मरजाद भी तो रखना है।"

"पांच-छः दिन के अंदर मुझे जवाब दे देना। ऐसा न हो, तुम सोचते ही रहो और बेदखली आ जाए।"

दातादीन चले गए। होरी की ओर से उन्हें कोई अंदेशा न था। अंदेशा था धनिया की ओर से। उसकी नाक बड़ी लंबी है। चाहे मिट जाए, मरजाद न छोड़गी। मगर होरी हां कर ले तो वह रो-धो कर मान ही जाएगी। खेतों के निकलने में भी तो मरजाद बिगड़ती है।

धनिया ने आ कर पूछा—पंडित क्यों आए थे?

"कुछ नहीं, यही बेदखली की बातचीत थी।"

"आँसू पोंछने आए होंगे। यह तो न होगा कि सौ रुपए उधर दे दें।"

"मांगने का मुँह भी तो नहीं।"

"तो यहाँ आते ही क्यों हैं?"

"रुपिया की सगाई की बात भी थी।"

"किससे?"

"रामसेवक को जानती है? उन्हीं से।"

"मैंने उन्हें कब देखा, हां नाम बहुत दिन से सुनती हूँ। वह तो बूढ़ा होगा।"

"बूढ़ा नहीं है। हां अधेड़ है।"

"तुमने पंडित को फटकारा नहीं। मुझसे कहते तो ऐसा जवाब देती कि याद करते।"

"फटकारा नहीं, लेकिन इनकार कर दिया। कहते थे, ब्याह भी बिना खरच-बरच के हो जाएगा और खेत भी बच जाएंगे।"

"साफ-साफ क्यों नहीं बोलते कि लड़की बेचने को कहते थे। कैसे इस बूढ़े का हियाव पड़ा?"

लेकिन होरी इस प्रश्न पर जितना ही विचार करता, उतना ही उसका दुराग्रह कम होता जाता था। कुल-मर्यादा की लाज उसे कम न थी, लेकिन जिसे असाध्य रोग ने ग्रस लिया हो, वह खाद्य-अखाद्य की परवाह कब करता है? दातादीन के सामने होरी ने कुछ ऐसा भाव प्रकट किया था, जिसे स्वीकृति नहीं कहा जा सकता, मगर भीतर से वह पिघल गया था। उम्र की ऐसी कोई बात नहीं। मरना-जीना तकदीर के हाथ है। बूढ़े बैठे रहते हैं, जवान चले जाते हैं। रूपा के भाग्य में सुख लिखा है, तो वहाँ भी सुख उठाएगी, दु:ख लिखा है, तो कहीं भी सुख नहीं पा सकती। और लड़की बेचने की तो कोई बात ही नहीं। होरी उससे जो कुछ लेगा, उधर लेगा और हाथ में रुपए आते ही चुका देगा। इसमें शर्म या अपमान की कोई बात ही नहीं है।

बेशक, उसमें समाई होती, तो रूपा का ब्याह किसी जवान लड़के से और अच्छे कुल में करता, दहेज भी देता, बरात के खिलाने-पिलाने में भी खूब दिल खोल कर खर्च करता, मगर जब ईश्वर ने उसे इस लायक नहीं बनाया, तो कुश-कन्या के सिवा और वह क्या कर सकता है? लोग हंसेंगे, लेकिन जो लोग खाली हंसते हैं, और कोई मदद नहीं करते, उनकी हंसी की वह क्यों परवा करे। मुश्किल यही है कि धनिया न राजी होगी। गधी तो है ही। वही पुरानी लाज ढोए जाएगी। यह कुल-प्रतिष्ठा के पालने का समय नहीं, अपनी जान बचाने का अवसर है। ऐसी ही बड़ी लाज वाली है, तो लाए, पाँच सौ निकाले। कहाँ धरे हैं?

दो दिन गुजर गए और इस मामले पर उन लोगों में कोई बातचीत न हुई। हां, दोनों सांकेतिक भाषा में बातें करते थे।

धनिया कहती–वर-कन्या जोड़ के हों, तभी ब्याह का आनंद है।

होरी जवाब देता–ब्याह आनंद का नाम नहीं है पगली, यह तो तपस्या है।

"चलो तपस्या है?"

"हां, मैं कहता जो हूँ। भगवान आदमी को जिस दसा में डाल दें, उसमें सुखी रहना तपस्या नहीं, तो और क्या है?"

दूसरे दिन धनिया ने वैवाहिक आनंद का दूसरा पहलू सोच निकाला। घर में जब तक सास-ससुर, देवरानियां-जेठानियां न हों, तो ससुराल का सुख ही क्या? कुछ दिन तो लड़की बहुरिया बनने का सुख पाए।

होरी ने कहा–वह वैवाहिक-जीवन का सुख नहीं, दंड है।

धनिया तिनक उठी–तुम्हारी बातें भी निराली होती हैं। अकेली बहू घर में कैसे रहेगी, न कोई आगे न कोई पीछे।

होरी बोला–तू तो इस घर में आई तो एक नहीं, दो-दो देवर थे, सास थी, ससुर था। तूने कौन-सा सुख उठा लिया, बता?

"क्या सभी घरों में ऐसे ही प्राणी होते हैं।"

"और नहीं तो क्या आकाश की देवियां आ जाती हैं? अकेली तो बहू! उस पर हुकूमत करने वाला सारा घर। बेचारी किस-किसको खुस करे। जिसका हुक्म न माने, वही बैरी। सबसे भला अकेला।"

फिर भी बात यहीं तक रह गई, मगर धनिया का पल्ला हल्का होता जाता था। चौथे दिन रामसेवक महतो खुद आ पहुंचे। कलां-रास घोड़े पर सवार, साथ एक नाई और एक खिदमतगार, जैसे कोई बड़ा जमींदार हो। उम्र चालीस से ऊपर थी, बाल खिचड़ी हो गए थे, पर चेहरे पर तेज था, देह गठी हुई। होरी उनके सामने बिलकुल बूढ़ा लगता था। किसी मुकदमे की पैरवी करने जा रहे थे। यहाँ जरा दोपहरी काट लेना चाहते हैं। धूप कितनी तेज है, और कितने जोरों की लू चल रही है। होरी सहुआइन की दुकान से गेहूं का आटा

और घी लाया। पूरियां बनीं। तीनों मेहमानों ने खाया। दातादीन भी आशीर्वाद देने आ पहुंचे। बातें होने लगीं।

दातादीन ने पूछा–कैसा मुकदमा है महतो?

रामसेवक ने शान जमाते हुए कहा–मुकदमा तो एक न एक लगा ही रहता है महाराज! संसार में गऊ बनने से काम नहीं चलता। जितना दबो, उतना ही लोग दबाते हैं। थाना-पुलिस, कचहरी-अदालत सब हैं हमारी रच्छा के लिए, लेकिन रच्छा कोई नहीं करता। चारों तरफ लूट है। जो गरीब है, बेकस है, उसकी गर्दन काटने के लिए सभी तैयार रहते हैं। भगवान न करे, कोई बेईमानी करे। यह बड़ा पाप है, लेकिन अपने हक और न्याय के लिए न लड़ना उससे भी बड़ा पाप है। तुम्हीं सोचो, आदमी कहाँ तक दबे? यहाँ तो जो किसान है, वह सबका नरम चारा है। पटवारी को नजराना और दस्तूरी न दे, तो गाँव में रहना मुश्किल। जमींदार के चपरासी और कारिंदों का पेट न भरे तो निबाह न हो। थानेदार और कानिसटिबिल तो जैसे उसके दामाद हैं। जब उनका दौरा गाँव में हो जाए, किसानों का धरम है, वह उनका आदर-सत्कार करें, नजर-नयाज दें, नहीं एक रपोट में गाँव का गाँव बंध जाए। कभी कानूनगो आते हैं, कभी तहसीलदार, कभी डिप्टी, कभी जंट, कभी कलट्टर, कभी कमिसनर। किसान को उनके सामने हाथ बांधो हाजिर रहना चाहिए। उनके लिए रसद-चारे, अंडे-मुर्गी, दूध-घी का इंतजाम करना चाहिए। तुम्हारे सिर भी तो वही बीत रही है महराज। एक-न-एक हाकिम रोज नए-नए बढ़ते जाते हैं। एक डॉक्टर कुओं में दवाई डालने के लिए आने लगा है। एक दूसरा डॉक्टर कभी-कभी आ कर ढोरों को देखता है, लड़कों का इम्तहान लेने वाला इसपिट्टर है, न जाने किस-किस महकमे के अफसर हैं, नहर के अलग, जंगल के अलग, ताड़ी-सराब के अलग, गांव-सुधार के अलग, खेती-विभाग के अलग, कहाँ तक गिनाऊं? पादड़ी आ जाता है, तो उसे भी रसद देना पड़ता है, नहीं सिकायत कर दे। और जो कहो कि इतने महकमों और इतने अफसरों से किसान का कुछ उपकार होता हो, तो नाम को नहीं। अभी जमींदार ने गाँव पर हल पीछे दो-दो रुपए चंदा लगाया। किसी बड़े अफसर की दावत की थी। किसानों ने देने से इनकार कर दिया। बस उसने सारे गाँव पर जाफा कर दिया। हाकिम भी जमींदार ही का पच्छ करते हैं। यह नहीं सोचते कि किसान भी आदमी है, उसके भी बाल-बच्चे हैं, उसकी भी इज्जत-आबरू है। और यह सब हमारे दब्बूपन का फल है। मैंने गांव-भर में डोंडी पिटवा दी कि कोई भी बेसी लगान न दो और न खेत छोड़ो, हमको कोई कायल कर दे, तो हम जाफा देने को तैयार हैं, लेकिन जो तुम चाहो कि बेमुंह के किसानों को पीस कर पी जाएं तो यह न होगा। गांववालों ने मेरी बात मान ली, और सबने जाफा देने से इनकार कर दिया।

जमींदार ने देखा, सारा गाँव एक हो गया है तो लाचार हो गया। खेत बेदखल भी कर दे, तो जोते कौन–इस जमाने में जब तक कड़े न पड़ो, कोई नहीं सुनता। बिना रोए तो बालक भी माँ से दूध नहीं पाता।

रामसेवक तीसरे पहर चला गया और धनिया और होरी पर न मिटने वाला असर छोड़ गया। दातादीन का मंत्र जाग गया।

उन्होंने पूछा–अब क्या कहते हो होरी?

होरी ने धनिया की ओर इशारा करके कहा–इससे पूछो।

"हम तुम दोनों से पूछते हैं।"

धनिया बोली–उमिर तो ज्यादा है, लेकिन तुम लोगों की राय है, तो मुझे भी मंजूर है। तकदीर में जो लिखा होगा, वह तो आगे आएगा ही, मगर आदमी अच्छा है।

और होरी को तो रामसेवक पर वह विश्वास हो गया था, जो दुर्बलों को जीवट वाले आदमियों पर होता है। वह शेखचिल्ली के-से मंसूबे बांधने लगा था। ऐसा आदमी उसका हाथ पकड़ ले, तो बेड़ा पार है।

विवाह का मुहूर्त ठीक हो गया। गोबर को भी बुलाना होगा। अपनी तरफ से लिख दो, आने न आने का उसे अख्तियार है। यह कहने को तो मुँह न रहे कि तुमने मुझे बुलाया कब था? सोना को भी बुलाना होगा।

धनिया ने कहा–गोबर तो ऐसा नहीं था, लेकिन जब झुनिया आने दे। परदेस जा कर ऐसा भूल गया कि न चिट्ठी न पत्री। न जाने कैसे हैं। यह कहते-कहते उसकी आँखें सजल हो गईं।

गोबर को खत मिला, तो चलने को तैयार हो गया। झुनिया को जाना अच्छा तो न लगता था, पर इस अवसर पर कुछ कह न सकी। बहन के ब्याह में भाई का न जाना कैसे संभव है! सोना के ब्याह में न जाने का कलंक क्या कम है?

गोबर आर्द्र कंठ से बोला–माँ-बाप से खिंचे रहना कोई अच्छी बात नहीं है। अब हमारे हाथ-पांव हैं, उनसे खिंच लें, चाहे लड़ लें, लेकिन जन्म तो उन्हीं ने दिया, पाल-पोस कर जवान तो उन्हीं ने किया, अब वह हमें चार बात भी कहें, तो हमें गम खाना चाहिए। इधर मुझे बार-बार अम्मां-दादा की याद आया करती है। उस बखत मुझे न जाने क्यों उन पर गुस्सा आ गया। तेरे कारन माँ-बाप को भी छोड़ना पड़ा।

झुनिया तिनक उठी–मेरे सिर पर यह पाप न लगाओ, हां! तुम्हीं को लड़ने की सूझी थी। मैं तो अम्मां के पास इतने दिन रही, कभी सांस तक न लिया।

"लड़ाई तेरे कारन हुई।"

"अच्छा, मेरे ही कारन सही। मैंने भी तो तुम्हारे लिए अपना घर-बार छोड़ दिया।"

"तेरे घर में कौन तुझे प्यार करता था–भाई बिगड़ते थे, भावजें जलाती थीं। भोला जो तुझे पा जाते, तो कच्ची ही खा जाते।"

"तुम्हारे ही कारन।"

"अबकी जब तक रहें, इस तरह रहें कि उन्हें भी जिंदगानी का कुछ सुख मिले, उनकी मरजी के खिलाफ कोई काम न करें। दादा इतने अच्छे हैं कि कभी मुझे डांटा तक नहीं। अम्मां ने कई बार मारा है, लेकिन जब मारती थीं, तब कुछ–न–कुछ खाने को दे देती थीं। मारतीं थीं, पर जब तक मुझे हंसा न लें, उन्हें चैन न आता था।"

दोनों ने मालती से जिक्र किया। मालती ने छुट्टी ही नहीं दी, कन्या के उपहार के लिए एक चर्खा और हाथों का कंगन भी दिया। वह खुद जाना चाहती थी, लेकिन कई ऐसे मरीज उसके इलाज में थे, जिन्हें एक दिन के लिए भी न छोड़ सकती थी। हां, शादी के दिन आने का वादा किया और बच्चे के लिए खिलौनों का ढेर लगा दिया। उसे बार–बार चूमती थी और प्यार करती थी, मानो सब कुछ पेशगी ले लेना चाहती है और बच्चा उसके प्यार की बिलकुल परवा न करके घर चलने के लिए खुश था–उस घर के लिए, जिसको उसने देखा तक न था। उसकी बाल–कल्पना में घर स्वर्ग से भी बढ़ कर कोई चीज़ थी।

गोबर ने घर पहुंच कर उसकी दशा देखी, तो ऐसा निराश हुआ कि इसी वक्त यहाँ से लौट जाए। घर का एक हिस्सा गिरने–गिरने को हो गया था। द्वार पर केवल एक बैल बंधा हुआ था, वह भी नीमजान। धनिया और होरी दोनों फूले न समाए, लेकिन गोबर का जी उचाट था। अब इस घर के संभलने की क्या आशा है! वह गुलामी करता है, लेकिन भरपेट खाता तो है। केवल एक ही मालिक का तो नौकर है। यहाँ तो जिसे देखो, वही रोब जमाता है। गुलामी है, पर सूखी। मेहनत करके अनाज पैदा करो और जो रुपए मिलें, वह दूसरों को दे दो। आप बैठे राम–राम करो। दादा ही का कलेजा है कि यह सब सहते हैं। उससे तो एक दिन न सहा जाए। और, यह दशा कुछ होरी ही की न थी। सारे गाँव पर यह विपत्ति थी। ऐसा एक आदमी भी नहीं, जिसकी रोनी सूरत न हो, मानो उनके प्राणों की जगह वेदना ही बैठी उन्हें कठपुतलियों की तरह नचा रही हो। चलते–फिरते थे, काम करते थे, पिसते थे, घुटते थे, इसलिए कि पिसना और घुटना उनकी तकदीर में लिखा था। जीवन में न कोई आशा है, न कोई उमंग, जैसे उनके जीवन के सोते सूख गए हों और सारी हरियाली मुरझा गई हो।

जेठ के दिन हैं, अभी तक खलिहानों में अनाज मौजूद है, मगर किसी के चेहरे पर खुशी नहीं है। बहुत कुछ तो खलिहान में ही तुल कर महाजनों और कारिंदों की भेंट हो चुका है और जो कुछ बचा है, वह भी दूसरों का

है। भविष्य अंधकार की भांति उनके सामने है। उसमें उन्हें कोई रास्ता नहीं सूझता। उनकी सारी चेतनाएं शिथिल हो गई हैं। द्वार पर मनों कूड़ा जमा है, दुर्गंध उड़ रही है, मगर उनकी नाक में न गंध है, न आँखों में ज्योति। सरेशाम से द्वार पर गीदड़ रोने लगते हैं, मगर किसी को गम नहीं। सामने जो कुछ मोटा-झोटा आ जाता है, वह खा लेते हैं, उसी तरह जैसे इंजिन कोयला खा लेता है। उनके बैल चूनी-चोकर के बगैर नांद में मुँह नहीं डालते, मगर उन्हें केवल पेट में कुछ डालने को चाहिए। स्वाद से उन्हें कोई प्रयोजन नहीं। उनकी रसना मर चुकी है। उनके जीवन में स्वाद का लोप हो गया है। उनसे धेले-धेले के लिए बेईमानी करवा लो, मुट्ठी-भर अनाज के लिए लाठियां चलवा लो। पतन की वह इंतहा है, जब आदमी शर्म और इज्जत को भी भूल जाता है।

लड़कपन से गोबर ने गांवों की यही दशा देखी थी और उसका आदी हो चुका था, पर आज चार साल के बाद उसने जैसे एक नई दुनिया देखी। भले आदमियों के साथ रहने से उसकी बुद्धि कुछ जाग उठी है, उसने राजनैतिक जलसों में पीछे खड़े हो कर भाषण सुने हैं और उनसे अंग-अंग में बिंध है। उसने सुना है और समझा है कि अपना भाग्य खुद बनाना होगा, अपनी बुद्धि और साहस से इन आगतों पर विजय पाना होगा। कोई देवता, कोई गुप्त शक्ति उनकी मदद करने न आएगी। और उसमें गहरी संवेदना सजग हो उठी है। अब उसमें वह पहले की उद्दंडता और गरूर नहीं है। वह नम्र और उद्योगशील हो गया है। जिस दशा में पड़े हुए हो, उसे स्वार्थ और लोभ के वश हो कर और क्यों बिगाड़ते हो? दुःख ने तुम्हें एक सूत्र में बांध दिया है। बंधुत्व के इस दैवी बंधन को क्यों अपने तुच्छ स्वार्थों से तोड़े डालते हो? उस बंधन को एकता का बंधन बना लो। इस तरह के भावों ने उसकी मानवता को पंख-से लगा दिए हैं। संसार का ऊंच-नीच देख लेने के बाद निष्कपट मनुष्यों में जो उदारता आ जाती है, वह अब मानो आकाश में उड़ने के लिए पंख फड़फड़ा रही है। होरी को अब वह कोई काम करते देखता है, तो उसे हटा कर खुद करने लगता है, जैसे पिछले दुर्व्यवहार का प्रायश्चित करना चाहता हो। कहता है, दादा तुम अब कोई चिंता मत करो, सारा भार मुझ पर छोड़ दो, मैं अब हर महीने खर्च भेजूंगा। इतने दिन तो मरते-खपते रहे, कुछ दिन तो आराम कर लो। मुझे धिक्कार है कि मेरे रहते तुम्हें इतना कष्ट उठाना पड़े। और होरी के रोम-रोम से बेटे के लिए आशीर्वाद निकल जाता है। उसे अपनी जीर्ण देह में दैवी स्फूर्ति का अनुभव होता है। वह इस समय अपने कर्ज का ब्योरा कह कर उसकी उठती जवानी पर चिंता की बिजली क्यों गिराए? वह आराम से खाए-पीए, जिंदगी का सुख उठाए। मरने-खपने के लिए वह तैयार है। यही उसका जीवन है। राम-राम जप कर

वह जी भी तो नहीं सकता। उसे तो फावड़ा और कुदाल चाहिए। राम-नाम की माला फेर कर उसका चित्त न शांत होगा।

गोबर ने कहा-कहो तो मैं सबसे किस्त बंधवा लूं और हर महीने-महीने देता जाऊं। सब मिल कर कितना होगा?

होरी ने सिर हिला कर कहा-नहीं बेटा, तुम काहे को तकलीफ उठाओगे। तुम्हीं को कौन बहुत मिलते हैं! मैं सब देख लूंगा! जमाना इसी तरह थोड़े ही रहेगा। रूपा चली जाती है। अब कर्ज ही चुकाना तो है। तुम कोई चिंता मत करना। खाने-पीने का संजम रखना। अभी देह बना लोगे, तो सदा आराम से रहोगे। मेरी कौन; मुझे तो मरने-खपने की आदत पड़ गई है। अभी मैं तुम्हें खेती में नहीं जोतना चाहता बेटा? मालिक अच्छा मिल गया है। उसकी कुछ दिन सेवा कर लोगे, तो आदमी बन जाओगे! वह तो यहाँ आ चुकी हैं। साक्षात देवी हैं।

"ब्याह के दिन फिर आने को कहा है।"

"हमारे सिर-आंखों पर आएं। ऐसे भले आदमियों के साथ रहने से चाहे पैसे कम भी मिलें, लेकिन ज्ञान बढ़ता है और आँखें खुलती हैं।"

उसी वक्त पंडित दातादीन ने होरी को इशारे से बुलाया और दूर ले जा कर कमर से सौ-सौ के दो नोट निकालते हुए बोले-तुमने मेरी सलाह मान ली, बड़ा अच्छा किया। दोनों काम बन गए। कन्या से भी उरिन हो गए और बाप-दादों की निशानी भी बच गई। मुझसे जो कुछ हो सका, मैंने तुम्हारे लिए कर दिया, अब तुम जानो, तुम्हारा काम जाने।

होरी ने रुपए लिए तो उसका हाथ कांप रहा था, उसका सिर ऊपर न उठ सका। मुँह से एक शब्द न निकला, जैसे अपमान के अथाह गढ़े में गिर पड़ा है और गिरता चला जाता है। आज तीस साल तक जीवन से लड़ते रहने के बाद वह परास्त हुआ है और ऐसा परास्त हुआ है कि मानो उसको नगर के द्वार पर खड़ा कर दिया गया है और जो आता है, उसके मुँह पर थूक देता है। वह चिल्ला-चिल्ला कर कह रहा है, भाइयो, मैं दया का पात्र हूँ। मैंने नहीं जाना, जेठ की लू कैसी होती है और माघ की वर्षा कैसी होती है, इस देह को चीर कर देखो, इसमें कितना प्राण रह गया है? कितना जख्मों से चूर, कितना ठोकरों से कुचला हुआ? उससे पूछो, कभी तूने विश्राम के दर्शन किए, कभी तू छांह में बैठा-उस पर यह अपमान! और वह अब भी जीता है, कायर, लोभी, अधम। उसका सारा विश्वास जो अगाध हो कर स्थूल और अंधा हो गया था, मानो टूक-टूक उड़ गया है।

दातादीन ने कहा-तो मैं जाता हूँ। न हो, तुम इसी बखत नोखेराम के पास चले जाओ।

होरी दीनता से बोला-चला जाऊँगा महराज! मगर मेरी इज्जत तुम्हारे हाथ है।

36

दो दिन तक गाँव में खूब धूमधाम रही। बाजे बजे, गाना-बजाना हुआ और रूपा रो-धो कर बिदा हो गई, मगर होरी को किसी ने घर से निकलते न देखा। ऐसा छिपा बैठा था, जैसे मुँह में कालिख लगी हो। मालती के आ जाने से चहल-पहल और बढ़ गई। दूसरे गाँव की स्त्रियां भी आ गईं।

गोबर ने अपने शील-स्नेह से सारे गाँव को मुग्ध कर लिया है। ऐसा कोई घर न था, जहाँ वह अपने मीठे व्यवहार की याद न छोड़ आया हो। भोला तो उसके पैरों पर गिर पड़े। उनकी स्त्री ने उसको पान खिलाए और एक रुपया बिदाई दी और उसका लखनऊ का पता भी पूछा। कभी लखनऊ आएगी तो उससे जरूर मिलेगी। अपने रुपए की उससे कोई चर्चा न की।

तीसरे दिन जब गोबर चलने लगा, तो होरी ने धनिया के सामने आँखों में आँसू भर कर वह अपराध स्वीकार किया, जो कई दिन से उसकी आत्मा को मथ रहा था, और रो कर बोला–बेटा, मैंने इस ज़मीन के मोह से पाप की गठरी सिर पर लादी। न जाने भगवान मुझे इसका क्या दंड देंगे।

गोबर जरा भी गर्म न हुआ, किसी प्रकार का रोष उसके मुँह पर न था। श्रद्धाभाव से बोला–इसमें अपराध की कोई बात नहीं है दादा! हां, रामसेवक के रुपए अदा कर देना चाहिए। आखिर तुम क्या करते? मैं किसी लायक नहीं, तुम्हारी खेती में उपज नहीं, करज कहीं मिल नहीं सकता, एक महीने के लिए भी घर में भोजन नहीं। ऐसी दसा में तुम और कर ही क्या सकते थे? जैजात न बचाते तो रहते कहाँ? जब आदमी का कोई बस नहीं चलता, तो अपने को तकदीर पर ही छोड़ देता है। न जाने यह धांधली कब तक चलती रहेगी? जिसे पेट की रोटी मयस्सर नहीं, उसके लिए मरजाद और इज्जत सब ढोंग है। औरों की तरह तुमने भी दूसरों का गला दबाया होता, उनकी जमा मारी होती, तो तुम भी भले आदमी होते। तुमने कभी नीति को नहीं छोड़ा, यह उसी का दंड है। तुम्हारी जगह मैं होता, या तो जेहल में होता या फांसी पा गया होता। मुझसे यह कभी बरदास न होता कि मैं कमा-कमा कर सबका घर भरूं और आप अपने बाल-बच्चों के साथ मुँह में जाली लगाए बैठा रहूं।

धनिया बहू को उसके साथ भेजने को राजी न हुई। झुनिया का मन भी अभी कुछ दिन यहाँ रहने का था। तय हुआ कि गोबर अकेला ही जाए।

दूसरे दिन प्रात:काल गोबर सबसे विदा हो कर लखनऊ चला। होरी उसे गाँव के बाहर तक पहुंचाने आया। गोबर के प्रति इतना प्रेम उसे कभी न हुआ था। जब गोबर उसके चरणों पर झुका, तो होरी रो पड़ा, मानो फिर उसे पुत्र

के दर्शन न होंगे। उसकी आत्मा में उल्लास था, गर्व था, संकल्प था। पुत्र से यह श्रद्धा और स्नेह पा कर वह तेजवान हो गया है, विशाल हो गया है। कई दिन पहले उस पर जो अवसाद-सा छा गया था, एक अंधकार-सा, जहाँ वह अपना मार्ग भूला जाता था, वहाँ अब उत्साह है और प्रकाश है।

रूपा अपने ससुराल में खुश थी। जिस दशा में उसका बालपन बीता था, उसमें पैसा सबसे कीमती चीज़ था। मन में कितनी साधे थीं, जो मन ही में घुट-घुट कर रह गई थीं। वह अब उन्हें पूरा कर रही थी और रामसेवक अधेड़ हो कर भी जवान हो गया था। रूपा के लिए वह पति था, उसके जवान, अधेड़ या बूढ़े होने से उसकी नारी-भावना में कोई अंतर न आ सकता था। उसकी यह भावना पति के रंग-रूप या उम्र पर आश्रित न थी, उसकी बुनियाद इससे बहुत गहरी थी, शाश्वत परंपराओं की तह में, जो केवल किसी भूकंप से ही हिल सकती थी। उसका यौवन अपने ही में मस्त था, वह अपने ही लिए अपना बनाव-सिंगार करती थी और आप ही खुश होती थी। रामसेवक के लिए उसका दूसरा रूप था। तब वह गृहिणी बन जाती थी, घर के काम-काज में लगी हुई। अपनी जवानी दिखा कर उसे लज्जा या चिंता में न डालना चाहती थी। किसी तरह की अपूर्णता का भाव उसके मन में न आता था। अनाज से भरे हुए बखार और गाँव से सिवान तक फैले हुए खेत और द्वार पर ढोरों की कतारें और किसी प्रकार की अपूर्णता को उसके अंदर आने ही न देती थीं।

और उसकी सबसे बड़ी अभिलाषा थी अपने घर वालों को खुश देखना। उनकी गरीबी कैसे दूर कर दे? उस गाय की याद अभी तक उसके दिल में हरी थी, जो मेहमान की तरह आई थी और सबको रोता छोड़ कर चली गई थी। वह स्मृति इतने दिनों के बाद और भी मृदु हो गई थी। अभी उसका निजत्व इस नए घर में न जम पाया था। वही पुराना घर उसका अपना घर था। वहीं के लोग अपने आत्मीय थे, उन्हीं का दुःख उसका दुःख और उन्हीं का सुख उसका सुख था। इस द्वार पर ढोरों का एक रेवड़ देख कर उसे वह हर्ष न हो सकता था, जो अपने द्वार पर एक गाय देख कर होता। उसके दादा की यह लालसा कभी पूरी न हुई थी। जिस दिन वह गाय आई थी, उन्हें कितना उछाह हुआ था। जैसे आकाश से कोई देवी आ गई हो। तब से फिर उन्हें इतनी समाई ही न हुई कि दूसरी गाय लाते, पर वह जानती थी, आज भी वह लालसा होरी के मन में उतनी ही सजग है। अबकी वह जाएगी, तो साथ वह धौरी गाय जरूर लेती जाएगी। नहीं, अपने आदमी के हाथ क्यों न भेजवा दे। रामसेवक से पूछने की देर थी। मंजूरी हो गई, और दूसरे दिन एक अहीर के मारफत रूपा ने गाय भेज दी। अहीर से कहा—दादा से कह देना, मंगल के दूध पीने के लिए भेजी है। होरी भी

गाय लेने की फिक्र में था। यों अभी उसे गाय की कोई जल्दी न थी, मगर मंगल यहीं है और वह बिना दूध के कैसे रह सकता है! रुपए मिलते ही वह सबसे पहले गाय लेगा। मंगल अब केवल उसका पोता नहीं है, केवल गोबर का बेटा नहीं है, मालती देवी का खिलौना भी है। उसका लालन-पालन उसी तरह का होना चाहिए।

मगर रुपए कहाँ से आएं? संयोग से उसी दिन एक ठीकेदार ने सड़क के लिए गाँव के ऊसर में कंकड़ की खुदाई शुरू की। होरी ने सुना तो चट-पट वहाँ जा पहुंचा, और आठ आने रोज पर खुदाई करने लगा, अगर यह काम दो महीने भी टिक गया तो गाय भर को रुपए मिल जाएंगे। दिन-भर लू और धूप में काम करने के बाद वह घर आता, तो बिलकुल मरा हुआ, लेकिन अवसाद का नाम नहीं। उसी उत्साह से दूसरे दिन फिर काम करने जाता। रात को भी खाना खा कर ढिबरी के सामने बैठ जाता और सुतली कातता। कहीं बारह-एक बजे सोने जाता। धनिया भी पगला गई थी, उसे इतनी मेहनत करने से रोकने के बदले खुद उसके साथ बैठी-बैठी सुतली कातती। गाय तो लेनी ही है, रामसेवक के रुपए भी तो अदा करने हैं। गोबर कह गया है। उसे बड़ी चिंता है।

रात के बारह बज गए थे। दोनों बैठे सुतली कात रहे थे। धनिया ने कहा–तुम्हें नींद आती हो तो जाके सो रहो। भोरे फिर तो काम करना है।

होरी ने आसमान की ओर देखा–चला जाऊँगा। अभी तो दस बजे होंगे। तू जा, सो रह।

"मैं तो दोपहर को छन-भर पौढ़ रहती हूँ।"

"मैं भी चबेना करके पेड़ के नीचे सो लेता हूँ।"

"बड़ी लू लगती होगी।"

"लू क्या लगेगी? अच्छी छांह है।"

"मैं डरती हूँ, कहीं तुम बीमार न पड़ जाओ।"

"चल; बीमार वह पड़ते हैं, जिन्हें बीमार पड़ने की फुरसत होती है। यहाँ तो यह धुन है कि अबकी गोबर आए, तो रामसेवक के आधे रुपए जमा रहें। कुछ वह भी लाएगा। बस, इस साल इस रिन से गला छूट जाए, तो दूसरी जिंदगी हो।"

"गोबर की अबकी बड़ी याद आती है, कितना सुशील हो गया है।"

"चलती बेर पैरों पर गिर पड़ा।"

"मंगल वहाँ से आया तो कितना तैयार था। यहाँ आ कर कितना दुबला हो गया है।"

"वहां दूध, मक्खन, क्या नहीं पाता था? यहाँ रोटी मिल जाए, वही बहुत है। ठीकेदार से रुपए मिले और गाय लाया।"

"गाय तो कभी आ गई होती, लेकिन तुम जब कहना मानो। अपनी खेती तो संभाले न संभलती थी, पुनिया का भार भी अपने सिर ले लिया।"

"क्या करता, अपना धरम भी तो कुछ है। हीरा ने नालायकी की तो उसके बाल-बच्चों को संभालने वाला तो कोई चाहिए ही था। कौन था मेरे सिवा बता? मैं न मदद करता, तो आज उनकी क्या गति होती, सोच। इतना सब करने पर भी तो मंगरू ने उस पर नालिस कर ही दी।"

"रुपए गाड़ कर रखेगी तो क्या नालिस न होगी?"

"क्या बकती है। खेती से पेट चल जाए, यही बहुत है। गाड़ कर कोई क्या रखेगा।"

"हीरा तो जैसे संसार से ही चला गया।"

"मेरा मन तो कहता है कि वह आवेगा, कभी न कभी जरूर।"

दोनों सोए। होरी अंधेरे मुँह उठा तो देखता है कि हीरा सामने खड़ा है, बाल बढ़े हुए, कपड़े तार-तार, मुँह सूखा हुआ, देह में रक्त और मांस का नाम नहीं, जैसे कद भी छोटा हो गया है। दौड़ कर होरी के कदमों पर गिर पड़ा।

होरी ने उसे छाती से लगा कर कहा–तुम तो बिलकुल घुल गए हीरा! कब आए? आज तुम्हारी बार-बार याद आ रही थी। बीमार हो क्या?

आज उसकी आँखों में वह हीरा न था, जिसने उसकी जिंदगी तल्ख कर दी थी, बल्कि वह हीरा था, जो बे-माँ-बाप का छोटा-सा बालक था। बीच के ये पच्चीस-तीस साल जैसे मिट गए, उनका कोई चिह्न भी नहीं था।

हीरा ने कुछ जवाब न दिया। खड़ा रो रहा था।

होरी ने उसका हाथ पकड़ कर गद्गद कंठ से कहा–क्यों रोते हो भैया, आदमी से भूल-चूक होती ही है। कहाँ रहा इतने दिन?

हीरा कातर स्वर में बोला–कहाँ बताऊं दादा! बस, यही समझ लो कि तुम्हारे दर्शन बदे थे, बच गया। हत्या सिर पर सवार थी। ऐसा लगता था कि वह गऊ मेरे सामने खड़ी है, हरदम, सोते-जागते, कभी आँखों से ओझल न होती। मैं पागल हो गया और पाँच साल पागलखाने में रहा। आज वहाँ से निकले छः महीने हुए। मांगता-खाता फिरता रहा। यहाँ आने की हिम्मत ही न पड़ती थी। संसार को कौन मुँह दिखाऊंगा? आखिर जी न माना। कलेजा मजबूत करके चला आया। तुमने बाल-बच्चों को...

होरी ने बात काटी–तुम नाहक भागे। अरे, दारोगा को दस-पांच दे कर मामला रफे-दफे करा दिया जाता और होता क्या?

"तुम से जीते-जी उरिन न हूँगा दादा!"

"मैं कोई गैर थोड़े ही हूँ भैया!"

होरी प्रसन्न था। जीवन के सारे संकट, सारी निराशाएं, मानो उसके चरणों पर लोट रही थीं। कौन कहता है, जीवन-संग्राम में वह हारा है। यह उल्लास,

यह गर्व, यह पुलक क्या हार के लक्षण हैं? इन्हीं हारों में उसकी विजय है। उसके टूटे-फूटे अस्त्र उसकी विजय पताकाएं हैं। उसकी छाती फूल उठी है। मुख पर तेज आ गया है। हीरा की कृतज्ञता में उसके जीवन की सारी सफलता मूर्तिमान हो गई है। उसके बखार में सौ-दो सौ मन अनाज भरा होता, उसकी हांडी में हजार-पांच सौ गड़े होते, पर उससे यह स्वर्ग का सुख क्या मिल सकता था?

हीरा ने उसे सिर पर पांव तक देख कर कहा—तुम भी तो बहुत दुबले हो गए दादा!

होरी ने हंस कर कहा—तो क्या यह मेरे मोटे होने के दिन हैं? मोटे वह होते हैं, जिन्हें न रिन की सोच होती है, न इज्जत की। इस जमाने में मोटा होना बेहयाई है। सौ को दुबला करके तब एक मोटा होता है। ऐसे मोटेपन में क्या सुख? सुख तो जब है कि सभी मोटे हों, सोभा से भेंट हुई।

"उससे तो रात ही भेंट हो गई थी। तुमने तो अपनों को भी पाला, जो तुमसे बैर करते थे, उनको भी पाला और अपना मरजाद बनाए बैठे हो। उसने तो खेती-बारी सब बेच-बाच डाली और अब भगवान ही जाने, उसका निबाह कैसे होगा?"

आज होरी खुदाई करने चला, तो देह भारी थी। रात की थकन दूर न हो पाई थी, पर उसके कदम तेज थे और चाल में निर्दन्द्वता की अकड़ थी।

आज दस बजे ही से लू चलने लगी और दोपहर होते-होते तो आग बरस रही थी। होरी कंकड़ के झौवे उठा-उठा कर खदान से सड़क पर लाता था और गाड़ी पर लादता था। जब दोपहर की छुट्टी हुई, तो वह बेदम हो गया था। ऐसी थकन उसे कभी न हुई थी। उसके पांव तक न उठते थे। देह भीतर से झुलसी जा रही थी। उसने न स्नान ही किया न चबेना, उसी थकन में अपना अंगोछा बिछा कर एक पेड़ के नीचे सो रहा, मगर प्यास के मारे कंठ सूखा जाता है। खाली पेट पानी पीना ठीक नहीं। उसने प्यास को रोकने की चेष्टा की, लेकिन प्रतिक्षण भीतर की दाह बढ़ती जाती थी, न रहा गया। एक मजदूर ने बाल्टी भर रखी थी और चबेना कर रहा था। होरी ने उठ कर एक लोटा पानी खींच कर पिया और फिर आ कर लेट रहा, मगर आधा घंटे में उसे कै हो गई और चेहरे पर मुर्दनी-सी छा गई।

उस मजदूर ने कहा—कैसा जी है होरी भैया?

होरी के सिर में चक्कर आ रहा था। बोला—कुछ नहीं, अच्छा हूँ।

यह कहते-कहते उसे फिर कै हुई और हाथ-पांव ठंडे होने लगे। यह सिर में चक्कर क्यों आ रहा है? आँखों के सामने जैसे अंधेरा छाया जाता है। उसकी आँखें बंद हो गईं और जीवन की सारी स्मृतियां सजीव हो-हो कर हृदय-पट पर आने लगीं, लेकिन बेक्रम, आगे की पीछे, पीछे की आगे,

स्वप्न-चित्रों की भांति बेमेल, विकृत और असंबद्ध, वह सुखद बालपन आया, जब वह गुल्लियां खेलता था और माँ की गोद में सोता था। फिर देखा, जैसे गोबर आया है और उसके पैरों पर गिर रहा है। फिर दृश्य बदला, धनिया दुलहिन बनी हुई, लाल चुंदरी पहने उसको भोजन करा रही थी। फिर एक गाय का चित्र सामने आया, बिलकुल कामधेनु-सी। उसने उसका दूध दुहा और मंगल को पिला रहा था कि गाय एक देवी बन गई और...

उसी मजदूर ने पुकारा–दोपहरी ढल गई होरी, चलो झौवा उठाओ।

होरी कुछ न बोला। उसके प्राण तो न जाने किस-किस लोक में उड़ रहे थे। उसकी देह जल रही थी, हाथ-पांव ठंडे हो रहे थे। लू लग गई थी।

उसके घर आदमी दौड़ाया गया। एक घंटा में धनिया दौड़ी हुई आ पहुंची। सोभा और हीरा पीछे-पीछे खटोले की डोली बना कर ला रहे थे।

धनिया ने होरी की देह छुई, तो उसका कलेजा सन से हो गया। मुख कांतिहीन हो गया था।

कांपती हुई आवाज से बोली–कैसा जी है तुम्हारा? होरी ने अस्थिर आँखों से देखा और बोला–तुम आ गए गोबर? मैंने मंगल के लिए गाय ले ली है। वह खड़ी है, देखो।

धनिया ने मौत की सूरत देखी थी। उसे पहचानती थी। उसे दबे पांव आते भी देखा था, आंधी की तरह आते भी देखा था। उसके सामने सास मरी, ससुर मरा, अपने दो बालक मरे, गाँव के पचासों आदमी मरे। प्राण में एक धक्का-सा लगा। वह आधार जिस पर जीवन टिका हुआ था, जैसे खिसका जा रहा था, लेकिन नहीं, यह धैर्य का समय है, उसकी शंका निर्मूल है, लू लग गई है, उसी से अचेत हो गए हैं।

उमड़ते हुए आँसुओं को रोक कर बोली–मेरी ओर देखो, मैं हूँ, क्या मुझे नहीं पहचानते?

होरी की चेतना लौटी। मृत्यु समीप आ गई थी, आग दहकने वाली थी। धुआं शांत हो गया था। धनिया को दीन आँखों से देखा, दोनो कोनों से आँसू की दो बूंदें ढुलक पड़ीं। क्षीण स्वर में बोला–मेरा कहा सुना माफ करना धनिया! अब जाता हूँ। गाय की लालसा मन में ही रह गई। अब तो यहाँ के रुपए करिया करम में जाएंगे। रो मत धनिया, अब कब तक जिलाएगी? सब दुर्दसा तो हो गई। अब मरने दे।

और उसकी आँखें फिर बंद हो गईं। उसी वक्त हीरा और सोभा डोली ले कर पहुंच गए। होरी को उठा कर डोली में लिटाया और गाँव की ओर चले।

गाँव में यह खबर हवा की तरह फैल गई। सारा गाँव जमा हो गया। होरी खाट पर पड़ा शायद सब कुछ देखता था, सब कुछ समझता था, पर जबान बंद हो गई थी। हां, उसकी आँखों से बहते हुए आँसू बतला रहे थे

कि मोह का बंधन तोड़ना कितना कठिन हो रहा है। जो कुछ अपने से नहीं बन पड़ा, उसी के दुःख का नाम तो मोह है। पाले हुए कर्तव्य और निपटाए हुए कामों का क्या मोह! मोह तो उन अनाथों को छोड़ जाने में है, जिनके साथ हम अपना कर्तव्य न निभा सके, उन अधूरे मंसूबों में है, जिन्हें हम पूरा न कर सके।

मगर सब कुछ समझ कर भी धनिया आशा की मिटती हुई छाया को पकड़े हुए थी। आँखों से आँसू गिर रहे थे, मगर यंत्र की भांति दौड़-दौड़ कर कभी आम भून कर पना बनाती, कभी होरी की देह में भूसी की मालिश करती। क्या करे, पैसे नहीं हैं, नहीं किसी को भेज कर डॉक्टर बुलाती।

हीरा ने रोते हुए कहा–भाभी दिल कड़ा करो। गोदान करा दो, दादा चले।

धनिया ने उसकी ओर तिरस्कार की आँखों से देखा। अब वह दिल को और कितना कठोर करे? अपने पति के प्रति उसका जो धर्म है, क्या यह उसको बताना पड़ेगा? जो जीवन का संगी था, उसके नाम को रोंना ही क्या उसका धर्म है?

और कई आवाज़ें आईं–हां, गोदान करा दो, अब यही समय है।

धनिया यंत्र की भांति उठी, आज जो सुतली बेची थी, उसके बीस आने पैसे लाई और पति के ठंडे हाथ में रख कर सामने खड़े मातादीन से बोली–महराज, घर में न गाय है, न बछिया, न पैसा। यही पैसे हैं, यही इनका गोदान है।

और पछाड़ खा कर गिर पड़ी।